AILEEN P. ROBERTS
Thondras Kinder

Buch

Als die Sucher von Camasann in der Steppe gesehen werden, ahnen die Familien des Arrowann-Clans bereits, dass sie einige ihrer Kinder an sie verlieren werden. Schließlich ziehen die Sucher alle Jahre wieder durch das Land, um neue Schüler und vielleicht sogar einen der sieben auserwählten Krieger zu finden, die der Kriegsgott Thondra einst dazu bestimmt hat, gegen die dunklen Mächte zu kämpfen. Eigentlich weiß der Steppenjunge Ariac schon lange, dass es auch ihn treffen wird. Seit die Wahrsagerin in seine Zukunft gesehen hat, befürchtet er, die Steppe verlassen zu müssen. Als es ihn nun tatsächlich trifft, gibt es für ihn nur einen Trost: nicht vorher schon von König Scurr verschleppt worden zu sein, der auf der Seite der dunklen Mächte steht. Auf der Reise nach Camasann trifft Ariac aber auch auf das Bauernmädchen Rijana, das ihm schnell ans Herz wächst. Das Schicksal scheint sie zueinandergeführt zu haben, und es scheint, als wären sie durch ein unzerreißbares Band vereint. Doch plötzlich, kurz vor der Ankunft in Camasann, werden sie von den Schergen des Königs Scurr überfallen. Ariac gelingt es gerade noch, Rijana in Sicherheit zu bringen, bevor er von den dunklen Kriegern gefangen genommen und verschleppt wird. Während Rijana die Flucht nach Camasann gelingt, wird man Ariac in der bedrohlichen Festung von Scurr zu einem brutalen Krieger ausbilden wie schon hunderte Kinder vor ihm. Was aber passiert, wenn er tatsächlich einer der Sieben ist, die für das Gute kämpfen? Wird er Rijana jemals wiedersehen, oder wird er auf der Seite der dunklen Mächte einen bitteren Krieg gegen sie führen müssen …

Autorin

Aileen P. Roberts ist das Pseudonym der Autorin Claudia Lössl. Ihre Begeisterung für das Schreiben entdeckte sie vor einigen Jahren durch ihren Mann. Als dieser mit der Arbeit an einem Buch begann, beschloss sie, sich ebenfalls als Schriftstellerin zu versuchen. Seither hat sie bereits mehrere Romane im Eigenverlag veröffentlicht und sich eine große Fangemeinde aufgebaut. Sie lebt mit ihrem Mann in Süddeutschland. Ihr nächster Roman ist bereits in Vorbereitung.

Außerdem bei Goldmann lieferbar:
Thondras Kinder. Das Ende der Zeit (47143)

Aileen P. Roberts

Thondras Kinder

Die Zeit der Sieben

Roman

GOLDMANN

Verlagsgruppe Random House FSC-DEU-0100
Das FSC-zertifizierte Papier *Super Snowbright* für dieses Buch
liefert Hellefoss AS, Hokksund, Norwegen.

2. Auflage
Originalausgabe Juni 2009
Copyright © 2008 by Claudia Lössl
Copyright © dieser Ausgabe 2009
by Wilhelm Goldmann Verlag, München,
in der Verlagsgruppe Random House GmbH
Umschlaggestaltung: UNO Werbeagentur, München
Umschlagfoto: Getty Images / Chris Strong
Karte: e-map-studio, Margret Prietzsch
NG · Herstellung: Str.
Satz: DTP Service Apel, Hannover
Druck und Bindung: GGP Media GmbH, Pößneck
Printed in Germany
ISBN: 978-3-442-47057-0

www.goldmann-verlag.de

Für Stephan – Tha gaol agam ort

PROLOG

Die Schlacht auf den Ebenen von Catharga, unterhalb des steilen Berggipfels, welcher den Namen »Teufelszahn« trug, tobte gnadenlos. Dunkle Wolken hingen drohend über den Bergen im Norden, so als wollte selbst das Wetter seinen Zorn zum Ausdruck bringen. Die letzten freien Menschen des Südens und Ostens hatten sich zu einer Gruppe tapferer, unerschrockener Krieger zusammengeschlossen. Die Ebenen waren bereits mit Blut getränkt, und überall lagen Leichen herum. Sogar die Ufer des eigentlich nachtschwarzen Catharsees leuchteten rot. Aus den vegetationslosen, kargen Bergen des westlichsten Reiches strömten noch immer Orks, Trolle und unheimliche Krieger, die in dunkle Gewänder gehüllt waren. Die Menschen hielten sich tapfer, aber inzwischen glaubte niemand mehr an einen Sieg. Die Könige und Edelmänner zogen sich bereits zurück und flüchteten in die östlichen Wälder.

Dagnar blickte sich um. Er war schmutzig und blutbespritzt, von seinen Freunden war kaum noch jemand übrig. Er sah, dass es aussichtslos war, und trieb im letzten Moment einem der schwarzen Krieger sein Schwert in die Brust. Zu seiner Linken sah er eine junge Frau. Sie hatte schwarze Haare und kämpfte mit dem Mut und der Verzweiflung einer Kriegerin. Verzagt versuchte Dagnar, sich zu ihr durchzuschlagen. Sie mussten endlich umkehren, auch wenn es schwierig werden würde, da sie an vorderster Front kämpften.

»Nariwa, wir müssen uns zurückziehen«, schrie er immer wieder und deutete auf die ersten Ausläufer der Wälder im Osten.

Doch die junge Frau schien nicht zu hören, sie kämpfte verzweifelt gegen zwei Orks und einen wesentlich größeren Krieger, die gnadenlos auf sie einschlugen. Dagnar trieb sein Pferd an. Er bahnte sich seinen Weg durch die vielen Feinde und die wenigen eigenen Leute, die noch am Leben waren. Beinahe hatte er Nariwa erreicht und wollte ihr zu Hilfe kommen, doch da sah er, wie der schwarze Krieger zu ihrer Linken sein Schwert mit einem teuflischen Lachen von hinten in Nariwas Rücken rammte.

Dagnar erstarrte für einen winzigen Augenblick, dann stieß er ein verzweifeltes »Neeeiiin« aus, das bei diesem Kampflärm jedoch niemand hörte, und trieb sein Pferd gnadenlos an. Der Hengst sprang über am Boden liegende Feinde und Freunde gleichermaßen, überrannte einen Krieger in schwarzer Kleidung, bis er endlich bei ihr angekommen war. Dagnar sprang vom Pferd und schlug mit der letzten Kraft der Verzweiflung einen Ork und zwei schwarze Krieger kampfunfähig. Nariwa lag blutend am Boden. Als er sie vorsichtig aufhob, brachte sie sogar noch ein Lächeln zustande. Dagnar rannen die Tränen über sein blutverschmiertes und schmutziges Gesicht. Die Kämpfe um ihn herum interessierten ihn plötzlich nicht mehr.

Nariwa nahm seine Hand in ihre, und bevor sie endgültig die Augen schloss, flüsterte sie: »Wir sehen uns wieder.« Dann sank sie in seine Arme. Dagnar stieß gerade in dem Moment einen verzweifelten Schrei aus, als ihn der Bolzen einer Armbrust mitten in die Brust traf.

Er blickte an sich hinunter, dann auf die Horden von finsteren Wesen, die das Land überrannten. Auch er würde nicht überleben, das wusste er genau. Dagnar streichelte der Frau, die er über alles geliebt hatte, noch einmal über das Gesicht und ließ sie auf den Boden sinken. Dann richtete er sich mit letzter Kraft auf, nahm das magische Schwert, das er in der Hand hielt, und warf es mit einem Aufschrei in das dunkle Wasser des Catharsees zu seiner Rechten. Wenn die Wesen der Finsternis schon siegten, sollten sie zumindest sein Schwert nicht bekommen. Vor Dagnars Augen verschwamm alles. Er schwankte zu der Stelle zurück, wo Nariwa lag. Ein Schwert traf ihn an der Schulter, und er strauchelte. Dann kniete er sich neben sie und nahm sie ein letztes Mal in den Arm. Ein schwarzer Krieger trieb ihm sein bluttriefendes Schwert in die Seite, und auch um Dagnar wurde alles dunkel.

KAPITEL I

Die Suche

Der eiskalte, harte Winter in der Steppe war noch nicht lange vorüber, und das Gras fand nur zögerlich seinen Weg durch die bräunliche Erde. Ariac kam mit einigen der älteren Männer von der Jagd. Sie waren erfolgreich gewesen und hatten einige der scheuen und sehr schnellen Steppenrehe erlegt. Ariac war zwölf Jahre alt, hatte wie die meisten Steppenbewohner hüftlange, dunkle Haare, die vorn zu Zöpfen geflochten waren. Noch war er sehr schlank, beinahe etwas mager, aber in einigen Jahren würde er ein stolzer und gutaussehender Jäger sein. Ariac ritt auf einem hellbraunen Hengst und scherzte mit den anderen Steppenmännern. Er war stolz, denn erst vor wenigen Tagen hatte er die Tätowierungen erhalten, die deutlich machten, dass er die erste Stufe zum Jäger hinter sich gebracht hatte und er nun kein Junge mehr war. Eine Pfeilspitze zierte seinen rechten Arm, und an den Schläfen trug er nun feine, kunstvoll verschlungene Muster.

Die Jäger hatten sich die toten Tiere über die Sättel geworfen. Die Steppenbewohner galten als wildes Reitervolk, das sich von nichts und niemandem bezwingen ließ. Sie führten ein Nomadenleben und waren, sehr zum Missfallen vieler Könige, nirgends festzuhalten. Doch da die Steppe für die meisten Könige oder Edelmänner ohnehin nichts bot, ließ man sie einigermaßen in Ruhe.

Ariac sog die frische klare Luft ein. Er liebte es, über die endlose Steppe zu galoppieren. Im Norden sah man die Ausläufer der Eisberge, die den gesamten Norden bedeckten. Ganz fern im Süden die ersten Wälder und den Myrensee, der vor dem Donnergebirge lag. Momentan lagerte der Clan der Arrowann, dessen Anführer Ariacs Vater war, nicht weit vom Buschland, das die Steppe von den nördlichen Königreichen trennte. Die Arrowann trieben gelegentlich Handel mit fahrenden Händlern, die im Frühling vom Süden über die uralte Handelsstraße in den Norden zogen. Dann wurden Felle und Werkzeuge aus Knochen gegen Mehl, Kleider oder Sonstiges getauscht. Eigentlich mochte Ariac es nicht sehr, in der Nähe des Buschlands und der Königreiche zu sein, denn dann fühlte er sich eingesperrt. Andererseits hatte er über den Winter, so hoffte er zumindest, gute Knochenwerkzeuge hergestellt und heute genügend gejagt, um dies gegen einen eigenen Dolch eintauschen zu können, den er sich schon seit vielen Jahren wünschte.

Die Jagdgruppe ritt auf das Lager zu, das unweit der staubigen Straße, die nur sehr wenig befahren war, im bräunlichen, verdörrten Gras des letzten Winters lag. Es waren dreiundzwanzig Zelte, in denen die Arrowann mit ihren Familien lebten. Weiter südlich konnte Ariac mit seinen scharfen Augen eine ähnliche Ansammlung von Zelten sehen. Das war der Wolfsclan, wie Ariac wusste. Sie wollten wohl ebenfalls ihre Waren verkaufen. Ein Grinsen überzog sein von der Sonne gebräuntes Gesicht mit den hohen Wangenknochen. Die Steppenleute hatten ohnehin alle etwas dunklere Haut als die übrigen Menschen. Beim Wolfsclan sollte es viele hübsche Mädchen geben, wie Halran ihm erzählt hatte.

Halran, ein großer Jäger mit sehr viel dunkleren Haaren als Ariac und Tätowierungen, die seine ganzen Arme ebenso wie seine rechte und linke Gesichtshälfte von der Stirn bis zu den Wangenknochen bedeckten, hatte Ariacs Blick gesehen.

»Du brauchst erst noch ein paar Tätowierungen, bevor du

dir über Mädchen Gedanken machen kannst«, sagte er mit hochgezogenen Augenbrauen und gab Ariac einen gutmütigen Klaps auf den Hinterkopf.

Die anderen, zumeist älteren Jäger, die bereits eine Menge Tätowierungen hatten, welche sie als gute Jäger und starke Kämpfer auszeichneten, lachten laut auf.

Ariac lief ziemlich rot an und strich sich über die kaum verheilten, dunklen Linien, die er an seinen Schläfen hatte. Noch waren es nur kleine Tätowierungen, aber bald würden es mehr werden, wenn er erst öfters auf die Jagd gegangen wäre und gegen die wilden Tiere der Steppe oder Orks, die sich in den Bergen versteckt hielten, gekämpft hatte.

»Komm, mach dir nichts draus«, sagte Fodrac, Ariacs Cousin, der bereits sechzehn Jahre alt war, »sie ärgern immer diejenigen, die zu neuen Jägern geworden sind.«

Ariac seufzte, er wünschte sich wirklich, endlich erwachsen zu sein.

Die Jagdgesellschaft wurde mit lauten Rufen von den Frauen und Männern des Clans begrüßt. Alle hatten lange Haare von dunklem Braun, so wie Ariac, bis zu tiefem Schwarz wie seine Mutter. Thyra kam gerade auf ihn zu. Sie wurde von Lynn und Léa begleitet. Ariacs drei Jahre ältere Schwestern waren Zwillinge und hatten die gleichen rabenschwarzen Haare wie ihre Mutter.

»Nein, unser kleiner Bruder hat doch tatsächlich etwas gejagt«, rief Lynn aus, und Léa kicherte. »Ich hätte gedacht, du fällst vom Pferd.«

Ariac plusterte sich wütend auf und warf das tote Steppenreh vor die Füße seiner schreienden Schwester. »Nimm es aus, damit du für irgendetwas gut bist«, knurrte er und stieg von seinem Hengst.

Rudgarr, der Vater von Ariac und den Mädchen, kam aus seinem Zelt. Er war sehr groß, muskulös und hatte braune, dicke Haare, die ihm bis auf die Hüfte hingen. Er trug sie allerdings mit einem Lederband zusammengebunden. Rudgarr fuhr sich über den stoppeligen Bart und nickte anerkennend.

»Das hast du gut gemacht, Ariac«, sagte er, dann warf er seinen Töchtern, die albern kicherten, einen strengen Blick zu. »Seid nicht so frech zu den jungen Männern, sonst bekommt ihr nie einen ab.«

»Ariac ist kein Mann, er ist noch ein Kind«, rief Lynn frech, und ihr jüngerer Bruder, der bereits etwas größer war als sie selbst, stürzte sich auf sie.

Die beiden kugelten durch das kurze Steppengras, und auch Lynn wusste wie alle Frauen des Steppenvolkes, sich zu verteidigen. Ariac hielt schließlich ihre Hände fest und kniete triumphierend über ihr.

»Gut, gut«, keuchte sie, »du kannst bereits ein Mädchen besiegen. Das ist natürlich sehr beeindruckend!«

Ariac schnaubte und warf ihr etwas Steppengras ins Gesicht. Dann stand er auf und lief mit federnden Schritten zu seinem Reh, welches er sich über die Schulter warf. »Du wirst schon noch sehen, ich werde der beste Jäger der Arrowann«, rief er seiner grinsenden Schwester zu.

Lynn stand auf und klopfte sich den Schmutz von ihrem hellen Lederkleid. Auch sie hatte bereits einige Tätowierungen an den Armen, so wie alle Frauen.

Thyra ging zu ihrer Tochter und zog an ihrem Ohr, woraufhin diese empört aufkreischte. »Du sollst ihn nicht immer ärgern! Du weißt doch, dass er ein guter Jäger und einer der besten Bogenschützen ist. Beim letzten Sommertreffen hat er sogar die drei Jahre älteren Jungen besiegt.«

Lynn nickte. »Ich weiß schon, aber lass mich ihn doch ein bisschen ärgern. Jetzt ist er garantiert so wütend, dass er das Reh allein ausnimmt.«

Thyra seufzte und schüttelte den Kopf. Die Zwillinge wurden langsam wirklich anstrengend. Sie hoffte, dass die beiden in spätestens zwei oder drei Jahren einen netten Mann finden und dann mit anderen Dingen beschäftigt sein würden.

Der Tag war nun mit dem Ausnehmen der Tiere und dem Präparieren der Felle ausgefüllt. Es herrschte eine entspannte und lustige Atmosphäre wie meist im Frühling. Der Sommer und die Jagd standen vor der Tür, und in diesem Winter war kaum jemand von den Alten und kein einziges Baby gestorben. Am Abend erhellten viele Lagerfeuer den Nachthimmel, und ein verlockender Duft von gebratenem Fleisch hing in der Luft. Auch Ariac, der, wie seine Schwester vermutet hatte, das Reh allein ausgenommen hatte, war wieder bester Laune. Er wusste, dass seine Schwester es nicht so meinte.

Léa, die etwas ruhigere und sanftere der Zwillinge, kam zu ihm und betrachtete das helle Rehfell. »Dafür wirst du einen guten Preis erzielen«, sagte sie anerkennend, und ihre dunklen Augen funkelten im Licht des Feuers.

Ariac nickte misstrauisch, wahrscheinlich folgte gleich irgendeine Beleidigung, aber nachdem Lynn gerade nicht da war, sagte Léa nichts mehr.

»Die alte Warga wirft die Runen«, sagte sie plötzlich. »Lynn ist gerade bei ihr. Willst du dir nicht auch die Zukunft vorhersagen lassen?«

Ariac nickte und erhob sich vom Lagerfeuer. Er lief mit seiner Schwester zu dem kleinsten der Zelte, vor dem eine Vielzahl von Knochen aufgehängt war. Gerade kam Lynn heraus.

»Na, sie hat bestimmt gesagt, dass du einen Trollkönig heiraten wirst, nicht wahr?«, meinte Ariac grinsend.

Lynn schnaubte empört, richtete sich zu ihrer vollen Größe auf und sagte hochnäsig: »Nein, sie hat gesagt, dass ich einen Clanführer heiraten und fünf Kinder bekommen werde!«

»Oje«, rief Ariac und schnitt eine Grimasse, »man sollte alle Clans warnen, ja nicht in deine Nähe zu kommen. Noch mehr Lynns – das verträgt die Steppe nicht.«

Noch bevor Lynn nach ihm schlagen konnte, verschwand

Ariac im Zelt der alten Warga. Dunstiges Licht und stickige, nach seltsamen Kräutern riechende Luft schlugen ihm entgegen. Nur schwer konnte er die alte, verhutzelte Warga ausmachen, die in ihren Fellumhang gehüllt auf dem Boden saß und vor sich hin murmelte. Das Zelt wurde nur durch zwei tropfende Kerzen und ein kleines Feuer erhellt.

»Ah, der Sohn des Clanführers. Setz dich, Ariac, setz dich!«, ertönte die krächzende Stimme der Alten, und eine knorrige Hand deutete auf die Felle.

Ariac wurde wie immer, wenn er sich in der Nähe der Hexe aufhielt, ein wenig unbehaglich zumute. Er hatte zwar nicht wirklich Angst vor ihr, aber Warga hatte eine merkwürdige, geheimnisvolle Ausstrahlung, die ihm unheimlich war. Warga gehörte keinem Clan an. Sie zog allein durch die Steppe, schloss sich mal diesem, mal jenem Clan an und sagte die Zukunft voraus oder behandelte die Kranken.

Warga schien gar nicht auf ihn zu achten. Sie warf einige Kräuter in das kleine Feuer, welches rechts von ihr brannte, und murmelte etwas vor sich hin. Ariac wurde ungeduldig, er traute sich jedoch nichts zu sagen. Nach einer kleinen Ewigkeit hob Warga den Blick und schob ihre dünnen, weißen Haare aus dem Gesicht. Stechend blaue Augen blickten ihn an.

»Aha, ich sehe, du hast die Tätowierungen, die dich zum Jäger machen«, sagte sie anerkennend und hustete.

Ariac nickte und schluckte krampfhaft. Sein Mund war staubtrocken.

»Was willst du von mir wissen, mein Junge?«

Er räusperte sich einige Male, dann sagte er: »Ich will wissen, ob ich ein guter Krieger und Jäger werde und wie mein Leben verläuft.«

Die Alte kicherte. »Das sind große Fragen, aber du bist jung, da ist das normal.«

Sie holte einen Lederbeutel, der vom vielen Gebrauch

schon ganz abgegriffen war, schloss die Augen und murmelte einige Worte. Dann warf sie die elf mit Runen verzierten Steine vor Ariac auf den Boden. Sieben blieben in einer bestimmten Anordnung liegen.

Der Junge beugte sich gespannt nach vorn, konnte mit den Zeichen jedoch nichts anfangen. Warga runzelte überrascht die Stirn, schüttelte den Kopf und blickte ein zweites Mal auf die Runen.

»Was ist denn?«, fragte Ariac aufgeregt.

»Das kann nicht sein«, murmelte die alte Frau, dann lächelte sie Ariac zu. »Ich muss etwas falsch gemacht haben. Ich werde die Runen noch einmal werfen.«

Ariac nickte unsicher. Er wusste nicht, was das bedeutete. Noch nie hatte er erlebt, dass Warga einen Fehler gemacht hatte.

Warga begann erneut, Kräuter ins Feuer zu werfen, murmelte Beschwörungen und warf die Runen auf den Boden. Nach einem kurzen Moment der Fassungslosigkeit stieß die alte Frau ein Keuchen aus und schüttelte immer wieder den Kopf. Die Runen lagen genau so wie zuvor.

»Was denn?«, fragte Ariac ungeduldig. So konfus hatte er die Hexe noch nie gesehen.

»Das gibt es nicht«, murmelte sie.

»Was soll das bedeuten?«, fragte Ariac wütend und zeigte vor sich auf die Steine.

Warga blickte auf und sah ihm durchdringend in die Augen.

»Die Kinder Thondras sind zurückgekehrt, und du hast etwas damit zu tun.«

Ariac runzelte überrascht die Stirn. Wie alle Menschen kannte er die Legende der sieben Krieger, die die Erwählten des Kriegsgottes Thondra gewesen waren. Vor weit über fünftausend Jahren soll es eine gewaltige Schlacht gegen die Wesen der Finsternis gegeben haben. Menschen hatten gegen unheimliche Gestalten kämpfen müssen, die von einem bösen Zauberer angeführt worden waren. Wie man sich erzählte, hatten die Menschen keine Chance gehabt, denn der Zauberer verfügte über eine riesige Armee, die alles vernichtet hatte, ob Menschen, Elfen, Gnome oder Zwerge. Dann hatte der Kriegsgott Thondra eingegriffen und sieben Krieger, fünf Männer und zwei Frauen, mit besonderen Gaben gesegnet und ihnen sieben magische Schwerter gegeben. Diese sieben Krieger hatten die letzten Menschen erneut gesammelt, ihnen Mut zugesprochen und letztendlich mit einer zahlenmäßig unterlegenen Armee die Wesen der Finsternis bis in den äußersten Westen nach Ursann zurückgetrieben. Auch der Zauberer Kâar wurde von einem der Sieben vernichtet. Sein Geist ging jedoch noch immer in den finsteren Bergen um und vereinigte sich immer wieder mit den Körpern jener Männer, die sich ebenfalls dem Untergang der freien Menschen verschworen hatten. Momentan war es König Scurr. Die erste Schlacht der Sieben hatte die ganze Welt ins Ungleichgewicht gebracht. Vulkane waren ausgebrochen, und man sprach von einem gewaltigen Blitzschlag, der die Erde aufgerissen und in Nord und Süd geteilt hatte. Wie die Klinge eines Schwertes wirkte die Meerenge zwischen Balmacann und Catharga nun. Dann hatte sich die Welt verdunkelt, worauf ein achthundert Jahre langer Winter folgte, den die Menschen, wenige Zwerge, Elfen und sonstige Wesen nur mit Mühe überlebt hatten. Als die Kälte endlich vorüber war, wurde mit der neuen Zeitrechnung begonnen. Das war jetzt schon 4317 Jahre her.

Ariac schüttelte den Kopf, und seine langen, dunklen Zöpfe flogen hin und her.

»Thondras Kinder sind seit über tausend Jahren nicht mehr erschienen. Was soll das Ganze mit mir zu tun haben?«

Warga war noch immer fassungslos. Sie konnte es nicht glauben.

»Das weiß ich nicht, Ariac. Entweder bist du einer von ihnen, oder du wirst zumindest mit ihnen kämpfen.« Die Hexe warf erneut die Runen, die nun in einer anderen Formation liegen blieben. Sie blickte Ariac ernst an und sagte: »Du wirst die Steppe verlassen. Du wirst ein starker Krieger werden, und ich sehe Liebe und Tod in deiner Zukunft.«

»Niemals werde ich die Steppe verlassen!«, schrie Ariac empört und sprang auf. Dann stieß er mit dem Fuß die Runen beiseite. »So ein Blödsinn! Das ist doch alles nicht wahr!«

Er stürmte aus dem Zelt an seinen Schwestern vorbei, die ihm etwas hinterherriefen, doch darauf achtete er nicht.

»Nur weil du nicht daran glaubst, wird es sich nicht ändern«, murmelte Warga und blickte nachdenklich auf die uralten Runen, die sie schon von ihrer Großmutter und diese von der ihren geerbt hatte.

Ariac wusste gar nicht, warum er plötzlich so heftig reagiert hatte. Vielleicht lag es an den merkwürdigen Träumen, die er seit einiger Zeit hatte. Sie waren immer verwirrend und undeutlich. Er sah Schlachten vor sich, sterbende Menschen und finstere Wesen, und immer hatte er ein Schwert in der Hand. Aber die Arrowann kämpften nicht mit Schwertern. Sie hatten Bögen, Dolche, Lanzen und Messer, aber keine Schwerter.

Ariac war weit in die Steppe hinausgelaufen, blickte in den mit Sternen übersäten Frühlingshimmel und atmete die klare frische Luft tief ein.

Ich werde der nächste Anführer der Arrowann und für immer in der Steppe bleiben, sagte er sich immer wieder. Dann ging er langsam wieder zu den anderen zurück.

Seine Schwestern wollten natürlich wissen, was die Hexe gesagt hatte und warum er so wütend hinausgestürmt war, doch er verriet nichts. Nicht einmal als Lynn ihn aufzog, reagierte er. Er wollte Wargas Worte so schnell wie möglich vergessen.

In den folgenden Tagen, als die Arrowann auf die Ankunft der fahrenden Händler warteten, war Ariac seltsam in sich gekehrt. Nicht einmal der Besuch einiger hübscher Mädchen vom Wolfsclan konnte ihn aufmuntern. Wenn Warga ihm über den Weg lief, schien sie ihn immer mit Blicken zu durchbohren, doch Ariac ignorierte die Hexe, so gut er konnte. Er wollte von den Verrücktheiten der Alten nichts wissen. Unauffällig und heimlich erkundigte er sich trotz allem bei den anderen Jägern des Clans genauer über die Kinder Thondras. Man erzählte ihm, dass sie angeblich seit der ersten Schlacht immer dann wiedergeboren wurden, wenn die Finsternis erstarkte und sich ein Schatten über die Länder legte.

Die vergangenen drei Schlachten hätten sie immer verloren, weil einer zum Verräter geworden sei. Entweder weil der Herrscher über Ursann einen der Sieben auf seine Seite gezogen hatte, oder es war um Frauen oder Macht gegangen. Die letzte Schlacht war über tausend Jahre her, und auch damals waren Thondras Kinder unterlegen. Wieder waren sie von einem der ihren verraten worden. Seitdem waren sie nicht wiedergeboren worden, wohl weil Thondra ihnen zürnte. Es hatte in den Orkkriegen im Jahre 3350 und danach immer Schlachten der Menschen gegeben, in denen die Kinder Thondras hätten gebraucht werden können, aber der Kriegsgott schickte keine Hilfe. In den letzten dreitausend Jahren seit dem letzten Sieg der Sieben in den Schattenkriegen war ein Wettstreit zwischen dem jeweiligen Herrscher von Ursann (dieses Land hatte immer nur grausame Herrscher hervorgebracht) und den Zauberern von Camasann, einer Insel im Süden, ausgebrochen. Das ganze Land wurde regelmäßig nach Kindern durchsucht, die seltene Fähigkeiten im Umgang mit dem Schwert besaßen. Diese wurden dann in den Schulen in Ursann oder Camasann ausgebildet, bis sie siebzehn Jahre alt waren.

Die jeweiligen Oberhäupter der Schulen, momentan waren es der grausame König Scurr in Ursann und Zauberer Hawionn in Camasann, hielten die magischen Schwerter der Sieben unter Verschluss. Das von Dagnar und Nariwa war allerdings seit dem letzten Krieg verschollen. Wenn unter den Schülern einer der Sieben war, so würde eines der magischen Schwerter erglühen und ihn als ein Kind Thondras auszeichnen, sobald er das siebzehnte Lebensjahr erreicht hatte. König Scurr besaß zwei Schwerter, die Zauberer drei. Sowohl Scurr, der sich der Finsternis verschworen hatte, als auch die Zauberer von Camasann, die dem Licht zugewandt waren, hofften eines Tages die Sieben in ihrer Schule zu finden, um sie zu starken Kriegern zu machen, die ihnen treu dienten. Es gab eine Legende, die besagte, dass nur dann das Gute siegen würde, wenn alle Sieben und ihre Schwerter vereint wären.

Sollte hingegen derjenige, dessen Geist Kââr beherrschte, alle Sieben vereint haben, würde die ewige Dunkelheit über alle Länder hereinbrechen. Soweit es beim Steppenvolk bekannt war, war eine von Scurrs herausragendsten Fähigkeiten, andere mit einem magischen Bann belegen zu können und sie für seine finsteren Zwecke zu missbrauchen. Die Schlagkraft der Sieben, gepaart mit Scurrs Bösartigkeit, würde dann zu einem schrecklichen Werkzeug verschmelzen, welches die Länder in Angst und Unterjochung ersticken würde.

Auch heute, im Jahre 4317 seit dem langen Winter, brodelte es in den Königreichen. Die Länder bekriegten sich, neideten sich ihre Reichtümer, und besonders König Scurr terrorisierte seine Nachbarn. Orks, Trolle und Wesen der Finsternis sammelten sich in Ursann, wie man vermutete, und König Greedeon, der die Schule der Krieger in Camasann unterstützte, war angeblich einer der Wenigen, die noch für Recht und Ordnung sorgten.

Die warmen Frühlingstage im Lager zogen sich dahin, bis endlich die Händler erschienen, die mit ihren großen Wagen über die Handelsstraße fuhren. Die Arrowann machten gute Geschäfte und waren zufrieden. Eigentlich sollte es nun zurück in die Steppe gehen, wo die Steppenleute den ganzen Sommer durch das menschenleere Land ziehen würden. Doch dann verkündete ein junger Mann der Arrowann, dass er ein Mädchen aus dem Wolfsclan heiraten wollte, sodass sich die Abreise wegen der Hochzeit um einige Tage verschob. Es war eine ausgelassene und fröhliche Zeit. Der Wolfsclan und die Arrowann, die schon seit jeher in Freundschaft miteinander verbunden waren, legten ihre Zelte zu einem einzigen großen Lager zusammen.

Mitten in diese fröhlichen Feiern platzte eines Morgens eine merkwürdige Gruppe von Männern. Es waren bewaffnete Krieger, alle in dunkelgrüne Umhänge gehüllt, auf denen Runen aufgestickt waren. Hinter den fünf berittenen Männern kam ein Planwagen, vor den zwei prächtige schwarze Pferde mit wallenden Mähnen gespannt waren. Auf dem Kutschbock saß ein älterer Mann mit halblangen braunen Haaren und einem leicht ergrauten Bart.

Die Steppenleute kamen aus ihren Zelten und beobachteten den Zug mit einer Mischung aus Neugier und Unbehagen. Die Ältesten wussten, wer das war. Es handelte sich um die Zauberer und ihre Krieger von der Insel Camasann, die wieder auf der Suche nach neuen Kindern für ihre Schule waren. Doch vor allem wollten sie endlich die Sieben finden, die Kinder Thondras, die schon so viele Jahrhunderte nicht mehr gesichtet worden waren. Die Steppenmenschen hatten eigentlich weder mit den Zauberern noch mit König Scurr viel zu schaffen und kümmerten sich nicht darum. Sie waren seit vielen Jahren nicht mehr auf die sogenannten »Sucher« gestoßen. Beim einfachen Volk waren weder die von Camasann noch die von König Scurr sehr beliebt. Den Menschen machte die Vorstellung Angst, dass eines ihrer Kinder vielleicht einer der Sieben sein sollte, denn denen war von jeher ein gefahrvolles Leben und meist ein schlimmes Schicksal beschert. Kaum einer hatte jemals viel mehr als seinen dreißigsten Geburtstag erlebt. Die Königsfamilien und Adelshäuser dagegen schickten ihre Kinder meist schon ab dem sechsten Lebensjahr freiwillig zur Insel der Zauberer. Für sie wäre es eine Ehre, wenn eines ihrer Kinder einer der Sieben wäre. Vor König Scurrs Suchern dagegen hatten alle Angst, denn die Ausbildung in Ursann, in den Ruinen der Burg von Naravaack, war gnadenlos und unglaublich hart. Viele junge Männer und einige Frauen waren währenddessen gestorben. König Scurr fragte nicht lange, sondern nahm sich, was er wollte. Während den jungen Männern auf der Insel Camasann die Wahl gelassen wurde, als Krieger zu bleiben oder nach Hause zu gehen, wenn sich mit siebzehn Jahren herausstellte, dass sie nicht zu den Auserwählten gehörten, so behielt König Scurr alle bei sich. Nur die jungen Frauen ließ er töten, denn sie waren für ihn wertlos. König Scurrs Armee war gefürchtet. Es waren grausame Krieger, die durch jahrelange Gehirnwäsche und brutale Ausbildungsmethoden Scurr und seinem Schergen Worran bedingungslos gehorchten. Alle Menschen hofften, dass König Scurr niemals alle Sieben in die Finger bekommen würde, denn dann wäre das ganze Land dem Untergang geweiht. Mit ihrer Hilfe würde er alle Länder unterwerfen und die Welt in Finsternis stürzen. Daher war es allen lieber, ihre Kinder auf der Insel der Zauberer zu wissen, wenn sie schon ausgewählt wurden. Doch die Arrowann hatten seit beinahe zwanzig Sommern keinen der Sucher mehr gesehen. So lange sich die Steppenleute erinnern konnten, hatte es kaum einmal Kinder gegeben, die dieses seltene Talent zum Schwertkampf besaßen.

Ariac betrachtete die Gruppe von Männern fasziniert. Er hatte noch nie einen der Sucher gesehen. Plötzlich durchzuckte ihn ein Gedanke. Er musste an Warga und ihre Prophezeiung denken, und ihm brach der Schweiß aus.

Ich will nicht mit ihnen gehen, dachte er panisch und wollte sich davonmachen.

Doch da kam schon sein Vater zu ihm, legte ihm einen Arm um die Schultern und sagte: »Die Zauberer waren schon lange nicht mehr bei uns, es wird einige Schwertkampfvorführungen geben.«

Ariac trat nervös von einem Bein aufs andere. »Ich möchte es nicht sehen. Ich würde lieber gleich zurück in die Steppe reiten«, sagte er zu seinem Vater.

Rudgarr runzelte überrascht die Stirn und betrachtete seinen Sohn nachdenklich. »Du musst bleiben. Es ist die Pflicht aller Menschen in den Ländern, dass sie ihre Kinder testen lassen. Wer weiß, ob nicht eines Tages ein Kind der Steppe unter den Sieben ist. Im ersten Krieg vor dem langen Winter waren es zwei Steppenleute, und in den folgenden Kriegen war es häufig ein Mädchen aus der Steppe. Außerdem ist es besser, die Zauberer bekommen einen von uns als Scurrs Sucher.«

Ariac schluckte. *Na, zum Glück bin ich kein Mädchen*, dachte er, aber Wargas Prophezeiung ging ihm immer wieder durch den Kopf.

»Ariac, was ist denn mit dir?«, fragte sein Vater besorgt. »Du siehst ja ganz blass aus.«

Ariac spannte die Kiefermuskeln an und schüttelte den Kopf. »Ist schon gut, alles in Ordnung.« *Ich werde mich einfach dumm anstellen, ich kann ohnehin nicht Schwertkämpfen*, dachte er und beruhigte sich ein wenig.

Der Zauberer stieg von der Kutsche und kam mit geschmeidigen, großen Schritten auf die Ansammlung von Zelten zu. Er strahlte Weisheit und Autorität aus, die man nicht wirklich in Worte fassen konnte.

Rudgarr zwinkerte seinem Sohn zu und begrüßte daraufhin den Fremden. »Mein Name ist Rudgarr, ich bin der Anführer der Arrowann«, sagte Rudgarr und deutete dann neben sich. »Das ist Krommos, der Anführer des Wolfsclans.«

Der Zauberer verneigte sich leicht und musterte das gesamte Lager mit einem alles durchdringenden Blick. »Mein Name ist Brogan. Ich komme von der Insel Camasann und bin hier, um Eure Kinder im Schwertkampf zu testen.«

»Wir kämpfen nicht mit dem Schwert«, rief Krommos. Er war ein schlanker, sehniger Mann mit bereits ergrauten Haaren, die alle zu Zöpfen geflochten waren, wie es im Wolfsclan Tradition war. Krommos war für sein aufbrausendes Temperament bekannt.

Brogan nickte weise und bedachte ihn mit einem merkwürdigen Blick, sodass dieser ein wenig unruhig wurde.

»Das weiß ich, aber das tut auch nichts zur Sache. Ist keines Eurer Kinder geeignet, könnt Ihr weiterziehen, mein Herr.«

Krommos senkte beschämt den Blick und nickte schließlich.

»Lasst alle Kinder ab einem Alter von sechs bis siebzehn Jahren kommen, wir werden sie testen«, befahl Brogan mit zwar freundlicher, jedoch sehr bestimmter Stimme.

Nun brach eilige Geschäftigkeit aus. Die Kinder der Clans wurden gesucht und mit mal mehr, mal weniger sanfter Gewalt vor den Zauberer gestellt. Am Ende standen dreiundvierzig Kinder und junge Leute bereit.

Brogan ließ seinen durchdringenden Blick über sie schweifen.

Viele sind schon beinahe Männer oder erwachsene Frauen, dachte der Zauberer unzufrieden. Eigentlich bevorzugten sie es, die Kinder bereits in sehr jungen Jahren zu unterrichten, so waren sie besser formbar. Doch besonders beim Steppenvolk war das sehr schwierig, da man sie kaum zu Gesicht bekam.

Brogan seufzte. *Wahrscheinlich ist ohnehin wieder keines der*

Kinder dabei, dachte er resigniert. In den letzten Jahrzehnten war kein einziges der Steppenkinder auch nur als ein normaler Krieger geeignet gewesen. Die Steppenleute kämpften einfach mit anderen Waffen.

»Gut«, sagte der Zauberer freundlich. »Zunächst die kleinen Kinder.«

Er nickte den fünf bewaffneten Kriegern zu, alles ernste, schweigsame Männer, die den ersten Kindern kleine, leichte Schwerter gaben. Dann begannen die Krieger nacheinander die Kinder anzugreifen und forderten sie auf, sich zu verteidigen. Doch alle Kinder stellten sich äußerst ungeschickt mit dem Schwert an.

Brogan fuhr sich über seinen Bart. Das würde wohl wieder nichts werden. Beinahe jedes Jahr gegen Frühlingsbeginn fuhr er oder einer der anderen Zauberer oder Ausbilder von Camasann über das Land, um Kinder zu testen und zur Schule zu bringen. Bisher war keiner der Sieben dabei gewesen. Das Einzige, was ihn beruhigte, war, dass auch Scurr noch keines der Kinder Thondras bei sich hatte.

Der Morgen zog sich dahin. Gerade war ein etwa zehnjähriger Junge an der Reihe, der sich ein klein wenig geschickter anstellte als die anderen. Der blonde Krieger, der mit ihm gekämpft hatte, warf einen fragenden Blick zu Brogan hin, doch der schüttelte den Kopf. Der Junge war ein wenig geschickter, aber Thondras Kinder hatten ein angeborenes, außergewöhnliches Talent mit dem Schwert und das konnte man von diesem Jungen nicht sagen. Die Sonne kam hinter den Wolken hervor, und ein Junge in Ariacs Alter war an der Reihe. Plötzlich brach Ariac wieder der Schweiß aus, und ihm wurde übel. Er wollte nicht kämpfen und beschloss zu verschwinden. Heimlich wollte er sich hinter seinem Vater davonstehlen, doch der hielt ihn am Ärmel seines weiten Baumwollhemdes fest.

»Wo willst du hin?«

»Mir ist plötzlich so komisch«, murmelte Ariac und wischte sich den Schweiß von der Stirn.

Sein Vater betrachtete ihn besorgt, doch Lynn, die gespannt darauf wartete, selbst getestet zu werden, verzog zynisch ihren hübschen Mund.

»Er hat doch nur Angst, sich zu blamieren.«

»Habe ich nicht!«, rief Ariac mit vor Zorn funkelnden Augen.

»Du bist der Sohn des Clanführers«, sagte sein Vater ernst. »Du kannst dich nicht einfach drücken!«

Ariac nickte und ließ die Schultern hängen. Noch zwei Mädchen und ein Junge waren vor ihm, dann war Ariac an der Reihe. Mit unsicheren Schritten trat er in den Kreis, um den alle anderen versammelt waren. Sein Mund war trocken, und ihm war schwindlig. Ein großer Mann mit einem schwarzen Bart gab ihm ein Schwert und nickte ihm zu. Ariac nahm es mit zitternder Hand entgegen.

Ich muss mich nur dumm genug anstellen, sagte er sich erneut und blieb einfach stehen, als der Krieger ihn angriff.

Er täuschte ein Stolpern vor und torkelte zurück. Der Krieger seufzte, doch der Zauberer meinte, er solle es noch einmal versuchen. Erneut griff der Mann an und erwischte Ariac an der Schulter. Und urplötzlich ging etwas Merkwürdiges in ihm vor. Ariac hatte gar nicht das Gefühl, es selbst zu steuern. Er blockte den nächsten Schlag perfekt und begann dann von sich aus, auf den Krieger loszugehen. Es war, als ob es gar nicht er selbst wäre, so als würde er von einer fremden Macht gelenkt. Ariac griff den mehr als doppelt so alten und wesentlich größeren Mann mit einer Folge aus perfekt abgestimmten Schlägen an, sodass dieser immer weiter zurückwich. Ariac hätte den Mann nicht besiegen können, dafür war er noch zu jung. Dennoch war es ein Wunder, dass dieser etwa zwei Kopf kleinere Junge einen erwachsenen Mann derart in Bedrängnis bringen konnte.

Brogan trat in die Mitte und hielt mit seinem dicken Eichenstab Ariacs Schwert auf und blickte den Jungen durchdringend an. Ariac ließ sein Schwert sinken.

»Du wirst mit uns gehen«, sagte Brogan einfach und selbst verwundert. Einen so guten Kämpfer hatte er schon seit ewigen Zeiten nicht mehr gesehen und schon gar nicht bei den Steppenleuten.

Ariac runzelte die Stirn und schien erst jetzt zu sich zu kommen. Er blickte auf sein Schwert und die vielen, fassungslosen Steppenleute, die ihn alle anstarrten.

»Ich ... ich kann nicht mitkommen«, stammelte Ariac und ließ das Schwert auf den Boden fallen, so als würde es ihm die Hände verbrennen. »Ich kann gar nicht Schwertkämpfen, das ist alles ein Irrtum!«

Brogan nahm ihn am Arm und sah ihn ernst an. »Du hast die Gabe, mein Junge. Wie heißt du?«

Ariac riss sich los und funkelte den wesentlich größeren Zauberer wild an.

»Ich gehe nicht mit Euch, ich werde der nächste Clanführer der Arrowann. Ich gehe nicht mit Euch!«

Damit rannte er los und zwängte sich durch die noch immer erstaunten Steppenleute.

Die fünf Krieger sahen den Zauberer fragend an, doch der winkte ab. Sie sollten dem Jungen nicht folgen.

Brogan ging zu Rudgarr, der fassungslos am Rand stand, und rief über die Schulter seinen Leuten zu: »Testet die restlichen Kinder!« Er packte Rudgarr am Arm, der ihn verwirrt anblickte. »Kann ich mit Euch reden?«

Der Clanführer nickte und verließ mit dem Zauberer das Zeltdorf. Die Männer setzten sich auf einen großen flachen Felsen.

»Der Junge, ist er Euer Sohn?«, fragte der Zauberer ernst.

Rudgarr bestätigte dies. »Ja, Ariac, ich kann es nicht glauben. Er hatte niemals ein Schwert in der Hand!« Der stolze Anführer der Arrowann wirkte vollkommen verwirrt und konfus.

Brogan legte ihm beruhigend eine Hand auf den Arm. »Manche Kinder werden mit dieser Gabe geboren. Das heißt noch nicht, dass er einer der Sieben ist. Das wird sich erst herausstellen, wenn er mit siebzehn Jahren eines der magischen Schwerter berührt. Wie alt ist der Junge denn?«

»Zwölf«, antwortete Rudgarr, noch immer fassungslos.

»Ihr wisst, dass er mit uns gehen muss«, sagte der Zauberer ernst.

Rudgarr nickte und senkte den Blick. Seine langen Haare fielen über seine Schultern, und trotz der Tätowierungen, die ihm eigentlich einen wilden Ausdruck verliehen, wirkte er nun hilflos und verzweifelt.

»Er ist unser einziger Sohn, er sollte mein Nachfolger werden.«

Brogan nickte, er wusste, wie sich der Steppenmann jetzt fühlte.

»Das weiß ich. Aber selbst wenn ich ihn hierlassen würde, was ich nicht darf, würde sich herumsprechen, welche Begabung Ariac hat.« Brogan blickte Rudgarr ernst an. »Wenn Scurr ihn in die Finger bekommt, dann wird es ihm sehr schlecht ergehen.«

Der Clanführer fuhr sich über das Gesicht und nickte schließlich resigniert.

»Gut, ich werde mit ihm reden. Er wird Euch begleiten. Ihr habt mein Wort.«

Brogan nickte zufrieden. Das Wort eines Steppenkriegers zählte etwas. Er kehrte zu den anderen Kriegern zurück, doch außer Ariac zeigte keines der Kinder Talent zum Schwertkampf.

Rudgarr sattelte sich eines der zähen Steppenpferde und machte sich auf die Suche nach seinem Sohn. Erst in der

Abenddämmerung fand er Ariac, der weit in die Steppe hinausgeritten war und in der Nähe eines kleinen Baches an einem Felsen lehnte. Rudgarr stieg ab und ging zu seinem Sohn, der mit angespanntem Gesicht auf den Bach blickte.

»Ich gehe nicht mit ihnen«, sagte Ariac bestimmt, bevor sein Vater etwas sagen konnte.

Rudgarr setzte sich neben ihn und betrachtete ihn nachdenklich. Gerade erst war Ariac vom Jungen zum Jäger geworden. Er selbst wollte ihn nicht gehen lassen, aber es musste sein.

»Möchtest du, dass die Menschen der Steppe weiterhin in Freiheit und Frieden leben?«, fragte Rudgarr ernst.

»Natürlich möchte ich das«, rief Ariac überrascht.

Rudgarr nickte. »Gut, und glaubst du, dass wir auch dann noch frei wären, wenn König Scurr und seine finsteren Geschöpfe an Macht gewinnen?«

»Ich gehe nicht mit dem Zauberer«, wiederholte Ariac stur.

Rudgarr packte seinen Sohn an den Schultern und zwang ihn, ihm ins Gesicht zu sehen.

»Ich weiß nicht, was diese merkwürdige Gabe bei dir zu bedeuten hat, aber falls du einer der Sieben sein solltest, dann ist es deine Pflicht, alle freien Menschen zu verteidigen!«

Ariac wandte den Blick ab und wollte nichts hören, doch sein Vater fuhr fort.

»Einige der großen Krieger waren Steppenmenschen, das weißt du doch. Vielleicht ist es deine Berufung.«

»Ich werde der nächste Anführer der Arrowann, das ist meine Aufgabe«, erwiderte Ariac wütend. »Ich bin euer einziger Sohn, ich muss in der Steppe bleiben.«

Rudgarr seufzte und blickte ihn ernst an.

»Das weiß ich, aber darum solltest du dich nicht sorgen. Es wird sich eine andere Lösung finden.« Rudgarr packte Ariac fest am Arm. »Falls du nicht der Gesuchte bist, dann kommst du zurück und kannst immer noch der Anführer der Arrowann werden.«

»Ich will nicht aus der Steppe fort«, rief Ariac verzweifelt, und gegen seinen Willen sammelten sich Tränen der Wut in seinen Augen. Er sprang auf. »Ich kann nicht in festen Häusern leben und das geregelte Leben eines Kriegers führen, der unter einem König dient. Ich kann das nicht, und ich will das nicht. Ich brauche die Freiheit der Steppe!«

Rudgarr erhob sich ebenfalls und packte seinen Sohn an den Schultern.

»Das verstehe ich, aber es muss ja nicht für immer sein.«

Ariac schluckte krampfhaft die Tränen herunter und kämpfte ganz offensichtlich mit sich. »Aber ich bin doch keines von Thondras Kindern, das kann doch gar nicht sein!«

Rudgarr nahm seinen Sohn in den Arm und sagte: »Wahrscheinlich bist du es nicht, aber das musst du zunächst herausfinden.«

»Du ... du willst wirklich, dass ich gehe?«, fragte Ariac und blickte zu seinem Vater auf.

Rudgarr nickte ernst. Auch wenn er es nicht wollte, in seinem Innersten wusste er, dass Ariac gehen musste. »Die Zauberer sind keine schlechten Menschen. Es wäre schlimmer, wenn Scurrs Sucher dich gefunden hätten.«

Ariac straffte die Schultern und nickte resigniert. Er wollte nicht, aber er würde seinem Vater gehorchen müssen.

Rudgarr ging zu seinem Pferd, und Ariac sagte: »Ich komme bald nach, ich muss noch ein wenig allein sein.«

Rudgarr widersprach nicht und ritt nachdenklich und schwermütig zurück zum Lager, wo ihn seine aufgeregte Frau und die beiden Mädchen empfingen.

»Ariac soll mit den Zauberern gehen?«, fragte Lynn mit großen Augen.

So gerne sie ihren Bruder immer geärgert und geneckt hatte, dass er fortging, das wollte sie dann doch nicht. Auch

Léa kämpfte augenscheinlich schon mit den Tränen, und Thyra blickte ihren Mann fragend an.

Rudgarr nahm alle drei in den Arm und sagte: »Wenn er keiner der Sieben ist, wird er in nur fünf Jahren zurückkehren.«

»Und wenn nicht?«, fragte Léa ängstlich.

»Dann war sein Leben von vornherein vorherbestimmt.«

Ariac war wie ein Herbststurm über die Steppe galoppiert und hatte all seine Wut und seine Trauer herausgebrüllt. Schließlich hielt er mitten auf der nächtlichen und menschenleeren Steppe an und schrie zum Mond hinauf: »Ich komme wieder! Ich kehre zurück in die Steppe! Ich bleibe nicht bei den Unfreien!«

Ariac blieb die ganze Nacht verschwunden. Brogan und seine Krieger machten sich bereits Sorgen, ob er sich davongemacht hatte. Doch Rudgarr versicherte dem Zauberer immer wieder, dass Ariac zurückkommen würde.

Noch bis spät in die Nacht wurde überall an den Lagerfeuern aufgeregt geredet. Es war lange her, dass einer der Steppenbewohner mit auf die Insel Camasann gegangen war.

»Die Letzte vom Steppenvolk war Nariwa, und das ist schon tausend Jahre her«, sagte Krommos zu seiner Frau. Sie saßen nur ein Lagerfeuer von Rudgarr und seiner Familie entfernt.

Diese nickte nachdenklich und blickte mitleidig auf Thyra, die offensichtlich ziemlich durcheinander war. »Ich bin froh, dass es keines unserer Kinder ist.«

Krommos legte einen Arm um sie. »Das bin ich auch. Nawárronn sei gedankt!«

Warga schlich durch das Lager, als sich fast alle zurückgezogen hatten. Sie stellte sich hinter den Zauberer, der allein an einem beinahe heruntergebrannten Feuer saß.

»Darf ich mich zu Euch setzen?«

Brogan fuhr herum, er war ganz in Gedanken gewesen. Er nickte der alten Frau mit den weißen Haaren zu, die eine Vielzahl geschnitzter Knochen um den Hals trug.

»Ich wusste, dass Ariac gehen wird«, krächzte sie.

Brogan blickte sie überrascht an und zog die Augenbrauen zusammen.

»Wirklich?«

Warga nickte und warf ein paar Kräuter ins Feuer, die einen merkwürdigen Duft verströmten. »Die Sieben sind wiedergeboren.«

Der Zauberer zuckte wie vom Blitz getroffen zusammen und starrte die alte Frau an, die leise zu kichern begann und undeutliches Zeug vor sich hin murmelte.

»Woher wisst Ihr das? Ist Ariac wirklich einer der Sieben?«

Erneut kicherte Warga leise und blickte den Zauberer durchdringend an. »Die Runen haben es mir gesagt, aber ob Ariac einer von Thondras Kindern ist, das weiß ich nicht. Sein Schicksal ist jedoch mit ihnen verbunden.«

Brogan musterte die alte Frau misstrauisch. Konnte das wirklich wahr sein? Es gab viele Scharlatane und angeblich weise Frauen und Hexen, aber nur wenige, die wirklich die Gabe hatten, aus den Runen lesen zu können.

Die Hexe erhob sich ächzend. »Passt auf ihn auf! Ariac ist ein Kind der Steppe. Er braucht seine Freiheit, und er muss an das glauben, für das er kämpft, sonst wird er daran zerbrechen.«

Brogan nickte nachdenklich, und als er wieder aufblickte, war die Hexe wie ein Schatten in der Nacht verschwunden.

Ariac kehrte erst im Morgengrauen zurück. Schweigend ritt er durch das Lager, während die Steppenleute allmählich erwachten. Er versuchte die starrenden Blicke der Menschen zu ignorieren. Vor dem Zelt seiner Eltern stieg er ab, ging schweigend hinein und begann, sein weniges Hab und Gut zusammenzupacken. Den erst vor wenigen Tagen erworbenen Dolch hängte er sich an seinen Gürtel.

Eine schmale Hand legte sich auf seine Schulter, und Ariac drehte sich langsam um.

»Du gehst wirklich?«, fragte Léa mit zitternder Stimme, und aus ihren dunklen Augen flossen ein paar Tränen.

Ariac biss sich auf die Lippe und nickte. »Aber ich komme zurück, das verspreche ich.«

Léa umarmte ihn lang, bevor auch Lynn, die ebenfalls mit den Tränen kämpfte, und Ariacs Mutter dazukamen.

Sie umarmte ihren Sohn und sagte: »Ich bin stolz auf dich. Du wirst den richtigen Weg finden.«

Rudgarr trat nun ebenfalls ein, nahm sich die Kette mit der Pfeilspitze ab und hängte sie Ariac um den Hals. »Das ist das Wahrzeichen unseres Clans, es wird dir Glück bringen.«

Ariac nickte und verabschiedete sich von seiner Familie. Nur mühsam konnte er die Fassung bewahren. Als er mit seinem Bündel auf dem Rücken hinaustrat, traf ihn Wargas Blick, und er funkelte sie wütend an, so als könnte die alte Hexe etwas dafür. Brogan empfing ihn draußen, lächelte freundlich und legte ihm eine Hand auf die Schulter.

»Komm jetzt, mein Junge, wir brechen auf.«

Ariac folgte dem Zauberer stumm und mit gesenktem Kopf durch die Menge, die eine Art Gasse gebildet hatte. Brogan führte ihn zu dem großen Planwagen, und bevor Ariac einstieg, blickte er noch einmal auf die staunenden Steppenbewohner und die endlose, menschenleere Weite dahinter.

Er schluckte und wollte schon einsteigen, als er plötzlich von weitem Lynns Stimme hörte: »Ariac, du wirst der beste und stärkste Krieger, den die Länder jemals gesehen haben!«

Einen Moment herrschte Stille, dann hoben die versammelten Steppenleute die Fäuste und schrien: »Ariac, Ariac! Nawárronn sei mit dir!«

Ariac schluckte. Nawárronn, der Gott des Windes – hoffentlich würde der ihn bald wieder nach Hause bringen. Schließlich stieg er in den Planwagen ein. Zu seiner Verwunderung saßen bereits zehn weitere Kinder darin, die Ariac zuvor noch gar nicht gesehen hatte. Die Jungen in verschiedensten Altersstufen schauten ihn misstrauisch an. Ariac setzte sich ganz an den Rand, nahe dem Einstieg und schloss die Augen. Dann setzte sich der Wagen rumpelnd in Bewegung.

Ein etwas älterer Junge sagte zu dem Jungen neben sich: »Sieh nur, was für lange Haare er hat, und diese merkwürdigen Tätowierungen!«

Der andere nickte. »Mein Vater hat immer gesagt, die Steppenleute seien Wilde, nicht besser als Tiere.«

In den meisten Ländern galten die Clans der Steppe tatsächlich als minderwertig. Die anderen Menschen, die in Städten oder Dörfern lebten, konnten die wilden, freien Steppenleute einfach nicht verstehen.

Ariac hatte die Worte zwar vernommen, reagierte jedoch nicht darauf. Schon jetzt, in diesem Planwagen, kam er sich furchtbar eingesperrt vor und hatte das Gefühl, keine Luft zu bekommen. Er ignorierte die bissigen und verletzenden Kommentare der anderen Kinder. Schließlich wollte er nur eins, dass die fünf Jahre schnell vorbeigingen und er wieder zurück nach Hause konnte.

Viele lange Tage rumpelte der Planwagen über die Handelsstraße, zunächst nach Gronsdale, wo sich zwei weitere Kinder zu den anderen gesellten, dann ging es nach Errindale. Die anderen Kinder sprachen nicht mit Ariac, denn sie fürchteten sich vor ihm oder verspotteten ihn. Nachdem Ariac einen der größeren Jungen, der ihn immer wieder ärgerte, verprügelt hatte, hielten sich zumindest alle von ihm fern.

Der Frühling war in den Sommer übergegangen, als der Zauberer mit den Kindern in Northfort eintraf. Es war bereits Nachricht geschickt worden, dass sich alle sechs- bis siebzehnjährigen Kinder am Schloss versammeln sollten. An diesem Tag ging ein heftiges Sommergewitter nieder, und Brogan und seine Krieger hielten im Schutz einiger Felsen an. Die meisten Kinder drängten sich ängstlich zusammen, nur Ariac stellte sich in den Regen und breitete die Arme aus. Er hasste die Enge des Planwagens, da er es gewohnt war zu laufen oder zu reiten. In den Städten und Dörfern, wo die anderen Kinder getestet wurden, durften sich Ariac und die anderen sowieso schon nicht zeigen. Brogan fürchtete König Scurrs Spitzel, die ihm die Kinder vielleicht wegnehmen würden.

»Es wird nicht einfach mit ihm werden«, sagte einer der Krieger zu Brogan und deutete auf Ariac, der bereits vollkommen durchnässt war.

»Das mag sein, aber er hat etwas Ungewöhnliches an sich«, murmelte der Zauberer. Insgeheim hoffte er, wirklich eines von Thondras Kindern gefunden zu haben, aber sicher würde er erst in fünf Jahren sein können. Das Gewitter wütete den ganzen Tag, und als der Planwagen gegen Nachmittag über die aufgeweichte Straße rumpelte, lagen immer wieder umgestürzte Bäume auf dem Weg, die Brogans Krieger mühsam zur Seite räumen mussten. Doch an einer Stelle waren so dicke und große Eichen auf den Weg gekracht, dass es ewig gedauert hätte, diese zu beseitigen.

Brogan fluchte und blickte sich um.

»Wir werden auf diesen schmalen Weg ausweichen müssen und weiter westlich wieder auf den Hauptweg zurückkehren.«

Der Zauberer sah sehr ungehalten aus über die Verzögerung, denn er wollte die letzten beiden Königreiche so schnell wie möglich durchfahren, um wieder auf die Insel übersetzen zu können. Die Suche nach Kindern war in diesem Jahr erfolgreicher gewesen als in den letzten. Da hatten sie teilweise nur zwei oder drei Mädchen und Jungen finden können, die Talent zum Schwertkampf hatten.

Der Waldweg war teilweise so schmal, dass der Wagen kaum durchkam. Bis die Sonne sank, ging es durch den Wald, dann wurde Rast gemacht. Ariac legte sich auf seine Decke nach draußen, so wie schon die ganzen Nächte zuvor, während die restlichen Kinder im Planwagen blieben. Ariac lauschte den ungewohnten Geräuschen des nächtlichen Waldes, der ihm fremd war. In der Steppe war es offen und übersichtlich gewesen, doch er fühlte sich trotz allem hier draußen besser als in der Enge des Planwagens, dort glaubte er zu ersticken. Er blickte auf die sich leise im Wind wiegenden Nadel- und Laubbäume. Immer wieder knackte es, und Ariac hatte vorsichtshalber seinen Dolch in der Hand, auch wenn die schweigsamen Krieger zwischen den Bäumen Wache hielten. Kurze Zeit später hörte er leise Schritte und stützte sich auf die Unterarme. Der Zauberer näherte sich, setzte sich neben ihn auf den Waldboden und musterte ihn nachdenklich.

»Wenn die anderen Kinder gemein zu dir sind, musst du es mir sagen«, verlangte Brogan ernst.

Ariacs Gesicht verschloss sich. »Es macht mir nichts aus, und ich schlafe gern im Freien«, antwortete er und starrte weiter in die Nacht.

Brogan nickte ernst. »Ich weiß, dass du nicht gehen wolltest, aber du wirst sehen, wenn du dich erst auf Camasann eingewöhnt hast, wirst du Gefallen an der Ausbildung finden.«

Ariacs dunkle Augen blitzten wütend. »Ich werde mich niemals daran gewöhnen, in einem festen Haus aus Stein zu wohnen. Sobald fünf Jahre um sind, gehe ich zurück nach Hause!«

Brogan betrachtete den fremdländischen Jungen mitleidig.

Es tat ihm selbst weh, Kinder und junge Männer aus ihrem gewohnten Leben und ihrer Familie zu reißen, aber es musste eben sein.

»Wir werden sehen, Ariac, wir werden sehen«, sagte der Zauberer, erhob sich und ging, um auf dem unbequemen Kutschbock zu schlafen.

Ariac legte sich zurück auf die Decken und versuchte zu schlafen, aber er war viel zu aufgewühlt. Warum war alles so gekommen? Er konnte es noch immer nicht glauben. Waren die Visionen und Träume der letzten Zeit doch eine Warnung gewesen? Nachdem er seinen zwölften Geburtstag gefeiert hatte und somit die Rituale durchführen durfte, die ihn zum Jäger machten, hatte er diese merkwürdigen Träume gehabt. Wie alle jungen Männer musste er, bevor er die Tätowierungen bekam, fünf Tage fasten, alleine in die Steppe reiten und dort drei Tage verbringen. Dann sollten ihm die Visionen über sein weiteres Leben erscheinen. Ariac hatte diese verwirrenden Bilder von Schlachten, Schwertern und Kämpfen gesehen, obwohl noch keinem Steppenmann jemals Schwerter erschienen waren.

Auf der anderen Seite hatte er jedoch auch Visionen gehabt, wie er die Arrowann anführte. Nur diesen Teil hatte er den Ältesten erzählt und daraufhin seine Tätowierungen erhalten. Ariac war so verwirrt. Er wusste einfach nicht, warum sein Leben nun so merkwürdig verlief. Irgendwann schlief er trotz der nächtlichen Geräusche ein.

Der Morgen begann neblig, aber es versprach ein warmer und sonniger Tag zu werden. Der Planwagen zog weiter über die schmalen Wege, und als Brogan endlich meinte, zurück auf den Hauptweg zu finden, sah er hinter den Bäumen auf einer Lichtung ein kleines Dorf mit wenigen Hütten. Er hörte Kinderlachen und sah, wie Erwachsene Gras sensten, während mehrere Kinder im nahegelegenen Bach planschten.

Diese Kinder sind also nicht zum Schloss gebracht worden,

dachte er kritisch. Wir sollten uns auch hier ein wenig umsehen.

Brogan sagte den Kriegern Bescheid, die daraufhin ins Dorf galoppierten. Die Bauern hielten gaffend mit ihrer Arbeit ein, und die Kinder starrten mit großen Augen auf die prächtigen Pferde und die Krieger in ihren Rüstungen und den edlen Umhängen.

Brogan fragte nach dem Dorfältesten und erläuterte sein Anliegen. Das Dorf hieß Grintal, und die Bewohner waren nicht benachrichtigt worden. Sie lebten abseits der Handelsstraße und bekamen kaum mit, was in Northfort vor sich ging. Sofort wurden alle fünfzehn Kinder geholt. Brogan fiel auf, dass beinahe alle strohblond und besonders die Mädchen sehr hübsch waren. Es dauerte nicht lang und die Kinder waren getestet worden. Keines zeigte Talent zum Schwertkampf. Dann, ganz zum Schluss, als Brogan bereits wieder fahren wollte, kam noch ein kleines Mädchen vom Fluss herauf. Sie war klatschnass, und ihre Haare hingen ihr zottelig ins Gesicht. Einer der Bauern, Hamaron, machte ein missbilligendes Gesicht.

»Rijana, wo warst du denn wieder so lange?«

Die Kleine schlug die Augen nieder und musterte anschließend den großen Auflauf genauer. Noch niemals hatte sie so prächtige Pferde gesehen, und auch die Krieger waren ihr fremd.

»Wir sollten auch sie testen«, sagte Brogan und bedachte die Kleine mit einem freundlichen Lächeln.

»Rijana taugt für gar nichts, nicht einmal für den Haushalt«, sagte ein etwas älteres, sehr hübsches blondes Mädchen abfällig und sah dabei reichlich arrogant aus.

Rijana biss sich auf die Lippe und zog die Augenbrauen zusammen. Ihre älteste Schwester war immer so gemein zu ihr. Rijana war die jüngste von fünf Mädchen, und sie wusste genau, dass ihre Eltern auf einen Jungen gehofft hatten, der ihnen bei der Arbeit auf den Feldern helfen konnte. Außerdem hielt man ihr immer vor, nicht so hübsch und hellblond wie ihre Schwestern zu sein. Die behaupteten, sie würde nicht einmal einen Mann finden und als alte Jungfer sterben. Auch Rijanas Eltern beachteten sie nicht weiter. Die Kleine war einfach nur ein weiteres unnützes Maul, das man füttern musste. Trotz allem hatte Rijana einen Weg gefunden, mit ihrem Leben zurechtzukommen. Sie trieb sich häufig allein im Wald herum oder spielte mit den Jungen. Denen war es gleichgültig, ob sie so hübsch wie ihre Schwestern war oder nicht. Bei ihnen zählte mehr, ob man auf Bäume klettern oder von hohen Felsen springen konnte.

»Testet sie«, verlangte Hamaron mit gerunzelter Stirn. »Wenn wir Glück haben, müssen wir sie nächsten Winter nicht mehr mit durchbringen.«

Rijana kämpfte mit den Tränen und strich sich die zotteligen, langen Haare aus dem Gesicht. Dann nahm sie das kleine Schwert entgegen, das ihr einer der Krieger mit mitleidigem Lächeln hinhielt. Auch Brogan musterte die schon etwas älteren Bauern missbilligend. So ging man doch nicht mit seinem Kind um!

Der Krieger begann das kleine Mädchen vorsichtig anzugreifen. Zunächst wusste Rijana gar nicht, was sie tun sollte, auch wenn sie hin und wieder zum Spaß mit Stöcken gegen die Jungen gekämpft hatte. Doch dann begann sie instinktiv richtig abzuwehren. Sie wich zurück, duckte sich und blockte einige Schläge gezielt ab.

Brogan hob die Augenbrauen. Die Kleine stellte sich gut an. Wenn er ehrlich war, war er erleichtert, denn er hätte sie wahrscheinlich so oder so mitgenommen, um sie von diesen lieblosen Eltern wegzuholen. In der Schule von Camasann würde sie Lesen und Schreiben lernen und ein besseres Leben führen können, auch wenn sie sich nicht als eine der Sieben herausstellte. Allzu oft durfte er sich solche Sentimentalitäten natürlich nicht leisten, doch momentan waren ohnehin wenig Mädchen auf Camasann.

»Gut«, sagte Brogan, »sie kann mit uns kommen.«

Rijana blickte den alten Mann mit großen, dunkelblauen Augen an und wusste gar nicht, was sie denken sollte. Sie warf ihrer Mutter einen hilfesuchenden Blick zu. Doch die Frau mit den grau durchsetzten blonden Haaren blickte verlegen zur Seite.

»Pack deine Sachen, Rijana«, befahl ihr Vater und deutete auf die ärmliche Hütte.

»Ich … ich will aber nicht weg«, sagte die Kleine weinerlich und biss sich auf die Lippe.

»Na los, jetzt mach schon. Wir können nicht die Mitgift für fünf Mädchen aufbringen, und dich würde ohnehin niemand wollen mit deinen schlammfarbenen Haaren«, sagte ihr Vater abfällig. Nur die Mutter wirkte ein wenig schuldbewusst.

Rijana konnte die Tränen nicht mehr zurückhalten, und Brogan schüttelte den Kopf über den ungehobelten Bauern.

Er ging zu der Kleinen hin, kniete sich neben sie und sagte freundlich: »Dir wird es gut bei uns auf Camasann gehen. Es sind viele Kinder in deinem Alter dort. Es wird dir gefallen.«

Rijana schluckte ein paar Mal heftig. Sie wusste, dass ihre Eltern sie nicht so sehr mochten wie ihre anderen Töchter, aber Rijana war niemals aus Grintal fortgekommen. Hier hatte sie ihre Freunde, den Wald und die Tiere. Sie wollte nicht mit dem fremden alten Mann und den unheimlichen Kriegern gehen. Doch wie es aussah, blieb ihr keine andere Wahl. Schließlich ging sie mit hängenden Schultern zu der kleinen Hütte und begann, eine Decke und ein wenig Essen zusammenzupacken. Dabei wurde sie die ganze Zeit von ihren Schwestern verspottet. Rijana wusste nicht einmal, was Camasann war, da sie die Erklärungen des Zauberers verpasst hatte. Niemand hatte sich die Mühe gemacht, ihr die Legende der Kinder Thondras zu erzählen. Auch Lesen und Schreiben konnte sie nicht, doch das konnten ohnehin die wenigsten Bauern.

Schließlich stand sie verloren vor der Hütte, in der sie neun Jahre lang gelebt hatte. Ihre Mutter umarmte sie flüchtig und unterdrückte ein paar Tränen.

Ihr Vater blickte sie streng an und sagte: »Und gib dir Mühe, nicht dass sie dich wieder zurückschicken!«

Rijana schluckte die Tränen herunter und warf noch einen Blick auf Farak und Nodann, ihre besten Freunde, bevor sie sich von dem Zauberer zu dem großen Planwagen führen ließ. Sie kletterte mit ihrem kleinen Bündel hinauf und sah überrascht, dass weitere Kinder im Inneren saßen. Ganz in der Ecke am Einstieg saß ein Junge mit langen, schwarzen Haaren und fremden Tätowierungen an den Schläfen. Zunächst wollte sie zurückschrecken, doch dann sah sie den verwirrten und traurigen Ausdruck in seinen dunklen Augen. Es war der gleiche, der auch bei ihr zu sehen war. Kurz flackerten merkwürdige Szenen vor ihrem inneren Auge auf, so als würde sie diesen fremden Jungen kennen. Der Moment verschwand jedoch so schnell wieder, wie er gekommen war. Rijana war verwirrt, und der Junge wirkte genauso verwundert.

»Komm her, Kleine«, sagte ein Junge aus Balmacann, der schon lange auf der Reise und daher so eine Art Anführer unter den Kindern geworden war. »Setz dich zu uns! Mit dem Wilden brauchst du dich nicht abzugeben.«

Ariac bekam sofort wieder einen wütenden Gesichtsausdruck. Merkwürdigerweise hatte Rijana jedoch keine Angst vor dem tätowierten Jungen. Stumm setzte sie sich ihm gegenüber und umklammerte ihr kleines Bündel.

Der große Junge stand seufzend auf, stellte sich vor Rijana und sagte: »Jetzt komm schon, setz dich zu uns.«

Doch Rijana schüttelte stur den Kopf. Sie war vollkommen durcheinander. Geräuschvoll setzte sich der Wagen in Bewegung und fuhr weiter durch Northfort. Das Land war fruchtbar mit vielen kleinen Flüssen, ausgedehnten Wäldern und zwischendrin immer wieder Weide- und Ackerland. Bald hatten Brogan und seine Leute wieder den Hauptweg erreicht. Sie fuhren an kleinen Dörfern und Städten vorbei, doch offensichtlich waren hier alle älteren Kinder zum Schloss geschickt worden. Rijana blieb für sich. Sie wusste noch immer nicht, wohin sie eigentlich gebracht wurde. Sie war ebenso in sich gekehrt und verschlossen wie Ariac, der nach wie vor in einem Eck des Planwagens saß und vor sich hin brütete.

An einem Tag, die Gruppe war schon mehrere Tage die Handelsstraße entlanggefahren, ohne dass sie auf weitere Dörfer gestoßen waren, wurde am Abend abseits der Straße auf einer Wiese Halt gemacht. Brogan verteilte das Essen. Es war nicht mehr viel übrig und wurde daher rationiert.

»Ich denke, wir werden bald auf ein Dorf treffen. Für heute muss das reichen, was es noch zu essen gibt«, sagte der Zauberer und setzte sich anschließend wieder zu den anderen Kriegern.

Morac verzog das Gesicht. Er war einer der ältesten Jungen und für seine fünfzehn Jahre schon ziemlich groß. Er hatte ein kantiges, unsympathisches Gesicht, und da er aus Balmacann kam, dem größten der Königreiche, hielt er sich wohl für etwas Besseres.

»Das reicht mir nicht«, knurrte er und nahm einem kleinen, dicklichen Jungen mit roten Haaren, der sich nicht wehrte, sein Brot ab. Anschließend ging er zu Rijana, die wie immer etwas abseits saß.

Sie knabberte mit traurigem Gesicht an einer Scheibe Brot und etwas Käse herum. Plötzlich stand Morac in seiner ganzen Größe vor ihr.

»Du brauchst das nicht, du bist sowieso klein«, sagte er und entriss ihr das Brot.

Die anderen Jungen johlten begeistert. Sie hatten sich mit

Morac gutgestellt, da er der Kräftigste und ihr Anführer war. Rijana riss zunächst erschrocken die Augen auf, doch dann wurde sie wütend. Sie sprang auf, trat dem überraschten Morac gegen das Knie und nahm sich ihr Brot zurück.

»Das gehört mir!«

Morac, der zunächst sein Knie umklammerte und leise fluchte, lief knallrot an. Sein grobes Gesicht verzerrte sich vor Wut. Er ging auf das wesentlich kleinere Mädchen los und verpasste Rijana eine gewaltige Ohrfeige. Die Kleine wehrte sich wirklich tapfer, doch gegen den größeren und älteren Jungen hatte sie selbstverständlich keine Chance. Gerade wollte Brogan eingreifen, der erst jetzt mitbekam, was ablief, doch da sprang ein Schatten auf Morac zu. Ariac, der weiter entfernt an einem Baum gelehnt hatte, ging auf den größeren und breiter gebauten Jungen los und verprügelte ihn nach allen Regeln der Kunst, bis Morac mit blutiger Nase und einer Platzwunde an der Stirn auf dem Boden lag. Der Steppenjunge stand mit wutverzerrtem Gesicht über ihm.

»Was bist du nur für ein verfluchter Feigling?«, sagte er mit vor Zorn bebender Stimme. »Du kannst doch nicht einem kleinen Mädchen das Essen wegnehmen!« Ariac beugte sich zu dem nun ziemlich ängstlich dreinschauenden Morac hinunter, der weiter fort kroch. »Fass sie noch einmal an, und du wirst den Tag verfluchen, an dem du geboren wurdest.«

Damit nahm Ariac das Brot und den Käse, lief zu Rijana hinüber, die sich inzwischen aufgerappelt hatte, und gab es ihr. Dabei warf er Morac noch einen bitterbösen Blick zu.

Der Junge erhob sich schwerfällig und schlich beschämt davon.

Brogan und die Krieger hatten das alles aus der Ferne beobachtet.

»Ariac hat das Herz am rechten Fleck«, sagte Brogan beeindruckt, und die Krieger nickten.

»Wenn wir seine Wildheit noch ein wenig zähmen können, wird er ein guter Krieger werden.«

Rijana sah mit großen Augen zu dem Steppenjungen mit den langen Haaren und den Tätowierungen auf, der ihr das Brot und den Käse hinhielt.

»Danke«, stammelte sie.

Ariac nickte und setzte sich neben sie. Er wischte ihr das Blut von der Lippe. »Wenn dir dieser Feigling noch mal zu nahe kommt, dann sag es mir, ja?«

Sie nickte und schenkte Ariac ein Lächeln. »Wie heißt du?«

»Ariac«, antwortete er, und wieder hatte er ganz kurz das komische Gefühl, die Kleine zu kennen, so wie an dem Tag, als sie zu ihnen gestoßen war.

»Ich heiße Rijana.« Sie biss in ihr Brot und hielt Ariac den Rest hin, doch der schüttelte den Kopf.

Ariac blickte zu den anderen Kindern hinüber, die sich um Morac versammelt hatten, der abfällig über »den unzivilisierten Wilden« schimpfte.

»Warum hast du dich nicht Morac und den anderen angeschlossen?«, fragte Ariac mit hochgezogenen Augenbrauen. »Wenn du zu ihnen gehören würdest, ließen sie dich sicher in Ruhe.«

Rijana schüttelte den Kopf. »Ich mag sie nicht. Sie sind gemein.«

Ariac nickte, dann schaute er die Kleine ernst an: »Wenn du möchtest, dann beschütze ich dich. Es sei denn, du magst auch keine Steppenleute.«

Rijana dachte kurz nach: »Außer dir kenne ich keine Steppenleute, und du hast mich vor diesem Blödmann gerettet, also mag ich dich.«

Das erste Mal, seitdem er von seinem Clan fortgegangen war, lächelte Ariac. »Wir sind wohl beide ein wenig anders als die anderen.«

Rijana nickte und schlang die Arme um die Beine.

»Weißt du, wo wir hingehen?«

Ariac sah sie überrascht an. »Natürlich. Weißt du es nicht?«

Sie schüttelte beschämt den Kopf, und Ariac begann, sie über die Insel Camasann, die Zauberer und die Kinder Thondras aufzuklären. Rijanas Augen wurden immer größer. Sie kannte die ganzen Geschichten nicht und konnte kaum glauben, dass Brogan denken könnte, sie wäre eine der Sieben.

»Haben deine Eltern dir keine Geschichten erzählt?«, fragte Ariac verwirrt.

»Nein, sie mögen mich nicht, weil ich kein Junge bin«, antwortete sie traurig.

»Warum das denn?« Ariac zog die dunklen Augenbrauen zusammen. »Bei uns Steppenleuten sind Mädchen sehr wichtig. Auch sie können Kriegerinnen werden und sind der größte Reichtum eines Clanführers.«

»Dann wäre ich wohl lieber in der Steppe geboren worden«, seufzte Rijana. Sie schlug die Augen nieder und meinte traurig: »Meine Eltern haben gesagt, sie könnten mich wohl nicht mal loswerden, wenn ich älter bin, weil ich nicht so hübsch bin wie meine Schwestern. Sie haben alle wunderschöne, goldblonde Haare, und ich«, sie schniefte leise, »ich bin überhaupt nicht hübsch.«

Ariac schüttelte den Kopf und strich dem kleinen Mädchen die Haare aus dem Gesicht.

»Sicher bist du hübsch«, sagte er bestimmt. »Deine Haare haben die Farbe der Steppe im Herbst, wenn die Sonne auf das hellbraune Gras fällt. Der Herbst ist meine liebste Zeit, wenn der Wind durch das Gras fährt und man mit dem Sturm um die Wette galoppieren kann.«

Sie lächelte zu ihm auf, so etwas hatte noch nie jemand zu ihr gesagt.

»Sind wir jetzt Freunde?«, fragte sie unsicher.

Ariac nickte ernst. »Wenn du möchtest, für den Rest unseres Lebens.«

Das kleine Mädchen aus Northfort nickte begeistert, und Ariac zögerte kurz, dann nahm er seine lederne Halskette mit der Pfeilspitze ab und hängte sie Rijana um den Hals.

»Hier, die soll dich beschützen.«

Sie betrachtete die Kette fasziniert, dann sprang sie auf, rannte zum Planwagen und kam kurze Zeit später mit einem Kieselstein zurück, der wie ein Adlerkopf geformt war.

»Und der Stein soll dich beschützten. Ich habe ihn an einer heiligen Quelle gefunden.«

Die beiden lächelten sich an und waren von nun an die besten Freunde. Die anderen Kinder waren in den folgenden Tagen noch gemeiner zu ihnen und beschimpften Rijana, dass sie sich mit einem tätowierten Wilden abgab. Doch weder Rijana noch Ariac machten sich etwas daraus. Ariac erzählte Rijana häufig von seiner Kindheit in der Steppe. Er sprach mit so viel Begeisterung von den Menschen dort, den endlosen Weiten und den wilden Pferderennen, dass Rijana beinahe das Gefühl hatte, alles selbst erlebt zu haben.

Morac war noch wütender auf Ariac und versuchte immer wieder heimtückisch, ihm eins auszuwischen. Einmal verhinderten nur Brogan und die Krieger, dass die Jungen gemeinsam auf Ariac losgingen.

Nach drei weiteren Tagen hatten sie das Schloss von Northfort erreicht. Zwei Krieger wurden zum Schutz bei den Kindern zurückgelassen, und der Zauberer ritt mit den restlichen Männern hinauf zum Schloss, wo eine ganze Reihe Kinder getestet wurde. Die Prozedur dauerte drei Tage, und am Ende hatte Brogan nur einen einzigen kleinen Jungen mitgebracht. Erneut reisten sie durch das Land, und bald wurde die Grenze zu Catharga überschritten. Hier war alles noch wesentlich gepflegter. Es gab größere Städte am Rande der Handelsstraße, doch hier musste Brogan keine Kinder suchen. Sein Schwertbruder Flordis, der mit ihm zusammen aufgebrochen war, hatte schon alle Dörfer und Städte Cathargas nach geeigneten Kindern abgesucht. Er war sicher schon zurück in Camasann. Der Sohn des Königs von Catharga, Falkann, war schon seit über neun Jahren auf der Zaubererinsel zur Ausbildung. Er war ein guter und tapferer junger Mann, auf den alle im Königreich sehr stolz waren. Sollte sich herausstellen, dass er keiner der Sieben war, würde er wohl der nächste König werden.

Der Planwagen holperte weiter über das Land, und sie wurden immer wieder von Händlern, Reisenden zu Pferd und Adligen überholt. Rijana bestaunte das alles ebenso wie Ariac. Sie war nie aus ihrem Dorf herausgekommen, hatte niemals eine Stadt, ein Gasthaus oder die großen, prächtigen Kutschen der Adligen gesehen. Auch Ariac fand das alles befremdlich und auch ein wenig bedrohlich. Doch Rijana machte alles ein wenig erträglicher. Die beiden wurden wirklich gute Freunde und vertrauten sich schon nach kurzer Zeit.

In den nächsten Tagen sollten sie die Meerenge überqueren, die Catharga mit Balmacann verband. Es handelte sich um eine riesige steinerne Brücke, die über das Meer gebaut worden war. Anschließend würde es durch Balmacann auf die Insel Camasann gehen, wo alle Kinder mit ihrer Ausbildung beginnen würden.

Es war ein warmer Frühsommertag. Der Planwagen hatte gerade neben der Straße gehalten. In der Nähe war ein lichter Wald, in dem die Kinder Beeren gesammelt hatten. Brogans Krieger begannen gerade, die Lagerfeuer zu entzünden, als man das donnernde Geräusch vieler galoppierender Hufe auf der nahen Handelsstraße hörte. Der Zauberer, der gerade im Wald war, um Kräuter zu sammeln, bekam davon nichts mit, doch die Krieger erhoben sich alarmiert und zogen ihre

Schwerter. Plötzlich erschien auf der Straße eine Gruppe von fünfundzwanzig Männern. Alle hatten kurzgeschorene Haare, sehr harte, grimmige Gesichter und trugen blutrote Umhänge. Ihnen voran ritt ein mittelgroßer Mann mit einem vernarbten, breiten Gesicht. Seine Augen konnte man nur als grausam und böse bezeichnen. Sein mit borstigen Stoppeln bedecktes Gesicht verzerrte sich zu einer Art Grinsen. Er bedeutete seinen Männern, sich um Brogans Krieger herum zu verteilen, die reichlich verunsichert wirkten. Zwar waren sie eine Elite von Kämpfern, aber gegen diese Übermacht hatten sie keine Chance, schon gar nicht, wenn der Zauberer nicht gleich zu Hilfe kam.

»Wie ich sehe, habt ihr eine ganze Menge Nachwuchs«, sagte der grobschlächtige Mann und deutete auf die Kinder, die mit großen Augen zu ihnen hinübersahen. Sein Name war Worran, er war der Hauptmann von König Scurr und gleichzeitig der Ausbilder von Naravaack. Er war bei seinen Leuten gefürchtet und gehasst zugleich, denn er war grausam, hinterhältig und galt als unbesiegbar.

»Was wollt ihr?«, fragte Adeon, einer von Brogans Männern, so bestimmt wie möglich.

»Das weißt du doch«, erwiderte Worran gelangweilt. »Ergebt euch, und überlasst uns die Kinder, dann lassen wir euch am Leben.«

Adeon umgriff sein Schwert fester, seine Hände waren bereits feucht. Er wusste, dass Worran sie keineswegs am Leben lassen würde. Hoffentlich würde der Zauberer gleich kommen, so lange mussten sie durchhalten.

»Wir können euch die Kinder nicht geben, das weißt du ganz genau.«

Worran schüttelte den Kopf und meinte achselzuckend: »Dann wirst du eben sterben.«

Er machte seinen Männern ein Zeichen, und die begannen ohne weitere Vorwarnung auf Adeon und seine Freunde loszugehen. Drei von Worrans Soldaten näherten sich den Kindern, die verängstigt am Planwagen standen.

Ariac, der wie immer mit Rijana ein wenig abseits gesessen hatte, packte seinen Dolch und sagte nervös zu ihr: »Lauf in den Wald, und versteck dich! Ich weiß zwar nicht, was das hier soll, aber es sieht nicht gut aus.«
Sie riss ängstlich die Augen auf und drückte sich an Ariac heran. Sie wollte nicht ohne ihn gehen. »Kannst du nicht mitkommen?«
Er schüttelte den Kopf und deutete auf die Bäume. »Ich muss Brogan und den anderen helfen. Ich hole dich später, aber komm nicht zurück, bis diese Rotmäntel fort sind.«
Rijana schluckte und nickte schließlich. Ariac umarmte sie kurz, dann rannte er mit seinem kleinen Dolch bewaffnet auf den Planwagen zu. Rijana warf ihm währenddessen noch einen verzweifelten Blick zu, dann lief sie, so schnell ihre kurzen Beine sie trugen, zum nahen Wald und versteckte sich in einem Gebüsch. Sie hatte Angst um Ariac. Weit entfernt hörte sie das Klirren von Schwertern, die aufeinanderschlugen, und immer wieder Schreie.

Adeon und seine Freunde kämpften tapfer gegen die Übermacht, aber sie hatten einfach keine Chance. Worran und seine Männer schlugen gnadenlos zu und scheuten sich auch nicht, zu fünft auf einen Einzelnen loszugehen. Als alle von Brogans Kriegern tot waren, wandten sie sich den verängstigten Kindern zu. Kaum eines wehrte sich, bis auf Ariac, der von hinten auf Worran losstürzte und diesem seinen Dolch in die Schulter trieb. Der grobschlächtige Hauptmann schüttelte den Steppenjungen ab und versetzte Ariac eine Ohrfeige, die ihm beinahe das Genick gebrochen hätte.
»Du kleine Ratte!«, schrie Worran außer sich und trat Ariac, der am Boden lag, in die Rippen. »Was soll das? Meinst du

vielleicht, du kannst mich besiegen?« Der Mann lachte böse und zog Ariac an seinem Hemd wieder hoch. »Es wird mir ein Vergnügen sein, dir zu zeigen, was Respekt heißt.«

Ariac kämpfte, um freizukommen, doch gegen Worran hatte er keine Chance. Schließlich wurde er ebenso gefesselt und geknebelt wie die anderen Kinder und genau wie sie über die Sättel von König Scurrs Soldaten geworfen. Im Galopp entfernten diese sich und hinterließen ein Bild des Schreckens. Tote Krieger, ein brennender Planwagen und Blut, soweit das Auge reichte.

Brogan kam zu spät. Er hatte zwar von weitem Kampflärm gehört, doch bis er eintraf, war alles vorüber. Er fand nur noch die Leichen der fünf Krieger vor. Entsetzen überflutete ihn. Diese jungen Männer hatte er viele Jahre lang gekannt. Er selbst hatte sie ausgebildet, hatte sie vom Jungen zum Mann heranwachsen sehen. Und nun lagen sie tot auf der Erde. Die Kinder waren verschwunden. Brogan setzte sich auf den Boden und stützte den Kopf in die Hände. Er wusste, wer dahintersteckte. Den Kindern würde es nun sehr schlecht ergehen. Sie würden nach Ursann gebracht werden, auf die Ruine der Burg Naravaack, im Tal der Verdammten.

Plötzlich zupfte den Zauberer etwas am Ärmel. Er fuhr erschrocken herum. Es war das kleine Mädchen, das mit großen Augen auf die toten Männer blickte.

»Du meine Güte, Rijana, wo kommst du denn her?«, fragte Brogan überrascht, aber er war unendlich froh, dass zumindest sie noch hier war.

Doch die Kleine reagierte gar nicht auf seine Frage.

»Ariac?«, fragte sie mit zitternder Stimme, und Tränen traten ihr in die Augen. »Wo ist er?«

Brogan nahm das Mädchen in den Arm. »Es tut mir leid, aber die Blutroten Schatten haben ihn mitgenommen. Er wird nach Ursann gebracht.«

Rijana wusste nichts von Ursann oder von irgendwelchen Blutroten Schatten. Sie wusste nur, dass ihr einziger und bester Freund, den sie noch hatte, nicht mehr hier war. Sie schluchzte verzweifelt und vergrub ihr Gesicht an Brogans kräftiger Schulter.

»Aber – er – hat doch gesagt«, weinte sie, »dass er mich holt – und – dass er mich beschützt.«

Brogan streichelte der Kleinen traurig über den Kopf. »Das hätte er sicher getan, aber jetzt kann er das leider nicht mehr.«

Rijana weinte nun hemmungslos. Brogan war erschüttert. Sosehr ihm alle Kinder leidtaten, aber um Ariac machte er sich die meisten Gedanken. Der wilde Steppenjunge würde Schlimmes ertragen müssen, bis Scurr oder Worran seinen Willen gebrochen hatten.

Hoffentlich ist er keiner der Sieben, dachte Brogan und sandte ein stummes Gebet zu Thondra, dem Gott des Krieges, der so lange geschwiegen hatte.

Brogan wartete, bis sich Rijana etwas beruhigt hatte, dann sagte er traurig: »Ich muss meine Freunde verbrennen. Leider ist das Meer zu weit weg.«

»Wieso?«, fragte Rijana und wischte sich über die Augen.

»Weil wir die Toten auf ein Boot legen und dieses dann auf dem Meer verbrennen. So wird ihr Geist auf die letzte Reise geschickt. Da sie als Krieger gestorben sind, werden sie Einlass in Thondras Hallen finden.«

Rijana nickte ernst, obwohl sie das alles wohl noch nicht ganz verstand.

Brogan begann trockenes Holz zu sammeln, und das Mädchen half ihm dabei. Anschließend zerhackte der Zauberer auch den zerstörten Planwagen. Scurrs Männer hatten auch die Pferde verjagt. Dann begann er Holz aufzuschichten. Anschließend legte er die toten Krieger auf den Holzhaufen, murmelte einen Segen, der sie auf ihre letzte Reise schicken sollte, und entzündete mit einem Blitz aus seinem langen, mit Runen verzierten Zauberstab das Feuer.

Rijana riss die Augen auf. Sie hatte noch nie jemanden zaubern gesehen.

Der alte Mann legte seinen Arm um das kleine Mädchen, und sie sahen zu, wie das Feuer ganz allmählich herunterbrannte.

»Sind sie jetzt in Thondras Hallen?«, fragte sie mit großen Augen.

Brogan nickte ernst. »Ja, und eines Tages werden sie vielleicht wiedergeboren.«

»Aber ich dachte, nur Thondras Kinder werden wiedergeboren?«, fragte sie verwirrt.

Brogan schüttelte den Kopf. »Nein. Auch andere Menschen werden wiedergeboren, aber unbemerkt, da sie oft keine besonderen Taten vollbringen und sich an ihr früheres Leben nicht erinnern können.«

Rijana nickte, obwohl sie sich das kaum vorstellen konnte.

Anschließend machten sich die beiden zu Fuß auf die Reise. In einem der nächsten Dörfer kaufte der Zauberer ein Pferd und ritt gemeinsam mit Rijana weiter durch das Land. Die Kleine machte sich immer wieder Gedanken um ihren Freund Ariac.

Eines Abends am Lagerfeuer, Brogan hatte ein Rebhuhn erlegt, fragte sie unschuldig: »Werde ich Ariac eines Tages wiedersehen, wenn er seine Ausbildung beendet hat?«

Brogan schluckte, und ein dicker Kloß bildete sich in seiner Kehle. Er sah die Kleine nachdenklich an, die so hoffnungsvoll zu ihm aufblickte.

»Das weiß ich nicht, mein Kind, wir werden sehen.«

Stumm fügte er hinzu: *Mögen alle Mächte des Lichts das verhindern, denn wenn der Junge seine Ausbildung beendet hat, wird er ein grausamer und gnadenloser Krieger sein.*

Rijana nickte traurig und spielte an der Kette mit der

Speerspitze herum, die Ariac ihr geschenkt hatte. Sie vermisste ihn schon jetzt und hoffte, dass es ihm gut gehen würde.

Ariac und die anderen Jungen waren von Worran und seinen Soldaten rasch fortgebracht worden. Nachdem sie in den dichten Wäldern Cathargas verschwunden waren, wurden die Jungen gefesselt und mussten fortan hinter den Pferden herlaufen. Worran hatte Ariac grün und blau geschlagen, weil dieser die Frechheit besessen hatte, ihn anzugreifen. In Ariac brodelte der Hass. Er wollte einige Male flüchten, doch die Kinder wurden schwer bewacht, und eine missglückte Flucht hatte ihm nur weitere blaue Flecken eingebracht. Ariac machte sich Gedanken um Rijana. Er hoffte, dass Brogan sie gefunden hatte. Viele Tage reisten sie durch die Wälder und nur bei Nacht über offenes Land. Worran und die Soldaten trieben die Jungen gnadenlos an, gaben ihnen nur wenig zu essen und gönnten ihnen kaum Schlaf. Die meisten hatten sich mittlerweile ihrem Schicksal ergeben, nur Ariac sann auf Rache. Er würde verschwinden, koste es, was es wolle. Doch er hatte keine Chance. Nach vielen langen Tagen durch die Wälder und an den großen Seen des Landes vorbei, erreichten sie das hohe und karge Gebirge von Ursann. Worran und seine Männer ritten auf verborgenen Pfaden durch das unwirtliche, nur von Schlangen und unberechenbaren Tieren bewohnte Gelände. Die Gruppe drang immer tiefer in die Berge vor, und es gab kaum noch Wasser. Die Soldaten gaben den Jungen selbstverständlich nichts ab, und nur die, die sich mit Worran gut stellten, wie es zum Beispiel Morac tat, bekamen ein wenig zu essen. Ariac war es von der Steppe gewohnt, einige Tage ohne Wasser oder Essen auszukommen. Er erniedrigte sich nicht vor dem widerwärtigen Anführer der Krieger, indem er ihn um etwas zu trinken anflehte, was dessen Hass auf den Steppenjungen noch mehr anstachelte.

Worran liebte es, wenn seine Untergebenen vor ihm krochen und um Gnade bettelten.

Endlich erreichte die kleine Gruppe über einen Pass ein Tal voller Geröll, welches von den Bergen heruntergestürzt war. Auf einer Anhöhe stand die unheimliche, finstere Ruine einer Burg, und rundherum waren Gräber zu sehen, auf denen Totenköpfe steckten.

»Hier, jetzt seht ihr, was mit denen passiert, die sich nicht fügen«, rief Worran mit einem bösen Lachen, das von den hohen Bergen widerhallte und dadurch noch unheimlicher klang.

Ariac ließ sich nicht beeindrucken, er sah sich um und erblickte eine Reihe von Kriegern, die in den Felsen rund um die Ruine Wache hielten. Auch hier würde es nicht leicht sein zu entkommen. Ein Soldat mit kurzgeschorenen Haaren stieß ihn in den Rücken, und Ariac stolperte weiter, den Berg hinauf auf die finstere Ruine zu. Auch den Weg nach oben säumten Totenköpfe auf Pfählen. Einer der kleineren Jungen fing an zu weinen und bekam umgehend eine Ohrfeige verpasst.

»Hier wird nicht geflennt, werdet endlich zu Männern!«, knurrte der Soldat.

Durch einen halb verfallenen Torbogen erreichten sie einen Burghof, in dem ein Brunnen zu sehen war. Eine Gruppe von fünfzehn älteren Jungen trainierte gerade Schwertkampf, und ein Soldat schrie ihnen Befehle zu.

»Wascht euch, und versucht ein wenig würdiger auszusehen, bevor ihr vor König Scurr tretet«, knurrte Worran, dann grinste er hinterhältig. »Wer versucht zu fliehen, der gesellt sich zu den Totenköpfen dort draußen, mal abgesehen davon, dass die Orks und Trolle des Ursann-Gebirges euch ohnehin zerreißen würden.«

Ariac betrachtete angewidert den Ausbilder mit dem narbigen Gesicht. *Besser ein paar Orks als du,* dachte Ariac und hielt Worrans Blick stand.

Erleichtert tranken Ariac und die anderen Jungen aus dem Brunnen, anschliessend säuberten sie sich, so gut es ging. Wenig später kamen zwei Soldaten in roten Umhängen und führten sie in einen noch gut erhaltenen Saal. Dort mussten sich die Jungen schwarze Kleidung anziehen und sich in einen blutroten Umhang hüllen. Ariac wurde zu Boden geschlagen, als er versuchte, sich dagegen zu wehren. Schliesslich hielten ihn zwei Soldaten fest, während ein dritter ihn mit Gewalt auszog. Im letzten Moment schaffte er es noch, Rijanas Stein aus seinen Kleidern zu retten.

»Du wirst auch noch lernen, dich unterzuordnen«, sagte ein Soldat, der gerade erst das Mannesalter erreicht hatte.

Ariacs Augen sprühten Funken, doch noch schlimmer wurde es, als Worran erneut hereinkam, die Jungen einzeln vortreten liess und ein weiterer Soldat ihnen die Haare bis auf kurze Stoppeln abschnitt.

Ariac, der sich erneut heftig wehrte, wurde von zwei grossen Soldaten nach vorne gezerrt. Worran grinste hinterhältig und nahm eine von Ariacs langen, dunklen Strähnen in die Hand.

»Dich verlausten Wilden werden wir auch noch zu einem Krieger machen.«

»Ich bin ein Krieger«, schrie Ariac wild und versuchte sich aus dem eisernen Griff der Soldaten zu befreien, die nur zynisch lachten.

Worran schnitt Ariac den rechten Zopf ab, während der Junge vergeblich darum kämpfte freizukommen. Schliesslich schaffte er es, Worran den Fuss in die Weichteile zu treten, als die anderen Soldaten nicht aufpassten. Daraufhin versetzte Worran Ariac wütend einen Schlag mit dem Knauf seines Schwertes auf den Kopf, sodass Ariac bewusstlos zu Boden ging.

Worran stiess Ariac verächtlich mit dem Fuss an. »Schert ihm die Haare und bringt ihn in die grosse Halle, wenn er wieder bei Bewusstsein ist.«

Die Soldaten verbeugten sich gehorsam und begannen dem Steppenjungen die dicken, hüftlangen Haare abzuschneiden.

Ariac blinzelte. Sein Kopf dröhnte, und das helle Licht tat seinen Augen weh, doch bevor er ganz zu sich kam, wurde er auch schon brutal in die Höhe gerissen. Ein älterer Soldat mit hartem Gesichtsausdruck zog ihn nach oben.

»Los, lauf, du Stück Dreck, König Scurr will dich sehen.«

Ariac schüttelte sich ein wenig, dann fuhr seine Hand zu der Beule an seinem Kopf. Er zuckte erschrocken zurück. Seine Haare waren abgeschnitten und nun nicht einmal mehr eine Fingerbreite hoch.

»Was habt ihr mit mir gemacht?«, schrie er wütend und blieb stehen. Für einen Arrowann waren die langen Haare und die Zöpfe ein Zeichen von Ehre – ein Zeichen, ein stolzer und unbezwingbarer Krieger zu sein.

»Wir haben aus dir einen zivilisierten Menschen gemacht«, antwortete der Soldat verächtlich und schubste Ariac voran, der vollkommen entsetzt war. »Schade, dass wir diese scheußlichen Zeichen neben deinen Augen nicht wegbekommen.«

Ariac schloss die Augen. Das konnte doch alles nur ein böser Traum sein. Er hatte es bereits als Strafe empfunden, mit Brogan gehen zu müssen, doch was jetzt passierte, war wirklich schrecklich. Ariac wurde in einen großen Raum geführt, in dem ein riesiger Thron in der Mitte stand, auf dem ein großer, hagerer Mann saß. Dieser betrachtete mit stechendem Blick die Kinder, die in einer Reihe vor ihm aufgestellt standen und nicht wagten, sich zu rühren. König Scurr war zwar erst Anfang vierzig, doch er wirkte älter und geisterhafter mit seinem ausgemergelten Gesicht und den unheimlichen, tief in den Höhlen liegenden Augen, unter denen dunkle Schatten zu sehen waren. Trotzdem ging etwas Magisches von ihm aus. Niemand konnte den Blick abwenden.

Ariac wurde in die Reihe neben die anderen Jungen gedrängt. Ein Junge aus Catharga, der wohl etwa in Ariacs Alter sein musste, stand zitternd neben ihm. Ariac sah, dass der Junge augenscheinlich mit den Tränen kämpfte. König Scurrs Blick fiel auf Ariac, der seine ganze Willenskraft brauchte, um diesem standzuhalten. Die Augen des Königs schienen ihn zu durchdringen und zu fesseln. Sie hatten keine eindeutige Farbe, und für einen Augenblick sah man nur ewige Finsternis, die alles zu verschlingen drohte.

»Ein Steppenjunge, wie interessant«, sagte der König mit einer leisen Stimme, die geisterhaft durch den Saal hallte. Er erhob sich von seinem Thron und stand in seiner ganzen Größe auf dem Podest.

»Er hat uns einigen Ärger bereitet«, knurrte Worran, der neben seinem Herrn stand und die Finger knacken ließ. »Es wird mir eine Freude sein, ihn zu Eurem treuen Diener zu machen.«

Ariac blickte den finsteren König mit bewundernswerter Unerschrockenheit an, während er sich schwor: *Ich werde niemals dein Diener sein!*

KAPITEL 2

Die Insel Camasann

Brogan und Rijana ritten, so schnell ihr Pferd sie trug, durch Catharga. Bald hatten sie die riesige steinerne Brücke erreicht, die schwer bewacht wurde. Krieger, die das Wappen König Hylonns trugen, ein Greif über einem Felsmassiv, verlangten von den heranrollenden Händlern Zoll. Rijana staunte, als sie zum ersten Mal in ihrem Leben das Meer sah, das an diesem Tag nur träge gegen das sandige Ufer brandete. Für ihre Begriffe schien selbst diese Meerenge, die nach Westen ein wenig weiter wurde, unendlich zu sein. Auch das gewaltige Bauwerk der Brücke faszinierte sie. Die Steinbrücke hatte auf beiden Seiten Zinnen. Brogan erklärte, dass das wegen der Piraten sei, die gelegentlich die Küste heimsuchten.

»So können die Bogenschützen auf sie schießen, ohne selbst in Gefahr zu kommen«, erklärte Brogan.

Rijana nickte fasziniert, die ganze Reise kam ihr vor wie ein unglaublicher, nicht enden wollender Traum. Der Zauberer warf einen Blick zum Himmel und seufzte. Heute würden sie die Brücke nicht mehr überqueren, sonst wäre es dunkel, bis sie die andere Seite erreichten. Er ritt mit der Kleinen zu einem Gasthaus, wo er Eintopf und frisches Quellwasser für Rijana bestellte. Er selbst genehmigte sich ein kühles Bier. Die schmuddelige Taverne war gut besucht, und eine Menge betrunkener Männer spielten an einem Tisch Karten. Immer wieder ertönte lautes Gejohle. Plötzlich ging die Tür auf, und eine Gruppe von vier dunkelhaarigen Männern und einem Jungen erschien. Alle trugen bunte Kleider und Stulpenstiefel. Sie hatten Säbel an den Gürteln hängen und machten düstere Gesichter. Der Wirt verschwand sofort hinter seiner Theke, und von überall her hörte man abfälliges Gemurmel: »Piraten!«

Einige Bauern verschwanden rasch aus der Taverne. Wenn Piraten anwesend waren, konnte das nur Ärger bedeuten.

Ein großer, schwarzhaariger Mann, der eine Augenklappe trug, stieß seinen Säbel in die Theke und rief lauthals: »Gibt es in diesem stinkenden Loch etwas zu trinken?«

Der zitternde Wirt kam unter seiner Theke hervor und nickte hastig, dann gab er den vier Piraten und schließlich auch dem schwarzhaarigen Jungen einen Becher mit Schnaps, den alle herunterstürzten. Nur der Junge, der wohl nur einige Jahre älter als Rijana, jedoch bereits ziemlich hochgewachsen war, bemühte sich verzweifelt, einen Hustenanfall zu unterdrücken.

»Komm schon, mein Sohn«, rief der Pirat mit der Augenklappe und schlug dem Jungen heftig auf den Rücken. »Man kann nicht früh genug damit anfangen.«

Die anderen Piraten lachten dreckig und bestellten weiteres Bier und Schnaps. Sie gesellten sich zu den Kartenspielern, die sie misstrauisch beäugten. Plötzlich entstand ein Tumult, und einer der Kartenspieler schrie auf. Ein Pirat hatte ihm ein Messer in den Handrücken gejagt.

»Ich habe nicht betrogen«, rief der Pirat wütend und blickte wild in die Runde. Sofort stellten sich die anderen Piraten neben ihn, und kurz darauf begann eine heftige Schlägerei.

»Zeit zu verschwinden«, sagte Brogan und nahm Rijana an der Hand. Gerade wollte er mit dem Mädchen aus der Tür treten, als ihn etwas innehalten ließ. Er sah, wie der Piratenjunge mit unglaublicher Geschicklichkeit mit dem Säbel kämpfte und einen wesentlich größeren und breiteren Mann beinahe mühelos besiegte. Man konnte den wirbelnden Bewegungen des Jungen kaum folgen.

»Komm, Rijana, wir warten draußen«, sagte Brogan und zog die Kleine mit sich durch die knarrende Holztür hinaus.

Sie blieben eine ganze Weile im Freien stehen, bis letztendlich die fünf zum Teil übel zugerichteten Piraten vor die Tür geworfen wurden.

»So eine verfluchte Scheiße! Die aus Catharga haben noch nie Spaß verstanden«, lallte der schwarzhaarige Pirat mit der Augenklappe, welcher der Kapitän der übrigen Männer war. Zustimmendes, raues Gelächter war zu hören

»Aber Rudrinn hat sich gut gehalten«, sagte einer der anderen Männer. »Er wird ein prächtiger Pirat werden.«

Der Schwarzhaarige lachte laut auf. »Ist ja auch mein Sohn!«

Der Junge schien mit jedem Wort zu wachsen. Im Gegensatz zu den anderen hatte er kaum Verletzungen. Brogan löste sich aus dem Schatten. Er bedeutete Rijana zu warten und hob die Hände zum Zeichen, dass er unbewaffnet war. Die Piraten schlossen sofort den Kreis um ihn und runzelten die Stirn.

»Ich muss mit Euch reden«, sagte Brogan ruhig und bestimmt zu dem schwarzhaarigen Piraten.

»Ich bin Kapitän Norwinn, der Schrecken der Meere!«

Zustimmendes Gejohle erhob sich. Brogan nickte, wirkte jedoch nicht sehr beeindruckt.

»Darf ich allein mit Euch sprechen, Kapitän Norwinn, Schrecken der Meere?«

Der Pirat runzelte überrascht die Stirn, folgte jedoch dem Zauberer, und beide unterhielten sich ein wenig abseits. Seine Männer beobachteten alles genau.

»Euer Sohn hat ein ungewöhnliches Kampfgeschick«, begann Brogan.

Kapitän Norwinn warf sich in die Brust. »Natürlich, er ist mein Nachfahre!«

Brogan schüttelte den Kopf. »Das ist es nicht allein. Ihr werdet doch sicher bemerkt haben, dass er für einen Jungen seines Alters viel zu ausgeprägte Fähigkeiten mit dem Säbel hat.«

Der Pirat grummelte etwas vor sich hin. Natürlich hatte er das gemerkt, doch er wusste nicht, worauf der alte Mann hinauswollte.

»Meine Name ist Brogan«, begann der Zauberer. »Ich bin ein Sucher von der Insel Camasann. Sicher habt Ihr schon von uns gehört?«

Kapitän Norwinn hob überrascht die buschigen, nachtschwarzen Augenbrauen. »Natürlich«, knurrte er, »ihr rennt dieser dämlichen Legende von den Kindern Thondras hinterher.«

Brogan lächelte müde. Viele Menschen glaubten dieser Tage nicht mehr daran, zu lange waren die Sieben nicht mehr erschienen.

»Das ist keine Legende, es gibt sie wirklich«, erklärte der Zauberer gelassen, und der Pirat spuckte auf den Boden. »Ich würde Euren Sohn gerne mit in unsere Schule nach Camasann nehmen«, fuhr Brogan fort.

»Ha!« Der Pirat lachte dröhnend und schüttelte den Kopf. »Mein Sohn? Er ist ein Pirat und nicht einer von euren …«, er verzog spöttisch seinen Mund, »… edlen Kriegern, die im Sinne der Gerechtigkeit kämpfen. Nein, vergesst das gleich!«

Brogan betrachtete den Piraten eindringlich, sodass dieser die Stirn runzelte.

»Euer Sohn hat ein seltenes Kampfgeschick, das sicher bekannt werden wird. Auch König Scurr wird davon erfahren und ihn dann zu sich holen. Und, glaubt mir, Scurr fragt nicht, er nimmt. Möchtet Ihr wirklich, dass Euer Sohn nach Naravaack kommt?«

Der Pirat fuhr sich über den schwarzen Bart und runzelte angestrengt die Stirn. »Wir werden zu den Ayrenn-Inseln zurückkehren, Scurr wird nicht von uns hören«, erwiderte er, obwohl das jetzt schon nicht mehr so selbstsicher klang.

Brogan blickte dem Piraten noch eindringlicher in die Augen. »Scurr hat seine Spitzel überall. Er wird den Jungen finden, seinen Willen brechen und ihn zu einer hirnlosen Tötungsmaschine machen, so wie er es mit allen Jungen vorher getan hat.«

Kapitän Norwinn schluckte. Selbstverständlich kannte er die Geschichten, und das eine oder andere Mal hatte er die »Blutroten Schatten« auch bereits gesehen. Sie waren gnadenlos und dienten ihrem König mit Leib und Seele. Der Pirat war hin- und hergerissen. Natürlich wollte er nicht, dass Rudrinn in König Scurrs Hände fiel, aber nach Camasann wollte er ihn genauso wenig schicken. Er dachte angestrengt nach.

»Rudrinn soll selbst entscheiden«, verkündete der Kapitän schließlich.

Brogan nickte zufrieden. Er ließ den Jungen holen und erzählte ihm alles ohne Umschweife. Am Ende sagte er: »Solltest du keiner der Sieben sein, wird dich niemand aufhalten, wenn du deinen siebzehnten Geburtstag gefeiert hast und zurück zu den Piraten möchtest. Wie alt bist du denn, mein Junge?«

Rudrinn hatte das alles fassungslos mit angehört. »Zwölf Jahre«, stammelte er.

Brogan nickte. »Gut, dann sind es nur fünf Jahre auf der Insel für dich. Du wirst ein guter Kämpfer werden, danach kannst du tun, was du willst. Findet Scurr dich, wirst du für immer sein Sklave sein.«

Der junge Pirat wusste gar nicht, was er denken sollte. Er hatte nie Zweifel daran gehegt, wie sein Vater und Generationen vor ihm Pirat zu werden. Auch er wollte Handelsschiffe ausrauben, welche die Hafenstädte von Balmacann ansteuerten, oder die großen Frachtschiffe überfallen, die Silversgaard verließen, wo Eisen, Gold, Silber und Kupfer abgebaut wurde. Ein Krieger in Camasann zu werden, der für Gerechtigkeit kämpfte, das konnte er sich nicht vorstellen. Hilfesuchend blickte er seinen Vater an, doch der wusste selbst nicht, was er sagen sollte.

»Ich will ein Pirat sein! Das ist mein Leben!«, sagte der schwarzhaarige Junge mit den zotteligen Haaren überzeugt.

»Wie gesagt«, erwiderte Brogan ernst. »Niemand wird dir bei uns auf Camasann verbieten, dieses Leben erneut aufzunehmen, wenn du erst siebzehn Jahre alt bist und du es dann noch immer führen willst.«

Rudrinn kämpfte mit sich, was man an seinen Gesichtszügen genau sehen konnte. Schließlich blickte er seinen Vater ein wenig ängstlich an. »Vater, soll ich mit ihm gehen?«

Der Pirat fluchte leise vor sich hin und spuckte auf den Boden. Schließlich nickte er, konnte seinem Sohn aber nicht in die Augen sehen, als er sagte: »Besser Camasann als Naravaack. Und du wirst zu uns zurückkommen, du weißt ja, wo du uns findest.«

Brogan schloss für einen Augenblick dankbar die Augen. Er hatte schon befürchtet, dass der Pirat sich dagegen entscheiden würde.

Rudrinn schluckte ein paar Mal schwer, dann richtete er sich zu seiner vollen Größe auf. »Gut, ich gehe mit Euch, aber nur für fünf Jahre«, sagte er fest.

Brogan nickte freundlich. »Sehr gut, ich werde dir ein Pferd besorgen, dann brechen wir gleich auf.«

»Ich stehle ihm eins«, knurrte sein Vater, doch Brogan hielt ihn auf.

»Nein«, meinte er lächelnd, »dort, wo Euer Sohn hinkommt, ist so etwas nicht üblich. Ich werde eines kaufen.«

Kapitän Norwinn verzog angewidert den Mund und umarmte seinen Sohn fest. »Aber lass so etwas nicht einreißen, und bleib, wie du bist!«

Rudrinn nickte, dann ging er mit dem Zauberer, der die kleine Rijana aus ihrem Versteck holte. Selbstverständlich ließ es der Stolz des Jungen nicht zu, dass er sich noch einmal nach seinem Vater umblickte, so gerne er es auch getan hätte.

Brogan kaufte einem Händler ein zotteliges Pferd ab, und sie ritten zu dritt ans Meer, wo sie die Nacht verbringen würden. Rudrinn musterte das kleine Mädchen neugierig, und Rijana wurde es unter dem Blick des Piratenjungen ein wenig unheimlich. Sie drückte sich an den Zauberer.

Der lächelte freundlich. »Das ist Rudrinn. Er wird mit dir zur Schule gehen.«

»Aber … aber, er ist … ein Pirat«, stammelte sie.

Rudrinn schnaubte verächtlich und biss in ein Stück gebratenes Fleisch, das er zuvor übers Feuer gehalten hatte.

Brogan lächelte gütig. »Ja, das ist er, aber er hat ungewöhnliche Fähigkeiten, so wie du.«

Rijana nickte. Tränen traten in ihre dunkelblauen Augen. »So wie Ariac. Meine Eltern haben immer gesagt Steppenmenschen seien Wilde und Gesindel, aber Ariac ist mein bester Freund.«

Brogan schloss kurz die Augen und nahm die Kleine in den Arm. In den letzten Tagen hatte er jeden Gedanken an den Jungen verdrängt. »Sicher, Rijana, und jetzt solltest du schlafen.«

Die Kleine nickte, rollte sich in eine grobe Wolldecke ein und schlief wenig später tief und fest.

Am nächsten Tag ritten sie zu der großen Brücke, die Nord mit Süd verband. Brogan und die beiden Kinder wurden nach vorn gewunken, was einige Händler zu unwilligem Gemurre verleitete, denn die Schlange an Wagen, die über die Brücke nach Balmacann wollten, war lang. Die Brückenwächter nickten Brogan freundlich zu. Dieser bezahlte ein Goldstück und ritt mit den beiden Kindern über die Brücke. Die kleine Rijana konnte selbst von dem Pferd aus kaum über die Zinnen blicken. Sie streckte sich und sah, wie das blaue Meer unter ihnen nach Westen davonfloss. Im Moment war Ebbe.

Die steinerne Brücke war ziemlich breit, sodass zwei Wagen bequem aneinander vorbeikamen. Ständig begegneten ihnen Händler, Reiter und auch einige Menschen zu Fuß. Rudrinn seufzte immer wieder, dass seine Leute hier reiche Beute hätten machen können, obwohl überall Brückenwächter standen. Es war beinahe Mittag, als sie endlich das andere Ende der Brücke erreicht hatten. Als sie angekommen waren und etwas abseits im Gras Rast machten, ging Rudrinn mit breitem Grinsen zu Brogan und reichte ihm einen silbernen Becher.

»Hier, jetzt war die Überquerung zumindest nicht ganz so teuer«, sagte er stolz.

Der Zauberer runzelte die Stirn. »Wo hast du den denn her?«

Rudrinn grinste über das ganze Gesicht. »Ein Händler kam zu dicht an mir vorbei.«

Brogan fluchte leise. »Du sollst aber keine ehrlichen Leute bestehlen!«

Rudrinn zuckte die Achseln und sah nicht sehr schuldbewusst aus. »Händler sind doch selbst selten ehrliche Männer. Nehmt es nicht so schwer.«

Brogan schüttelte den Kopf. Mit dem Jungen würde es nicht einfach werden.

»Gut, wir werden den Becher in einem der ärmeren Dörfer verschenken, und ich verbiete dir, noch einmal etwas zu stehlen, Rudrinn!«

Dieser zuckte die Achseln und wandte sich einem Stück hartem Käse zu.

Rijana betrachtete den Piratenjungen fasziniert. Rudrinn zwinkerte ihr zu und führte einen Taschenspielertrick mit einer kleinen Kupfermünze vor. Kurz darauf erzählte Rudrinn ihr von seiner Zeit bei den Piraten.

Brogan seufzte, aber er wollte der Kleinen nicht verbieten, mit dem Jungen zu reden. Das lenkte sie zumindest davon ab, dass ihr Freund Ariac nicht mehr bei ihnen war.

Die Tage zogen sich dahin. Der Zauberer und die Kinder ritten auf der sandigen Handelsstraße, die Balmacann durchzog. Überall sah man Dörfer und kleinere Städte. Irgendwann konnte man hinter hohen Hecken und Bäumen ein großes, schneeweißes Schloss erahnen. Hinter dem Tor erstreckte sich eine gepflegte Allee bis zum Schloss.

»Das ist das Schloss von König Greedeon«, erzählte Brogan.

Rudrinn, der gerade in einen Apfel biss, den er unterwegs gepflückt hatte, sagte mit vollem Mund: »Mein Vater sagt, Greedeon ist ein Verbrecher. Er lässt andere für sich schuften und setzt nur seinen faulen Arsch in seinen goldenen Thron.«

Rijana musste kichern. Brogan hingegen war empört. »So etwas möchte ich nicht mehr hören!«, rief er. »König Greedeon ist ein ehrenhafter Mann und unterstützt unsere Schule. Nur durch ihn können wir uns die vielen Reisen leisten und all die Kinder durchfüttern. Etwas mehr Respekt bitte!«

Wenig beeindruckt zuckte Rudrinn die Achseln und spuckte den Rest seines Apfels ungerührt auf das mit Gold verzierte Tor, vor dem einige Wachen standen. Der Zauberer verdrehte die Augen, aber er sagte nichts weiter dazu. Sollte Tharn, einer der Ausbilder von Camasann, dem Jungen Manieren beibringen. Er, Brogan, war in diesem Sommer nur für die Suche von Kindern zuständig und hin und wieder für das Schwertkampftraining.

Viele weitere Tage ritten sie über die Straße. Dörfer und Städte wurden seltener, und schließlich erstreckte sich vor ihnen nur noch endloses Grasland, auf dem hier und da halbwilde Pferde grasten. Irgendwann passierten sie ein finsteres Waldstück, in dessen Mitte sich ein hoher Hügel erhob. Ansonsten war das ganze Land eher flach. Brogan trieb die Pferde an, um schneller vorwärtszukommen.

»Was ist das für ein Wald?«, fragte Rijana, die mittlerweile hinter Rudrinn auf dem Pferd ritt. Die beiden hatten sich ein wenig angefreundet.

Der Piratenjunge zuckte die Achseln. Er war noch nicht sehr oft auf dem Festland gewesen.

»Hey, Zauberer, was ist das für ein Hügel?«, rief er nach vorne.

Brogan drehte sich um, und sein Gesicht verzog sich missbilligend. »Es heißt: Meister Brogan oder Zauberer Brogan. Das habe ich dir in den vergangenen Tagen schon hundertmal gesagt!«

Rudrinn grinste nur, denn eigentlich hatte er vor nichts und niemandem wirklich Respekt. Er verbeugte sich jedoch, was allerdings eine Spur zu übertrieben wirkte, und fragte betont höflich: »Meister Brogan, würdet Ihr die Ehre haben, uns unwürdigem Volk mitzuteilen, was dies für eine Erhebung ist?«

Rijana lachte hell auf. Brogan unterdrückte einen Fluch.

»Das, du kleiner Rotzlöffel, ist Tirman'oc. Es ist verboten, dort hinzugehen«, sagte der Zauberer ohne weitere Erklärung und trieb sein Pferd rasch an.

»Dann ist es bestimmt interessant, den Wald ein wenig zu erforschen«, flüsterte Rudrinn und grinste Rijana zu.

Diese nickte begeistert. »Jetzt gleich?«, fragte sie aufgeregt.

Rudrinn zuckte die Achseln und nickte dann. Er warf noch einen Blick nach vorn, doch der Zauberer trabte rasch voraus. So lenkte Rudrinn das Pferd in das dichte Unterholz. Der Wallach schnaubte nervös und tänzelte. Die Bäume waren dicht verwachsen, und irgendwie schien ein Raunen durch sie zu gehen. Rijana bekam Gänsehaut. Sie fröstelte plötzlich, wollte sich vor Rudrinn jedoch keine Blöße geben. Aber auch der Piratenjunge war angespannt und lauschte nervös. Er trieb das schnaubende und ständig zusammenzuckende Pferd energisch weiter. Schon nach kurzer Zeit sah man die Straße nicht mehr. Plötzlich, als eine Art Windstoß durch die Bäume fegte, der etwas zu flüstern schien, stieg der Wallach erschrocken und warf die beiden Kinder ab. Sie landeten unsanft auf dem Waldboden. Das Pferd galoppierte währenddessen mit wehenden Steigbügeln davon.

»Hast du dir wehgetan?«, fragte Rudrinn erschrocken und half Rijana auf, die dabei das Gesicht verzog.

»Nein«, sagte sie tapfer, wobei sie ein Stöhnen unterdrückte. Der Wald war düster, und die beiden Kinder hatten beinahe den Eindruck, als würden die Bäume und Büsche sie bedrängen. Rijana ging näher zu Rudrinn hinüber, der ihr beschützend einen Arm um die Schultern legte. Doch auch der Piratenjunge sah unter seiner Sonnenbräune ein wenig bleich aus.

»Wir … wir sollten vielleicht lieber nach draußen gehen«, schlug er stockend vor.

Rijana nickte erleichtert. Sie hatte es sich nicht getraut, das vorzuschlagen, da sie Angst gehabt hatte, dass Rudrinn sie für einen Feigling hielt. Sie folgte dem Piratenjungen dichtauf, um ihn ja nicht zu verlieren. Immer wieder kratzten Dornenbüsche an den Kleidern der Kinder, und sie stolperten ständig über Wurzeln, die sich urplötzlich vor ihren Füßen auftaten. Eigentlich konnten die beiden nicht sehr weit von der Straße entfernt sein, aber irgendwie kamen sie dem Waldrand nicht wirklich näher. Die beiden liefen immer weiter, während der Wald ihnen etwas zuzuflüstern schien. Unheimlich rauschte es in den Bäumen, und man konnte durch das dichte Laub kaum den Himmel erkennen. Urplötzlich standen die beiden vor einem Hügel, auf dem ein unglaublich schönes Schloss gebaut war. Viele helle Türme wurden von hohen Zinnen umrahmt, und Bäume schmiegten sich an den Felsen heran. Doch irgendwie wirkte alles verlassen und verwunschen.

»Wollen wir hochklettern?«, fragte Rudrinn, den plötzlich wieder die Abenteuerlust gepackt hatte.

Rijana nickte unsicher, doch als der Junge seinen Fuß auf den Hügel setzte, erbebte die Erde, und die Bäume neigten ihre Kronen drohend in Richtung der Kinder. Ein schneeweißer Wolf erschien und stellte sich knurrend vor Rudrinn, der die kleine Rijana erschrocken hinter sich schob und seinen kurzen Säbel zog.

»Wenn ich es dir sage, musst du wegrennen«, flüsterte er, und Rijana nickte verängstigt, wobei sie nicht wusste, was ihr mehr Furcht einflößte: der Wolf oder allein durch den Wald rennen zu müssen.

Mit angelegten Ohren und gefletschten Zähnen kam der große Wolf näher und funkelte die Kinder aus ungewöhnlich blauen Augen an, die weder wild noch gefährlich wirkten. Man hatte beinahe den Eindruck, dass der Wolf sie gar nicht angreifen, sondern nur daran hindern wollte, das Schloss zu betreten. Doch bevor etwas passieren konnte, schoss ein gleißender Blitzstrahl aus dem nächsten Gebüsch, und der Wolf verschwand, als hätte er sich in Luft aufgelöst.

Brogan stand mit vor Zorn funkelnden Augen vor den beiden Kindern. Weder Rijana noch Rudrinn hatten ihn jemals so gesehen. Bisher war er immer sehr freundlich zu ihnen gewesen, doch jetzt schien er vor Wut zu kochen.

»Was fällt euch ein, einfach allein in diesen Wald zu gehen?«, schrie er vor Zorn bebend. »Dieser Wald ist gefährlich – vor allem für einen dämlichen kleinen Jungen, der sich für einen Mann hält!« Brogan hielt Rudrinn den Finger entgegen, und der Junge kroch erschrocken zurück. »Dass du dich in Gefahr bringst, ist schon dumm genug, aber wenn Rijana etwas passiert wäre, hätte ich dich eigenhändig bei König

Scurr abgeliefert! Tu so etwas noch ein einziges Mal, und du wirst es bereuen«, schrie der Zauberer, der vollkommen die Fassung verloren zu haben schien.

Rudrinn nickte verstört und wagte nicht, etwas zu erwidern. Brogan warf einen Blick zu dem Schloss hinauf, funkelte den Piratenjungen noch einmal wütend an und nahm anschließend Rijana an der Hand. Ohne auf Rudrinn zu achten, lief er in den Wald hinein, der sich merkwürdigerweise vor ihm zu teilen schien.

Rijana blickte den Zauberer erstaunt an. Sie verstand das alles nicht. »Was ist das für ein Schloss?«, fragte sie vorsichtig.

»Das geht dich nichts an!«

Sie zog den Kopf ein und fragte nicht weiter nach.

Die nächsten Tage redete der Zauberer nicht mit den Kindern. Er schien noch immer wütend zu sein, und Rijana und Rudrinn fragten sich immer wieder, wenn sie allein waren, was denn so geheim und gefährlich an dem Schloss gewesen war. Doch keiner traute sich, Brogan noch einmal darauf anzusprechen.

Als sie sich der Küste näherten, begann der Zauberer zumindest wieder über belanglose Sachen zu reden. Sie ritten über grüne, menschenleere Hügel, und schließlich tauchte in der Ferne ein hoher, grauer Turm auf, auf dem Soldaten patrouillierten.

»Das ist Islagaard«, erklärte Brogan mit dem Anflug eines Lächelns, als er die fragenden Gesichter der Kinder sah, »einer der sieben Türme, die die Küste Balmacanns beschützen. Wird das Land angegriffen, werden Leuchtfeuer entzündet, und alle Krieger sammeln sich.«

»Mein Ururgroßvater hat einmal versucht, eine der Städte an der Küste anzugreifen«, erzählte Rudrinn mit einem unsicheren Grinsen.

Der Zauberer hob die Augenbrauen. »Und er ist gescheitert?«

Rudrinn nickte seufzend.

Rijana, die schon über die Meerenge zwischen Catharga und Balmacann gestaunt hatte, war überwältigt, als sie den langen Sandstrand sah und die hohen Wellen, die gegen die Felsen im Meer brandeten.

Brogan hielt weiter auf den Turm zu, und zwei bewaffnete Krieger in Rüstungen kamen zu der kleinen Holztür heraus.

»Brogan, schön dich zu sehen«, sagte ein hochgewachsener Krieger mit blonden Haaren. Dann fiel sein Blick auf die beiden Kinder. »Mehr waren es nicht? Und wo sind Adeon und die anderen?«

»Wir sind angegriffen worden«, berichtete Brogan seufzend.

Der Krieger fluchte. »Die Blutroten Schatten?«

Brogan nickte und blickte zu Boden. »Ich kam zu spät, nur das kleine Mädchen konnte fliehen. Den Piratenjungen habe ich erst später in Catharga entdeckt.«

Der blonde Krieger schüttelte gramvoll den Kopf. Adeon und zwei weitere Männer waren gute Freunde von ihm gewesen.

»Liegt ein Boot bereit?«, fragte Brogan ernst, und der Krieger nickte.

»Ja, in der Bucht hinter den Felsen, aber beeilt euch, es zieht ein Gewitter auf.«

Weit im Westen konnte man dunkle Wolken sehen. Rijana war etwas mulmig zumute. Sie war noch nie in einem Boot gefahren. Rudrinn hingegen, der auf dem Meer aufgewachsen war, schien sich zu freuen. Der Zauberer führte die beiden Kinder einen kleinen Berg hinauf. Eine schmale Bucht spaltete den Felsen, und weit unten sah man ein Ruderboot liegen. Normalerweise wäre jetzt einer der Turmwächter nach Camasann gerudert und hätte ein größeres Segelboot geholt, doch da sie nur zu dritt waren, war das nicht nötig. Sie kletterten einen schmalen Pfad hinab, und Brogan hob Rijana in das Ruderboot, das in den Wellen schwankte. Rudrinn sprang geschickt hinein und griff sich grinsend ein Ruder. Die Kleine hielt sich krampfhaft am Rand des Bootes fest. Ihr schien das Ganze überhaupt nicht geheuer zu sein.

»Bis wir aus der Bucht hinaus sind, müssen wir rudern«, erklärte Brogan, »anschließend kann ich mit Magie nachhelfen.«

Rudrinn nickte überrascht und tauchte sein Ruder ins Wasser. Das Meer warf gewaltige Wellen, aber als sie die Bucht verlassen hatten, wurde es ein wenig ruhiger. Rijana warf einen letzten Blick aufs Festland und hatte das Gefühl, ihr ganzes bisheriges Leben hinter sich zu lassen.

Das Boot fuhr nun zielstrebig nach Südwesten, und Brogan legte seinen Arm um das kleine Mädchen. »Dir wird es auf Camasann gefallen, Rijana, da bin ich mir sicher.«

Sie nickte unsicher, während ihr Blick die langsam schwindende Küste nicht loslassen wollte. Wie von Geisterhand gezogen, glitt das Boot durch die Wellen. Am Himmel kreisten Seevögel, und Delfine schwammen um das Boot herum. Rijana erfüllte das alles mit Staunen, während Rudrinn überhaupt nicht beeindruckt war. Das Boot pflügte eine lange Zeit durch das Wasser. Fast einen halben Tag brauchten sie. In der Abenddämmerung tauchte wie aus dem Nichts eine größere Insel auf. Hohe Felsen, an denen sich die Wellen brachen, bildeten das nördliche Ende von Camasann. Weiter entfernt, auf einem Hügel, thronte ein gewaltiges Schloss aus grauem Gestein. Rudrinn und Rijana staunten, als Brogan das Boot zielstrebig in einen nadelöhrartigen Felskanal steuerte.

»Hilf mir zu rudern«, verlangte er von Rudrinn, der mit offenem Mund alles bestaunte.

Der Kanal führte weit in den Fels hinein, und schließlich hielt das Boot an einem aus Stein gehauenen Landesteg. Fünf jüngere Krieger halfen dem Zauberer und den Kindern aus dem Boot. Als Brogan den fragenden Blick der jungen Krieger sah, schüttelte er traurig den Kopf, und diese machten betretene Gesichter. Brogan führte Rijana und Rudrinn in eine kleine Höhle, von der aus eine sehr schmale, gewundene Steintreppe endlos nach oben zu führen schien. In regelmäßigen Abständen hingen Fackeln, die den Weg allerdings nur spärlich beleuchteten. Rijana mit ihren kurzen Beinen fiel schon nach kurzer Zeit zurück.

»Soll ich dich tragen?«, fragte Brogan nach hinten. Seine Stimme hallte merkwürdig von den dunklen Steinen wider.

Sie schüttelte tapfer den Kopf, obwohl sie zum Umfallen müde war. Immer weiter stiegen sie hinauf, und auch Rudrinn keuchte, während Brogan keine Anzeichen von Müdigkeit zeigte. Endlich leuchtete fahles Abendlicht durch ein Loch in der Decke. Über eine Strickleiter kletterten die drei auf ein Felsplateau. Sie hatten die hohen Steilklippen überwunden. In der Ferne konnte man nun wieder das Schloss sehen. Weiche, grüne Hügel führten in sanften Wellen direkt auf die Anhöhe zu, auf der die Festung erbaut war. Im Osten lag ein ausgedehnter Wald, während im Westen weite Grasflächen zu sehen waren. Brogan blickte auf die beiden Kinder, die sich vor Müdigkeit kaum auf den Beinen halten konnten.

»Ich werde eine Kutsche holen, wartet hier«, sagte er freundlich.

Nachdem es beinahe komplett finster war, tauchte Brogan mit einer einfachen, offenen Kutsche auf, vor die ein kleines, stämmiges Pferd gespannt war. Die Kinder stiegen auf, und der Wagen setzte sich langsam in Bewegung. Ein sandiger Weg führte über die Hügel, und hier und da tauchten kleine Holzhütten auf. Immer wieder sah man bestellte Felder, auf denen sogar noch einige Bauern arbeiteten. Sosehr Rijana sich auch dagegen wehrte, sie schlief schließlich an Brogan gelehnt ein, noch bevor sie das Schloss erreichten.

Die Kutsche fuhr schließlich einen steinigen Weg hinauf

und passierte ein schwerbewachtes Tor, bevor sie vor der gewaltigen Festung von Camasann anhielt. Zwei müde Stallburschen erschienen, und zwei Wächter öffneten die schweren Eingangstore. Brogan hob die fest schlafende Rijana auf seine Arme, und Rudrinn lief hinter ihm her. Jetzt war er wieder hellwach und betrachtete alles mit größtem Interesse. Sie traten in eine hohe Eingangshalle, von der aus Treppen auf eine Galerie führten. Brogan betrat gerade die rechte Steintreppe mit dem breiten Geländer, als eine mächtige Stimme ertönte.

»Du kommst spät, Brogan!«

Rudrinn fuhr erschrocken herum, und auch Rijana wachte in Brogans Armen auf. Sie zappelte, und er ließ sie auf den steinernen Boden sinken.

Ein großer, sehr beeindruckend wirkender Mann kam auf sie zu. Er hatte dunkelgraue Haare und einen kurzen Bart. Seine Augen wirkten streng und hart, und er ging sehr aufrecht. In der Hand hielt er einen langen Stock, in den Runen geschnitzt waren. Doch das Ungewöhnlichste an ihm war sein Umhang, der die Farbe ständig zu verändern schien. Rudrinn blinzelte. Er glaubte, dass es an seiner Müdigkeit liegen würde.

»Lasst die Kinder schlafen gehen. Ich erkläre morgen alles«, meinte Brogan, der selbst müde war.

Hawionn, das Oberhaupt der Schule von Camasann, betrachtete die Kinder eindringlich, und Rudrinn und Rijana hatten plötzlich das schlechte Gefühl, als wären sie ein Stück Handelsware, das abschätzend betrachtet wurde.

»Nun gut«, meinte Zauberer Hawionn streng und wandte sich ab. »Bring sie in eines der Gästezimmer.«

Brogan nickte erleichtert, denn er war froh, dass Hawionn den beiden eine anstrengende Musterung ersparte. Der Zauberer führte die Kinder in den ersten Stock und öffnete die Holztür eines Zimmers, in dem sich zwei schmale Betten und ein Tisch befanden, auf dem ein tönerner Krug mit Wasser stand.

»Gut, morgen bekommt ihr eure Zimmer zu sehen«, meinte der Zauberer mit einem aufmunternden Lächeln. »Schlaft nun, ich hole euch morgen früh.« Damit verschwand er aus dem Raum, und Rijana und Rudrinn blieben ein wenig verlegen zurück. Rudrinn war unruhig. Er hatte noch nie in einem steinernen Raum geschlafen. Bisher hatte er die Nächte entweder im Freien oder auf einem Schiff verbracht. Rijana hingegen ließ sich einfach auf das Bett fallen und war wenige Augenblicke später eingeschlafen.

Rudrinn trat zu dem schmalen Fenster und zog den dicken Vorhang zur Seite. Blitze zuckten in der Ferne, und die Sterne waren von Wolken verdeckt.

»Rammatoch, Gott des Meeres, bring mich bald wieder zurück auf die See«, flüsterte der Piratenjunge hinaus in die Finsternis, doch schließlich legte auch er sich schlafen.

KAPITEL 3

Ursann

Nach der unglücklichen ersten Begegnung mit König Scurr wurde Ariac zusammen mit den anderen Kindern in einen großen, kahlen Schlafsaal geführt. Ein schweigender junger Krieger mit kurzgeschorenen Haaren gab jedem eine Decke. »Ihr werdet zum Essen gerufen«, sagte er knapp.

Sofort gab es einiges Gerangel um die wenigen mit Stroh ausgelegten freien Plätze in dem Raum. Ariac hatte gar kein Interesse daran, denn die Jungen lagen dicht an dicht. Er suchte sich eine freie Stelle am Fenster, denn er fand die Luft ohnehin schon stickig genug. Die Jungen, die sich gerade in dem Raum aufhielten, begutachteten die Neuankömmlinge mit einer Mischung aus Neugier und Verachtung. Sie hielten sich wohl für etwas Besseres. Vom kleinen Jungen von vielleicht gerade einmal fünf bis sechs Jahren, bis zum jungen Mann an der Grenze zum Erwachsenwerden war hier alles vertreten. Die ausgebildeten Soldaten dagegen hatten eigene, etwas komfortablere Unterkünfte in den Ruinen. Besonders Ariac mit seinen Tätowierungen an den Schläfen wurde angestarrt, und Morac verkündete natürlich sofort, dass der Steppenjunge Abschaum wäre. Ein hochgewachsener Junge mit kurzgeschorenen blonden Stoppeln, der eigentlich recht gutaussehend gewesen wäre, wenn er nicht so einen arroganten Zug um die Augen gehabt hätte, kam auf Ariac zu und baute sich vor ihm auf.

»Ich bin hier der Älteste und damit der Anführer«, stellte er klar, »mein Name ist Lugan, und ich stehe in der Gunst von König Scurr.«

»Beeindruckend«, antwortete Ariac zynisch und begann, seine Decke auszubreiten.

Lugan ergriff Ariac von hinten und drückte ihn brutal gegen die raue Wand. Er war vier Jahre älter und dementsprechend größer und kräftiger, doch Ariac blieb ruhig.

»Du solltest dich lieber gut mit mir stellen, sonst wird es dir leidtun«, drohte er.

Ariac packte blitzschnell den Arm des größeren Jungen, drehte ihn um und warf den überraschten Lugan zu Boden. Diesen Trick hatte Ariac von seinem Cousin gelernt.

»Es würde mir leidtun, mich mit dir gut zu stellen«, meinte Ariac grinsend. Die anderen Jungen um ihn herum hielten die Luft an. Niemals hatte es jemand gewagt, Lugan anzugreifen, doch dieser lag nun keuchend und mit rotem Gesicht am Boden.

»Ich reiße dir die Gedärme raus, du verfluchter Wilder«, knurrte er und versuchte vergeblich aufzustehen.

»Das dürfte dir ein wenig schwerfallen, wenn du am Boden liegst«, meinte Ariac trocken.

Lugan wollte noch etwas sagen, doch da schwang die große, hölzerne Tür auf, und ein junger Soldat rief in den Raum: »Los, Essen!«

Sofort eilten alle Jungen zur Tür, und Ariac ließ den vor Zorn schäumenden Lugan schließlich ebenfalls los.

Morac mit seiner kriecherischen Art half dem älteren Jungen sofort auf. »Ich werde dir selbstverständlich helfen, diesen Unwürdigen fertigzumachen«, sagte er unterwürfig.

Angewidert schüttelte Lugan den Arm des kleineren Jungen ab.

»Sehe ich vielleicht aus, als würde ich Hilfe brauchen?«, schrie er und klopfte sich den Schmutz von den Kleidern. Sein Arm war verdreht, und er hatte kaum Gefühl darin. Er hasste den neuen Steppenjungen schon jetzt und würde alles dafür tun, um ihm das Leben hier zur Hölle zu machen.

Morac zog die Schultern ein und folgte dem wütenden Lugan in eine große Halle, in der hölzerne Bänke aufgebaut waren, an denen schätzungsweise fünfzig Jungen und weit über fünfhundert erwachsene Krieger schweigend aßen. An einem einzelnen Tisch saßen in imposanten Stühlen König Scurr und sein grober Ausbilder Worran. Deren Tafel war reich gedeckt, und auch das Essen der Krieger schien einigermaßen üppig zu sein. Doch bei den Jungen sah es anders aus. Einige wenige hatten Fleisch und Brot oder Kartoffeln, alle anderen, darunter auch Ariac, einen merkwürdigen, weißlichen Brei, der nach gar nichts schmeckte.

Ausbilder Worran erhob sich. »Für die Neuankömmlinge sage ich Folgendes«, rief er durch den Raum. »Wenn ihr gutes Essen wollt, müsst ihr euch das erarbeiten. Umsonst gibt es hier nichts. Wer nicht spurt oder rebelliert, der bekommt gar nichts. Und jetzt esst! Ihr werdet noch heute mit eurer Ausbildung beginnen.«

Angewidert tauchte Ariac seinen Löffel in den zähen Brei, der wirklich furchtbar schmeckte. Die anderen Kinder um ihn herum aßen alle mit gesenkten Köpfen und versuchten, so viel wie möglich in sich hineinzuschaufeln. Irgendwann war das Essen beendet. Lugan ging absichtlich dicht an Ariac vorbei, der sich gerade erhoben hatte, und schubste ihn gegen den hölzernen Tisch. Deshalb warf Ariac einige tönerne Schüsseln herunter, darunter auch seinen nur halb aufgegessenen Brei.

Worran, der den Tumult gehört hatte, kam mit seinen schweren Lederstiefeln angepoltert.

»Was ist hier los?«, fragte er drohend und baute sich vor Ariac auf, der mit zornig funkelnden Augen auf Lugan blickte.

»Der hier«, sagte Lugan abwertend, »benimmt sich wie ein Tölpel.«

»Ich habe gar nicht ...«, begann Ariac. Eine schallende

Ohrfeige von Worran ließ ihn jedoch verstummen, und seine Lippe platzte auf.

»Du hast die Schüsseln zerstört«, sagte Worran drohend. »Und den Brei hast du auch nicht gegessen. Das müsste doch ein Festessen für dich sein, ihr Steppenleute fresst ja sogar Würmer.«

Ariac wischte sich das Blut vom Mund und sagte so energisch, wie er konnte: »Besser Würmer als dieser Fraß!«

Worran schlug ihm erneut ins Gesicht, sodass Ariac zu Boden ging. Der Ausbilder trat ihn genüsslich grinsend in die Rippen. »Wenn dir unser Essen nicht gut genug ist, dann wirst du eben die nächsten zwei Tage gar nichts mehr bekommen. Außerdem hast du die nächsten fünf Tage Nachtwache auf den Türmen.«

Lugan grinste zufrieden, er hatte sein Ziel erreicht.

»Und mach diesen Dreck weg«, befahl Worran. Dann wandte er sich an alle Jungen und die wenigen Mädchen, die sich hier aufhielten. »Die Neuankömmlinge und älteren Jungen kommen sofort in den Hof!«

Ariac biss die Zähne zusammen und erhob sich wieder. Er warf Worran einen vernichtenden Blick hinterher, und ein kleinerer, dicklicher Junge flüsterte ihm zu: »Du darfst ihn nicht provozieren, sonst bringt er dich am Ende noch um!«

Ariac unterdrückte ein Stöhnen und begann die Scherben und den Brei wegzuräumen. *Lieber sterbe ich, als mich diesem widerwärtigen Kerl zu unterwerfen.*

Natürlich kam Ariac als Letzter in den großen Hof. Alle Jungen standen in Reih und Glied. Worran verteilte Holzschwerter. Die älteren Jungen sollten die Neuen angreifen.

»Du bist zu spät, deswegen bekommst du keines«, sagte Worran verächtlich zu Ariac. Offensichtlich freute er sich schon darauf, dass einer der Sechzehnjährigen ihn gehörig verprügeln würde.

Doch Ariac gönnte ihm das Vergnügen nicht. Er hatte gelernt, auch ohne Waffen zu kämpfen. Nach kurzer Zeit hatte er, obwohl er wesentlich kleiner war, den anderen Jungen zu Boden geworfen und ihm sein Schwert abgenommen. Er konnte sich einen triumphierenden Blick zu Worran hin nicht verkneifen, der knallrot vor Wut war und nun dem Besiegten ein hölzernes Trainingsschwert zuwarf.

König Scurr trat groß und unheimlich aus dem Schatten heraus. Er stellte sich neben Worran, der vor Wut schnaubte.

»Der Steppenjunge ist gut«, sagte Scurr mit seiner kalten Stimme.

»Ein arroganter, wilder Bastard«, spie Worran aus.

»Das mag sein, aber er hat Talent. Breche seinen Willen, aber bring ihn nicht um! Am Ende ist er einer der Sieben«, befahl der König.

Worran spuckte auf den Boden. »Das hoffe ich nicht!«

Scurr packte den grobschlächtigen Mann am Arm. »Das wissen wir aber erst in einigen Jahren. Du weißt, du darfst keinen töten, bevor er nicht siebzehn ist, sonst wirst du es bereuen!«, drohte der König.

Worran nickte rasch. König Scurr war einer der wenigen Menschen, vor denen er Angst hatte. Sosehr es ihm missfiel, er würde diesen unverschämten Jungen am Leben lassen müssen.

Bis die Sonne unterging, dauerte das Training, und Worran war mehr als streng mit seinen Untergebenen. Endlich gab er das Kommando aufzuhören, und die Jungen ließen sich erleichtert auf den staubigen Hof fallen.

»Es gibt gleich Abendessen«, blaffte der Ausbilder, »danach müssen die Ställe ausgemistet, das Vieh gefüttert und getränkt werden.«

Hier und da hörte man unterdrücktes Stöhnen, woraufhin Worran mit zusammengekniffenen Augenbrauen herumfuhr. Nun wagte es niemand mehr, auch nur zu atmen. Die Jungen schlichen müde in den großen Speisesaal. Nur Ariac blieb allein im Hof zurück. Er wusste, dass er nichts bekommen würde, und schöpfte mit der Hand nur etwas Wasser aus dem Brunnen. Dann blickte er in den blutroten Abendhimmel und wünschte sich nichts sehnlicher, als zu Hause auf der Steppe zu sein.

Irgendwann erschienen die Jungen wieder und gingen hinaus vor das Burgtor. In ärmlichen Baracken waren Pferde, einige Kühe und Schafe untergebracht. Schweigend machten sich die Jungen daran, die Ställe auszumisten, Wasser zu holen und die Tiere zu füttern. Allen taten die Knochen weh, doch als sich ein kleiner Junge beschwerte, wurde er sofort dazu verdonnert, allein Wasser in die Burg hinaufzubringen. Ariac wusste, dass für ihn noch lange nicht das Ende des harten Tages erreicht war. Nachdem die Tiere versorgt waren, kehrte Worran mit einem erwachsenen Krieger zurück. Der Mann hatte eine lange Narbe über der Stirn und sah so finster und kalt aus wie alle anderen von König Scurrs Männern.

»Hier, Tovan wird dich zu den Türmen begleiten, und schlaf ja nicht ein, sonst wirst du ausgepeitscht«, drohte Worran. Ariac nickte, es blieb ihm wohl ohnehin nichts anderes übrig.

Der schweigsame junge Mann führte Ariac einen halb verfallenen Turm hinauf. Die meisten Stufen der Wendeltreppe fehlten bereits. Es dauerte ewig, bis sie oben angekommen waren. Ein leichter Wind wehte hier, und man konnte im letzten Abendlicht über das karge und felsige Land blicken. Im Gegensatz zu der stickigen Wärme in den Räumen und auf dem Hof fand es Ariac fast angenehm, hier zu stehen.

»Auf was müssen wir denn aufpassen?«, fragte Ariac.

Tovan musterte ihn abfällig. »Dass uns niemand angreift.«

»Aber in der Dunkelheit sieht man doch ohnehin nichts«, erwiderte der Steppenjunge verwirrt. Es machte vielleicht

Sinn, vor den Toren und in den Bergen Wache zu halten, aber doch nicht hier oben auf dem Turm!

»Sei ruhig und tu das, was man dir befiehlt«, knurrte der Mann und blickte angestrengt über den Rand der Zinnen in die Tiefe.

Ariac seufzte und lehnte sich an die Mauer. Er wusste nicht, was das alles sollte.

Als es wohl schon nach Mitternacht war, wurde Tovan von einem kleinen untersetzten Mann abgelöst, und Ariac, der kaum noch die Augen offen halten konnte, wollte ebenfalls die Treppen hinabgehen.

»Du nicht«, knurrte der andere Krieger. »Worran hat gesagt, du musst bleiben.«

Ariac schloss kurz die Augen und hielt sich vor Müdigkeit schwankend an den Zinnen fest. Er hätte wohl auch dann keine Gefahr erkannt, wenn sich ein ganzes Heer mit Fackeln genähert hätte.

In der Morgendämmerung durfte er endlich hinab in den Schlafsaal der Jungen gehen. Ariac ließ sich einfach auf den blanken Boden fallen. Irgendjemand hatte ihm seine Decke gestohlen, doch darum kümmerte er sich nicht mehr. Allerdings war ihm nur wenig Schlaf vergönnt. Er hatte den Eindruck, dass er gerade erst die Augen geschlossen hatte, als ihn ein Tritt in den Rücken weckte. Worran starrte finster auf ihn herab.

»Los, du kannst gleich die Tiere versorgen, die anderen sind beim Essen.«

Ariac erhob sich langsam, denn ihm tat alles weh, und sein Magen knurrte. Doch er wollte dem ekelhaften Ausbilder nicht die Genugtuung bereiten, Schwäche zu zeigen. So ging er hinab in den großen Hof, wusch sich das Gesicht im Brunnen und trank etwas, bevor er zu den Ställen torkelte, wo er den Tieren Heu und Wasser gab. Heimlich knabberte er an einer alten Futterrübe. Etwas später tauchten die anderen Jungen auf, und als alles fertig war, kam schon wieder Worran, der sie alle hinaustrieb. Heute sollten sie durch die Berge laufen, angeblich, um Ausdauer zu bekommen. Worran selbst und fünf weitere Soldaten ritten selbstverständlich auf Pferden und trieben die Jungen gnadenlos mit Peitschen an, wenn sie zurückfielen. Ariac, der langes Laufen gewohnt war, hielt gut mit, während drei kleinere Jungen bald zusammenbrachen, woraufhin Worran auch ihnen Essensentzug verordnete. Den ganzen Tag rannten sie durch die mit Geröll übersäten Hügel. Hier und da sah man ein paar magere Wildhasen oder Ziegen, am Himmel kreisten ein paar Aasgeier. Als die Sonne schon lange ihren höchsten Punkt überschritten hatte, erreichten die erschöpften Kinder die Ruine. Sie sollten sich im Brunnen waschen, aber die meisten hatten keine Energie mehr dazu. Ein Soldat erschien und verteilte einige schrumplige Äpfel an alle bis auf Ariac und die, die nicht mitgehalten hatten. Doch wer gedacht hatte, dass der Tag jetzt beendet wäre, der hatte sich geirrt. Worran tauchte kurz darauf mit den älteren Jungen auf, und nun wurde wieder Schwertkampf geübt. Kaum einer bekam noch die Arme hoch, sodass alle eine Menge Prellungen und blaue Flecken erhielten, weil sie nicht rechtzeitig ausweichen konnten, selbst Morac, der zuvor noch getönt hatte, er wäre der Beste von allen.

Ariac musste heute mit Lugan trainieren, dem es ein boshaftes Vergnügen bereitete, den erschöpften Steppenjungen immer wieder mit dem Holzschwert zu treffen. Die Sonne war schon lange gesunken, als Worran endlich erlaubte, dass die Jungen zum Abendessen gingen. Ariac musste sofort in den Turm gehen, da es schon sehr spät war. Sein Magen knurrte so laut, dass er glaubte, allein davon könnten die brüchigen Mauern der alten Festung einbrechen. Mit einem älteren Mann, der wohl schon sehr lange unter König Scurr diente, stolperte Ariac die Treppe hinauf. Er wusste kaum noch, wie er die Augen offen halten sollte.

Er holte den Stein, der wie ein Adlerkopf aussah, aus seiner Tasche und dachte: *Ich hoffe, dir geht es besser, Rijana.*

Immer wieder drohte er einzuschlafen, und als in der Morgendämmerung Worran kam, grinste dieser ihn hinterhältig an. »Ich hoffe, das ist dir eine Lehre, sonst kannst du das in Zukunft immer haben.«

Ariac hatte nicht einmal mehr die Energie, etwas zu erwidern. Todmüde sank er im Schlafsaal auf den Boden, nur um kurze Zeit später ein ähnlich hartes Training zu absolvieren wie auch schon den Tag zuvor.

KAPITEL 4

Camasann

Rijana und Rudrinn wurden erst einige Zeit nach Sonnenaufgang von Brogan geweckt. Sie hatten beide so tief und fest geschlafen wie schon lange nicht mehr. Der Zauberer führte sie die Treppe hinab in einen großen Saal, wo an vielen hölzernen Tischen über hundert Kinder und mit Sicherheit zweihundert erwachsene Krieger saßen.

»Das hier«, erklärte Brogan, »ist unser Speisesaal. Auf der linken Seite sitzen die Kinder, rechts die Soldaten, die nicht Wache halten oder nicht gerade in den Ländern unterwegs sind. Sucht euch einen Platz und nehmt euch, so viel ihr wollt.«

Am Rande des großen Saales standen Körbe mit Brot, Käse, Obst und Wurst. Rijana staunte. So viel zu essen hatte sie noch nie gesehen. Auch Rudrinn wirkte plötzlich etwas unsicher, vor allem, da die anderen Kinder sie neugierig anstarrten. Die beiden nahmen sich etwas von den Leckereien, setzten sich ganz hinten an das leere Ende eines Tisches und aßen, bis sie satt waren. Um sie herum wurde getuschelt und geredet. Rijana fiel auf, dass nur sehr wenige Mädchen hier waren. Sie konnte zwar nicht gut zählen, aber es waren nicht einmal zwei Handvoll.

Als alle Kinder gegessen hatten, kam Brogan zu Rijana und Rudrinn und sagte den beiden, dass sie sich erheben sollten. Anschließend führte er sie ans Ende des Saales, wo ein Podest stand. Als wäre er durch die Wand gekommen, stand plötzlich der große Zauberer im Raum. Rijana und Rudrinn hatten ihn bereits am letzten Abend gesehen, und nun musterte er sie mit stechendem Blick.

»Ruhe bitte!«, dröhnte Brogans Stimme durch den Saal, und augenblicklich verstummten alle Gespräche. »Ich möchte Euch zwei neue Gefährten vorstellen. Das hier ist Rijana, sie kommt aus Northfort, und der junge Mann hier ist Rudrinn, er stammt von den Inseln.«

»Ein Pirat«, tönte die Stimme eines Jungen durch den Raum, der etwas zu laut gesprochen hatte und nun knallrot anlief.

»Sehr richtig«, sagte Brogan streng, und der Junge wurde immer kleiner unter dem Blick des Zauberers. »Ich möchte, dass ihr die beiden gut aufnehmt und mit Respekt behandelt.«

Alle nickten zustimmend, obwohl Brogan wusste, dass es einige Zeit dauern würde, bis die Neuankömmlinge akzeptiert werden würden. Nun trat Hawionn vor.

»Ich bin Zauberer Hawionn, das Oberhaupt der Schule«, sagte er streng. »Wir werden uns später in meinem Zimmer allein unterhalten. Nun bekommt ihr erst einmal einen Mentor zugewiesen, der euch alles zeigen wird.« Er blickte sich um, dann deutete er mit der Hand auf einen fünfzehnjährigen Jungen mit rötlichen Haaren. »Firon, du wirst dich um Rudrinn kümmern.«

Der schlaksige Junge kam langsam näher und nickte dem Piratenjungen unsicher zu, der ein wenig begeistertes Gesicht machte.

»Und du, Falkann«, sagte das Oberhaupt der Schule bestimmt zu einem gutaussehenden, großen Jungen mit dunkelblonden Haaren, »bist für Rijana verantwortlich.«

Ein Raunen ging durch den Saal. Falkann war der Sohn des Königs von Catharga und bei den meisten sehr beliebt.

Der fünfzehnjährige Falkann ging zu der wesentlich

kleineren Rijana und legte ihr freundschaftlich einen Arm auf die Schulter. »Komm mit, ich zeige dir die Unterkunft der Mädchen.«

Die Kleine warf Brogan noch einen unsicheren Blick zu, dann folgte sie Falkann, der zielsicher durch den Speisesaal auf eine der hohen, hölzernen Türen zuging.

»Ich bin schon hier, seitdem ich sechs Jahre alt bin«, erzählte Falkann, als die beiden durch das verwinkelte Schloss mit den vielen Türmen und Treppen liefen. Rijana verlor schon nach kurzer Zeit die Orientierung. An den Wänden hingen überall Fackeln und viele Bilder, die Krieger auf edlen Pferden und Schlachten zeigten. Rijana betrachtete das alles ehrfürchtig. Sie war noch nie in einem Schloss gewesen.

»Wahrscheinlich hättest du lieber ein Mädchen als Mentor gehabt, aber wir haben leider nur drei größere Mädchen, und die sind alle schon Mentorinnen für die Kleineren«, sagte er bedauernd und hob anschließend die Augenbrauen. »Ich hoffe, du hast keine Angst vor mir.«

Rijana schüttelte entschieden den Kopf. Das alles hier verunsicherte sie zwar furchtbar, aber vor Falkann hatte sie wirklich keine Angst. Die beiden stiegen weiter den hohen Turm hinauf. An einer hölzernen Tür, an der getrocknete Sommerblumen hingen, hielt Falkann an und öffnete sie. Sie traten in einen hellen Raum mit vielen Nischen. In den Ecken standen fünf Betten. Durch eine weitere Tür kam man in einen zweiten Raum, wo ebenfalls fünf Betten zu finden waren.

»Normalerweise darf ich hier nicht hinein«, sagte Falkann mit einem frechen Grinsen, »aber ich denke, heute ist eine Ausnahme. Zwei Betten sind noch frei. Du darfst dir eines aussuchen.« Er deutete auf eines der Regale, die an den Wänden angebracht waren. »Hier kannst du deine Sachen reinlegen.«

Rijana blickte verschämt zu Boden. »Ich habe nichts dabei.«

Falkann war etwas überrascht, sagte dann aber freundlich: »Das macht nichts, dann bekommst du Kleider von der Schule. So, jetzt gehe ich mal lieber, denn die anderen Mädchen werden gleich hier sein.«

Rijana nickte, und plötzlich kämpfte sie mit den Tränen. Sie kam sich hier so allein und fehl am Platz vor, doch sie drehte sich rasch um, damit Falkann ihre Tränen nicht sah. Er wollte gerade zur Tür hinausgehen, als zwei Mädchen den Raum betraten. Eine war sehr groß und schlank, wahrscheinlich beinahe siebzehn Jahre alt, die andere wohl etwa in Rijanas Alter mit einem sehr hübschen Gesicht und strohblonden, gelockten Haaren. Rijana erinnerte sie ein wenig an ihre Schwestern.

»Was tust du denn hier?«, kreischte die Rothaarige und begann, mit einer Decke nach Falkann zu schlagen, der lachend die Hände hob, um die Schläge abzuwehren.

»Ich habe nur Rijana ihr Bett gezeigt, sonst nichts«, rechtfertigte er sich und verschwand rasch, als das ältere Mädchen ihn entschieden nach draußen schob.

»Viel Glück mit diesen Hyänen, Rijana«, rief er noch lachend, als ihm die Tür vor der Nase zugeschlagen wurde.

Das rothaarige Mädchen schüttelte empört den Kopf. »Er ist unmöglich! Aber sein bester Freund Broderick ist noch schlimmer.« Dann meinte sie zu Rijana: »Mein Name ist Ronda.«

Rijana sah unsicher zu der Älteren hinüber. Das hübsche blonde Mädchen kam gleich auf sie zu und lächelte sie aufmunternd an. »Ich heiße Saliah. Hast du dir schon ein Bett ausgesucht?«

Rijana zuckte mit den Schultern, dann ging sie zu einem der einfachen Holzbetten in einer Nische unter dem Fenster. Von dort aus konnte man auf das Meer hinaussehen. »Ich nehme das hier.«

Saliah nickte lächelnd. »Du bekommst später Kleider, Rock

und Bluse für die Abende und Lederhosen, Hemd und Stiefel für die Ausbildung zur Kriegerin«, erklärte sie anschließend.

Rijana kam das alles noch immer total verrückt vor. Saliah legte ihr einen Arm um die Schulter.

»Keine Angst, Rijana. Am Anfang findet man alles ein wenig erschreckend, und ich muss zugeben, die Ausbildung ist hart, aber alle hier sind sehr nett, und mit der Zeit gewöhnt man sich auch an das Reiten und an das Kämpfen.«

Rijana zögerte: »Wie lange bist du denn schon hier?«

»Zum Jahreswechsel werden es zwei Jahre. Als ich acht war, haben meine Eltern mich hergebracht, damit ich getestet werde«, antwortete sie, als wäre es das Normalste der Welt.

»Sie haben dich hergebracht?«, fragte Rijana erstaunt.

Ronda grinste und schnitt eine Grimasse. »Saliah ist eine Adlige, bei denen ist das so. Na ja, eigentlich hätte sie schon mit sechs herkommen sollen, aber sie wollten ihre kleine Prinzessin wohl ein wenig länger behalten«, neckte Ronda das hübsche blonde Mädchen. Daraufhin ging Saliah auf die Ältere los und jagte sie durch den Raum. Es war jedoch nur freundschaftliches Geplänkel, denn eigentlich waren Ronda und Saliah gute Freundinnen.

Rijana kam aus dem Staunen nicht mehr heraus. Sie wurde hier also gemeinsam mit Adligen ausgebildet – unglaublich.

»Keine Angst, ich bin ganz normal«, beruhigte Saliah sie rasch, nachdem sie von Ronda abgelassen hatte. »Außerdem komme ich nur aus einem sehr kleinen Adelshaus in Catharga. Falkann dagegen«, sie grinste, »der ist der Sohn des Königs.«

Rijana schluckte. Sie konnte es nicht fassen – ausgerechnet ihr Mentor war ein Königssohn!

»Ich kann nicht einmal schreiben«, murmelte sie und war schon wieder den Tränen nahe.

»Das lernst du hier alles«, sagte Saliah beruhigend.

Ronda zog ihre sommersprossige Nase hoch. »Zauberer

Tomis ist zwar furchtbar langweilig, aber bei ihm hat es noch jeder gelernt.«

Rijana nickte und setzte sich auf ihr Bett. Nun kamen nach und nach sechs weitere Mädchen herein, die sich einzeln vorstellten. Zwei waren wie Ronda beinahe siebzehn, eine fünfzehn und zwei weitere Mädchen sechzehn. Nur ein sehr kleines Mädchen mit lockigen, braunen Haaren war jünger als Rijana. Sie war noch nicht lange hier und hieß Ellis.

Alle nahmen Rijana, die sich langsam ein wenig entspannte und den Geschichten aus der Schule aufmerksam lauschte, wohlwollend auf.

Nach einiger Zeit klopfte es an der Tür, und eine gewaltige, sehr breite Frau mit einem freundlichen Gesicht erschien. Ihre leicht ergrauten Haare hatte sie zu einem strengen Knoten aufgesteckt. Mit den Armen voller Decken und Kleider trat sie ein. Mit einem breiten Lächeln legte sie die Sachen auf das freie Bett. Dann nahm sie die überraschte Rijana in den Arm und drückte sie an ihren gewaltigen Busen.

»Willkommen, mein Kind, ich bin Birrna. Wenn du irgendwelche Probleme hast oder diese gackernden Weiber dich ärgern, dann komm zu mir.«

Empörte Rufe waren zu hören, doch Birrna setzte ein strenges Gesicht auf. »Ärgert mir die Kleine nur nicht, sie ist sicher kaum älter als sechs Jahre.«

»Ich bin acht Jahre alt«, stellte Rijana richtig und streckte sich, um ein wenig größer zu wirken.

Birrna stemmte ihre Hände in die breiten Hüften und schüttelte den Kopf. »Na, du bist viel zu dürr, hast wohl nicht genug zu essen bekommen. Aber ich werde dich schon aufpäppeln.« Lächelnd zog sie ein Stück Kuchen aus ihrer Tasche heraus und reichte es der überraschten Rijana.

Die biss vorsichtig hinein, und ein Strahlen überzog ihr Gesicht – so etwas Gutes hatte sie noch nie gegessen.

»Pass nur auf, sonst siehst du bald aus wie Birrna«, meinte

Ronda frech grinsend, worauf Birrna das Mädchen am Ohr packte.

»Sei nicht so vorlaut, aus dir wird ohnehin nie eine anständige Frau mit Rundungen an der rechten Stelle.« Sie seufzte. »Aber das ist bei dem harten Training auch kein Wunder. So etwas mit jungen Mädchen zu machen ...« Birrna schüttelte anklagend den Kopf, dann wandte sie sich zum Gehen. »Gut, es gibt die Morgenmahlzeit nach Sonnenaufgang und zu Sonnenuntergang etwas Warmes. Um die Mittagszeit seid ihr meist unterwegs, dann kannst du dir etwas in der Küche abholen, aber das werden dir die anderen dann schon zeigen.«

Rijana nickte und betrachtete die neuen Kleider. Nun kam ihr das eigene, mehrfach geflickte und ausgeblichene Kleid noch erbärmlicher vor. Sie hatte zwei Lederhosen, zwei dünne Leinenhemden für den Sommer und zwei dicke für den Winter bekommen. Außerdem einen langen sandfarbenen Rock, wie ihn die meisten anderen Mädchen trugen, und zwei weiße Blusen mit leicht ausgestellten Ärmeln. So schöne Kleider hatte sie noch nie gehabt. Außerdem lagen ganz unten ein dünner Sommerumhang und ein dicker aus Wolle für den Winter. Beide hatten eine dunkelgrüne Farbe.

»Los, zieh dich um«, Ronda grinste, »dann zeigen wir dir die Insel.«

Auch die anderen Mädchen waren bester Laune. Nur die kleine Ellis seufzte, sie wusste, was Rijana jetzt bevorsteht. Rijana zog sich hinter einem Umkleidevorhang die Lederhose und das Hemd an. Das Ganze band sie mit einem Ledergürtel zusammen. Sie hatte außerdem halbhohe Lederschuhe zum Schnüren bekommen.

»Warte, ich flechte dir die Haare«, bot Saliah an, »hier auf der Insel weht immer ein starker Wind.«

Kurz darauf machten sich alle Mädchen lachend und schwatzend auf den Weg nach unten. Auf der Treppe traf

Rijana auf Rudrinn, der in seinen neuen Kleidern, die denen von Rijana ähnelten, nicht sehr glücklich wirkte. Er quetschte sich durch die Jungen und knurrte Rijana zu: »Ich sehe aus wie ein Narr!«

Die schüttelte den Kopf. »Finde ich gar nicht, du siehst doch gut aus«, entgegnete sie ehrlich.

Rudrinn zupfte genervt an seinem Hemd herum – solche Kleider war er einfach nicht gewohnt.

Von überall her strömten Kinder, die sich der Gruppe anschlossen. Nur etwa dreißig Jungen, im Alter zwischen zwölf und vierzehn Jahren, hatten sich in der Halle unter der Aufsicht eines großen, durchtrainierten Mannes versammelt. Er hatte ein schmales Gesicht und einen schwarzen Bart, der nur sein Kinn bedeckte.

Falkann drängte sich zu Rijana durch und betrachtete sie zufrieden. »Gut, du hast deine Kleider schon, dann hast du sicher schon Birrna, die gute Seele des Schlosses, kennen gelernt. Sie ist die Hausmutter und Köchin.«

Rijana nickte und lief in dem Pulk weiter die Treppen hinunter.

»Der Mann dort unten«, Falkann deutete auf den Schwarzhaarigen, »ist Schwertmeister Tharn. Er und gelegentlich auch Brogan sind für die Kampfausbildung verantwortlich. Tharn ist sehr streng. Du solltest dich lieber gut mit ihm stellen.«

Rijana schaute den großen Mann neugierig an, der sie eindringlich musterte, als sie vorbeiging. Er hatte wie die Jungen, die ihm folgten, ein langes schlankes Schwert an der Hüfte hängen.

»Du bekommst in den nächsten Tagen ein Holzschwert zum Trainieren, außerdem einen Dolch und einen Bogen«, erzählte Falkann. »Wenn du etwas älter bist, dann bekommst du auch ein richtiges Schwert und ein Pferd.«

»Ich bekomme ein eigenes Pferd?«, fragte Rijana überrascht.

»Na ja, nicht ganz allein, denn es müssen sich immer drei Kinder ein Pferd teilen, weil sonst zu viele Pferde auf der Insel wären.«

Rijana war begeistert.

Endlich hatte die ganze Gruppe das Schloss verlassen. Über weiche grüne Wiesen spazierten sie hinab in ein Tal. In der Ferne sah Rijana einige Pferde grasen. Sie fragte sich, welches davon ihres werden würde.

Auf einem Hügel sah man, wie Tharn mit den Jungen trainierte. Sie kämpften in Zweiergruppen, und Tharn erteilte immer wieder Befehle.

Die restlichen neunzig Kinder, die gerade keinen Unterricht hatten, liefen lachend und sich immer wieder anstoßend hinter Rijana und Rudrinn her. Die beiden Neuankömmlinge wurden nun auf einen Fluss zugetrieben, der den westlichen Hügeln entsprang. Rijana wollte etwas fragen, doch Falkann war plötzlich verschwunden.

»Wo führen die uns denn hin?«, fragte Rudrinn ungehalten und drehte sich um.

Sie näherten sich einem sehr felsigen und kargen Berg, der in der Mitte gespalten war. Eine Schlucht teilte den Felsen in zwei Hälften. Alle kletterten hinauf. Hier oben wehte ein starker Ostwind.

»So«, erklärte einer der ältesten Jungen, der aus Gronsdale kam, »ihr müsst über die Schlucht springen oder balancieren. Das ist eine Mutprobe, damit ihr offiziell aufgenommen werdet.«

»So ein Blödsinn«, knurrte Rudrinn, nahm jedoch Anlauf und sprang mit Leichtigkeit über den Spalt zwischen den Felsen, unter dem ein wild schäumender Bach rauschte. Kurz darauf war er auf der anderen Seite angekommen.

Rijana schluckte. Ihre Beine waren viel zu kurz, um hinüberzuspringen. Zögernd ging sie auf den schmalen Baumstamm zu, der über dem Felsspalt lag, schloss kurz die Augen und blickte in die Tiefe. Ihr wurde schwindlig, doch sie wollte sich nicht vor den anderen blamieren und balancierte mutig hinüber. Die Kinder klatschten laut, als sie wieder bei ihnen war.

»Sehr schön«, verkündete der große Junge, »dann gehen wir jetzt hinunter zum Fluss.«

Die ganze Gruppe machte sich an den Abstieg. Auf einer mit Blumen übersäten Wiese gingen sie näher ans Ufer heran. Ganz überraschend wurden Rudrinn und auch Rijana von jeweils zwei älteren Jungen gepackt.

»Hey, was soll das?«, schrie Rudrinn, während er um sich trat. Zwei weitere Jungen mussten zu Hilfe kommen.

Ein relativ kleiner, breiter Junge, der bereits den Flaum eines beginnenden Bartes im Gesicht hatte, rief lachend: »Auf in den Fluss!«

Ehe sich Rijana und Rudrinn versahen, landeten sie mit einem lauten Platschen in dem eiskalten Wasser. Beiden blieb kurz die Luft weg. Die kleine Rijana wurde ein wenig flussabwärts getrieben, während Rudrinn bereits wutschnaubend ans Ufer schwamm, hinauskletterte und dem erstbesten Jungen ein blaues Auge verpasste.

Rijana schluckte immer wieder Wasser, aber zum Glück konnte sie schwimmen und kam ganz langsam ans Ufer. Falkann tauchte heftig atmend auf. Er war Rijana hinterhergerannt und streckte ihr nun die Hand entgegen, um ihr ans Ufer zu helfen. Doch Rijana ignorierte diese freundliche Geste und kletterte zitternd, klatschnass und wütend das steinige Ufer hinauf, wobei sie sich ein Knie aufschürfte.

Falkann hielt ihr seinen Umhang hin. »Jetzt komm schon«, sagte er, »sei nicht beleidigt. Das ist bei uns schon seit über hundert Jahren Tradition, nun gehörst du zu uns.«

Rijana schnaubte verächtlich und begann mit tropfenden Kleidern in Richtung Schloss zu laufen. Falkann folgte ihr und hielt sie an.

»Ich bin vor über neun Jahren auch im Wasser gelandet«, er verzog das Gesicht zu einer Grimasse, »und ich hatte nicht so viel Glück wie du, denn ich bin im Frühling angekommen, es hat sogar noch Schnee gelegen. Ich hatte Eiszapfen an der Nase, als ich wieder zurück im Schloss war.«

Daraufhin musste Rijana lachen, nahm den angebotenen Umhang an und wickelte sich hinein.

»Blöde Tradition«, sagte sie niesend. »Wie viele sind denn schon dabei ertrunken?«

»Oh, es hält sich in Grenzen«, erwiderte Falkann verschmitzt.

Schon von weitem hörte man Rudrinn schimpfen und toben. Er schlug wild um sich und schien sich gar nicht mehr zu beruhigen. Rijana lief auf ihn zu und stellte sich vor den tobenden Piratenjungen.

»Rudrinn, hör auf, das ist Tradition. Alle, die hier stehen, sind schon im Wasser gelandet«, rief sie laut, und nach kurzer Zeit hielt Rudrinn tatsächlich inne.

Er blickte das kleinere, tropfnasse Mädchen überrascht an und rief dann mit wütend gerunzelter Stirn: »Wenn ihr noch einmal so etwas macht, ihr verfluchten Bastarde, dann reiße ich euch die Gedärme raus und verfüttere sie an die Aasgeier!«

Vielen der Kinder, die größtenteils aus Adelshäusern stammten, entfuhren empörte Ausrufe, aber einige, die in Schenken oder ärmeren Dörfern aufgewachsen waren, grinsten verständnisvoll. Auch der Junge, dem Rudrinn ein Veilchen verpasst hatte, kam lachend näher und schlug dem Piratenjungen auf die Schulter.

»Jetzt komm schon, ein bisschen Wasser schadet doch nicht, und als Pirat solltest du das gewöhnt sein. Mein Name ist Broderick, und ich komme aus Errindale. Du kannst mir sicher noch einige Schimpfwörter und Flüche beibringen, was?«

Rudrinn runzelte die Stirn, nickte aber schließlich. Der

kleinere, breitere Junge, der in demselben Saal schlief wie Rudrinn, war ihm spontan sympathisch. An Broderick war eigentlich alles breit. Die Schultern, das Gesicht und vor allem das Grinsen, das sein Gesicht häufig überzog.

Firon, Rudrinns Mentor, kam langsam näher. »Los, du solltest dich umziehen, sonst wirst du noch krank.«

»Das geht dich gar nichts an«, schimpfte Rudrinn, nahm Rijana an der Hand und eilte mit ihr zusammen zum Schloss.

Am Eingang wurden sie sogleich von Birrna begrüßt, die ihnen einen Becher mit dampfendem Tee hinhielt. Sie schüttelte den Kopf. »Immer das Gleiche. Sie können es einfach nicht lassen!«

Rijana grinste nur, inzwischen war sie niemandem mehr böse. Rasch zog sie sich um und rannte anschließend die Treppen hinunter, wo sie auf den grantigen Rudrinn traf. Auf halbem Weg nach draußen kam ihnen Brogan entgegen. »Na, habt ihr den Aufnahmeritus überstanden?«

Rijana nickte und grinste, während Rudrinn noch immer vor sich hin knurrte.

»Seht euch heute noch ein wenig um, ab morgen beginnt eure Ausbildung«, erklärte der Zauberer. »Am Morgen lernt ihr Lesen und Schreiben, am Nachmittag findet Reiten, Schwertkampf- und Bogenschießtraining statt. Später kommen noch andere Kampftechniken, Schwimmen und Ausdauertraining hinzu.«

Rudrinn schnaubte verächtlich. »Ich kann Seekarten lesen, das reicht.«

»Nein, das tut es nicht«, erwiderte Brogan mit strengem Blick. »Und nun geht, und seht euch um.«

Die beiden verschwanden nach draußen und sahen sich die nähere Umgebung des Schlosses an. Unterhalb des Hügels lag ein kleiner See, in dem nun einige Kinder schwammen. Eine Gruppe von dreißig Jungen ritt gerade unter der Führung eines großen weißhaarigen Mannes vorbei. Der große Mann hielt seinen imposanten hellgrauen Hengst an und beugte sich zu den beiden Kindern herunter.

»Ihr seid die Neuen, nicht wahr? Ich bin Rittmeister Londov. Könnt ihr schon reiten?«, fragte er mit einer sehr rauen und eigentümlichen Aussprache. Er war vor beinahe vierzig Jahren aus Gronsdale hierhergekommen und unterrichtete die jungen Krieger im Reiten.

Bevor Rijana etwas erwidern konnte, sagte Rudrinn verächtlich: »Ich brauche das nicht, schließlich bin ich ein Pirat.«

Rittmeister Londov hob seine schneeweißen Augenbrauen. »Du wirst Gefallen daran finden.«

Rudrinn machte nur ein abwertendes Geräusch und wandte sich ab.

»Ich möchte gerne richtig Reiten lernen«, sagte Rijana und streckte vorsichtig eine Hand nach dem großen Pferd aus.

Rittmeister Londov schenkte ihr ein Lächeln und trieb sein Pferd an. Die Gruppe galoppierte geschlossen einen Hügel hinauf, wo sie anschließend Lanzenstechen übten. Eine Zeit lang sahen Rijana und Rudrinn aus der Ferne zu, dann liefen sie den Berg hinab und strichen eine Weile ziellos durch den Wald, der unterhalb des Schlosses lag. Rijana sog die frische klare Luft ein und bewunderte die vielen kleinen Blumen, die am Boden blühten. Hier war alles so friedlich, fast so wie im Wald zu Hause. Es war beinahe Abend, als die beiden ins Schloss zurückkehrten. Sie gingen in ihre Räume und bald darauf mit den anderen zusammen zum Abendessen.

Falkann passte Rijana an der Tür zum Speisesaal ab. »Ihr wart lange fort.«

Rijana nickte und blickte zu Falkann auf. »Wir haben uns ein wenig umgesehen.«

»Bist du noch beleidigt?«, fragte er.

Sie schüttelte den Kopf und deutete anschließend grinsend auf Rudrinn, der sich gerade mit einem Jungen stritt. »Er aber schon.«

Falkann seufzte, dann deutete er auf einen der Tische, an dem unter anderem auch Saliah und Broderick saßen. »Möchtest du dich zu uns setzen?«

Rijana blickte sich unsicher nach Rudrinn um, doch der wurde gerade von Firon zu einem der anderen Tische gezerrt.

»Ja, gerne«, antwortete sie.

Heute gab es frischen Hirschbraten, Kartoffeln und Gemüse. Rijana staunte. So gutes Essen hatte sie noch nie gehabt, nicht einmal beim Herbstfest zu Beginn des neuen Jahres.

»Bald ist das Neujahrsfest«, erklärte Falkann beim Essen, »dann werden die Siebzehnjährigen geprüft. Es gibt immer ein Festessen, Musik und Tanz. Das wird dir gefallen.«

Rijana war überrascht. Es sollte noch besseres Essen geben?

»Dieses Jahr wird auch Ronda geprüft«, sagte Broderick mit vollem Mund. »Möge Thondra verhindern, dass sie eine der Sieben ist, sonst sieht es schlecht für die Länder aus.«

Ronda streckte ihm die Zunge heraus. »Lass dir erst mal einen Bart wachsen, bevor du mit Erwachsenen sprichst«, erwiderte sie würdevoll.

Broderick fuhr sich mit gerunzelter Stirn über den spärlichen Flaum auf seinem Gesicht. »Pah, von wegen erwachsen«, grummelte er, »du bist ein freches, rothaariges Gör.«

Ronda beachtete ihn nicht weiter und wandte sich einer Freundin zu.

»Was passiert am Neujahrsfest?«, fragte Rijana.

»Alle, die in diesem Jahr siebzehn geworden sind, müssen eines der Schwerter der Kinder Thondras berühren. Leuchtet es auf, dann ist derjenige einer der Sieben«, erklärte Falkann. »Drei Schwerter haben wir hier, zwei besitzt König Scurr.«

Sein Gesicht verzog sich angewidert. »Und zwei sind verschwunden.«

»Ist denn schon einer der Sieben hier aufgetaucht?«

Falkann schüttelte den Kopf. »Nein, es ist beinahe tausend Jahre her.«

Brogan und Hawionn saßen gemeinsam mit den anderen Zauberern und Lehrern an einem großen Tisch etwas abseits und beobachteten ihre Schützlinge.

»Die Kleine wurde gut aufgenommen«, stellte Hawionn zufrieden fest. »Aber der Piratenjunge wirkt ziemlich aufsässig.«

Brogan hob beschwichtigend die Hand. »Er ist eben ein Pirat, aber er ist kein schlechter Junge, das spüre ich.«

»Er mag keine Pferde«, kam es missbilligend von Rittmeister Londov.

»Das wird sich geben«, meinte Brogan.

»Ein Pirat«, ertönte die schnarrende Stimme eines sehr kleinen und runzligen Mannes, der neben Hawionn saß. Zauberer Tomis hatte dünne graue Haare, einen ebensolchen Bart und ein Sichtglas in sein eines Auge geklemmt. »Mit Piraten hat man immer Ärger. Vor einhundertfünfunddreißig Jahren hatte ich einen Piraten, der hat sich hartnäckig geweigert, das Lesen zu erlernen.« Der kleine Zauberer schüttelte anklagend den Kopf. »Am Ende hat er mit meinen Büchern ein Lagerfeuer entzündet.«

Alle verdrehten die Augen. Diese Geschichte erzählte Tomis schon seit Jahren. Immer wenn ein Piratenjunge hinzukam, was zum Glück nicht sehr häufig war, schimpfte er tagelang vor sich hin. Auch jetzt grummelte er die ganze Zeit über etwas in seinen Bart und schüttelte immer wieder den Kopf.

»Aber nur zwei Neue«, sagte Hawionn kopfschüttelnd. »Es ist jetzt schon das fünfte Mal in zehn Jahren, dass Scurr uns die Kinder stiehlt.«

»Wir müssen endlich die Wachen verstärken«, verlangte Brogan nicht zum ersten Mal.

Das ernste, strenge Gesicht von Hawionn verzog sich. Er wusste, dass sie eigentlich mehr Wachen brauchten, aber auf der anderen Seite musste auch die Insel bewacht werden, und König Greedeon, ihr Gönner, brauchte ebenfalls eine Menge Krieger. Hawionn hatte diese Diskussion schon sehr oft mit Brogan geführt. Die beiden Zauberer mochten sich nicht sehr, wie alle wussten. Viele waren insgeheim der Ansicht, dass Brogan es mehr verdiente, das Oberhaupt der Schule zu sein, doch König Greedeon hatte vor beinahe dreißig Jahren auf Hawionn bestanden.

»Gut, fünfzehn Krieger, das müsste gehen«, lenkte Hawionn schließlich ein.

»Was, wenn Scurr nun einen der Sieben hat?«, fragte Tharn ungehalten. Auch er und Brogan standen sich nicht sehr nahe. Tharn legte Wert auf äußerste und bedingungslose Disziplin und Gehorsam, während Brogan den jungen Leuten auch Werte wie Freundschaft und Loyalität lehrte und ihnen hin und wieder sogar zugestand, Autoritäten zu widersprechen.

Brogan hatte zwar die ganze Zeit über ein schlechtes Gewissen, doch nun antwortete er in scharfem Tonfall: »Du hättest es sicherlich verhindert!«

Tharn fühlte sich ertappt, auch ihm waren bereits drei Mal Kinder abhandengekommen. Er und Brogan wechselten sich immer jahresweise mit der Suche ab.

»Es nützt nichts, darüber zu streiten. Bisher ist keiner der Sieben aufgetaucht«, lenkte Rittmeister Londov ein.

Brogan hatte niemandem von der alten Hexe in der Steppe erzählt, denn er glaubte nicht, dass sie Recht hatte. Zu viele Hexen, Zauberer und Scharlatane hatten in den vergangenen Jahrhunderten vorhergesagt, dass die Sieben wiedergeboren wären, aber keiner hatte jemals Recht behalten.

Sein Blick streifte über die vielen Kinder, die miteinander aßen und scherzten.
Wenn einer von ihnen dabei ist, werden wir es erfahren, dachte er seufzend.

Am Abend, als Rijana in ihrem Bett saß und noch ein wenig auf das dunkle Meer hinabblickte, kam Saliah zu ihr. Das blonde Mädchen setzte sich zu ihr aufs Bett. »Was hast du da eigentlich für eine Kette um den Hals hängen? Hast du die von deinen Eltern?«

Rijana schüttelte den Kopf und wurde traurig. »Nein, die hat mir ein Freund geschenkt.«

Saliah nahm sie mitfühlend in den Arm. »War er aus deinem Dorf?«

Erneut schüttelte Rijana den Kopf. »Eigentlich hätte er auch hierherkommen sollen, aber König Scurrs Soldaten haben ihn mitgenommen. Hoffentlich sehe ich ihn eines Tages wieder.«

Saliah schreckte zurück und packte Rijana anschließend fest am Arm. »Du musst ihn vergessen! Wenn du ihn jemals wiedersiehst, dann wird er dein Feind sein, und du wirst gegen ihn kämpfen müssen.«

Das jüngere Mädchen riss erschrocken die Augen auf und umklammerte die Pfeilspitze. »Nein, wird er nicht! Ariac hat versprochen, mich zu beschützen. Wir sind für den Rest unseres Lebens Freunde.«

Rijana hatte einen wilden Blick aufgesetzt. Sie würde Ariac gegen jeden verteidigen, der etwas Schlechtes über ihn sagte, so, wie Ariac es bei ihr getan hatte.

Ehe Saliah noch etwas erwidern konnte, kam Ronda hinzu. »Schon gut, Saliah, lass sie.«

Widerstrebend ließ Saliah sich von Ronda wegziehen. In einer Ecke flüsterte Ronda ihr zu: »Sie wird ihn ohnehin nicht wiedererkennen und ihn längst vergessen haben.«

Saliah legte sich ins Bett. Kurz bevor sie einschlief, sagte sie noch: »Entschuldige, Rijana, ich wollte dir nicht wehtun.«

Die lag mit offenen Augen im Bett und hielt ihre Kette fest. Sie dachte an Ariac und hoffte, dass es ihm gut ging.

Rijana und zu seiner eigenen Überraschung sogar Rudrinn lebten sich in der folgenden Zeit gut auf Camasann ein. Sie lernten Lesen und Schreiben, was Rudrinn allerdings gar nicht gefiel. Er trieb Zauberer Tomis regelmäßig in den Wahnsinn. Sie begannen mit dem Schwertkampftraining und mit dem Bogenschießen, lernten Reiten und auch gutes Benehmen. Es war eine harte, aber auch gerechte Ausbildung. Natürlich kamen die beiden nicht mit allen Kindern aus. Vor allem Rudrinn stritt sich sehr häufig mit seinem Mentor Firon. Doch zum Jahreswechsel, als die Ernte eingebracht war, hatten sich Freundschaften gefestigt.

Rijana, Rudrinn, Broderick, Falkann und Saliah verstanden sich besonders gut miteinander. Broderick und Falkann waren schon seit vielen Jahren gute Freunde, sie hatten beinahe gleichzeitig mit ihrer Ausbildung begonnen. Die beiden konnten zwar unterschiedlicher nicht sein: Falkann war ernsthaft, wohlerzogen und der Schwarm aller jüngeren Mädchen, während Broderick, der aus Errindale stammte und die ersten Jahre in einem Wirtshaus verbracht hatte, ständig nur Blödsinn im Kopf hatte und häufig sehr ungehobelt war. Rudrinn mochte sowohl Falkann als auch Broderick, wobei er sich doch noch mehr zu dem ständig Blödsinn treibenden Jungen aus Errindale hingezogen fühlte.

Einmal saßen Rudrinn, Rijana und weitere zwanzig der jüngeren Kinder in dem kleinen Turmzimmer, wo Lesen und Schreiben unterrichtet wurde. Rijana stellte sich schon sehr geschickt an. Ihr gefiel es, Geschichten aus Büchern zu lesen. Rudrinn hingegen, der neben ihr saß, kritzelte nur mit seiner Feder am Rand des alten Buches herum, in dem sie eigentlich lesen sollten. Zauberer Tomis kam zu ihm und sein schmales Gesicht verzerrte sich vor Wut. Er packte den Piratenjungen am Ohr und zog ihn hoch.

Rudrinn schrie empört auf.

»Bücher sind etwas sehr Wertvolles«, schnarrte Tomis. »Wenn du ungehobelter Pirat schon nicht Lesen lernen willst, dann zerstöre zumindest nicht das Eigentum der Schule.«

Rudrinn funkelte den Zauberer wütend an. Schon jetzt war er größer als dieser.

»Ich brauche keine Bücher. Seekarten reichen mir!«

Tomis schüttelte missbilligend den Kopf. »Das ist Bildung, und in dieser Schule wirst du gebildet werden, ob es dir nun gefällt oder nicht.«

Rudrinn schnaubte und fegte das Buch mit einer wütenden Handbewegung vom Tisch. »Wenn ich endlich diese verdammte Insel verlassen darf, dann nehme ich einige Bücher mit.« Tomis blickte ihn überrascht an, und Rudrinn fügte verächtlich hinzu: »Damit ich mir damit meinen Hintern abputzen kann.«

Tomis schnappte empört nach Luft, verpasste Rudrinn eine schallende Ohrfeige und schickte ihn in die Ecke.

»Und du schreibst bis morgen die Regeln der Schule zehn Mal ab«, rief er mit hochrotem Kopf.

Die anderen Kinder konnten sich nur mühsam ein Lachen verkneifen, denn sie sahen, wie Rudrinn den kleinen Zauberer hinter seinem Rücken nachäffte, indem er wild herumsprang. Tomis fuhr herum, doch da stand Rudrinn schon wieder brav in seiner Ecke.

So ging es einige Zeit weiter. Rudrinn wollte sich einfach nicht einfügen und war ständig auf Konfrontation aus. Gleichzeitig machte er jedoch gute Fortschritte in seiner Kampfausbildung. Allerdings schaffte es der strenge Tharn auch nur mit Mühe und Not und einer ganzen Menge Strafen, den aufsässigen Piratenjungen zu bändigen.

Saliah und Rijana waren Freundinnen geworden, auch wenn die kleine Rijana etwas eingeschüchtert war von Saliahs Schönheit. Rijana glaubte, dagegen zu verblassen wie ein Dornbusch neben einer Rose. Saliah erinnerte Rijana immer wieder schmerzlich an ihre Schwestern, auch wenn Saliah noch viel hübscher und auch freundlicher war.

Das Neujahrsfest ging vorüber, ohne dass eines der Schwerter der Sieben aufleuchtete. Ronda und zwei weitere Mädchen verließen daraufhin Camasann. Sie würden nun als Hofdamen an einem der Königshäuser leben. Zwei Jungen verließen die Insel ebenfalls. Sie hatten sich entschieden, zu ihren Familien zurückzukehren. Doch ein Großteil, dreiundzwanzig weitere Jungen, blieben als Krieger auf der Insel. Sie wollten für König Greedeon kämpfen, falls es nötig wäre. Das Neujahrsfest war wirklich ein großartiges Ereignis. Es gab Unmengen zu essen, für die Älteren guten Wein, und in der Halle wurde Musik gespielt. Wie jedes Jahr besuchte König Greedeon, der Gönner der Schule, Camasann und brachte eine Menge Geschenke mit. Er unterhielt sich angeregt mit den älteren Kindern und tätschelte den Kleinen über den Kopf. Die älteren Kinder und auch die erwachsenen Krieger tanzten mit den wenigen Mädchen und Mägden. Sogar die dicke Birrna musste mitmachen.

Für Ariac dagegen war die Zeit bis zum Jahreswechsel nicht so angenehm verlaufen. Er war und blieb ein Außenseiter. Während sich die anderen Jungen beinahe augenblicklich Ausbilder Worran und auch König Scurr unterwarfen, rebellierte Ariac gegen alles und jeden. Er wurde häufig mit Wachen, Essensentzug und, als das alles nicht half, auch mit Auspeitschen bestraft. Worran hasste den Steppenjungen schon jetzt abgrundtief, da er Ariacs Willen einfach nicht brechen konnte. Die Ausbildung war grausam. Die Jungen wurden bis an die Grenzen ihrer Kräfte getrieben und meist noch weit darüber hinaus. Ganze Tage mussten sie durch das unwirtliche Gebiet von Ursann laufen, bis zur vollkommenen Erschöpfung mit dem Schwert trainieren und anschließend noch weitere Pflichten erfüllen.

»Sobald diese Steppenratte siebzehn ist, bringe ich ihn um«, schimpfte Worran eines Tages mal wieder, als er bei König Scurr im Schloss war, um Bericht zu erstatten. König Scurr residierte nicht sehr oft in der Ruine von Naravaack, denn dort war es im Sommer unerträglich heiß. Er zog sich dann auf sein Schloss weiter im Süden zurück, wo der Wind vom Meer her ein wenig Kühlung verschaffte.

»Was hat er getan?«, fragte König Scurr gelangweilt.

»Er provoziert mich«, knurrte Worran, und sein hässliches, narbiges Gesicht verzerrte sich vor Wut. »Ich lasse ihn hungern und nächtelang Wache halten. Ich habe ihn persönlich ausgepeitscht, und als ich von ihm verlangte, vor mir auf die Knie zu fallen, spuckte er mir vor die Füße.« Zum Ende seiner Ausführungen schrie Worran beinahe.

König Scurr seufzte, und seine merkwürdigen Augen beobachteten Worran genau. »Aber er kämpft gut, hast du gesagt.«

»Ja«, knurrte Worran missmutig. »Er besiegt sogar Jungen, die drei Jahre älter sind als er.«

König Scurr erhob sich von seinem Thron. Das Schloss war nicht übermäßig komfortabel, eher eine Festung für den Kriegsfall. Scurr hätte gerne ein wenig mehr Luxus gehabt, doch sein Heer verschlang eine Menge Gold, und so viel konnten auch seine Untergebenen nicht stehlen. Er schritt über den von vielen Generationen abgelaufenen Marmorboden und blieb an einem der hohen, schmalen Fenster stehen. Von dort aus blickte er auf die zackigen Berge hinab. In dem Tal unter ihm trainierten seinen Soldaten und metzelten gerade eine Gruppe Orks nieder, die Scurr immer wieder aus den Bergen bringen ließ, damit Soldaten und auch die älteren Kinder gegen sie kämpften.

»Du wirst Ariac am Leben lassen, bis er siebzehn ist«, verlangte der König grimmig. »Danach kannst du mit ihm tun, was du willst.«

Worran knirschte mit den Zähnen und verließ, mehrere Verbeugungen machend, den Raum. Draußen ließ er seine Finger knacken. Er freute sich schon heute auf den Tag, an dem der Junge alt genug wäre.

»Es wird ein langsamer und sehr schmerzhafter Tod sein«, knurrte Worran vor sich hin, holte sein Pferd und ritt zurück nach Naravaack.

König Scurr ging unterdessen mit geschmeidigen Schritten zu der gläsernen Vitrine, in der zwei prächtige Schwerter steckten. Sie waren uralt, doch man sah es ihnen nicht an. Immer noch strahlten sie silbern. Sie waren fein gearbeitet und unglaublich scharf.

»Eines Tages werdet ihr Sieben bei mir sein. Ihr werdet euch nicht noch einmal verbünden und gegen mich kämpfen«, flüsterte Scurr und fuhr mit der Hand über eine der Klingen, und sein Blut floss langsam über seine Finger.

Ariac saß in einem fensterlosen, engen Loch im Keller der Ruine von Naravaack. Es war jetzt schon der zweite Tag ohne Wasser. Doch immerhin hatte er sich nicht dazu erniedrigt, vor diesem widerlichen Worran auf die Knie zu fallen, und er hatte sich geweigert, einen kleineren Jungen zu verprügeln, wie der Ausbilder es befohlen hatte. So saß er nun in der Hitze dieses stinkenden Loches und kämpfte die Panik nieder, die ihn immer wieder zu ersticken drohte. Es war furchtbar heiß, so wie überall im Tal der Verdammten. Kaum ein Luftzug war hier zu spüren, nicht einmal auf den Türmen. Ein Fluchtversuch im zweiten Mond des Sommers hatte nichts gebracht außer ein paar gebrochenen Rippen, die noch immer wehtaten. Es war einfach hoffnungslos. Er tastete nach dem kleinen Stein, den er in seiner Tasche hatte und gelegentlich auch in seinen Stiefeln versteckte. Wie schon so häufig fragte er sich, wie sein Leben wohl auf Camasann verlaufen wäre.

Wohl kaum schlimmer als hier, dachte er bitter und versuchte zu schlafen, aber es war so stickig, dass er keine Luft bekam. Er umklammerte den Stein und dachte an seine Rijana, die jetzt weit von ihm entfernt auf der Insel Camasann lebte, und ganz langsam fand er Ruhe.

KAPITEL 5

Harte Zeiten

Zwei Jahre vergingen. Sowohl in Naravaack als auch in Camasann trafen neue Kinder ein, aber bisher hatte sich an keinem der Neujahrsfeste einer der Sieben gezeigt. Die Zeiten wurden härter. Eine Seuche raffte viele der ärmlichen Dörfer dahin, die unter König Scurrs Kontrolle in Ursann standen. So überfielen seine Soldaten nun zunehmend Catharga und die anderen Königreiche. Sie nahmen sich Vieh, Frauen und was immer sie wollten. Auch die anderen Länder bekriegten sich gegenseitig. So führten beispielsweise im Jahr, nachdem Rijana und Ariac auf die Schulen kamen, Northfort und Errindale Krieg. Es ging um eine Diamantenmine an der Grenze. Überall brodelte es, und als im zweiten Jahr auch noch die ganzen drei Sommermonde so verregnet waren, dass beinahe keine Ernte eingefahren werden konnte, bestahl jeder jeden. Viele der älteren Krieger wurden von Camasann abgezogen, um für Recht und Ordnung zu sorgen.

Ariac war nun vierzehn Jahre alt und wurde langsam, aber sicher zum Mann. Er hatte noch immer die gleichen Schwierigkeiten und keine Freunde. Einmal war einer der Jungen nett zu ihm gewesen, doch das hatte sich als Falle erwiesen. Farant hatte Ariac nur über seine Fluchtpläne ausgefragt und Worran alles erzählt, was dem Steppenjungen nur weitere Prügel und Demütigungen eingebracht hatte. Ariac konnte die vielen Nächte nicht mehr zählen, die er in brütender

Hitze oder Eiseskälte zitternd auf den Türmen oder auch in den Bergen mit sinnlosen Wachen verbracht hatte. Er war so oft in das finstere Loch im Keller gesteckt worden, dass er es beinahe schon als sein eigenes Zimmer ansah. Wahrscheinlich war er auch nur deswegen noch nicht verhungert, weil er die ekelhafte weiße Pampe aß, die es jeden Tag gab. Gelegentlich konnte er zusätzlich auf den Wachen in den Bergen Beeren und Kräuter sammeln. Er und Morac hassten sich noch immer leidenschaftlich. Der nun sechzehn Jahre alte Junge war noch größer und breiter geworden. Da Morac kriecherisch und hinterhältig war, bekam er regelmäßig gutes Essen. Auch Lugan quälte den Steppenjungen immer noch mit Gemeinheiten. Lugan war nun achtzehn Jahre alt. Er hatte sich, sehr zu König Scurrs Missfallen, als keiner der Sieben herausgestellt und war daraufhin in die Armee des Königs eingetreten. Worran machte sich jedoch häufig einen Spaß daraus, gerade Lugan und Ariac zu einer gemeinsamen Wache einzuteilen. Lugan war nun Ariacs Vorgesetzter, der ihm alles befehlen durfte. Der Junge aus der Steppe hatte seine Fluchtversuche mittlerweile aufgegeben. Noch war er nicht erwachsen, noch hatte er nicht seine volle Kraft. Er würde warten müssen, bis er erwachsen und rein körperlich Worran und den anderen ebenbürtig wäre. So tröstete er sich, dass das eiserne Training doch einen Sinn hätte. Eines Tages könnte er sich rächen und nach Hause zurückkehren. Das war das Einzige, das ihn noch am Leben hielt und nicht vollkommen verzweifeln ließ.

Der Tag des Jahreswechsels war wieder einmal gekommen, und alle Kinder von Camasann hatten sich ihre besten Kleider angezogen. Rijana, mittlerweile zehn Jahre alt, bewunderte ihre hübsche Freundin Saliah mal wieder, die einen dunkelgrünen Rock mit breiter Schärpe und eine weiße Bluse trug. Ihre langen blonden, leicht gelockten Haare hingen in weichen Wellen ihren Rücken hinunter. In den letzten Jahren war Saliah noch hübscher geworden und wurde von allen Jungen umschwärmt. Bald würde sie eine wunderschöne Frau sein.

Rijana band ihre langen Haare zu einem Zopf zusammen und steckte die Kette mit der Pfeilspitze unter ihre Bluse. Zu Anfang hatte sie noch sehr häufig an Ariac denken müssen, doch mit der Zeit verblasste die Erinnerung ein wenig. Die Kette war jetzt nur noch eine Art Glücksbringer für das Mädchen. Sie folgte ihrer Freundin in den großen Speisesaal, in dem bereits eine Menge Jungen und Mädchen versammelt waren. Nach dem Essen sollten insgesamt zweiundzwanzig junge Männer getestet werden, darunter auch Falkann. Broderick, der inzwischen einen stoppeligen Bart trug, auf den er mit seinen sechzehn Jahren sehr stolz war, stand mit breitem Grinsen neben dem etwas blass wirkenden Falkann. Dieser zappelte von einem Bein aufs andere. Er war nervös.

Rudrinn, nun vierzehn, und ein weiterer Junge, der im letzten Jahr zu ihnen gestoßen war, sein Name war Tovion, lehnten an einem der hohen Holzpfeiler in der Mitte. Tovion war ein Jahr jünger als Rudrinn. Er kam aus einer Schmiede in Gronsdale und wirkte für den Sohn eines Schmieds sehr zart. Seine braunen Haare hingen ihm halblang ins Gesicht, und er war von den Freunden der ruhigste und besonnenste. Broderick, der sein Mentor geworden war, hatte ihn gleich zu seinen Freunden gezählt, denn sie verstanden sich sehr gut.

»Seine Majestät beliebt ein wenig zu zappeln«, witzelte Broderick.

Falkann versetzte ihm einen Stoß in die Seite und knurrte: »Halt's Maul!«

Als die Mädchen die Treppe herunterkamen, riss Broderick die Augen auf. »Die schönsten Geschöpfe Camasanns lassen das Schloss erstrahlen«, fügte er hinzu und verbeugte sich übertrieben.

Saliah lachte nur hell auf und drückte ihm einen Kuss auf

die Wange. »Das ist bei nur noch vier Mädchen ja auch keine Kunst.«

Rijana bezog das Kompliment selbstverständlich nicht auf sich und stellte sich neben Rudrinn, der mal wieder finster vor sich hin brütete. Er hatte sich zwar gut eingelebt, war ein exzellenter Schwertkämpfer und Bogenschütze, doch Feste mit Tanzen und Feierlichkeiten waren ihm noch immer zuwider. Sogar ans Reiten hatte er sich gewöhnt, doch die Stunden in Geschichte, Lesen und Schreiben waren eine Qual für ihn.

»Drei Jahre«, knurrte er, »dann kann ich endlich zurück aufs Meer.«

»Meinst du im Ernst, die Piraten wollen noch einen wie dich, der so ekelhafte Sachen wie Lesen und Schreiben kann?«, zog Broderick ihn auf

»Ich hoffe, ich werde es wieder verlernen«, knurrte Rudrinn.

Das Festessen fiel in diesem Jahr wegen der schlechten Ernte etwas magerer aus, aber trotz allem wurde jeder satt. Anschließend wurden die drei magischen Schwerter geholt. Hawionn hielt die traditionelle Ansprache, in der er wie immer erklärte, dass die jungen Männer, die heute getestet wurden, frei entscheiden könnten, was weiter mit ihrem Leben passieren sollte, falls die Schwerter nicht aufleuchteten.

»Ich hoffe allerdings«, fügte der große Zauberer am Ende mit strengem Blick hinzu, »dass ihr alle hierbleibt, denn die Zeiten werden härter. Es wird noch mehr Kriege geben, und Scurrs Männer plündern alles östlich von Ursann. Wir brauchen gute Krieger, und das seid ihr alle.«

Die jungen Männer traten nun vor. Broderick schlug seinem Freund noch einmal aufmunternd auf die Schulter, und Falkann reihte sich in die Gruppe der Gleichaltrigen ein, die vor dem Podest warteten und einer nach dem anderen eines der Schwerter berührten.

»Wenn Falkann einer der Sieben ist, dann fordere ich Zauberer Tomis freiwillig zum Tanz auf«, scherzte Broderick.

»Du hast Zeugen«, drohte Saliah zum Spaß, und um sie herum wurde leise gelacht. Keines der Kinder glaubte ernsthaft, dass die Kinder Thondras zu ihren Lebzeiten in Erscheinung treten würden.

Zehn Jungen waren bereits getestet worden, und die Zauberer und Ausbilder stellten resigniert fest, dass keiner davon eines der Schwerter zum Glühen brachte. Noch ein Junge war vor Falkann an der Reihe. Falkann wurde nervös, obwohl er normalerweise sehr gelassen war. Seine Hände wurden feucht, und er schwitzte. Schließlich stand er vor Brogan, der ihm aufmunternd zulächelte und ihm eines der magischen Schwerter hinhielt.

Falkann streckte seine Hand aus und berührte das Schwert ehrfürchtig. Etwas wie ein Blitzstrahl durchfuhr ihn, sodass er es um ein Haar losgelassen hätte. Merkwürdige Szenen flackerten vor seinem inneren Auge auf. Er wusste nicht, wie ihm geschah. Innerhalb weniger Augenblicke sah er grausame Schlachten, heroische Siege und fremde Länder vor sich. Doch das alles lief so schnell in seinem Geist ab, dass er es gar nicht richtig wahrnahm.

Plötzlich war alles vorbei und Falkann völlig durcheinander. Erging es allen jungen Männern so, die das Schwert zum ersten Mal berührten? Als er wieder klar sehen konnte, bemerkte er, dass irgendetwas anders war als sonst. Er blickte in die aufgerissenen Augen der Zauberer, die ihn anstarrten, als wäre er ein Geist. Es herrschte vollkommene Stille in dem Saal. Keiner wagte, sich zu bewegen.

Falkanns Stimme klang für ihn unnatürlich laut, obwohl er nur flüsterte. »Was ist denn?« Er blickte auf das Schwert in seiner Hand und sah dann, dass die eingravierten Runen auf der Schneide ganz schwach glühten. In der uralten Schrift war »Thondras Krieger« eingraviert.

»Du ... du bist einer der Sieben«, flüsterte Brogan fassungslos, und als wäre so der Bann gebrochen, brach urplötzlich tosender Jubel aus. Alle schrien, jubelten und klopften dem fassungslosen Falkann auf die Schulter.

Schließlich war es Hawionn, der ein donnerndes Machtwort sprach. Er bestand darauf, dass auch die restlichen Jungen getestet wurden, aber Falkann blieb der Einzige. Schließlich zog Hawionn den fassungslosen Jungen hinter sich her in sein großes Arbeitszimmer, wo in wuchtigen Regalen tausende von Büchern, Schriftrollen und merkwürdigen Artefakten lagen.

Hawionn drückte Falkann in einen tiefen Ledersessel und gab ihm einen Kelch mit Wein zu trinken. Dann stellte er sich vor ihn. »Du bist nun etwas Besonderes, und du hast eine große Verantwortung«, sagte Zauberer Hawionn ernst. »Ich bin sehr stolz, dass du es bist, denn du bist ein guter Krieger.«

Falkann nickte mechanisch. Er war kalkweiß im Gesicht und glaubte jeden Moment umzukippen. Das konnte doch alles gar nicht sein.

Seine Stimme war nur ein Krächzen, als er sagte: »Aber ich kann das doch nicht sein ...«

»Die Schwerter lügen nicht«, erwiderte Hawionn ernst und streng. Er war sehr erleichtert, dass er nun einen der Sieben in seiner Schule hatte. König Greedeon von Balmacann war in den letzten Jahren sehr ungehalten geworden und hatte Hawionn immer wieder dazu angehalten, mehr Kinder in die Schule aufzunehmen. Nun würde Greedeon erst einmal zufrieden sein.

»Und die anderen?«, flüsterte Falkann. »Wer sind die anderen?«

Hawionn zuckte die Achseln. »Das wird sich in den kommenden Jahren herausstellen. Die Sieben waren alle von jeher nur wenige Jahre voneinander entfernt.« Er packte Falkann am Arm. »Bist du bereit, dein Schwert zu erhalten?«

»Was?«, fragte Falkann, in dessen Kopf sich noch immer alles drehte.

»Wir haben hier drei Schwerter. Falls deines dabei ist, wirst du es spüren.«

Falkann nickte mechanisch, stand auf und torkelte zu den drei Schwertern, die auf Hawionns riesigem, dunklem Schreibtisch lagen. Nacheinander nahm er die Schwerter in die Hand. Sie waren alle unglaublich leicht und gut ausbalanciert, doch bei einem, dem dritten in der Reihe, durchzuckte es ihn erneut wie ein Blitz. Das Schwert schien für ihn gemacht zu sein. Er nickte Hawionn zu, der erleichtert ausatmete.

In Falkanns Kopf wirbelte alles durcheinander. All die Schlachten, die Zauberer Tomis ihnen an so vielen endlosen und zum Teil auch sehr langweiligen Unterrichtstagen beigebracht hatte, zogen an ihm vorbei. Der männliche Teil der ursprünglichen Sieben, Helion, Gondolas, Frangworn, Veldon, Norgonn – welcher davon war er gewesen?

»Welcher der Sieben bin ich?«, fragte Falkann mit einer Stimme, die noch immer nicht zu ihm zu gehören schien.

»Das wisst ihr in den seltensten Fällen, und auch das Wissen, wem welches Schwert einst gehörte, ist verlorengegangen«, antwortete Hawionn. »Man weiß nur, dass jeder der Sieben es spürt, wenn er sein Schwert in der Hand hält.«

Falkann keuchte und setzte sich mit dem Schwert in der Hand wieder zurück in den Ledersessel. Niemals hätte er wirklich gedacht, dass er Thondras Erbe antreten könnte. Vielmehr hatte er sich Gedanken darüber gemacht, wieder nach Catharga zurückzumüssen. Das hatte ihm nicht behagt, denn er wollte seine Freunde nicht verlassen. Aber das, was nun passiert war, würde sein ganzes Leben verändern.

»Komm mit«, sagte Hawionn, und seine sonst so gefasste Stimme wirkte ein wenig unsicher, »wir gehen zurück in den Saal. Sie werden dich feiern wollen, und ich, ich werde einen Boten zu König Greedeon und zu deinem Vater schicken.«

Falkann nickte mechanisch. Er hätte gar nicht die Energie gehabt zu widersprechen. Das Oberhaupt der Zauberer schob den verdatterten Jungen zurück zu den anderen.

Broderick, Rudrinn, Rijana, Saliah und Tovion waren die Ersten, die sich vordrängten, um ihrem Freund zu gratulieren. Dieser ließ alles fast unbeteiligt über sich ergehen. Broderick reichte ihm schließlich einen Becher mit starkem Wein und drückte ihn auf einen Stuhl. Mittlerweile wurde Musik gespielt. Doch die Meisten starrten noch immer auf Falkann, der jetzt so etwas wie ein Wunder war.

»So, Broderick, jetzt bist du dran«, rief Saliah grinsend und deutete mit ihrem schlanken Finger auf Zauberer Tomis, der etwas klapprig auf einem Stuhl saß und immer wieder den Kopf schüttelte.

»Du wirst doch nicht im Ernst von mir verlangen ...«, begann Broderick empört, doch Saliah schob ihn bereits auf die Tanzfläche und verkündete lautstark: »Broderick möchte den heutigen Tanz mit Zauberer Tomis eröffnen!«

Von überall her erschallte Gelächter, und Broderick stand mit hochrotem Kopf auf der Tanzfläche, während Zauberer Tomis mit offenem Mund auf seinem Stuhl saß.

»Ähm, Verzeihung«, stammelte Broderick, »das war nur eine dumme Wette, ich meine, ich wollte nicht wirklich ...«

Zauberer Tomis erhob sich, schritt durch den Saal und stellte sich mit ernstem Blick vor den einen Kopf größeren Broderick. »Dass diese Wette dumm war, steht außer Frage, aber man hält sich an Dinge, die man verspricht. Also, lass es dir eine Lehre sein.« Tomis verbeugte sich vor dem unglücklich dreinschauenden Broderick, und die beiden begannen im Takt der Musik zu tanzen.

Alles lachte, und einigen standen schon nach kurzer Zeit

die Tränen in den Augen. Broderick zog ein derart verzweifeltes Gesicht, dass er einem schon leidtun konnte.

»Was soll das eigentlich?«, fragte Falkann, der sich nach und nach ein klein wenig von seinem Schock erholte.

Saliah lachte hell auf. »Er hat gesagt, wenn du einer der Sieben bist, dann fordert er Zauberer Tomis zum Tanz auf.«

Falkann grinste halbherzig, und Saliah schaute ihn ganz merkwürdig an. »Es ist wirklich unglaublich!«

»Allerdings«, murmelte Falkann, den alle außer seinen Freunden ansahen, als wäre er nun ein Fremder. »Willst du mit mir tanzen, Saliah?«, fragte er mit einem schwachen Lächeln.

Diese verneigte sich huldvoll. »Natürlich.« Sie hatte seit kurzer Zeit Tanzstunden und brannte nun darauf, ihr Können zu zeigen.

Die beiden gingen in die Mitte des Raumes, wo sich inzwischen auch andere Paare versammelt hatten. Doch es waren außer den vier Mädchen, Rijana wollte nicht, da sie noch keine Tanzstunden hatte, nur wenige Bauernmädchen von der Insel und einige Mägde anwesend, die mit hochroten Köpfen mit den jungen Kriegern tanzten.

»Du bist auch bald dran«, sagte Tovion mit einem Lächeln.

Rijana seufzte. *Mit mir wird ohnehin niemand tanzen wollen, ich bin einfach nicht so hübsch wie die anderen.* Mal wieder bewunderte sie die elegante Saliah, die mit Falkann durch den Raum schwebte.

»Ein nettes Paar«, sagte Brogan zu Rittmeister Londov.

Dieser grinste und zeigte dabei seine Zähne. »Broderick und Tomis?«

Brogan lachte und schüttelte den Kopf. »Also, was das soll, weiß ich auch nicht. Nein, ich meinte Saliah und Falkann.«

Der Rittmeister nickte. »Ja, sie würden gut zusammenpassen, beide sind aus Adelshäusern und sehr gutaussehend. Wer weiß, am Ende ist auch sie eine der Sieben.«

»Wir sollten keine voreiligen Schlüsse ziehen«, verlangte Hawionn, der gerade zurückkehrte. Er hatte die Boten bereits losgeschickt.

Endlich hörte das erste Lied auf, und Broderick war erlöst. Keuchend kehrte er zu seinen Freunden zurück, die sich köstlich amüsierten.

»In Thondras Namen, das war das Schrecklichste, das ich jemals erlebt habe«, sagte er schaudernd und wischte sich die Hände an seiner Hose ab. »Tomis hatte ganz schmierige Hände, igitt!«

»Dann darfst du eben nicht so dämliche Sachen sagen«, meinte Rudrinn ohne Mitleid.

Broderick machte eine wegwerfende Handbewegung und stürzte einen Kelch mit Wein herunter. »Rijana, tanzt du mit mir, damit ich dieses fürchterliche Ereignis schnell vergesse?«

Diese lief rot an und schüttelte verlegen den Kopf. »Nein, ich kann es nicht.«

»Ach was«, meinte Broderick und nahm sie an der Hand, »ich zeige es dir.«

Doch Rijana sträubte sich hartnäckig, und schließlich gab Broderick auf. Auch Saliah und Falkann kehrten zurück. Das Fest nahm seinen Gang, aber Falkann winkte seine Freunde irgendwann zu sich, und sie gingen hinaus vor das große Tor. Es war Herbst und bereits ziemlich kalt draußen. Auf der Anhöhe vor dem Schloss wehte ohnehin meistens der Wind. Sie setzten sich in den Schutz einiger Felsen, und Falkann fuhr sich durch die halblangen, dunkelblonden Haare.

»Du meine Güte, ich habe keine Ahnung, wie mein Leben jetzt weitergeht.«

Die anderen nickten. Auch sie waren noch immer etwas durcheinander.

»Ob einer von uns auch noch einer der Sieben ist?«, fragte Tovion unsicher.

Alle hoben die Achseln und sahen sich an, doch vorstellen konnte sich das niemand so richtig.

»Wie auch immer«, sagte Saliah bestimmt und nahm Falkanns Hand. »Wir halten zu dir und kämpfen mit dir, falls es jemals zu einer Schlacht kommt.«

Die anderen nickten einstimmig und nahmen sich im Kreis an den Händen. In dieser Nacht beschlossen sie, immer zusammenzuhalten und ihre Freundschaft durch nichts und niemanden zerstören zu lassen. Danach fühlte sich Falkann ein wenig besser.

Auch in Ursann wurde das Neujahrsfest gefeiert, allerdings nicht mit Musik, Tanz und gutem Essen, sondern mit einer Ansprache von König Scurr. Dieser kam regelmäßig nach Naravaack, um seine Ansichten kundzutun. Selbst Ariac, der nach wie vor rebellierte, musste zugeben, dass Scurr eine charismatische und mitreißende Art hatte. Sogar er, der weder von dem König noch von Worran etwas hielt, ertappte sich hin und wieder dabei, König Scurr zuzujubeln, auch wenn er sich rasch wieder fasste.

Auch heute stand der große, unheimliche Mann vor seinem erhöhten Thron im großen Speisesaal. Schon einige Zeit redete er über die Ausbildung in Ursann.

»… sicher, unsere Methoden sind hart«, sagte er gerade und schritt auf dem Podest auf und ab, begleitet von den bewundernden Blicken der Jungen, »aber ihr werdet zu Männern, richtigen, harten und starken Männern!«

Seine jungen Soldaten jubelten ihm zu.

»Wir sind die Elite, das Beste, das die Reiche jemals gesehen haben, und wir können alles bekommen, was wir wollen!« Der König warf einen abschätzenden Blick in die Menge. »Die anderen Reiche schwelgen in Reichtum, sie haben Bodenschätze, fischreiche Gewässer, gutes Ackerland und vieles mehr. Dennoch ist ihnen das nicht genug. Camasann, zum Beispiel, streckt seine Hand nach der Steppe aus, um dort die Völker zu vernichten, aber uns geben sie nichts ab.« Er blickte kurz zu Ariac, als er die Steppe erwähnte. »WIR haben es verdient, belohnt zu werden. WIR sind die Starken. Sie machen uns schlecht und sagen uns nach, wir seien Dämonen, dabei nehmen wir uns nur das, was uns zusteht!« Seine Stimme wurde so mitreißend, dass alle Jungen laut jubelten und selbst Ariac seine Hände nur mühsam unten halten konnte, was ihm mal wieder den wütenden Blick von Worran einbrachte. Dass Camasann die Steppenvölker vernichten wollte, konnte Ariac nicht glauben, dennoch stimmte es ihn etwas nachdenklich.

»Lasst uns das erobern, was unser gutes Recht ist! Wir sind die Elite aller Länder! Wir! Sieg für Ursann!«

Die Jungen unter ihm tobten, und König Scurr lächelte heimlich in sich hinein. Er hatte es schon immer geschafft, dumme junge Leute zu begeistern. Sie verehrten ihn und fürchteten ihn. Gemeinsam mit Worran und dessen gnadenloser Brutalität war es ein perfektes Spiel. Worran fürchteten und hassten die Jungen, was ihre Kampfeswut nur noch anstachelte. Ihn, Scurr, verehrten sie auf eine ängstliche, unterwürfige Art.

»Heute bekommt jeder Fleisch«, verkündete der König großzügig, und plötzlich wurden Platten mit Wild aufgetragen. »Anschließend werden die Siebzehnjährigen getestet.«

Ariac verzog spöttisch den Mund. Das Wild hatten er und einige andere Jungen erst gestern erlegt. Es war unheimlich großzügig, es jetzt zu verteilen. Doch seit dem letzten Jahreswechsel war dies wohl seine erste nahrhafte Mahlzeit. So hielt er den Mund und aß so viel, dass ihm davon schlecht wurde. Anschließend wurden die erwachsenen Jungen und auch ein Mädchen getestet, aber es war keiner dabei. König Scurr fluchte mal wieder leise in sich hinein wie schon die vielen Jahre zuvor.

KAPITEL 6

Die Rückkehr der Sieben

Die Kunde, dass eines von Thondras Kindern wiedergeboren war, breitete sich wie ein Lauffeuer in den Königreichen aus. Als Erstes traf König Greedeon auf Camasann ein. Er wurde von einer großen Eskorte zum Schloss geleitet und in das Arbeitszimmer von Zauberer Hawionn geführt. Die Kinder, die hier zur Ausbildung waren, mussten in Reih und Glied stehen und sich vor dem König von Balmacann verneigen, der sie allerdings kaum zu beachten schien. Hocherhobenen Hauptes schritt er durch die Gasse aus Kindern die Treppe hinauf zum Arbeitszimmer des Oberhauptes der Schule. Auch Falkann war bereits anwesend und sehr nervös.

»Thondras Erbe!«, rief der große Mann. König Greedeon war mittleren Alters, durchtrainiert und von beeindruckender Statur. Die dicken, dunkelbraunen Haare trug er ebenso kurzgeschnitten wie seinen Bart. Er war in einen teuren, nachtblauen Mantel mit goldenen Verzierungen gekleidet und packte Falkann mit festem Griff an den Schultern.

»Es freut mich besonders, dass es ein Sohn meines alten Freundes König Hylonn ist.«

Falkann verzog das Gesicht. Er wusste sehr wohl, dass sich sein Vater und der König von Balmacann häufig wegen der unterschiedlichen Besteuerung der Brücke stritten. Jeder warf dem anderen vor, zu viel zu verlangen.

»Was wird nun mit ihm geschehen?«, fragte König Greedeon ernst.

Hawionn hob die Schultern und fuhr sich durch den grauen Bart. »Er wird noch eine Weile hierbleiben und mit seiner Ausbildung fortfahren. Wenn es einen Krieg gibt, wird er mitkämpfen. Er ist nun erwachsen.«

Falkann runzelte missbilligend die Stirn. Es sah nicht so aus, als hätte er etwas mitzuentscheiden.

König Greedeon nickte zufrieden und lächelte Falkann zu.

»Das ist gut, aber in spätestens drei Jahren sollte er zu mir aufs Schloss kommen und alle Länder kennen lernen. Du bist nun eine wichtige Persönlichkeit, Falkann.«

Der grinste halbherzig. Es gefiel ihm überhaupt nicht, eine »wichtige Persönlichkeit« zu sein. Manchmal hatte er schon den Tag verflucht, an dem das Schwert aufgeleuchtet hatte. Andererseits war seine Kampfkunst noch sehr viel besser geworden, seitdem er sein neues Schwert besaß. Es schien einfach zu ihm zu gehören.

»Gut«, sagte König Greedeon erneut mit einem Lächeln. »Wir werden sehen, was die nächsten Jahre bringen.« Dann warf er einen Beutel mit Gold auf den Tisch, den Hawionn rasch an sich nahm. »Ich halte sehr viel von dieser Schule«, fügte der König hinzu und verließ mit seinen zwei Wachen den Raum.

Falkann atmete erleichtert auf und ging zurück zu seinen Freunden, die bereits in einem der kleinen Gemeinschaftsräume des Schlosses auf ihn warteten.

»Na endlich«, rief Rijana, »ich habe gleich Reitunterricht.«

»Was hat er gesagt?«, verlangte Rudrinn zu wissen.

»Nicht sehr viel«, seufzte Falkann, »nur, dass ich in einigen Jahren zu ihm auf das Schloss kommen und die Reiche kennen lernen soll.«

Die anderen nickten wenig befriedigt. Sie hatten sich mehr Neuigkeiten erhofft.

»Wie war er denn?«, wollte Saliah wissen. Auch sie hatte es eilig, denn ihr Unterricht bei Zauberer Tomis hatte bereits begonnen.

Falkann hob die Schultern. »Keine Ahnung, groß, beeindruckend, eigentlich recht freundlich. Ich weiß auch nicht …« Ihn nervte der ganze Wirbel um seine Person. Auch wenn er ein Königssohn war, hier in der Schule war er lange Zeit nur einer von vielen gewesen.

Rijana stand auf und nahm den widerwilligen Rudrinn an der Hand. »Komm, sonst gibt es Ärger.«

Der Piratenjunge erhob sich seufzend und schimpfte, mehr aus Gewohnheit als aus Wut, mal wieder über die Sinnlosigkeit des Reitens, denn eigentlich machte es ihm sogar Spaß. Doch das hätte er niemals zugegeben. Die beiden liefen zusammen mit Tovion den Berg hinab zu der Ansammlung von Hütten, in der die Pferde untergebracht waren. Atemlos und keuchend kamen sie bei den Stallungen an. Rittmeister Londov saß bereits hoch zu Ross und blickte missbilligend auf die drei jungen Leute. »Für heute haben wir gleich drei Freiwillige, die die Pferde ausmisten und füttern«, sagte er mit seiner harten Aussprache.

Rijana und die anderen stöhnten. Das hatten sie sich schon gedacht. Rittmeister Londov hasste nichts mehr als Unpünktlichkeit. Zehn andere Kinder, darunter auch die kleine Ellis mit ihren dunklen Locken, saßen bereits auf ihren Pferden, und Tovion, Rudrinn und Rijana beeilten sich, ihre zu satteln. Der Rittmeister betrachtete sie mit kritischem Blick und sagte zu Rudrinn, der ohnehin schon ein Gesicht zog: »Und morgen striegelst du alle Pferde in den Stallungen, deines ist nicht sauber.«

Rudrinn öffnete empört den Mund und wollte etwas erwidern, doch dann fiel sein Blick auf die Kruppe des Pferdes, auf der tatsächlich noch Schmutz klebte. Als er den Blick des Rittmeisters sah, machte er seinen Mund rasch wieder zu.

Jede Entgegnung würde ihm nur weitere Arbeiten einbringen. Aber der Rittmeister war fair und verteilte nur dann Strafen, wenn sie auch gerechtfertigt waren.

Im leichten Trab ritten sie durch die Hügel. Die Kinder mussten heute üben, im Galopp aus dem Sattel zu springen und wieder hinauf. Londov war wie immer sehr streng und sehr genau. Er verteilte nur wenig Lob und korrigierte immer wieder. Als der Tag sich langsam dem Ende zu neigte, erlöste er die Kinder.

»Genug für heute. Wer möchte, darf noch zum Strand reiten, danach werden die Pferde ordentlich für die Nacht vorbereitet.« Dabei sah er vor allem Rudrinn und seine beiden Freunde an.

Rijana blickte abenteuerlustig auf den nicht weit entfernten Sandstrand. »Wollen wir?«, fragte sie fröhlich.

Tovion stimmte gleich zu, doch Rudrinn sträubte sich erwartungsgemäß.

»Jetzt komm schon«, verlangte Rijana und trieb ihre kleine fuchsfarbene Stute an. Tovion setzte ihr nach und schließlich auch Rudrinn. Die drei Freunde jagten über den langen Sandstrand, der sich um die halbe Insel zog. Lachend galoppierten sie ein paar Mal hin und her. Immer wieder überholten sie sich gegenseitig, und selbst auf Rudrinns Gesicht erschien ein Lachen. Dann, es war schon beinahe finster, ritten sie langsam durch die Hügel zurück. Rijana schloss einen Augenblick lang die Augen. Es roch hier so gut, nach Meer, Herbst und geerntetem Gras. Jetzt dachte sie kaum noch an ihr früheres Dorf. Hier auf Camasann hatte sie eine Heimat gefunden, und es war ihr nie besser gegangen. Sie hatte Freunde, die sie akzeptierten, Lehrer, die sie mochten, und die dicke Birrna war für Rijana wie eine Mutter, wie wohl für die meisten Kinder. Selbst Rudrinn war zufrieden, auch wenn er es selten zugab. Doch auch er dachte kaum noch an das Leben als Pirat zurück, obwohl er immer wieder verkündete, dass er in drei Jahren die Insel verlassen würde. Der ruhige Tovion, der noch nicht sehr lange mit dabei war, fühlte sich ebenfalls wohl. Hier konnte er Lesen und Schreiben lernen, etwas, das ihm sehr wichtig war. Das hatte sein Vater, der Schmied, der zwar ein gutmütiger, aber doch eher einfacher Mann war, nie verstehen können. Tovion vermisste seine Familie, aber hier hatte er etwas anderes, ebenfalls sehr wichtiges gefunden. Er war ein guter Schwertkämpfer und Bogenschütze, und mittlerweile ritt er auch hervorragend. Tovion war von den sechs Freunden der kluge und ruhige Denker, den alle mochten.

Einige Tage später reiste König Hylonn von Catharga mit seinem Gefolge an.

Falkann war ein wenig nervös, doch er freute sich auch. Seit über sechs Jahren hatte er seinen Vater nicht mehr gesehen, der nur einmal nach Camasann gekommen war, seitdem Falkann dort ausgebildet wurde. Mit einer Eskorte von vierzig Kriegern, welche alle die blauen Umhänge mit dem Greifen, der über einem Felsmassiv schwebte, trugen, näherte sich der König dem Schloss. Sein jüngerer Sohn Hyldor begleitete ihn.

Zauberer Hawionn begrüßte den König noch vor dem Tor und verbeugte sich tief. »Herzlich willkommen. Ich hoffe, Ihr hattet eine gute Reise.«

König Hylonn nickte und blickte zu den hohen Mauern des Schlosses auf, in dem er selbst seine Kindheit und Jugend verbracht hatte.

Dann stieg er von seinem braunen Hengst, und Hawionn sagte rasch: »Tretet ein, Euer Sohn wartet bereits auf Euch. Meine Leute werden Euren Kriegern sagen, wo sie die Pferde unterbringen können.«

»Sehr gut«, sagte König Hylonn und bedeutete seinem Sohn, mit ihm zu kommen. Hyldor, der nur ein Jahr jünger als Falkann war, folgte seinem Vater. Er war ein wenig kleiner und breiter gebaut, gerade an der Grenze, nicht dicklich zu wirken. Hyldor war nicht so gutaussehend wie sein älterer Bruder, doch das war es nicht einmal, was Hyldor so störte. Ihn hatte es immer geärgert, dass er nicht nach Camasann gehen durfte, obwohl er sich selbst für einen sehr guten Schwertkämpfer hielt und die letzten Jahre über eisern trainiert hatte. Falkann war immer das glänzende Vorbild ganz Cathargas gewesen, und Hyldor war eifersüchtig.

Der König und sein jüngster Sohn wurden durch die große Halle geführt, in der die gesamte Schülerschar ihm zu Ehren aufgestellt war. Hyldor schielte neidisch auf die Kinder und Krieger.

Falkann stand mit seinen Freunden zusammen am Aufgang zur Treppe. Er straffte die Schultern und trat vor seinen Vater. Zunächst war er ein wenig verwundert, denn sein Vater war für ihn immer ein gewaltiger, mächtiger und furchteinflößender Mann gewesen. Doch jetzt überragte Falkann ihn sogar um einige Fingerbreit. Viele Jahre waren vergangen und die dunkelblonden Haare des Königs bereits mit grauen Strähnen durchzogen.

»Guten Tag, Falkann«, sagte sein Vater zur Begrüßung und umarmte seinen Sohn. »Ich bin sehr stolz auf dich!«

Hyldor verzog seinen schmalen Mund spöttisch und nickte dem älteren Bruder nur flüchtig zu. Doch auf Falkanns Gesicht breitete sich ein sympathisches Lachen aus, das alle so an ihm mochten. Er führte seinen Vater und den Bruder gemeinsam mit Hawionn hinauf in das große Arbeitszimmer des Zauberers. Hyldor setzte sich mit missmutigem Gesicht in einen der tiefen Sessel und begann an seinem Dolch herumzuspielen. Hawionn schenkte dem König von Catharga ein Glas Rotwein ein, und König Hylonn ging erneut zu seinem ältesten Sohn, der mit dem magischen Schwert am Gürtel neben dem Schreibtisch des Zauberers stand.

»Ich wusste immer, dass einmal etwas Großes aus dir wird«, sagte sein Vater stolz, und Falkann lächelte zurück. »Deine Mutter ist übrigens ebenfalls sehr stolz auf dich.«

Falkann lächelte. Er konnte sich gar nicht mehr richtig an seine Mutter erinnern, wusste nur, dass sie immer sehr streng gewesen war. Hyldors Miene wurde immer finsterer. Er konnte dieses ewige Gerede um Falkann einfach nicht mehr ertragen. Nun kam Falkann auch noch auf ihn zu.

»Na, Hyldor, wie geht es dir?«, fragte er freundlich und stellte sich neben seinen jüngeren Bruder. »Nun wirst du König werden.«

»Natürlich, was du nicht willst, bekomme ich«, knurrte dieser.

»Hyldor, reiß dich zusammen!«, wies ihn sein Vater erbost zurecht.

Falkann runzelte überrascht die Stirn. Er hatte eigentlich immer gedacht, Hyldor wäre gerne König geworden.

»Wie auch immer«, sagte der König mit einem Lächeln. »Falkann wird nun nach Catharga zurückkehren.«

Doch Hawionn schüttelte den Kopf. »Nein, das wäre zu gefährlich. Er braucht noch ein wenig Ausbildung, und hier auf Camasann ist er sicherer vor Scurrs Meuchelmördern.«

»Ach was«, rief der König selbstsicher. »Mein Sohn ist einer der Sieben, er kann jeden besiegen.«

Doch der Zauberer schüttelte den Kopf. »Er ist noch sehr jung, und bisher hat sich noch kein weiteres von Thondras Kindern gezeigt. Lasst ihn noch eine Zeit lang hier. Außerdem möchte König Greedeon ihn in einigen Jahren zu sich nehmen, und er ist schließlich der Gönner dieser Schule.«

Das Gesicht von König Hylonn verfinsterte sich. Er diskutierte noch eine Weile mit Hawionn, sodass Falkann mal wieder den Eindruck hatte, dass es hier gar nicht um ihn ging. Er war nur ein Spielball zwischen verschiedenen Königreichen, und das missfiel ihm.

»Ich werde bleiben«, rief er plötzlich, und der Zauberer und sein Vater blickten ihn überrascht an.

»Ich brauche wirklich noch ein wenig Ausbildung, und die meisten anderen Krieger verlassen auch erst mit einundzwanzig die Insel«, sagte er fest.

Hawionn machte ein erleichtertes Gesicht, während König Hylonn unwillig wirkte.

»Nun gut«, meinte König Hylonn, machte jedoch einen etwas beleidigten Eindruck. »Bleib noch eine Weile hier, aber falls Scurr noch unverschämter wird und unser Land angreift, dann werde ich dich und, falls die anderen Sieben bis dahin auftauchen, auch diese in unserem Land brauchen.« Er fasste seinen Sohn energisch am Arm. »Du weißt, wo du geboren wurdest!«

Falkann nickte, während Hawionn ein missbilligendes Gesicht zog.

»Den Oberbefehl über die Sieben haben Camasann und König Greedeon«, bemerkte der alte Zauberer und fixierte mit seinem Blick den König von Catharga.

»Das werden wir ja noch sehen«, erwiderte dieser, wirkte allerdings nun ein wenig verunsichert. Er winkte seinem jüngsten Sohn, nickte Falkann noch kurz zu und verließ dann das Schloss. Noch am selben Tag reiste er ab und segelte auf einem großen Schiff zurück aufs Festland.

Falkann ging in Gedanken versunken zu seinen Freunden zurück, die ihn bereits erwarteten. Er wirkte sehr nachdenklich und bat die anderen, mit ihm auszureiten. Wegen des Besuchs des Königs war heute der Unterricht abgesagt worden. So liefen die sechs Freunde zu den Ställen, sattelten ihre Pferde und ritten zum Strand hinab, wo Falkann allen voran durch die Brandung galoppierte. Irgendwann hielten sie an und setzten sich in die Dünen, während ihre Pferde an dem verdörrten Gras zupften.

»Was hast du denn?«, fragte Saliah vorsichtig und legte Falkann ihre schlanke Hand auf den Arm.

Falkann seufzte, legte sich zurück in den Sand und beobachtete die Wolken, die am Himmel vorbeizogen.

»Für alle bin ich jetzt nur noch ›einer der Sieben‹«, sagte er bitter. »Ich als Mensch interessiere doch niemanden mehr.«

»Das stimmt nicht«, erwiderte Saliah, die anderen nickten zustimmend. »Du bist unser Freund, und wir werden immer zu dir halten.«

Falkann seufzte erneut und richtete sich wieder auf. »Das weiß ich schon, aber wenn es Hawionn oder König Greedeon einfällt, dann schicken sie mich in irgendeine Schlacht, egal gegen wen.«

Die anderen nickten betrübt, wahrscheinlich hatte er Recht. Broderick schlug ihm schließlich freundschaftlich auf die Schulter.

»Komm schon, wenn du erst die anderen sechs gefunden hast, dann seid ihr stark und könnt euch gegen Greedeon und Hawionn behaupten.« Er schnitt eine Grimasse. »Dann wirst du uns sowieso vergessen.«

Doch Falkann schüttelte entschieden den Kopf. »Nein, ihr seid meine besten Freunde! Euch werde ich niemals vergessen!«

So blieb Falkann auf Camasann. Ein weiteres Jahr verging. Immer wieder hörte man, dass König Scurr die anderen Länder überfallen ließ, und viele Krieger wurden von Camasann abgezogen, bis beinahe nur noch die Kinder, Zauberer und einige wenige Wachen auf der Insel blieben. Im Frühling des neuen Jahres kam ein Mädchen mit schwarzen lockigen Haaren nach Camasann. Brogan hatte sie in Balmacann gefunden. Ihr Name war Nelja, und sie war im gleichen Alter wie Saliah. Gleich von Anfang an schien sie dazuzugehören, als hätten die anderen nur auf sie gewartet, sodass es fortan sieben

Freunde waren. Zum Jahreswechsel stellte sich Broderick als ein Kind Thondras heraus. Er war genauso verwirrt wie Falkann im letzten Jahr, aber Letzterer war mehr als froh, dass sein bester Freund einer der Sieben war. Wie Falkann zuvor hatte auch Broderick das Gefühl, dass eines der Schwerter genau zu ihm gehörte.

König Scurr tobte, als er davon erfuhr. Er holte Ausbilder Worran zu sich, der das Schlimmste befürchtete.

»Wir bemühen uns wirklich. Jedes Jahr testen wir eine Menge Kinder und haben auch schon einige von Hawionn entführt. Es ist nicht meine Schuld!«

Scurr zischte missbilligend und lief unruhig auf und ab.

»Wir müssen etwas unternehmen, das diesen arroganten Zauberern den Wind aus den Segeln nimmt«, sagte Scurr mit seiner geisterhaften Stimme. Er fuhr sich über die feine Narbe auf seiner rechten Wange, wie immer, wenn er nervös war.

»Aber was, mein König?«, wagte Worran zu fragen.

Scurr fuhr wütend zu ihm herum. »Unterbrich mich nicht, du Gewürm!«

Worran wich zurück und lehnte sich an eine der hohen Säulen. Eine ganze Weile dachte Scurr angestrengt nach, dann kam er zu Worran und baute sich vor ihm auf. »Welches der Kinder könnte als ein Kind Thondras durchgehen? Und würde uns zudem noch bedingungslos dienen?«

Worran ging im Geiste alle Kinder durch. Ohne Ausnahme waren alle gute Kämpfer und unterwürfig – bis auf diesen verfluchten Steppenjungen natürlich, dachte Worran wütend. Ariac war einer der besten Kämpfer, die er jemals ausgebildet hatte, dafür aber auch einer der unbeugsamsten. Doch Worran hatte keine Zeit, darüber nachzudenken, König Scurr wartete auf eine Antwort.

»Ähm, Eure Majestät, ich denke, Lugan wäre geeignet gewesen, aber der wurde bereits im vorletzten Jahr getestet, ansonsten ...«

»Warte«, unterbrach Scurr. »Lugan, ich kann mich an ihn erinnern. Groß, schlank und führt jetzt die Raubzüge an, nicht wahr?«

Worran stimmte erleichtert zu. Lugan war einer seiner Lieblinge. Skrupellos, brutal und ihm treu ergeben.

Scurr begann erneut, auf und ab zu laufen. »Würde er alles für mich oder für Euch tun?«

Worran ließ seine Finger knacken. »Natürlich.«

»Gut«, sagte Scurr, und ein böses Lachen erschien auf seinem hageren, ausgezehrten Gesicht. »Beim nächsten Jahreswechsel wird sich Lugan als Thondras Sohn herausstellen. Wir werden behaupten, Lugan hätte nicht mehr genau gewusst, wann er geboren wurde. Sie können ohnehin alle nicht zählen.«

Der brutale Ausbilder hob überrascht seine Augenbrauen.

Doch König Scurr fuhr unbeirrt fort. »In dem Moment, in dem Lugan das Schwert berührt, werde ich es mit einem Zauber zum Glühen bringen. Dann verkünden wir, dass wir ebenfalls eines von Thondras Kindern hätten.«

Worrans hässliches, narbiges Gesicht verzog sich zu einem gehässigen Grinsen. »Sehr gut, und wenn wirklich eines der Sieben auftaucht, können wir Lugan wieder verschwinden lassen!«

Scurr nickte zustimmend. »Gut, dann pass auf, dass Lugan bis zum nächsten Jahreswechsel nichts passiert.«

Worran nickte und kehrte nach Naravaack zurück, um seine Schützlinge noch etwas leiden zu lassen.

Wie geplant nahm der Betrug zum nächsten Jahreswechsel seinen Lauf. Ariac war nun fünfzehn Jahre alt und musste mit ansehen, wie ausgerechnet einer seiner größten Feinde auserwählt wurde. Lugan, der ohnehin schon arrogant genug war, wurde noch aufgeblasener, brutaler und eingebildeter. Er war inzwischen sehr viel muskulöser geworden und nun ein ausgewachsener Krieger.

Zum Zeichen seiner Macht ließ König Scurr den Nachthimmel mit einem gewaltigen magischen Feuerwerk erstrahlen, das bis weit nach Catharga gesehen wurde.

Worran machte sich fortan einen besonderen Spaß daraus, gerade Ariac und einige gleichaltrige Jungen mit Lugan, der nun von allen verehrt wurde, trainieren zu lassen. Lugan und Ariac hassten sich von jeher, allerdings war Lugan nun um einiges stärker. Er ließ keine Gelegenheit aus, den Steppenjungen zu demütigen.

Eines Tages waren die beiden mit einigen anderen Jungen in den Bergen unterwegs. Lugan war der große Anführer, der auf seinem Pferd die unberittenen Jungen gnadenlos mit einer Peitsche antrieb. Sie sollten gegen Steintrolle kämpfen. Die feisten gedrungenen Wesen waren zwar keine guten Kämpfer, aber sie waren unglaublich zäh und schwer zu töten. Ariac kämpfte gegen fünf der Wesen gleichzeitig, die ihm gerade einmal bis zur Schulter reichten. Obwohl er nach kurzer Zeit vier der fünf besiegt hatte, schrie Lugan ihn an: »Na los, du Wilder, zeig es ihnen, so schlecht wie du kämpft ja nicht mal meine Großmutter!«

Das stachelte Ariacs Wut an, und er besiegte auch den letzten der Steintrolle. Trotzdem schien Lugan nicht zufrieden zu sein.

»Du hast beschissen gekämpft«, behauptete er, »du bist eine Schande.«

»Habe ich nicht«, widersprach Ariac wütend.

Lugan zog sein Schwert. »Du hast mir nicht zu widersprechen! Ich bin einer der Sieben!«

Ariac schnaubte verächtlich und wandte sich ab. Lugan blickte sich um, niemand beobachtete sie. So stach er Ariac hinterrücks in die Schulter. Der Steppenjunge schrie auf und ging in die Knie. Ein stechender Schmerz durchfuhr seinen Rücken. Lugan wendete sein Pferd.

»Wir gehen nach Hause.«

Ariac tastete nach seiner Schulter, aus der das Blut schoss. Er konnte sie selbst nur notdürftig verbinden.

Worran tauchte auf und trieb einige Jungen vor sich her.

»Los, bewegt euch«, schrie er von seinem Pferd aus und knallte mit der Peitsche.

Einige Zeit hielt Ariac mit, doch er spürte, wie immer mehr Blut seine Schulter hinunterlief. Nur noch verschwommen nahm er den Weg wahr. Irgendwann stolperte er und fiel auf dem steinigen Boden hin. Sofort war Worran hinter ihm und ließ die Peitsche auf seinen Rücken knallen.

»Steh auf, du kleine Wüstenratte!«

Ariac erhob sich mühsam, kam jedoch nur schwankend auf die Beine.

»Wenn du nicht mithältst, bleibst du eben hier«, knurrte der Ausbilder und galoppierte ungerührt davon.

Ariac kam nicht sehr weit, er hatte einfach zu viel Blut verloren. Irgendwann rollte er sich unter einem Felsvorsprung zusammen und hoffte, dass ihn kein Ork fressen würde – er konnte einfach nicht mehr. Er nahm den Stein, den Rijana ihm vor langer Zeit gegeben hatte, und klammerte sich daran fest.

Vielleicht kann ich weiter, wenn ich mich ein wenig ausgeruht habe, dachte er, bevor er einschlief.

Worran stellte am nächsten Morgen fest, dass Ariac noch immer nicht eingetroffen war, doch er kümmerte sich nicht weiter darum. Insgeheim hoffte er sogar, dass er gar nicht mehr zurückkommen würde. Lugan hatte gestanden, dass Ariac verletzt war, und Worran hatte ihn dafür noch gelobt. Erst König Scurr brachte den brutalen Ausbilder am nächsten Abend in Bedrängnis.

»Wo ist der Steppenjunge?«, fragte er beim Abendessen.
Worran hielt inne. »Er ist noch in den Bergen.«
Scurr hob missbilligend die Augenbrauen und winkte einige Soldaten zu sich. »Sucht ihn!«, befahl er.
Die Soldaten mussten nicht weit ausschwärmen, um Ariac zu finden. Der hatte sich inzwischen halbtot bis ans Tor geschleppt. König Scurr tobte vor Wut, denn den Heilern war es nur mit äußerster Not gelungen, den Jungen zu retten.
»Verdammt, ich sagte doch, dass du ihn am Leben lassen sollst, bis er siebzehn ist«, sagte er mit gefährlich leiser Stimme zu Worran.
»Ich habe doch nichts davon gewusst … Ich …«, stammelte der Ausbilder.
Scurr packte ihn am Hemd. »Noch ein Mal, und ich werde dich persönlich töten.«

Zwei weitere Jahre vergingen, ohne dass auf Camasann ein weiterer auserwählter Krieger in Erscheinung getreten war, was König Greedeon maßlos ärgerte. Vor allem, seitdem er gehört hatte, dass nun auch Scurr einen Jungen hatte, wollte er nicht noch einen der Sieben an den finsteren Herrscher verlieren.
Doch das nächste Jahresfest stand bereits vor der Tür, und die Hoffnung, in den eigenen Reihen einen der legendären Sieben zu entdecken, stieg ins Unermessliche. Diesmal waren es nur fünf Jungen.
Und Rudrinn war einer von ihnen. Natürlich verkündete er mal wieder lautstark, dass er jetzt endlich auf die Meere zurückkehren könne. Saliah, die mit ihren fünfzehn Jahren nun eine wirkliche Schönheit war, stupste ihn in die Seite.
»Dann müssen die Königreiche ja bald vor dir erzittern!«
Rijana lachte laut auf. Sie war dreizehn Jahre alt und dachte nur noch selten an ihre frühere Heimat. Sie hoffte, dass Rudrinn blieb, denn er war ihr ein guter Freund geworden.

Tovion stand gemeinsam mit Nelja etwas abseits. Es war ein offenes Geheimnis, dass er in das schwarzhaarige Mädchen verliebt war. Auch zwischen Saliah und Falkann hatte sich eine schüchterne Liebe angebahnt, auch wenn Falkann nun schon zwanzig war und immer noch Hemmungen hatte, der jüngeren Saliah den Hof zu machen.

Die Jungen gingen nacheinander zu den Schwertern und berührten sie ehrfürchtig. Auf manchen Gesichtern war Enttäuschung, auf anderen Erleichterung zu sehen, als das Schwert schwieg. Dann kam Rudrinn an die Reihe. Natürlich schlenderte er betont gelangweilt hinauf und machte ein unwilliges Gesicht. Er packte das Schwert am Griff und stolperte entsetzt zurück. Die Runen leuchteten.

Die Zauberer atmeten erleichtert auf. Sie hatten ein weiteres von Thondras Kindern bei sich. Doch Rudrinn ließ das Schwert fallen, als hätte er sich die Hände verbrannt. Er rannte ohne aufzublicken aus dem hohen Saal hinaus. Broderick war der Erste, der ihm folgte. Er wusste, wo er ihn suchen musste. Und tatsächlich hatte er richtig vermutet. Rudrinn war ans Meer geflohen, das ihm jetzt für immer genommen war. Es war ein kalter, dunkler Abend, und es nieselte, aber Rudrinn schien das nicht zu bemerken. Er saß auf dem Felsen und starrte auf das schäumende Meer unter ihm.

Broderick setzte sich neben ihn und wollte ihm eine Hand auf die Schulter legen, doch Rudrinn fuhr wütend herum.

»Ich will das nicht, und ich kann das nicht. Ich werde zurück zu den Piraten gehen.«

Broderick seufzte und blickte den Freund nachdenklich an. Er konnte Rudrinn gut verstehen.

»Weißt du«, begann er, »eigentlich wollte ich vor zwei Jahren auch zurück nach Errindale gehen, um das Gasthaus zu besuchen, in dem ich aufgewachsen bin. Ich wollte ein Bauer oder so etwas werden.«

Überrascht blickte Rudrinn auf. Das hatte Broderick noch nie erwähnt. Er war immer so lustig und unbeschwert.

»Und warum hast du es nicht getan?«, fragte Rudrinn mit Zorn in der Stimme, während er kleine Steine ins Wasser warf.

»Weil ich eben einer der Sieben bin.«

Rudrinn schnaubte verächtlich. »Nein, ich will nicht.«

»Auch nicht für deine Freunde?«, fragte Broderick ernst.

Rudrinn zog seine dunklen Augenbrauen zusammen und blickte verwirrt auf den Freund.

»Weißt du«, fuhr Broderick fort, »Falkann und ich könnten jemanden gebrauchen, auf den wir uns verlassen können. Außerdem soll einer von uns Sieben«, er verzog den Mund, »bei Scurr sein. Ich habe da so etwas gehört, dass Hawionn plant, den Jungen zu befreien und zu uns zu bringen.«

»Wirklich?«, fragte Rudrinn überrascht.

Broderick nickte. »Meine Güte, Rudrinn, wahrscheinlich kommt es früher oder später zu einem Krieg. Willst du dann auf den Meeren herumsegeln und Handelsschiffe ausrauben?«

Sosehr es ihn ärgerte, aber das wollte Rudrinn schon lange nicht mehr. Irgendwie hatte er es sich nur noch nicht eingestehen wollen. »Gut«, sagte er schließlich ernst, »aber nur für dich und Falkann. Und vielleicht für das arme Schwein, das bei Scurr festsitzt.«

Broderick erhob sich und schlug Rudrinn auf die Schulter. »Sehr gut.«

Die beiden gingen zurück, und Rudrinn erhielt eines der Schwerter, obwohl ihm noch immer nicht so ganz wohl bei der Sache war.

Nachdem Rudrinn gegangen war, saßen die Zauberer im Arbeitsraum von Hawionn.

»Drei Kinder Thondras«, sagte er nachdenklich, »und alle waren sie schon seit langer Zeit Freunde. Ist das ein Zeichen? Gehören auch die anderen zu den Auserwählten?«

»Es waren immer nur zwei Mädchen«, wandte Zauberer Tomis ein, den es etwas wurmte, dass sich der freche und ungehobelte Rudrinn als einer der Sieben herausgestellt hatte.

»Wir werden abwarten müssen«, sagte Brogan seufzend. »Einen hat ohnehin Scurr.«

Hawionn fuhr wütend zu dem anderen Zauberer herum. »Das weiß ich, und wir werden ihn zu uns holen.«

Nun sprang Brogan auf, denn die beiden stritten sich schon seit geraumer Zeit um dieses Thema. »Scurr lässt niemanden bei klarem Verstand. Seine Soldaten sind Tötungsmaschinen. Auch du wirst keinen von ihnen umerziehen können.«

»Er ist noch nicht sehr alt, erst achtzehn, es wird gelingen«, erwiderte er bestimmt. »Ich habe bereits mit König Greedeon gesprochen, der das ebenso sieht.«

Brogan fluchte. »Das ist unser Untergang. Wir können keinen von Scurrs Leuten zu uns lassen.«

»Nur wenn die Sieben vereint sind, wird ein Sieg erzielt werden«, erwiderte Hawionn kalt.

Brogan war völlig außer sich. Er verließ den Raum und ließ die Tür laut ins Schloss fallen. In seinen Augen war Hawionn ein verdammter Narr.

Auch Ariac sollte an diesem Abend getestet werden. Sein Gesicht war übersät mit grünen und blauen Flecken, weil er noch am selben Tag gegen zwei Orks hatte kämpfen müssen. Sein Trainingspartner hatte sich nicht dazu herabgelassen, ihm zu helfen. Worran hatte selbstverständlich auch nicht eingegriffen. Der grobe Ausbilder schien das Ende des Abends gar nicht abwarten zu können. Wenn sich erst herausgestellt hatte, dass Ariac keiner der Sieben war, würde er ihm endlich zeigen können, wer Herr über Leben und Tod war. Ariac würde den morgigen Tag jedenfalls nicht überleben.

Nacheinander gingen die Jungen und auch ein Mädchen zu dem Schwert mit den magischen Runen, doch ein Leuchten war nicht zu sehen. Dann humpelte Ariac schwerfällig vor König Scurrs Thron. Er nahm das Schwert in die Hand und wurde von einer unglaublichen Macht erfüllt. Noch niemals zuvor hatte er so etwas erlebt. Wie schon die anderen vor ihm sah er wirre Szenen vor seinem inneren Auge aufflackern, die aus früheren Leben stammen mussten. Als das Schwert nur noch schwach leuchtete, blickte er in die Gesichter von König Scurr und Worran. Wäre er nicht so verwirrt gewesen, hätte er sich an dem Anblick erfreuen können. Zum ersten Mal sah er bei ihnen Fassungslosigkeit, Verunsicherung und Entsetzen. Doch das hielt nicht lange an. Worran befreite sich zuerst aus der Starre und stürzte wütend auf Ariac zu, dem er einen derart harten Schlag ins Gesicht versetzte, dass dieser zu Boden geschleudert wurde.

»Er!«, schrie er außer sich, »bei von allen Göttern verfluchten Kreaturen ausgerechnet er?!« Der Ausbilder hatte vollkommen die Fassung verloren. Er tobte und trat auf Ariac ein, der fassungslos am Boden lag.

»Hör sofort auf!«, befahl König Scurr.

Er selbst war mehr als ungehalten darüber, dass ausgerechnet der Steppenjunge einer der Sieben war. Doch nun hatten sie zumindest wirklich ein Kind Thondras.

»Steh auf«, befahl er zu Ariac gewandt, der sich mühsam erhob. »Du wirst von nun an wie Lugan bei mir hier auf dem Schloss wohnen.«

Worran knurrte und blaffte weiter vor sich hin, denn er konnte es noch immer nicht glauben.

Ariac nickte nur unsicher mit dem Kopf. Das alles war wirklich unglaublich. Lugan, der tatsächlich glaubte, auserwählt zu sein, schubste ihn angewidert zur Seite. »Ausgerechnet der Wilde, das ist doch ekelhaft.«

Doch heute erwiderte Ariac nichts. Er wusste ja nicht einmal mehr, was er selbst denken sollte.

Wie schon zuvor bei Lugan ließ König Scurr alle Kinder

nach draußen vor die Ruine von Naravaack treten. Aus seinem Zauberstab fuhr ein gewaltiger magischer Strahl, der einen der Felsen der Umgebung bersten ließ. Scurr entwich ein irres Lachen. Als er bemerkte, dass einige der jungen Männer zusammenzuckten, wurde er still und beugte sich nach vorn.

»Ich kann das auch ohne Zauberstab«, flüsterte er, und um dies zu beweisen, schloss er seine rechte Hand ruckartig zur Faust, und im gleichen Moment zerriss es einen weiteren Felsen regelrecht von innen heraus. »Ich könnte das auch mit euch machen, vergesst das niemals!« Dies zu betonen war überflüssig.

Scurr blickte zu Ariac, und seine Miene verzog sich zu einem bösartigen Grinsen. Diesmal hatte er wirklich eines von Thondras Kindern. Vielleicht würden es noch mehr werden, dann konnte er endlich alle Länder unterwerfen, und vielleicht gelang es ihm sogar, die anderen, die auf Camasann waren, für sich zu gewinnen. Mit den Sieben an seiner Seite würde sich niemand mehr gegen ihn stellen. Die ganze Welt würde endlich ihm gehören.

Später, als Worran und Scurr allein waren, sagte der König: »Wir müssen auf Ariac achten und Lugan geschickt einsetzen.«

»Wie meint Ihr das?«, knurrte Worran.

»Ich habe von einem Spitzel die Nachricht bekommen, dass Hawionn unseren Jungen befreien und zu sich holen will. Lugan wäre sehr gut dafür geeignet, Camasann auszuspionieren. Dieser Ariac wohl eher nicht, solange wir ihn nicht noch ein wenig zurechtgestutzt haben. Falls Lugan auffliegt, wäre es auch nicht das Schlimmste«, fügte Scurr gefühllos hinzu, »er ist ohnehin keiner der Sieben und daher entbehrlich.«

Worran spuckte auf den Boden. »Ich habe Ariac halbtot

geschlagen, habe ihn mit Essens- und Schlafentzug bestraft und habe ihn nächtelang Wache halten lassen. Aber er fügt sich einfach nicht. Diese verdammte Ratte ist einfach nicht kleinzukriegen!«, schrie der Ausbilder. Was ihn noch viel wütender machte, war die Tatsache, dass er Ariac jetzt nicht einmal mehr etwas antun konnte, denn das würde Scurr nicht zulassen.

»Du sagtest, er hat ein zu weiches Herz und würde bei Überfällen weder Bauern ausrauben noch Mädchen schänden?«

Worran nickte knurrend. Vor einiger Zeit hatten sie Ariac mit nach Catharga genommen, doch er hatte sich auch unter Androhung der Todesstrafe nicht dazu überreden lassen, auch nur einen einzigen Bauern zu töten.

»Gut«, meinte Scurr und fuhr sich über die Narbe, »dann brauchen wir etwas, das seinen Hass anstachelt. Wir müssen ihn dazu bringen, freiwillig für uns zu kämpfen.«

»Das wird nicht gelingen«, knurrte Worran, doch Scurr ließ sich nicht umstimmen, denn er hatte einen Plan.

Bald hörte man auch auf Camasann von den Ereignissen in Ursann, und Hawionn wurde langsam nervös. »Fünf der Sieben sind wiedergeboren, verdammt noch mal! Wir haben drei Jungen und Scurr zwei. Vielleicht haben wir noch eines der Mädchen bei uns?«

»Ich würde vermuten, dass es Saliah ist, aber auch Rijana ist talentiert«, murmelte Brogan vor sich hin. »Nelja macht sich auch gut, obwohl ich bei ihr eher das Gefühl habe, dass sie der Zauberei zugetan sein könnte.«

Hin und wieder passierte es, aber nur in wenigen Fällen, dass sich eines der Kinder als Zauberer herausstellte. So war es bei Brogan selbst gewesen, und daher achtete er sehr genau auf eventuelle Anzeichen, auch wenn sich die ganzen Fähigkeiten meist erst mit dem Erwachsenwerden zeigten.

Hawionn nickte zerstreut, denn er hatte gar nicht richtig zugehört. Sein Plan, Scurr seinen wertvollsten Besitz abspenstig zu machen, würde bei zwei Kindern umso schwerer umzusetzen sein. Trotzdem würde er sich nicht davon abbringen lassen.

»Falkann, Broderick und Rudrinn sollen sich bereitmachen. In zwei Tagen werden sie aufbrechen, damit sie helfen können, die westliche Grenze zu Ursann zu verteidigen. Sollten ihre Seelengefährten auftauchen, werden sie es als Erste merken.«

»Scurr hat sie verdorben, Ihr könnt doch nicht …«, begann Brogan erneut, doch Hawionn unterbrach ihn donnernd.

»Es ist entschieden!«

»ICH werde ihnen diese Botschaft aber ganz sicher nicht überbringen«, rief Brogan wütend und stürmte aus dem Raum.

Hawionn zog missbilligend seine Augenbrauen zusammen. Er nahm sich die drei magischen Umhänge, die für die auserwählten Jungen bestimmt waren, und machte sich selbst auf den Weg zu den Unterkünften. Die wenigen Soldaten, die noch dort untergebracht waren, blieben wie erstarrt stehen, als sie Hawionn sahen. Es kam nicht sehr häufig vor, dass das Oberhaupt der Insel persönlich in den Unterkünften der Krieger erschien.

Hawionn steuerte zielstrebig auf Falkann, Broderick und Rudrinn zu, die am Feuer saßen und sich unterhielten.

Die drei standen erstaunt auf, als der alte, mächtige Zauberer sich näherte.

»Ich habe eine Aufgabe für euch«, begann er ernst. »Ihr werdet in einigen Tagen aufbrechen und an die Grenze von Ursann reiten und helfen, Catharga zu verteidigen.«

»Deine Heimat«, meinte Broderick grinsend und stieß Falkann in die Seite, der nachdenklich nickte.

Zauberer Hawionn gab ihnen jeweils einen Umhang mit

den Worten: »Macht euch bereit, denn das wird eure erste Aufgabe sein.«

»Aber es ist bald Winter«, knurrte Rudrinn, der noch immer nicht ganz überzeugt davon war, dass er einer der Sieben sein sollte.

Der Zauberer sah ihn so eindringlich an, dass sich ihm die Nackenhaare aufstellten.

»In zwei Tagen«, sagte Hawionn, bevor er auch schon wieder verschwunden war.

»Toll«, knurrte Rudrinn, »ich habe nicht einmal eines der magischen Schwerter.«

Rudrinn hatte nicht dieses besondere Gefühl gehabt, das seine beiden Freunde gespürt hatten, als sie ihre Schwerter zum ersten Mal berührt hatten. Anscheinend befand sein Schwert sich nicht auf der Insel. Zudem musste das einzige noch übrige Schwert sowieso in der Schule bleiben, damit auch die anderen Kinder dem Test unterzogen werden konnten.

»Die auf der Insel gefertigten Schwerter sind ebenfalls gut, mach dir nichts draus«, meinte Falkann beruhigend. »Wir sollten es Tovion und den Mädchen sagen«, fügte er ernst hinzu.

»Es ist schon dunkel, wir dürfen nicht mehr raus«, wandte Rudrinn ein.

»Seit wann hältst du dich denn an Vorschriften?«, fragte Broderick grinsend.

Also schlichen die drei Freunde sich hinaus in die kalte und regnerische Nacht. Über den Hof erreichten sie rasch den Haupteingang und schlichen die Treppen hinauf. Unterwegs trafen sie auf Zauberer Tomis, der mit einer Zipfelmütze bekleidet durch die Gänge schlurfte. Scheinbar hatte er sich einen Schlaftrunk besorgt, doch die drei drückten sich rasch in eine Ecke, sodass der alte Zauberer sie nicht entdeckte.

Zuerst klopfte Rudrinn an die Tür eines der Jungenschlafsäle. Tovion kam sofort heraus und schloss sich ihnen an, dann lief Falkann hinauf zu den Mädchen.

Die kleine Ellis öffnete, und Falkann flüsterte nur kurz: »Sei bitte leise, und hol Saliah, Rijana und Nelja.«

Die drei kamen kurz darauf mit ihren Umhängen heraus und folgten Falkann nach unten, wo sie auf die anderen trafen. Die sieben Freunde schlichen sich hinunter in einen der verlassenen Gemeinschaftsräume, in dem nur noch ein beinahe heruntergebranntes Feuer leuchtete. Als Falkann die Neuigkeiten verkündete, wirkten die Mädchen und auch Tovion betrübt.

Saliahs strahlend blaue Augen füllten sich mit Tränen. »Ihr müsst wirklich gehen? Aber … es ist doch gefährlich, in der Nähe von Ursann zu sein. All die Orks und dann auch noch Scurrs Soldaten.«

Falkann nahm sie zärtlich in die Arme. »Dafür sind wir doch ausgebildet worden, und dass wir eines Tages werden kämpfen müssen, war uns allen klar.«

Sie schluckte die Tränen tapfer herunter, dann sah sie ihre Freunde und ganz besonders Falkann mit ernster Miene an. »Kommt bald zurück!«

Die drei hätten ihr darauf gerne ihr Wort gegeben, wenn es in ihrer Macht gestanden hätte. Doch sie wussten, dass ihre Zukunft ungewiss war. Dann zog Broderick einen der Umhänge heraus, die ihnen Hawionn gegeben hatte. »Seht mal, das Ding ist klasse«, meinte er grinsend. »Genau so einen Umhang hat Hawionn auch. Er dient zur Tarnung, weil er jeweils die Farbe der Umgebung annimmt. Damit sieht man uns kaum, wenn wir uns verstecken müssen.« Er zeigte den Umhang aus ganz feinem, weichem Stoff herum. Aber auch das konnte sie alle nicht wirklich aufheitern.

Als am übernächsten Morgen Falkann, Broderick und Rudrinn, begleitet von dreißig Kriegern, auf ihren Pferden saßen, konnte die übrigen Freunde nur beruhigen, dass sich auf dem Festland weitere fünfzig Krieger anschließen würden. Saliah gab Falkann einen ganz schüchternen Kuss und schenkte ihm ein Paar mit Schafswolle gefütterte Handschuhe, die sie in den letzten Nächten im Schein einer Kerze genäht hatte.

»Damit du nicht frierst. Es wird doch bald Winter«, meinte sie verlegen.

Falkann lächelte ihr noch einmal zu. Allen war bewusst, dass es mehr als ungewiss war, ob sie sich jemals wiedersehen würden. Dann ritten die drei langsam den Berg hinunter. Saliah, Rijana, Tovion und Nelja blieben auch dann noch vor dem Tor stehen, als man von den dreien schon lange nichts mehr sehen konnte. Ihnen blieb nur zu hoffen, dass dies nicht ein Abschied für immer gewesen war.

Brogan hatte alles von einem der obersten Turmzimmer beobachtet. Er war nach wie vor gegen die Abreise. Hawionn hatte überall verkünden lassen, dass sich die Kinder Thondras dem Kampf gegen König Scurr anschlossen, denn er hoffte, dass auch Scurr nun seine zwei Jungen einsetzen würde. Aber das war gefährlich, wie Brogan fand. Scurr würde versuchen, die drei zu töten oder zu fangen, da war er sich beinahe sicher. Doch er war ja nicht das Oberhaupt dieser Schule. Er durfte nicht entscheiden.

So kurz vor Wintereinbruch schafften es die drei Freunde, begleitet von den älteren Soldaten, nicht einmal bis zur Brücke, die Catharga mit Balmacann verband. Hatten sie ihre Ausbildung schon als hart empfunden, so wurden sie nun richtig gefordert und an die Grenzen ihrer Kräfte gebracht. Es war bitterkalt. Eisige Stürme fegten über das Land, und nicht immer konnten sie rechtzeitig vor Einbruch der Dunkelheit das nächste Dorf erreichen. So mussten sie häufig in der Eiseskälte, in Sturm, Regen und Wind draußen schlafen. Hungrige Wölfe, die in den wenigen Wäldern keine Nahrung mehr fanden, griffen sie an. Ihre Fähigkeiten im Kampf wurden nun auf die Probe gestellt. Falkann, Broderick und Rudrinn hielten sich tapfer. Sie hatten eine gute Ausbildung genossen, doch nicht selten wünschten sie sich zurück nach Camasann. Der Schnee lag schon kniehoch, als sie in einem Dorf nahe der Brücke bleiben mussten, da diese unpassierbar war. Gigantische Wellen spülten um diese Jahreszeit unentwegt über die Brücke, sodass es einfach zu gefährlich war, die lange Überquerung in Angriff zu nehmen. Sie mussten wohl oder übel warten, bis das Wetter besser werden würde.

Seitdem Ariac sich als einer der Sieben herausgestellt hatte, wurde sein Leben ein klein wenig angenehmer. Er hatte nun ein eigenes, wenn auch sehr ärmliches Zimmer, in dem sogar ein Bett aus Stroh stand. Regelmäßig bekam er warmes und nahrhaftes Essen, was besonders Worran missfiel, doch Scurr hatte darauf bestanden. So wurde aus dem mageren, sehnigen Jungen im Laufe des Winters ein stattlicher junger Mann, der durchtrainiert und gutaussehend wirkte. Scurr redete immer wieder eindringlich auf ihn ein, versuchte ihm zu erklären, dass nicht er der Böse war, sondern Hawionn und die anderen Zauberer ebenso wie die Könige der anderen Länder. Angeblich würden sie ihm, Scurr, und damit auch Ariac Reichtum und Anerkennung vorenthalten.

»Du weißt doch, dass sie das Steppenvolk verachten«, erklärte Scurr mal wieder eines Abends, als er zusammen mit Ariac vor dem Feuer saß, was dem jungen Mann aus der Steppe überhaupt nicht behagte.

»Das weiß ich«, knurrte Ariac nur und bemühte sich, König Scurr nicht in die unheimlichen Augen zu sehen. »Aber das scheint hier ja auch nicht anders zu sein.«

»Hab ich dich jemals anders behandelt als die anderen Kinder?«, fragte Scurr ernst.

Ariac wurde unsicher, denn das konnte er nicht direkt behaupten. Allerdings hatte Scurr auch nichts gegen Worrans Foltermethoden getan.

Der König fasste Ariac, was diesem mehr als unangenehm war, am Arm. Es fühlte sich an wie der Griff des Todes.

»Ich weiß, unsere Ausbildung ist hart, aber sie ist notwendig, wenn wir gegen Hawionn und die anderen bestehen wollen.« Er zwang Ariac, ihm in die Augen zu sehen, sodass dieser nur knapp ein Würgen unterdrücken konnte. »Entbehrungen machen einen Mann nur hart und stark.« Scurrs unheimliche Augen schienen sich geradezu in die des jungen Steppenkriegers hineinzubohren. »König Greedeons Krieger hassen die Steppenleute. Sie wollen ihnen ihre Art zu leben aufzwingen.«

»Und hier auf Naravaack ist das Steppenvolk selbstverständlich hoch angesehen«, erwiderte Ariac zynisch.

Lautlos fluchend sah Scurr Ariac weiterhin eindringlich an. »Sie töten das Steppenvolk, denn sie wollen es ausrotten …«

Ariac erhob sich ruckartig. »Entschuldigt bitte, aber ich bin müde.«

Damit verließ er den Raum, wobei er sich sehr darum bemühte, nicht zu rennen. In Scurrs Anwesenheit fühlte er sich immer mehr als unwohl, und glauben konnte er dem unheimlichen König sowieso kein Wort. Er hatte Brogan kennen gelernt, der ihm wie ein ehrenvoller Mann vorgekommen war. Allerdings konnte Ariac auch nicht verhehlen, dass er manchmal versucht war, Scurr zu glauben. Was, wenn er Recht hatte? Was, wenn sein Steppenvolk in Gefahr war?

König Scurr zischte verärgert, als Ariac fluchtartig den Raum verließ. Der Junge war ein harter Brocken, da hatte Worran Recht.

KAPITEL 7

Die ersten Kämpfe

Der Winter war streng und hart und setzte der armen Bevölkerung der verschiedenen Königreiche noch mehr zu. Ein furchtbares Hochwasser ließ viele Flüsse über die Ufer treten und zerstörte ganze Dörfer. Scurrs Männer begannen erneut mit ihren Überfällen, sobald der Schnee geschmolzen war. Der finstere König hatte Lugan mit neuen Kleidern ausgestattet und ließ seine Männer überall damit prahlen, dass der junge Mann einer der Sieben wäre. So hoffte Scurr, Hawionns Leute anzulocken, doch eine ganze Weile tat sich nichts.

Falkann und seine Freunde kämpften, einige Zeit nachdem sie nach der Schneeschmelze die Brücke überquert hatten, am Fuße des Gebirges von Ursann gegen Orks und Scurrs Soldaten. Als Broderick sich im Kampf verletzt hatte, suchten sie Unterschlupf im Schloss von Catharga bei König Hylonn, Falkanns Vater. Dieser betonte immer wieder, wie stolz er doch auf seinen Sohn und dessen Freunde sei, die so tapfer gegen den Feind kämpften.

Broderick, der sich das Bein gebrochen hatte, logierte in einem komfortablen Zimmer und fühlte sich dabei sehr unwohl. Auf Camasann war es ihm gut gegangen, aber solchen Luxus kannte er nicht.

Falkann traf endlich seine Mutter, Königin Olyra, wieder. Sie war so streng, wie er sie in Erinnerung gehabt hatte, doch nun wirkte sie außerdem noch verbittert, obwohl es ihr an nichts fehlte. Sie schwärmte zwar in den höchsten Tönen von Falkann, doch er spürte, dass das nichts mit ihm als Mensch zu tun hatte. Hyldor, der inzwischen zwanzig Jahre alt war, begegnete Falkann weiterhin mit Hass. Er würde zwar der neue König werden, wenn sein Vater abdankte, aber wohl nie so beliebt und bewundert werden wie sein älterer Bruder.

Falkann und Rudrinn, der sich in dem Schloss noch viel mehr fehl am Platz fühlte als die anderen, besuchten Broderick regelmäßig. Als sie wieder einmal im Krankenquartier Halt machten, saß ihr Freund gemütlich in einem weichen Lehnstuhl. Sein Bein hatte er auf einen Hocker gelegt. Die besten Hofheiler kümmerten sich um ihn und meinten, im letzten Frühlingsmond würde er mit Sicherheit weiterkämpfen können.

»Na, du fauler Sack«, meinte Rudrinn frech und schlug seinem Freund auf die Schulter. Dieser las gerade in einem dicken Buch über die Geschichte Cathargas, weniger aus Interesse als aus Langeweile.

Broderick verdrehte die Augen. »Ich sitze nicht freiwillig hier! Die Orks waren zwar nicht angenehm, aber diese arroganten Lords und Ladys, die mir ständig zu meinem ›aufopferungsvollen Heldentum‹ für ihr Land gratulieren, die gehen mir gehörig auf die Nerven«, säuselte er und imitierte ziemlich glaubwürdig einen der Lords, der immer mit einer außergewöhnlich hohen Stimme sprach.

Falkann lächelte. Er setzte sich neben seinen Freund. »Ich hoffe, wir können bald wieder verschwinden. Momentan herrscht Ruhe an der Grenze. Wenn wir Glück haben, bleibt es so.«

Seine beiden Freunde grummelten zustimmend. Allerdings hatte Hawionn ihnen befohlen, bis zum Herbst zu bleiben. Irgendwann mussten sie doch endlich auf den jungen Mann treffen, der bei König Scurr aufgewachsen war und sich als Thondras Sohn herausgestellt hatte.

König Scurr ärgerte es selbst, dass die drei bisher nicht auf Lugan getroffen waren, aber auch er hatte Pech. Lugan stürzte mit seinem Pferd eines Tages so unglücklich, dass er über zwei Monde des Sommers auf Scurrs Burg bleiben musste. Dann, als der Herbst mit heftigen Stürmen begann, schickte Scurr Lugan wieder fort, in der Hoffnung, sein Plan würde endlich aufgehen.

Falkann und seine Freunde waren schon einige Tage in dem unwirtlichen Gebirge von Ursann unterwegs. Orks hatten ein Dorf an der Grenze überfallen, und die drei verfolgten sie nun mit zehn weiteren Kriegern. Rudrinn, Falkann und Broderick waren gut aufeinander eingespielt. Sie kämpften entschlossen und sicher gegen die stinkenden Kreaturen, die sie früher nur aus Erzählungen gekannt hatten.

Es war ein düsterer und nasskalter Tag. Die drei Freunde saßen gemeinsam an einem kaum wärmenden Lagerfeuer, während der Regen von ihren Kapuzen herunterlief. Die Umhänge hatten sich als sehr nützlich erwiesen. Sie waren im Sommer leicht und angenehm, im Winter wärmend, und bei Regen hielten sie die Feuchtigkeit beinahe vollständig ab. Aus welchem Material sie gefertigt waren, wusste allerdings niemand.

Sie verspeisten gerade missmutig ihr mageres Abendmahl, als fünf ihrer eigenen Leute einen widerstrebenden jungen Mann herbeizerrten. Er hatte eine Platzwunde an der Schläfe und zappelte herum wie besessen. Wie bei allen von Scurrs Männern waren seine blonden Haare kurzgeschoren, und er trug die schwarze Uniform und den blutroten Umhang.

»Aha, ihr habt eine von Scurrs Ratten gefangen«, knurrte Broderick und spuckte einen kleinen Hühnerknochen ins Feuer.

»Nicht nur das«, erwiderte Gregon, einer der älteren und erfahrenen Krieger, der schon lange hier in den Bergen war. Er deutete auf das Schwert, das der Gefangene bei sich trug.

Rudrinn, Falkann und Broderick sprangen gleichzeitig auf und starrten auf die Waffe. Sie sah genauso aus wie die Schwerter von Falkann und Broderick.

»Du … du bist einer von uns?«, fragte Broderick ungläubig.

»Ich bin keiner von euch!«, schrie Lugan, wie König Scurr es ihm befohlen hatte. Er sollte sich zu Anfang ein wenig wehren, damit alles echt wirkte. Später sollte er diese elenden Würmer auf Camasann ausspionieren.

»Wir müssen ihn nach Camasann bringen«, sagte Gregon ernst.

»Zunächst vielleicht auf das Schloss meines Vaters«, schlug Falkann vor, »dort kann Scurr ihn nicht so leicht befreien.«

»König Scurr wird mich retten, denn er ist der Herrscher«, schrie Lugan sehr überzeugend.

Gregon fesselte und knebelte Lugan schließlich, dann brachten sie ihn innerhalb weniger Tage auf das Schloss von König Hylonn. Das Wetter wurde zunehmend schlechter. Tagelang fiel dichter Regen vom Himmel, und alles war überschwemmt, sodass auch dieses Jahr die Ernte darunter leiden würde.

»Er kann nicht hierbleiben«, sagte der König ernst. »Es ist zu gefährlich.«

»Wir werden ihn so schnell wie möglich nach Camasann bringen«, beruhigte Falkann seinen Vater.

»Dann beeilt euch, bevor das Wetter noch schlechter wird«, sagte Hyldor zynisch, der seinen älteren Bruder wieder aus den Augen haben wollte.

»Sobald es zu regnen aufhört, brechen wir auf«, meinte Falkann ruhig. Er ließ sich nicht provozieren, was Hyldor noch viel mehr ärgerte.

Doch das Wetter machte ihnen einen Strich durch die

Rechnung. Es stürmte und regnete derart, dass niemand mehr vor die Tür ging. Als das Unwetter endlich einhielt, wurde es so eiskalt, dass alles gefror und keine Reisen möglich waren. Gregon schickte Botenvögel auf die Insel, um Zauberer Hawionn zu benachrichtigen, dass sie den Winter in Catharga verbringen würden und dass sie Lugan gefangen hatten.

Tovion und die Mädchen warteten schon lange Zeit auf die Rückkehr ihrer Freunde. Sie machten sich Sorgen um die drei. Immer wieder fragten sie Brogan nach ihnen, doch der wusste meist selbst nichts Neues.

Eines Tages, kurz vor dem Neujahrsfest, suchte Brogan die vier Freunde auf, die in einem der kleinen Aufenthaltsräume saßen und sich Birrnas Kekse schmecken ließen.

»Ich habe Nachricht von euren Freunden«, sagte er mit einem väterlichen Lächeln.

»Was denn?«, fragte Rijana und sprang auf. Sie war jetzt vierzehn Jahre alt und wurde immer hübscher, wie der Zauberer fand. Allerdings war sie sich dessen selbst noch nicht bewusst.

Er streichelte ihr über die weichen Haare, die sie zu einem Zopf zusammengebunden trug.

»Es geht ihnen gut, aber sie müssen den Winter über in Catharga bleiben. Das Wetter ist zu schlecht.«

Die vier stöhnten genervt auf, und Saliah schlug wütend auf die Armlehne ihres Sessels. Sie hatte sich darauf gefreut, zum Jahresfest mit Falkann zu tanzen. Jetzt, mit sechzehn Jahren, fühlte sie sich schon ziemlich erwachsen.

»Keine Sorge, es wird ihnen auf dem Schloss an nichts fehlen.« Allerdings verschwieg der Zauberer ihnen, dass nun einer von Scurrs Jungen bei ihnen war, denn das gefiel Brogan überhaupt nicht. »Ihr werdet das Neujahrsfest trotz allem genießen.«

»Das macht doch jetzt ohnehin keinen Sinn mehr. Es fehlen doch sowieso nur noch die Mädchen«, murmelte Saliah und schob die Unterlippe vor.

Brogan stupste sie an ihrer kleinen, wohlgeformten Nase an.

»Es ist Tradition, dass alle Jungen das Schwert am Neujahrstag berühren, und nächstes Jahr bist du selbst dran, Saliah, wer weiß …«

»Ach was«, sagte sie abfällig, »ich bin es bestimmt nicht.«

Brogan war sich da nicht so sicher, bisher hatte er nur zwei weitere, wesentlich kleinere Mädchen entdeckt. Er hoffte, dass Scurr nicht auch noch die Mädchen bei sich hatte.

»Macht euch hübsch«, sagte er augenzwinkernd, »ihr seid jetzt beinahe die Ältesten, und ich möchte mit euch allen tanzen.«

Rijana errötete und murmelte leise: »Was gibt's denn da hübsch zu machen?« Im Gegensatz zu Saliah und Nelja zeigte sie noch keinerlei weibliche Rundungen.

Brogan nahm sie in den Arm und flüsterte ihr ins Ohr: »Du wirst die allerschönste junge Frau werden, die diese Schule jemals gesehen hat.«

Rijana runzelte die Stirn. Wollte Brogan sie verspotten? Aber das war eigentlich nicht seine Art. So zog sie nur die Schultern ein und sagte gar nichts dazu.

Der Neujahrsabend kam, aber da diesmal nur zehn Jungen im Alter von siebzehn Jahren dabei waren, interessierte sich niemand sonderlich dafür. Als das Essen vorbei war, gingen die Jungen, einschließlich Tovion, zum Podest. Nacheinander fassten sie das einzige noch verbliebene der drei Schwerter an. Tovion war als Letzter an der Reihe. Gelangweilt griff er nach dem magischen Schwert, doch auf einmal durchfuhr es ihn wie ein Blitzschlag.

Die umstehenden Kinder, Krieger und auch die Zauberer schrien überrascht auf, als das Schwert plötzlich erglühte. Damit hatte niemand gerechnet. Tovion ließ den Griff verwirrt los und blickte fragend auf die Zauberer.

»Was ... was soll das?«, stammelte er.

Hawionn starrte ungläubig auf das Schwert und sagte nach einigen verwirrten Augenblicken: »Fass es erneut an, Tovion.«

Dieser nickte unsicher und brachte das Schwert zum Glühen. Es war, als würde es zu ihm gehören.

»Das ist mein Schwert«, murmelte er, und die Zauberer schauten sich ungläubig an.

»Es gab immer nur fünf Jungen«, schnarrte Tomis missbilligend, »das kann nicht sein!«

»Alle Jungen sollen es erneut berühren«, befahl Hawionn, »vielleicht ist es ... ähm, nun ja, ... wie soll ich sagen ... eine Art Fehler.« Er wusste selbst nicht, was er von alledem halten sollte.

Noch einmal traten die Jungen vor, doch es blieb dabei, nur bei Tovion leuchteten die Runen auf.

»Ist es möglich«, fragte Rittmeister Londov, »dass es acht sind?«

»Blödsinn«, rief Hawionn ungehalten und dachte angestrengt nach. Dann riss er sich zusammen und sagte ernst: »Es gibt nur eine Erklärung. Scurr hat gelogen. Er hat keinen der Sieben oder eben nur einen.«

Nun war von überall her Getuschel zu hören. Den ganzen Abend herrschte helle Aufregung, und vor allem Tovion war natürlich völlig durcheinander. Nelja versuchte immer wieder, ihn zu beruhigen und ihm Mut zuzusprechen, aber Tovion hielt sich nicht dafür geeignet, eines der Kinder Thondras zu sein.

»Ich bin nicht so ein guter Kämpfer wie Rudrinn, Broderick oder Falkann«, sagte er unglücklich, und Nelja legte ihm einen Arm um die Schulter.

»Du bist gut! Und schließlich kommt es nicht nur auf das

Kampfgeschick an, sondern auch auf Mut und Intelligenz.«
Sie lächelte freundlich. »Und davon hast du mehr als genug.«

»Wer weiß«, sagte Saliah plötzlich und blickte Rijana und Nelja an. »Am Ende sind wirklich zwei von uns die Letzten der Sieben.«

»Ich bestimmt nicht«, sagte Rijana und schlug die Augen nieder.

»Überleg doch mal«, sagte Saliah ernst. »Wir alle sind Freunde, wir alle haben uns von Anfang an zueinander hingezogen gefühlt, und vier von uns sind bereits Thondras Kinder. Das kann doch kein Zufall sein.«

»Aber es sind doch nur zwei Mädchen«, murmelte Nelja.

»Dann seid sicher ihr es«, meinte Rijana und wurde sehr traurig. All ihre Freunde würden weggehen, und was sollte dann aus ihr werden? Zurück nach Grintal konnte sie kaum gehen und auch nicht als Hofdame an einem Schloss leben, wie es viele der erwachsenen Mädchen taten. Außerdem wollte sie das auch nicht.

»Ich werde auf der Insel bleiben«, sagte Rijana seufzend. »Vielleicht nehmen sie auch eine Frau als Wächterin.«

Saliah legte ihr einen Arm um die Schulter. »Das hat noch drei Jahre Zeit, wir werden sehen.«

Der Winter in Catharga war bitterkalt, und immer wieder wurden die umliegenden Dörfer von Orks, Eistrollen und Wölfen heimgesucht. Doch das bereitete Falkann und seinen Freunden noch die wenigsten Schwierigkeiten. Sie hatten von Hawionn den Auftrag erhalten, den Jungen aus Naravaack auf ihre Seite zu bekommen, doch das fiel ihnen sehr schwer. Zwar sträubte Lugan sich im Laufe des Winters nicht mehr ganz so sehr gegen ihre Anwesenheit, aber irgendwie verstanden sie sich einfach nicht. Der junge Mann aus Ursann blieb ihnen unsympathisch mit seiner brutalen und gleichzeitig arroganten Art.

»Ich verstehe das nicht«, knurrte Broderick eines Abends, als es sich die drei Freunde in seinem Zimmer am offenen Kamin gemütlich gemacht hatten. Es gab heißen Met zu trinken. »Euch habe ich von Anfang an gemocht, aber Lugan, den finde ich einfach …«, er suchte nach Worten.

»Widerwärtig«, beendete Rudrinn den Satz.

Falkann nickte, auch er mochte Lugan nicht. »Das macht wohl Scurrs Ausbildung«, meinte er nachdenklich, »vielleicht können wir ihn ja umstimmen.«

Rudrinn schnaubte verächtlich. Erst heute hatte er mitbekommen, wie Lugan versucht hatte, sich an einer der Mägde zu vergreifen.

Der Winter ging nur langsam zu Ende, und es war schon der zweite der drei Frühlingsmonde, als die Krieger nach Camasann aufbrachen. Lugan wirkte zwar ein wenig umgänglicher, aber insgeheim hasste er die anderen abgrundtief. Manchmal konnte man es sogar an seinen Augen sehen. Nur zögerlich hatte er Auskunft über König Scurr und seine Festung gegeben. Natürlich hatte er gezielt Unwahrheiten erzählt. Er gab vor, sich langsam von der dunklen Macht zu entfernen, aber tatsächlich wollte er nur diese verfluchte Insel auspionieren und seinem Herrn davon berichten. Dann würde er auch endlich diesen widerlichen Ariac ausstechen können, der inzwischen ein sehr viel besserer Kämpfer geworden war als er selbst.

Die Reise dauerte lange, denn die Brücke nach Balmacann war von den Winterstürmen zu stark beschädigt worden, sodass sie nicht mehr gefahrlos überquert werden konnte. Die über dreißig Krieger mussten also den langen Umweg über Northfort, Gronsdale und die Steppe nehmen. Erst im zweiten Herbstmond erreichten sie die Küste. Auf ihrem Weg hatten Falkann und die anderen Lugan viel von der Insel und ihren Freunden erzählt.

Immer wenn Lugan sich unbeobachtet glaubte, starrte er die anderen hasserfüllt an. *Ich werde euch all eure Freunde und diese verfluchte Insel wegnehmen. Wir werden alles zerstören!*

Als sie dann endlich Camasann erreicht hatten, gab es eine stürmische Begrüßung. Zunächst wurden Falkann, Rudrinn, Broderick und Lugan von Hawionn in Beschlag genommen. Besonders den jungen Mann aus Ursann musterte der Zauberer eindringlich.

Lugan hielt nur mühsam dem Blick Hawionns stand, doch viel mehr noch beunruhigte ihn der Blick des anderen, dieses Brogan. Der schien ihm bis in die Seele zu blicken. Doch Lugan spielte seine Rolle gut. Er gab sich noch ein wenig zurückhaltend, jedoch kooperativ.

Saliah fiel Falkann sofort um den Hals. Der hielt sie lachend von sich und sagte bewundernd: »Du meine Güte! Ich hätte es nicht für möglich gehalten, aber du wirst immer hübscher!«

Sie war glücklich und gespannt darauf, was Falkann zu erzählen hatte. Schließlich war Catharga auch ihre Heimat.

»Du bist aber auch sehr hübsch geworden«, meinte Rudrinn zu Rijana, die verlegen zu Boden blickte.

Falkann, Broderick und Rudrinn waren völlig überrascht zu erfahren, dass Tovion einer von ihnen war. Als sie, gemeinsam mit Lugan, in einem der Gemeinschaftsräume saßen, sagte Rudrinn verächtlich: »Da hat sich dein feiner König Scurr wohl einen Scherz erlaubt.«

Lugan, der darüber schon zuvor von Hawionn befragt worden war, blieb gelassen. Da das Schwert nur in dem Jahr aufglühte, in dem die Auserwählten siebzehn Jahre alt wurden, hatten sie ihn nicht testen können. Sie hatten sich von Lugans Kampfkunst mit dem Schwert überzeugt, die durchaus beeindruckend war. Über den zweiten Jungen hatte Lugan behauptet, er wäre ein schlechter Kämpfer und Thondra nicht würdig. Und da Lugan das magische Schwert bei sich trug, glaubten die Zauberer ihm schließlich.

»Es ist nicht ›mein König Scurr‹«, antwortete er gespielt beleidigt. »Ich kann auch nichts dafür, dass er mich gefunden hat. Ich wäre lieber hier aufgewachsen, das kannst du mir glauben.«

»Eben, seid nicht so gemein zu ihm«, sagte Saliah, die schon immer ein sehr mitfühlendes Wesen gehabt hatte.

Lugan lächelte verbindlich, doch insgeheim wünschte er sich nichts mehr, als dieses hübsche Mädchen sein nennen zu können. Er wollte sie schreien und um Gnade wimmern hören. Das erregte ihn derart, dass er kaum noch sitzen konnte und schließlich sich entschuldigend den Raum verließ.

Zum Jahresfest hatte Lugan alles ausspioniert und wie verabredet einen Botenvogel gestohlen und zu König Scurr geschickt.

Saliah war sehr aufgeregt. Sie und auch Nelja würden heute getestet werden.

Dreißig Jungen kamen zuerst an die Reihe, dann Nelja, doch nichts passierte. Anschließend trat Saliah vor. Sie packte Falkanns Schwert, der es für diesen Tag zur Verfügung gestellt hatte. Eine Flut von Bildern aus alten Zeiten und früheren Leben überwältigte auch Saliah genau wie ihre Freunde in den Jahren zuvor. Sie taumelte zurück.

Tosender Jubel brach aus. Nun waren schon sechs der sieben Kinder Thondras auf der Insel. Saliah strahlte. Sie freute sich, dass sie mit Falkann, der ihr nun sehr deutlich den Hof machte, und den anderen zusammenbleiben konnte.

Rijana hatte sich traurig in eine Ecke zurückgezogen. Nelja versuchte sie zu trösten.

»In zwei Jahren bist du dran, und falls du nicht eine der Sieben bist, dann bleiben wir eben gemeinsam auf der Insel.«

Rijana lächelte gezwungen. Sie mochte Nelja, aber zu den

anderen fühlte sie sich noch viel mehr hingezogen. Außer zu Lugan, den konnte sie einfach nicht ausstehen. Daher lehnte sie es auch ab, mit ihm zu tanzen, was diesen ganz offensichtlich erzürnte. Es fiel ihm immer schwerer, sich zu verstellen.

KAPITEL 8

Scurrs Plan

Der Winter ging vorüber, und alle Länder waren froh, als die Schnee- und Eismassen endlich schmolzen. Viele Menschen waren in diesem Winter erfroren oder verhungert.

Es war der erste warme Frühlingstag, und sowohl die Kinder als auch die Krieger, die nicht trainieren mussten, lagen faul in der Sonne. Plötzlich erschallten Hörner von den Türmen des Schlosses. Rasch sprangen alle auf – das war das Zeichen! Die Insel wurde angegriffen!

Hektik brach aus, und alle rannten los, um ihre Waffen zu holen. Nur Lugan setzte sich unbemerkt ab. Endlich war sein Tag gekommen. Er rannte zum Strand. Draußen auf dem Meer fand zwar noch eine heftige Seeschlacht statt, doch man erkannte bereits, dass die Schiffe mit den blutroten Segeln überlegen waren. Einige Schiffe hatten bereits angelegt, und Soldaten in roten Umhängen strömten über den Strand auf das Schloss zu. Lugan zeigte Scurrs Männern die Geheimeingänge, welche ins Innere führten. Die Blutroten Schatten überfielen zu hunderten die Insel, brannten alles nieder, was ihnen in den Weg kam, und zerstörten große Teile des Schlosses. Überall wurde gekämpft. Momentan waren nicht sehr viele Krieger auf der Insel, da die meisten in den Königreichen unterwegs waren. Der Angriff kam vollkommen überraschend.

Die Bewohner Camasanns kämpften hart und gut, besonders natürlich Falkann und seine Freunde, die ihr Zuhause verteidigten. Trotz allem brannte bald das ganze Schloss, und noch immer metzelten Scurrs gewissenlose Soldaten alles und jeden nieder, der ihnen in den Weg kam.

Letztendlich war es nur den Zauberern zu verdanken, dass nicht die gesamte Insel in Scurrs Hand fiel. Mit magischen Blitzen aus ihren Zauberstäben trieben Hawionn, Brogan und der kleine Zauberer Tomis die Blutroten Schatten zurück und zerstörten einige Schiffe. Erst ziemlich zum Schluss sah Tovion Lugan wieder, der gerade hinter einem Felsen seinen Arm verband.

»Komm«, rief Tovion, »Scurrs Leute flüchten zum Strand. Wir müssen sie verfolgen.«

Doch Lugan drehte sich mit einem teuflischen Grinsen um und stach ihm das Schwert in die Brust. Tovion brach mit einem ungläubigen Ausdruck auf dem Gesicht zusammen.

Lugan lachte boshaft und wollte gerade zu einem zweiten Schlag ansetzen, als Rudrinn sich mit einem wütenden Schrei auf ihn stürzte. Lugan ließ sein Schwert fallen, und die beiden rollten über den Boden und kämpften erbittert miteinander.

Eine ganze Weile rangen Lugan und Rudrinn miteinander. Sie waren beide gute Kämpfer, aber schließlich kniete Rudrinn über Lugan und hielt ihn mit dem Knie am Boden fest.

»Was soll das, verdammt?«, schrie er und verpasste Lugan einen Schlag ins Gesicht.

»König Scurr ist der einzig wahre Herrscher«, keuchte Lugan. »Meinst du im Ernst, ich würde mich euch Weichlingen anschließen?«

Rudrinn schrie empört auf, packte Lugan am Kragen und schleuderte ihn angewidert von sich. Der tat so, als würde er nicht mehr aufkommen, und als Rudrinn sich zu ihm herunterbeugte, um ihn wieder nach oben zu ziehen, stach Lugan heimtückisch mit seinem Dolch nach dem Piraten. Dieser reagierte jedoch schnell und bekam nur einen harmlosen Schnitt am Arm ab. Er rammte Lugan sein Schwert in die Brust und fluchte.

Schließlich kamen Falkann und Broderick dazu, die sich sofort um Tovion kümmerten und ihn wegbrachten, um ihn versorgen zu lassen. Auch Brogan und einige andere Krieger waren herbeigeeilt. Der Zauberer betrachtete den toten Lugan und warf einen fragenden Blick auf Rudrinn, der eine Hand auf seinen blutenden Arm gedrückt hatte.

»Er wollte Tovion umbringen. Er war eine verfluchte Ratte!«

Brogan nickte und blickte entsetzt auf die vielen Leichen, die um sie herum lagen. Nach und nach kehrten Rijana und Broderick, später auch Falkann und Saliah zurück. Sie versicherten, dass sich einer der Heiler um Tovion kümmern würde. Alle waren entsetzt. Zwar zogen Scurrs Segelschiffe wieder ab, aber das Schloss brannte, und es hatte viele Tote gegeben.

Auch Hawionn und die anderen Lehrer und Zauberer kamen nun herbei. Hawionn konnte Brogan nicht in die Augen sehen. Er hatte ein furchtbar schlechtes Gewissen. Dies überspielte er allerdings, indem er ein strenges Gesicht aufsetzte. »Warum hast du ihn umgebracht, Rudrinn? Wir hätten ihn befragen müssen.«

Rudrinn schnaubte nur verächtlich. »Dann hätte er mich auch noch getötet.«

Hawionn entgegnete nichts. Nachdem alle Verletzten in die nicht zerstörten Teile des Schlosses gebracht und die Feuer gelöscht worden waren, versammelten sich alle, die noch laufen konnten, am Strand.

In dieser Nacht wurden die Leichen vieler Freunde auf Fischer- oder Segelboote gelegt und im Meer verbrannt.

»Möge Thondra ihre Seelen in seine Hallen aufnehmen«,

rief Brogan und schickte den letzten Brandpfeil hinaus auf das dunkle Meer.

Rijana schluchzte leise, sodass Rudrinn sie in den Arm nahm. Auch die anderen waren mehr als traurig. Der einzige Trost war, dass zumindest Tovion überleben würde, wie ihnen einer der Heiler vor kurzer Zeit versichert hatte.

Als die Trauerfeier zu Ende war, gingen die Freunde zu Tovion und sahen, dass Nelja mit besorgtem Gesicht an seinem Bett saß.

»Schläft er immer noch?«, fragte Saliah leise, und Nelja nickte.

Doch Tovion schlug plötzlich die Augen halb auf und bemühte sich, sich aufzusetzen. »Ist … er … tot?«, fragte er keuchend.

»Der verrät niemanden mehr!«, beruhigte ihn Rudrinn.

»Ich mochte … ihn von Anfang an … nicht«, sagte Tovion mühsam. Nelja drückte ihn wieder zurück in die Kissen.

»Du sollst jetzt schlafen, hat der Kräutermann gesagt.«

Seine Freunde nickten und verließen leise das Zimmer. Brandgeruch hing noch immer in der Luft. Sie setzten sich in eine Nische.

»Tovion hat Recht«, sagte Falkann nachdenklich, »ich habe Lugan auch nicht gemocht. Vielleicht war er ja doch keiner von uns.«

Die anderen stimmten ihm zögernd zu, und wie aus dem Nichts tauchte plötzlich Brogan auf. »Das werden wir aber nicht mehr von ihm erfahren.«

»Hätte ich mich umbringen lassen sollen?«, entgegnete Rudrinn aufbrausend.

»Natürlich nicht. Aber einer von Scurrs Jungen war ohnehin nicht echt, das ist klar.«

»Oder es war wieder ein Verräter«, gab Saliah zu bedenken und senkte traurig den Blick. »Wieso muss nur immer einer von uns zum Verräter werden?«

»Es war nicht immer so«, beruhigte Brogan sie.

»Aber in der letzten Schlacht schon«, knurrte Rudrinn. »Wie hieß er noch gleich?«

»Hast du wieder nicht in Zauberer Tomis' Unterricht aufgepasst?«, stöhnte Brogan.

Während Rudrinn nur frech grinste, begann Saliah zu erzählen.

»Es war Slavon damals in der letzten großen Schlacht der Sieben am Catharsee. Zwar wurde Slavon nicht in Naravaack ausgebildet, aber dem damaligen Herrscher von Ursann war es gelungen, ihn auf seine Seite zu ziehen. Es ist nicht bekannt, wie genau das passieren konnte, aber es muss wohl um eine Menge Gold und um Macht gegangen sein. Slavon hat seine Freunde in einen Hinterhalt geführt. Er hat behauptet, seine Patrouille hätte die Gegend ausgekundschaftet und sie für sicher befunden. Doch dann kam eine gewaltige Streitmacht aus den Bergen hinter dem Catharsee.«

Für kurze Zeit kehrte Stille ein. Es war Saliah, als könnte sie sich selbst daran erinnern. Auch Brogan wirkte gedankenverloren, als er Saliahs Ausführung ergänzte.

»Was nicht in den Lehrbüchern zu finden ist und wohl nur mündlich überliefert wurde, ist, dass der damalige Herrscher von Ursann Slavon nicht nur Macht versprach, sondern die alleinige Herrschaft und – verbunden damit – einen Namen, der nie in Vergessenheit geraten würde. In all der Zeit, immer wenn die Sieben in Erscheinung traten, kämpften sie und starben. Ihre Namen waren schnell wieder vergessen. Das war es, so sagt man, was für Slavon unerträglich war. Er wollte, dass sich die Welt für immer an seinen Namen erinnerte. Er wollte nicht in Vergessenheit geraten, nicht nur einer der Sieben sein. Macht und eine Art von Unsterblichkeit waren damals der Schlüssel zu Slavons Verrat.«

»So eine Ratte! Man hätte ihn an einem Mast aufhängen sollen«, meinte Rudrinn.

»Er ist sowieso während der Schlacht gestorben«, entgegnete Brogan missbilligend ob Rudrinns mangelnden Geschichtskenntnissen.

»Wie auch immer, ich werde keinem von Scurrs Orkbrut mehr trauen«, knurrte Broderick.

Brogan nickte ernst. Sie würden wohl auf den fünften Jungen verzichten müssen. Es sei denn, dieser war auch nur einer von Scurrs Lügengeschichten geschuldet. Vielleicht würde sich ja in der nächsten Zeit ein anderer Junge aus Camasann als Thondras Sohn herausstellen.

»Ich bin jedenfalls froh, dass ihr überlebt habt«, sagte der Zauberer ehrlich und ging seines Weges.

Etwas war jedoch merkwürdig. Lugans Schwert war verschwunden. Man hatte bereits alles abgesucht, doch es war nirgends zu finden. Es wurde vermutet, dass Scurrs Schergen es mitgenommen hatten.

Die Insel war verwüstet, das Schloss an vielen Stellen zerstört worden. Nur noch der Südflügel war bewohnbar, und die Kinder und einige Krieger wurden dorthin verlegt. König Greedeon hatte befohlen, dass die fünf Kinder Thondras nun zu ihm auf sein Schloss kommen sollten.

Als Tovion wieder reiten konnte, brachen sie auf. Rijana und Nelja blieben traurig zurück. Sie würden ihre besten Freunde sehr vermissen.

Saliah, Falkann, Rudrinn, Tovion und Broderick verbrachten eine angenehme Zeit in Balmacann. Jeder hatte sein eigenes Zimmer, und sie mussten sich um kaum etwas kümmern. Was sie alle etwas störte, war, dass König Greedeon sie seinen Lords wie eine wertvolle Ware präsentierte. Daher war keiner der jungen Leute sehr böse darum, im Sommer durch Balmacann und die angrenzenden Länder zu reisen. Immer wurden sie von einer großen Eskorte begleitet und streng bewacht. Hawionn hatte seine Lektion gelernt. Er würde nicht mehr versuchen, eines von Scurrs Kindern zu sich zu holen. Sein Ansehen hatte sehr unter der Sache gelitten, doch König Greedeon hielt weiter zu ihm und versprach ihm Hilfe für den Wiederaufbau der Schule.

Saliah konnte endlich ihre Eltern in Catharga besuchen, doch sie waren mittlerweile beinahe wie Fremde für sie. Allerdings waren alle stolz auf das hübsche Mädchen, das eine so wichtige Rolle in der Zukunft der Königreiche spielen würde. Auch Falkann kehrte für einige Zeit nach Hause zurück. Hyldor, sein Bruder, wurde mehr und mehr zum Regenten. Der Hass auf seinen älteren Bruder hatte sich nicht gelegt.

Zwar hielt Rudrinn immer wieder Ausschau nach Piraten, doch er sah zu seinem Leidwesen niemanden, den er kannte. Tovion stattete seinem Vater einen Besuch in der Schmiede in Gronsdale ab. Dieser konnte es gar nicht glauben, dass sein jüngster Sohn einer der Sieben war. Er umarmte Tovion herzlich und wünschte ihm viel Glück.

Auch Broderick suchte die Stätten seiner Kindheit auf. Er war als Waisenkind in einer Schenke aufgewachsen, die er nun besuchen wollte. Allerdings hängte er zuvor noch seine Wachen ab, denn er wollte nicht, dass jemand erfuhr, dass er einer von Thondras Söhnen war. Als er das Wirtshaus betrat, fiel ihm gleich ein wunderschönes Mädchen auf, in das er sich Hals über Kopf verliebte. Kalina war hübsch und rothaarig, sie arbeitete bei Brodericks Ziehvater Finn. Wie er war sie relativ klein, breit gebaut und hatte ein fröhliches Wesen. Jedoch konnte er nicht bleiben.

Als die Freunde sich nach einiger Zeit wieder trafen und gemeinsam fortritten, knurrte Broderick: »Wenn ich nicht so ein verfluchter Feigling wäre, hätte ich Kalina auf der Stelle geheiratet.«

Rudrinn schlug ihm auf die Schulter. »Ach was, du hast noch genügend Zeit, du kannst es noch immer tun.«

Beinahe zwei Jahre reisten die fünf Gefährten durch die

Länder oder residierten in dem komfortablen Schloss des Königs von Balmacann. Doch es war eine Zeit, in der sich unbemerkt düstere Wolken über Ursann zusammenbrauten.

König Scurr war zwar nach seinem Überfall vor zwei Jahren einige Zeit zufrieden gewesen. Bei seiner wichtigsten Waffe, Ariac, hatte er allerdings noch immer nichts erreicht. Der Junge reagierte einfach nicht aufs Scurrs Reden und blieb bei seiner Einstellung. Selbst seinen wiederholten Beteuerungen, Krieger aus Camasann würden das Steppenvolk abschlachten, hatte er bisher nicht wirklich Glauben geschenkt, auch wenn Scurr hin und wieder Zweifel in Ariacs Blick aufglimmen sah. Nun wollte Scurr zu einer List greifen. Er beauftragte Worran, irgendeinen beliebigen Mann aus einem der Dörfer zu fangen und so lange zu foltern, bis dieser schließlich alles tat, was Worran verlangte. Sie kleideten den Bauern, der vollkommen gebrochen schien, in die Kleider eines Soldaten von Camasann und brachten ihn in Scurrs Thronsaal, wo auch Ariac mit unbeteiligtem Gesicht auf einem Stuhl saß.

König Scurr hatte einige Vorkehrungen getroffen. Der Junge, mit dem Ariac vor vielen Jahren kurze Zeit befreundet gewesen war, war eingehend befragt worden. So wusste Scurr nun, dass Ariac vom Clan der Arrowann abstammte.

Wie verabredet brachte Worran an diesem Tag den Gefangenen herein. Der Mann, der die Kleider der Krieger von Camasann trug, starrte auf den Boden. Man hatte ihm erzählt, dass, wenn er sagte, was Worran von ihm verlangte, er freikommen würde.

»König Scurr«, sagte Worran unterwürfig und verbeugte sich. »Das ist einer von Hawionns Leuten. Unsere Männer konnten ihn fangen, als er gerade mit einer ganzen Gruppe eines der Steppenvölker niedermetzelte.« Er hielt ein paar lange Haare und eine lederne Kette in die Höhe.

Ariacs eben noch so unbewegtes Gesicht überzog sich

mit einem entsetzten Gesichtsausdruck. Er sprang auf und riss Worran die Kette aus der Hand. Anschließend wurde er kalkweiß im Gesicht.

»Was hast du getan?«, fragte Ariac fassungslos und packte den Gefangenen am Kragen.

Der antwortete teilnahmslos und wie verabredet: »Wir sollten im Auftrag von König Greedeon die Steppenvölker überfallen, weil sie sich uns nicht unterwerfen wollten. Ich habe eine Gruppe angeführt und einen großen Clan erwischt, der sich Arrowann nannte, glaube ich. Einige hübsche Mädchen muss ich sagen, aber ziemlich wild. Dieses Mädchen –«, er deutete auf die Kette und die Haarsträhne, »– hat sich ziemlich gewehrt, als ich sie genommen habe ...«

Ariac ließ den Mann nicht ausreden. Er zog das Schwert, eines der magischen Schwerter, die König Scurr besaß, und trennte dem Mann mit einem Schlag den Kopf von den Schultern. Ariac zitterte vor Wut, und Worran konnte sich nur mit Mühe ein boshaftes Grinsen verbeißen. Alles lief wie geplant.

»Sie haben den gesamten Clan ausgelöscht«, erwähnte Worran wie beiläufig, und Ariac rannte wie von Sinnen aus dem Raum.

Er stürmte an den Wachen vorbei und wunderte sich nicht einmal, dass ihn niemand aufhielt. In seinen Augen brannten Tränen. Bis zur vollkommenen Erschöpfung rannte er weit in die Berge hinein. Dort schrie er all seine Wut und seine Trauer heraus. Die spitzen Berge warfen seine verzweifelten Rufe mit einem beeindruckenden Echo zurück, sodass nicht einmal die Orks sich in seine Nähe trauten.

Ariac nahm die Kette und die Haarsträhne. Er hatte keine Ahnung, wem sie gehört hatten, doch das war nun wohl das Letzte, das von seinem Volk übrig war. Er entzündete ein Feuer und warf beides hinein. Anschließend schwor er Rache. Er würde diesen König Greedeon und alle, die ihm dienten, töten und wenn es den Rest seines Lebens dauern würde.

Erst am nächsten Morgen kehrte Ariac zurück zur Burg und ging mit unbewegtem Gesicht zu König Scurr.

»Erzählt mir alles über Camasann und diese Krieger, die dort ausgebildet werden«, verlangte er.

»Woher der Sinneswandel?«, fragte Scurr, um sein Spiel weiterzuspielen. Bisher hatte Ariac sich hartnäckig geweigert, gegen diese Krieger zu kämpfen.

»Sie haben mein Volk ausgelöscht«, antwortete er mühsam beherrscht. »Ich werde sie vernichten.«

Scurr nickte nur und begann, Lügen über die Bewohner Camasanns zu erzählen, die angeblich nach alleiniger Macht über die Reiche strebten. Und auch von König Greedeon, seinem ärgstem Widersacher, berichtete er nichts Gutes.

Ariac hörte schweigend zu und trainierte während der nächsten Zeit freiwillig so hart, wie er es noch nie getan hatte.

König Scurr war zufrieden – endlich hatte er sein Ziel erreicht! Ariac verachtete alles, was mit Hawionn und den Zauberern zu tun hatte. Nun konnte er ihn getrost gegen die Krieger aus Camasann kämpfen lassen. Ariac hatte endlich gelernt zu hassen.

Aus dem jungen Mann der Steppe wurde ein gnadenloser Krieger, der nach einiger Zeit auch an der Grenze gegen die Krieger aus Catharga kämpfte. Mit jedem Krieger, den er tötete, wuchs sein Hass.

KAPITEL 9

Die Letzte der Sieben

Bei Nelja hatte sich, wie Brogan bereits vermutet hatte, das Talent zur Zauberei gefestigt. So blieb das junge Mädchen auf der Insel, die unter großen Mühen neu aufgebaut wurde. Da die Zauberschüler getrennt von allen anderen unterrichtet wurden, war Rijana in den nächsten zwei Jahren sehr allein. Sie vermisste ihre Freunde sehr. Mit der Zeit wurde aus dem kleinen Mädchen eine hübsche junge Frau, die von den jungen Männern bewundert wurde. Doch Rijana schob das selbstverständlich darauf, dass sie nun nur noch eine von drei Mädchen war und noch dazu die Älteste.

Das Neujahrsfest näherte sich, und nun war es an Rijana, getestet zu werden. Einige Tage vor dem großen Tag klopfte sie an Brogans Tür. Der Zauberer freute sich, sie zu sehen, und bat sie in den Raum, der mit uralten Büchern und magischen Artefakten vollgestopft war. Im Gegensatz zu dem pompösen und peinlich aufgeräumten Arbeitszimmer von Zauberer Hawionn gefiel Rijana die liebevolle Unordnung Brogans sehr viel besser, und sie fühlte sich hier wohl. Sie setzte sich in einen uralten Ledersessel.

»Hast du etwas von Saliah und den anderen gehört, Brogan?«

Der Zauberer lächelte mitleidig. Er wusste, wie sehr Rijana ihre Freunde vermisste. »Nicht sehr viel«, erzählte er, »nur, dass Saliah und Falkann jetzt seit einiger Zeit ein Paar sind.«

Rijana nickte mit einem freudigen Lächeln. Das hatte sie sich schon beinahe gedacht. Die beiden passten ja auch wirklich sehr gut zusammen.

»Sie werden das Neujahrsfest sicherlich mit einem großen Essen feiern. Soweit ich weiß, sind sie wieder in Balmacann«, fuhr Brogan fort.

Rijana wurde traurig. Dies war jetzt schon das zweite Jahresfest, das sie ohne ihre Freunde verbringen würde. Aber viel mehr Angst machte ihr, was sie nach dem Test tun sollte. Zurück nach Grintal konnte sie kaum. Ihre Eltern würden sie nicht zurückwollen. Brogan schien ihr die Frage angesehen zu haben. Er streichelte über Rijanas dicke weiche Haare. »Falls du keine der Sieben bist, kannst du gerne bei mir arbeiten«, sagte er beruhigend. Brogan sah sich um und verzog den Mund. »Wie du siehst, brauche ich schon lange jemanden, der für mich etwas Ordnung hält.«

Rijanas Gesicht überzog ein erleichtertes Lächeln, und der Zauberer bemerkte einmal mehr, wie hübsch sie in den letzten Jahren geworden war. Ihr Gesicht war wohlgeformt mit langen, geschwungenen Wimpern. Sie hatte wunderschöne füllige Haare von einem ungewöhnlichen hellen Braunton. Zudem war sie schlank und durchtrainiert. Er wusste, dass viele der Krieger und beinahe alle Jungen in der Schule heimlich in sie verliebt waren. Doch Rijana fehlte es noch immer an Selbstbewusstsein, denn sie selbst hielt sich für nichts Besonderes.

»Danke Brogan«, rief sie erleichtert, umarmte ihn und lief anschließend mit federnden Schritten aus dem Raum.

Der Tag des Jahreswechsels kam. Fünfundzwanzig Jungen wurden getestet, und sehr zu Hawionns Unwillen war kein Sohn Thondras dabei. Falkann hatte freiwillig sein Schwert zurückgelassen, denn eines brauchten sie ja, um die jungen Krieger zu testen. Rijana war das einzige Mädchen und erst ganz zum Schluss an der Reihe. Unsicher trat sie vor und blickte den großen alten Zauberer schüchtern an. Vor Hawionn hatte sie noch immer ein wenig Scheu. Brogan zwinkerte ihr heimlich zu, was ihr Mut machte.

Rijana ergriff das magische Schwert, und sogleich erschienen merkwürdige Bilder vor ihrem geistigen Auge. Bilder von vergangenen Schlachten und von Kriegern, die ihr eigenartig vertraut vorkamen. Sie taumelte überwältigt zurück. So wie bei ihren Freunden in den Jahren zuvor brach Jubel aus, und Brogan umarmte sie überschwänglich.

»Rijana, Kind, du bist eine der Sieben!«, rief er aus.

Das Mädchen wusste gar nicht, wie ihr geschah. Rijana ließ Glückwünsche und Umarmungen über sich ergehen. Einerseits konnte sie es kaum erwarten, bald wieder mit ihren besten Freunden zusammen zu sein, doch andererseits konnte sie nicht glauben, dass ausgerechnet sie – ein Bauernmädchen aus Northfort – eine der Sieben sein sollte.

An diesem Abend war Rijana die Hauptperson, und alle jungen Männer rissen sich darum, mit ihr zu tanzen. Als es schon Nacht war, kam Nelja zu ihr ans Bett. Rijana hatte ohnehin noch nicht schlafen können.

»Du wirst bald gehen«, sagte die junge Zauberin seufzend, und auch Rijana wirkt etwas bedrückt. Dann kramte Nelja in der Tasche ihres Gewandes herum und fragte mit ängstlichem Blick: »Kannst du Tovion etwas von mir geben?« Sie schluckte und schlug die Augen nieder. »Falls er mich noch nicht vergessen hat.«

Rijana schüttelte den Kopf und umarmte die Freundin. »Das hat er sicher nicht, und selbstverständlich mache ich das gern.«

Nelja gab ihr ein flaches, mit Runen verziertes Amulett. »Es ist ein Schutzamulett«, erklärte Nelja verlegen und wurde ein wenig rot.

»Es ist wunderschön«, sagte Rijana lächelnd. Sie legte sich

ins Bett und grübelte beinahe die ganze Nacht darüber nach, wie ihr Leben weitergehen würde.

Eigentlich sollte Rijana noch im Herbst abreisen und zu König Greedeon und den anderen gebracht werden, doch dann tobten derart schwere Stürme über das ganze Land, dass die Seereise zu gefährlich gewesen wäre. Also musste Rijana den ganzen Winter auf dem noch immer nicht komplett renovierten Schloss verbringen. Doch als sich die ersten Frühlingsboten zeigten, war es so weit. Hawionn verabschiedete Rijana mit großen Gesten und gab ihr eine Eskorte von fünfundzwanzig Soldaten mit. Brogan blickte der hübschen jungen Frau hinterher, die auf dem kleinen Segelschiff in Richtung Festland fuhr.
»Pass auf dich auf, Rijana«, flüsterte er in die steife Brise, die von Westen kam. Er machte sich um alle Sorgen, doch die kleine Rijana lag ihm von jeher besonders am Herzen.
»Ich bin gespannt, ob wir auch das siebte der Kinder Thondras bei uns haben«, meinte Rittmeister Londov, der mit dem Zauberer zurückritt.
»Das werden die nächsten Jahre zeigen«, sagte Brogan nachdenklich. »Wenn wir Glück haben, war auch der zweite Junge von Scurr eine Lüge.«

Rijana ritt mit den Soldaten, die sie zum größten Teil schon sehr lange kannte, durch Balmacann. Eigentlich war es ein sehr fruchtbares und reiches Land, doch die Winterstürme hatten vieles zerstört. Überall sah man Bauern, die ihre beschädigten Hütten neu aufbauten, und eine Menge Bäume waren umgestürzt. Trotz allem genoss Rijana die Reise. Sie freute sich so sehr, ihre Freunde wiederzusehen. Im zweiten Frühlingsmond erreichten sie das mit Gold verzierte, riesige Tor des Schlosses. Überall blühten Blumen und Büsche, hier war nichts von der Zerstörung zu sehen, die sonst im ganzen Land herrschte. Wächter verbeugten sich ehrfürchtig vor Rijana und den Kriegern aus Camasann, was dem Mädchen ziemlich peinlich war. Sie bemerkte auch nicht die bewundernden Blicke, welche die Wächter ihr hinterherwarfen. Rijana sah wirklich wunderschön aus, wie sie auf der dunkelbraunen Stute ritt. Ihre langen Haare glänzten im Sonnenschein, und der magische Umhang passte sich farblich immer der Umgebung an.

Durch eine riesige Allee ritt sie mit ihrer Eskorte immer weiter durch einen weitläufigen Park. Künstlich angelegte Seen und Meere aus Blumen waren zu sehen, und zu den beiden Seiten des Kiesweges standen hohe alte Bäume, die ein natürliches Dach bildeten. Rijana bestaunte das alles. Etwas so Prächtiges hatte sie noch nie gesehen. Immer wieder begegneten ihr Bedienstete, die sich rasch verbeugten, woraufhin Rijana jedes Mal rot anlief. Dann näherten sie sich einem wirklich ungewöhnlichen Schloss. Es lag mitten im Park, davor ein gepflegter Rasen, und Rijana überlegte, wo sie so etwas schon einmal gesehen hatte. Es war strahlend weiß und hatte jede Menge Türme und Erker, doch irgendetwas kam ihr merkwürdig vor. Aber Rijana blieb keine Zeit, weiter darüber nachzudenken.

Durch das riesige, mit steinernen Blüten verzierte Tor stürmten ihre fünf Freunde ihr entgegen. Rudrinn, der in den letzten zwei Jahren ebenso zum Mann geworden war wie die anderen, hob sie hoch, nachdem sie abgestiegen war, und wirbelte sie herum. Er trug jetzt einen kurzen Bart, und seine leicht gelockten, rabenschwarzen Haare waren etwas länger als früher.

Anschließend ließ er sie lachend herunter, hielt sie ein Stück von sich weg und rief: »Du meine Güte, Rijana! Du bist ja eine wunderschöne junge Frau geworden!«

Rijana lief rot an und schubste ihn von sich. »Red nicht so einen Blödsinn, Rudrinn.«

Doch auch die anderen musterten sie bewundernd, sodass Rijana nur verlegen ihren Blick senkte. Anschließend betrachtete Rijana alle noch einmal genau. Sie hatte ihre Freunde wirklich vermisst. Alle trugen edle Gewänder in blau und weiß und sahen elegant aus. Falkann wirkte muskulöser als früher und trug nun genauso wie Rudrinn einen Bart. Tovion war glattrasiert, und auch er sah jetzt wie ein junger Mann aus, nicht mehr wie ein schlaksiger Junge. Den verträumten Blick hatte er allerdings immer noch. Broderick, der bereits bei ihrer Abreise einen Stoppelbart getragen hatte, wirkte nun ebenfalls kräftiger und männlicher. Es waren nur zwei Jahre gewesen, doch sie alle hatten sich sehr verändert. Saliah war in dieser Zeit natürlich noch schöner geworden, stellte Rijana ein wenig neidisch fest.

König Greedeon, der schon beim ersten Mal, als Rijana ihn gesehen hatte, sehr imposant und mächtig gewirkt hatte, trat nun ebenfalls aus dem Tor. Er bedachte sie mit einem Lächeln. »Herzlich willkommen«, sagte er und machte eine ausholende Handbewegung. »Nun ist auch die Sechste der Sieben bei mir.«

Sie verbeugte sich ein wenig unsicher. Der König nahm sie an der Hand, und Rijana lief schon wieder rot an.

»Du bist ebenso schön wie deine Freundin Saliah«, stellte König Greedeon fest.

Rijana lächelte unverbindlich. Der König führte sie durch das riesige Schloss. Jeder Raum war mit edlen Teppichen ausgekleidet, die Türknäufe und Geländer vergoldet, und alles wirkte sauber und gepflegt. Rijana musste sich sehr beherrschen, um nicht vor Staunen stehen zu bleiben. Zum Schluss führte der König Rijana in einen großzügigen Raum, in dem ein riesiges Himmelbett stand.

»Hier kannst du schlafen.« Er deutete auf das prachtvolle Zimmer.

Rijana setzte sich ehrfürchtig auf das große Bett.

»Es liegt Kleidung auf dem Stuhl dort drüben. Ein Diener wird dich in den Speiseraum führen«, erklärte der König und zog sich zurück.

Rijana ließ sich auf die weiche Seidendecke fallen. Sie konnte das alles gar nicht glauben. Schließlich erhob sie sich widerstrebend, wusch sich den Staub der Reise aus dem Gesicht und zog anschließend das dunkelblaue Kleid mit den weißen Rüschen an. Am Oberkörper war es zu weit und unten zu lang, sodass sie dauernd stolperte. Doch bevor sie daran etwas ändern konnte, klopfte schon ein Diener in einem blauschwarzen Gewand an ihre Tür und geleitete sie die Treppe hinunter. Rijana raffte ihren Rock und bemühte sich, nicht hinzufallen. Ihre Freunde saßen bereits an einem großen Tisch, der üppig gedeckt war. Der König erhob sich und führte Rijana zu dem Platz neben sich.

Mit einem Nicken deutete er zu dem Mann, der Rijana gegenüber an der Tafel saß. »Darf ich dir meinen Berater Flanworn vorstellen?«

Ein mittelgroßer Mann mit einer Halbglatze, die er wohl dadurch zu verstecken versuchte, dass er sich die fettigen Haare nach vorne kämmte, erhob sich und bedachte Rijana mit einem gierigen Blick.

Rasch zog sie ihren viel zu großen Ausschnitt zusammen und setzte sich hin.

Saliah, die neben ihr saß, sah natürlich wunderschön aus in ihrem perfekt sitzenden Kleid. Sie beugte sich zu Rijana: »Wir werden nachher die Schneiderin aufsuchen.«

Rijana nickte und kam sich neben der Freundin mal wieder wie ein dummes kleines Bauernmädchen vor. Berater Flanworn lehnte sich mit einem schmierigen Grinsen über den Tisch, wobei er schlechte, gelbliche Zähne entblößte.

»Probiert diesen Wein, junge Lady. Er wird Euch schmecken.« Damit schenkte er Rijana ein Glas Weißwein ein, welchen diese mit unsicherem Lächeln trank.

Der König unterhielt seine Gäste mit Gesprächen über Politik und verbreitete Neuigkeiten über König Scurrs Überfälle. Rijana versuchte immer wieder, den Blicken des Beraters auszuweichen, der sie mehr als auffällig anstarrte. Falkann, der neben dem Berater saß, schüttete schließlich absichtlich seinen Weinbecher auf dessen Hose, sodass der Berater mit einem leisen Fluchen verschwand. Falkann zwinkerte Rijana zu, die erleichtert lächelte.

Endlich war das Essen vorüber, sodass Saliah Rijana zu einer der Schneiderinnen im Schloss begleiten konnte. Dabei erzählte Saliah die ganze Zeit davon, wie luxuriös das Schloss doch sei und wie großzügig König Greedeon sich ihnen gegenüber verhielte.

»Aber dieser Flanworn ist widerlich«, sagte Rijana, die nun in einem Unterkleid hinter dem Umkleidevorhang stand.

»Ja schon, mich hat er auch immer angestarrt, aber ich habe ihn schnell in die Schranken gewiesen«, erwiderte Saliah selbstbewusst und saß anmutig auf einem der samtenen Stühle, während die Schneiderin Rijanas Kleider enger machte. »Es ist wirklich schön, dass du eine von uns bist«, fügte sie dann noch mit ihrem strahlenden Lächeln hinzu.

Rijana nickte, kam mit dem nun passenden Kleid heraus und seufzte erleichtert.

»Du bist wirklich hübsch geworden«, sagte Saliah bewundernd und nahm eine von Rijanas langen Haarsträhnen in die Hand.

»Ach was«, erwiderte diese verlegen.

Die beiden Freundinnen schlenderten durch die Gänge, und Saliah führte Rijana schließlich durch einen seidenen Vorhang in einen Hof, wo Falkann, Rudrinn, Broderick und Tovion mit ihren Schwertern trainierten.

»Sie sind noch besser geworden«, rief Rijana aus.

Saliah lächelte zustimmend. »Ab morgen müssen wir wohl auch mitmachen.«

Rijana nickte, und als die jungen Männer mit dem Training aufhörten, ging sie zu Tovion und gab ihm, etwas abseits von den anderen, ein in Stoff gehülltes Päckchen.

Der schaute sie fragend an.

»Von Nelja«, erklärte sie.

Tovion errötete ein wenig. »Wie geht es ihr denn?«

»Sie wird eine gute Zauberin werden, sagt Brogan.«

»Spricht sie denn noch manchmal von mir?«, wollte Tovion mit sehr viel Unsicherheit in der Stimme wissen.

Rijana lächelte und umarmte den Freund. »Sie hatte Angst, dass du sie vergessen hast.«

Tovion seufzte erleichtert. »Ich werde ihr sofort einen Brief schreiben.«

Er lief mit federnden Schritten zurück zum Schloss. Als Falkann zu Rijana herüberkam, bedachte er sie erneut mit einem bewundernden Blick.

»Na, wie geht es dir?«

»Ganz gut, auch wenn ich noch immer nicht glauben kann, dass ich eine der Sieben sein soll«, antwortete sie.

Falkann nickte. »Das ging uns allen so, aber es ist gut, dass wir alle Freunde sind.«

»Aber der Siebte?«, fragte Rijana unsicher. »Kann es wirklich Lugan gewesen sein, oder ist es der andere Junge, den König Scurr hat?«

Falkann seufzte. »Darüber haben wir uns schon so oft den Kopf zerbrochen, aber auch wir wissen es nicht.«

Dann verbeugte er sich lächelnd vor ihr und bot ihr seinen Arm an. »Darf ich der jungen Lady etwas von diesen wunderschönen Gärten zeigen?«

Rijana lachte und boxte ihn in die Seite. »Du darfst, aber ich bin keine Lady.«

»Du siehst aber wie eine aus«, erwiderte er und bedachte sie mit einem Blick, der ihr ein Prickeln über den Rücken laufen ließ.

So hatte Falkann sie noch nie angesehen. Rijana schüttelte sich und ging dann auf das geschmiedete Tor zu, das nach draußen führte.

Falkann zeigte ihr die blühenden Gärten, die Seen, auf denen Schwäne schwammen, und die weitläufigen Koppeln, auf denen wunderschöne Pferde mit langen Mähnen grasten.

»Du wirst dir eines aussuchen dürfen«, sagte er und deutete anschließend auf einen fuchsfarbenen Hengst. »Der hier gehört mir.«

Rijana staunte. Die Pferde waren alle wunderschön.

»Warum darf ich mir eines aussuchen?«, fragte sie verwirrt.

Falkann lächelte. »Das durften wir alle. König Greedeon ist sehr großzügig. Er will uns wohl bei Laune halten.«

Rijana mochte diese ganzen undurchsichtigen Spiele der Könige, Lords und Herrscher nicht. Ihr hatte es schon gereicht, in der Schule davon zu hören.

Falkann streichelte ihr sanft über die Wange, und Rijana hielt die Luft an.

»Es ist schön, dass du hier bist«, sagte er leise.

Sie nickte nur, räusperte sich anschließend und sagte: »Wir sollten zurückgehen, es ist schon beinahe dunkel.«

Falkann lächelte, nahm ihre Hand und führte sie zurück zu dem weißen Schloss. Dann geleitete er sie zu ihrem Zimmer und gab ihr einen flüchtigen Kuss auf die Wange. »Schlaf gut!«

Rijana blickte ihm verwirrt hinterher und legte sich in ihr riesiges Bett. Von hier aus konnte man hinunter auf einen der großen Seen blicken, in dem sich der aufgehende Mond spiegelte. Rijana dachte über den heutigen verwirrenden Tag nach, als es leise an ihrer Tür klopfte.

»Herein«, sagte sie unsicher. Wer konnte das denn jetzt noch sein?

Eine grinsende Saliah stand in der Tür. In ihrer Hand balancierte sie zwei Becher mit einer dampfenden Flüssigkeit.

»Darf ich reinkommen, oder bist du müde?«

Rijana schüttelte lachend den Kopf.

Die beiden Freundinnen setzten sich auf das breite Bett, und Saliah drückte Rijana den Becher in die Hand.

»Hier, nimm! Es ist heiße Schokolade. Ich habe einen Küchenjungen bestochen«, erklärte sie frech grinsend.

Rijana lachte leise. »Ich nehme mal an, du hast ihn nur anlächeln müssen, oder?«

Saliah nickte grinsend und nippte an ihrem Becher. Auch Rijana trank vorsichtig. Heiße Schokolade hatte es auf Camasann nur in Ausnahmefällen oder wenn jemand krank war gegeben. Birrna war damit nicht sehr großzügig gewesen.

»Falkann sind beinahe die Augen herausgefallen, als er dich gesehen hat«, sagte Saliah grinsend.

Rijana lief rot an und stammelte: »Entschuldige, ich weiß auch nicht …«

Doch Saliah legte ihr beruhigend eine Hand auf den Arm. »Das macht doch nichts! Wir sind schließlich schon lange kein Paar mehr.«

»Nicht?«, fragte Rijana überrascht und verschüttete vor Schreck beinahe ihre heiße Schokolade. Saliah schüttelte den Kopf, und eine blonde Strähne löste sich aus der silbernen Haarspange.

»Weißt du, alle haben immer erwartet, dass wir eines Tages heiraten. Ich habe Falkann ja auch gern, aber eben nicht so sehr, dass ich mein Leben mit ihm verbringen möchte«, sagte Saliah ernst. Dann lächelte sie verträumt und erzählte: »Es gibt hier allerdings einen jungen Soldaten, der hat dunkle Haare und ist schon einige Jahre älter als ich …«

Rijana lächelte. Saliah könnte sicherlich jeden Mann haben, den sie wollte. Aber Rijana konnte sich beim besten Willen nicht vorstellen, dass Falkann sich ernsthaft für sie, das kleine Bauernmädchen aus Grintal, interessierte.

Saliah redete noch eine ganze Weile über das Schloss und die vielen Reisen, die sie in den letzten zwei Jahren unternommen hatten, doch Rijana konnte irgendwann einfach die Augen nicht mehr offen halten.

»Entschuldige bitte«, sagte Saliah irgendwann erschrocken. »Du hast eine lange Reise hinter dir, und ich rede wie ein Wasserfall.«

Rijana winkte ab, konnte jedoch ein Gähnen nicht verhindern. Saliah umarmte sie noch einmal.

»Schön, dass du da bist«, strahlte Saliah und verschwand aus dem Zimmer.

Müde ließ sich Rijana in die weichen Kissen fallen. In dieser Nacht hatte sie wirre Träume von galoppierenden Pferden, von Falkann, der sie anlächelte, und von diesem merkwürdigen Schloss. Am Morgen wachte sie mit verquollenen Augen auf und wusste zunächst gar nicht, wo sie war. Dann streckte sie sich und kleidete sich an.

Eine Dienerin führte sie in die Halle, wo bereits einige ihrer Freunde beim Frühstück waren. Zum Glück waren diesmal der König und sein Berater nicht anwesend, sodass die Gespräche wesentlich ungezwungener waren. Genau betrachtet hatten sich die Freunde gar nicht so sehr verändert, wie Rijana fand. Gut, alle waren ein wenig älter und erwachsener geworden, aber im Grunde waren sie doch immer noch dieselben geblieben. Broderick war noch immer ein Scherzbold und Rudrinn ein Rabauke, der mit Kirschkernen auf ein Ölgemälde an der Wand zu schießen versuchte. Tovion saß wie immer nachdenklich auf seinem Stuhl, und Saliah bezauberte alle mit ihrem strahlenden Lächeln. Nur Falkann verhielt sich anders, denn er betrachtete sie neuerdings mit merkwürdigen Blicken.

Nach dem Frühstück kam der König in den Raum, der zuerst etwas verwirrt die Kirschkerne auf dem Boden zur Kenntnis nahm, bevor er sich an Rijana wandte: »Rijana, darf ich dich nun zu den Pferdekoppeln führen? Es wird Zeit, dass du dir ein passendes Pferd aussuchst«.

Sie nickte zögernd und erhob sich. Der König bot ihr lächelnd seinen Arm an, und sie ging, während sie einen unsicheren Blick auf ihre Freunde warf, mit ihm aus dem Raum. Greedeon überhäufte sie mit Komplimenten, sodass Rijana immer unbehaglicher zumute wurde.

»Vielleicht sollte ich mir lieber Reitkleidung anziehen«, sagte sie, bevor König Greedeon sie ins Freie geleitete.

Der ältere Mann lächelte verständnisvoll. »Sicher, sicher, du wirst das Tier natürlich zuerst testen wollen. Wie konnte ich das nur vergessen?«

Rijana nickte und deutete ein Lächeln an, dann lief sie so schnell, wie sie es für höflich hielt, die Treppe hinauf. In ihrem Zimmer lehnte sie sich tief durchatmend an die Wand. Diese höfischen Sitten waren einfach nichts für sie. König Greedeon war sehr freundlich und zuvorkommend, doch irgendetwas störte sie an ihm. Rijana zog sich die Sachen an, die sie aus Camasann mitgebracht hatte, und als sie schließlich herunterkam, verzog der König leicht missbilligend sein Gesicht.

»Haben die Diener dir keine Hosen und Hemden in meinen Farben gebracht?«

Sie schüttelte den Kopf und sagte leichthin: »Nein, aber das macht nichts.«

»Das tut es sehr wohl!«, sagte der König mit einem Unterton, der keinen Widerspruch duldete.

König Greedeon führte das Mädchen durch den Park zu den Pferdekoppeln.

»Such dir ein Pferd aus«, verlangte er.

Rijana kletterte auf den hohen Holzzaun und schaute sich die einzelnen Pferde lange an. Es waren wirklich wunderschöne Tiere, sodass es ihr sichtlich schwerfiel, sich zu entscheiden.

»Darf ich näher herangehen?«, fragte sie.

Der König nickte. »Natürlich, aber sei vorsichtig!«

Rijana betrachtete jedes Pferd aus der Nähe. Jedes einzelne sah sie mit sanften Augen neugierig an. Schließlich blieb sie vor einer eleganten braunen Stute stehen.

»Ich würde sie gerne reiten«, rief Rijana dem König zu.

Der winkte einem Diener, der sofort loseilte und Sattel und Zaumzeug holte. Rijana streichelte das Pferd, das ihr seinen warmen Atem in die Haare blies. Die Stute war schlank und geschmeidig, hatte die Muskeln jedoch an der richtigen Stelle und wirkte feurig. Der Diener eilte herbei und wollte anfangen, das Pferd zu satteln.

»Danke, aber das kann ich selbst«, sagte sie freundlich.

Doch der König rief von weitem: »Nein, lass das den Diener machen.«

»Ich tue es gerne«, erwiderte Rijana und nahm dem Mann das Zaumzeug aus der Hand.

Nun kam der König wütenden Schrittes auf sie zu, sein eben noch so freundliches Gesicht wutverzerrt. »Ich sagte, lass das den Diener machen!«, sagte er bissig. »Es gehört sich nicht für eine Lady.«

Rijana hielt überrascht inne. Der erschrockene Diener nahm ihr rasch das Zaumzeug ab. Sie starrte den König verwirrt an, doch der hatte sich scheinbar schon wieder unter Kontrolle.

»Nun gut, reite sie dort drüben in der leeren Koppel«, schlug Greedeon vor.

Rijana nickte, doch das Verhalten des Königs hatte sie erschreckt. Sie bestieg die Stute, die sich wunderbar weich lenken ließ. Rijana trabte und galoppierte ein paar Mal auf der Koppel herum.

»Ich würde diese Stute gerne nehmen, wenn Ihr sie mir wirklich überlassen wollt.«

König Greedeon nickte huldvoll. »Für die Sieben ist mir nichts zu teuer.«

Rijana nickte unsicher und stieg ab. Anschließend folgte sie dem König, der sie zu den anderen führte, die bereits beim Schwertkampftraining waren. Rijana schloss sich ihnen an, und König Greedeons Soldaten staunten nicht schlecht, wie gut das junge, zierliche Mädchen mit dem Schwert umgehen konnte. Als sie etwa zur Mittagszeit das Training beendeten, sah Rijana, wie Saliah mit einem gutaussehenden Soldaten flirtete.

Bei Saliah sieht das alles immer so selbstverständlich aus, dachte Rijana betrübt. Sie selbst wäre wahrscheinlich knallrot angelaufen und hätte keinen Ton herausbekommen.

Falkann kam lächelnd auf Rijana zu, wurde jedoch von König Greedeon aufgehalten, der ihm irgendetwas erzählte.

Rijana ging langsam in Richtung des großen Schlosses zurück.

Rudrinn rannte hinter ihr her und grinste sie an. »Na, hast du dir ein Pferd ausgesucht?«

Sie nickte. »Ja, eine wunderschöne braune Stute.«

»Na, dann passt sie ja zu dir.«

Rijana errötete zu ihrem Ärger schon wieder. »Ha, kaum dass du einen Bart trägst, denkst du wohl, du kannst hier mit Komplimenten um dich werfen?«, meinte sie, um ihre Verlegenheit zu überspielen.

Rudrinn grinste und fuhr sich über die dunklen Bartstoppeln, die sein Gesicht bedeckten. »So wirke ich wenigstens ein bisschen älter«, sagte er augenzwinkernd.

Rijana hob kritisch die Augenbrauen. »Besonders, wenn du mit Kirschkernen auf die Portraits ehrenwerter Könige spuckst.«

Rudrinn lachte laut auf, nahm Rijana bei der Hüfte und hob sie über seine Schulter, sodass diese nur erschrocken quietschte. »Na schön, dann bin ich eben nicht erwachsen und werde es hoffentlich nie werden«, rief er und drehte sie im Kreis. Rijana trommelte so lange auf seinen Rücken, bis er sie herunterließ.

Falkann betrachtete die Szene von weitem mit gerunzelter Stirn – was er sah, gefiel ihm überhaupt nicht. Er hörte König Greedeon gar nicht mehr richtig zu, der über die Probleme in Catharga und die Verhandlungen mit Falkanns Vater sprach. Falkann wusste selbst nicht, was mit ihm los war. Er hatte Rijana schon immer gerngehabt. In den ersten Jahren auf Camasann war er ihr Mentor gewesen, aber sie war für ihn immer nur das niedliche kleine Mädchen. Doch jetzt war sie zu einer wunderhübschen jungen Frau herangewachsen. Er hatte sich in sie verliebt.

»Rudrinn, du bist ein fürchterlicher, ungehobelter Pirat!«, rief Rijana, nachdem sie endlich wieder am Boden war und sich die Haare aus dem geröteten Gesicht strich.

»Ja, und ich bin stolz darauf«, erwiderte Rudrinn und streckte seine Brust raus. Rijana piekste ihn mit dem Finger in die Seite und rannte lachend in Richtung Schloss. Rudrinn holte sie nach wenigen Schritten ein, doch sie stellte ihm ein Bein, sodass er mit überraschtem Gesicht zu Boden fiel. Kurz darauf erhob er sich mit empörtem Blick und rieb sich das Schienbein.

»Du bist auch nicht besser. Du würdest eine hervorragende Piratin abgeben.«

Sie grinste frech, stemmte die Hände in die Hüften.

»Nein«, sagte sie bestimmt, »auf dem Meer fühle ich mich nicht so richtig wohl.«

Rudrinn seufzte wehmütig. »Manchmal vermisse ich das sehr!« Er blickte nachdenklich in die Ferne. »Einfach frei und ohne Verpflichtungen über das Meer segeln zu können …«

Rijana lächelte Rudrinn verständnisvoll zu, bevor sie gemeinsam zum Schloss gingen. »Sag mal, Rudrinn, an was erinnert dich das Schloss?«, fragte Rijana plötzlich und blieb zwischen zwei riesigen Kastanienbäumen stehen.

Rudrinn runzelte die Stirn. »Das frage ich mich auch schon die ganze Zeit, komisch, dass es dir auch bekannt vorkommt.« Er blickte sie auffordernd an.

Rijana lächelte. »Ich bin zuerst auch nicht drauf gekommen, aber dann ist es mir plötzlich eingefallen. Kannst du dich noch daran erinnern, wie Brogan uns gefunden hat und wir einfach in den Wald geritten sind?«

Rudrinn verzog das Gesicht zu einer Grimasse, denn der Zauberer hatte sie damals ziemlich heruntergeputzt. Doch plötzlich durchfuhr es ihn: »Das Schloss! Das Schloss auf dem Hügel mitten im Wald. Meine Güte, du hast Recht! Daran hat es mich die ganze Zeit erinnert«, rief er aus.

Rijana nickte zufrieden. Ihre Vermutung war also doch richtig. »Dieses Schloss ist gewaltig und edel, aber irgendwie ist es nicht so perfekt wie das im Wald, oder?«

Rudrinn nickte zustimmend. Er hatte lange nicht mehr an dieses wunderschöne und verwunschen wirkende Gebäude gedacht.

»Komisch eigentlich, Brogan hat uns nie erzählt, warum er damals so wütend war.«

Rijana zuckte die Schultern. »Vielleicht finden wir das noch heraus. Jetzt bin ich auf jeden Fall erst mal froh, dass wir alle zusammenbleiben können.«

Rudrinn grinste und zwinkerte ihr zu. »Nur Nelja fehlt leider. Der arme Tovion, der hat jetzt wohl Liebeskummer. Er hat Nelja so viele Briefe geschrieben, aber sie hat nie geantwortet.«

»Komisch«, erwiderte Rijana überrascht. »Nelja hat sich wirklich Gedanken gemacht, ob er noch an sie denkt.« Dann grinste sie frech. »Und, hast du ein Mädchen?«

Rudrinns Gesicht nahm die Farbe einer überreifen Tomate an, bevor er sich räusperte und verlegen zu Boden blickte. »Nein, wie kommst du denn darauf?«

Sie grinste breit und piekste ihn in die Seite. »Na los, komm schon, wer ist sie? Eine der Dienerinnen?« Sie hob die Augenbrauen. »Oder etwa eine der Edeldamen?«

Rudrinns Gesicht wurde noch röter, dann riss er sich jedoch zusammen und hob sie erneut hoch. »Du bist meine einzige wahre Liebe, edle Dame aus Grintal.«

Rijana lachte nur laut und zappelte, um wieder runterzukommen.

»Du kannst mir nichts vormachen«, sagte sie grinsend. »Ich werde es schon noch herausbekommen.«

Nach dem Mittagessen mussten die sechs Freunde einen äußerst ermüdenden Empfang mit einer Menge Lords und Ladys über sich ergehen lassen. Alle wollten das neue Mitglied persönlich kennen lernen. Rijana war das alles allerdings nur furchtbar peinlich.

Eine Lady mit hoch aufgetürmten Haaren und einem dürren, ausgezehrten Gesicht unterhielt sich gerade, affektiert an ihrem Wein schlürfend, mit Rijana, die kaum etwas sagte, doch Lady Zelena schien das nicht zu stören. Plötzlich stand Rudrinn hinter der Frau, winkelte die Arme an und wedelte mit ihnen wie ein Huhn.

Rijana prustete los und schaffte es gerade noch, das Ganze in einen Hustenanfall übergehen zu lassen.

»Oh, Ihr habt Euch sicher auf der Reise hierher erkältet«, rief Lady Zelena. Ihre Stimme ähnelte tatsächlich einem gackernden Huhn, was Rudrinn natürlich sofort zum Anlass nahm, sie lautlos nachzuäffen.

Rijana lief knallrot an und wusste gar nicht mehr, wo sie hinschauen sollte. Nun stieg auch noch Broderick, wie konnte es auch anders sein, auf das Ganze ein. Er stellte sich hinter einen kleinen und sehr runden Lord, der ein breites, rosafarbenes Gesicht hatte. Broderick blies die Backen auf und wackelte mit seinem Kopf. Rijana biss sich krampfhaft auf die Lippe, stammelte eine Entschuldigung und drehte sich mit mühsam unterdrücktem Lachen um. Dabei prallte sie gegen Falkann, der auf dem Weg zu ihr gewesen war.

»Bitte, rette mich, ich kann nicht mehr«, keuchte sie. Zum Glück schien es niemand bemerkt zu haben.

»Was ist denn?«, fragte Falkann verwirrt.

Rijana drückte ihr Gesicht an seine Schulter und sagte mit halb erstickter Stimme: »Rudrinn und Broderick, schau dir die beiden nur an.«

Falkann runzelte die Stirn und sah, wie Rudrinn es gerade noch schaffte, einem hochrangigen Lord, dem er hinter seinem Rücken ein Paar Hasenohren gemacht hatte, huldvoll zuzuwinken.

Nun musste Falkann selbst ein Lachen unterdrücken. Er führte Rijana nach draußen, während Rudrinn ihr mit einem frechen Grinsen zuzwinkerte.

Draußen lachte sie laut los und wischte sich Tränen aus dem Gesicht.

»Die beiden sind unmöglich«, keuchte sie und lehnte sich an einen der kunstvoll verzierten Pfosten. »Aber diese Lords und Ladys sind auch wirklich todlangweilig!«

Falkann runzelte die Stirn und nickte zögernd. Er fand diese Veranstaltungen ebenfalls sehr ermüdend, aber er spürte, wie Eifersucht ihn durchfuhr, als Rijana sagte: »Rudrinn ist wirklich toll. Er hat sich nie verbiegen lassen und ist so geblieben, wie er ist.«

»Und wir anderen wohl nicht?«, fragte er ein wenig schärfer als beabsichtigt.

Rijana runzelte überrascht die Stirn. »So habe ich das nicht gemeint«, sagte sie. »Ich meine, du und Saliah, ihr seid ja mit so etwas aufgewachsen, aber wir anderen ...«

Falkann winkte ab und ging mit wütenden Schritten zurück in den großen Saal. Rijana blickte ihm verwirrt hinterher. Was hatte er denn plötzlich?

Am späten Nachmittag wurde Bogenschießen trainiert. Mitten in dem riesigen Park waren mehrere Strohscheiben aufgebaut. Bis zum Einsetzen der Dämmerung wurde geschossen. Alle machten ihre Sache sehr gut, bis auf Falkann, der ständig danebenschoss, ununterbrochen fluchte und gar nichts zustande brachte. Als die sechs Freunde schließlich in der Abenddämmerung zum Schloss zurückgingen, schlug Rudrinn Falkann freundschaftlich auf die Schulter.

»Solltest wohl heute Abend etwas Zielwasser trinken«, meinte er völlig unschuldig.

Falkann fuhr mit wütendem Gesichtsausdruck herum. »Kümmere dich um deine eigenen Sachen«, rief er, schubste den perplexen Rudrinn zur Seite und stürmte allein in Richtung Schloss.

»Was ist denn mit dem los?«, fragte Rudrinn verwirrt, als Broderick ihm grinsend aufhalf.

Der schwieg allerdings, obwohl er wusste, was mit Falkann los war, aber er hatte Falkann versprechen müssen, niemandem etwas zu verraten.

Beim gemeinsamen Abendessen starrte Falkann nur wütend auf seinen Teller und säbelte verbissen an einem Stück Fleisch herum. Berater Flanworn verschlang Rijana, der das alles furchtbar peinlich war, weiterhin mit seinen anzüglichen Blicken.

»Der Kerl macht mich wahnsinnig«, zischte sie Saliah zu, als Flanworn mal wieder den Weinkelch in ihre Richtung hob und lüstern lächelte.

»Er ist ekelhaft«, stimmte das hübsche blonde Mädchen zu, bevor sie sich mit einem bezaubernden Lächeln an Broderick wandte. »Wolltest du Berater Flanworn nicht schon die ganze Zeit etwas über die Kunst des Bierbrauens in Errindale erzählen, Broderick?«

Broderick brauchte etwas, bevor er verstanden hatte. Er drehte seinen breiten Rücken so, dass der Blick auf Rijana verdeckt war, und begann mit dem Berater des Königs zu sprechen, der daraufhin ein wütendes Gesicht machte.

Saliah zwinkerte Rijana zu. »So, jetzt hast du deine Ruhe.«

Nach dem Abendessen setzten sich die Freunde noch eine Weile ans Kaminfeuer in der großen Bibliothek und unterhielten sich. Nur Falkann brütete düster vor sich hin und verschwand bald.

Am Morgen war Rijana schon früh wach. Draußen dämmerte es noch, doch sie konnte einfach nicht mehr schlafen. Sie zog sich an. Inzwischen hatte auch sie die blaue Hose, die hohen, schwarzen Lederstiefel und die weiße Bluse in den Farben Balmacanns bekommen. Sie band sich die dicken Haare zu einem Zopf und schlich durch das Schloss nach draußen. Um diese frühe Morgenzeit war noch niemand unterwegs. Rijana erreichte bald die Stallungen, holte sich Sattel und Zaumzeug für ihre Stute und lief dann im Frühnebel zu den Koppeln.

Die braune Stute hob den Kopf, als Rijana zu ihr kam.

»Na, wollen wir ein wenig ausreiten?«, fragte sie leise.

Das Pferd schnupperte ihr mit seinen weichen Lippen am Hals herum, sodass Rijana kichern musste. »Ich sollte dir einen Namen geben«, murmelte sie.

Sie streichelte dem Pferd über das kurze weiche Fell.

»Lenya heißt du.«

Die Stute schnaubte und blickte sie mit großen, klugen Augen an.

Rijana striegelte ihr Pferd bereits eine ganze Weile, als sie durch die Nebelschwaden hindurch eine Gestalt sah, die urplötzlich wie vom Donner gerührt stehen blieb. Es war Falkann, der ebenfalls Sattel und Zaumzeug in der Hand hatte und augenscheinlich nicht wusste, ob er nun schnell verschwinden oder hierbleiben sollte. Schließlich kam er zögernd näher, hängte seinen Sattel über den Zaun und fragte: »Na, bist du auch schon so früh wach?«

Rijana nickte lächelnd. »Ich konnte nicht mehr schlafen und hatte Lust auszureiten.«

»Hättest … ähm, hättest du etwas dagegen, wenn ich dich begleite?«, fragte er unsicher.

»Natürlich nicht!«, rief Rijana lachend. »Wie kommst du denn darauf?«

Falkann antwortete nicht und holte stattdessen seinen stattlichen Fuchshengst von der Koppel. Die beiden sattelten auf und ritten anschließend durch den stillen, nebelverhangenen Park. Alles wirkte so friedlich und still, dass sie beide zunächst schwiegen. Irgendwann brach die Sonne durch, und die Vögel begannen zu zwitschern.

»Komm, lass uns um die Wette reiten«, rief Rijana und trieb ihre Stute an, die wie ein Pfeil durch die weit auseinanderstehenden Bäume jagte.

Falkann holte auf seinem Hengst rasch auf und gewann um Haaresbreite mit seinem etwas größeren und kräftigeren Pferd. Rijana hielt lachend an: »Das nächste Mal schlage ich dich.«

Falkann grinste nur, und die beiden ritten im Schritt auf ihren schnaubenden Pferden am Ufer eines Sees entlang, der von Schilf eingerahmt war. In der Mitte des Sees lag eine kleine Insel mit vielen Bäumen.

»Es ist schön hier«, sagte Rijana. »Aber irgendwie auch, ich weiß nicht …«

Falkann nickte ernst. »Es wirkt einfach nicht natürlich, nicht wahr?«

Sie lächelte zustimmend. An einem kleinen Sandstrand am Ufer des Sees ließen sie die Pferde anhalten und stiegen in stillem Einvernehmen ab. Falkann pflückte ein paar rote Beeren, und die beiden setzten sich ans Ufer.

»Möchtest du welche?«

Rijana nickte, nahm ein paar von den süßen Beeren und schmierte sich dabei etwas roten Saft auf die linke Wange.

Falkann lächelte sie an und wischte ihr den Saft vorsichtig ab. »So hast du als kleines Mädchen auch immer ausgesehen.« Er schluckte und sagte ein wenig heiser: »Aber das bist du jetzt nicht mehr.« Falkann ließ seine Hand auf ihrer Wange, und Rijana konnte ihn nur mit großen Augen ansehen. Doch bevor Falkann sich wirklich dazu entschließen konnte, ihr einen Kuss zu geben, brach plötzlich ein Reiter aus dem nächsten Gebüsch heraus. Die beiden fuhren erschrocken auf.

»Da seid ihr!«, rief der Mann in der blauweißen Gardekleidung des Königs. »König Greedeon lässt euch schon suchen.«

Rijana beeilte sich, zu ihrem Pferd zu kommen, während Falkann unwillig die Stirn runzelte. In leichtem Galopp brachten sie den Weg zum Schloss rasch hinter sich. Rijana warf Falkann immer wieder unsichere Blicke zu. Hatte sie es sich eingebildet, oder hatte er sie wirklich küssen wollen? Doch das konnte sie einfach nicht wirklich glauben.

Als die beiden in den großen Saal kamen, trat ihnen König Greedeon mit wutverzerrtem Gesicht entgegen.

»Wo wart ihr? Ihr wisst doch, dass ihr euch abmelden müsst.«

»Tut mir leid, das war mir nicht klar«, sagte Rijana überrascht und blickte ihre Freunde nacheinander an.

»Ihr seid sehr wertvoll«, erwiderte König Greedeon ernst. »Ich möchte immer wissen, wo ihr seid, damit euch nichts passiert.«

»Ich bin doch kein Hund«, knurrte Falkann und setzte sich.

König Greedeon fuhr zu ihm herum und sagte mit stechendem Blick: »Vergiss nicht, dass ich diese Schule finanziere und dass ihr nur durch mich zu so großartigen Kriegern ausgebildet worden seid.«

»Ich dachte, das würde uns im Blut liegen«, erwiderte Falkann herausfordernd. Er war noch immer wütend wegen des Soldaten.

»Ich will jederzeit wissen, wo ihr seid!«, wiederholte der König gefährlich leise und auch ein wenig drohend.

Alle blickten etwas betreten in die Runde. Keiner wusste, was er sagen sollte. Doch dann wurde der König urplötzlich wieder sehr freundlich. »Aber nun esst, ihr seid jung und braucht Kraft.« Damit verließ er festen Schrittes den Raum.

»Und?«, fragte Broderick Falkann leise und nickte unauffällig zu Rijana hinüber, die nachdenklich auf den Obstteller vor sich blickte.

Falkann schnaubte nur und winkte ab.

Später fand das alltägliche Schwertkampftraining statt, doch Falkann war so unkonzentriert, dass er von Tovions Schwert am Kopf gestreift wurde und zum Heiler gebracht werden musste. Nachdem Rijana in den Baderäumen gewesen war, lief sie in einem frischen Kleid Broderick über den Weg. Er hatte sich gerade noch etwas zu essen aus der Küche holen wollen.

»Ist alles in Ordnung mit Falkann?«, fragte Rijana.

Broderick grinste. »Sein Kopf ist noch dran, falls du das meinst.«

Sie schnaubte. »Was ist denn eigentlich los mit ihm?«

»Weißt du das wirklich nicht?«, fragte er ungläubig.

Sie schüttelte mit absolut unschuldigem Gesicht den Kopf. Broderick seufzte und zog Rijana am Ärmel ihres Kleides hinaus in den warmen Frühlingstag. Er drückte sie auf die von der Sonne gewärmten Steine am Rand eines sprudelnden Brunnens.

»Also, bevor er sich noch aus Versehen umbringt, sage ich es dir«, meinte Broderick seufzend, dann blickte er sie eindringlich an. »Aber du darfst nichts verraten!«

Sie nickte und wusste gar nicht, auf was Broderick hinauswollte.

»Er ist verliebt.«

»In wen?«, fragte Rijana mit großen Augen.

Broderick schüttelte lachend den Kopf.

»Na in dich, du Dummkopf! Selbst du musst doch gemerkt haben, wie er dich ansieht.«

Rijana schluckte, wurde abwechselnd rot und bleich und schnappte nach Luft. Nie hatte sie ernsthaft daran gedacht, dass Falkann, der Prinz aus Catharga und noch dazu der Älteste und mit Abstand der Bestaussehende der vier, sich in sie verliebt haben könnte.

»Das kann nicht sein«, stammelte sie.

Broderick lachte. »Aber warum denn nicht?«

»Weil, weil ... na ja, ich meine, im Vergleich zu Saliah bin ich doch ...«, sie verzog das Gesicht, »vollkommen unscheinbar.«

Nun sah Broderick reichlich perplex aus. Er schüttelte den Kopf, zog sie wieder auf die Füße und zurück ins Schloss hinein. Wortlos führte er sie durch die hallenden Flure und stellte sich mit ihr vor einen hohen, mit Goldblumen verzierten Spiegel.

»So, und jetzt sag mir mal bitte, was an dir unscheinbar sein soll?«

Rijana nahm eine Haarsträhne in die Hand und sagte, eine Grimasse schneidend: »Die haben die Farbe von Kuhkacke.«

Broderick zwickte sie in die Nase. »Du bist unmöglich! Meine Güte, Rijana, wenn ich nicht ein Mädchen in Errindale hätte, würde ich dich auf der Stelle heiraten!«

Sie blickte ihn verwirrt an. »Blödmann«, sagte sie verlegen, »Saliah ist viel hübscher.«

Broderick schüttelte den Kopf. »Sicher, Saliah ist wunderschön, aber das bist du auch, eben nur auf eine andere Art. Man kann ja auch nicht einen Schwan mit einem Wildpferd vergleichen, oder? Saliah ist eben durch und durch eine Lady, und du, du bist eben eher eine, wie soll ich sagen? Ein Naturkind, aber deswegen bist du genauso hübsch.«

»Ach was«, sagte Rijana und ging mit hochroten Wangen auf ihr Zimmer zurück. Doch sie grübelte eine lange Zeit nach. Dann hatte Falkann also doch versucht sie zu küssen, und wenn sie mit sich ehrlich war, war das sogar ein ganz schönes Gefühl.

Zum Abendessen bürstete sie sich die Haare besonders lange und band sie mit einem blauen Seidenband nach hinten. Dann lief sie noch rasch zu dem großen Spiegel und betrachtete sich darin.

Meine Haare sind einfach nicht so glatt und so schön blond wie die von Saliah, dachte sie kritisch, *außerdem bin ich kleiner als sie und überhaupt ...*

Sie wandte sich schnaubend ab, und sie konnte sich wirklich nicht vorstellen, dass Falkann etwas an ihr fand.

Aus einer Nische heraus betrachtete Flanworn sie mit gierigem Blick. Die Kleine war wirklich nach seinem Geschmack, jung, unschuldig und sehr hübsch. Er würde sie sich nehmen, das hatte er sich fest vorgenommen.

Beim Abendessen verschlang er sie erneut mit Blicken und verkündete dann, auch zu den anwesenden Lords gewandt: »Ich werde während des letzten Frühlings- und des ersten Sommermondes nicht hier sein wegen dringender Geschäfte!« Dabei sah er sehr wichtig aus und fuhr sich über die fettigen, nach vorne gekämmten Haare.

König Greedeon nickte. Sollte Flanworn ruhig durch das Land reisen und Steuern eintreiben, darin war er sehr gut.

Rijana war erleichtert. Dieser ekelhafte Kerl war ihr wirklich zuwider. Nach dem Essen trat sie unsicher zu Falkann, der jetzt einen Verband um den Kopf trug.

»Ist wieder alles in Ordnung mit dir?«

Er grinste verlegen und deutete auf den Verband. »Nur eine Beule, und die ist bald wieder verschwunden.«

Rijana nickte und wusste plötzlich nicht mehr, was sie sagen sollte. So etwas war früher auf Camasann nie vorgekommen. Auch Falkann wirkte verlegen, und dann kam auch noch Rudrinn und legte Rijana einen Arm um die Schultern.

»Kommt noch jemand mit nach draußen, einen Abendausritt machen?«

Falkann schien ihn mit Blicken erdolchen zu wollen, doch nun kam Broderick hinzu und packte Falkann fest an der Schulter.

»Du wirst doch sicher gerne mit ihm ausreiten, oder?«

Rijana runzelte überrascht die Stirn, doch dann wurde ihr klar, dass Broderick wohl wollte, dass die beiden sich aussprachen.

Schließlich nickte Falkann und ging mit Rudrinn hinaus.

»Ich hoffe, die beiden bringen sich nicht um«, sagte Saliah kritisch.

»Warum sollten sie?«, fragte Tovion, der mit den Gedanken mal wieder ganz woanders war.

Die beiden jungen Männer liefen nebeneinanderher zu den Pferdeweiden, wobei Falkann wütenden Schrittes ein rasches Tempo anschlug. Sie sattelten den Fuchshengst und einen großen Rappen, bevor sie durch die Parkanlage galoppierten.

»Lass uns ein Wettrennen machen«, schlug Falkann vor. »Einmal durch die Allee, dann über die weißen Felsen und am Schluss durch die Obstbäume bis zur Wiese.«

Rudrinn zuckte die Achseln. »Von mir aus.«

Die beiden galoppierten los. Aber während es für Rudrinn nur Spaß war, war es Falkann mehr als ernst. Er wollte den vermeintlichen Konkurrenten um jeden Preis schlagen. Die beiden jagten Seite an Seite durch die Allee. Bei den Felsen hatte Rudrinn kurz die Nase vorn. Halsbrecherisch sprang Falkann mit ihm zusammen über die weißen Steine, dann war er wieder an der Spitze. Doch bei den Obstbäumen war Rudrinn wieder vorn. Kurz vor dem Ziel drängte Falkann Rudrinn jedoch so hart ab, dass dieser nur mit einiger Mühe verhindern konnte, mitsamt seinem Pferd am nächsten Baum zu landen. Triumphierend und heftig atmend hielt Falkann auf der Wiese an, auf der die verschiedensten Frühlingsblumen blühten.

»Sag mal, bist du noch ganz bei Trost?«, fragte Rudrinn wütend und stoppte sein Pferd vor Falkann. »Wolltest du mich umbringen?«

Der schnaufte nur und wandte den Blick ab. Jetzt war es ihm ein wenig peinlich, aber vorhin war sein Temperament einfach mit ihm durchgegangen. Er hatte um jeden Preis gewinnen wollen.

Rudrinn packte ihn fest am Arm, seine dunklen Augen funkelten zornig. »Was ist mit dir los? Habe ich dir etwas getan?«

»Ich werde sie nicht so einfach aufgeben, dass du es nur weißt«, brach es aus Falkann heraus.

Rudrinn ließ ihn verwirrt los. »Wen willst du nicht aufgeben?«

»Na, Rijana natürlich! Jetzt stell dich doch nicht so dumm«, rief er zornig.

Einen Augenblick war Rudrinn völlig verwirrt, dann breitete sich ein breites Grinsen auf seinem Gesicht aus, und Falkann war kurz davor, sich auf ihn zu stürzen.

»Deswegen!«, lachte Rudrinn und schüttelte den Kopf. »Du meine Güte, Falkann! Rijana ist für mich wie eine kleine Schwester.«

Augenblicklich entspannte sich der blonde junge Mann und seufzte erleichtert. Nun wirkte er ziemlich verlegen und senkte den Blick. »Entschuldige, Rudrinn, ich weiß auch nicht, was in mich gefahren ist.«

Rudrinn schlug ihm noch immer grinsend auf den Oberarm. »Die kleine Rijana, du liebe Zeit, da hätte ich auch selbst draufkommen können.«

»Sie ist nicht mehr klein«, murmelte Falkann und zog die Augenbrauen zusammen.

Rudrinn nickte breit grinsend. »Nein, das ist sie nicht. Also, Falkann, ich werde dir nicht im Weg stehen.«

Der nickte seufzend, und die beiden ritten im Schritt zurück zu den Stallungen, wo ein Diener ihre Pferde absattelte und auf die Weiden brachte. Anschließend gingen die beiden lachend zurück zum Schloss. Endlich verhielten sie sich wieder wie die Freunde, die sie eigentlich waren.

Broderick, der gerade die Treppe herunterkam, grinste breit.

»Hurrah, sie leben noch!«, rief er zufrieden und verbeugte sich übertrieben vor ihnen. »Ich wusste doch, dass ihr Edelmänner seid.«

»Ich nicht«, widersprach Rudrinn mit einem frechen Lachen. »Hätte ich sie gewollt, wäre es Falkann schlecht ergangen.«

Falkann stieß ihn in die Seite, denn die beiden Mädchen kamen gerade um die Ecke.

»Was ist denn hier los?«, fragte Saliah und hob ihre perfekt geschwungenen Augenbrauen.

»Männerangelegenheiten«, erwiderte Broderick.

»So, so. Na, dann lassen wir die edlen Herren mal mit ihren Angelegenheiten allein«, sagte Saliah augenzwinkernd zu Rijana, und die beiden gingen mit ihren Schwertern hinaus auf den großen Hof, um mit einigen von König Greedeons Soldaten zu trainieren.

Auch die jungen Männer schlossen sich bald an. Als das Training beendet war, verschwand Saliah mit Endor, dem jungen Soldaten, der in sie verliebt war. Rudrinn stand hinter einem Baum und beobachtete das Ganze mit kritisch gerunzelter Stirn.

Falkann schlenderte währenddessen betont lässig zu Rijana hinüber, die gerade ihr Schwert säuberte.

»Das war ein guter Kampf, oder?«

Rijana nickte und blickte mit ihren großen blauen Augen zu ihm auf. Falkann wusste plötzlich nicht mehr, was er sagen sollte.

»Ähm, würdest du, äh, vielleicht nachher mit mir zusammen essen gehen?«

Rijana blickte ihn verwirrt an. »Wir essen doch immer gemeinsam?!«

Falkann verfluchte sich heimlich, stammelte noch etwas und wandte sich schließlich mit hochrotem Kopf ab. Hinter einer Gruppe Bäume blieb er stehen und schlug immer wieder mit dem Kopf gegen den Stamm einer dicken Eiche.

Broderick trat hinter ihn und zog ihn zurück.

»Du solltest nichts beschädigen, was du noch brauchst«, meinte er grinsend.

Falkann blickte ihn verzweifelt an. »Ich stelle mich an wie der letzte Idiot! Ich weiß gar nicht, was mit mir los ist! Weder bei Saliah noch bei einem der Mädchen auf der Insel habe ich mich jemals so blöd verhalten.«

Broderick schlug seinem Freund auf die Schulter.

»Lass es langsam angehen, ich denke schon, dass sie dich mag, aber Rijana ist noch sehr jung.« Broderick dachte kurz nach. »Vielleicht schenkst du ihr irgendetwas. Wir bekommen doch genügend Gold von König Greedeon.«

Falkann nickte erleichtert. »Gute Idee! Ich werde mal zum Silberschmied des Schlosses gehen.« Damit machte er sich mit langen Schritten auf zu der großen Schmiede, die hinter dem gewaltigen Schloss lag.

Lachend schüttelte Broderick den Kopf. Er konnte seinen Freund verstehen, denn er vermisste Kalina, das Mädchen aus der Schenke, ebenfalls. Mit gerunzelter Stirn dachte er daran, dass er seinen Brief an sie schon vor langer Zeit abgeschickt hatte, ohne eine Antwort zu bekommen. *Nun gut, sie kann selbst nicht schreiben, es wird einige Zeit dauern, bis sie jemanden findet, der mir zurückschreibt,* dachte er. Manchmal wünschte er sich wirklich, er wäre ein ganz normaler einfacher Mann.

Ariac kämpfte schon den ganzen Tag in dem stickigen und düsteren Tal in der Nähe von König Scurrs Schloss. Immer wieder ließ Worran mit bösartigem Lachen neue Orks von den Felsen herunterstürmen, die Ariac schonungslos angriffen. Ariac hatte das silberne Schwert mit den Runen in der Hand und kämpfte mit geschickten Schlägen teilweise gegen zwei oder drei der stinkenden Kreaturen auf einmal. Das Schwert ließ sich wunderbar führen, doch es war nicht sein eigenes, das, welches seit achttausend Jahren zu ihm gehörte. Doch Ariac wusste das noch nicht.

Worran hasste den Jungen noch immer, aber durch König Scurrs List war er nun ein wenig gefügiger. Der grausame, grobschlächtige Anführer ließ einen Soldaten kommen, der einen stählernen Käfig brachte, aus dem es gefährlich zischte. Worran lief den mit Geröll übersäten Abhang hinunter und blieb neben dem heftig atmenden Ariac stehen, der gerade den letzten Ork getötet hatte.

»Hier«, sagte Worran tückisch und schlug gegen die engmaschigen Gitter, woraufhin ein noch wesentlich boshafteres Zischen ertönte. »Das ist eine Feuerechse, allerdings nur eine kleine. Nimm dich vor ihren Stacheln in Acht! Es soll sehr unangenehm sein, wenn man eine davon abbekommt.«

Worran machte den Käfig auf und rannte dann, so schnell er konnte, den Berg hinauf. Ein etwa drei Fuß langes Wesen kam aus dem Käfig gekrochen. Die Feuerechse sah beinahe aus wie ein kleiner Drache mit ihren spitzen Zähnen, der schuppigen Haut und den vielen langen Stacheln, die aus ihrem Rücken herausragten.

Fauchend ging das Wesen auf Ariac los, der nach dem Kopf

der Feuerechse schlug, doch diese war unglaublich wendig und griff immer wieder mit boshaften Zischlauten an. Auch dem peitschenden Schwanz musste Ariac aus dem Weg gehen. Ein paar Mal wurde er getroffen, sodass er bereits drei lange Stacheln im Bein stecken hatte, bevor es ihm endlich gelang, der Feuerechse den Kopf vom zuckenden Körper zu trennen. Jetzt, wo die Anspannung nachließ, brannte sein Bein wie Feuer. Mit zusammengebissenen Zähnen zog er die Stacheln heraus.

»Wäre es eine ausgewachsene Echse gewesen, würdest du nicht mehr allzu lange leben«, sagte der Ausbilder gefühllos und deutete auf die langen Stacheln. »Ich wünsche dir eine angenehme Nacht. Du hast heute Wache auf dem Turm.« Damit verschwand er leise vor sich hin lachend durch die geheimen Schluchten zurück in Richtung Schloss.

Ariac folgte etwas langsamer. Nicht nur dass sein Bein unheimlich schmerzte, er war auch inzwischen zu Tode erschöpft. In einem der eiskalten Gebirgsbäche wusch er sich den Schmutz und den Schweiß des anstrengenden Tages herunter. Dann humpelte er langsam zum Schloss. Man sah zwar in der Dunkelheit niemanden, doch er wusste, dass überall Wachen standen, die ihn beobachteten. Doch mittlerweile hatte er gar nicht mehr das Bedürfnis zu fliehen, er wollte nur eines: endlich gegen die Krieger aus Camasann kämpfen, die seinen Clan ausgelöscht hatten.

Vom Grunde der Schlucht aus schleppte er sich die vielen, grobbehauenen Stufen empor zum Tor, wo mehrere bewaffnete Soldaten standen. Ariac war schwindlig, sein Kopf schmerzte, und sein Bein pochte unerträglich. Das musste von den Stacheln der Echse kommen. Er biss die Zähne zusammen und lief durch die große Eingangshalle. Er wollte zumindest noch rasch in sein Zimmer gehen und sich frische Kleidung holen, bevor er mit der Nachtwache begann. Er sah, wie König Scurr mit einem fremden Mann aus seinem Arbeitszimmer kam. Es war ein mittelgroßer Mann, der seine spärlichen, fettigen Haare nach vorne in seine Stirn gekämmt hatte. Er wirkte sehr unterwürfig und nervös. Während er redete, verbeugte er sich immer wieder hektisch vor dem großen, hageren und durchaus furchteinflößenden König.

Ariac nickte dem König nur flüchtig zu. Eine Angewohnheit, die diesen heimlich sehr ärgerte, denn Ariac zollte ihm noch immer nicht die Achtung, die er sich erwünscht hatte.

»Es wird alles geschehen wie vereinbart«, sagte König Scurr mit seiner leisen, aber durchdringenden Stimme. Damit verabschiedete er seinen Gast, der rasch wie ein Schatten durch das Tor verschwand.

Ariac machte sich darüber keine großartigen Gedanken. Er zog sich in seinem Zimmer um und stieg schwerfällig den Turm hinauf, um einen der anderen Soldaten abzulösen. Obwohl es Frühsommer war und es selbst hier oben immer stickig und warm war, fror Ariac. Zitternd wickelte er sich in seinen Umhang und hoffte darauf, dass die Nacht bald vorüber sein würde.

Als er in der Morgendämmerung von einem älteren Soldaten abgelöst wurde, konnte er kaum noch laufen. Das Fieber kam und ging in Schüben, sein Kopf drohte zu zerspringen, und sein Bein war entzündet. Der Soldat betrachtete ihn kritisch, ging dann jedoch zu seinem Posten, ohne Ariac weiter zu beachten. Ariac stolperte die enge Wendeltreppe hinunter und ließ sich in seinem Zimmer auf sein Bett fallen. Obwohl er durstig war, hatte er nicht mehr die Energie, sich den Wasserkrug zu nehmen, der auf dem kleinen Holztisch stand.

König Scurr wunderte sich, dass Ariac nicht wie sonst zum gemeinsamen Frühstück erschien. Darauf bestand der König, seitdem Ariac hier auf der Burg war. Scurr rief Morac zu sich, der nun auch auf dem Schloss diente und gerade im Thronsaal Wache stand. Der einst grobknochige und sehr große Junge war zu einem gewaltigen Mann herangewachsen. Er stand einem Ork in nichts nach.

»Mein König«, sagte er zackig und salutierte.

»Weißt du, wo Ariac ist?«, fragte der König.

»Nein, mein König«, antwortete Morac und knirschte mit den Zähnen. Dass gerade Ariac einer der Sieben war, wurmte ihn besonders. Morac war immer einer von Worrans Lieblingen gewesen. Er selbst hätte es seiner Meinung nach viel mehr verdient.

»Dann such ihn!«, befahl der König ein wenig ungehalten.

Morac eilte mit großen Schritten davon und suchte Ariac in der Trainingshalle, im Hof und schließlich in seinem Zimmer.

»Bist du hier, du Abschaum?«, schrie er in den Raum, bekam jedoch keine Antwort. Er wollte schon wieder gehen, sah jedoch eine Bewegung im Bett. Stirnrunzelnd ging Morac näher und hob mit der Schwertspitze die grobe Wolldecke hoch. Ariac lag zitternd und zusammengekrümmt im Bett, ganz offensichtlich hatte er Fieber.

Morac zerrte ihn an seinem durchgeschwitzten Hemd nach oben. »Los, aufstehen, dein König will dich sehen.«

Ariac schien das alles gar nicht mitzubekommen. Er stöhnte nur leise und fiel auf den steinernen Boden, als Morac ihn losließ. Morac zuckte die Achseln und kehrte zu König Scurr zurück, der mit Ausbilder Worran beim Frühstück war.

»Wo ist er?«, fragte Scurr mit gerunzelter Stirn.

Morac verbeugte sich. »Auf seinem Zimmer, er sieht nicht sonderlich gut aus.«

Scurr hob fragend die Augenbrauen, während Worran breit grinste.

»Offensichtlich ist er krank«, meinte Morac und verbeugte sich erneut.

»Was hat das zu bedeuten?«, fragte Scurr zu Worran gewandt, der leise vor sich hin lachte.

»Oh«, erwiderte der Ausbilder finster, »er hatte eine Begegnung mit einer Feuerechse und war zu dumm, um richtig auszuweichen.«

Mit wütendem Gesicht fuhr Scurr auf und funkelte Worran mit seinen merkwürdigen, bösen Augen an, woraufhin dieser sofort beschwichtigend die Hand hob. »Keine Sorge, es war nur eine sehr kleine Feuerechse, er wird das überleben.«

»Ich hoffe«, sagte der König kalt, »dass du ihm gesagt hast, dass die Blätter des Curuz-Busches die Wirkung des Giftes mildern.«

Worran schluckte und schüttelte den Kopf. Scurr sprang auf ihn zu und hob den zwar kleineren, aber sehr viel schwereren Mann beinahe mühelos am Kragen seines schwarzen Hemdes hoch. Worran hielt die Luft an. Er konnte es nicht ausstehen, wenn Scurr Magie gegen ihn einsetzte.

»Dann behebe diesen Fehler«, sagte der König harsch. »Ich möchte nicht, dass er mehrere Tage nicht trainieren kann, nur weil er gegen das Gift kämpft. Ist das klar?«

Worran nickte übereifrig. Als Scurr ihn endlich auf den Boden fallen ließ, rannte er beinahe aus dem Raum und hinauf in den Turm, wo Ariac gerade mühsam ins Bett zurückgekrabbelt war. Er hatte einen neuen Fieberschub bekommen und zitterte am ganzen Köper.

»Los, aufstehen«, knurrte Worran und zog ihn nach oben.

Ariac hob mühsam die Augenlider. Er konnte sich einfach nicht auf den Beinen halten.

»Verdammt, jetzt lauf schon«, knurrte Worran wütend, der Ariac für den Ärger verantwortlich machte, den er bekommen hatte.

Er zerrte Ariac durch das Schloss, die Treppen hinunter, hinaus ins Freie, wo er Ariac vor einem dornigen Gebüsch zu Boden warf.

»Die Blätter des Curuz-Busches helfen gegen das Gift«, knurrte der Ausbilder widerwillig und deutete auf einen der stacheligen Büsche, die überall im Gebirge wuchsen. »Kau sie! Ab morgen wird wieder trainiert.«

Ariac hatte kaum mitbekommen, was Worran gesagt hatte. Sein Kopf pochte, und er hatte heftige Magenkrämpfe, die immer schlimmer wurden. Nach einer Weile krabbelte er mühsam zu dem Dornenbusch, riss einige Blätter ab, wobei die Dornen seine Hand zerkratzten, und kaute auf den bitteren Blättern herum. Zuerst merkte er gar nichts, doch als die Sonne langsam ihren höchsten Punkt erreicht hatte, ließen die furchtbaren Kopfschmerzen nach, und er konnte endlich aufstehen. Er sammelte noch einige Blätter und ging dann langsam zum Schloss zurück. Einer der Soldaten grinste ihn boshaft an.

»Eine Feuerechse?«

Ariac nickte und musste husten. Diese Blätter schmeckten furchtbar, und ihm wurde schon wieder schlecht.

Ariac stolperte langsam die Stufen hinauf. Jede Bewegung war anstrengend.

»Leg die Blätter auf die Einstichstellen, dann geht es schneller«, rief der Soldat ihm hinterher.

Ariac hob nur müde die Hand. Er wusste nicht, ob der Soldat die Wahrheit sagte, denn normalerweise half ihm nie jemand. Später versuchte er es trotz allem, schließlich wollte er endlich dieses Gift loswerden, das durch seinen Körper jagte. Am Abend ging es ihm tatsächlich ein wenig besser, auch wenn er noch völlig erschöpft war.

Wenn das eine junge Feuerechse war, dann möchte ich nicht wissen, wie es bei einer ausgewachsenen ist«, dachte er, bevor er einschlief.

Am nächsten Morgen fühlte er sich zwar noch immer furchtbar, ging jedoch zum Frühstücken in die große Halle. König Scurr betrachtete ihn kritisch von oben bis unten, in etwa so, wie ein Pferdehändler sein wertvollstes Pferd betrachten würde.

»Lass dir das eine Lehre sein!«, sagte der König streng. »Geh Feuerechsen aus dem Weg. Wäre es eine erwachsene gewesen, wärst du in wenigen Tagen tot. Die Blätter verlangsamen zwar die Wirkung, aber sie können das Gift einer ausgewachsenen Echse nicht neutralisieren. Mit dem Saft der Dornen überlebst du ein paar Tage länger, aber es nützt letztendlich auch nichts.«

Ariac nickte und kaute halbherzig auf einem Stück Brot herum.

»Du wirst heute trainieren«, befahl der König. »Das ist eine gute Übung, auch unter schweren Bedingungen zu kämpfen.«

Ariac nickte erneut. Es hätte ohnehin keinen Sinn gehabt zu widersprechen. So schleppte er sich auch an diesem Tag ins Tal und kämpfte gegen Scurrs Soldaten, Orks und die kleinen Steintrolle mit ihren Keulen.

KAPITEL 10

Der erste Kampf der Sieben

Auch in Balmacann war es langsam Sommer geworden. Die Obstbäume hingen voll mit reifen Früchten, die Blumen blühten unglaublich prachtvoll, und die Vögel zwitscherten fröhlich in den Bäumen.

Falkann hatte sich schließlich getraut, Rijana eine schmale, kunstvoll gearbeitete Silberkette zu schenken, die nun um ihren Hals hing. Was ihn ein wenig ärgerte, war, dass sie allerdings auch noch immer die Speerspitze mit dem Lederband trug. Rijana hatte lange überlegt, es jedoch nicht fertiggebracht, sie abzulegen. Zu lange trug sie die Speerspitze jetzt schon um den Hals. Sie war für Rijana eine Art Glücksbringer geworden. Merkwürdigerweise dachte sie gerade jetzt an Ariac. Was war wohl aus dem Steppenjungen geworden, den sie vor so langer Zeit kennen gelernt hatte?

Hoffentlich ist er wieder zu Hause in der Steppe, dachte sie, obwohl ihr klar war, dass sie sich nur selbst etwas vormachte, denn mittlerweile wusste sie, dass König Scurr niemanden gehen ließ, es sei denn, er war tot.

Doch daran wollte sie an diesem schönen Tag nicht denken. Rijana war ein wenig durcheinander. Falkann umwarb sie und machte ihr ständig Komplimente. Er schenkte ihr Blumen und machte ihr Geschenke. Rijana stand in ihrem großen Zimmer und blickte auf den Garten hinaus. Sie fühlte sich einerseits sehr geschmeichelt, und vielleicht war sie sogar ein wenig verliebt in ihn, aber andererseits war er ihr so lange Zeit nur ein guter Freund oder vielleicht auch eine Art großer Bruder gewesen, dass es einfach ungewohnt war, dass er sich jetzt für sie als Frau interessierte.

Rijana bürstete ihre langen Haare, band sie zu einem Zopf zusammen und ging hinunter in die sonnendurchflutete Halle. Dummerweise lief sie ausgerechnet Berater Flanworn über den Weg, der an diesem Tag zurückgekehrt war.

»Hallo, schönes Kind«, sagte er, und seine kleinen, schweinsartigen Augen begannen gierig zu glänzen. Aus seiner Tasche holte er ein in ein schmuddeliges Tuch gewickeltes Päckchen heraus und überreichte es Rijana mit einer Verbeugung. »Das habe ich dir mitgebracht.«

Sie wich unwillkürlich zurück. »Danke, aber ich will nichts von Euch.«

Flanworn schüttelte den Kopf, und eine schmierige Haarsträhne fiel ihm über die Augen. »Sei doch nicht so schüchtern. Ich schenke einer so hübschen jungen Lady doch mit Vergnügen etwas.«

Erneut schüttelte sie den Kopf, und der schmierige Berater kam immer näher. Er roch nach schalem Bier, schlechten Zähnen und dem Schweiß einer langen Reise. Rijana hielt die Luft an, damit ihr nicht noch übler wurde.

»Du bist so wunderschön!« Er versuchte mit der Hand über ihre Haare zu streichen, doch sie legte den Kopf so weit nach hinten, dass sie dem widerwärtigen Mann gerade so entgehen konnte.

Geschickt schlüpfte sie unter Flanworns Arm hindurch und rannte die Treppe hinunter, direkt in Falkanns Arme. Der fing sie lachend auf.

»Na, du hast es aber eilig!«

In ihren Augen war noch immer ihre Panik abzulesen, sodass sie sich bereitwillig von ihm in die Arme nehmen ließ. Oben auf der Treppe beobachtete Berater Flanworn sie mit gierigem Blick.

»Guten Tag, Berater«, grüßte Falkann höflich, der diesen erst jetzt bemerkt hatte.

Der schmierige Mann nickte nur kurz und verschwand rasch die Treppe hinauf in seine Gemächer. Rijana atmete erleichtert auf.

»Was hast du denn?«, fragte Falkann und betrachtete sie genauer.

Rijana schüttelte sich kurz und sagte: »Komm, lass uns nach draußen gehen.«

Falkann nickte und trat mit ihr zusammen in die warme, vom Duft der Sommerblumen erfüllte Luft hinaus.

»Dieser Flanworn ist ekelhaft. Ich kann ihn nicht ausstehen«, sagte Rijana wütend.

Falkann hob nur die Schultern. »Natürlich, aber das sind doch die meisten Lords, oder nicht?«

»Ja, schon«, gab Rijana zögernd zu, dann senkte sie den Blick und sagte: »Aber er sieht mich immer so komisch an.«

Falkann legte einen Arm um sie und zog sie näher an sich heran. »Das tut doch jeder, weil du so wunderschön bist.«

Sie errötete ein wenig und schüttelte den Kopf. »Nein, das meine ich nicht! Er hat mich bedrängt und wollte mir etwas schenken.«

Falkann runzelte die Stirn. »Das hast du sicher falsch verstanden. Ich glaube nicht, dass er dir etwas Böses will. Mal abgesehen davon könnte er dein Vater sein.«

Rijana war enttäuscht. Falkann schien sie einfach nicht verstehen zu wollen.

Die Tage vergingen wie im Flug, und der zweite Sommermond brach schon bald an. Berater Flanworn passte Rijana immer wieder ab, wenn sie allein war. Auch hatte er es geschafft, ihr sein Päckchen zukommen zu lassen, indem er es ihr ins Zimmer geschmuggelt hatte. Das Päckchen hatte ein wertvolles Armband aus blutroten Rubinen enthalten. Rijana hatte es ihm sofort wieder zurückgegeben, doch schon kurz darauf hatte sie es wieder auf ihrem Bett vorgefunden. Seitdem verriegelte sie nachts immer ihre Tür. Rijana hatte langsam wirklich Angst vor dem schmierigen Berater.

An einem warmen Sommertag, einem der wenigen freien Tage, welche die Freunde zur Verfügung hatten, ritten Rijana und Falkann durch die weitläufigen Parkanlagen des Schlosses. An einem der Seen machten sie Rast und legten sich ins warme Sommergras. Insekten summten um sie herum, und bunte Vögel sangen ihre Lieder. Die Pferde grasten währenddessen ganz in der Nähe.

Falkann betrachtete Rijana, die mit geschlossenen Augen neben ihm auf der Wiese lag, und streichelte ihr zärtlich über die Wange.

Sie machte die Augen auf und lächelte ihn an. Daraufhin gab Falkann ihr einen vorsichtigen Kuss, den sie zögernd erwiderte. Doch dann wurden sie von dem Geräusch galoppierender Hufe unterbrochen. Falkann runzelte wütend die Stirn und blickte auf Broderick, der atemlos von seinem grauen Hengst sprang.

»Verdammt noch mal, hat man denn nie seine Ruhe?«, fragte Falkann zornig. Er hatte ohnehin selten Zeit, um mit Rijana allein zu sein.

»Tut mir leid«, keuchte Broderick und grinste Rijana zu, die ein wenig rot anlief. »Ich hätte euch niemals gestört, aber König Greedeon lässt uns alle zusammenrufen. Es muss sehr dringend sein. Das ganze Schloss ist in Aufruhr.«

Falkann fluchte leise und zog Rijana auf die Füße. Zu dritt ritten sie in Richtung der Stallungen. Auch dort herrschte bereits heillose Aufregung. Soldaten schrien Befehle, Pferde wurden von den Weiden geholt und Sattelzeug durch die Gegend getragen. Als sie am Schloss ankamen, führte sie ein Diener sofort zur Versammlungshalle, wo sich bereits einige Lords, Hauptmänner und ranghohe Soldaten zusammengefunden hatten. Auch Saliah, Tovion und Rudrinn saßen mit gespannten Gesichtern auf ihren Stühlen.

»Na endlich«, rief König Greedeon und erhob sich von dem großen Stuhl am Kopf des Tisches. Ihm zur Seite saß Berater Flanworn und lächelte Rijana mit seinen fauligen Zähnen zu. Sie wandte rasch den Blick ab.

»König Scurr ist heimlich über das Donnergebirge nach Balmacann eingedrungen«, begann König Greedeon. Sofort herrschte atemlose Stille in dem großen Ratssaal. Der König begann unruhig auf und ab zu laufen. »Er hat auch einige Schiffe an die Küste geschickt, doch die wurden abgefangen. Es war ein Ablenkungsmanöver.«

»So ein Hund!«, erklang die Stimme von Lord Geodorn, der nur durch reichlich Gold in den Adel aufgestiegen war. Einst war er ein einfacher Bauer gewesen, dann hatte er durch Zufall eine Goldmine auf seinen Feldern entdeckt. Doch man sah ihm noch immer an, dass er ein einfacher Mann war. Beim Essen konnte er kaum mit Messer und Gabel umgehen, und auch seine Manieren ließen zu wünschen übrig.

König Greedeon beachtete ihn nicht weiter und fuhr fort: »Über den Donnerfluss kommen sie nicht, dort habe ich bereits eine Menge Soldaten postiert, aber man sagt, sie hätten auch Orks dabei, die sich in den Bergen versteckt halten. Ich habe bereits Hilfe aus Camasann angefordert, aber auch unsere Männer werden kämpfen müssen.«

Dabei warf er besonders den sechs Freunden einen auffordernden Blick zu. Vielleicht hätte er sie noch gar nicht benötigt, aber es wurde Zeit, dass sie ihre Qualitäten unter Beweis stellten.

»Ist unser Land wirklich in Gefahr?«, fragte Lord Regold, ein arroganter Mann, der als Geizhals bekannt war und äußerst ungern einen Finger krumm machte.

»Die Ernte wird auch in diesem Herbst schlecht ausfallen. Alle Länder sind von den Stürmen des Winters beeinträchtigt worden. Scurr wird es ebenfalls nicht viel besser ergangen sein und plündert nun, was er kriegen kann.«

»Gut, wirr werrrden kämpfen«, knurrte Lord Nasrann, der ursprünglich aus Errindale stammte und in einem starken Dialekt sprach. Sein Gesicht war unter dem dichten, schwarzen Bart kaum zu erkennen. Er war einer der wenigen hohen Herren, die gelegentlich auch mal selbst das Schwert schwangen.

»Morgen werden wir aufbrechen«, befahl König Greedeon. »Vor dem Donnergebirge sammeln wir uns. Ich hoffe nur, dass die Krieger aus Camasann bald eintreffen werden.«

Aufgeregtes Getuschel war nun zu hören, das den ganzen Abend nicht mehr verstummte. Es wurde nur noch über die bevorstehende Schlacht geredet.

»Dann wird es jetzt also ernst«, meinte Tovion und strich über das Schwert, das an seiner Seite hing.

»Und ausgerechnet jetzt ist meines auf Camasann«, sagte Falkann und verzog das Gesicht. »Und dann müssen wir auch noch gegen Orks kämpfen.«

»Wir haben bereits gegen Orks gekämpft, es wird schon gut gehen«, meinte Broderick.

»Wir aber nicht«, wandte Saliah ein, und Rijana und Tovion nickten zustimmend.

»Orks sind nicht so schlimm«, warf Rudrinn ein. »Sie sind zwar kräftig, aber auch dumm. Man kann sie leicht überlisten.«

Falkann nahm Rijana in den Arm. »Wir passen schon auf euch auf.«

Saliah warf Endor, dem jungen Soldaten, in den sie verliebt war, einen verzweifelten Blick zu. Er würde bereits heute Nacht aufbrechen müssen.

In dieser Nacht dauerte es lange, bis alle endlich in ihren Betten schliefen. Wohl eine der letzten Nächte, die sie so komfortabel verbringen würden. Doch noch vor dem Morgengrauen wachte das ganze Schloss beinahe gleichzeitig auf, denn plötzlich bebte die Erde, und selbst die Mauern des massiven und gewaltigen Schlosses wurden erschüttert.

Rijana schoss in ihrem Bett auf und hielt sich erschrocken an einem der vergoldeten Pfosten fest. Sie hatte keine Ahnung, was das war. Von überall her ertönten aufgeschreckte Stimmen, und Schritte waren auf den Gängen zu hören. Doch sie war nicht in der Lage sich zu rühren. Es klopfte an ihrer Tür.

»Rijana, ist mit dir alles in Ordnung?«, erklang Falkanns Stimme.

»Ja«, rief Rijana ängstlich.

Er rüttelte an der Tür, doch die war von innen verschlossen.

»Na los, mach auf«, verlangte er.

Rijana stieg vorsichtig aus dem Bett und fiel beinahe hin, als die Erde erneut erbebte. Endlich war sie an der Tür, und Falkann hielt sie beide am Türrahmen fest. Dann nahm er sie in den Arm, und Rijana fragte ängstlich: »Was ist das?«

»Ein Erdbeben«, antwortete er. »In Catharga habe ich so etwas öfters erlebt. Es dauert normalerweise nicht sehr lange.«

Aufgeregte Diener liefen umher. Eine Menge Glas und einige Lampen waren zu Bruch gegangen, aber ansonsten war wohl das Meiste heil geblieben.

Falkann führte Rijana zum Bett und legte ihr eine Decke um die Schultern.

»Meinst du«, fragte sie immer noch erschüttert, »dass das ein schlechtes Omen war?«

Falkann schüttelte entschieden den Kopf, aber so sicher war er sich da selbst nicht.

Zu dieser Zeit ruderte Ariac mit König Scurr und einigen Blutroten Schatten über das Meer. Sie hatten nur ein kleines

Boot ohne Segel, damit sie unerkannt an der Küste landen konnten. Ariac hatte gar nichts davon mitbekommen, dass König Scurr bereits im Frühling über fünfhundert Soldaten auf die Reise nach Balmacann geschickt hatte. Orks und Trolle waren über die nördlichen Gebirge geschickt worden. Mit Ariac hatte Scurr bis zuletzt gewartet, denn ihn wollte er nicht über Land schicken, am Ende wäre er noch auf Steppenleute getroffen.

Ariac tauchte sein Ruder mit kräftigen Schlägen in das dunkle Wasser. Langsam näherten sie sich der Küste.

Endlich war der Zeitpunkt gekommen, an dem er sich rächen konnte. Endlich konnte er gegen die kämpfen, die sein Volk getötet hatten. Ariac war voller Hass, sein Schwert gierte nach Blut.

Am nächsten Morgen ritten Falkann, Rijana, Saliah, Broderick, Tovion und Rudrinn los. Eine Gruppe von über hundert Kriegern begleitete sie. Vom Schloss in Balmacann bis zu den Ausläufern des Donnergebirges dauerte die Reise mehrere Tage. Falkann und seine Freunde trafen immer wieder auf König Greedeons Soldaten, die berichteten, dass es Kämpfe in den Bergen gab. Sie hatten Scurrs Armee noch nicht besiegt. Mit über achtzig Männern trafen die sechs Freunde an einem regnerischen Sommertag am Rande der Berge ein. Schon von weitem sahen sie überall Krieger in den blauweißen Uniformen Balmacanns gegen Orks und Soldaten in roten Umhängen kämpfen.

»Rijana, du bleibst bei mir! Ich will nicht, dass dir etwas passiert«, rief Falkann aufgeregt.

Rijana war das nur recht. Ihr Mund war vor Nervosität völlig trocken. Sie hatte außer einmal auf der Insel noch nie gegen einen realen Feind gekämpft, und damals war sie noch sehr klein gewesen und kaum zum Zug gekommen.

»Saliah, Rudrinn, seid ebenfalls vorsichtig! Ihr habt noch

nicht eure wahren Schwerter und damit auch noch nicht eure vollen Kräfte«, fuhr Falkann besorgt fort.

»Jawoll, Hauptmann«, versuchte Broderick zu scherzen, doch selbst bei ihm wirkte das heute nur halbherzig.

Sie fassten sich an den Händen und nickten sich zu. Sie würden aufeinander achten, so gut es ging. Dann stürzten sich alle in die Schlacht. Es gab so viele Kämpfe mit Orks und Soldaten, dass diese sich über einen ganzen Mond hinzogen.

Alle sechs hielten sich gut, auch die Mädchen kämpften tapfer gegen die Feinde. Sie waren wahrlich Thondras Kinder. Alle Krieger, die auf Camasann ausgebildet wurden, waren exzellente Schwertkämpfer, doch diese sechs jungen Leute übertrumpften sie bei weitem.

Die Schlacht verlagerte sich auf die Ebenen hinter den Bergen, die zum Meer führten. Irgendwann trafen auch die Krieger aus Camasann ein, und die sechs Freunde sahen an einem Abend in einem provisorischen Lager am Rande der Berge nach langer Zeit Brogan wieder. Alle waren schmutzig und blutig, aber zumindest bei guter Gesundheit.

»Wie geht es euch?«, fragte der Zauberer mit seinem väterlichen Lächeln.

»Gut«, antwortete Falkann, »aber Scurrs Männer sind schwer zu schlagen. Sie kämpfen hart und ohne Gnade.«

Der Zauberer nickte ernst. »Wir haben noch einmal vierhundert Mann aufgetrieben. Das wird helfen.«

Plötzlich stand eine hübsche, junge Frau vor ihnen. Tovion schoss wie vom Blitz getroffen hoch.

»Nelja?«, fragte er ungläubig.

Sie nickte und lächelte schüchtern. Wie Saliah war sie nun beinahe einundzwanzig Jahre alt, hatte gelockte schwarze Haare und trug ein dunkles Kleid.

»Nelja wird uns helfen. Sie hat ein großes Talent zur Zauberei«, erklärte Brogan lächelnd. »Außerdem ist sie eine gute Heilerin.«

Nelja errötete ein wenig und mied bewusst den Blick von Tovion, der sie noch immer anstarrte. Brogan redete noch eine Weile mit den jungen Leuten, bevor sie sich schlafen legten. Der neue Tag würde wieder erbitterte Kämpfe bringen.

Nur Tovion konnte nicht einschlafen. Irgendwann erhob er sich und lief ein wenig hinaus in die Felsenlandschaft. Einer der Wächter nickte ihm zu.

In der Dunkelheit entdeckte er eine Gestalt vor sich und wollte schon wieder umdrehen, doch da blickte sie ihm direkt ins Gesicht.

»Warum hast du mir nie geschrieben?«, fragte Nelja leise. Tovion sah, dass sie geweint hatte.

Mit gerunzelter Stirn kam er näher und stellte sich neben sie. »Das habe ich, aber du hast nie geantwortet.«

Sie schnaubte verächtlich, doch er holte das Amulett heraus, das sie damals Rijana mitgegeben hatte. »Ich habe es immer bei mir.«

Nelja wischte sich die Tränen aus dem Gesicht und blickte ihm in die Augen. »Wirklich?«

Tovion nickte und nahm sie zärtlich in den Arm. »Ich weiß nicht, warum die Briefe nie angekommen sind, aber ich habe dir geschrieben, ich lüge nicht!«

Nelja war überglücklich. Sie hatte wirklich befürchtet, Tovion hätte sie vergessen.

Am nächsten Tag tobte eine heftige Schlacht auf den nahen Ebenen und gleichzeitig in den Bergen. Auch Scurrs Truppen hatten Verstärkung bekommen. Scurr selbst blieb allerdings im Hintergrund und beobachtete zufrieden, wie Ariac die Krieger aus Camasann niedermetzelte. Kaum jemand kämpfte so wild und brutal wie er.

Am Ende dieses Tages trafen sich die Freunde erneut im Lager. Rudrinn hatte sich beim Kampf mit einem Ork den Arm gebrochen und sollte am nächsten Morgen zurück ins Schloss geschickt werden, was ihm gar nicht gefiel. Auch die anderen hatten einige kleine Verletzungen, doch Nelja und Brogan hatten diese gut behandeln können. Doch dann übermittelte einer der Soldaten dem Zauberer schlechte Nachrichten. Brogan ging mit besorgtem Gesicht auf Saliah zu, nahm sie beiseite und redete mit ihr. Dann hörte man Saliah aufschreien und sah sie wegrennen.

Brogan kam zurück und fuhr sich übers Gesicht. »Endor ist getötet worden«, erklärte er.

»Oh, nein«, flüsterte Rijana entsetzt, und auch die anderen machten betretene Gesichter.

Gemeinsam mit Brogan liefen sie hinab auf die Ebenen, nahmen ihre Pferde und ritten zum Meeresufer, wo Saliah mit tränenverschmiertem Gesicht neben einem Boot kniete, in dem Endor und einige weitere Krieger lagen. Rijana nahm die Freundin in den Arm, und Saliah weinte an ihrer Schulter.

Kurz darauf sprach Brogan den Segen, der die Seelen der toten Krieger in Thondras Hallen bringen sollte, und mehrere Boote wurden ins Meer geschoben. Kurz darauf erleuchteten Brandpfeile den Himmel. Hell loderte das Feuer in der beginnenden Nacht auf, bevor die Boote irgendwann untergingen und verloschen.

Rijana hätte ihre Freundin so gerne getröstet, aber Saliah starrte nur stumm aufs Meer und sagte überhaupt nichts mehr. Brogan nahm sie schließlich und führte sie fort.

»Ich werde sie mit Rudrinn aufs Schloss nehmen«, verkündete er ernst, als er zurückkam.

Die anderen nickten, und Rijana war froh, als Falkann sie in dieser Nacht im Arm hielt. Sie stellte sich vor, wie sie sich an Saliahs Stelle fühlen würde, und schauderte. Es war ein trauriger Abschied am nächsten Tag. Saliah hatte dunkle Ringe unter den Augen, wahrscheinlich hatte sie die ganze Nacht nicht geschlafen. Brogan begleitete sie und Rudrinn zurück zum Schloss. Die anderen kämpften auf den Ebenen gegen Scurrs Soldaten, doch nach und nach verlagerten sich die Kämpfe von den Bergen immer weiter ins Landesinnere.

An einem Tag wurde es besonders schlimm. Immer wieder wurden die Verteidiger von Scurrs Soldaten aufgerieben. Die Kämpfe tobten die ganze Nacht hindurch, und irgendwann wurden die Freunde getrennt.

Im Morgengrauen, Rijana war langsam, aber sicher am Ende ihrer Kräfte, wurde sie von einem der Soldaten mit den roten Umhängen vom Pferd geworfen. Er hatte sie mit dem Stiel seiner langen Lanze am Kopf getroffen. Rijana rappelte sich gerade wieder auf, als der Soldat mit teuflischem Grinsen über ihr stand und mit seinem Schwert nach ihr stach. Sie rollte geschickt zur Seite, doch er erwischte sie noch am Oberschenkel, und sie schrie auf.

Ariac war ebenfalls in die Berge gelaufen. Er war wie im Blutrausch und tötete einen Krieger nach dem anderen. Mit jedem, den er umgebracht hatte, glaubte er, sein Volk ein wenig mehr gerächt zu haben. Er kämpfte unermüdlich weiter, bis er aus dem Augenwinkel heraus einen von Scurrs älteren Soldaten sah, der mit einer Frau kämpfte. Kurz flackerte in Ariac so etwas wie Widerwillen auf, doch dann riss er sich zusammen. Auch das war eine Feindin, eine von Greedeons Kriegern. Aber bevor der Soldat zu seinem letzten Schlag ausholen konnte, ließ Ariac etwas einhalten. Er wusste nicht, was es war. Merkwürdige und zugleich vertraute Szenen flammten vor seinem inneren Auge auf. Er sah den Teufelszahn, den spitzen Berg in Ursann, vor sich. Eine fremde Schlacht und Orks, die aus den Bergen strömten. Er wusste selbst nicht warum, aber plötzlich kam ein verzweifeltes »Neeeeinnn!« über seine Lippen, und er stieß den Soldaten zur Seite, der das Mädchen gerade aufspießen wollte.

Ariac war nun wieder im Hier und Jetzt. Er wusste nicht,

was mit ihm los gewesen war. Das hier war seine Feindin, eine von denen, die seine Familie ermordet hatten. Er musste sie töten. Schon hob er sein Schwert zum tödlichen Stoß. Das Mädchen drehte den Kopf zur Seite und schloss die Augen. Doch nun erstarrte Ariac, und kurz bevor seine Klinge in die weiche Haut der jungen Frau eindrang, hielt er inne. Unter dem aufgerissenen Hemd guckte eine Kette hervor, an der eine Pfeilspitze hing.

»Rijana«, flüsterte Ariac fassungslos und erstarrte wie vom Donner gerührt.

Rijana konnte es nicht fassen. Noch eben hatte sie geglaubt, gleich in die Hallen Thondras einziehen zu müssen, und jetzt stand dieser fremde junge Mann vor ihr. Normalerweise hätte sie ihn nicht wiedererkannt, denn Ariac hatte inzwischen kurze Haare, und er war ein erwachsener Mann. Nichts erinnerte mehr an den sehnigen Jungen. Doch die Tätowierungen an den Schläfen hätte sie jederzeit erkannt.

»Ariac?«, fragte sie ungläubig.

Doch er konnte nicht antworten, denn der Soldat in dem roten Umhang, der sich inzwischen aufgerappelt hatte, stand wutschnaubend hinter ihm.

»Was soll das?«, fragte er wütend. »Sie ist eine Feindin. Wir müssen sie erledigen.«

»Nein«, sagte Ariac entschieden und stellte sich vor Rijana, die langsam wieder auf die Füße kam und sich an einem Felsen festhielt.

»Wir müssen alle töten«, rief der Soldat geifernd. »König Scurr hat es befohlen.«

»Nein«, erwiderte Ariac ganz ruhig. Er wusste, dass er das nicht zulassen konnte. Sosehr er Greedeons Krieger hasste, Rijana würde er beschützen. Kurz wurde er wieder zu dem Jungen mit den hohen Moralvorstellungen, der er einmal gewesen war.

Der Soldat ging auf Ariac los, doch der rammte ihm das Schwert in die Brust, ohne großartig darüber nachzudenken.

Rijana stand sprachlos an den Felsen gedrückt und wusste gar nicht, was sie denken sollte. Ariac kam zu ihr, und sie wich einen Schritt zurück.

»Kannst du laufen?«, fragte er. »Weißt du, wo deine Leute sich sammeln?«

Rijana nickte mechanisch.

»Dann geh«, sagte Ariac gehetzt, »von Osten nähern sich noch mehr von unseren Soldaten und auch Orks. Du musst dich beeilen!«

Erneut nickte Rijana, konnte jedoch den Blick nicht von dem jungen Mann abwenden, der vor ihr stand. Sie hätte niemals geglaubt, ihn eines Tages doch noch wiederzusehen.

»Rijana, jetzt lauf schon!«, rief Ariac verzweifelt, denn schon strömten neue Soldaten in roten Umhängen zwischen den Felsen hervor.

Sie warf ihm noch einen verwirrten Blick zu, dann lief sie los. Allerdings war ihr so schwindlig, da sie die Lanze am Kopf getroffen hatte, dass sie sich nach nur wenigen Schritten an einem Baum festhalten musste. Auch ihr Bein war verletzt und blutete ziemlich stark.

Ariac fluchte. Er war hin- und hergerissen. Hinter sich sah er seine eigenen Leute anrücken. Genau wie sie musste er weiter gegen Greedeons Krieger kämpfen. Auf der anderen Seite konnte er Rijana doch nicht einfach ihrem Schicksal überlassen. Er hatte sich einst geschworen, sie zu beschützen. Ariac warf noch einen Blick hinter sich, dann rannte er zu Rijana und packte sie am Arm.

»Komm, ich bringe dich zu deinen Leuten.«

Sie blickte überrascht auf und stützte sich auf Ariac, während sie schwerfällig versuchte, einen Schritt vor den anderen zu setzen. Ariac sah sich immer wieder um, denn die Soldaten in den roten Umhängen waren nicht mehr weit weg. Er fluchte leise und führte Rijana hinter einen Felsen. Sie sah inzwischen sehr blass aus, und ihr Hosenbein war blutdurchtränkt.

»Warte hier«, sagte er ernst.

Rijana nickte und sah, wie er sich hinter einem Felsen versteckte, einen Soldaten von König Scurr von hinten ansprang und von seinem Pferd riss. Dann schlug er ihn bewusstlos, schnappte sich das Pferd und half Rijana hinauf. Er setzte sich hinter sie und galoppierte mit dem Pferd den Berg hinab.

»Warum hilfst du mir?«, fragte sie, kurz bevor sie das Bewusstsein verlor.

»Weil ich es versprochen habe«, antwortete er, doch das hörte sie bereits nicht mehr.

Ariac galoppierte in halsbrecherischem Tempo den Berg hinunter. Er musste möglichst viel Abstand zu Scurrs Kriegern bekommen. Rijana hing bewusstlos in seinen Armen, und er machte sich Gedanken wegen ihres Beins, denn es blutete noch immer stark. Schließlich hielt er hinter einer Gruppe Felsen an, hob sie vom Pferd und riss seinen Umhang in Streifen. Er verband ihr Bein so fest er konnte und gab ihr etwas aus seinem Wasserbeutel zu trinken.

»Wach bitte auf«, sagte er leise und schüttelte sie an der Schulter.

Nach einer Weile hob sie mühsam die Augenlider und blickte ihn einen Moment lang erschrocken an.

»Wo sind deine Leute?«, fragte er eindringlich.

Sie setzte sich ein wenig auf und murmelte: »Das darf ich dir nicht sagen.«

Ariac seufzte. »Das ist mir schon klar, aber wie soll ich dich denn sonst zu ihnen bringen?«

Sie hob die Schultern. »Wirst du uns verraten?«, fragte sie ängstlich.

Ariac schloss kurz die Augen. Er war hin- und hergerissen und kämpfte mit sich selbst. Was sollte er nur tun?

»Ich muss gegen König Greedeons Soldaten kämpfen, aber ich verspreche, euer Versteck nicht zu verraten.«

Auch Rijana war völlig durcheinander, zudem war ihr schwindlig, und sie konnte nicht klar denken. Schließlich nickte sie und beschrieb Ariac die Stelle hinter der Bergkette, wo sich alle sammeln sollten.

Ariac hob sie hoch und trug sie zurück zu dem Pferd. Sie galoppierten bis zur Mittagszeit, und endlich entdeckte er in der Nähe eines kleinen Flusses einige Männer in blauweißen Kleidern. Hass flammte in ihm auf, aber er würde sein Wort halten.

Er galoppierte auf das Lager zu, und da er den roten Umhang abgenommen hatte, wurde er zunächst nicht als Feind erkannt. Doch dann kam ein Soldat und rief erschrocken: »Das ist einer von Scurrs Männern!«

Sofort wurde er von fünfzehn Kriegern umzingelt. Ariac hob eine Hand, mit der anderen hielt er Rijana fest, die halb bewusstlos in seinen Armen hing.

»Ich bringe euch nur das Mädchen, ich tue euch nichts.«

Tovion, der im Lager gewesen war, kam herbeigerannt. Mit wütendem Blick zog er Rijana vom Pferd.

»Ergreift ihn!«, rief er den anderen zu, die Ariac vom Pferd rissen.

»Nein, nicht, tut ihm nichts«, rief Rijana verzweifelt und zappelte, um freizukommen. »Er ist mein Freund, er hat mir geholfen.« Mehr konnte sie nicht sagen, bevor sie das Bewusstsein verlor und zu Boden fiel.

Tovion fing sie auf. »Ganz ruhig, Rijana, alles ist gut«, sagte er beruhigend und trug sie rasch fort.

Ariac versuchte sich zu wehren, aber gegen die Übermacht

der blauweißen Krieger hatte er keine Chance. »Lasst mich, ich werde euch nicht verraten«, rief er immer wieder.

Doch schließlich traf ihn ein Schwertknauf am Kopf, und alles um ihn wurde schwarz.

Falkann war schon halb verrückt vor Angst. Während der Nacht war er von Rijana getrennt worden und konnte sie einfach nicht mehr finden. Als es erneut dunkel wurde, galoppierte er zum Lager zurück. Broderick kam ihm entgegen und fasste ihn beruhigend am Arm.

»Sie ist auf dem Weg zurück zum Schloss, keine Angst.«

»Was ist mit ihr?«, rief Falkann beunruhigt.

»Sie ist verletzt, aber sie wird das schon überleben«, versicherte Broderick.

Falkann ließ sich jedoch nicht aufhalten und galoppierte noch in der Nacht dem Wagen hinterher, der die Verletzten abtransportierte. Die Kämpfe gegen König Scurrs Armee gingen noch einige Tage weiter, und langsam, aber sicher wurde der Feind zurückgedrängt.

Zwei Tage nachdem Rijana ins Schloss gebracht worden war, wachte sie auf. Die Heiler hatten ihr ganzes Können einsetzen müssen, denn Rijana hatte eine Menge Blut verloren. Auch jetzt fühlte sie sich noch ziemlich schwach, hob mühsam die Augenlider und murmelte: »Ariac?«

Sie konnte nur ganz verschwommen eine Gestalt an ihrem Bett sitzen sehen.

Falkann zog verwirrt die Augen zusammen und gab ihr etwas von dem Kräutertrank, den Nelja hiergelassen hatte.

»Wie bitte?«

Rijana versuchte sich ein wenig aufzurichten, doch Falkann drückte sie zurück in die Kissen. »Nicht, bleib liegen, du musst dich ausruhen.«

Sie wollte noch etwas sagen, aber dann schlief sie wieder ein, und Falkann lehnte sich seufzend zurück. Beinahe zwei Nächte hatte er jetzt nicht geschlafen, um an ihrem Bett wachen zu können. Er machte sich wirklich große Sorgen um sie.

Am Nachmittag kehrte auch Broderick ins Schloss zurück. Die Schlacht hatte auch an ihm Spuren hinterlassen. Der Dreck klebte an ihm, und seine Kleidung war zerrissen. Leise trat er ins Zimmer.

»Na, wie geht's ihr?«

»Besser«, sagte Falkann und deutete ein Lächeln an. »Vorhin war sie kurz wach.«

Broderick nickte und ließ sich müde auf einen Stuhl fallen. »Endlich sind Scurrs Ratten in ihre Löcher zurückgekehrt.«

Falkann war froh, dass es vorbei war, aber Scurr war nicht vernichtend geschlagen, nur ein wenig zurückgedrängt, und er würde wieder angreifen.

»Ist Tovion in Ordnung?«

Broderick nickte und nahm sich einen Apfel vom Tisch.

»Er ist bei Nelja«, sagte er grinsend. »Wie ich gesehen habe, ist auch Rudrinn wieder auf den Beinen.«

Falkann nickte. »Er flucht nur die ganze Zeit, weil er seinen Arm nicht richtig benutzen kann.«

Broderick lachte, doch dann wurde er ernst. »Habt ihr etwas aus diesem Kerl rausbekommen, der Rijana hierher gebracht hat?«

Falkann schüttelte den Kopf. Der Steppenkrieger, der offensichtlich zu Scurrs Armee zählte, hatte beharrlich geschwiegen, selbst als er ausgepeitscht worden war.

»Er hatte dieses Schwert«, sagte Falkann zögernd. »Ich weiß nicht, was das soll.«

»Wieder so ein Verräter«, fluchte Broderick abfällig, und in diesem Moment erwachte Rijana.

Sie lächelte die beiden schwach an und stützte sich auf die Unterarme, dann erinnerte sie sich an etwas und fragte bestimmt: »Wo ist Ariac?«

»Wer?«, fragte Falkann verwirrt. Jetzt erwähnte sie schon wieder den fremden Namen.

»Ariac«, wiederholte sie, »der junge Steppenkrieger, der mich zu euch gebracht hat.«

Broderick beugte sich überrascht nach vorn. »Na, der ist natürlich im Kerker.«

Empört fuhr Rijana auf und wohl auch etwas zu schnell, denn alles begann sich um sie zu drehen.

»Er hat mich gerettet, verdammt«, sagte sie mühsam und hielt sich am Bett fest. »Er ist mein Freund.«

Falkann packte sie am Arm. »Was redest du denn da? Er ist einer von Scurrs Soldaten – er ist unser Feind.«

Rijana schüttelte entschieden den Kopf. »Nein, Brogan hat ihn mit mir zusammen nach Camasann bringen wollen, als wir klein waren. Dann wurden wir von Scurrs Männern überfallen. Ariac hat mir geholfen zu entkommen.«

»Das ist lange her, Rijana, jetzt ist er unser Feind«, erklärte Broderick ruhig.

Doch Rijana versuchte aufzustehen. »Ich will, dass er sofort aus dem Kerker geholt und hierhergebracht wird«, verlangte sie.

»Jetzt sei doch vernünftig«, rief Falkann und hielt sie fest, aber sie schlug wild um sich. Dann wurde sie jedoch blass und musste sich wieder hinsetzen.

»Gut, ich werde mit König Greedeon reden«, versprach Falkann, damit sie sich beruhigte, und Rijana nickte erleichtert.

Sie war auf einmal wieder todmüde und legte sich hin.

Als sie wieder schlief, ging Falkann mit Broderick zusammen hinaus.

»Kannst du mir mal sagen, was das soll?«, fragte er ungehalten. »Tovion hat schon so was erzählt, aber er dachte, Rijana hätte Fieber und würde fantasieren.«

Broderick schüttelte den Kopf. »Wir sollten Brogan fragen.«

Falkann nickte, und die beiden machten sich zu dem Zauberer auf, der so lange hier auf dem Schloss in Balmacann bleiben wollte, bis es Rijana wieder gut ging. Die beiden fanden ihn im Park auf einem Stein sitzend. Der Zauberer sah sehr nachdenklich aus.

»Falkann, Broderick, schön euch zu sehen«, sagte er lächelnd. »Wie geht es unserer Kleinen?«

»Sie war wach«, sagte Falkann mit gerunzelter Stirn. Anschließend erzählten er und Broderick abwechselnd, was Rijana gesagt hatte.

Brogan nickte bedächtig. »Sie hat die Wahrheit gesagt. Ich habe sie und Ariac vor über neun Jahren gefunden.« Sein Blick wurde traurig. »Ariac war ein guter Junge, aber Scurrs Männer haben ihn gefangen.«

»Dann ist er jetzt einer von ihnen«, murmelte Broderick, und der Zauberer stimmte ihm zu.

»Aber Rijana will das anscheinend nicht wahrhaben«, sagte Falkann wütend. Er war außerdem eifersüchtig, weil sie Ariacs Namen beim Aufwachen zuerst genannt hatte.

»Es ist merkwürdig«, meinte Brogan. »Ich weiß nicht, warum er sie gerettet hat. In Scurrs Ausbildung wird so etwas wie Mitleid oder Gnade nicht gelehrt, auch gegenüber einem Mädchen nicht.«

»Es ist sicher wieder eine Falle«, knurrte Broderick wütend. »So wie damals bei Lugan.« Er spuckte angewidert auf den Boden.

»Das befürchte ich ebenfalls«, seufzte der Zauberer. Auch er hatte Ariac befragt, aber der hatte keinen Ton über seine Lippen kommen lassen.

Brogan ging zu Rijana hinauf und betrachtete das schlafende Mädchen. Sie hatte eine dicke Beule auf der Stirn, aber ansonsten ging es ihr zum Glück wieder besser. Er wartete, bis sie aufwachte, dann lächelte er sie an.

»Wie fühlst du dich?«

Sie ging nicht darauf ein, sondern setzte sich im Bett auf und fragte nach Ariac

Brogan seufzte und nahm ihre Hand, woraufhin Rijana die Stirn runzelte.

»Wir können Ariac leider nicht aus dem Kerker entlassen.«

»Er hat mich gerettet«, rief sie empört und wollte aufstehen, allerdings war sie noch zu schwach.

Brogan blickte ihr eindringlich in die Augen. »Ich weiß, dass ihr damals für kurze Zeit Freunde wart, aber er ist wahrscheinlich einer von Scurrs Spitzeln. So wie damals Lugan.«

Rijana schnaubte und wandte den Blick ab. So etwas wollte sie nicht hören.

»Ich will ihn sehen«, verlangte sie.

Brogan seufzte. »Das wird König Greedeon nicht erlauben.«

»Dann sag deinem König, dass ich nie wieder für ihn kämpfen werde, wenn er Ariac nicht sofort freilässt«, rief sie wütend.

»Kind, jetzt sei doch vernünftig«, bat der Zauberer.

Aber Rijana stand schließlich auf und humpelte, nur in ein Nachtgewand gekleidet, zur Tür. »Dann hole ich ihn eben selbst raus«, verkündete sie, obwohl sie ein wenig bleich im Gesicht wirkte.

Plötzlich stand sie vor König Greedeon, der wohl gerade zu ihr kommen wollte. Der blickte sie verwundert an, und Rijana wurde wegen ihrer spärlichen Kleidung ein wenig verlegen.

»Na, dir scheint es ja besser zu gehen«, sagte er lächelnd.

»Lasst den Gefangenen frei! Ich will ihn sehen!«, verlangte sie bestimmt. Normalerweise war Rijana nicht so selbstbewusst, aber jetzt musste sie es sein, das spürte sie.

»Aber, aber er ist einer von …«, begann der König, doch Rijana unterbrach ihn unwirsch.

»Verflucht, er hat mich gerettet. Einer der Blutroten Schatten wollte mich aufspießen.«

Der König blickte das Mädchen verwirrt an. So aufgebracht hatte er sie noch nie gesehen.

»Bitte«, bat sie ihn mit großen Augen, »ich möchte ihn nur kurz sprechen. Ihr könnt ihn ja bewachen lassen.«

»Ähm, na ja«, stammelte der König, aber schließlich nickte er. »Gut, ich werde ihn später zu dir schicken.«

Rijana nickte erleichtert und ging wieder zu ihrem Bett zurück.

Am Abend wurde Ariac schwer bewacht zusammen mit Rudrinn und Falkann in Rijanas Zimmer gebracht. Zunächst setzte sie sich freudig auf, aber dann sah sie, dass er gefesselt war und noch immer die schmutzigen, blutverschmierten Kleider trug, mit denen er hergebracht worden war. Sein Gesicht war zornig und verschlossen. Nur als er Rijana ansah, wurde es ein wenig weicher, und der Anflug eines Lächelns erschien darauf, wie Brogan, der ebenfalls gekommen war, bemerkte.

»Lasst ihn los und macht die Fesseln ab«, verlangte Rijana ungehalten.

Die beiden Soldaten, die ihn am Arm festhielten, schüttelten entschieden den Kopf. »Wir haben Anweisungen von König Greedeon, dass er bewacht werden muss.«

»Ich hatte auch nichts anderes von ihm erwartet«, erwiderte Ariac verächtlich und bekam postwendend einen Stoß in den Rücken.

»Lasst ihn!«, rief Rijana zornig. »Er hat mich schließlich zu unserem Lager gebracht.«

Falkann schien beinahe zu explodieren, wohingegen Rudrinn Ariac merkwürdig musterte.

»Warum hast du sie gerettet?«, fragte Brogan ernst.

Ariac drehte sich zu ihm um. Er konnte sich an den Zauberer erinnern, der ihn von seinem Clan fortgeholt hatte.

»Weil ich es versprochen habe«, sagte er überzeugt und blickte auf Rijana hinab, die zufrieden nickte. »Ich halte meine Versprechen.«

»Und welches Versprechen hast du König Scurr gegeben?«, fragte Falkann grimmig. »Dass du uns alle umbringst?«

Ariac fuhr wild herum, und die Soldaten hielten ihn mit aller Gewalt fest.

»Ja, ich habe eure Leute umgebracht, und ich werde es weiterhin tun, aber das hat nichts mit König Scurr zu tun.«

Falkann trat vor ihn und blickte ihm zornig in die Augen. »Ach ja, und was ist das für eine verfluchte Lüge? Du wolltest dich doch nur hier einschleichen.«

»Wollte ich nicht«, schrie Ariac. »Ich wollte nur Rijana retten. Mit euch verdammten Mördern will ich nichts zu tun haben.«

»Wir sind die Mörder?«, schrie Falkann zurück, und die beiden funkelten sich derart zornig an, dass man meinte, Blitze zwischen ihnen zucken zu sehen.

»Hört auf!«, unterbrach Brogan die beiden, und die Soldaten schleppten den tobenden Ariac nach draußen.

Rijana saß voller Enttäuschung in ihrem Bett, während Falkann noch immer vor Zorn bebte. Dann ging er jedoch zu ihr und wollte sie in den Arm nehmen. Aber Rijana wich zurück.

»Er hat mich gerettet«, wiederholte sie mit Tränen in den Augen.

Falkann fuhr sich über die Augen und nahm ihre Hand. »Das ist richtig, aber das war doch nur, damit er zu uns gelangt.«

Rijana schüttelte entschieden den Kopf.

»Rijana, sei doch vernünftig«, verlangte er ernst. »Er gibt

sich doch nur als einer von uns aus, weil er uns ausspionieren will.«

»Wieso, einer von uns?«, fragte sie verwirrt.

»Er hatte eines der sieben Schwerter bei sich«, erklärte Rudrinn nachdenklich.

Rijana fuhr auf. »Ariac ist einer von uns?«

»Nein, ist er nicht«, brauste Falkann auf. »Er ist genau so eine verfluchte Ratte, wie Lugan es war.«

Rijana starrte ihn zornig an, doch Brogan trat zu ihnen.

»Er hat nie behauptet, einer der Sieben zu sein. Aber es ist richtig, dass er das Schwert bei sich trägt.«

Falkann machte ein verächtliches Geräusch, und Rijana schaute ihn schon wieder zornig an.

»Ariac ist mein Freund. Er hat versprochen, mich zu beschützen, und das hat er auch getan«, sagte sie fest.

»Verdammt noch mal, Rijana«, rief Falkann wütend und sprang auf. »Das ist eine Falle, siehst du das denn nicht? Er hat sich wahrscheinlich an dich rangeschlichen und so lange gewartet, bis er dich retten konnte.«

»Und woher hätte er bitte wissen sollen, dass ich eine der Sieben bin?«, schrie sie zurück und lief ziemlich rot an.

»Das ist ja wohl keine Kunst. Wie viele Frauen kämpfen denn normalerweise in einer Schlacht mit?«, erwiderte Falkann verächtlich.

Rijana verschränkte die Arme und wandte sich ab. Sie wollte nichts mehr hören.

Falkann wollte noch etwas sagen, doch dann machte er eine wütende Handbewegung und stürmte aus dem Raum. Rudrinn sah ein wenig unentschlossen aus, aber Brogan machte ihm schließlich ein Zeichen, dass er gehen sollte. Der Zauberer setzte sich zu Rijana aufs Bett und legte ihr einen Arm um die Schulter.

»Komm, beruhige dich«, sagte er ruhig. Brogan wunderte sich ein wenig über das Mädchen, denn normalerweise war

Rijana eher ruhig und schüchtern, doch heute hatte sich die Kämpfernatur in ihr gezeigt.

Rijana machte noch immer ein verbissenes Gesicht und knirschte mit den Zähnen.

»Falkann versteht mich einfach nicht«, sagte sie wütend. »Ariac meint es ehrlich, er ist kein schlechter Mensch.«

Brogan seufzte. »Das würde ich zu gerne glauben, mein Kind. Aber niemand, der bei Scurr in der Ausbildung war, ist noch bei klarem Verstand oder ein guter Mensch.« Er seufzte. »Das haben wir bei Lugan erst zu spät erkannt.«

Rijanas Augen füllten sich mit Tränen. »Aber Ariac ist anders, das spüre ich.«

Brogan nahm sie in den Arm und streichelte über ihren Kopf. »Das wäre schön, aber ich glaube, das kann nicht sein«, flüsterte er.

Am Abend saßen Falkann, Rudrinn, Tovion, Broderick und Saliah, die allerdings die ganze letzte Zeit nur traurig vor sich hin starrte, in der großen Bibliothek vor dem Feuer.

»Ich weiß nicht, was mit Rijana los ist«, schimpfte Falkann, »sie ist doch sonst nicht so unvernünftig.«

»Er war eben damals ihr Freund«, meinte Rudrinn nachdenklich. Sosehr es ihn störte, aber irgendwie konnte er den fremden Krieger nicht hassen. Falkann jedoch war voller Wut und platzte beinahe vor Eifersucht.

»Wir sollten mit ihm reden«, schlug Tovion vor, der wie immer der Besonnenste von allen war.

Die anderen stimmten zögernd zu und machten sich durch das Schloss zu den Kerkern auf und verlangten, den Gefangenen zu sehen. Die Wachen ließen sie schließlich durch, und auf halbem Weg durch die düsteren und feuchten Gänge kam ihnen Brogan entgegen, der ziemlich überrascht wirkte.

»Was macht ihr denn hier?«

»Wir wollen mit dem Verräter reden«, sagte Falkann wütend.

Brogan nickte ernst. »Das habe ich ebenfalls versucht, aber er schweigt.«

»Dann werde ich es aus ihm herausprügeln«, versprach Falkann und runzelte die Stirn.

Der Zauberer schüttelte den Kopf. »Das haben schon König Greedeons Leute versucht, obwohl das überhaupt nicht meine Zustimmung findet«, sagte er und blickte die jungen Leute einen nach dem anderen ernst an, woraufhin sie verlegen zu Boden blickten. »Er sagt nichts, und soweit ich weiß, sind Scurrs Soldaten auch Folter gewöhnt.«

Falkann spuckte auf den Boden.

Saliah, die schon seit Tagen aus Trauer um ihren Geliebten nichts mehr gesagt hatte, blickte plötzlich auf das silberne Schwert mit den Runen, das Brogan in der Hand hatte, und nahm es ihm ab.

»Es gehört mir«, sagte sie leise.

Brogan hob überrascht die Augenbrauen, nur Falkann legte schon wieder los. »Da seht ihr, dass er keiner von uns ist! Das Schwert hat nicht ihm gehört.«

»Das hat nichts zu sagen«, widersprach Brogan nachdenklich. »Wir hatten nur drei Schwerter bei uns, zwei hatte Scurr, und zwei sind schon seit der letzten Schlacht der Sieben verloren.« Er streichelte Saliah väterlich über das schmal gewordene Gesicht. »Behalte es, Saliah.«

Sie nickte, und Tränen traten in ihre hübschen Augen.

Rudrinn, der ihr am nächsten stand, nahm sie unsicher in den Arm, und sie weinte leise an seiner Schulter. Nach einer Weile gingen die vier Freunde weiter und traten vor die bewachte Zelle im Kerker, in der Ariac saß. Er blickte nicht einmal auf, als er Schritte hörte.

»Wir möchten mit dir reden«, begann Broderick.

Ariac schnaubte verächtlich und blickte stur auf die Wand.

»Was hast du vor, verdammt?«, knurrte Falkann so verärgert, dass Broderick seinen Freund zurückhalten musste.

Aber Ariac antwortete nicht.

»Wir sind alle froh, dass du Rijana gerettet hast«, sagte Tovion ruhig. »Aber dir musste doch klar sein, dass du gefangen wirst.«

Ariac seufzte und fuhr sich übers Gesicht, er wollte mit niemandem reden.

»Lass ihn«, sagte Falkann abfällig. »Er ist eine verfluchte Ratte, die Scurr dient. Er hat keinen Funken Ehre im Blut.«

Nun fuhr Ariac auf und sprang mit wildem Blick an die Gitter. »Erzähl du mir nichts von Ehre! Ihr und euer sauberer König habt ein friedliches Volk ausgerottet, das niemals jemandem etwas getan hat.« Ariac spie die Worte mit so viel Hass aus, dass die anderen vor Schreck etwas zurückwichen.

»Was redest du denn da?«, fragte Rudrinn verwirrt.

Doch Ariac saß bereits wieder in der hintersten Ecke und war verstummt.

Die vier Freunde gaben schließlich auf und kehrten zurück. Sie wurden aus dem Steppenkrieger, der offensichtlich König Scurr diente, einfach nicht schlau.

König Scurr war währenddessen bereits wieder zurück auf seinem Schloss. Allerdings war er mehr als aufgebracht darüber, dass Ariac verschwunden war. Sein wertvollster Besitz war fort, und er wusste nicht, ob der Junge nun tot, gefangen oder schlicht und einfach desertiert war. Auch Worran tobte vor Wut. Scurr hoffte nur, dass genug Hass in dem Jungen war, um sich nicht von den anderen überzeugen zu lassen, falls er denn wirklich in Gefangenschaft war. Vorsichtshalber ließ er seine Männer nach ihm suchen und beauftragte weitere Soldaten in der Verkleidung von König Greedeons Männern so viele Steppenleute zu töten, wie sie finden konnten. Allerdings waren die Clans der Steppe sehr schwer aufzuspüren.

Rijana hatte sich furchtbar mit Falkann verstritten, und auch die anderen fanden es immer schwieriger, mit ihr zu reden. Man hatte Ariac nicht mehr zu ihr gelassen, da er nicht kooperierte und beharrlich schwieg. Rijana ging es so weit wieder gut, obwohl ihr Bein noch ein wenig schmerzte, aber immerhin konnte sie wieder aufstehen. So schlich sie sich eines Nachts mit Essen und Kleidern beladen in die Kerker hinunter. Ein Wachmann wollte sie aufhalten, doch Rijana behauptete einfach, König Greedeon selbst hätte es ihr erlaubt. So wurde sie schließlich vorgelassen, denn niemand traute sich, den König mitten in der Nacht zu stören.

Ariac lag mit offenen Augen im Stroh und starrte an die Decke. Als er Rijana erkannte, setzte er sich überrascht auf. Sie machte den Wachen ein ungeduldiges Zeichen, dass sie ein wenig wegtreten sollten, und schob Kleider und Essen durch die Gitterstäbe. Dann kniete sie sich vor die Zelle.

Ariac kam langsam näher, wobei er von weitem misstrauisch von den Wachen beobachtet wurde.

»Wie geht es dir?«, fragte Rijana.

»Ich habe schon Schlimmeres erlebt. Und du? Bist du wieder gesund?« Als sie nickte, sagte er erleichtert: »Das freut mich.«

»Ich habe dir etwas zu essen mitgebracht.« Rijana deutete auf das Brot und den kalten Braten.

»Danke«, meinte er und verzog den Mund zu einem traurigen Grinsen. »Aber das Essen für die Gefangenen hier ist ohnehin besser als das, was ich in Naravaack oft bekommen habe.«

Rijana biss sich auf die Lippe. »Ich weiß, dass du kein Verräter bist. Aber ich habe keine Ahnung, wie ich die anderen davon überzeugen soll.«

»Und woher weißt du das?«, fragte er.

Sie blickte ihm tief in die Augen, und er fühlte plötzlich etwas ganz Besonderes.

»Ich weiß es eben«, antwortete sie.

Ariac fuhr sich über die Augen. »Ich weiß nicht, wie ich es sagen soll. Natürlich habe ich dich gerettet, aber ich werde weiter gegen deine Leute kämpfen müssen.«

Sie riss die Augen weit auf. »Aber warum? Ariac, bist du einer von uns? Bist du einer der Sieben?«

Er senkte den Blick und nickte schließlich. »Ich bin einer der Sieben, aber ich kann niemals einer von euch sein.«

»Warum denn nicht?«, fragte sie verzweifelt und nahm seine Hand.

»Weil ihr König Greedeon dient und der …«, antwortete er, doch da hörte man ein Poltern auf der Treppe, und mehrere Soldaten erschienen. Einer packte Rijana am Arm und zog sie hoch.

»Ihr hattet nicht die Erlaubnis, zu dem Gefangenen zu gehen«, sagte er streng und zog die widerstrebende Rijana mit sich.

Er brachte sie in das Arbeitszimmer des Königs, der mit einem edlen Morgenmantel bekleidet wütend auf und ab lief.

»Was fällt dir ein, dich meinen Wünschen zu widersetzen?«, fragte er zornig.

Rijana richtete sich jedoch auf und verschränkte die Arme vor der Brust.

»Ihr widersetzt Euch ja auch meinen Wünschen.«

Der König schnappte nach Luft. »So lasse ich nicht mit mir reden! Du gehörst mir, und du wohnst in meinem Schloss, also hast du auch nach meinen Wünschen zu handeln.«

Rijana schnaubte empört. »Ich gehöre niemandem außer mir selbst.«

Der König wurde rot vor Zorn, doch Rijana änderte plötzlich ihre Strategie.

»König Greedeon, ich will Euch doch keinen Schaden zufügen«, sagte sie schmeichelnd und blickte ihn mit ihren großen dunkelblauen Augen an.

Der König runzelte die Stirn, beruhigte sich aber sichtlich.

»Ariac ist einer von uns, er ist der Letzte der Sieben«, sagte sie.

»Woher weißt du das?« Der König machte ein ungläubiges Gesicht. »Er hatte zwar dieses Schwert bei sich, aber das heißt ja noch nichts. Er hat es nicht einmal zugegeben.«

»Mir gegenüber schon«, sagte sie lächelnd, und der König hob überrascht die Augenbrauen. Er fing wieder an, im Zimmer auf und ab zu laufen.

»Es gab schon einmal einen Verräter«, sagte er ernst. »Man kann ihm nicht trauen.«

Rijana seufzte und verdrehte hinter dem Rücken des Königs die Augen. Dann legte sie ihm ihre schlanke Hand auf den Arm. »Wir werden versuchen, ihn auf unsere Seite zu bringen«, versprach sie. »Bei Lugan war das anders, der war uns allen eigentlich von Anfang an unsympathisch. Aber Ariac ist anders.«

Der König fuhr sich über den Bart und dachte nach. Wenn er tatsächlich alle Sieben vereint in seiner Armee hätte, dann wäre er wohl der mächtigste König aller Länder.

»Gut, dann rede meinetwegen weiter mit ihm«, gab er widerstrebend nach.

Aber Rijana reichte das nicht. »Ihr müsst ihn freilassen, sonst sagt er gar nichts, und wir können ihn viel schwerer überzeugen, für Euch zu kämpfen«, sagte sie eindringlich. Als sie das abweisende Gesicht des Königs sah, fuhr sie fort: »Er kann doch von hier nicht fliehen. Alles ist schwer bewacht. Von diesem Gelände kann nicht einmal eine Maus fliehen.«

Der König dachte noch eine Weile nach, aber schließlich nickte er.

»Gut, er wird morgen freigelassen.« Als er Rijanas strahlendes Lachen sah, hob er die Hand. »Aber er muss immer von zwei Soldaten bewacht werden. Ich will nicht, dass er heimlich mit Scurr Kontakt aufnimmt.«

Rijana nickte. Das war fürs Erste mehr, als sie sich erhofft hatte.

»Danke, König Greedeon«, rief sie noch, während sie schon wieder aus dem Zimmer lief. Er seufzte und schüttelte den Kopf. Diese kleine Rijana war wirklich bezaubernd, auch wenn sie scheinbar mehr Temperament hatte, als man ihr auf den ersten Blick ansah.

Am nächsten Tag ging Rijana wieder mit den anderen zusammen zum Essen. Als Falkann erfuhr, dass Ariac aus dem Kerker gelassen werden sollte, knallte er wütend seine Serviette auf den Tisch und stürmte hinaus. Auch die anderen nahmen die Nachricht mit gemischten Gefühlen auf.

Nachdem Ariac sich hatte waschen dürfen und neue Kleidung bekommen hatte, wurde er von zwei Soldaten zu König Greedeon geführt. Der wunderte sich über die verschlossene, hasserfüllte Miene des Kriegers. König Greedeon hatte noch nie einen Steppenmann persönlich kennen gelernt. Fasziniert betrachtete er die Tätowierungen an den Schläfen des jungen Mannes, der ihn ganz offensichtlich abfällig musterte.

»Ich hoffe, Ihr nutzt meine Freundlichkeit nicht aus«, sagte der König streng. »Ihr werdet das Gelände des Schlosses nicht verlassen dürfen. Solltet Ihr es versuchen, werdet Ihr getötet werden.« Damit war die Unterredung auch schon beendet.

Brogan versuchte später ebenfalls, noch einmal mit Ariac zu reden, aber dieser schwieg noch immer beharrlich. Irgendwann kam Rijana zu ihm. Er saß, bewacht von zwei bewaffneten Soldaten, im Park auf einem Stein.

Ariac hätte sie wirklich niemals wiedererkannt, wenn er nicht die Kette um ihren Hals entdeckt hätte. Aus dem kleinen Mädchen mit den zotteligen Haaren war eine wunderhübsche junge Frau geworden. Rijana trug ein blaues Kleid mit weißen Ärmeln und kam lächelnd auf ihn zu.

»Haben sie dich endlich rausgelassen?«

»Ja. Habe ich das dir zu verdanken?«, fragte er mit der Andeutung eines Lächelns.

Sie errötete leicht und nickte.

»Wollen wir ein wenig spazieren gehen?«, fragte sie.

»Gerne.« Ariac verbeugte sich spöttisch vor den Wachen. »Wenn es den Herren keine allzu großen Umstände bereitet.«

Doch die ließen sich nicht provozieren und liefen stumm neben ihm her.

Rijana machte das wütend. »Könnt ihr nicht wenigstens ein wenig zurückbleiben, damit wir uns unterhalten können?«

»Wir haben Anweisungen, ihn zu bewachen«, antwortete der Soldat steif.

Rijana verdrehte die Augen. »Aber das könnt ihr auch mit etwas Abstand. Hätte er mich umbringen wollen, hätte er es schon auf dem Schlachtfeld getan.«

Die Wachen zögerten, blieben aber schließlich einige Schritte zurück.

Innerlich lächelte Ariac. Rijana war ziemlich selbstbewusst geworden. Sie spazierten eine Weile durch den Park, und keiner wusste, wie er beginnen sollte.

»Rijana, ich muss fort von hier«, sagte Ariac plötzlich leise.

Sie blickte ihn erschrocken an. »Bitte nicht, ich habe den König gerade überredet, dass du freigelassen wirst. Wenn du jetzt fliehst, wird er dich töten.«

Ariac seufzte. »Es tut mir leid, und du brauchst auch keine Angst zu haben, dir werde ich niemals etwas tun«, er rang nach Worten, »aber ich kann nicht hier unter diesen Mördern leben.«

Sie hielt an und blickte zu ihm auf. »Wieso Mörder?«

»Greedeons Leute haben meinen Clan ermordet«, sagte er mit vor Wut zitternder Stimme.

Rijana blickte ihn überrascht an. »Das kann nicht sein, das glaube ich nicht.«

Ariac schloss kurz die Augen und nahm ihre Hand. »Du bist, denke ich, noch nicht lange hier. Es kann sein, dass es passierte, bevor du bemerkt hast, dass du eines von Thondras Kindern bist, aber sie haben es getan.«

»Das gibt es nicht«, stammelte sie verwirrt, »wir haben nur gegen König Scurrs Soldaten und gegen Orks gekämpft, die aus den Bergen von Ursann nach Catharga eingedrungen sind. Aber doch nicht gegen Steppenleute!«

Ariacs Gesicht verschloss sich. »Doch, ich bin mir sicher. Scurr hat einen Mann gefangen, und der hat es mir ins Gesicht gesagt.«

»Scurr kann man aber auch nicht unbedingt trauen«, erwiderte Rijana.

Kurz flammte etwas von dem Widerstand in Ariac auf, den man ihm eingetrichtert hatte. »König Scurr nimmt sich nur das, was die anderen ihm vorenthalten.«

»Er ist gemein, und er überfällt unschuldige Länder«, widersprach Rijana leidenschaftlich.

Kurz funkelten sie sich wütend an. Doch dann runzelte Ariac die Stirn, er wusste selbst nicht, was in ihn gefahren war. Dabei stimmte er doch mit Rijana überein, dass Scurr ein hinterhältiger Bastard war.

»Entschuldige. Scurr ist gemein, er ist brutal, aber er hat mich im Gegensatz zu Worran, seinem Ausbilder, zumindest einigermaßen gut behandelt. Und ich glaube nicht, dass er gelogen hat.«

»Woher willst du das so genau wissen?«

Ariac hob die Schultern. »Der Krieger aus Camasann hat es zugegeben. Er hat selbst zu mir gesagt, dass sie die Steppenstämme ausgelöscht haben.« Er schluckte, und seine Stimme drohte zu versagen. »Und er hat den Namen meines Clans genannt.«

Rijana biss sich auf die Lippe und nahm Ariacs Hand. »Ich weiß es doch auch nicht«, sagte sie unglücklich, »ich traue König Greedeon auch nicht wirklich. Aber Brogan und die anderen Ausbilder von Camasann würden niemals zulassen, dass ein unschuldiges Volk niedergemetzelt wird, da bin ich mir sicher.«

Falkann kam gerade vom Lanzentraining zurück, als er Rijana und Ariac im Park sitzen sah. Sofort kochte er vor Wut und stapfte auf die beiden zu.

»Krümm ihr ein Haar, und ich spieße dich eigenhändig auf«, drohte Falkann und zog sein Schwert.

»Falkann! Was soll das?«, schimpfte Rijana und stellte sich vor ihn.

Ariac blieb gelassen, musterte Falkann nur abschätzend, was diesen noch viel wütender machte.

»Rijana, komm mit«, verlangte Falkann, »du hast mit diesem Schwein nichts zu schaffen.«

Sie riss sich jedoch los. »Ich habe zu schaffen, mit wem ich will«, erwiderte sie fest. »Und er ist kein Schwein!«

Falkanns Augen blitzten gefährlich. »Na, dann eben ein Mörder, ein Wilder, Scurrs Ratte, was weiß ich.«

Auch Ariac sprang jetzt auf, und die Wachen zogen ihre Schwerter.

»Wer ist denn hier der Mörder? Du warst doch sicher auch in der Steppe dabei, oder?«, fragte Ariac, und seine dunklen Augen funkelten zornig.

Falkann hielt für einen Moment überrascht inne. »In der Steppe?«

»Ariac behauptet, König Greedeons Soldaten hätten die Stämme der Steppe getötet«, erklärte Rijana, die zwischen den beiden stand. »Aber ich habe ihm schon gesagt, dass das nicht stimmt.«

»Das haben wir auch nicht«, sagte Falkann bestimmt. »Und selbst wenn, vor dem muss ich mich nicht rechtfertigen. Er hat wahrscheinlich genug von unseren Freunden auf dem Gewissen.«

Rijana senkte den Blick, denn das war ihr natürlich auch klar.

Nun war Ariac ein wenig verunsichert. So wütend dieser junge, blonde Mann auf ihn war, Ariac glaubte nicht, dass er jetzt gerade gelogen hatte. Er wusste selbst nicht warum, aber davon war er überzeugt.

»Komm jetzt, Rijana«, sagte Falkann. »Er macht sich doch nur an dich ran, um dich auszuhorchen. Und gerettet hat er dich auch nur, weil das wohl gerade in Scurrs Plan gepasst hat. Du bist ihm doch vollkommen egal.« Er wollte sie mit sich wegziehen.

Bevor Rijana protestieren konnte, zog Ariac etwas aus seiner Tasche und hielt es vor sich ausgestreckt.

»Wenn sie mir egal wäre, hätte ich das dann all die langen Jahre aufgehoben?«

Rijana hielt die Luft an. In Ariacs Hand lag der Stein, den sie ihm als kleines Mädchen geschenkt hatte.

KAPITEL 11

Lüge und Wahrheit

An diesem Abend kam Zauberer Hawionn in Balmacann an. Er hatte gehört, dass Ariac gefangen worden war, und war daraufhin im Eiltempo abgereist, um den Jungen befragen zu können. Brogan begrüßte den Zauberer, der von der Reise reichlich erschöpft aussah.

»Was habt Ihr herausbekommen?«, fragte Hawionn streng.

Brogan seufzte. »Nicht sehr viel, er redet eigentlich nur mit Rijana.«

»Können wir ihn auf unsere Seite bringen?«, entgegnete Hawionn.

Brogan seufzte erneut. Das war genau die Frage, die König Greedeon ihm schon seit Tagen stellte.

»Das weiß ich auch nicht. Wenn, dann können es nur Rijana und die anderen – falls er wirklich der Siebte der Sieben ist.«

Hawionn runzelte missbilligend die Stirn. Der Test mit dem Schwert funktionierte nur an einem einzigen Tag, am Tag der Jahreswende, wenn die jungen Leute siebzehn waren. Danach gab es keine Möglichkeit, etwas herauszubekommen.

»Sein Schwert war übrigens das von Saliah«, fuhr Brogan fort und meinte besorgt: »Ihr geht es nicht sonderlich gut. Der junge Mann, in den sie verliebt war, ist während der Schlacht getötet worden.«

Hawionn winkte ab. So etwas interessierte ihn nicht.

»Wenn die Sieben vereint wären, hätten wir einen großen Vorteil gegenüber Scurr«, murmelte er vor sich hin.

Brogan runzelte missbilligend die Stirn. Hawionn ging es wie immer nur um Macht und Vorteile.

»Ich werde ihn morgen befragen«, sagte Hawionn bestimmt.

Dann kam König Greedeon herein, begrüßte den Zauberer überschwänglich, und die beiden zogen sich zu einer geheimen Besprechung in die Gemächer des Königs zurück.

Rijana saß nachdenklich in ihrem Zimmer. Sie konnte es noch immer nicht fassen, dass Ariac tatsächlich ihren Stein all die langen Jahre aufgehoben hatte. Das bestätigte doch nur, dass er nicht wie die anderen von Scurrs Soldaten war. Er hatte also doch etwas in sich bewahrt, das nicht grausam und brutal war. Rijana grübelte lange darüber nach. Sie wusste, dass Falkann eifersüchtig war, was ihr auch leidtat, aber Ariac war nun einmal vor langer Zeit ihr Freund gewesen, und er hatte sie gerettet. Sie musste ihm doch helfen. Da sie nicht schlafen konnte, ging sie hinunter in die Bibliothek. Sie sah Saliah allein am Feuer sitzen und in die Flammen starren.

»Willst du lieber allein sein?«, fragte Rijana vorsichtig.

Doch das blonde Mädchen schüttelte den Kopf, und Rijana setzte sich neben sie. Die sonst so hübsche und strahlende Saliah sah bleich und müde aus. Die Haare hingen ihr strähnig ins Gesicht, und ihre Augen schienen allen Glanz verloren zu haben. Rijana hatte plötzlich ein schlechtes Gewissen, dass sie sich durch die ganze Sache mit Ariac gar nicht um Saliah gekümmert hatte.

»Vermisst du ihn sehr?«, fragte Rijana leise.

Saliahs Augen füllten sich mit Tränen. Sie nickte stumm. Rijana nahm sie in den Arm. »Das tut mir so leid, das tut mir so furchtbar leid.«

Saliah nickte und schluchzte leise. »Wir wollten heiraten.«

Rijana schluckte und runzelte überrascht die Stirn. »Aber König Greedeon hätte das doch bestimmt nicht erlaubt.«

Saliah holte ein Taschentuch heraus und schnäuzte sich.

»Dann wären wir fortgegangen«, sagte sie fest.

Rijana nickte und streichelte ihr über die Haare, doch Saliah hob plötzlich den Kopf und fragte bissig: »Warum setzt du dich eigentlich so für diesen Ariac ein? Vielleicht hat er Endor getötet.«

Erschrocken holte Rijana Luft: »Nein, das glaube ich nicht.«

Saliah schnaubte und blickte sie wütend an. »Trotzdem, es waren Scurrs Leute, und er gehört nun mal dazu.«

Rijana schüttelte den Kopf. »Er wurde von Scurrs Leuten verschleppt, als er noch ein Junge war. Er ist nicht freiwillig gegangen.«

»Trotzdem, Scurrs Leute sind alle nicht bei klarem Verstand«, beharrte Saliah. »Er ist an Endors Tod genauso schuld wie seine Kumpane.«

Rijana wollte wütend etwas erwidern, aber sie wusste genau, dass die Freundin nur furchtbar traurig war und nun die Schuld bei irgendjemandem suchte.

Rijana nahm Saliahs Hand in ihre und blickte ihr tief in die Augen.

»Du hast sicherlich irgendwie Recht, aber wir haben auch Männer getötet, du genauso wie ich. Glaubst du nicht, dass deren Frauen jetzt auch am Feuer sitzen und weinen?«

Saliah wollte etwas erwidern, doch dann nickte sie und umarmte Rijana, die sie fest an sich drückte.

Brogan stand in der Tür, er hatte das Gespräch der Mädchen belauscht.

Rijana ist sehr viel erwachsener, als ich dachte. Der Zauberer wandte sich leise ab und ging in sein Schlafzimmer.

Am nächsten Tag wurde Ariac, der nun in einem hohen, schwer bewachten Turmzimmer untergebracht war, zu Hawionn geführt. Dieser versuchte ihn zu befragen, doch Ariac schwieg beharrlich, was den Zauberer sehr verärgerte.

Rijana erzählte währenddessen ihren Freunden, dass Ariac behauptete, König Greedeons Soldaten und die Krieger von Camasann hätten die Steppenleute ermordet.

»Ich habe nichts davon gehört«, sagte Rudrinn, und auch die anderen schüttelten die Köpfe. Falkann sah schon wieder aus, als würde er gleich in die Luft gehen, so wie immer, wenn der Name »Ariac« fiel.

»Vielleicht war das nur eine List von Scurr«, meinte Tovion nachdenklich, »um ihn bei uns einzuschleusen.«

»Scurrs Soldaten dienen alle aus freien Stücken, weil sie alle keinen Funken Verstand mehr haben«, warf Falkann verächtlich ein.

Rijana funkelte ihn an. »Ariac hat sehr wohl Verstand, und wie du gesehen hast, hat er sich Scurrs Willen widersetzt und mich zu euch gebracht.«

»Das muss nicht unbedingt gegen Scurrs Willen gewesen sein«, widersprach Falkann wütend.

»Jetzt hört auf zu streiten«, sagte Rudrinn energisch. »Wir sollten uns alle mit ihm unterhalten, vielleicht bekommen wir mehr über ihn heraus.«

»Ich will nichts mit ihm zu tun haben«, verkündete Falkann und verließ wütend das Zimmer.

In der folgenden Zeit versuchten Rijana und die anderen immer wieder, auf Ariac Einfluss zu nehmen. Er zeigte sich sogar zunehmend empfänglicher, aber er konnte noch immer nicht glauben, dass Scurr ihn in Bezug auf die Steppenleute angelogen hatte. Schließlich erzählte Rijana Brogan davon. Zauberer Hawionn war bereits wutschnaubend abgereist, nachdem er nichts aus Ariac herausbekommen hatte.

Brogan suchte Ariac in seinem Turmzimmer auf. Dessen Gesicht verschloss sich, als er den Zauberer sah.

»Ich möchte mit dir reden«, begann der Zauberer.

»Aber ich nicht mit Euch.«

Brogan setzte sich und begann trotz allem. »Rijana hat mir erzählt, dass du denkst, dass König Greedeon und die Krieger von Camasann die Steppenleute getötet haben.«

Bei der Erwähnung von Rijanas Namen drehte sich Ariac um, und schließlich nickte er.

»Du hast vielleicht nicht unbedingt Anlass, mir zu trauen«, fuhr Brogan fort, »aber soweit ich weiß, ist nichts dergleichen geschehen. Und ich sehe auch keinen Grund, warum König Greedeon so etwas hätte tun sollen.«

»Niemand mag die Steppenleute«, sagte Ariac hasserfüllt. »Sie wollten sich nicht Greedeons Regeln unterwerfen, und deswegen hat er sie ausgelöscht.«

»Und das hat Scurr dir erzählt?«

Ariac nickte. »Sie haben einen von Greedeons Soldaten gefangen, und der hat es mit eigenen Worten gesagt.«

»Das mag sein«, gab Brogan zu, »aber woher weißt du, dass es ein Mann war, der auf Camasann ausgebildet wurde?«

Ariac ballte die Fäuste. »Er hatte genau diese verfluchte Kleidung an, wie ich sie jetzt tragen muss. Es widert mich an!« Verächtlich blickte er auf die blauen Hosen und das weiße Hemd.

Brogan hob die Augenbrauen. »Und weil du diese Kleidung trägst, bist du einer von König Greedeons Männern?«

»Nein!«, rief Ariac empört, doch dann runzelte er die Stirn. »Worauf wollt Ihr hinaus?«

Der Zauberer seufzte. »Ich bin mir ja auch nicht sicher, aber es könnte doch sein, dass es einer von Scurrs Leuten war, der sich nur verkleidet hatte.«

»Warum hätte er sich in eine solche Gefahr bringen sollen?«, fragte Ariac.

»Ich nehme an, du kennst Scurrs Methoden«, sagte Brogan nur. »Der fragt nicht lange.«

Ariac wurde nachdenklich. Er wusste jedoch nicht, ob er das wirklich glauben sollte.

Brogan packte ihn am Arm. »Ich bin mir auch nicht sicher, ob ich dir trauen soll. Ich kannte dich als Jungen, und ich weiß, dass du damals mehr Ehre und Stolz gehabt hast als alle von Greedeons Soldaten zusammen. Aber ich weiß auch, dass die Ausbildung in Naravaack jeden bricht. Wir haben den Fehler gemacht, dass wir Lugan vertrauten. Deswegen fällt es uns ja auch bei dir so schwer.«

Ariac blickte den Zauberer überrascht an. Er wunderte sich, dass er so offen sprach.

»Lugan war ein mieses Schwein«, sagte Ariac, doch dann nickte er. »Ich verstehe, dass ihr mir nicht vertraut, auch ich war oft kurz davor, den Verstand zu verlieren.«

Brogan blickte den jungen Mann an und konnte keine Lüge in seinen Augen erkennen. Aber er durfte nicht so leichtgläubig sein, das konnte er sich nicht erlauben.

»Rijana vertraut dir, und sie ist ein wunderbares Mädchen. Was auch immer du vorhast, tu ihr nicht weh, sonst wirst du es bereuen«, sagte der Zauberer ernst und verließ den Raum.

Ariac blickte ihm verwirrt hinterher. »Das würde ich niemals tun«, sagte er zu sich selbst.

Auch König Greedeon versuchte eindringlich, Ariac davon zu überzeugen, dass seine Leute niemals Menschen aus der Steppe getötet hatten. Aber Ariac wusste nicht, was er glauben sollte. Allerdings begann er gegen seinen Willen freundschaftliche Gefühle für Rijanas Freunde zu empfinden, selbst für Falkann, der ihn noch immer mehr als feindselig behandelte.

Oft dachte er, dass das wohl daran lag, dass er einer der Sieben war. Er hatte König Greedeon vorgeschlagen, in die

Steppe zu reiten, um sein Volk zu suchen. Sollte sich herausstellen, dass Scurr tatsächlich gelogen hatte, würde Ariac sich den anderen anschließen.

Aber König Greedeon wollte ihn nicht gehen lassen. Nun waren alle Sieben in seinem Haus vereint, und er sah sich schon als den Herrscher über alle Reiche. Er konnte es sich nicht leisten, Ariac gehen zu lassen. Sollten die anderen ihn doch überzeugen. Mit wachsender Begeisterung sah der König, dass sich wirklich eine Art Freundschaft zwischen den Sieben anbahnte, außer zu Falkann, der konnte Ariac nicht ausstehen. Aber das lag wohl mehr daran, dass Rijana sich für den Steppenkrieger interessierte.

Hawionn hatte Brogan aufgetragen, genau zu beobachten, wie sich alles entwickelte, und dieser bemerkte schnell, dass Ariac sich tatsächlich veränderte. Aber dennoch würde man vorsichtig sein müssen. König Greedeon hatte ihm schließlich sogar ein Pferd geschenkt, und Ariac hatte sich einen schwarzen Hengst mit rötlichen Stichelhaaren ausgesucht. Es war ein wunderschönes und sehr ungewöhnliches Tier.

Eines Tages ritt er mit Rijana aus, wobei er selbstverständlich aus der Ferne von Soldaten beobachtet wurde. Rijana saß auf ihrer hübschen braunen Stute und genoss die Wärme, welche die Spätsommersonne verströmte.

»Bist du glücklich hier?«, fragte Ariac plötzlich.

Rijana runzelte die Stirn. »Wie meinst du das?«

Ariac seufzte. Seine Haare waren inzwischen nachgewachsen und wehten im Wind. Er war froh, zumindest hier nicht zu geschorenen Haaren gezwungen zu werden. Daran hatte er sich nie gewöhnen können.

»Es ist ja alles sehr komfortabel hier«, begann er unsicher und grinste halbherzig, »ich habe niemals besseres Essen bekommen. Aber trotzdem, man ist doch hier eingesperrt, oder nicht?«

Rijana nickte unsicher. Häufig hatte sie das gleiche Gefühl. Sie hielten auf einer Lichtung an, auf der lilafarbene Herbstblumen blühten, und setzten sich nebeneinander auf einen Baumstumpf.

»Möchtest du mir von Naravaack erzählen?«, fragte Rijana plötzlich. Bisher hatte sie dieses Thema vermieden.

Ariac seufzte, und seine Augen schienen in eine andere Welt zu blicken. »Als ich ankam, war es besonders übel. Worran hat mich tyrannisiert, und die anderen Kinder haben in die gleiche Kerbe geschlagen.« Er blickte wütend um sich. »Irgendwann bringe ich Worran dafür um.«

Mehr wollte er dazu nicht sagen, und Rijana fragte nicht weiter nach. Sie machte ein mitleidiges Gesicht und nahm seine Hand.

»Es tut mir leid für dich«, sagte sie. »Es wäre schön gewesen, wenn du mit mir nach Camasann gekommen wärst.«

Er lächelte halbherzig. »Ich weiß nicht.«

»Brogan hat Wort gehalten. Wer nicht eines von Thondras Kindern war, der durfte gehen, wohin er wollte«, sie lächelte, »aber viele sind geblieben. Es ist schön auf Camasann.«

Ariac runzelte die Stirn. »Scurr lässt niemanden gehen, aber er war zumindest immer einigermaßen fair zu mir.«

»Glaubst du uns noch immer nicht, dass wir nichts mit den Morden an deinem Volk zu tun haben?«

»Dir glaube ich schon«, antwortete Ariac zögernd, »und vielleicht sogar den anderen, aber diesem König Greedeon traue ich nicht über den Weg. Oder warum lässt er mich sonst nicht gehen?«

»Ich weiß es nicht«, antwortete sie unsicher, sie konnte es selbst nicht begreifen. Dann blickte Rijana zur Sonne. »Komm, wir sollten zurück zum Schloss reiten, unser Training beginnt gleich.«

Ariac seufzte. »Termine, Regeln, Vorschriften, ich habe das so satt!«

Rijana nickte halbherzig und ging zu ihrer Stute. Ariac beobachtete sie aus dem Augenwinkel. Er hatte Rijana wirklich gern, viel mehr, als für ihn gut war, aber er würde sie verlassen müssen. Schon seit einiger Zeit suchte er eine Fluchtmöglichkeit, doch die Grenzen der weiträumigen Schlossanlage waren streng bewacht.

An diesem Tag musste Ariac mit Falkann trainieren, doch bald wurde aus dem Training ein realer Kampf. Falkann schlug so hart zu, dass Ariac nur noch mit Mühe ausweichen konnte, sodass Brogan, der mittlerweile das Training übernommen hatte, immer wieder eingreifen musste.

»Schluss jetzt, Falkann, beruhige dich, du sollst ihn nicht umbringen.«

Eine kurze Zeit hielt Falkann sich zurück, doch dann, als Brogan gerade mit Tovion und Broderick eine bestimmte Kampftechnik übte, ging es wieder los. Falkann schlug hart zu und traf Ariac an der Schulter. Bei dem kam nun plötzlich das harte Training von Worran durch. Er wehrte sich gnadenlos, und innerhalb kürzester Zeit waren die beiden in einen brutalen Kampf verwickelt. Irgendwann hielt Ariac Falkann am Boden fest, sein hölzernes Schwert an seiner Kehle. Ariacs Gesicht war wutverzerrt, und seine Augen funkelten gefährlich. Er sah aus, als wollte er gleich zustoßen.

»Schluss jetzt«, schrie Brogan und riss Ariac zurück, der erst ganz langsam in die Wirklichkeit zurückzukommen schien.

»Ihr sollt euch nicht umbringen, verdammt«, sagte der Zauberer mit seiner durchdringenden Stimme und funkelte die beiden an, die sich nun gegenüberstanden. »Gebt euch die Hand, und vertragt euch.«

Beide zögerten kurz und reichten sich schließlich widerwillig die Hände.

Rijana, die gerade mit Saliah geübt hatte, hielt inne. Sie betrachtete Falkann und Ariac, die sich schwer atmend gegenüberstanden. Sie hätten unterschiedlicher nicht sein können. Falkann, gutaussehend, hochgewachsen und kräftig, mit blonden Haaren. Er war wohlerzogen, gebildet und an sich sehr fröhlich und ausgeglichen. Ariac, der junge Mann aus der Steppe, dagegen war wild, ungezähmt und geheimnisvoll. Er hatte dunkle Haare und etwas dunklere Haut als die anderen. Die Tätowierungen an seinen Schläfen wirkten fremdländisch, zudem war er immer misstrauisch und ein wenig angespannt. Außer Rijana vielleicht, schien er niemandem wirklich zu trauen. Trotzdem wusste Rijana nicht, zu wem sie sich mehr hingezogen fühlte. Falkann war aufmerksam und liebevoll und bemühte sich mehr denn je um sie, aber für Ariac fühlte sie etwas ganz anderes.

Rijana seufzte, und Saliah, die ihre Gedanken gelesen zu haben schien, sagte ernst: »Eines Tages wirst du dich entscheiden müssen.«

Rijana zuckte zusammen und blickte die Freundin mit großen Augen an, antwortete jedoch nichts.

Flanworn war wieder einige Zeit in Staatsangelegenheiten unterwegs gewesen, doch nun kam er zurück und sah den fremden jungen Mann zum ersten Mal. Von Ariacs Gefangennahme hatte er bereits auf seinen Reisen gehört.

Ariac zuckte zusammen, als er dem merkwürdigen Mann über den Weg lief. Plötzlich fiel ihm ein, wo er ihn schon einmal gesehen hatte. Er ging zu Rijana und erzählte es ihr.

»Ich habe ihn auf König Scurrs Burg gesehen«, sagte er nachdrücklich, doch Rijana konnte es kaum glauben.

»Flanworn ist ekelhaft, aber soll er wirklich ein Spitzel sein?«

Ariac hob die Schultern. »Ich bin mir auch nicht vollkommen sicher. Damals hatte ich eine ganze Menge Gift von einer Feuerechse in mir.« Bei dem Gedanken daran verzog er das Gesicht. »Aber ich glaube schon, dass er es war.«

Rijana nickte ernst und versprach, mit König Greedeon

darüber zu sprechen. Doch der war sehr empört über die Anschuldigungen.

»Was nimmt sich dieser junge Mann heraus?«, fragte der König entrüstet. »Er soll froh sein, dass ich ihn überhaupt aufgenommen habe. Viel wahrscheinlicher ist doch, dass er der Verräter ist.«

Rijana widersprach leidenschaftlich, aber König Greedeon wollte nichts mehr hören. Schließlich beließ sie es dabei, und auch Ariac bohrte nicht weiter nach, denn er war sich ja selbst nicht ganz sicher. Aber er würde diesen merkwürdigen Berater ein wenig im Auge behalten. Zumindest, solange er noch hier wäre.

Das Fest des Jahreswechsels kam, und es gab eine Feier in der großen Halle. Viele Lords und Ladys waren zusammengekommen, die Ariac neugierig musterten. Doch der stand nur mit finsterem Blick in einer Ecke und antwortete kaum auf irgendwelche Fragen. Aus Camasann kam die Mitteilung, dass kein neuer Junge sich als Sohn Thondras herausgestellt hatte, was kaum jemanden wunderte, denn alle bis auf Falkann waren sich bewusst, dass sie sich in gewisser Weise mit Ariac verbunden fühlten, dass er der Siebte war, auch wenn er nach wie vor misstrauisch blieb.

Es wurde Winter. Erneut fegten Stürme über das Land, und hin und wieder erschütterte ein Erdbeben den Boden. Da sich nun alle wieder überwiegend im Schloss aufhalten mussten, begann Berater Flanworn wieder verstärkt, Rijana nachzustellen, die sich seiner kaum noch zu erwehren wusste. Der schleimige Berater passte sie immer dann ab, wenn sie gerade allein war.

An diesem Abend lief Rijana gerade einen Gang entlang, als sie aus einem der Zimmer schon wieder die Gestalt des Beraters kommen sah. Rasch drückte sie sich in die Tür, die zur Bibliothek führte. Sie sah Tovion, der in einem der dicken

Bücher las. Seitdem Nelja wieder nach Camasann abgereist war, fand man ihn meist in der Bibliothek. Rijana setzte sich auf die Lehne seines großen Stuhls.

»Was liest du denn?«, fragte sie lächelnd.

Wie aus einer anderen Welt gerissen blickte er zu ihr auf und lächelte dann ebenfalls. »Es geht um die letzte Schlacht der Sieben.«

Neugierig blickte Rijana in das Buch hinein und sah Bilder von einem grausamen Gemetzel von Orks und Menschen. Ein Schauder überkam sie.

»Was meinst du, wer wir damals gewesen sind?«, fragte sie nachdenklich.

Tovion zuckte die Achseln. »Das weiß ich auch nicht. Na ja, bei dir ist es einfach«, sagte er lächelnd. »Du warst wohl entweder Nariwa oder Celina. Bei uns Männern ist es etwas schwerer.«

»Warum kann man sich denn nicht erinnern?«, fragte sie grüblerisch.

Tovion seufzte. »Ich weiß nicht, manchmal sehe ich sogar ganz kurze Ausschnitte aus den früheren Leben vor mir. Geht es dir nicht so?«

»Doch, schon«, gab sie zu. »Besonders, als ich das Schwert in Camasann berührt habe. Aber es waren immer nur ganz kurze Augenblicke.«

»Wahrscheinlich wäre es wohl zu grausam, wenn wir uns an alles erinnern würden.« Er verzog das Gesicht. »Wir sind nie sehr alt geworden, und zumindest in den letzten Leben wurde immer einer von uns zum Verräter.«

Rijana war sofort wieder auf Verteidigungsposition. »Ariac wird uns nicht verraten.«

Tovion lächelte beruhigend. »Das habe ich ja auch nicht gesagt.« Dann blickte er sie ernst an. »Du magst ihn, oder?«

Rijana wurde ein wenig rot, dann nickte sie.

»Das ist ja auch in Ordnung«, versicherte er, »aber lass Falkann nicht zu lange im Ungewissen, falls du dich gegen ihn entscheidest, ja?«

Rijana versprach es, allerdings war sie sich selbst noch nicht im Klaren darüber.

Tovion wandte sich wieder dem Buch zu. »Zwei der Schwerter waren nach der Schlacht verschwunden«, sagte er nach einer Weile.

Rijana beugte sich über das Buch. »Hat jemand überlebt?«

Tovion schüttelte den Kopf. »Nein, nachdem Slavon die anderen verraten hat, nicht.«

»Das ist grausam«, regte Rijana sich auf, die sich kaum vorstellen konnte, dass einer ihrer Freunde, und sei es auch nur in einem anderen Leben gewesen, so etwas tun konnte. »Warum ist denn alles so gekommen, ich meine, ursprünglich haben doch alle zusammengehalten?«

Tovion stimmte zu, er kannte sich in der Geschichte gut aus. »Als Thondra die sieben jungen Krieger«, er hielt inne, »uns eben, damals mit der besonderen Gabe segnete, rechnete er wohl nicht mit der Gier der Menschen. Es ging bei einigen Schlachten gut, doch nachdem bekannt wurde, dass wir immer wiedergeboren werden, nutzten die jeweiligen Herrscher das eben aus. Sie machten Jagd auf uns und versuchten, uns für ihre Zwecke zu missbrauchen.« Tovion seufzte. »Und das ist ihnen wohl auch einige Male gelungen. Als junger Mensch ist man noch formbar, und so wurden wir eben hin und wieder bei Schlachten eingesetzt, in denen es nur um Ländereien und Reichtum ging. Das hat Thondra wahrscheinlich erzürnt, und deswegen wurden wir wohl auch lange Jahre nicht wiedergeboren. Das vermute ich zumindest.«

Rijana hatte aufmerksam zugehört. »Wird es wieder passieren?«, fragte sie ängstlich. »Ich meine, dass uns einer verrät oder dass wir in einem sinnlosen Krieg kämpfen müssen?«

Tovion blickte sie ernst an. »Ich weiß es nicht, aber manchmal habe ich schon den Eindruck, dass wir zu sehr unter König Greedeons Einfluss stehen. Ich meine, er hat die Schule unter seiner Kontrolle, versorgt uns mit allem und kontrolliert uns genau.«

»Das hat Ariac auch schon gesagt.« Rijana biss sich auf die Lippe. »Was sollen wir denn tun, Tovion?«

Der seufzte und nahm sie in den Arm. »Auf unser Herz hören und versuchen, den richtigen Weg zu finden.«

Ganz langsam ging der Winter zu Ende, und Ariac hatte noch immer keine Möglichkeit gefunden, aus dem Schloss zu fliehen. Allerdings wurden seine Bemühungen auch ein wenig unentschlossener und weniger dringend. Nach und nach hatte er ein wenig das Gefühl, wahre Freunde gefunden zu haben. Besonders, wenn er Rijana sah, schlug sein Herz höher. Sie war jetzt achtzehn Jahre alt und eine wirkliche Schönheit. Auch Saliah war wunderschön, aber an Rijana war etwas Natürliches, Wildes, das ihm besonders gefiel. Aber Ariac konnte sich noch nicht binden. Erst musste er wissen, wer sein Volk auf dem Gewissen hatte.

Es war ein stürmischer Frühlingstag. Schon seit Tagen regnete es, und kaum jemand ging vor die Tür. Rijana war in der Nacht aufgewacht und durstig, aber ihr Wasserkrug war leer. Ihr blieb nichts anderes übrig, als sich ihr Kleid anzuziehen und sich auf den Weg in die Küche zu machen, wo frisches Wasser stehen würde. Müde ging sie durch das nächtliche Schloss. Die Fackeln warfen unheimliche Schatten, als sich aus einer Nische plötzlich eine Gestalt löste. Rijana ließ vor Schreck beinahe den Krug fallen – Berater Flanworn. Er starrte sie mit gierigem Blick an.

»Na, junge Lady, so spät am Abend ganz allein unterwegs?«

Rijana nickte und wollte rasch weitergehen. Doch der Berater stellte sich ihr in den Weg. »Nicht so eilig, du wirst doch nicht vor mir davonlaufen.«

Rijanas Kehle war wie zugeschnürt, sie wusste nicht, was sie tun sollte. Flanworn kam immer näher, sodass sie seinen fauligen Atem riechen konnte. Sie schubste ihn nach hinten.

»Lasst mich in Ruhe, Flanworn!«

Der Mann kam näher und drückte sie so plötzlich gegen die Wand, dass der Krug zu Boden fiel. Plötzlich war sein falsches Lächeln verschwunden. Zu lange war Flanworn jetzt schon hinter Rijana her, und sie war ihm immer aus dem Weg gegangen. Jetzt hatte er sie vor sich, und er konnte seine Erregung nicht mehr zügeln.

Rijana trat nach ihm und wollte ihn erneut wegschubsen, doch Flanworn schlug sie so hart ins Gesicht, dass ihr Kopf gegen die Mauer knallte und sie beinahe das Bewusstsein verlor. Anschließend zog er sie nach oben und riss ihr Kleid auf. Er konnte ihre kleinen festen Brüste sehen und zitterte vor Erregung. Endlich ließ der Schrecken etwas nach, und nun erinnerte sich Rijana an ihre Ausbildung als Kriegerin. Gerade wollte sie ihn angreifen, da wurde Flanworn von einem Schatten angesprungen. Zunächst wusste Rijana nicht, wer es war, und sie zog sich in eine Ecke zurück. Doch dann erkannte sie Ariac, der wütend auf den kleineren Mann einschlug. Schließlich lag Flanworn blutend am Boden und zuckte nur noch leicht.

Ariac kam vorsichtig näher und blickte Rijana unsicher an. »Ist alles in Ordnung?«

Sie nickte stumm, und als er sie vorsichtig an der Wange streichelte, umklammerte sie ihn wie eine Ertrinkende.

»Bitte, ich will hier weg«, flüsterte sie.

Ariac half ihr auf. Dann ging er noch einmal zu Flanworn, der sich mühsam aufrappelte »Schau sie nur noch ein einziges Mal zu lange an, und ich bringe dich um«, drohte er.

»Du hast das falsch verstanden«, stammelte der Berater, doch Ariac trat ihn nur in die Seite, woraufhin Flanworn leise fluchte.

»Komm«, sagte Ariac und führte die noch immer verstörte Rijana weg.

Als sie an ihrem Zimmer angekommen waren, fragte Rijana ängstlich: »Kannst du bei mir bleiben?«

»Natürlich«, erwiderte er und trat mit ein.

Sie setzte sich zitternd auf das Bett. Ariac nahm eine Decke, legte sie ihr um die Schulter und nahm sie in den Arm.

Vorsichtig streichelte er über die kleine Beule an ihrem Kopf. »Soll ich eine der Kräuterfrauen holen?«

Sie schüttelte den Kopf und klammerte sich an ihm fest.

»Flanworn hat mich schon die ganze Zeit verfolgt, er ist so widerlich«, sagte sie kaum hörbar.

Ariac hob ihren Kopf ein wenig an. »Warum hast du denn nie etwas gesagt?«

»Ich habe es Falkann schon im Sommer gesagt, aber der hat mir nicht geglaubt. Und dann hat Flanworn sich auch ein wenig zurückgehalten.«

»Ich lasse nicht zu, dass er dich noch einmal anfasst«, versprach Ariac ernst. »Du solltest mit König Greedeon reden, damit er ihn fortschickt.«

Rijana schüttelte den Kopf. »Nein, er wird mir nicht glauben. Ich habe einmal versucht, so etwas anzudeuten, aber der König ist von seinem Berater sehr überzeugt. Als ich damals erzählt habe, dass du gemeint hast, du hättest Flanworn schon mal in Ursann gesehen, wurde er ganz wütend. Greedeon wird mir nicht glauben.«

Ariac streichelte ihr über die Haare. »Dann pass ich eben besonders gut auf dich auf.«

Es dauerte lange, bis Rijana einschlief, und sie war froh, dass Ariac bei ihr blieb. Bei ihm fühlte sie sich sicher und geborgen.

Am nächsten Tag wollte Ariac trotz allem mit dem König reden, doch scheinbar war Flanworn ihm zuvorgekommen.

König Greedeon hob abwehrend die Hand, als Ariac beginnen wollte.

»Warte, ich weiß es bereits. Flanworn hat mir alles berichtet. Es war ein Missverständnis. Er hat Rijana in der Dunkelheit nicht erkannt und ist gestolpert. Dabei hat er sich an ihr festgehalten, und ihr Kleid ist zerrissen. Die Kleine hat das wohl missverstanden.«

Ariac machte ein wütendes Gesicht. »Das ist überhaupt nicht wahr. Er hat sie bedrängt und wollte sie sich nehmen.«

»Jetzt mach dich doch nicht lächerlich, Junge«, erwiderte der König kopfschüttelnd. »Berater Flanworn ist ein Mann von Ehre, der so etwas niemals tun würde. Ich bin übrigens sehr empört darüber, dass du ihn niedergeschlagen hast.« Der König hob kritisch die Augenbrauen. »Was hast du eigentlich mitten in der Nacht im Schloss getan?«

Nun wurde Ariac ein wenig verlegen, denn er war auf der Suche nach einem Geheimgang gewesen, wie es sie normalerweise in Schlössern gab, doch er hatte nichts gefunden. Er hatte gehofft, so aus dem Schloss zu entkommen.

»Ich wollte mir etwas zu trinken besorgen«, log er schließlich. Etwas Besseres fiel ihm nicht ein.

Der König blickte ihn misstrauisch an, sagte jedoch nichts weiter dazu. Ariac durfte sich zwar innerhalb des Schlosses mittlerweile frei bewegen, aber er stand trotz allem noch unter genauer Beobachtung.

»Also, ich hoffe, das Missverständnis ist damit aus der Welt geräumt«, schloss der König ernst mit einem Blick, der keinen Widerspruch duldete. In diesem Moment ging die Tür auf, und Flanworn, der ein blaues Auge und eine aufgeplatzte Lippe hatte, humpelte herein.

»Wenn er sie noch einmal anfasst, dann bringe ich ihn um«, drohte Ariac und verließ mit einem kalten Blick zum Berater den Raum.

König Greedeon schüttelte nur verständnislos den Kopf,

doch Flanworn meinte mit einem falschen Lächeln: »Ja, ja, die jungen Leute, sie sind einfach zu heißblütig.«

Auch die anderen hörten von dem Vorfall. Natürlich glaubten sie Rijana, doch irgendwie konnten sie sich kaum vorstellen, dass Flanworn wirklich wagen würde, sie mitten im Schloss zu belästigen.

Einige Tage vergingen, und Rijana ging dem ekelhaften Flanworn, so gut es ging, aus dem Weg.

Es war ein dunkler Frühlingsabend, als Falkann von einem langen Ausritt zurückkam. Er stieg müde die Treppen hinauf, als er aus den Augenwinkeln heraus etwas bemerkte. Berater Flanworn stand hinter einem abgehängten Bild in einer Ecke des Flures und blickte angestrengt durch ein Loch in der Wand. Falkann kam leise näher, und als der Berater ihn hörte, fuhr er erschrocken herum, und ein verlegenes Grinsen erschien auf seinem Gesicht. Er wollte rasch verschwinden, doch Falkann hielt ihn am Hemd fest und blickte durch das Loch. Erschrocken sah er, dass Rijana beinahe unbekleidet im Zimmer stand. Falkann packte die Wut. Er zerrte den Berater ins nächste Zimmer, drückte ihn dort an die Wand.

»Du hast tatsächlich versucht, sie zu beschmutzen, nicht wahr?«, fragte er mit bebender Stimme.

Der Berater wand sich verlegen. »Nein, gar nicht, ich wollte nur ...«

Doch Falkann packte ihn und knallte seinen Kopf gegen die Wand. »Gib es zu, du Ratte!«

Flanworns Augen weiteten sich entsetzt, doch dann setzte er ein überlegenes Gesicht auf. »Na und, sie ist das Eigentum des Königs.«

Falkann unterdrückte einen Aufschrei und schleuderte den kleineren Mann durch den halben Raum. Der kam hektisch auf die Knie.

»Lass mich, ich bin der Berater des Königs, du darfst mir nichts tun. Schon gar nicht wegen dieser kleinen Schlampe.«

Falkann zog ihn wieder auf die Füße und funkelte Flanworn an. »Nenn sie noch einmal eine Schlampe, und ich bringe dich um!«

Der Berater verzog spöttisch das Gesicht. »Was ist sie denn sonst, schließlich ist sie ja ständig mit diesem Wilden zusammen. Wer weiß, ob sie sich ihm nicht schon hingegeben hat?«

Für einen winzigen Augenblick hatte sich Falkann nicht mehr unter Kontrolle. Er zog seinen Dolch und rammte ihn dem Berater in den Bauch. Flanworn riss entsetzt die Augen auf und gab ein gurgelndes Geräusch von sich, bevor er blutend auf dem Boden zusammenbrach.

Falkann torkelte fassungslos zurück. In seinem Kopf drehte sich alles. Was hatte er nur getan? Für einen Augenblick überlegte er, einen der Hofheiler zu holen, aber da gab Flanworn ein letztes gurgelndes Geräusch von sich, und seine Augen erloschen. Falkann schluckte ein paar Mal heftig und betrachtete entsetzt seine blutverschmierten Hände. Es war nicht das erste Mal gewesen, dass er jemanden getötet hatte, aber normalerweise geschah dies im Kampf. Doch das, was er jetzt getan hatte, war eindeutig Mord.

Einige Zeit blieb Falkann fassungslos am Boden sitzen. Sollte er den widerlichen Berater einfach verschwinden lassen? Sollte er König Greedeon alles gestehen? Zunächst zog er letztere Möglichkeit in Betracht und ging aus dem Raum. Alles war still im Schloss. Doch dann sah er einen Schatten durch die Gänge huschen – Ariac.

In Falkann kochte der Zorn hoch, der für ihn die Entscheidung traf. Er schlich in Ariacs Zimmer, zog sein eigenes, blutverschmiertes Hemd aus und versteckte es unter Ariacs Bett. Anschließend schlich er sich leise in sein eigenes Zimmer und wälzte sich die ganze Nacht schlaflos im Bett.

KAPITEL 12

Der Verrat

Am nächsten Morgen, als alle gemeinsam beim Frühstück saßen, hatte Falkann dunkle Ringe unter den Augen und konnte nichts essen. Außerdem wirkte er nervös und zuckte bei jedem unerwarteten Geräusch zusammen.

»Was ist denn mit dir los?«, fragte Saliah, die neben ihm saß. »Geht's dir nicht gut?«

Falkann schüttelte den Kopf. »Ich habe schlecht geschlafen.«

Kurz darauf ging die Tür auf, und König Greedeon begleitet von fünf bewaffneten Soldaten trat ein. Die Soldaten ergriffen den überraschten Ariac und schleiften ihn hinaus. Die anderen sprangen auf.

»Was soll das?«, rief Rijana und erhaschte einen letzten Blick auf Ariac, der sich gegen die Soldaten zu wehren versuchte.

»Er hat Berater Flanworn ermordet«, sagte der König mit wütendem Blick.

Nun blickten sich alle Freunde fassungslos an. Falkann gelang es nur mit einiger Mühe, nicht vollkommen schuldbewusst zu wirken.

»Wie kommt Ihr darauf?«, fragte Rudrinn. »Habt Ihr Beweise?«

Der König fuhr wütend zu ihm herum. »Er hat ganz öffentlich gedroht, ihn zu ermorden, und heute hat man Berater Flanworn tot in einem der unbenutzten Zimmer gefunden.«

»Hat er dich noch einmal belästigt?«, fragte Rudrinn zu Rijana gewandt.

Die war ziemlich blass, schüttelte jedoch den Kopf.

»Das ist doch noch kein Beweis«, erwiderte Tovion ernst. »Es kann auch jemand anderes gewesen sein.«

Der König hob missbilligend die Augenbrauen. »Bis der letzte Beweis erbracht ist, wird er eingesperrt.«

Damit rauschte der König aus dem Raum. Rijana rannte ebenfalls hinaus, bevor sie jemand aufhalten konnte. Sie wollte Brogan suchen. Vielleicht konnte er helfen.

Die anderen setzten sich wieder an den Tisch, allerdings dachte nun niemand mehr an Frühstück. Sie diskutierten heftig darüber, ob Ariac tatsächlich schuldig sein konnte.

»Ich glaube nicht, dass er es war«, sagte Rudrinn, der Ariac mittlerweile eigentlich ganz gerne mochte.

»Er ist einer von Scurrs Leuten«, gab Broderick zu bedenken.

»Aber warum hat er dann ausgerechnet Flanworn getötet? Warum nicht einen von uns oder von mir aus König Greedeon?«, wandte Tovion ein.

»Er hat sich wohl nicht immer unter Kontrolle«, sagte Saliah und dachte dabei an den Kampf mit Falkann.

Der machte ein angespanntes Gesicht und meinte schließlich: »Einmal Scurrs Scherge, immer Scurrs Scherge. Ich habe ihn nie gemocht.«

»Das hat aber wohl weniger mit König Scurr zu tun«, murmelte Broderick vor sich hin und betrachtete seinen besten Freund durchdringend. Falkann verhielt sich in seinen Augen sehr eigenartig.

Rijana rannte durch das ganze Schloss, aber es dauerte einige Zeit, bis sie Brogan fand, der gerade im Hof vor dem Schloss stand und sich die erste Frühlingssonne ins Gesicht scheinen ließ.

Atemlos packte sie ihn an seinem Umhang.

»Na, na, was ist denn los?«, fragte er lächelnd.

Rijana blickte ihn mit erschrocken aufgerissenen Augen an. »Ariac ist verhaftet worden, er soll Berater Flanworn umgebracht haben.«

Brogan zog die Augenbrauen zusammen und drückte Rijana sanft auf einen Stein.

»Setz dich, und erzähle mir alles«, verlangte der Zauberer.

Rijana berichtete ihm nun von Flanworn, wie der ihr schon seit so langer Zeit nachstellte, von der Nacht, in der er sie belästigt hatte, und wie Ariac ihr geholfen hatte.

»Aber Flanworn hat mir doch gar nichts mehr getan. Ariac hätte ihn doch nicht einfach so ermordet.«

Brogan nickte bedächtig und legte seinen Arm um das aufgebrachte Mädchen.

»Bist du dir da wirklich sicher?«

Sie wollte empört ja sagen, doch dann hob sie die Schultern. »Ich weiß es nicht, aber er ist kein schlechter Mensch«, sagte sie unglücklich.

Brogan deutete ein Lächeln an. »Das denke ich eigentlich auch. Aber er wurde in Naravaack ausgebildet, das dürfen wir niemals vergessen. Vielleicht hat Flanworn ihn provoziert, vielleicht hat er dich beleidigt, und Ariac hatte sich nicht mehr unter Kontrolle.«

Rijana machte ein furchtbar unglückliches Gesicht. »Ich muss mit ihm sprechen, damit ich ihn fragen kann.«

Brogan nickte zustimmend. »Ich werde mit König Greedeon reden. Wenn Ariac einem Menschen die Wahrheit sagt, dann bist du es, Rijana.«

Es war später Abend, als Rijana mit Brogan durch die Kerker lief. Es hatte den Zauberer einiges an Überredungskünsten gekostet, dass Greedeon das Mädchen hinunter zu den Kerkern ließ. An der Treppe blieb Brogan stehen.

»Geh allein, das wird besser sein«, sagte er und lächelte ihr aufmunternd zu.

Rijana nickte und ging mit unsicheren Schritten den düsteren Gang entlang zu der Zelle, wo Ariac in einer Ecke saß. Als er sie sah, sprang er sofort auf und kam zu den Gittern.

»Ich war es nicht, ich habe ihn nicht umgebracht«, rief er sogleich.

Rijana nickte und nahm seine Hand.

»Aber wer war es dann?«

Ariac hob die Schultern. »Das weiß ich nicht. Ich meine, Flanworn hat es sicherlich verdient, aber…« Er blickte sie ernst an. »Ich hätte nicht gezögert ihn zu töten, wenn er dich angefasst hätte, aber einfach so, das würde ich nicht tun.«

Sie nickte, und Tränen traten in ihre Augen. »Aber wie sollen wir das denn beweisen? Was kann ich tun?«

Er seufzte und nahm ihre kleine Hand fest in seine. »Vertraust du mir?«

Sie nickte nachdrücklich.

»Dann habe ich schon viel gewonnen«, sagte er lächelnd.

»Brogan kann dir vielleicht helfen«, meinte Rijana und drückte aufmunternd seine Hand.

Ariac nickte, und Rijana wurde schließlich von den Wachen zurückgeholt. Sie erzählte Brogan, was Ariac gesagt hatte. Der Zauberer blieb ein wenig misstrauisch.

»Rijana, ich weiß, dass du in ihn verliebt bist.«

Sie errötete ein wenig, doch er hob ihren Kopf und blickte sie eindringlich an.

»Ich weiß nicht, was ich glauben soll«, sagte der Zauberer ernst, »aber ich werde mich bemühen, die Wahrheit herauszufinden.«

Rijana seufzte unglücklich und ging schließlich zu den anderen zurück, denen sie ebenfalls erzählte, was Ariac ihr gesagt hatte. Daraufhin geriet sie mit Falkann in Streit, der wütend darüber war, dass sie Ariac so vehement verteidigte.

Noch an diesem Abend kam König Greedeon zu den Freunden. Er hatte ein ernstes Gesicht und berichtete, dass in Ariacs Zimmer ein blutgetränktes Hemd gefunden worden war. Daraufhin waren natürlich alle schockiert. Nun hatte kaum einer noch Zweifel daran, dass Ariac wirklich der Mörder war. Doch Rijana rannte fort und schloss sich in ihrem Zimmer ein. Sie wusste nicht, was sie glauben sollte.

In den folgenden Tagen versuchte Rijana immer wieder, noch einmal mit Ariac zu reden, aber die Wachen ließen sie nicht zu ihm. Brogan ging noch einmal in den Kerker.
Ariac war verschlossen und wollte nicht reden. Ganz am Schluss sagte er nur noch: »Ihr glaubt mir doch ohnehin alle nicht. Ich bin doch nur einer von Scurrs verdammten Spitzeln.«
Brogan, der schon gehen wollte, kam noch einmal zurück und sah Ariac tief in die Augen. Auch wenn alles gegen den Jungen sprach, der Zauberer konnte keine Lüge in seinen Augen erkennen.
»Wer war es dann?«
Ariac hob die Schultern. Darüber zerbrach er sich schon lange den Kopf.
»Flanworn war in Scurrs Schloss«, sagte Ariac plötzlich. »Ich weiß nicht, was hier vorgeht, aber bitte«, er sah den Zauberer verzweifelt an, »pass auf Rijana auf.«
Der Zauberer nickte ernst und ging nachdenklich durch das Schloss zurück in sein Gemach. Vieles passte nicht zusammen. Warum hatte Ariac, falls er denn wirklich der Mörder war, das blutige Hemd nicht verschwinden lassen? Warum hatte er nicht, falls er wirklich Scurrs Spitzel war, gleich die Gunst der Stunde genutzt und noch weitere Menschen getötet, wenn er schon Flanworn umgebracht hatte? Das alles beschäftigte den Zauberer während der nächsten Tage.
Rijana hingegen war furchtbar wütend auf ihre Freunde.

Keiner glaubte ihr, dass Ariac unschuldig war. Merkwürdigerweise war es nicht einmal Falkann, der gegen Ariac hetzte. Er versuchte nur immer wieder, Rijana zu trösten, doch die wollte keinen Trost, sie wollte die Wahrheit.

Traurig saß sie unter einer großen Eiche, während der Regen neben ihr auf den Boden prasselte. Unter den dicken Blättern merkte sie davon nichts. Falkann kam auf sie zugelaufen und setzte sich neben sie. Rijana fühlte sich unwohl, als er den Arm um sie legte.

»Jetzt sei doch bitte nicht so traurig. Du hast dich einfach in ihm getäuscht.« Er blickte ihr ernst ins Gesicht. »Oder bedeuten wir anderen dir überhaupt nichts mehr?«

Sie runzelte die Stirn. »Natürlich bedeutet ihr mir etwas«, dann sah sie Falkann an, »aber er war es nicht. Ariac lügt mich nicht an, da bin ich mir sicher.«

Falkann durchschoss das schlechte Gewissen wie ein Pfeil. Aber er redete sich ein, das Richtige zu tun. Ariac war nicht gut für Rijana, und höchstwahrscheinlich spielte er wirklich ein falsches Spiel.

Falkann stand auf. »Naravaack übersteht niemand, ohne Schaden davonzutragen. Er ist einer von Scurrs Männern, du musst ihn vergessen«, verlangte er.

Rijanas Augen füllten sich mit Tränen. Sie rannte an Falkann vorbei zurück ins Schloss und warf sich auf ihr Bett. Sie wusste einfach nicht, was sie tun sollte.

Hawionn hatte Nachricht von König Greedeon erhalten, der seinen Rat erbat. Nach einigen Tagen traf der Zauberer mit einer Eskorte aus fünfzig Kriegern aus Camasann ein. Sogleich ging er mit dem König in sein Arbeitszimmer. Den ganzen Nachmittag beratschlagten sie, was nun mit Ariac geschehen sollte.

»Ich habe ihm nie getraut«, sagte der König mit gerunzelter Stirn. »Er wollte sich nie unterordnen.«

Hawionn nickte ernst. Er war ein wenig unsicher. Im Moment hatten sie ganz offensichtlich alle sieben Kinder Thondras, was ein Vorteil war. Ariac hingegen war eine Gefahr, das stand ebenfalls fest.

»Wollt Ihr ihn hinrichten lassen?«, fragte Hawionn ohne Umschweife. Vielleicht war es besser, nur sechs der Sieben zu haben, diese aber alle unter Kontrolle.

»Ich habe auch schon daran gedacht«, gab Greedeon zu. Dann zeichnete sich jedoch ein verschlagenes Lächeln auf seinem Gesicht ab. »Aber vielleicht habe ich eine bessere Verwendung für ihn.«

Brogan hatte erst ziemlich spät erfahren, dass Hawionn eingetroffen war. Nun eilte er zum Arbeitszimmer des Königs. Er wollte gerade die Tür öffnen, als ihn etwas innehalten ließ. So blieb er stehen und lauschte durch den schmalen Spalt, den er gerade eben geöffnet hatte.

»... vielleicht wird Scurr darauf eingehen, wenn wir ihm dafür den Jungen ausliefern«, sagte König Greedeon gerade.

Von Hawionn war Zustimmung zu hören. Brogan stand wie erstarrt im Gang. Er wusste nicht, was die beiden ausgeheckt hatten, doch das, was er gehört hatte, konnte er kaum glauben.

Brogan klopfte schließlich an der großen schweren Tür und trat auf König Greedeons Befehl hin ein. Doch die beiden Männer redeten nun nur noch über belanglose Dinge. In Bezug auf Ariac sagten sie Brogan, dass sie noch eine Weile darüber nachdenken müssten.

Einige Tage lang grübelte Brogan darüber, was er gehört hatte. Er versuchte sogar, Hawionn von Ariacs Unschuld zu überzeugen, doch der wollte nicht hören. Das Wort »Scurr« fiel in Brogans Anwesenheit überhaupt nicht, was ihn ziemlich nervös machte.

Eines Nachts hatte Brogan eine Entscheidung gefällt. Der

Mond stand hoch am Himmel, als er durch die Gänge des Schlosses schlich und schließlich an Rijanas Tür klopfte.

»Ich bin es, Brogan«, flüsterte er, und schließlich hörte er den Riegel, der sich nach hinten schob. Rijana öffnete mit verschlafenem Blick.

Der Zauberer guckte sich nervös um und schob das Mädchen nach innen.

»Ich muss mit dir reden.«

Sie nickte und setzte sich auf einen der Stühle. Brogan setzte sich neben sie, nahm ihre Hand und blickte ihr eindringlich in die Augen. »Bist du dir wirklich sicher, dass Ariac unschuldig ist?«, fragte er.

Rijana nickte bestimmt und sah den Zauberer verwirrt an. Was wollte er von ihr?

»Ich habe durch Zufall etwas mitgehört, aber du darfst niemandem davon erzählen.«

Rijana nickte erneut und beugte sich gespannt nach vorn.

»König Greedeon will Ariac an König Scurr ausliefern.«

Rijana entfuhr ein leiser Schrei des Entsetzens, und sie presste eine Hand vor den Mund. »Das kann doch nicht sein«, flüsterte sie.

Brogan drückte ihre Hand fest. »Ich weiß nicht, was dahintersteckt, ich konnte nicht alles hören.«

»Was machen wir denn jetzt?«, flüsterte sie entsetzt.

»Wenn du ihm wirklich traust, dann werde ich ihm helfen zu entkommen.«

Hoffnung keimte in Rijana auf, und sie nickte nachdrücklich.

»Es ist ein Risiko«, sagte der Zauberer, »ich kann auch nicht sagen, ob es klappen wird, aber Ariac muss erst einmal verschwinden.«

»Dann kann er endlich in die Steppe gehen und sehen, dass wir seine Leute nicht ermordet haben«, flüsterte sie.

Brogan lächelte sie an. »Ja, das kann er. Morgen Nacht werde ich den Wachmännern einen Schlaftrunk in ihr Wasser geben, dann lasse ich Ariac frei. Ich werde ihm meinen magischen Umhang, der sich farblich der Umgebung anpasst, und ein Schwert geben.«

»Aber er kommt doch aus dem Schlossgelände nicht raus«, wandte Rijana ein. Die Mauern waren mehr als mannshoch und wurden streng bewacht.

»Er muss es versuchen, vielleicht kann er über die Mauer klettern. Nicht überall sind Wächter«, er sah sie ernst an, »eine andere Chance hat er nicht.«

Rijana nickte und schluckte anschließend heftig. »Kann ich ihn noch einmal sehen?«

Brogan nickte ernst. »Das musst du sogar. Wenn ich allein kommen würde, würde er mir vielleicht nicht glauben.«

»Gut, dann morgen Nacht«, sagte Rijana.

Den ganzen nächsten Tag über musste sich Rijana sehr zusammenreißen, denn sie war furchtbar nervös. Endlich wurde es Abend, und Rijana entschuldigte sich damit, Kopfschmerzen zu haben, und ging bald auf ihr Zimmer. Dort lief sie bis Mitternacht unruhig auf und ab. Der Regen des Tages hatte sich verzogen, und nun hing Nebel über dem Land.

Das ist gut für Ariac, dachte Rijana, *dann sehen die Wachen ihn nicht gleich.*

Etwa um Mitternacht klopfte es leise an der Tür, und Brogan stand mit einem Bündel unter dem Arm vor ihr.

»Bist du bereit?«, fragte er ernst.

Rijana nickte aufgeregt und folgte dem Zauberer durch das ruhige Schloss. Die Wachen vor den Kerkern schnarchten tief und fest, als die beiden über sie hinwegstiegen. Lautlos schlichen sie in den Kerker, wo Ariac schlafend im Stroh lag.

»Wach auf«, rief Rijana, so laut sie es sich traute.

Ariac fuhr auf, blinzelte im trüben Licht der Fackeln und kam langsam näher.

»Brogan befreit dich. Du musst verschwinden! König Greedeon will dich König Scurr ausliefern«, berichtete sie aufgeregt.

Ariac zog misstrauisch die Augenbrauen zusammen und blickte auf den Zauberer. »Warum willst du mir helfen?«

»Weil Rijana dir traut«, erwiderte der Zauberer. »Und ich glaube, dass ein guter Mensch in dir steckt. Auch wenn ich niemals geglaubt hätte, dass jemand Scurrs Ausbildung übersteht, ohne verrückt zu werden.«

Ariac deutete ein Lächeln an. »Das habe ich auch beinahe nicht.«

»Du musst verschwinden, Ariac«, sagte Brogan. »Ich weiß nicht, was Hawionn und Greedeon ausgeheckt haben und ob Scurr darauf eingeht. Aber es ist sicherlich nichts Gutes für dich.«

Ariac nickte und blickte dem Zauberer in die Augen. »Ich habe Flanworn nicht getötet, aber wenn er Rijana etwas angetan hätte, hätte ich nicht gezögert.«

Der Zauberer lächelte. »Das hätte ich ebenfalls nicht.« Schließlich öffnete er den Riegel, gab Ariac den Umhang, das Bündel mit Essen und das Schwert.

»Rijana, geh zurück. Ich bringe ihn zu den Pferden. Er soll so weit es geht reiten und dann über die Mauer klettern.«

Sie nickte, und ihre Augen füllten sich mit Tränen. Ariac nahm sie noch einmal in den Arm und streichelte über ihre Wange.

»Mach dir keine Sorgen, ich komme zurecht.« Er holte den kleinen Stein aus seiner Tasche. »Das wird mir Glück bringen.«

Sie nickte unter Tränen und umarmte ihn noch einmal fest, dann rannte sie die Treppe hinauf.

Rijana warf sich auf ihr Bett. Sie war froh, dass Brogan Ariac half, aber jetzt würde sie ihn nicht mehr sehen, vielleicht nie wieder.

Er geht zurück in die Steppe, zu seinen Leuten, sagte sie sich immer wieder und fuhr über den Anhänger mit der Pfeilspitze, der an ihrem Hals hing. Darunter hing die Kette von Falkann.

Plötzlich wusste sie, dass auch sie nicht hierbleiben konnte. Die anderen glaubten ihr nicht, König Greedeon spielte ein falsches Spiel, und Brogan würde auch nicht ewig bleiben können. Sie sprang auf und zog aus ihrem Schrank die Kleidung heraus, mit der sie aus Camasann gekommen war. Dann kritzelte sie noch rasch eine Nachricht auf einen Zettel und rannte durch das Schloss, dann durch die Gärten und schließlich zu den Stallungen.

Ariacs Hengst war bereits fort. In fliegender Eile sattelte Rijana ihre Stute und ritt nach draußen. Ein Stallknecht, den Brogan wohl auch betäubt hatte, schnarchte im Stroh. Im nassen Gras konnte man Spuren eines galoppierenden Pferdes sehen, doch es war sehr neblig. Rijana trabte der Spur nach und blickte immer wieder angestrengt auf den Boden. Lenya wieherte plötzlich leise, und Rijana galoppierte an. Vielleicht würde ihr Pferd Ariacs Hengst ja hinterherlaufen. Nach einer Weile sah sie vor sich eine schemenhafte Gestalt im Nebel und trieb ihre Stute an. Doch auch der andere schien zu fliehen. Ariac hielt sie wohl für einen Verfolger. Rijana traute sich nicht, laut zu rufen, da sie Angst hatte, von Wachen entdeckt zu werden. Schließlich hielt der Reiter vor ihr an und stellte sich ihr mit gezogenem Schwert in den Weg.

»Ich bin's nur«, rief sie leise.

Ariac senkte das Schwert und ritt näher zu ihr hin.

»Was in aller Welt tust du hier?«, flüsterte er gereizt. »Ich hätte dich beinahe umgebracht.«

»Ich komme mit«, sagte sie fest.

»Das kannst du nicht, denn es ist zu gefährlich, und du gehörst hierher«, erwiderte er leise und blickte sich nervös um.

»Nein, das tue ich nicht, und wie du siehst, ist es hier auch nicht ganz ungefährlich«, sagte sie nachdrücklich.

»Rijana, bitte«, begann er, doch da sah man zwei berittene Gestalten im Nebel auftauchen.

Ariac fluchte leise und machte Rijana ein Zeichen, ihm zu folgen. Vorsichtig ritten sie hinter ein Gebüsch und blieben stehen, bis die Wachen außer Sichtweite waren.

»Rijana, bitte geh jetzt«, flüsterte Ariac, »ich muss weiter, und es wird bald hell.«

Sie schüttelte stur den Kopf.

»Ich will nicht bei König Greedeon bleiben. Er ist nicht ehrlich, und Hawionn spielt auch ein falsches Spiel.«

»Brogan wird auf dich achten und deine Freunde ebenso«, erwiderte Ariac.

»Brogan wird bestimmt zurück nach Camasann geschickt, und die anderen vertrauen mir nicht«, sagte Rijana, nun ein wenig traurig.

Ariac nahm ihre Hand und blickte sie eindringlich an. »Ich bin ein gesuchter Mörder, einer von Scurrs Männern und einer vom Steppenvolk. Ich bin nirgends sicher, deshalb kannst du mich nicht begleiten.«

»Das einzig Wahre von dem, was du gesagt hast, ist, dass du aus der Steppe kommst. Sieh doch ein, ich will dir nur dabei helfen zu erkennen, dass keiner von uns dein Volk ermordet hat.«

Ariac schloss kurz die Augen, doch bevor er etwas erwidern konnte, hörten sie schon wieder Hufschläge hinter sich. Ariac trieb sein Pferd an, und Rijana folgte ihm. Doch es war bereits zu spät. Durch die Nebelschwaden, die hier und da aufrissen, sah man fünf von König Greedeons Soldaten.

»Da ist etwas«, schrie einer.

Rijana und Ariac galoppierten an.

»Wohin?«, fragte sie erschrocken.

Ariac deutete in Richtung der Mauer. »Etwas weiter östlich ist die Mauer ein wenig eingebrochen, vielleicht können wir hinüberspringen.«

Rijana hob überrascht die Augenbrauen. Scheinbar hatte Ariac seine Flucht schon lange geplant. Seite an Seite galoppierten sie weiter, die Schreie der Soldaten hinter sich. Kurz vor der Mauer hielten sie noch einmal an.

»Bitte bleib hier«, bat Ariac verzweifelt.

Rijana schüttelte den Kopf. »Sie haben mich schon gesehen.«

Er fluchte leise und deutete auf die Mauer vor sich, die tatsächlich etwas eingestürzt war.

»Wir müssen springen.«

Rijana schluckte. Das war ziemlich hoch. Ariac blickte sie noch einmal fragend an, dann drückte er seinem Pferd die Fersen in die Seite und galoppierte los. Rijana folgte ihm, und als Lenya zu einem gewaltigen Sprung ansetzte, schloss sie kurz die Augen. Doch schon waren sie auf der Grasebene, die sich hinter dem Anwesen des Königs erstreckte, und jagten in Richtung Norden.

Am nächsten Morgen herrschte helle Aufregung im Schloss von Balmacann, denn es hatte die Runde gemacht, dass der Gefangene entkommen war. Dass auch Rijana fehlte, fiel erst auf, als sich die anderen versammelt hatten. Auch Brogan war anwesend, hatte sich jedoch gut unter Kontrolle.

»Jemand hat ihm geholfen«, rief König Greedeon außer sich vor Wut.

Hawionn ließ derweil seinen stechenden Blick über die Gesichter der Anwesenden streifen, aber die schienen ebenso überrascht wie alle anderen.

»Wo bleibt denn Rijana?«, fragte Falkann nervös.

»Ich weiß nicht, ich dachte, sie wäre bereits hier«, erwiderte Saliah. »In ihrem Zimmer war sie nicht mehr.«

Zwei Soldaten kamen herein und berichteten, dass sie zwei unbekannte Personen bis weit hinter die Mauern verfolgt hatten, doch dann waren sie ihnen im Nebel entwischt.

»Sie sind einfach über die Mauer gesprungen. Wir mussten erst durch das Tor durch, daher hat es etwas länger gedauert«, berichtete der eine Soldat.

»Warum seid ihr nicht hinterhergesprungen?«, fragte König Greedeon ungehalten.

Der Soldat wand sich ein wenig verlegen. »Es war zu gefährlich, mein Herr.«

Greedeon machte eine unwillige Handbewegung, und Hawionn fragte drängend: »Habt ihr erkannt, wer es war?«

»Nein, mein Herr, aber es war eindeutig der Gefangene, denn sein Pferd ist fort.«

Falkann wurde plötzlich von einem unguten Gefühl befallen. Er rannte hinaus. Auch die anderen waren sich ziemlich sicher, dass Rijana mit Ariac gegangen war und ihm geholfen hatte. Broderick ging in ihr Zimmer und kehrte kurze Zeit später zurück, als Falkann vor Wut schäumend in der großen Eingangshalle stand.

»Rijanas Pferd ist fort«, rief er und trat mit dem Fuß immer wieder gegen einen der hohen, verzierten Pfosten. »Er hat sie entführt, verdammt.«

Broderick schüttelte den Kopf, packte seinen Freund am Arm und hielt ihm einen Zettel und die Kette hin, die Falkann Rijana vor einiger Zeit geschenkt hatte.

»Es tut mir leid«, stand darauf.

Falkann fluchte und warf die Kette an die Wand.

Beinahe ohne Pause galoppierten Rijana und Ariac in Richtung Norden. Sie hielten nur kurz an, um die Pferde zu tränken und selbst etwas zu essen. Immer wieder versuchte Ariac, Rijana zu überzeugen, doch noch umzudrehen, aber sie weigerte sich hartnäckig. Zwar hatten sie die Verfolger bald abgeschüttelt, aber Ariac war sich sicher, dass man sie weiterhin verfolgen würde.

Am Abend hatten sie den Donnerfluss erreicht, der sich mit lautem Rauschen seinen Weg durch das Land bahnte. Weiter im Süden gab es eine Brücke, doch die war zu weit entfernt und würde sicherlich bewacht werden.

Rijana und Ariac ritten etwas nach Süden, denn im Norden wurde der reißende Fluss noch wesentlich breiter.

»Wie sollen wir denn da hinüberkommen?«, fragte Rijana und blickte in die tosenden Wasser des Donnerflusses.

Ariac hob die Schultern, denn das wusste auch er nicht so genau. Schließlich verbrachten sie die Nacht in der Nähe des Flusses in einem Gebüsch. Sie trauten sich nicht, ein Feuer zu entzünden, denn das wäre zu auffällig gewesen. Rijana hatte wegen ihrer überstürzten Flucht keine Decke dabei, daher gab Ariac ihr seine.

»Nimm sie, mir ist nicht kalt«, sagte er aufmunternd.

»Wenn wir in eine Stadt oder ein Dorf kommen, dann kaufe ich mir eine eigene«, versprach sie und deutete auf den Beutel mit Gold, der an ihrem Gürtel hing. Den hatte sie zum Glück noch rasch mitgenommen.

Ariac nickte. Auch Brogan hatte ihm etwas Gold mitgegeben.

»Ich halte Wache, damit du schlafen kannst«, sagte er und gab ihr noch etwas aus dem Proviantsack.

Rijana nickte und wickelte sich in ihre Decke. In den Nächten wurde es empfindlich kalt. Das Jahr war noch jung. Ariac stellte sich auf einen Hügel in der Nähe und spähte in die hereinbrechende Dunkelheit. Er wusste nicht, was er von alldem halten sollte. Hatte Greedeon ihn wirklich verkaufen wollen? Und was wäre passiert, wenn Scurr ihn tatsächlich in die Finger bekommen hätte? Dann fiel sein Blick auf die Stelle, wo Rijana schlief. Einerseits freute er sich, dass sie bei ihm war, andererseits wollte er sie nicht in Gefahr bringen. Einen Augenblick lang erwägte er, sie allein zu lassen und weiterzuziehen. Aber diesen Gedanken verwarf er rasch wieder. Wer wusste, was Greedeons Männer mit ihr machen würden.

Ariac seufzte. Er hatte keine Ahnung, wie sein Leben weitergehen sollte. Zunächst musste er in die Steppe und mit eigenen Augen sehen, was mit seinem Clan geschehen war.

Später in der Nacht hörte er leise Schritte. Rijana kam zu ihm.

»Jetzt kannst du schlafen«, sagte sie gähnend.

»Du musst nicht Wache halten«, erwiderte er.

Doch Rijana schüttelte den Kopf. »Das macht mir nichts aus, wir haben das oft tun müssen, als wir noch auf Camasann waren.« Sie biss sich auf die Lippe, denn sie musste an ihre Freunde denken. Etwas unwohl fühlte sie sich schon dabei, so ganz ohne ein Wort gegangen zu sein.

Ariac nahm sie in den Arm. »Du kannst noch umdrehen. Ich bin dir nicht böse, wenn du es tust.«

Doch Rijana schüttelte den Kopf und postierte sich nun ihrerseits auf dem Hügel. Unter ihr grasten die beiden Pferde, die nach dem anstrengenden Ritt müde wirkten.

Auch Rijana machte sich ihre Gedanken. Ihre Flucht war ein wenig unüberlegt und eilig gewesen, eigentlich wusste sie doch sehr wenig von Ariac. War es wirklich richtig gewesen, mit ihm zu gehen? Aber dann atmete sie die frische klare Nachtluft ein und musste sich eingestehen, dass sie sich erst jetzt richtig frei fühlte. Dieses Gefühl hatte sie weder auf Camasann noch auf dem Schloss gehabt.

In der Morgendämmerung brachen die beiden nach einem eiligen Frühstück auf. Es war erneut ein nebliger Morgen, und leichter Nieselregen fiel vom Himmel. Ein Stück flussabwärts fanden sie einen Abschnitt, der etwas seichter und weniger reißend wirkte.

»Wir sollten es versuchen, etwas Besseres werden wir wohl

nicht finden«, meinte Ariac und blickte skeptisch ins Wasser. »Du wartest, bis ich drüben bin.«

Rijana nickte zustimmend und sah, wie Ariac seinen Hengst ins Wasser trieb. Der schnaubte ein paar Mal aufgeregt, aber dann lief er in die reißenden Fluten. Das Pferd war schon nach einem kurzen Stück bis zur Brust versunken und begann schließlich zu schwimmen. Rijana hielt die Luft an, als die beiden ein Stück flussabwärts getrieben wurden, doch dann hatte der Hengst wieder festen Boden unter den Füßen und galoppierte den Abhang hinauf.

»Sei vorsichtig«, schrie Ariac zu ihr hinüber und stieg von seinem Pferd.

Lenya zögerte. Scheinbar gefiel auch der Stute der rutschige Untergrund nicht, aber schließlich trat auch sie in die Strömung. Das Wasser war eiskalt, und Rijana sog die Luft scharf ein, als das Pferd ins Wasser tauchte. Eine Weile kämpfte sie mit dem Pferd gegen die Strömung, dann war sie bei Ariac angelangt, der ein erleichtertes Gesicht machte.

»Komm, wir müssen weiter, bis zum Abend sollten wir die Handelsstraße erreicht haben.«

Rijana nickte, und die beiden galoppierten Seite an Seite durch das hügelige und menschenleere Land. Hin und wieder sah man kleine Haine und hier und da sogar einen verlassenen Hof, aber sie trafen zu ihrem Glück auf keine Wachen. Die Straße war weiter entfernt, als es die Karte, die Brogan Ariac gegeben hatte, Glauben machen wollte. So mussten sie weitere zwei Tage durch das Land reiten. Ariac war nachdenklich und redete nicht viel. Er war immer noch etwas durcheinander.

Nach einer Nacht im Schutz eines schmalen Waldstücks stiegen Rijana und Ariac wieder einmal in den Sattel. Es regnete schon seit dem letzten Abend, und sowohl Mensch als auch Tier waren ziemlich nass. Mit gesenkten Köpfen ritten sie weiter durch das hügelige Land. Mittags schien es ein wenig aufzureißen, und Rijana und Ariac hängten ihre Umhänge zum Trocknen auf. Ariac gab Rijana etwas von dem letzten Brot. Er würde bald jagen gehen müssen, denn der Proviant ging zur Neige.

»Was sind das eigentlich für Umhänge?«, fragte er und nahm einen Schluck aus seinem Wasserschlauch.

Rijana hob die Schultern. »Ich weiß nicht genau, aber alle Zauberer tragen sie, und wir haben welche bekommen, als sich herausstellte, dass wir Thondras Kinder sind.«

Ariac nickte. »Sie sind praktisch«, sagte er mit der Andeutung eines Lächelns. »Ich möchte wissen, wie sie gefertigt sind.«

»Keine Ahnung«, seufzte Rijana und wischte sich eine feuchte Haarsträhne aus dem Gesicht. Sie hätte es niemals zugegeben, aber sie war müde, ihr war kalt, und sie war erschöpft. Vier Tage waren sie nun auf der Flucht und wussten nicht, ob König Greedeons Männer noch hinter ihnen her waren.

»Wollen wir weiterreiten?«, fragte Ariac und warf einen besorgten Blick auf den Himmel. Der Wind hatte aufgefrischt, doch er schien die Wolken nicht wegzublasen, sondern eher neue aus dem Osten herzubringen.

Rijana nickte und lief zu ihrem Pferd, welches sie an der Schulter anstupste.

»Wie heißt dein Hengst eigentlich?«, fragte Rijana.

Ariac blickte sie überrascht an, dann antwortete er: »Nawárr, nach dem Gott des Windes, denn er ist genauso schnell.« Er streichelte seinem schwarzen Hengst über das mit roten Stichelhaaren durchzogene Fell.

Rijana nickte lächelnd. »Er ist wirklich sehr schön.«

»Deine Stute auch. Wie hast du sie genannt?«

»Lenya«, sie grinste verlegen, »nach einem der ersten sieben Kinder Thondras. Ich dachte, das wäre passend.«

Beide stiegen auf ihre Pferde. Im Laufe des Tages nahm der Wind an Stärke zu, und es begann wieder zu regnen. Die beiden zogen sich ihre Umhänge weit ins Gesicht, und einige Zeit hielten sie auch den Regen ab, aber als dieser mit aller Macht auf sie niederprasselte, waren auch die Kleider bald durchgeweicht. Als es dunkel wurde, hielt Ariac verzweifelt nach einem Unterschlupf Ausschau, aber außer ein paar weit auseinanderstehenden Bäumen fand er nichts. Als es zu dunkel zum Reiten wurde, hielten sie im spärlichen Schutz einiger Felsen an. Rijana stieg steifgefroren von ihrer Stute, sattelte sie mit klammen Händen ab und kauerte sich neben einen der Felsen. Ariac kniete sich neben sie und gab ihr die beinahe schon vollkommen durchweichte Decke.

»Nimm sie«, sagte er und betrachtete das Mädchen besorgt. Ihm selbst war zwar auch kalt, aber er konnte nicht ertragen, dass Rijana so leiden musste.

Rijana schlang die Decke um sich und versuchte, ihre Zähne nicht allzu sehr klappern zu lassen. Ariac gab ihr etwas zu essen und legte anschließend zögernd seinen Arm um sie.

»Darf ich? Dann ist es vielleicht etwas wärmer.«

Sie nickte und hob die feuchte Decke ein wenig an. Er setzte sich neben sie auf den ebenfalls nassen Boden und versuchte, ihr etwas von seiner Körperwärme abzugeben. Auch wenn sie tapfer zu lächeln versuchte, konnte er spüren, wie sehr sie zitterte.

»Jetzt bereust du es, mit mir gegangen zu sein, oder?«

Sie schüttelte den Kopf, obwohl ihr an diesem Tag schon des Öfteren das Zimmer im Schloss von Balmacann in der Erinnerung zum Paradies geworden war.

»Nein, das macht mir nichts aus«, behauptete sie bibbernd und lehnte sich an Ariacs Schulter.

Der hielt in dieser Nacht keine Wache. Er blieb bei Rijana sitzen, die irgendwann zitternd eingeschlafen war. Noch vor der Morgendämmerung brachen sie auf. Es regnete noch immer, und im Laufe des Tages mischte sich sogar ein wenig Schnee unter die Tropfen. Rijana hielt sich mit eiskalten Fingern am Sattel fest. Sie fror erbärmlich und glaubte irgendwann, einfach vom Pferd kippen zu müssen, aber sie ritt Ariac tapfer hinterher. Der warf immer wieder besorgte Blicke nach hinten.

»Wir suchen uns besser ein Dorf«, sagte er irgendwann. Bisher hatten sie sich abseits der Straße gehalten, da sie Angst vor König Greedeons Soldaten hatten.

»Zzzuu geffährlich«, erwiderte Rijana undeutlich und wischte sich mit einer steifgefrorenen Hand die Nässe aus dem Gesicht.

Ariac ritt neben sie und legte ihr einen Arm um die Schultern. »Es ist einfach zu kalt. Wir müssen einen warmen Platz finden.«

Doch sie schüttelte weiterhin den Kopf.

»Kannst du wirklich noch weiter?«, fragte Ariac seufzend.

Rijana versicherte es und kauerte sich im Sattel zusammen.

Dicke Wolken hingen über dem Land, die von Schnee und Regen kündeten. Durch die schlechte Sicht hatten sie sich wohl etwas zu sehr von der Straße entfernt, denn nun ging es wieder durch buschreiches Land. Irgendwann hielt Ariac an, half der unkontrolliert zitternden Rijana vom Pferd und führte sie unter den spärlichen Schutz eines leicht überhängenden Felsens. Mit seinen kalten, beinahe gefühllosen Händen versuchte er, ihr die Arme und Hände warm zu reiben.

»Es tut mir so leid«, flüsterte er mit klappernden Zähnen in ihre durchnässten Haare und drückte sie fest an sich.

Rijana hatte keine Kraft mehr, etwas zu erwidern. Sie konnte sich nicht daran erinnern, jemals so erbärmlich gefroren zu haben.

»Komm, wir suchen jetzt ein Dorf«, bestimmte Ariac, als sich das Wetter nicht besserte.

Rijana brachte die Zähne nicht mehr weit genug auf, um zu widersprechen. Sie ließ sich von Ariac zu ihrem Pferd führen. Schließlich nahm er ihre Zügel und ritt weiter, wie er hoffte, in Richtung der Straße. Es schneite und regnete ununterbrochen fort. Ariac machte sich wirklich Sorgen um Rijana, die zusammengekauert auf ihrer Stute saß und sich gerade so am Sattel festhalten konnte. Als es schon beinahe dunkel war, sah er in der Ferne etwas aufleuchten. Aus dem Kamin eines kleinen Holzhauses stieg Rauch auf. Ariac half Rijana vom Pferd. Diese konnte mit ihren eingefrorenen Füßen kaum noch laufen. Anschließend sattelte er die Pferde ab und ließ sie frei. Ariac hoffte, dass die beiden nicht fortlaufen und hier grasen würden. Mitnehmen wollte er die edlen Pferde nicht, sie würden zu sehr auffallen.

Er packte Rijana am Arm und zog sie mit sich in Richtung des Hauses. Vor der Tür hielt er sie ganz fest, denn ihr drohten die Beine wegzuknicken. Dann klopfte er an. Nach einer Weile hörte er Schritte, und ein Mann mittleren Alters mit grauen Haaren und einem Stoppelbart öffnete. Er trug die Kleidung eines Bauern. Ein großer schwarzer Hund stand knurrend hinter ihm.

»Was tut ihr hier, und was wollt ihr?«, fragte er misstrauisch, während er versuchte, einen Blick auf die Gesichter unter den Kapuzen der beiden zu erhaschen.

»Bitte, können wir in Eure Hütte gehen, bis das Wetter sich bessert?«, fragte Ariac undeutlich.

Der Mann runzelte die Stirn. »Was tut ihr so weit von der Handelsstraße entfernt und noch dazu bei diesem Wetter?«

»Bitte, dem Mädchen ist furchtbar kalt«, bat Ariac mit zitternder Stimme.

»Ich will dein Gesicht sehen«, befahl der Bauer.

Ariac zog seufzend die Kapuze nach hinten, und der Bauer wich einen Schritt zurück, woraufhin der Hund noch bedrohlicher zu knurren begann.

»Verschwinde, du bist einer vom Steppenvolk.«

Ariac schloss kurz die Augen. »Dann lasst zumindest das Mädchen hinein, ihr ist kalt, ich möchte nicht, dass sie krank wird. Ich bleibe draußen. Sie ist keine vom Steppenvolk.«

»Nein«, murmelte Rijana undeutlich, denn sie wollte nicht, dass Ariac sie allein ließ, doch der Bauer machte ohnehin ein unwilliges Gesicht.

Er blickte in den mit Schnee durchsetzten Regen hinaus und sagte schließlich seufzend: »Von mir aus könnt ihr in der Scheune schlafen.« Er runzelte die Stirn. »Aber wehe, morgen früh fehlt etwas.«

Ariac hätte ihn für diese Äußerung zwar gerne geschlagen, aber im Moment war er einfach nur dankbar, dass Rijana ins Trockene kam.

»Könnt Ihr meiner Gefährtin etwas Trockenes zum Anziehen geben?«, bat er und fügte rasch hinzu, als er das unwillige Gesicht des Bauern sah: »Ich kann bezahlen.«

Mit klammen Fingern holte er ein kleines Goldstück hervor, welches der Bauer mit großen Augen ansah. Das war selbstverständlich viel zu viel Bezahlung, aber Ariac war das im Moment egal.

»Um die Ecke, hinterm Haus«, knurrte der Bauer und biss auf das Goldstück, das echt zu sein schien. »Ich bringe euch nachher frische Kleidung.«

Ariac nickte und führte Rijana durch den Regen. Bald waren sie in der alten Scheune angekommen, die zwar auch ein wenig zugig, aber zumindest trocken war. Er führte Rijana in eine Ecke mit Stroh und legte beide Arme um sie. Sie lehnte sich erschöpft und durchgefroren an ihn.

»Gleich wird es wärmer«, versprach er, »der Bauer bringt dir frische Kleidung, dann wird alles gut.«

Der Bauer, Jorn, hatte rasch ein paar alte Kleider und sogar etwas zu essen geholt und war zur Scheune gelaufen. Dieser junge Steppenmann war ihm zwar nicht ganz geheuer, aber ihm hatte das Mädchen leidgetan. Er stand gerade in der offenen Scheunentür, als er sah, wie liebevoll sich der junge Mann um das Mädchen bemühte, das ganz offensichtlich furchtbar fror.

So geht doch keiner der Wilden mit einer Frau um, dachte Jorn verwundert. *Die Steppenleute sind doch angeblich grausam und ungebildet.*

Er zuckte die Achseln und ging näher. Jorn sah, wie besorgt das fremdländische Gesicht des jungen Mannes mit den merkwürdigen Tätowierungen wirkte.

Schließlich gab sich Jorn einen Ruck. »Na ja, von mir aus könnt ihr auch mit ins Haus kommen«, knurrte er. »Ich will gar nicht wissen, wo du das Gold herhast, aber das ist mehr als genug Bezahlung für einen Schlafplatz und ein warmes Essen.«

Ariac stand erleichtert auf und nahm Rijana, die sich vor Kälte wirklich nicht mehr bewegen konnte, auf seine Arme. Jorn führte die beiden in die Wohnstube und befahl dem großen Hund, ruhig zu sein. Ariac setzte Rijana auf den Boden neben das Feuer. Aus dem Nebenraum tauchte eine Frau mit leicht ergrauten blonden Haaren auf.

»Wir haben wohl Besuch«, sagte sie überrascht. Als Ariac den Kopf drehte und sie sein Gesicht sah, schrak sie zurück.

»Ich tue Euch nichts, keine Sorge«, sagte Ariac beruhigend, und auch Jorn nickte seiner Frau zu.

»Du musst dich umziehen, Rijana«, sagte Ariac eindringlich und rüttelte sie an der Schulter, denn Rijana war kurz davor einzuschlafen.

Sie nickte müde, und Ariac verließ mit Jorn den Raum. In dem winzigen Nebenraum, der die Küche war, stand dessen Frau am Herd.

»Wo in aller Welt seid ihr denn hergekommen bei diesem schlechten Wetter?«, fragte Freeda, die Bäuerin, kopfschüttelnd.

»Wir sind etwas von der Straße abgekommen«, log Ariac, und Jorn sah man ganz deutlich an, dass er das nicht glaubte.

Nach kurzer Zeit gingen sie wieder hinein, und Rijana saß in eine Decke gewickelt am Feuer und sah nun wieder etwas lebendiger aus.

»Aber jetzt musst du dich umziehen«, verlangte sie entschieden, als Ariac sich neben sie setzte.

Er nickte und reichte ihr eine der dampfenden Teetassen, die Freeda ihm gegeben hatte. Anschließend verschwand er im Nebenraum, um die alten Kleider von Jorn anzuziehen.

Freeda betrachtete das Mädchen kritisch, das mit eiskalten Händen die Tasse umklammerte. Selbst mit den klatschnassen Haaren und dem erfrorenen Gesicht wirkte sie sehr hübsch.

Freeda beugte sich zu ihr herunter. »Hat er dich entführt oder sonst etwas? Dann kann Jorn ihn sicher leicht überwältigen«, flüsterte sie.

Rijana machte ein empörtes Gesicht und stellte die Tasse weg. »Er ist mein Freund!«

»Oh«, sagte die Bäuerin erschrocken. »Aber warum bist du mit ihm unterwegs?«

Rijanas Gesicht verschloss sich. »Das ist unsere Sache.«

Freeda hob die Schultern und ging zurück in die Küche, wobei sie Ariac einen kritischen Blick zuwarf. Rijana musste lachen. Die alten, ausgeblichenen Kleider waren Ariac viel zu weit und zu kurz.

Er setzte sich neben sie und legte einen Arm um sie. »Ist es jetzt besser?«

»Viel besser«, antwortete sie mit einem erleichterten Lächeln.

Jorn betrachtete die beiden verwirrt. Was hatte dieses junge Mädchen mit dem Steppenmann zu schaffen? Freeda brachte schließlich sogar noch zwei Schüsseln mit Lammfleischeintopf, was beide gerne annahmen, doch Rijana fielen beim Essen immer wieder die Augen zu, so erschöpft war sie. Kaum hatte sie die hölzerne Schüssel zur Seite gestellt, war sie auch schon an Ariacs Schulter gelehnt eingeschlafen.

»Wir bringen euch noch Stroh und ein paar Decken«, versprach Freeda leise, um Rijana nicht zu wecken.

Ariac nickte dankbar, und als die Bäuerin und der Bauer etwas Stroh und zwei grobe Wolldecken gebracht hatten, legte er Rijana ganz vorsichtig auf das behelfsmäßige Bett neben dem Feuer. Anschließend streichelte er ihr liebevoll über die jetzt schon beinahe getrockneten Haare.

»Danke«, flüsterte er den beiden Bauern zu, die ihn verwirrt beobachteten.

»Wir gehen ins Bett«, sagte Jorn und warf noch einen Blick in die kleine Wohnstube. Wahrscheinlich um zu sehen, was Ariac in der Nacht alles stehlen könnte. Doch dann erinnerte sich Jorn an das Goldstück und ging mit seiner Frau in die Küche, um die schmale Stiege zum Dachboden hinaufzuklettern, wo sie schliefen.

Ariac lehnte sich gegen die hölzerne Wand und starrte in die Flammen. Er war froh, dass sie jetzt im Warmen waren, vor allem um Rijanas willen, die friedlich neben ihm schlief. Er selbst traute sich nicht zu schlafen, da er dem Bauern gegenüber ein wenig misstrauisch war.

Die Morgendämmerung war wohl nicht mehr fern, als Rijana erwachte. Zunächst wollte sie sich wieder umdrehen, doch dann sah sie, dass Ariac mit offenen Augen neben ihr saß.

Sie streckte sich ein wenig. »Hast du noch gar nicht geschlafen?«

Er schüttelte den Kopf. »Ich weiß nicht, ob wir den Bauern trauen können.«

»Dann passe ich jetzt auf«, versprach sie.

Ariac zögerte und streichelte über ihre Haare. »Ist dir wieder warm?«

Sie nickte grinsend und machte Platz, damit er sich hinlegen konnte. Es dauerte nicht lange, bis er eingeschlafen war. Bald kam Freeda leise herunter und sah, dass das Mädchen wach war. Rijana versuchte gerade vergeblich, ihre Haare zu entwirren.

»Möchtest du einen Kamm haben?«, fragte die Bäuerin freundlich.

Rijana nickte, und als Ariac, der wohl im Schlaf die Stimme der anderen Frau gehört hatte, zusammenzuckte, beugte sie sich zu ihm hinab und flüsterte: »Alles in Ordnung, du kannst weiterschlafen.«

Daraufhin entspannte er sich wieder. Rijana stand lächelnd auf und folgte der Bäuerin in die Küche. Die gab ihr einen hölzernen Kamm und betrachtete Rijana verwirrt.

»Du bist ein so hübsches Mädchen«, sagte Freeda bewundernd, dann blickte sie Rijana ernst an. »Bist du wegen ihm von zu Hause weggelaufen?«

Rijana hielt mit dem Kämmen inne und überlegte, was sie darauf antworten sollte. »Na ja, so ähnlich.«

»Aber, Kind, er ist doch ein Wilder! Deine Eltern werden sich fürchterliche Sorgen machen.« Freeda blickte sie eindringlich an. »Du bist wahrscheinlich nicht einmal volljährig.«

Rijana schüttelte den Kopf. Erst mit einundzwanzig Jahren galt man in diesen Zeiten als volljährig. »Das macht nichts, ich weiß, was für mich gut ist. Und Ariac ist ein guter Mensch.«

»Aber wo wollt ihr denn hin, Kind?«, fragte die Bäuerin besorgt. »Du kannst doch nicht wie eine Wilde in der Steppe leben.«

Rijana konnte Freeda wohl kaum alles erzählen. »Ich kann tun und lassen, was ich will.«

Die Bäuerin wollte noch etwas erwidern, doch da kam Ariac in den Raum. Er trug nun wieder seine eigene Kleidung, die zum Glück getrocknet war.

»Wir können aufbrechen. Es regnet nicht mehr so stark«, sagte Ariac.

»Ihr könnt auch noch bleiben«, beeilte sich die Bäuerin zu sagen, und auch Jorn, der gerade zur Tür hereinkam, nickte.

Doch Ariac wollte weiter, sie hatten sich ohnehin schon zu lange aufgehalten.

»Können wir etwas Proviant von euch kaufen?«, fragte er.

Jorn nickte bedächtig. »Du hast uns ohnehin viel zu viel Gold gegeben. Ich werde einpacken, was wir entbehren können.«

»Ich habe das Gold nicht gestohlen«, sagte Ariac mit zusammengezogenen Augenbrauen, als er Jorns Blick sah.

Der hob die Achseln. »Und wenn schon, solange du es nicht von den Armen nimmst – Greedeon und die Lords haben ohnehin mehr als genug.«

Freeda machte ein erschrockenes Gesicht. »Sag doch nicht so etwas.«

»Wer soll uns denn hören?«, knurrte Jorn.

Rijana und Ariac blickten sich verwirrt an. Sie waren eigentlich der Meinung gewesen, dass König Greedeon durchaus beliebt war.

»Seitdem er mit Catharga verbündet ist, ist alles nur noch schlimmer«, fuhr Jorn fort, doch dann seufzte er. »Obwohl es uns ja noch vergleichsweise gut geht. In den anderen Ländern ist es noch übler.« Er schimpfte leise vor sich hin. »Wir dachten eigentlich, dass, wenn Thondras Kinder wiedergeboren werden, sich die Zustände bessern, aber nichts ist besser geworden. Sie sind doch auch nur Greedeons Sklaven.«

Rijana und Ariac blickten sich an – das dachten die Leute also von ihnen. Sie hatten außerdem gar nicht gewusst, dass Catharga und Balmacann nun verbündet waren. Sicher, König Greedeon hatte von jeher seine Krieger im Kampf gegen König Scurr zur Verfügung gestellt, aber an sich herrschte eine gewisse Rivalität zwischen den Ländern.

Schließlich packte Ariac das harte dunkle Brot, etwas Käse und die geräucherten Würste ein. Rijana zog sich in dieser Zeit wieder um.

»Willst du das Mädchen nicht lieber hierlassen, junger Mann?«, fragte Jorn ernst. »Wir könnten sie zu ihren Eltern zurückbringen.«

Ariac seufzte. »Nein, das macht leider keinen Sinn, aber danke für eure Hilfe.«

Jorn und Freeda blickten sich besorgt an, aber sie würden wohl kaum etwas ausrichten können. Schließlich war Rijana fertig und verabschiedete sich von den Bauern. Draußen nieselte es noch ein wenig. Rijana und Ariac eilten in Richtung der Bäume, wo sie die Pferde zurückgelassen hatten. Das kleine Haus war bald außer Sichtweite.

Zu ihrer Erleichterung kamen die Pferde ihnen schon bald entgegen. Sie hatten unter den Bäumen gegrast und wirkten ausgeruht. Rasch holte Ariac die Sättel, und die beiden ritten weiter.

»Falkann hat nie etwas davon gesagt, dass sein Vater sich mit König Greedeon verbündet hat«, sagte Rijana nachdenklich, und der Gedanke an Falkann versetzte ihr einen leichten Stich.

»Vielleicht wusste er es nicht«, erwiderte Ariac und blickte angestrengt auf die Karte. Sie mussten wohl etwas weiter nach Osten reiten, um in die Nähe der Straße zu gelangen, die nach Norden führte.

»Denkst du auch, dass wir König Greedeons Sklaven sind?«, fragte Rijana.

»Jetzt nicht mehr«, erwiderte Ariac mit einem leicht zynischen Grinsen, doch dann wurde er ernst. »Na ja, ich glaube zumindest nicht, dass er der ehrenhafte Mann ist, für den ihr ihn gehalten habt.«

Den Rest des Tages trabten sie durch das hügelige Land. Dann erblickten sie endlich die Straße.

»Wir müssen uns abseits der Straße halten, dürfen sie aber nicht aus dem Blick verlieren«, sagte Ariac nachdenklich. Endlich hatte es aufgehört zu regnen, und den beiden war eine halbwegs trockene Nacht unter einem Felsüberhang vergönnt. Rijana, die von den Bauern eine Decke bekommen hatte, kuschelte sich behaglich hinein. Es war wieder ein anstrengender Tag gewesen.

»Ich hoffe, Brogan hat keinen Ärger bekommen«, sagte sie plötzlich besorgt.

Ariac, der am Felsen gelehnt hatte, setzte sich zu ihr auf den Boden.

»Warum hat er mir geholfen?«

Rijana nahm vorsichtig seine Hand in ihre. »Er vertraut dir eben auch.«

Ariac, der sich das kaum vorstellen konnte, zog seine Hand wieder weg. »Das glaube ich nicht, schließlich bin ich bei seinem Feind ausgebildet worden.«

Doch Rijana schüttelte den Kopf. »Brogan ist anders als Hawionn. Er denkt nicht zuerst an das Wohl der Schule oder an das von König Greedeon. Brogan hat sich auch immer um uns Kinder Gedanken gemacht.«

Sie lächelte, als sie daran zurückdachte, wie sie in Camasann angekommen und als Erstes gleich in den Fluss geworfen worden war.

»Was ist denn?«, fragte Ariac und betrachtete sie eindringlich.

Sie erzählte von ihrer ersten Zeit in Camasann, und Ariac wurde sehr ruhig.

»In Naravaack hat es so etwas nicht gegeben«, murmelte er.

»Sei froh«, erwiderte sie grinsend. »Es war reichlich kalt.«

Er blitzte sie plötzlich zornig an. »In Naravaack hätten sie dich ertrinken lassen.«

Rijana zuckte erschrocken zusammen. »Das tut mir leid. Es war sicherlich schlimm dort.«

Ariac, der sich wieder unter Kontrolle hatte, legte einen Arm um ihre Schultern. »Entschuldige, ich wollte dich nicht erschrecken.«

Zögernd lehnte sie sich wieder an ihn. Rijana hatte häufig darüber nachgedacht, wie es wohl in Naravaack gewesen war, tat sich jedoch schwer, sich das wirklich vorzustellen, da Ariac kaum darüber redete.

Drei Tage lang ritten sie unweit der Straße entlang. Hin und wieder sahen sie bewaffnete Soldaten, die sie aber nicht entdeckten. Dann wurde das Unterholz jedoch so dicht, dass sie nicht mehr mit ihren Pferden hindurchkamen. Das mächtige Donnergebirge war nun nicht mehr weit entfernt.

»So ungern ich es tue, aber wir müssen wohl auf die Straße und versuchen, uns auf der anderen Seite durchzuschlagen«, sagte Ariac am vierten Tag. Heute schien sogar die Sonne, und die Vögel zwitscherten in den Bäumen.

Rijana nickte und trieb ihre Stute durch das dichte Unterholz über den Abhang auf die steinige Straße. Dabei zerkratzte sie sich das Gesicht. Die beiden zogen sich die Umhänge über den Kopf und ritten vorsichtig weiter. Die große Kutsche eines Händlers kam an ihnen vorbei, dann ein Trupp von drei Soldaten aus Richtung Norden. Ariac war angespannt, doch die Männer ritten vorbei, ohne ihn weiter zu beachten.

Gegen Ende des Tages hörten sie jedoch galoppierende Hufe von Süden. Über dreißig Soldaten, in König Greedeons Uniform gekleidet, näherten sich in raschem Tempo.

»Was jetzt?«, fragte Rijana erschrocken.

»Wenn wir flüchten, werden sie uns verfolgen. Wenn wir stehen bleiben, werden sie uns höchstwahrscheinlich erkennen«, sagte Ariac gehetzt.

Rijana nickte ängstlich. »Unsere Pferde sind schnell«, sagte sie so bestimmt wie möglich, und Ariac stimmte ihr zu.

Sie trieben die Pferde an, und hinter sich hörten sie bereits laute Rufe.

»Bleibt stehen, im Namen König Greedeons!«

In rasendem Galopp flohen sie über die Handelsstraße. Eine Zeit lang behielten Rijana und Ariac ihren Vorsprung bei, doch dann kamen ihnen immer wieder Fußgänger oder Wagen in den Weg, und die Soldaten holten auf.

»Wir müssen vom Weg runter«, schrie Ariac über seine Schulter Rijana zu, lenkte seinen Hengst im Galopp nach rechts und sprang über einen kleinen Abhang in das nächste Gebüsch. Rijana folgte ihm auf Lenya. Sie jagten durch das Unterholz und die Bäume. Hinter sich hörten sie krachende Geräusche. Die Soldaten folgten ihnen. Das Gebüsch hörte bald auf und ging in eine langgezogene Wiese über. Ariac und Rijana stürmten Seite an Seite in Richtung Norden, doch schon brachen aus verschiedenen Stellen des Waldes Soldaten hervor und nach einiger Zeit sogar nördlich von ihnen. Offensichtlich waren einige weiter auf der Straße galoppiert und versuchten nun, ihnen den Weg abzuschneiden. Ariac parierte seinen Hengst hart durch, dessen Hufe einen breiten Streifen auf der Wiese hinterließen.

»Wir müssen in den Wald«, keuchte Ariac.

Rijana riss erschrocken die Augen auf und blickte nach Osten. »Die östlichen Wälder sind verflucht.«

»Nicht mehr als wir, wenn König Greedeon uns erwischt«, widersprach er und galoppierte auch schon los.

Rijana zögerte kurz, folgte ihm jedoch schließlich. Die beiden hielten auf die weit auseinanderstehenden Bäume zu, doch sobald sie darin eintauchten, war es, als würde der gesamte Wald sie verschlucken. Man konnte nichts mehr von der Wiese erkennen, auf der sie vor wenigen Augenblicken noch galoppiert waren.

»Was ist das?«, fragte Rijana erschrocken und hielt ihr Pferd an.

»Ich weiss nicht, los, komm weiter«, verlangte Ariac, der befürchtete, verfolgt zu werden. Sie trabten durch den Wald, der hell und freundlich, zugleich aber auch irgendwie unheimlich war. Das Licht wirkte gedämpft und liess geheimnisvolle Schatten entstehen, die zwischen den Bäumen tanzten. Die Soldaten schienen ihnen nicht gefolgt zu sein, aber Ariac wollte dennoch nicht anhalten. Man konnte kaum erahnen, in welche Richtung man ritt. Sie ritten über ungewöhnlich saftige, mit Frühlingsblumen übersäte Wiesen, durch die kleine Bäche plätscherten, in denen merkwürdig geformte Steine immer wieder aufschienen. Ein mystisches Dämmerlicht lag über dem Wald, als Rijana und Ariac an einem umgestürzten Baum anhielten und ihre Pferde absattelten. Lenya und Nawárr begannen sogleich, das saftige Gras zu rupfen. Rijana und Ariac füllten währenddessen ihre Wasserbeutel auf und setzten sich anschliessend an den mächtigen umgekippten Baumstamm. Er war über und über mit weichem Moos bedeckt. Rijana schob ihre Kapuze aus dem Gesicht, und Ariac, der sie erst jetzt richtig sah, rief erschrocken: »Du meine Güte, dein ganzes Gesicht ist zerkratzt.«

Er streichelte ihr vorsichtig über die Wange, und Rijana schnitt eine Grimasse. »Nicht so schlimm.«

Er schüttelte den Kopf und suchte nach einer Heilpflanze, doch hier wuchsen nur ihm fremde Pflanzen. Schliesslich wischte er ihr nur vorsichtig mit dem Ende seines Umhangs den Schmutz aus dem Gesicht.

»Es tut mir leid«, begann er, doch Rijana schüttelte den Kopf.

»Es ist nicht deine Schuld, das heilt schon wieder.«

Ariac seufzte und betrachtete sie kopfschüttelnd. Eine andere Frau hätte jetzt wohl hysterische Anfälle bekommen und sich furchtbare Sorgen um ihre Schönheit gemacht. Aber Rijana kramte nur in ihren Satteltaschen und hielt Ariac Brot und Käse hin. Schweigend aßen sie und lehnten sich anschließend dicht nebeneinander an den Baumstamm.

Rijana blickte staunend um sich. Das alles kam ihr so merkwürdig und fremdartig vor.

»Hast du Angst?«, fragte Ariac und legte ihr einen Arm um die Schultern.

Sie schüttelte den Kopf. »Nein, komischerweise nicht. Obwohl ich es hier schon ein wenig seltsam finde.«

Ariac nickte, denn es ging ihm genauso. Dann seufzte er. »Die Ältesten der Arrowann haben immer erzählt, dass in den Wäldern noch heute Elfen leben würden«, erinnerte er sich.

Rijana lachte leise auf. »Das ist doch nur ein Märchen.«

Ariac hob die Augenbrauen. »Ich weiß nicht, diese Wälder sind riesig. Ich habe sie zwar nie zuvor selbst gesehen, aber mein Onkel erzählte mir, dass er einmal mit Jägern ins Donnergebirge gezogen sei, als das Wild auf der Steppe knapp war. Er sagte, die Wälder und Flüsse würden sich bis weit zum Meer hinunterziehen.« Ariacs Blick wurde traurig, und er verstummte. Rijana wusste, dass er an seinen Clan dachte.

Sie nahm seine Hand und drückte sie.

»Ich habe gelesen, dass die Elfen schon vor sehr langer Zeit verschwunden sind«, erzählte sie dann.

»Du kannst lesen?«, fragte Ariac überrascht.

»Du etwa nicht?«

Ariac schüttelte den Kopf. »Man braucht das nicht, um ein guter Jäger zu sein. Außerdem kann man viele Lügen in Bücher schreiben.«

Rijana nickte nachdenklich. »Ich finde es nicht schlimm, dass du nicht lesen kannst. Wäre ich in Grintal geblieben, hätte ich es auch nicht gelernt. Aber hat man euch in Naravaack …«

Ariac unterbrach sie barsch und sprang auf. »In Naravaack lernt man nur zu töten und, wenn man Glück hat, zu überleben, sonst nichts.« Er sprang auf den dicken Stamm. »Schlaf jetzt, ich halte Wache.«

Rijana blickte ihn erschrocken an. »Entschuldige, ich wollte nicht ...«, begann sie unsicher, doch er winkte ungeduldig ab und balancierte auf dem Baumstamm entlang.

Seufzend wickelte sie sich in ihre Decke und war bald darauf eingeschlafen.

Ariac starrte in die Dunkelheit und versuchte, alle Gedanken an Naravaack oder an seine Verwandten in der Steppe zu verdrängen. Er hatte Rijana nicht anfahren wollen, aber das alles beschäftigte ihn einfach zu sehr.

Irgendwann wurde Ariac furchtbar müde. Er wusste gar nicht warum und wollte eigentlich zu Rijana gehen und sie wecken. Doch er sank auf den Boden und schlief sofort ein.

Ein leiser Wind hatte sich erhoben, der einen süßlichen, leichten Duft mit sich brachte. Er fuhr durch Bäume und Büsche, über Blumen und Steine. Er wirbelte um das schlafende junge Mädchen und den jungen Mann und bescherte beiden einen erholsamen und ruhigen Schlaf.

Eine schlanke Gestalt schlich in dieser Nacht durch die Büsche. Man sah sie kaum, hielt sie wohl mehr für einen Schatten. Nur die beiden Pferde bemerkten etwas und hoben die Köpfe. Die Gestalt kam näher, flüsterte etwas in einer fremden Sprache, und die Pferde schnaubten entspannt. Anschließend schlich die Gestalt näher und betrachtete die beiden jungen Menschen neugierig, die schlafend am Boden lagen.

So sieht also ein Mensch aus, dachte das Wesen verwirrt, *ich werde es berichten müssen.*

Die Gestalt lief leichtfüßig davon, und die beiden Pferde folgten ihr.

Rijana wachte am nächsten Morgen erholt auf. So gut hatte sie lange nicht mehr geschlafen. Sie streckte sich und sah verwundert, dass auch Ariac fest schlief. Sie blickte sich um und rüttelte ihn erschrocken an der Schulter. Hektisch fuhr Ariac auf.

»Die Pferde sind weg«, rief sie.

Nach einem Augenblick der Verwirrung sprang Ariac auf und rannte ein Stück in den Wald. Doch die Pferde waren tatsächlich verschwunden, man sah auch keine Spuren in dem mit Tau benetzten Gras.

Ariac lief leise fluchend herum.

»Verdammt, warum bin ich denn eingeschlafen?«, fragte er wütend. »So etwas ist mir noch nie passiert.«

»Du hättest mich wecken können«, meinte Rijana.

»Das wollte ich«, erwiderte Ariac mit gerunzelter Stirn. »Ich weiß auch nicht, ich kann mich gar nicht mehr richtig erinnern.«

»Was machen wir denn jetzt?«, fragte Rijana unglücklich.

Ariac hob die Schultern. »Wir werden wohl laufen müssen.«

»Warum sind die Pferde weggelaufen?«, fragte Rijana wütend. Eigentlich waren die beiden Kriegspferde sehr gut ausgebildet und blieben bei ihrem Herrn.

»Ich weiß es nicht«, antwortete Ariac, nahm sein Schwert und legte sich die Satteltaschen mit dem Proviant und seine Decke über die Schulter.

»Also los.«

Rijana seufzte und machte sich daran, Ariac durch den Wald zu folgen. Alles wirkte wild und unberührt, zugleich jedoch sehr harmonisch. Jeder Stein und jede Pflanze schienen ganz einfach dort hinzugehören, wo sie waren, ob es nun die uralte Weide war, die wie ein Tor wirkte und auf eine kleine Lichtung führte, oder die zwei Buchen, die ineinander verschlungen waren und in deren Mitte ein großes Vogelnest gebaut war. Rijana und Ariac betrachteten das alles fasziniert. Sie waren von einem ganz merkwürdigen Gefühl ergriffen. Das Wasser des kleinen Bachs, an dem sie Rast machten, schmeckte wunderbar erfrischend, und die roten Beeren, die an einem Strauch wuchsen, waren wohl so ziemlich die besten, die sie jemals gegessen hatten. Trotzdem wurde Ariac nervös. Er konnte sich kaum nach der Sonne richten, denn die Bäume bildeten hier wieder ein dichtes Blätterdach.

»Ich habe keine Ahnung, wo wir hingehen«, sagte er plötzlich wütend und warf die Satteltaschen auf den Boden.

Rijana ließ sich seufzend auf einen Stein sinken. »Ich auch nicht.«

Ariac begann auf einen der hohen Bäume zu klettern, doch er kam bald wieder herunter, denn die Äste wurden weiter oben viel zu dünn. Fluchend sprang er auf den Boden und trat gegen einen Stein.

»Man kann sich nicht einmal nach dem Moos richten«, murmelte Rijana, die in ihrer Zeit in Grintal gelernt hatte, dass dort, wo das Moos am dichtesten war, Westen lag. Doch hier waren viele Bäume vollständig mit Moos bedeckt, andere überhaupt nicht.

So liefen Rijana und Ariac schließlich reichlich unüberlegt weiter, sprangen über kleine Bäche, liefen durch mal dicht, mal weit auseinander stehende Bäume und erreichten gegen Abend einen breiten Fluss, der sich seinen Weg durch das Land bahnte.

Ariac seufzte erleichtert. »Die Flüsse entspringen alle dem Donnergebirge, wir müssen nur flussaufwärts gehen.«

Rijana lächelte ihm aufmunternd zu, und sie liefen flussaufwärts, bis es dunkel wurde. Anschließend fing Ariac im Fluss eine Forelle, die sie dann auf einem kleinen Feuer grillten. Rijana lehnte am Stamm einer mächtigen Eiche, die vollständig mit Moos bewachsen war.

»Es ist schön hier«, sagte sie.

Ariac nickte, auch er fand es schön, obwohl dieser Wald für ihn als ein Kind der Steppe gewöhnungsbedürftig war. An sich bevorzugte er weites Land, das man überblicken konnte. Er setzte sich neben Rijana und beobachtete den schäumenden Fluss.

Wie schon in der Nacht zuvor erhob sich ein sanfter Wind, und ehe es die beiden bemerkten, waren sie aneinandergelehnt eingeschlafen. In dieser Nacht waren es zwei Gestalten, die durch den Wald schlichen. Sie überquerten den Fluss über eine hoch in den Bäumen hängende Leiter, die mit bloßem Auge nicht zu erkennen war, und blieben vor den beiden Menschen stehen, die so friedlich schliefen.

»Sie sehen fremdländisch aus«, sagte Bali'an mit neugierigem Blick. »Haben alle Menschen diese Zeichen um die Augen? Das Mädchen sieht ganz zerkratzt aus.«

Elli'vin schüttelte lächelnd den Kopf. »Nein, nur die Steppenmenschen haben die Tätowierungen, soviel ich weiß.« Dann nahm sie vorsichtig eine weiße Blume in die Hand, entlockte ihr etwas Blütensaft und strich ihn Rijana vorsichtig über das Gesicht.

»Werden sie über den Fluss kommen?«, fragte Bali'an aufgeregt.

Elli'vin schüttelte entschieden den Kopf. »Das dürfen sie nicht! Unser Reich muss geheim bleiben!«

Bali'an seufzte enttäuscht, denn er hätte gerne mehr über die jungen Leute erfahren.

»Du musst ihnen die Pferde zurückgeben«, verlangte Elli'vin streng.

»Sie mögen mich und sind freiwillig mit mir gekommen«, murmelte Bali'an beleidigt. Er hätte gerne ein eigenes Pferd gehabt, doch man hatte ihm immer wieder gesagt, dass er keines brauchte. »Nun gut, ich schicke sie bald zurück«, versprach er, als er Elli'vins missbilligendes Gesicht sah.

Damit verschwanden die beiden geheimnisvollen Wesen wieder.

Auch an diesem Morgen wunderten sich Rijana und Ariac, dass sie beide eingeschlafen waren. Ariac blickte Rijana verwirrt an und streichelte über ihr Gesicht. »Die Kratzer sind verschwunden.«

Sie fuhr sich über ihre Wangen und konnte es selbst kaum glauben.

»Ich verstehe das nicht«, sagte er. »Es passieren so seltsame Dinge.«

Den ganzen Tag wanderten sie flussaufwärts, bis das Gebüsch so dicht war, dass sie sich nur mit Mühe hindurchkämpfen konnten. Schließlich blieben sie stehen.

»Wir sollten über den Fluss gehen«, schlug Ariac vor, während er sich einen dicken Dorn aus dem Arm zog. »Auf der anderen Seite scheint es einfacher zu sein. Aber wir sollten unbedingt in der Nähe des Flusses bleiben, damit wir nicht in die falsche Richtung laufen.«

Rijana stimmte zu, und die beiden machten sich auf die Suche nach einer geeigneten Stelle, wo sie den Fluss überqueren konnten. Das stellte sich allerdings als gar nicht so einfach heraus. An den meisten Stellen war der Fluss sehr tief und reißend. Nur an einer Biegung schien das Wasser etwas langsamer zu fließen. Außerdem ragten dort Felsen aus dem Wasser heraus, die eine Überquerung erleichtern konnten.

»Hier sollten wir es versuchen«, schlug Rijana vor und blickte misstrauisch ins Wasser.

Ariac nickte und ging vorsichtig voran. Doch sobald er einen Fuß in den Fluss gesetzt hatte, erhob sich ein so gewaltiger Wind, dass die Bäume bedrohlich schwankten. Ariac blickte überrascht nach oben. Er tastete sich langsam voran, aber der Wind nahm an Stärke nur noch mehr zu. Ariac warf einen Blick nach hinten und sah, dass auch Rijana bereits im Wasser war und durch den Fluss watete. Der Wind wurde mit jedem Schritt, den sie durch den Fluss machten, heftiger. Schnell hatte sich ein ungeheurer Sturm daraus entwickelt.

»Beeil dich«, schrie Ariac über seine Schulter. Ihm wurde es langsam unheimlich. Als sie etwa in der Mitte des Flusses bei den Felsen angekommen waren, begann das Wasser zu brodeln. Urplötzlich bildeten sich Strudel um sie herum, während der Wind gespenstisch aufheulte.

Ariac zog Rijana zu sich heran und versuchte, sie beide an dem Felsen festzuhalten, während der Wind an ihren Kleidern zerrte.

»Was ist das?«, fragte Rijana ängstlich und blickte dabei in den Strudel, der ihr wie das geöffnete Maul eines Ungeheuers vorkam.

»Ich habe keine Ahnung«, antwortete er.

Es schien keinen Ausweg zu geben. Sie konnten sich auf keinen Fall weiter in den Fluss vorwagen und waren auf dem Felsen gefangen. Der Fluss tobte und brodelte um sie herum. Sie konnten weder vor noch zurück. Aber dann, ganz plötzlich, verstummte der Wind, und auch der Fluss schien sich zu beruhigen. Rijana und Ariac glaubten, eine schattenhafte Bewegung am anderen Ufer zu sehen, die aber schnell wieder verschwunden war.

»Sollen wir weitergehen?«, fragte Rijana vorsichtig.

Ariac zögerte, denn so recht traute er der Ruhe nicht. Schließlich trat er doch vorsichtig in den Fluss, und diesmal geschah überhaupt nichts.

»Beeil dich«, verlangte er und hielt ihr die Hand hin. Die beiden mussten zwar das letzte Stück schwimmen, hatten dann aber endlich das andere Ufer erreicht. Aufatmend ließen sie sich auf der Wiese nieder.

»Das war seltsam«, sagte Ariac und legte sich neben Rijana in die Sonne, die durch die Baumkronen schien.

Sie nickte und betrachtete die Umgebung genauer. Auf dieser Seite des Flusses wirkte alles noch viel schöner, noch märchenhafter und idyllischer als auf der anderen Seite. Die Büsche und Blumen blühten strahlend schön, und ein paar

Wildkaninchen hoppelten nicht weit von ihnen entfernt durch das Gras.

»Wenn ich einen Bogen hätte, dann könnte ich uns jetzt eines schießen«, sagte Ariac nachdenklich.

Rijana schüttelte den Kopf. »Nein, das wäre nicht richtig, sie gehören hierher.« Eigentlich wusste sie selbst nicht, warum sie das sagte, aber sie spürte genau, dass es so war.

Als ihre Kleider einigermaßen trocken waren, gingen sie vorsichtig weiter. Der Wald blühte in den schönsten Farben. Bald wurde der Boden moosiger, und riesige Pilze waren überall zu sehen.

»Es ist doch noch gar nicht Herbst, warum gibt es denn schon Pilze?«, fragte Rijana verwirrt.

Ariac verstand das auch nicht. Seit einiger Zeit fühlte er sich beobachtet, aber immer wenn er sich umdrehte, war niemand zu sehen. Rijana schien es genauso zu gehen, denn sie hielt plötzlich Ariac fest und flüsterte: »Ich habe etwas gesehen.«

Er nickte, zog sein Schwert, und schob Rijana hinter sich. Aber erneut zeigte sich niemand. Die beiden gingen langsam weiter. Schließlich glaubten sie, dass es wohl nur ein Wildtier gewesen war.

Drei Tage lang wanderten sie weiter flussaufwärts. Während der nächsten Nächte schliefen sie jedoch nicht gegen ihren Willen ein. Der Wald wurde mit jedem Schritt märchenhafter. Die uralten Bäume bogen sich zu grotesken Formen. Hier und da begegneten sie Wildtieren, die nicht einmal aufschreckten und davonliefen, sondern die beiden nur still beobachteten. Nur ein einziges Mal sahen sie, wie sich etwas bewegte. Es war ein kleines, verhutzeltes Wesen mit bräunlicher Haut, das beinahe selbst aussah wie eine Wurzel, aber bevor sie es betrachten konnten, verschwand es blitzschnell in einer Höhle unter der riesigen Wurzel einer Eiche.

Rijana blieb überrascht stehen. »Das war ein Waldling!«, rief sie überrascht aus.

»Was?«, fragte Ariac, der dieses Wesen selbst noch nie gesehen hatte.

»Sie sollen früher in allen Wäldern gehaust haben«, erzählte Rijana nachdenklich. »Als ich noch sehr klein war, hat mir meine Großmutter von ihnen erzählt. Aber selbst in den Bibliotheken von Camasann stand, dass es Waldlinge schon viele Jahrhunderte nicht mehr gibt.«

»Sind sie gefährlich?«

Rijana schüttelte den Kopf. »Nein, sie ernähren sich angeblich nur von Beeren und Pilzen.«

Ariac war beruhigt, und die beiden setzten ihren Weg fort.

An einem milden Frühlingstag stießen sie plötzlich auf eine Flussgabelung. Der breite Hauptfluss verlief weiter nach Norden, doch der Arm, der nach Südosten floss, versperrte ihnen den weiteren Weg.

»Mist, wir kommen nicht weiter«, schimpfte Ariac und starrte wütend in den Fluss.

»Sollen wir durchschwimmen?«, fragte Rijana unsicher. Der Fluss schien nicht sehr breit zu sein, dafür aber umso tiefer.

»Ich befürchte es.« Mit diesen Worten warf er sein Bündel ans andere Ufer und stieg ins Wasser.

Rijana folgte ihm und biss die Zähne zusammen, denn das Wasser war eiskalt. Sie waren noch nicht sehr weit geschwommen, als das Wasser zu gurgeln und zu brodeln begann. Der eben noch ruhige Fluss schäumte plötzlich auf.

»Nicht schon wieder!«, rief Ariac und packte Rijana gerade noch am Arm, bevor sie auch schon flussabwärts gespült wurden. Das Wasser schäumte und wirbelte so kräftig um sie herum, dass beide mit voller Wucht gegen einen Felsen knallten. Rijana verlor das Bewusstsein und drückte Ariac unter Wasser. Er versuchte verzweifelt, nach oben zu kommen, aber ein Strudel zog ihn in die Tiefe. Er verlor das Bewusstsein. Das Nächste, was er undeutlich wahrnehmen konnte, war, wie ihm jemand auf den Rücken schlug, während er auf weichem Moos lag, und wie ihm dann etwas in den Mund gegossen wurde.

»Rijana?«, murmelte er und hob den Kopf. Doch dann schrak er zurück.

Ein schlankes Wesen, in den Farben des Waldes gekleidet, mit einem schmalen Gesicht und spitzen Ohren grinste ihn an.

»Ich bin Bali'an, keine Angst.«

Ariac sprang auf und tastete nach seinem Schwert, aber das lag weiter entfernt. Er sah sich hektisch um, konnte Rijana aber nirgends entdecken. Das Wesen vor ihm mit den langen hellblonden Haaren sah aus wie ein Elf.

»Wo ist meine Gefährtin?«, fragte Ariac, nachdem er den Schrecken überwunden hatte. Der Elf schien ihm nichts tun zu wollen, aber Ariac blieb wie immer misstrauisch.

Der Elf deutete nach rechts. »Ich habe sie zum Aufwärmen in die Sonne gelegt, aber es geht ihr gut.«

Ariac warf Bali'an noch einen kritischen Blick zu, dann ging er, ohne ihn aus den Augen zu lassen, zu der Stelle, wo Rijana in einer kleinen Senke im weichen Moos lag. Er kniete sich neben sie und sah, dass sie eine Beule am Kopf hatte, auf der irgendwelche zerstampften Kräuter lagen.

Ariac zuckte zusammen, als Bali'an lautlos hinter ihn trat.

»Was fehlt ihr denn?«, fragte Ariac ängstlich und hob sie etwas hoch.

Der Elf zuckte die Achseln und zeigte ein Grinsen. »Sie ist gegen den Felsen im Fluss geknallt, deshalb hat sie eben eine Beule. Aber ich habe ihr schon einige Kräuter gegeben, sie wird bald aufwachen.«

Ariac nickte und ließ sie zurück auf den Boden sinken.

Der Elf musterte ihn neugierig, sodass Ariac ein wenig unwohl zumute wurde.

»Wo sind wir hier?«, fragte er.

»Im Land der tausend Flüsse«, antwortete Bali'an verwirrt, so als könne er sich nicht vorstellen, dass jemand das nicht wusste.

»Du bist ein Elf, oder?«, fragte Ariac vorsichtig.

Bali'an lachte fröhlich und ansteckend. »Natürlich. Und du, du bist wohl ein Mensch?«

Ariac nickte.

»Ich habe noch nie einen Menschen gesehen außer euch«, sagte der Elf, dann wirkte er jedoch ein wenig verlegen. »Ich muss euch schnell fortbringen, denn eigentlich dürftet ihr gar nicht hier sein.«

»Warum nicht?«, fragte Ariac.

»Es ist geheim«, antwortete Bali'an. »Ihr hättet nicht über den Fluss kommen dürfen.« Bali'an bemühte sich um ein strenges Gesicht.

»Wieso?«

Bali'an seufzte. »Hast du das nicht gemerkt? Der Fluss hat es nicht gewollt und die Bäume und der Wald ebenfalls nicht. Das hier ist Elfenland, da haben Menschen nichts verloren.« Bali'an musterte Ariac kritisch. »Die Alten haben schon immer gesagt, dass die Menschen nicht auf die Natur achten. Wie es scheint, haben sie Recht.«

Ariac schnaubte und wollte etwas erwidern, doch da wachte Rijana blinzelnd auf. Ariac hielt sie fest, als sie erschrocken zurückwich.

»Er ist ein Elf, aber er hat uns geholfen, keine Angst.«

Rijana schluckte und starrte Bali'an verwirrt an.

Der lächelte freundlich. »Tut dein Kopf weh, oder ist es schon besser?«

Sie tastete nach der Beule, verzog nur kurz das Gesicht und schüttelte den Kopf. »Es tut nicht sehr weh.«

»Mein Name ist Bali'an«, sagte er mit einer leichten Verbeugung.

»Rijana«, erwiderte sie, und Ariac, der sich noch gar nicht vorgestellt hatte, holte dies nun nach. Doch der Elf grinste nur.

»Das weiß ich«, sagte er, »ich verfolge euch, seitdem ihr das Elfenreich betreten habt.«

Rijana und Ariac blickten sich verwirrt an. An sich hielten sich beide für gute Krieger, die bemerkten, wenn sie verfolgt wurden, aber bis auf die wenigen schattenhaften Bewegungen war ihnen nichts aufgefallen.

»Aber jetzt kommt bitte mit, sonst bekomme ich Ärger«, bat Bali'an. »Ich bringe euch zum Waldrand, dort warten auch eure Pferde.« Er seufzte. »Es sind sehr schöne Tiere.«

»Du hattest unsere Pferde?«, fragte Ariac wütend.

Bali'an nickte, fügte jedoch rasch hinzu: »Sie sind mir freiwillig gefolgt, ich konnte nichts dafür.«

Rijana und Ariac folgten dem Elfen, der leichtfüßig und scheinbar ohne den Boden zu berühren seines Weges ging.

Ariac nahm sein Schwert. »Entschuldige, dass ich dich nicht festhalten konnte«, sagte er zu Rijana, »aber dieser Stein ...«

Doch sie winkte ab. »Es war nicht deine Schuld.« Dann beugte sie sich näher zu Ariac hinüber. »Ich habe noch nie einen Elfen gesehen. Meinst du, wir können ihm trauen?«

»Hätte er uns umbringen wollen, dann hätte er uns einfach ertrinken lassen können.«

Dem konnte Rijana nichts entgegensetzen, sodass sie schließlich dem Elfen folgten, der leichten Schrittes vorauslief und versuchte, die beiden auszufragen.

»Leben die Menschen wirklich in Städten und Häusern?«, fragte er neugierig. »Führen sie tatsächlich Kriege, nur um ein Stück Land oder etwas Gold?«

Die beiden nickten zögerlich, und Bali'ans Augen wurden groß.

»Aber ich konnte keine bösen Gedanken bei euch lesen, als ihr in unser Reich gekommen seid«, sagte er nachdenklich und musterte sie von oben bis unten. Er wirkte ein wenig verwirrt.

Und plötzlich deutete er hektisch auf eine Gruppe mit runden Felsen. »Schnell, versteckt euch dort«, flüsterte er.

Rijana und Ariac sahen sich verwirrt an, doch der Elf schubste sie rasch zur Seite.

»Duckt euch«, verlangte er, und die beiden gehorchten, zu verwirrt, um zu widersprechen.

»Was soll das?«, flüsterte Rijana, und Ariac spähte vorsichtig über die Steine.

Er sah, wie ein etwas größerer und kräftigerer Elf, der einen Bogen umgehängt hatte, wie aus dem Nichts aufgetaucht war und plötzlich neben Bali'an stand.

»Wo sind die Menschen?«, hörten die beiden ihn streng fragen.

»Fort«, antwortete Bali'an, konnte dem anderen Elfen dabei jedoch nicht in die Augen sehen.

»Sie wollten den Fluss überqueren. Sind sie ertrunken?«

Bali'an wand sich verlegen, und der Elf mit den strengen Gesichtszügen und den etwas dunkleren Haaren bewegte sich überraschend auf die Steine zu. Ariac sprang auf und stellte sich vor Rijana.

»Lass sie in Ruhe!«

Der Elf hielt überrascht inne. »Ein Steppenkrieger«, sagte er verwundert und warf Bali'an einen wütenden Blick zu, der näher gekommen war und den Kopf gesenkt hielt.

»Da überträgt man dir einmal eine verantwortungsvolle Aufgabe, und schon versagst du.«

»Entschuldige, Vater«, murmelte dieser, doch dann hob er den Blick. »Aber ich konnte sie doch nicht ertrinken lassen.«

Der ältere Elf, der Rijana und Ariac gar nicht zu beachten schien, schubste seinen Sohn wütend zurück.

»Du weißt genau, dass der Fluss zu unserem Schutz da ist. Wenn die Menschen zu dumm sind, um die erste Warnung zu verstehen, und dennoch weitergehen, dann müssen sie eben sterben. So ist es, und so wird es auch bleiben! Daran wird so ein dummer Junge wie du auch nichts ändern können.«

Bali'an wirkte nun wirklich wie ein kleiner Junge, obwohl er vom Aussehen her wohl in etwa so alt wie Ariac war. Doch das musste bei Elfen noch nichts heißen.

»Jetzt müssen wir sie mitnehmen, und ich muss dem König vom Mondfluss die Sache erklären«, fluchte Bali'ans Vater Dolevan und blitzte Rijana und Ariac wütend an.

»Wir wollten euch nicht stören oder euch Umstände machen«, wagte Rijana zu sagen und drückte Ariacs Hand, in der er noch immer das erhobene Schwert hatte, nach unten. Doch Ariac blieb misstrauisch.

Den Elf konnte das aber auch nicht beruhigen. »Das habt ihr aber nun.«

»Wir gehen sofort, wenn Ihr uns sagt, wie wir am schnellsten zum Donnergebirge kommen«, versicherte Ariac.

Der Elf baute sich drohend vor dem Steppenkrieger auf, der sein Schwert fester packte, was den Elfen jedoch nicht zu beeindrucken schien. »Das geht nicht, denn dann könntet ihr uns verraten.«

Ariac hielt seinem Blick stand, der Elf wandte sich schließlich ab.

»Folgt mir, und steck das Schwert weg«, verlangte er.

Ariac runzelte die Stirn, Rijana wirkte ratlos. Sie folgten dem Elfen und Bali'an, der mit hängenden Schultern hinter seinem Vater herschlich. Es war schon ziemlich dunkel, und sie liefen noch ein gutes Stück in den Wald hinein. An einer Lichtung machten sie Rast. Rijana und Ariac fiel auf, dass sie ihren Proviant und ihre Decken zurückgelassen hatten. Bali'an kam zögernd näher und reichte ihnen ein Paar Beeren, während sein Vater ein Stück entfernt mit zornigem Blick abwartete.

»Hier, nehmt die, sie sind sehr nahrhaft.«

Rijana lächelte und aß ein paar der Beeren, sodass auch Ariac zögernd zugriff.

»Dein Vater ist ziemlich wütend«, meinte sie.

Bali'an nickte und senkte den Blick. »Es war einer meiner ersten Aufträge als Späher, und schon habe ich alles falsch gemacht.«

»Wie alt bist du denn?« Er seufzte. »Erst fünfhundertzweiunddreißig Jahre alt.«

Rijana verschluckte sich. »Erst?«

Bali'an nickte betrübt. »Ich bin einer der Jüngsten.«

Auch Ariac starrte ihn überrascht an. Er wusste zwar, dass Elfen viele tausend Jahre alt werden konnten, aber dass sich jemand mit fünfhundertzweiunddreißig Jahren für jung halten konnte, das fand er dann doch merkwürdig.

»Wie alt seid ihr?«, fragte Bali'an neugierig.

»Ähm, ich bin achtzehn Jahre alt«, antwortete Rijana.

Bali'an riss die Augen auf. »Du bist ja noch ein Kind«, dann betrachtete er sie genauer, »aber du siehst nicht so aus.«

Sein Vater kam näher. »Das ist so bei den Menschen«, erklärte er, »und jetzt halte dich fern von ihnen.« Er gab den beiden einen Wasserschlauch. »Hier, trinkt das.«

Ariac nahm ihn zögernd an. Irgendwie traute er diesem Mann nicht. Andererseits war er zu durstig, um abzulehnen. Sein eigener Wasserbeutel lag in dem Proviantsack am Flussufer. Er trank ein paar Schlucke und reichte den Schlauch weiter an Rijana. Kurz darauf wurden beide müde. Ariac versuchte verzweifelt seine Augen aufzuhalten. Er wollte nicht einschlafen, konnte sich aber nicht dagegen wehren. Als die beiden fest schliefen, nickte Dolevan zufrieden und wandte sich an seinen Sohn. »Jetzt hol die anderen, wir müssen die Menschen in unsere Stadt bringen.«

Bali'an nickte und warf Rijana noch einen Blick zu. »Sie ist schön, obwohl sie nur ein Mensch ist«, sagte er fasziniert.

Dolevan funkelte seinen Sohn wütend an, sodass dieser rasch aufsprang und davonlief.

Es war heller Tag, als Rijana erwachte. Warmes Licht schien durch die Decke herein. Sie blinzelte verwirrt und bemerkte, dass sie auf einem Bett aus Moos zwischen den Wurzeln eines riesigen Baumes lag. Durch große Flechten, welche die Decke bildeten, drang Licht herein. Als Rijana sich aufrichtete, drehte sich eine hochgewachsene Gestalt zu ihr herum. Es war eine Elfe mit langen blonden Haaren und einem wunderschönen Gesicht. Sie kam näher und betrachtete Rijana eingehend. »Mein kleiner Bruder hat sich wegen euch in Schwierigkeiten gebracht.«

»Wo ist Ariac?«, fragte Rijana plötzlich erschrocken.

»Dein Gefährte?«

Rijana nickte.

»Er wird verhört.«

»Aber sie tun ihm doch nichts, oder?«, erkundigte Rijana sich ängstlich.

Die Elfe zuckte mit den Achseln. »Mein Name ist Elli'vin«, stellte sie sich anschließend freundlich vor.

»Ich heiße Rijana. Was passiert denn jetzt mit uns?«

Elli'vin hob erneut ihre schmalen Schultern, die von einem nur sehr dünnen, durchscheinenden Kleid bedeckt waren.

»Das weiß ich nicht. Der König des Mondflusses wird das entscheiden. Es ist schließlich noch nie vorgekommen, dass ein Mensch hierhergelangt ist.« Sie musterte das Mädchen mit einem seltsamem Blick. »Hattet ihr denn keine Angst, als ihr in den Wald geritten seid?«

Rijana schüttelte den Kopf. »Wir waren auf der Flucht, und mir gefiel euer Wald.«

Kurz erschien ein Lächeln auf Elli'vins Gesicht, doch dann wandte sie sich ab.

»Möchtest du etwas essen?«

Rijana nickte zögernd. »Aber nur, wenn kein Schlafmittel darin ist.«

Elli'vin grinste. »Das war nötig, damit ihr den Weg nicht erkennen könnt und am Ende flieht.«

Nach dem Essen, das aus frischem Quellwasser und Früchten bestand, wurde Rijana durch eigenartige unterirdische Gänge gebracht, die überhaupt nicht düster waren, sondern hell und freundlich, obwohl mächtige Wurzeln rechts und links vor ihnen aufragten. Schließlich führte Elli'vin sie in eine Höhle. Durch die Flechten, die die Decke bildeten, drang helles Licht. Ariac stand mit angespanntem Gesicht vor einer Gruppe Elfen, die ihn mehr oder weniger wütend ansahen. Als er Rijana erblickte, entspannten sich seine Gesichtszüge ein wenig.

Aus einer Öffnung am hinteren Ende des Raumes sprudelte eine kleine Quelle, und bizarre Tropfsteine hatten sich hier und da gebildet. Viele waren als Stühle oder Tisch umgeformt worden. Rijana verharrte einen kurzen Augenblick staunend, bevor sie verunsichert zu Ariac hinüberging, der beruhigend ihre Hand nahm.

»Dieser junge Mann hier hat sich hartnäckig geweigert, einen Ton zu sagen, bevor er weiß, dass es dir gut geht«, tönte die Stimme eines Elfen durch den Raum. Es handelte sich um Dolevan, den Vater von Bali'an.

Ein sehr hochgewachsener Elf mit weißblonden Haaren trat plötzlich in die Höhle. Alle anderen Elfen erhoben sich respektvoll von ihren steinernen Stühlen. Er strahlte unglaubliche Weisheit aus. Eigentlich sah keiner der Elfen alt aus, aber dieser hier wirkte so alt und mächtig wie die Steine dieser Höhle.

»Ich bin Thalien, der König vom Mondfluss.«

Auf Rijana wirkte dieser Elf furchteinflößend, obwohl sein Blick zugleich irgendwie melancholisch und gütig schien. An irgendetwas erinnerten sie seine Augen.

Thalien musterte die beiden Menschen eindringlich und kam näher. Rijana brauchte alle Kraft, um nicht zurückzuweichen, und sie spürte, wie auch Ariac sich anspannte.

Der König vom Mondfluss nahm Rijanas Hand in seine, und plötzlich veränderte sich etwas. Sie hatte keine Angst mehr vor ihm.

»Ich kenne dich«, sagte er mit seiner melodischen Stimme und blickte ihr tief in die Augen.

»Das ... das kann aber nicht sein«, stammelte sie. »Ich habe noch nie einen Elfen gesehen.«

Der Elf lächelte nur und sah zu Ariac hinüber. »Und dich auch. Ihr braucht diese beiden Menschen nicht zu bewachen«, sagte er bestimmt zu den anderen Elfen. »Sie sind meine Gäste.«

Er wandte sich nun wieder Rijana und Ariac zu, die sich verständnislos ansahen. »Würdet ihr mir die Ehre erweisen, mir zu folgen?«

»Haben wir eine Wahl?«, fragte Ariac gereizt.

Rijana hielt die Luft an, doch Thalien lächelte nur sein melancholisches Lächeln und lief mit geschmeidigen, schwebenden Schritten ihnen voran eine Felsentreppe hinauf. Sein langes helles Seidengewand glitt lautlos über die Stufen.

»Verstehst du das?«, flüsterte Rijana, die neben Ariac herlief.

Er schüttelte den Kopf, und die beiden traten hinter Thalien an die frische Luft hinaus. Der Elf atmete befreit auf.

»Ich mag die unterirdischen Räume nicht«, sagte er.

Die drei standen nun in einer Art Felsengarten. Wunderschöne Blumen blühten überall. Aus einem kleinen Hügel plätscherte eine Quelle, um die herum Libellen tanzten. Der König vom Mondfluss führte die beiden zu einem flachen Stein und bedeutete ihnen, sich zu setzen. Ariac legte Rijana seinen Arm besitzergreifend um die Schultern. Er traute den Elfen nicht, aber er traute ohnehin kaum jemandem.

Der Elf musterte sie eine ganze Weile durchdringend, und den beiden wurde mehr als unbehaglich zumute.

»Es war ein Fehler, dass ihr das Elfenreich betreten habt«, begann er plötzlich.

»Das war keine Absicht«, erwiderte Ariac ungehalten. »Wir wurden verfolgt und sind in den Wald geflüchtet. Wir wollten nur in Richtung des Donnergebirges.«

Thalien seufzte. »Menschen verstehen die Warnungen nicht.«

Ariac sprang plötzlich wütend auf. »Warum habt ihr uns überhaupt in den Wald eingelassen, wenn uns euer verdammter Fluss dann doch beinahe umgebracht hätte?«

Thalien beachtete ihn nicht weiter und erklärte: »Es ist vielleicht eine Sentimentalität, aber wir gewähren denen, die reinen Herzens sind, Zuflucht in unseren Wäldern.« Er blickte die beiden ernst an. »Hättet ihr etwas Böses im Schilde geführt, hättet ihr den Wald nicht betreten können.«

Ariac runzelte die Stirn und setzte sich wieder.

»Aber warum durften wir dann nicht über den Fluss?«, fragte Rijana.

Der Elf seufzte. »Das Land der tausend Flüsse ist die letzte Zuflucht der Elfen.« Sein Blick wurde traurig. »Die Menschen zerstören so viel und drängen die zurück, die sich nicht ihren Vorstellungen anpassen. Daher lassen wir niemanden in unser Reich, der Fluss beschützt uns. Wäre Bali'an nicht gewesen, wäret ihr beiden jetzt tot.«

»Ich wusste gar nicht, dass es noch Elfen gibt«, murmelte Rijana.

Thalien lächelte erneut traurig. »Ja, und das ist wohl auch gut so. Wir leben hier in den Wäldern, denn die Menschen denken, dass sie nicht viel wert sind, da es hier keine Bodenschätze oder fruchtbares Ackerland gibt. Früher lebten wir in ganz Balmacann.« Seine Augen sahen traurig aus, während sie tief in die Vergangenheit zu blicken schienen.

Rijana und Ariac sahen sich verwirrt an. Davon hatten sie noch nie gehört.

»Aber warum seid ihr gegangen?«, fragte Ariac vorsichtig.

Thalien blickte wieder auf. »Es ist schon so lange her«, sagte er seufzend. »Über zweitausend Jahre bevor ihr mit eurer Zeitrechnung begonnen habt. Damals gab es nur sehr wenige Menschen in den Reichen. Wir Elfen lebten im gesamten südlichen Teil. Riesige Wälder bedeckten ganz Balmacann, aber es gab auch Weiden für die Pferde.«

Rijana und Ariac waren verwirrt, in Balmacann gab es heutzutage kaum noch Wald.

»Die Menschen kamen aus dem Norden, wir hatten nichts gegen sie«, sagte der Elf traurig. »Wir teilten das, was das Land hergab. Dann entdeckten sie unsere Silberminen auf Silversgaard.«

»Eure Minen?«, fragte Ariac verwirrt.

Thalien nickte. »Die Elfen stellten aus dem Silber des Berges Schmuck und später auch Waffen her. Aber wir nahmen nur das, was der Berg uns freiwillig gab.« Er wurde wütend. »Doch dann kamen die Menschen. Sie rissen den Stein gewaltsam auf, nahmen mehr und mehr und beanspruchten die Insel für sich.«

»Warum habt ihr euch nicht gewehrt?«, fragte Ariac verwirrt.

»Das taten wir«, antwortete Thalien. »Aber zu dieser Zeit waren wir Elfen kein Kriegervolk. Wir lebten in Frieden miteinander. Nach und nach drängten uns die Menschen immer mehr zurück. Sie rodeten das Land, bauten ihre Häuser und Straßen, und wir wichen nach Osten zurück.« Er seufzte. »Es kam der Schattenkrieg, und wir wussten, dass nicht alle Menschen schlecht waren. Also halfen wir ihnen, gegen Orks, Trolle und den Zauberer Kâár zu kämpfen. Der lange Winter folgte, denn die Welt war aus den Fugen geraten, und als wir uns wieder zeigten, war unsere Hilfe schon lange vergessen.« Bei diesen Worten sah er sehr traurig aus. »Halb Balmacann war abgeholzt worden, und nur noch unser Schloss in Tirman'oc stand. Der Wald hat es in der Zeit bewahrt, in der wir Elfen uns weit in den Osten zurückgezogen haben, da es dort etwas weniger kalt war. Die Menschen haben unser ganzes Reich zerstört.«

Rijana riss erschrocken die Augen auf. Tirman'oc – dort war sie als kleines Mädchen mit Rudrinn gewesen, traute sich jedoch nicht, das zu sagen. Aber Thalien wusste ohnehin Bescheid, er lächelte. Das kleine Mädchen von damals hatte sich sehr verändert, aber er sagte nichts weiter dazu.

»Trotzdem verstehe ich das alles nicht«, warf Ariac ein. »Elfen sollen doch gute Krieger sein, die auch magische Fähigkeiten besitzen. Warum habt ihr euch von den Menschen so sehr zurückdrängen lassen?«

Der Elf lächelte. »Die Steppenleute habe ich von allen Menschen immer am liebsten gemocht. Sie leben im Einklang mit der Natur und nehmen nur das, was sie auch wirklich benötigen.«

Ariac blickte überrascht auf. Er kannte kaum jemanden, der die Steppenleute mochte.

»Aber um auf deine Frage zu antworten«, fuhr Thalien fort, »warum sollen wir kämpfen? Die Menschen zerstören sich ohnehin gegenseitig. Wir müssen nur abwarten, bis das Zeitalter der Menschen vorüber ist. Wir Elfen leben sehr lange, da bedeuten ein paar hundert Jahre nichts.«

Erneut blickten sich Rijana und Ariac überrascht an. So etwas konnten sie als Menschen kaum begreifen.

»Eines Tages«, sagte der Elf, »werden wir alles zurückbekommen.«

Rijana lief ein Schauer über den Rücken.

»Und wann?«

Thalien hob die Schultern. »Vielleicht in einhundert Jahren, vielleicht auch erst in dreihundert Jahren, oder aber schon im nächsten Sommer, ich weiß es nicht.« Er zog seinen Umhang um sich. »Die Welt verändert sich schon seit langem. Die Natur schreit auf. Die Erde bebt. Es gibt gewaltige Stürme. Selbst die Zwerge kommen aus den nördlichen Bergen ins Donnergebirge, denn die Vulkane haben begonnen Feuer zu speien, und immer mehr dieser finsteren Wesen treiben sich dort oben herum.«

Rijana und Ariac stellte sich bei diesen Worten die Gänsehaut auf.

Der Elf lächelte. »Ihr könnt die Zeichen wahrscheinlich nicht deuten, denn ihr seid Menschen, aber das sind alles Hinweise, die auf einen Wandel hindeuten.«

Eine Weile sprach niemand, doch dann fragte Rijana mit leiser Stimme: »Warum habt Ihr gesagt, dass Ihr uns kennt?«

Der Elf lächelte und blickte ihr direkt in die Augen. »Ich kenne nicht Rijana, die Kriegerin aus Camasann. Aber ich kannte dich in vielen Leben vorher. Von der ersten Schlacht an, als dein Name Lenya war, und in all den vielen Leben danach.«

Rijana riss erschrocken die Augen auf. »Ihr wisst, wer wir früher waren?«

Der Elf nickte. »Viele Male wart ihr bei uns und habt uns um Hilfe gebeten.« Er blickte Ariac an. »In der ersten Schlacht warst du Norgonn.«

Nun wurde Ariac ein wenig bleich, denn Norgonn war einer der stärksten Krieger gewesen, der am Ende den bösen Zauberer Kâár getötet hatte.

Auch Rijana blickte ihn zugleich bewundernd und entsetzt an.

Der Elf lächelte. »Es wundert mich nicht, dass ihr euch mögt, denn Rijana war in ihrem letzten Leben ein Mädchen aus der Steppe.«

Sie schluckte, dachte kurz an die vielen Lehrstunden in Geschichte und fragte unsicher: »Nariwa?«

Thalien nickte. »Ja, aber, was passiert jetzt mit uns?«, wollte Rijana wissen.

»Normalerweise«, gab Thalien zu, »wenn ihr nicht zwei der Sieben gewesen wärt, hätten wir euch den Rest eures Lebens gefangen halten müssen, um unser Versteck nicht zu verraten. Doch ich setze eine gewisse Hoffnung in euch.« Er hielt inne. »Vielleicht könnt ihr dieses Mal alles zum Guten kehren und helfen, die zu retten, die es wert sind. Ihr müsst zusammenhalten. Berichtet mir von den anderen.«

»Deshalb gehen in den Ländern die Gerüchte um, dass die Wälder verflucht sind«, murmelte Rijana vor sich hin. »Viele Menschen sind nie wieder aufgetaucht, die in die Wälder gegangen sind.«

Anschließend erzählte hauptsächlich Rijana von ihren Freunden. Ariac hörte angespannt zu, als Rijana erwähnte, dass er bei König Scurr ausgebildet worden war.

Der Elfenkönig nahm Ariacs Hand, doch dieser wich instinktiv zurück.

»Er hat deinen Geist nicht gebrochen«, sagte der Elf ernst, »aber in dir ist so viel Hass, den du überwinden musst.«

Ariac bemerkte nur bitter: »Außer Rijana hassen mich alle. Und ich bin mir nicht einmal sicher, dass nicht doch die Krieger von Camasann meinen Clan umgebracht haben.«

Rijana wollte empört widersprechen, doch Thalien war schneller: »Mir ist nicht bekannt, dass die Steppenleute ermordet worden wären. Ich weiß nur, dass momentan Jagd auf sie gemacht wird. Aber die Steppenleute sind klug, sie kennen und lieben ihr Land, und es beschützt sie.«

Ariac sprang auf. In seinem Gesicht zeichnete sich Hoffnung und Unglauben ab.

»Ich befürchte nur, dass du es erst mit deinen eigenen Augen wirst sehen müssen, um es auch glauben zu können«, fügte der alte Elf hinzu. Anschließend stand er auf. »Das waren sehr viele Neuigkeiten für euch. Ich denke, ihr solltet sie erst einmal verkraften.« Er deutete auf die dicke Eiche. »Dort oben haben wir zwei Zimmer für euch hergerichtet. Ich gehe davon aus, dass ihr unsere Gastfreundschaft nicht missbraucht, indem ihr zu fliehen versucht. Zu gegebener Zeit werden wir euch aus unserem Land geleiten.«

Damit verschwand der Elf und war schon wenige Augenblicke später eins mit dem Wald geworden. Rijana kniff die Augen zusammen. Sie hatte keine Ahnung, wie sie in ihr Quartier auf dem Baum kommen sollte, aber darüber wollte sie sich jetzt auch keine Gedanken machen. Thalien hatte so viele verwirrende Dinge erzählt, dass sie ganz durcheinander war.

Vorsichtig trat sie zu Ariac, der mit starrer Miene in den Wald blickte. Auch ihn schien es zu beschäftigen.

»Ariac, ist alles in Ordnung mit dir?«, fragte sie und berührte ihn leicht.

Er zuckte überrascht zusammen und nickte kurz.

Die beiden saßen noch lange in Gedanken versunken unter den Bäumen, bevor Bali'an angelaufen kam und fröhlich fragte, ob sie mit ihm zum Essen gehen wollten.

Sie folgten dem jungen Elf zu einer Lichtung, wo etwa zwanzig Elfen im weichen Moos beisammensaßen und sie anstarrten. Das Misstrauen in ihren Augen war Neugier gewichen. Verschiedene Pilze wurden gereicht, dazu Wein aus den orangefarbenen Blüten eines Baumes, der ganz in der Nähe wuchs. Bali'an erklärte ihnen alles mit Feuereifer, doch besonders Ariac starrte nur stumm in seinen Teller und hatte keinen Hunger. Er musste über so vieles nachdenken.

Nach dem Essen kam der König vom Mondfluss dazu. Er nickte Rijana zu: »Wirst du mich begleiten?«

Sie zögerte, doch Ariac war bereits aufgesprungen und hatte sich vor sie gestellt. »Nein, nur wenn ich mit ihr gehen kann.«

Der Elf lächelte beschwichtigend. »Es ehrt dich, dass du auf sie aufpassen möchtest, aber ihr wird nichts geschehen.«

Rijana trat vor. Sie wusste nicht warum, aber sie hatte das Gefühl, dass sie dem Elfen vertrauen konnte.

Ariac zögerte. Er wollte Rijana nicht gehen lassen. Aber er wusste, dass er allein gegen die vielen Elfen ohnehin keine Chance hatte. Nicht einmal die Tatsache, dass er Thondras Sohn und in Ursann ausgebildet worden war, änderte daran etwas. Aus alten Geschichten der Arrowann wusste er, dass Elfen über magische Fähigkeiten verfügten.

»Wir sind zurück, bevor der Mond aufgegangen ist«, versprach Thalien, und Ariac gab zögernd nach.

Rijana warf ihm noch einen aufmunternden Blick zu, bevor sie dem hochgewachsenen Elfen durch den uralten Wald folgte. Bald erreichten sie einen Platz, an dem große Monolithen standen. In ihrer Mitte war eine riesige Esche zu sehen. Ihre uralten Wurzeln wölbten sich über den Waldboden.

»Als ich noch sehr jung war«, erklärte Thalien nachdenklich, »da war dieser Baum noch ganz klein, und neben ihm stand eine noch sehr viel mächtigere Esche.«

Rijana blickte auf einen Baumstumpf, von dem kaum mehr etwas zu sehen war. »Wie alt seid Ihr denn?«, wagte sie vorsichtig zu fragen.

»8352 Jahre, ungefähr zumindest«, antwortete Thalien lächelnd.

Rijana staunte. Ihr war klar gewesen, dass der Elf sehr alt sein musste, wenn er die erste Schlacht der Sieben miterlebt hatte, doch nun diese Zahl zu hören verblüffte sie ungemein.

Er strich mit der Hand sanft über den Boden. Plötzlich schob sich ein moosbewachsener Stein lautlos zur Seite. Eine Öffnung gab den Blick auf eine Vielzahl von Stufen frei.

»Ich mag diese unterirdischen Gänge und Höhlen nicht sonderlich«, murmelte der Elf entschuldigend. »Aber sie dienen unserer Sicherheit, falls die Menschen oder irgendwelche finsteren Wesen in unsere Wälder eindringen sollten.«

Rijana folgte Thalien hinab in die Tiefe. Der Weg wirkte zuerst sehr dunkel, fast bedrückend, aber schon nach kurzer Zeit standen sie in einer Höhle, die von magischem Licht beleuchtet wurde. Prachtvolle Elfenschwerter, Rüstungen, Schmuckstücke, Becher und vieles andere wurde hier gelagert. Rijana hielt überrascht und fasziniert inne. Selbst im Schloss von König Greedeon hatte sie nicht so viele beeindruckende Gegenstände auf einmal gesehen. Thalien ging zielstrebig auf eines der Schwerter zu und hob es hoch. Rijana stockte der Atem – es war eines der sieben Schwerter, prächtig gearbeitet und mit Runen verziert.

Thalien trat näher und reichte es ihr. »Das ist deines.«

Sie nahm das perfekt ausbalancierte Schwert entgegen und spürte gleich, dass es so war, wie der Elf gesagt hatte. Dieses Schwert war das ihre, daran gab es keinen Zweifel.

»Woher habt ihr es?«, fragte sie heiser.

Thalien lächelte traurig. »Damals bei der Schlacht um Catharga gab es hohe Verluste. Und wie du sicher weißt, haben die Wesen der Finsternis damals gesiegt.« Er seufzte. »Wir hatten uns in den Bergen versteckt, sodass wir sehen konnten, wie aussichtslos die Schlacht war. Als der Kampf dann beendet war, konnten wir noch einige Menschen retten. Wir wollten uns zwar nicht einmischen, aber wir können einfach nicht aus unserer Haut, wir sind nun einmal die Bewahrer des Lebens.« Er wirkte traurig. »Du warst tot, so wie all deine Freunde. Also nahmen wir dein Schwert, damit es nicht in die Hände des Königs fallen konnte, der damals über Ursann herrschte.«

Rijana strich vorsichtig und ehrfürchtig über die silberne Klinge. Es fühlte sich gut an, dieses Schwert in der Hand zu halten.

»Meint Ihr«, fragte sie und blickte zu dem Elfen auf, »dass es eines Tages möglich sein wird, dass Menschen, Elfen und alle anderen Völker in Frieden miteinander leben können?«

Der alte Elf lächelte traurig. »Das weiß ich nicht.«

»Wird es wieder einen Verräter geben?«

Thalien legte seinen Arm um sie. »Das kann ich dir nicht sagen, aber wahrscheinlich wird es so sein.«

Rijanas Augen blitzten plötzlich trotzig auf. »Aber Ariac wird uns nicht verraten! Er ist kein schlechter Mensch!«

Der Elf lächelte. »Es ist schön, dass du ihm so vertraust. Er wird Freunde wie dich brauchen können, damit man ihm glaubt.«

»Dann denkt Ihr auch nicht, dass er uns verraten wird?«

Thalien hob die Schultern. »Dein Herz wird dir den richtigen Weg weisen.« Er betrachtete sie eindringlich. »Nur eines kann ich dir sagen. Der letzte Verräter war Slavon, und dies ist keiner von Ariacs früheren Namen.«

Rijana wurde sehr nachdenklich. »Und welcher meiner Freunde war Slavon?«

»Das könnte ich dir erst sagen, wenn ich ihn vor mir stehen sähe«, sagte der alte Elf bedauernd.

»Danke für das Schwert«, meinte sie leise.

Anschließend gingen sie durch die Abenddämmerung zurück und trafen auf Ariac, der bereits ungeduldig wartete. Er bestaunte das Schwert, und allmählich begann er zu glauben, dass die Elfen ihnen wirklich nichts Böses wollten. Zusammen mit Rijana stieg er über eine Strickleiter aus Lianen den Baum hinauf, in dessen dicke Äste ein Baumhaus aus Blättern und Zweigen gebaut worden war. Ariac wünschte Rijana eine gute Nacht, konnte jedoch selbst kaum einschlafen.

Am folgenden Tag kam Thalien zu ihnen und meinte, dass sie erst in drei Tagen würden aufbrechen können. Ein Sturm tobe im nördlichen Teil des Landes, sodass es besser sei, wenn sie noch ein wenig warteten. Bali'an brachte ihnen ihre Pferde. Die Stute und der Hengst wieherten erfreut, als sie ihre Herren sahen. Rijana ging zu Lenya und streichelte sie zärtlich. »Jetzt weiß ich zumindest, warum ich dich Lenya genannt habe.«

»Der Name aus deinem früheren Leben war wohl in deinem Unterbewusstsein«, sagte Thalien, der unbemerkt hinter sie getreten war.

Bali'an lächelte und murmelte anschließend etwas betrübt: »Ich würde euch zu gerne die Pferdeherden zeigen, die weiter im Osten grasen, aber ich habe ja leider noch kein eigenes Pferd.«

Thalien trat zu dem jüngeren Elfen und zog ihn an seinen spitzen Ohren. »Du wirst auch noch deine Ausbildung bei den Pferdeherden erhalten, Bali'an. Sei nicht so ungeduldig!«

Ariac hatte Rijanas begeistertes Gesicht gesehen, und er hatte eine Idee: »Wenn du möchtest, dann kannst du auf Nawárr reiten und Rijana die Pferde zeigen«, bot Ariac an und wandte sich Thalien zu. »Ich würde gerne noch einmal mit Euch reden.«

Thalien nickte huldvoll, und Bali'an rief sogleich aufgeregt: »Darf ich?«

Der König vom Mondfluss stimmte zu, woraufhin Bali'an gleich behände auf den Hengst sprang und vor Begeisterung laut auflachte. Schnell galoppierte er durch den Wald, sodass selbst Rijana Schwierigkeiten hatte, dem Elfen zu folgen, der so selbstverständlich auf dem Pferd saß, als wäre er dort oben geboren worden. Sie ritten über sonnige Lichtungen, an kleinen Bächen und großen Seen vorbei. Dann, als der Tag bereits weit fortgeschritten war, hielt Bali'an an einer Klippe an. Rijana, die atemlos neben ihm stoppte, konnte ihren Augen kaum trauen. Auf unglaublich grünen Weiden graste eine Herde von weit über dreihundert Pferden. Alle waren sehr filigran und unglaublich edel.

»Das sind unsere Elfenpferde«, erklärte Bali'an stolz, während er Nawárrs Hals streichelte. »Aber eure Pferde sind auch nicht so schlecht.«

Rijana blickte noch immer fasziniert auf die Herde, die einträchtig über die Wiesen zog.

»Wir brauchen leider nicht sehr viele Pferde«, seufzte Bali'an bedauernd. »Deswegen sind immer nur zehn oder zwanzig Elfen damit beauftragt, auf die Pferde zu achten.«

»Und wo sind die Elfen?«, fragte Rijana verwirrt.

Bali'an grinste und deutete ins Tal. »Sie stehen zwischen den Bäumen. Dort, ganz am Ende des Tals, das ist mein Cousin.« Er hob freudig die Hand.

Rijana kniff die Augen zusammen, konnte jedoch beim besten Willen nichts erkennen.

Währenddessen gingen Ariac und der König vom Mondfluss langsam durch die Wälder. Ariac hatte so viele Fragen, wusste jedoch nicht, wie er beginnen sollte. Schließlich blieb der alte Elf stehen. »Was hast du nun auf dem Herzen, mein Junge?«

Ariac seufzte und blickte zu Boden. »Glaubt Ihr wirklich, dass mein Volk noch am Leben sein könnte?«

Thalien runzelte die Stirn. »Ich möchte dir nichts Falsches sagen, aber ich denke, mir wäre zu Ohren gekommen, wenn das Steppenvolk ausgelöscht worden wäre.«

Ariac nickte, doch dann sagte er stockend: »Aber dieser Mann ... Er nannte den Namen meines Clans ...«

Der alte Elf ergriff Ariacs Arm. »Meinst du nicht, König Scurr könnte dich getäuscht haben?«

Ariac zuckte die Achseln. »Ich weiß, dass er nicht unbedingt das ist, was man einen guten Menschen nennt, aber er war zumindest nicht so gemein zu mir wie Worran.«

Thalien lächelte milde. »Weißt du, ich glaube, genau darin liegt ihre Macht. Worran quält die jungen Krieger, indem er sie bis an ihre Grenzen und weit darüber hinaus treibt. Erst dann kommt Scurr. Furchteinflößend und charismatisch zugleich gibt er jedem Einzelnen das Gefühl, wichtig und bedeutend zu sein. Sicherlich hat er behauptet, dass er sich nur das nimmt, was ihm zusteht, nicht wahr?«

»Kennt Ihr ihn?«, fragte Ariac überrascht.

Der Elf schüttelte den Kopf. »Nein, nicht persönlich, aber ich kenne den, der ihn beherrscht. Es ist Zauberer Kââr, der schon immer alle Reiche unter seiner Herrschaft haben wollte.«

»Aber wie konnte er überleben?«, fragte Ariac verwundert.

»Es ist nur sein Geist, der in Ursann ruhelos umherzieht. Kââr war ein sehr mächtiger Zauberer, und als du ihn damals, nun ja, eben in einem anderen Leben, getötet hast, da konnte er zwar seinen Körper nicht retten, doch sein Geist blieb in den Bergen von Ursann.«

»Und warum hat er mich dann nicht erkannt?«, fragte Ariac gespannt.

Thalien seufzte. »Das weiß ich nicht. Vielleicht ist diese Gabe einem Menschen nicht geschenkt. Vielleicht hat er dich auch erkannt und wollte es nicht preisgeben.« Der Elf sah ihm eindringlich in die Augen. »Aber wenn du ihm noch einmal begegnest, dann sei auf der Hut. Jetzt bist du in seinen Augen zum Verräter geworden. Er wird dich verfolgen und töten.«

Ariac blickte den Elfen nachdenklich an. »Ist es möglich, diesen Geist zu besiegen?«

Thalien nickte bedächtig. »Ja, das ist es, aber dafür musst du dein Schwert wiederfinden. Wenn du es hast, dann bringe es zu mir, und ich werde einen Elfenzauber darauf sprechen.«

»Aber wo ist mein Schwert?«, fragte Ariac. »Rudrinn hat seines auch noch nicht.«

Thalien hob die Schultern. »Eines ist verschollen, es war das von Dagnar«, sagte der Elf und blickte ihn eindringlich an.

»War … war ich das?«, fragte er verwirrt.

Thalien lächelte nur. »Vielleicht wirst du dich eines Tages daran erinnern.«

»Dann werde ich in die Steppe gehen und anschließend entscheiden, was ich als Nächstes tun werde«, sagte Ariac und ging mit dem König vom Mondfluss zurück zum Lager der Elfen. Auch Rijana war bereits dort und erzählte begeistert von den wunderschönen Elfenpferden, die sie gesehen hatte. Ariac hörte ihr wohlwollend zu. Er hoffte, dass er sie nicht irgendwann in ernsthafte Gefahr bringen würde.

In Balmacann lief währenddessen die Suche nach Ariac und Rijana fieberhaft weiter. Falkann war beinahe Tag und Nacht unterwegs, doch jede Spur war ins Leere verlaufen. Die Soldaten, die Rijana und Ariac in die verfluchten Wälder des Ostens hatten verschwinden sehen, waren sich nicht ganz sicher gewesen, ob es tatsächlich die Gesuchten gewesen waren. Falkann war der Einzige, der sich in den Wald hineinwagte, aber er schaffte es nicht einmal, bis zum Fluss durchzudringen. Die Bäume und Büsche schienen ihn hinausdrängen zu wollen.

Zehn Tage nach der Flucht der beiden kehrte er schmutzig, müde und resigniert zurück. Brogan war mittlerweile nach Camasann zurückbeordert worden, doch er hatte selbst Hawionn nichts verraten.

Als Falkann heimkehrte, kam ihm Saliah entgegen und umarmte ihn freundschaftlich. »Gib es doch endlich auf, sie sind sicher schon weit fort.«

Falkann schnaubte nur und fuhr sich übers Gesicht. »Wenn ihr durch seine Schuld etwas passiert, dann bringe ich ihn um«, sagte er wütend. Aber insgeheim hatte er noch immer ein furchtbar schlechtes Gewissen, weil er Ariac falsch beschuldigt oder das Missverständnis zumindest nicht aufgeklärt hatte.

»Ich verstehe ja auch nicht, warum Rijana uns nicht mehr

geglaubt hat als ihm«, sagte Saliah nachdenklich und zog Falkann mit sich in das prunkvolle Schloss, wo er sich zunächst einmal ein heißes Bad gönnte.

König Greedeon war unterdessen außer sich vor Wut. Er hatte seinen Boten an König Scurr nicht mehr abfangen können. Selbst wenn er wollte, könnte er sein Angebot, Ariac auszuliefern, gar nicht einhalten. Er hoffte inständig, dass Scurr von vornherein ablehnte. Außerdem war Greedeon aufgebracht wegen dieses hübschen Mädchens aus Camasann. Rijana musste dem Jungen zur Flucht verholfen haben, allein hätte er das nicht schaffen können. Wo sie allerdings den Schlaftrunk her hatte, war ihm ein Rätsel. Trotz allem musste König Greedeon aber zumindest nicht befürchten, angegriffen zu werden, denn Scurr beschäftigte sich momentan hauptsächlich mit den nördlichen Königreichen, die er mit Terror überzog. Balmacann war fürs Erste nicht gefährdet. Die Silberminen auf der Insel Silversgaard brachten zudem reiche Erträge, und die Bauern und Lords zahlten immer noch pünktlich ihre Steuern. Außerdem hatte er wenigstens noch fünf der sieben Kinder Thondras in seiner Obhut.

Falkann trat müde in das große Kaminzimmer, wo seine Freunde bereits versammelt saßen und ihn mitleidig ansahen.

»Falkann, gib es auf! Rijana hat sich gegen uns entschieden.« Broderick sprach als Erster.

Doch Falkann schüttelte den Kopf und ließ sich in einen der weichen Sessel plumpsen.

»Komisch, eigentlich habe ich Ariac vertraut«, meinte Tovion nachdenklich.

»Er ist eine von Scurrs Ratten«, fuhr Falkann ihn wütend an, und die anderen blickten zu Boden. Eigentlich war es ihnen ebenso gegangen wie Tovion, aber da Ariac geflohen war, musste er wohl schuldig sein.

In den folgenden Tagen hatten sie nicht mehr sehr viel Zeit, sich Gedanken um Ariac oder Rijana zu machen, denn sie wurden nach Silversgaard beordert. König Scurrs Soldaten machten die Küste unsicher, indem sie immer wieder Frachtschiffe angriffen, die in Richtung Festland fuhren. Als sie aber sahen, unter welchen Umständen Greedeons Minenarbeiter leben und arbeiten mussten, waren sie entsetzt. König Greedeon versicherte ihnen allerdings schnell, dass die Arbeiter nichts anderes verdient hätten, weil sie nur Verbrecher waren, die ihre Strafe abarbeiten mussten.

Inzwischen hatte sich der Sturm im Norden gelegt, sodass Rijana und Ariac schließlich aufbrechen konnten. Bali'an bearbeitete seinen Vater und auch den König vom Mondfluss, dass er die beiden begleiten durfte, aber weiter als bis an den Rand des Reiches der tausend Flüsse durfte er nicht gehen. Rijana und Ariac wurde das Versprechen abgenommen, niemandem etwas von den Elfen zu sagen.

»Wenn ihr jemals zurückkehren solltet oder Hilfe von uns benötigt«, sagte Thalien zum Abschied, »dann stellt euch ans Ufer des Mondflusses und ruft meinen Namen.«

Die beiden nickten und bedankten sich. Sie waren nun dem Donnergebirge ganz nahe. Die hohen Berge ragten über ihnen auf. Thalien hatte ihnen den Weg erklärt.

Er holte noch zwei Bündel heraus. »Hier sind neue Elfenmäntel für euch«, sagte er, »die alten haben ein wenig von ihrer Zauberkraft eingebüßt. Diese werden euch selbst noch trocken halten, wenn es mehrere Tage lang regnet.«

»Wir hatten Elfenmäntel?«, fragte Rijana voller Staunen.

»Man hat sie uns vor langer Zeit gestohlen, als wir aus Balmacann vertrieben wurden.« Thaliens Stimme klang traurig.

Rijana gab ihm den Mantel zurück. »Dann will ich ihn nicht! Ich möchte nichts, was man euch gestohlen hat.«

Doch der Elf drückte beruhigend ihre Hand. »Ihr wusstet

nicht, dass sie gestohlen waren, und wahrscheinlich weiß es nicht einmal mehr euer Lehrmeister, dieser Zauberer Hawionn. Dies ist ein Geschenk, das wir euch gerne machen.«

»Danke«, sagte Rijana und strich über den weichen Umhang.

Bali'an verabschiedete sich ebenfalls. Er wirkte betrübt und streichelte die beiden Pferde noch einmal.

»Ich wäre gerne mit euch gegangen«, murmelte er. Doch Thalien schüttelte entschieden den Kopf. »Du bist noch viel zu jung.«

Er plusterte sich empört auf. »Die beiden sind viel jünger als ich.«

»Sie sind Menschen«, erwiderte der König vom Mondfluss entschieden.

Bali'an seufzte und wünschte viel Glück. Auch Ariac bedankte sich noch, bevor sie aus dem Wald hinaus über eine grüne Ebene ritten. Der junge Elf winkte ihnen lange hinterher, bis auch er Thalien folgte, der in seinem Umhang schon nicht mehr erkennbar war.

»Ich kann nicht fassen, dass die Umhänge gestohlen waren.« Rijana wollte einfach nicht glauben, dass die Zauberer das nicht gewusst hatten.

Ariac zuckte die Achseln. »Wie mir scheint, ist auch Zauberer Hawionn mit etwas Vorsicht zu genießen.«

»Aber Brogan nicht«, sagte Rijana entschieden, »der ist ehrlich.«

Ariac seufzte. Er wusste gar nicht mehr, wem er trauen konnte und wem nicht.

Am nächsten Abend sahen sie die ersten Ausläufer des Gebirges. Thalien hatte ihnen den besten Weg durch die Berge beschrieben. Sie sollten sich an einen Pass halten, der sie direkt zu den nördlichen Ebenen jenseits des Gebirges führte.

An diesem Abend, als sich die beiden gerade ihr Abendessen auf einem kleinen gut geschützten Feuer gemacht hatten, begann die Erde zu beben. Die Pferde stoben erschrocken davon, und Rijana und Ariac hielten sich an einem der vielen Felsen fest, die das Land übersäten. Es hörte jedoch ebenso plötzlich auf, wie es gekommen war.

Ariac blickte Rijana an. »Vielleicht haben die Elfen doch Recht? Es gibt so viele Erdbeben in letzter Zeit«, meinte er nachdenklich.

Sie musste an die Erdbeben denken, die sie auf dem Schloss in Camasann erlebt hatte, und natürlich dachte sie in diesem Augenblick auch wieder an ihre Freunde. Aber den Gedanken schob sie rasch wieder zur Seite. In dieser Nacht erschütterten immer wieder kleine Beben die Berge. Rijana und Ariac konnten kaum schlafen. Zum Glück kehrten die Pferde bald wieder zurück und begannen zu grasen, obwohl auch sie immer noch angespannt wirkten.

Am nächsten Morgen stiegen sie weiter in die Berge hinauf. Irgendwann wurde es so steil, dass Rijana und Ariac ihre Pferde nur noch führen konnten.

Das Donnergebirge war ein von Wald durchzogener, mächtiger Gebirgszug mit vielen Wildbächen, die sich an unzähligen Stellen in die Tiefe stürzten. Mehrere Tage kletterten Rijana und Ariac steil bergauf, sodass sie jeden Abend furchtbar erschöpft waren. Doch schließlich erreichten sie den Pass, den Thalien ihnen beschrieben hatte. Es war ein schmaler Weg, der an einem rauschenden Wildbach entlangführte. Ariac hielt Rijana zurück und blickte misstrauisch nach oben.

»Was ist?«, fragte sie.

»Das gefällt mir nicht. Auf dem Weg haben wir keine Möglichkeit zu fliehen, wenn uns jemand angreift.«

»Wer soll uns denn hier angreifen?«, erwiderte sie. »Bisher war doch alles ganz friedlich.«

Ariac blieb misstrauisch, denn er war in den Bergen von Ursann ausgebildet worden und wusste, dass hinter jedem

Felsen und auf jedem Berg jemand lauern konnte. Aber letztendlich hatten sie keine andere Wahl. Vorsichtig lief Ariac voran, und auch Rijana blieb wachsam, obwohl diese Berge auf sie nicht bedrohlich wirkten, sondern vielmehr faszinierend. Noch nie hatte sie so hohe und majestätische Berge gesehen, über denen immer wieder Adler und andere Raubvögel kreisten. Am Abend kauerten sie sich unter einen Felsüberhang. Der Wind hatte merklich aufgefrischt und pfiff durch die Berge.

»Siehst du«, sagte Rijana lächelnd und wickelte sich in ihre Decke. »Hier ist alles friedlich.«

Ariac nickte zögernd. Es war bekannt, dass im Donnergebirge eigentlich keine Orks und Trolle unterwegs waren, aber er war trotzdem vorsichtig, vor allem wegen Rijana. Er wollte nicht, dass ihr etwas passierte.

So ging es mehrere Tage weiter. Immer wieder tobten heftige Stürme, und der Weg war teilweise sehr gefährlich, da er an vielen Stellen heruntergebrochen war. Doch langsam mussten sie sich dem Ende des Passes nähern. Der Weg führte noch einige Zeit an dem Fluss entlang, dessen sprudelnde Quelle man nun erkennen konnte. Von dort führte ein steiler Felsenpfad in die Höhe. Rijana war die Erste, Ariac folgte ihr. Sie waren den ganzen Tag gewandert und völlig erschöpft. Als Rijana den steilen Berg hinaufklettern wollte, stellte sich ihnen urplötzlich und wie aus dem Nichts ein Zwerg in den Weg. Die Pferde wieherten erschrocken. Der Zwerg reichte Rijana gerade einmal bis zur Schulter, war dafür aber dreimal so breit, trug einen schwarzen, buschigen Bart, einen Helm und eine Lederrüstung. Außerdem hatte er eine gewaltige Axt in der Hand.

Rijana und Ariac zogen gleichzeitig ihre Schwerter und ließen die Pferde los.

»Stell dich hinter mich«, sagte Ariac mit angespannter Stimme.

Rijana hätte das sogar getan, doch hinter ihnen kamen plötzlich aus einer Felsöffnung weitere grimmig dreinschauende Zwerge.

»Was wollt ihr?«, fragte Ariac mit fester Stimme.

Der schwarzhaarige Zwerg schwang drohend seine Axt. »Wir können hier keine Menschen gebrauchen.«

»Wir wollen doch nur passieren und nicht bleiben«, sagte Rijana beruhigend.

Doch der Zwerg spuckte auf den Boden. »Wir lassen uns nicht auch noch diese Berge wegnehmen.«

»Wir wollen nichts wegnehmen«, begann Rijana, doch der Zwerg kam mit erhobener Axt auf sie zu.

»Lass sie in Ruhe«, sagte Ariac mit vor Zorn bebender Stimme und stellte sich zwischen das Mädchen und den Zwerg.

»Willst du dich mit mir anlegen?«, fragte dieser und hob belustigt die dunklen Augenbrauen.

Einer der Zwerge rief: »Schlag ihnen ein Geschäft vor, Bocan. Wenn er dich besiegt, dürfen sie gehen.«

Die anderen Zwerge grölten zustimmend.

Der schwarzhaarige Zwerg, dessen Name wohl Bocan war, nickte daraufhin. »Bist du einverstanden?«

Ariac war das nur recht. Er packte seinen Schwertgriff fester. Gegen Zwerge hatte er bisher noch nie gekämpft, aber dafür gegen jede Menge Orks und Trolle.

Rijana wich ängstlich zurück und beobachtete die Szene. Der Zwerg rollte wie eine Lawine auf Ariac los und deckte ihn mit Schlägen ein. Bocan schlug zwar kraftvoll zu, doch Ariac konnte geschickt ausweichen und landete selbst immer wieder Treffer, die auf der Rüstung des Zwergen jedoch wenig Schaden anrichteten. Auf dem schmalen Weg war nicht viel Platz, und Rijana blieb halb das Herz stehen, als Ariac einmal beinahe den Felsen hinunterstürzte, während er Bocans wilden Angriffen auswich.

Der Zwerg griff ohne Pause an, sodass Ariac irgendwann nur noch wie besessen auf ihn einschlug, um ihn sich vom Leib zu halten. Er verfiel in eine Art Blutrausch, seine Miene war hassverzerrt, und er ließ Bocan kaum mehr an sich ran. Schließlich strauchelte der Zwerg und stolperte über einen Stein. Er fiel nach hinten auf den Boden, und Ariac hielt ihm heftig schnaufend sein Schwert an die Kehle. Es sah aus, als würde er gleich zustechen wollen. Bocan hob die Arme.

»Du hast gewonnen.«

Aber Ariac schien ihn gar nicht gehört zu haben. Er holte aus, doch Rijana hielt seinen Arm fest.

»Hör auf, du musst ihn doch nicht umbringen!«

Er blickte sie wütend an. Im ersten Moment schien er sie gar nicht zu erkennen, doch sie hielt seinen Arm mit erstaunlicher Kraft fest und sah ihm tief in die Augen.

»Du hast ihn besiegt, lass ihn in Ruhe!«

Die anderen Zwerge waren bereits drohend näher gekommen, ihre Äxte in Angriffshaltung, doch Rijana trat hinter Ariac und hob ihr Schwert mit den magischen Runen.

»Lasst ihn, er wird eurem Freund nichts tun.«

Die Zwerge waren von dem zierlichen Mädchen offensichtlich beeindruckt. »Wo hast du das Schwert her?«, fragte ein rothaariger Zwerg mit runzliger Haut.

»Das geht dich nichts an«, erwiderte sie und war erleichtert, als Ariac endlich von dem am Boden liegenden Zwerg abließ.

Ariac steckte sein Schwert ein und zog Rijana mit sich zur Wand.

»Können wir jetzt gehen?«, fragte er an den schwarzhaarigen Zwerg gewandt, der sich gerade mühsam aufrappelte.

Statt einer Antwort murmelte dieser: »Mich hat in dreihundertfünfzig Jahren niemand besiegt.«

Ariac schnaubte nur und wandte sich in Richtung des Felsganges.

Bocan unterhielt sich kurze Zeit mit dem Rothaarigen.

»Wartet«, rief er den Menschen zu, »es ist schon spät, ihr könnt mit uns essen.«

»Nein«, erwiderte Ariac unfreundlich. Er wollte weiter.

Der rothaarige Zwerg kam nun näher und stellte sich vor den misstrauisch dreinschauenden Ariac.

»Deine kleine Freundin hat ein seltenes Schwert.«

»Das weiß ich«, gab Ariac zurück und hatte schon wieder die Hand an seinem eigenen.

»Bist du etwa eine der Sieben?«, fragte Bocan aufgeregt.

Rijana blickte unsicher zu Ariac, der nur wütend das Gesicht verzog und sich anspannte. Schließlich nickte sie, und die Zwerge unterhielten sich kurz in ihrer eigenen, für menschliche Ohren ungewöhnlich harten Sprache.

»Werden sie uns gehen lassen?«, fragte Rijana leise.

Ariac zuckte die Achseln. »Notfalls müssen wir uns eben den Weg freikämpfen.«

Rijana nickte und legte ihre Hand an den Griff ihres silbernen Schwertes.

»Wir wollen euch nicht aufhalten«, sagte der schwarzhaarige Zwerg und musterte Ariac genau. »Noch nie hat mich jemand besiegt, geschweige denn ein Mensch. Esst und trinkt mit uns, ihr seid eingeladen. Außerdem würden wir gerne mehr über euch erfahren.«

Rijana und Ariac schauten sich zweifelnd an. Sie wussten nicht, was sie tun wollten. Konnten sie den Zwergen wirklich trauen?

»Jetzt kommt schon«, drängte der rothaarige Zwerg. »Mein Name ist Rolcan, und dieser unhöfliche Kerl hier«, er deutete auf Bocan, »das ist unser Anführer. Wir sind nur eine kleine Gruppe auf Patrouille. Unser Lager ist ein Stück den Berg hinauf, oberhalb des Felsganges. Kommt mit uns, wir werden euch nichts tun.«

Rijana und Ariac stimmten noch immer etwas zögerlich

zu. Sie mussten ohnehin in die Richtung, und es schien ihnen vernünftig, die Zwerge nicht zu verärgern. Also stiegen die beiden den Zwergen voran den schmalen Felsgang hinauf. Hinter ihnen polterten die Zwerge lautstark in ihren Rüstungen, was Nawárr und Lenya ein wenig nervös machte.

Rijana und Ariac waren früher oben angekommen als die Zwerge, da sie wesentlich leichtfüßiger und schneller waren. Kurze Zeit später tauchte Bocan heftig schnaufend auf und winkte ihnen, ihm zu folgen. Sie standen auf einem Hochplateau, von dem man nun die Ebenen und den See erblicken konnte, der die Grenze zur Steppe bildete. Die Zwerge hielten direkt auf eine Felswand zu. Man konnte den Eingang erst dann sehen, wenn man direkt davorstand.

»Ihr könnt die Pferde an einem der Bäume anbinden«, sagte Bocan.

»Sie sind gut ausgebildet«, erwiderte Rijana. »Sie werden auch so nicht weglaufen.«

Bocan zuckte die Achseln. Mit Pferden kannte er sich nicht aus.

Er führte die beiden Menschen zu dem Felsspalt, hinter dem sich eine große Höhle auftat. Zwei weitere Zwerge blickten überrascht auf. Sie grillten gerade einen ganzen Hirsch über einem Feuer.

»Sie sind unsere Gäste«, stellte Bocan klar, als die beiden Zwerge aufsprangen und nach ihren Äxten griffen.

»Der Steppenjunge hat Bocan besiegt«, rief ein Zwerg mit dunkelblonden Haaren frech grinsend und fing sich von seinem Anführer damit sofort einen Stoß in die Rippen ein.

»Das musst du nicht gleich weitertratschen, du bist schließlich kein Weibsbild.«

»Setzt euch!« Rolcan, der rothaarige Zwerg, deutete auf die Felle, die am Boden lagen.

Anschließend verteilte er Brot, den Hirschbraten und kühles dunkles Bier. Die Zwerge wollten natürlich sofort wissen, wie Ariac ihren Anführer besiegt hatte. Doch der Steppenkrieger schwieg und blickte die Zwerge finster an.

»Warum bewacht ihr den Pass?«, fragte Rijana, um die Zwerge von Ariac abzulenken.

Bocan fluchte laut in seiner Sprache. »Wir wurden bereits aus dem nördlichen Gebirge vertrieben«, antwortete er anschließend, »dieses hier lassen wir uns nicht auch noch von den Menschen nehmen.«

»Warum wurdet ihr vertrieben?«, fragte Rijana überrascht, und auch Ariac beugte sich interessiert nach vorn.

Bocan machte ein sehr wütendes Gesicht. »Überall nur noch Orks, Trolle und Scurrs Soldaten. Sie überschwemmen den gesamten Norden, nichts ist mehr sicher. Und dann noch die vielen Vulkanausbrüche in letzter Zeit …«, er schüttelte den Kopf, »nein, da sind wir lieber hierhergekommen.«

»Wusstest du davon?«, fragte Rijana an Ariac gewandt, doch der schüttelte den Kopf.

Soweit er wusste, hielten sich Scurrs Soldaten nur in Ursann auf. Dass sie in den nördlichen Gebirgen unterwegs waren, war ihm neu.

»Woher soll er das denn auch wissen?«, fragte der blonde Zwerg. »Er kommt schließlich aus der Steppe.« Dann runzelte er die Stirn. »Aber du trägst ein Schwert. Ich dachte, ihr Steppenleute kämpft mit anderen Waffen.«

»Die Zeiten ändern sich«, erwiderte Ariac knapp.

»Aber, Mädchen«, sagte Rolcan zu Rijana, »wenn du eine der Sieben bist, warum bist du denn dann nicht auf Camasann?«

Bocan spuckte auf den Boden. »Gut, dass sie nicht dort ist, Camasann spielt doch auch schon lange ein falsches Spiel.«

»Wie kommst du darauf?«, fragte Rijana empört.

»Hawionn und Greedeon hecken schon lange etwas aus«, antwortete Rolcan und fuhr sich über seinen roten Bart.

»Wie meinst du das?«, fragte Ariac gespannt.

»Überlegt doch mal. Seit so vielen Sommern wurde Balmacann nicht mehr angegriffen. Immer sind es nur die nördlichen Königreiche.«

»Vor einiger Zeit fand ein Angriff statt«, stellte Rijana richtig.

»Natürlich«, erwiderte der Zwerg. »Aber Scurr hat sich doch schnell wieder zurückgezogen, oder? Das ist doch komisch, denn bei den vielen tausend Kriegern, Orks und was weiß ich für eine Dämonenbrut, die er bei sich hat, könnte er Balmacann leicht einnehmen.«

Ariac runzelte überrascht die Stirn. Er wusste, dass Scurr eine Menge Krieger hatte, aber er glaubte nicht, dass es insgesamt mehr als tausend waren.

»Was willst du damit sagen?«, fragte Ariac misstrauisch.

»Ich weiß es nicht genau«, erwiderte Rolcan. »Ich möchte auch keine falschen Anschuldigungen aussprechen, aber vielleicht machen Greedeon und Scurr gemeinsame Sache.«

Rijana schrie empört auf. »Das kann nicht sein!«

Der Zwerg hob nur die Achseln. »Wie gesagt, nur eine Vermutung«, murmelte er.

Es wurde weiterhin großzügig Bier eingeschenkt, sodass die Zwerge immer lustiger und unterhaltsamer wurden. Nur Ariac hielt sich zurück, trank kaum etwas und beteiligte sich auch nicht an den Gesprächen. Rijana zeigte sich etwas offener. Sie gab schließlich zu, dass sie sich mit den anderen der Sieben verstritten hatte, die noch auf dem Schloss von König Greedeon waren.

»Wenn ihr etwas erreichen wollt, dann müsst ihr zusammenhalten«, sagte Rolcan ernst.

Rijana nickte zögernd. »Das weiß ich, aber ... Im Moment geht das eben nicht.« Sie warf Ariac einen hilfesuchenden Blick zu, doch der zog nur die Augenbrauen zusammen. Er wollte den Zwergen nichts verraten, vor allem nicht, dass er bei König Scurr ausgebildet worden war.

Schließlich zogen sich die meisten Zwerge auf ihre Felle in den Nischen der Höhle zurück. Einige gingen hinaus, um Wache zu halten.

Bocan gab Rijana und Ariac ein Fell. »Sucht euch einfach einen Platz.«

Ariac nahm das Fell und ging gemeinsam mit Rijana zum Rand der Höhle. »Schlaf du ruhig, Rijana, ich werde Wache halten.«

»Ich glaube nicht, dass sie uns etwas tun«, erwiderte sie leise.

Doch Ariac schüttelte den Kopf. Er traute den Zwergen nicht. Rijana seufzte und legte sich, in ihre Decke gewickelt, auf das dicke Fell.

»Weck mich, wenn du schlafen willst.«

Ariac nickte und lehnte sich mit offenen Augen an die kalte Höhlenwand. Er beobachtete die schnarchenden Zwerge einige Zeit lang, doch es schien wirklich keine Gefahr von ihnen auszugehen.

Irgendwann, mitten in der Nacht, gesellte sich Rolcan zu Ariac. Er setzte sich nachdenklich vor den jungen Mann auf den Boden.

»Du traust uns nicht, oder?«

Ariacs Gesicht wurde noch verschlossener. »Nein, aber das hat nichts mit euch zu tun.«

»In diesen Zeiten wird man misstrauisch.« Dann deutete er lächelnd auf die schlafende Rijana. »Aber sie scheinst du zu mögen, du passt gut auf sie auf.«

Ariac nickte. »Ich habe es ihr vor langer Zeit versprochen, lange bevor ...« Er stockte und zog die Augenbrauen zusammen, doch der Zwerg ging nicht weiter darauf ein.

»Seid vorsichtig, wenn ihr weiterzieht. In den Bergen wird euch nicht viel geschehen, aber auf der Steppe ist es dieser Tage gefährlich. Orkanartige Stürme ziehen über das Land, und Scurrs Soldaten sind überall.«

»Ich kenne mich in der Steppe aus«, erwiderte Ariac knapp.

Aber der Zwerg schüttelte besorgt den Kopf. »Vieles hat sich verändert. Es sind keine normalen Stürme, die gelegentlich über die Steppe jagen. Nein, es ist etwas anderes. Es ist, als würde Nawárronn, der Gott des Windes, selbst erzürnt sein und die Länder mit seinem Zorn strafen.«

»Nawárronn«, flüsterte Ariac. So lange hatte er diesen Namen nicht mehr gehört. Vertraute Bilder erschienen vor seinem geistigen Auge. Feste zu Ehren des Sturmgottes. Lachende, feiernde und ausgelassene Menschen. Herbststürme auf den Ebenen, wenn man zusammen mit seinem Pferd über die Steppe donnerte und selbst Teil des Windes zu sein schien. Doch das alles schüttelte er rasch ab.

»Eine Frage, Rolcan«, sagte Ariac nach einer Weile. »Hast du etwas davon gehört, dass die Krieger aus Camasann Steppenleute getötet haben?«

Der Zwerg zog die Augenbrauen zusammen und dachte eine Weile nach.

»Wir sind hauptsächlich unterirdisch gereist, aber soweit ich weiß, haben sich die Steppenleute weit in den Osten zurückgezogen. Sie werden verfolgt, aber von wem, das kann ich dir nicht sagen.«

Ariac nickte nachdenklich. Er würde selbst sehen müssen, was tatsächlich passiert war.

»Leg dich schlafen«, sagte Rolcan. »Wir werden euch nichts tun.« Als er Ariacs misstrauischen Blick sah, fügte er hinzu: »Oder glaubst du, wir hätten euch sonst eure Waffen gelassen?«

Ariac seufzte und zuckte die Achseln. Schließlich legte er sich hin, behielt jedoch die Augen offen. Als Rijana in der Nacht aufwachte, stellte Ariac sich schlafend. Ihm ging zu viel durch den Kopf, sodass er ohnehin nicht einschlafen konnte. Es war besser, wenn Rijana sich noch ein wenig ausruhte.

Als der Morgen dämmerte, wachte Rijana auf. Sie streckte sich unter ihrer Decke und blinzelte schläfrig. Um sie herum schnarchten die meisten Zwerge noch immer friedlich.

»Du bist schon wach?«, fragte Rijana.

Ariac nickte. Er wollte ihr nicht sagen, dass er gar nicht geschlafen hatte. »Lass uns weitergehen, wenn du so weit bist.«

Rijana setzte sich ganz auf und fuhr sich durch die verstrubbelten Haare. »Wir sollten uns zumindest verabschieden. Die Zwerge waren nett zu uns.«

Ariac seufzte und nickte zögernd. Schließlich erhob er sich, packte seine Sachen zusammen und ging gemeinsam mit Rijana zum Höhlenausgang. Einer der Zwerge stellte sich ihnen mit erhobener Axt in den Weg.

Bevor Ariac etwas sagen konnte, meinte Rijana freundlich: »Wir würden uns gerne von Bocan und Rolcan verabschieden, bevor wir gehen.«

Der Zwerg machte nun ein beruhigtes Gesicht und führte die beiden nach draußen. Vor einem Feuer saßen die beiden Zwerge und unterhielten sich leise. Als sie die Menschen sahen, sprangen sie auf.

»Wir gehen jetzt«, sagte Ariac entschieden.

Die Zwerge warfen sich einen Blick zu, dann nickte Bocan. »Du hast mich besiegt, das ist euer gutes Recht.«

Rijana rief die beiden Pferde zu sich und begann, Decken und Proviant zu verstauen.

Bocan murmelte etwas davon, dass er noch Proviant holen würde, und Rolcan wandte sich mit ernstem Gesicht Ariac zu. »Nehmt euch in Acht und haltet euch von der Handelsstraße fern! Ich weiß nicht, was ihr vorhabt, aber Rijana ist von großem Wert für alle freien Völker. Pass auf sie auf!«

Ariac nickte, denn das würde er ohnehin tun.

Schließlich kehrte Bocan mit zwei großen Proviantbeuteln zurück. »So, das dürfte einige Zeit reichen. Wasser findet ihr hier in den Bergen genügend.« Er grinste Ariac an. »Verdammt, dass ich das noch erlebe, dass ein Mensch mich besiegt.«

Ariac deutete ein Lächeln an und verstaute die Proviantbeutel in den Satteltaschen seines Hengstes.

Der Zwerg zögerte. »Falls ihr jemals in Schwierigkeiten geraten sollt und andere Zwerge in der Nähe sind, dann nennt meinen Namen, dann werden sie euch sicherlich helfen«, sagte er zum Abschied.

»Du überschätzt deinen Einfluss ein wenig«, erwiderte Rolcan scherzhaft, und sein runzeliges Gesicht verzog sich zu tausenden von Falten.

Bocan machte eine wegwerfende Handbewegung.

»Das war ein Scherz«, erklärte Rolcan augenzwinkernd zu Rijana und Ariac gewandt. »Er ist der zweitälteste Sohn unseres Zwergenkönigs.«

»Und wo ist euer König?«, fragte Rijana überrascht.

»Ach, der alte sturköpfige Narr, der sich mein Vater nennt, ist immer noch in den nördlichen Bergen«, knurrte Bocan. »Wenn er nicht bald herkommt, wird einer der Orks seine brüchigen Knochen fressen.«

»Ha, dein Vater und von einem Ork gefressen werden«, sagte Rolcan lachend. »Er kämpft noch immer besser als alle diese jungen Zwerge, die noch grün hinter den Ohren sind. Außerdem würde sich wohl jeder Ork an ihm die Zähne ausbeißen. Er ist verdammt zäh.«

Bocan brach in dröhnendes Gelächter aus, winkte den Menschen noch einmal zu und verschwand in der Höhle.

Rolcan verabschiedete sich ebenfalls. »Es ist eine große Ehre, dass Bocan euch seine Hilfe anbietet. Normalerweise ist er nicht so gut auf Menschen zu sprechen.«

»Wir werden auch allein zurechtkommen«, sagte Ariac und schwang sich auf sein Pferd.

Doch Rijana wandte sich mit einem einnehmenden Lächeln an den alten rothaarigen Zwerg. »Vielen Dank, ihr wart sehr nett zu uns.«

Rolcan lächelte zurück und blickte den beiden nachdenklich hinterher. Vielleicht würden diese jungen Menschen den Frieden bringen können. Dann seufzte er. Wirklich daran glauben konnte er allerdings nicht.

KAPITEL 13

Steppe

Sieben Tage lang stiegen Rijana und Ariac stetig bergab. Am Anfang war es noch sehr steil, und viele Felsbrocken machten das Laufen schwer und das Reiten unmöglich. Einmal rutschte Rijanas Stute so unglücklich aus, dass sie den Abhang auf der Seite hinunterrutschte. Doch zum Glück trug Lenya außer einigen Schürfwunden keine Verletzungen davon. Ab dem vierten Tag wagten Rijana und Ariac es wieder zu reiten. Die Abhänge wurden ein wenig sanfter, die Wälder lichter. Dank der Zwerge hatten sie genügend zu essen, aber Ariac fing trotzdem immer wieder Wildhühner aus den Wäldern und manchmal auch Fische aus einem der klaren Bäche.

In der siebten Nacht, als sie schon beinahe im Tal angelangt waren, erschütterte erneut ein heftiges Erdbeben das Donnergebirge. Ariac fuhr aus seinem Schlaf hoch, und Rijana, die gerade auf einem Felsen gestanden und Ausschau gehalten hatte, kam erschrocken zurück. Die Bäume schwankten bedenklich, und als ein dicker morscher Stamm nicht weit von ihnen herunterkrachte, galoppierten die Pferde panisch davon. Ariac nahm Rijana an der Hand und rannte mit ihr unter den spärlichen Schutz eines vorstehenden Felsens. Überall krachten Steine und Äste herab, und der Boden bebte ohne Unterlass.

Als der Morgen dämmerte, war es endlich vorbei. Die ersten Vögel begannen zu zwitschern, und die beiden Pferde kehrten zurück. Nawárr hatte eine lange Schnittwunde an der linken Flanke, wahrscheinlich von einem heruntergefallenen Ast.

»Ich bin froh, wenn wir auf der Ebene sind«, sagte Ariac mit zusammengezogenen Augenbrauen und legte einige Kräuter auf die Wunde. Nawárr schnaubte, blieb jedoch stehen. »Dort unten kann uns zumindest kein Ast oder Felsen auf den Kopf fallen.«

Noch bis etwa zur Mittagszeit ritten sie die letzten, sanft verlaufenden Hügel hinab, dann erstreckte sich die Steppe vor ihnen. Hier, in der Nähe der Berge, war das Gras noch grün und saftig. Es reichte den Pferden bis weit die Beine hinauf. In der Ferne war ein großer See zu sehen.

Ariacs Augen begannen zu glänzen.

»Wollen wir galoppieren?«, fragte er.

Rijana nickte, und schon stoben die beiden Pferde davon durch das wogende grüne Meer, das sich vor ihnen erstreckte. Wie Pfeile schossen Nawárr und Lenya nebeneinanderher. Ihre Hufe schienen kaum den Boden zu berühren. Nach einiger Zeit ließen Rijana und Ariac ihre Pferde wieder in einen raschen Trab und schließlich in Schritt fallen. Sie blickten sich um. Die Berge waren nun schon ein ganzes Stück entfernt, sie hatten eine gute Strecke hinter sich gebracht. Die Sonne wanderte langsam am westlichen Horizont entlang und tauchte das Gras in ein weiches Licht. Nicht weit entfernt sah man die Ruine einer lange verlassenen Burg.

»Weißt du, was das ist?«, fragte Rijana.

Ariac nickte. Er war zwar noch nie dort gewesen, aber er kannte die Ruine aus Erzählungen.

»Der südliche Rand der Steppe, die Donnerberge und auch der Myrensee sollen vor langer Zeit ein Königreich gewesen sein. Das hier ist die Ruine der Burg. Wir können dort die Nacht verbringen.«

Rijana blickte neugierig auf die Überreste zweier Türme. Als sie näher kamen, sahen sie, dass es eine große Burganlage gewesen sein musste. Mit vier runden Türmen, einem großen Innenhof und mehreren Wirtschaftsgebäuden. Aber jetzt war alles verfallen. Gras und Moos überwucherten die Steine, und auf den Türmen hausten die Krähen. Ariac blickte in den Himmel.

»Gut, dass wir heute Nacht ein Dach über dem Kopf haben, es sieht nach Regen aus.«

Rijana sah zum Himmel hinauf, aber sie konnte beim besten Willen nichts erkennen, was nach Regenwolken aussah.

Als Ariac das bemerkte, meinte er lächelnd: »Die Nebelschleier über dem östlichen Rand des Myrensees bedeuten immer Regen.«

Rijana zuckte die Achseln. »Du musst es ja wissen.«

Sie führten die Pferde in den Innenhof und suchten sich den untersten Raum des am wenigsten verfallenen Turmes aus. Dort wollten sie schlafen. Ariac sammelte noch ein wenig Holz und entzündete ein Feuer. Die beiden aßen geräucherten Schinken und das Brot der Zwerge, dann blickten sie eine Weile in die Flammen.

»Wie willst du deine Leute eigentlich finden?«, fragte Rijana plötzlich vorsichtig. Diese Frage hatte ihr schon lange Zeit auf der Seele gelegen, sie hatte sich jedoch bisher nicht getraut zu fragen.

Ariacs Gesicht spannte sich augenblicklich an, und seine Augen wurden hart. »Wenn sie überhaupt noch leben und die Zwerge Recht damit hatten, dass starke Stürme über das Land fegen, dann werden sie in den östlichen Senken lagern, nicht weit vom Myrensee.«

Rijana nickte, dann schluckte sie: »Falls … falls sich herausstellt, dass wirklich Krieger aus Camasann die Arrowann getötet haben … wirst … wirst du mich dann hassen?«, fragte sie stockend und mit Tränen in den Augen. Sie biss sich auf die Lippe, nachdem es heraus war.

Ariacs harte Augen wurden plötzlich wieder weich. Er

nahm sie vorsichtig in den Arm. »Nein, das werde ich nicht, denn du kannst nichts dafür.«

Er wischte ihr die Tränen von den Wangen. »Du hasst mich ja schließlich auch nicht, weil Scurrs Soldaten einige deiner Freunde getötet haben, oder?«

Sie schniefte einmal und schüttelte dann den Kopf. Sie nahm seine Hand und drückte sie. »Ich wünsche mir sehr, dass deine Familie noch lebt.«

Er nickte und lehnte seinen Kopf an die Mauer. Das wünschte er sich auch, aber wirklich darauf zu hoffen traute er sich nicht.

Sie hielten in der Nacht abwechselnd Wache, und als der Mond bereits hoch am Himmel stand, zogen tatsächlich Regenwolken auf. Ein heftiger Sturm erhob sich, der die alten Mauern erbeben ließ. Der Regen prasselte unerbittlich herab. Selbst die Pferde hatten sich unter den Mauerbogen einer Galerie zurückgezogen. Am Morgen regnete es noch so stark, dass Rijana und Ariac beschlossen, abzuwarten. Als die Wolken endlich weitergezogen waren, tobte der heftige Sturm jedoch noch immer.

»Sollen wir weiter?«, fragte Ariac vorsichtig.

Rijana nickte zögernd. Sie würden nicht ewig warten können. Also stiegen sie auf ihre Pferde, zogen sich die Kapuzen weit ins Gesicht und trabten im Sturmwind über die aufgeweichten Wiesen. Zum Glück kam der Wind von hinten, und die Elfenmäntel ließen zu ihrer Überraschung kein Lüftchen durch. Sie schienen ein Teil des Windes zu sein. Die Pferde griffen weit aus und hatten offensichtlich Spaß an dem rasenden Galopp. Am Abend war der Myrensee schon nicht mehr fern. Rijana und Ariac verbrachten eine stürmische und ziemlich unangenehm feuchte Nacht in einer kleinen Senke, sodass sie am nächsten Morgen schon vor Sonnenaufgang aufbrachen.

Als sie am Ufer des Sees entlangritten, war außer einigen

Enten, Gänsen und sonstigen Wasservögeln nichts zu sehen. Alles wirkte friedlich und still. Nur zweimal bebte die Erde noch, aber auf der Ebene war das nicht so beängstigend wie in den Bergen. Zum Glück hatte auch der Sturm nachgelassen.

An einem warmen, sonnigen Tag sagte Rijana, als sie abends Rast gemacht hatten: »Ich gehe jetzt baden.«

Ariac nickte. Er hatte vor nicht allzu langer Zeit eine der trägen Schilfenten gefangen, die hier immer am Ufer saßen.

»Ich brate so lange die Ente, aber pass auf. Der See hat tückische Strömungen, schwimm nicht zu weit hinaus!«

Rijana versprach es und zog sich im Schutze des mehr als mannshohen, dicken Schilfs aus. Ihre verdreckten Kleider wusch sie gleich mit. Sie biss die Zähne zusammen, als sie in das eiskalte Wasser tauchte, aber nach kurzer Zeit hatte sie sich daran gewöhnt. Rijana schwamm einige Zeit am Ufer entlang und kam schließlich sauber und zufrieden wieder heraus. Da ihre Kleider noch nicht getrocknet waren, wickelte sie sich in ihre Decke und setzte sich zu Ariac ans Feuer.

Der lächelte sie an. »Na, dann werde ich auch mal baden gehen, sonst schäme ich mich, wenn du so schön sauber bist.«

Sie grinste und drehte die Ente um, die über einem brennenden Haufen getrocknetem Schilf briet. Die beiden Pferde grasten derweil friedlich in der Nähe.

Ariac blieb eine ganze Weile verschwunden. Rijanas Hemd und Unterwäsche waren mittlerweile getrocknet, und sie zog sich gerade an, als Ariac in nassen Kleidern zurückgerannt kam und sein Schwert packte.

»Es sind Soldaten, östlich von uns. Sie lagern auch am See.«

Erschrocken riss Rijana die Augen auf und band sich ihren Schwertgurt wieder um, doch Ariac rief ihr zu: »Nein, bleib hier, ich mache das allein. Lösch das Feuer, damit sie uns nicht entdecken.«

»Wie viele sind es denn?«

»Nicht so viele«, antwortete Ariac und rannte auch schon fort.

»Warte«, rief Rijana leise. »Du kannst doch nicht ganz allein gehen.«

Er zögerte kurz, denn eigentlich hätte er das lieber allein erledigt.

»Also gut, aber halte dich zurück.«

Die beiden schlichen leise durch das Schilf. Schließlich hörten sie von weitem Stimmen. Die Soldaten schienen keine Angst zu haben, entdeckt zu werden. Es waren zehn Männer, allesamt in den Umhängen der Blutroten Schatten König Scurrs gekleidet. Ariac erstarrte. In seinen Augen loderte der blanke Hass.

Rijana griff ihr Schwert fester und packte Ariac am Arm. Kaum hörbar flüsterte sie: »Es sind zu viele.«

Doch Ariac schüttelte den Kopf. »Bleib hier, ich mach das allein.«

»Das kannst du nicht«, erwiderte sie entsetzt.

Er zog sie am Arm nach unten auf den Boden. »Du weißt nicht, wie Scurrs Leute kämpfen. Sie sind gnadenlos und machen auch vor Frauen und Kindern nicht halt.«

»Ich habe schon gegen sie gekämpft«, erwiderte Rijana.

»Dich werden sie genauso umbringen. Zu zweit haben wir bessere Chancen.«

Ariac schnaubte. »Aber wenn ich sage, du sollst weglaufen, dann musst du das tun. Und zwar sofort. Schlag dich ins Schilf und schwimm, wenn möglich, zu unserem Lagerplatz. Die meisten von Scurrs Leuten können nicht schwimmen. Dann steigst du auf Lenya und reitest, so schnell du kannst, fort.«

Rijana nickte nervös und wischte sich ihre feuchte Hand ab.

Ariac schlich leise weiter und winkte Rijana zu sich. Bald waren sie den Soldaten ganz nah, die sich laut grölend unterhielten. Anscheinend waren einige betrunken. Das hätte es in Worrans oder Scurrs Beisein nicht gegeben.

»Ich habe drei von diesen schwarzhaarigen Schlampen hintereinander genommen«, prahlte nun ein Soldat mit kurzgeschorenen blonden Haaren.

»Drei, pah! Ich hatte fünf ...«, lallte ein weiterer, »... haben ganz schön geschrien, bevor ich ihnen die Kehle durchgeschnitten habe.«

»Endlich können wir diese lächerliche blau-weiße Kleidung ablegen«.

Ariacs Gesicht verzerrte sich zu einer hasserfüllten Maske. Scurr hatte ihn also tatsächlich angelogen.

»Gibst du mir deinen Dolch?«, fragte Ariac kaum hörbar und zog seinen eigenen.

Sie reichte ihm mit zitternden Händen den schlanken Silberdolch.

Ariac sprang flink auf, und bevor einer der betrunkenen Soldaten reagieren konnte, hatten zwei von ihnen die beiden Dolche bis zum Heft im Hals stecken. Dann rammte Ariac einem der Männer sein Schwert in die Seite und ging gleich auf den nächsten los.

Scurrs Soldaten waren kurzzeitig wie gelähmt, doch dann formierten sie sich. Vier der sechs gingen auf Ariac los, die restlichen zwei auf Rijana, die sich tapfer wehrte.

Sie war selbst ein wenig überrascht, aber sie hatte kaum Schwierigkeiten, die Soldaten in Schach zu halten. Durch das magische Schwert schien sie sehr viel stärker und schneller zu sein, auch wenn die Männer gnadenlos zuschlugen. Bald hatte sie einen der Männer besiegt und den zweiten so schwer verwundet, dass er nicht mehr weiterkämpfen konnte. Sie warf Ariac einen Blick zu, der ein furchtbares Gemetzel veranstaltete. Drei der Soldaten lagen bereits tot am Boden, dem vierten hatte Ariac gerade den linken Arm abgetrennt, aber der Soldat gab nicht auf, sondern kämpfte noch immer mit voller Kraft. Schließlich, als er strauchelte, stieß ihm Ariac das Schwert in den Rücken. Als der Mann sich noch einmal mühsam erheben wollte, stach Ariac erneut verbissen zu und dann noch einmal und immer wieder. Auch als Scurrs Soldat sich schon lange nicht mehr rührte, machte Ariac weiter. Schließlich musste Rijana zu ihm gehen und ihn zurückhalten, damit er endlich aufhörte.

Wütend fuhr er herum, ließ aber dann sein Schwert sinken und torkelte erschöpft zurück. Er war über und über mit Blut bespritzt, jedoch weitestgehend unverletzt. Er packte den Soldaten, den Rijana nicht vollständig getötet hatte, und zog ihn an seinem Hemd nach oben.

»Habt ihr die Steppenleute getötet?«, schrie er hasserfüllt. »Seid ihr dafür verantwortlich?«

Der Krieger hustete etwas Blut, dann verzerrte sich sein Gesicht zu einer Grimasse. »König Scurr ist der Herrscher über alles. Er kann tun und lassen, was er will.«

Ariac stieß einen Schrei aus und trennte dem Mann den Kopf von den Schultern. Blut spritzte zu allen Seiten. Rijana wandte rasch den Blick ab. In Momenten wie diesem schien Ariac ihr so fremd zu sein, dass sie sogar ein wenig Angst vor ihm hatte.

Schließlich stapfte er davon und stieg mitsamt seinen blutbespritzten Kleidern erneut in den See. Rijana ging nachdenklich zurück zum Lagerplatz, säuberte ihr Schwert und wusch sich eine Schnittwunde am Arm aus.

Nach einer Weile kehrte Ariac zurück. Seine Kleider und Haare waren nass. Wortlos ging er zu seinen Satteltaschen und nahm sich Kleidung zum Umziehen. Kurz verschwand er im Schilf und setzte sich anschließend neben Rijana, die gerade versuchte, die Überreste des Feuers wieder in Gang zu bekommen.

»Es tut mir leid, wenn ich dich erschreckt habe«, sagte er schuldbewusst.

Rijana nickte, ohne den Blick zu heben. »Du musstest es wohl tun.«

Ariac seufzte und fuhr sich durch die schulterlangen Haare.

»Wenn man gegen Scurrs Soldaten kämpft, dann darf man keine Gnade kennen, so wie auch sie keine Gnade erteilen werden. Du darfst nur daran denken, den anderen zu töten, sonst bist du selbst tot.«

Rijana erschütterten die harten Worte. »Wenn du mich damals nicht an der Kette erkannt hättest, dann hättest du mich wohl auch einfach umgebracht, oder?«

Ariac konnte das leider nicht abstreiten. Vorsichtig nahm er die Pfeilspitze an Rijanas Lederband in die Hand.

Dann blickte er sie ernst an und erwiderte: »Hättest du mich nicht an meinen Tätowierungen erkannt, hättest du mich auch getötet.«

Tränen traten in Rijanas blaue Augen, denn sie wusste, dass er Recht hatte. Dann nahm sie Ariacs Hand und fragte mit zittriger Stimme: »Was haben sie nur aus uns gemacht?«

Ariac nahm sie wortlos in den Arm und streichelte ihr über die langen, seidigen Haare.

Am nächsten Morgen erhob sich erneut ein starker Westwind. Die beiden packten ihre Sachen zusammen und sattelten ihre Pferde. Sie vermieden bewusst den Blick auf die toten Soldaten am Ufer des Sees. In raschem Trab ritten sie weiter über die Steppe. Am Ende des Tages hatten sie den Myrensee hinter sich gelassen. Mit dem Wind galoppierten sie nach Osten über das zunehmend trockenere Gras. So ging es weitere drei Tage. Es gab immer weniger Wasser, aber Ariac kannte sich gut aus. Er fand die Stellen, wo man graben musste, um eine Wasserader zu finden.

Dann, eines Morgens, sah man in der Ferne, versteckt in einer kleinen Senke, eine Ansammlung von Zelten, die sich beinahe perfekt der Umgebung anpassten. Ariac zügelte seinen Hengst hart und kniff die Augen zusammen.

»Wer ist das?«, fragte Rijana vorsichtig.

»Der Wolfsclan«, antwortete Ariac knapp.

»Und, sind sie gefährlich?«

Ariac schüttelte den Kopf. »Nein, es sind Freunde der Arrowann.«

Rijana konnte verstehen, dass Ariac zögerte. Jetzt würde sich herausstellen, ob seine Familie noch lebte oder tot war.

Schließlich atmete er einmal tief durch und trieb sein Pferd an. Rijana folgte ihm. Sie trabten einen kleinen Abhang hinunter, einen Hügel hinauf, und schon stellte sich ihnen, wie aus dem Nichts, eine Gruppe von fünfzehn Männern in den Weg. Sie waren mit Bögen und Speeren bewaffnet und hatten auffällige Tätowierungen.

Ariac hob beide Hände. »Ich bin Ariac, Sohn von Rudgarr, dem Oberhaupt der Arrowann«, sagte er laut und deutlich. »Wir kommen in friedlicher Absicht.«

Sofort senkten alle Krieger ihre Waffen und blickten Ariac mit einer Mischung aus Unglauben und Neugier an. Sicher, dieser junge Mann hier war einer von ihnen, aber er hatte kürzere Haare und kaum Tätowierungen. Auf der anderen Seite hatten alle von der Geschichte gehört, dass der Sohn des Oberhauptes der Arrowann nach Camasann auf die Insel der Zauberer gebracht worden war.

»Wer ist das Mädchen?«, fragte ein Mann mit dunkler Haut und Tätowierungen im Gesicht und auf den Armen.

Rijana blickte ihn fasziniert an. Außer Ariac hatte sie noch keinen Steppenmann gesehen, und die Tätowierungen erschreckten sie ein wenig.

»Rijana«, sagte Ariac kurz angebunden und warf dabei einen wilden Blick in die Runde. »Sie steht unter meinem Schutz.«

»Mein Name ist Nelos«, sagte der Mann und bedeutete Rijana und Ariac, mit ihm zu kommen. Die Steppenkrieger musterten Ariac mehr als neugierig, dem unter ihren Blicken ziemlich unbehaglich zumute wurde.

Schließlich kamen sie beim größten der Zelte an. Ariac stieg mit zitternden Beinen von seinem Pferd, das von allen Frauen und Männern bewundernd gemustert wurde. Rijana folgte ihm in das große, mit Fellen ausgelegte Zelt, in dem ein älterer Mann mit hüftlangen, grauen Haaren am Feuer saß.

»Das ist Ariac, der Sohn von Rudgarr, vom Clan der Arrowann«, erklärte Nelos.

Der alte Mann stand auf und hob überrascht die Augenbrauen. Auch er war im ganzen Gesicht tätowiert.

»Ariac von den Arrowann«, murmelte er und bedeutete Ariac und Rijana, sich hinzusetzen. »Ich bin Krommos.«

Ariac kannte den alten Mann schon, seitdem er ein kleiner Junge war.

»Es wird dich freuen, dass deine Schwester mit meinem Sohn verheiratet ist«, sagte Krommos und bot den beiden etwas zu trinken an.

»Meine Schwester?«, fragte Ariac atemlos, und aus seinem Gesicht wich jegliche Farbe. »Ist sie nicht tot?«

»Nein, warum sollte sie das?«

»Sind ... sind die Arrowann nicht ausgelöscht worden?«, fragte Ariac mit zitternder Stimme.

Krommos schüttelte den Kopf. »Nein, die Arrowann nicht. Unter dem Seeclan und den Falcanen haben Scurrs Soldaten übel gewütet, aber die Arrowann haben sich immer gut versteckt gehalten ebenso wie wir.«

In Ariacs Kopf drehte sich alles. Er stützte das Gesicht in die Hände und konnte gar nicht glauben, was er da gehört hatte. Rijana nahm ihn vorsichtig am Arm und lächelte ihm aufmunternd zu.

»Siehst du, ich habe die Wahrheit gesagt.«

Er hob den Kopf und nickte zögernd.

»Und wer bist du, mein Kind?«, fragte der alte Clanführer freundlich.

Rijana wich unwillkürlich ein wenig zurück. »Rijana, ich komme aus Camasann«, antwortete sie mit unsicherer Stimme.

»Dann seid ihr wohl gemeinsam ausgebildet worden«, vermutete der alte Mann.

Ariac schüttelte den Kopf und murmelte: »Nicht ganz.«

Der Clanführer wollte wohl noch etwas fragen, doch da wurde das Zelt aufgerissen, und eine hochgewachsene, sehr hübsche junge Frau mit rabenschwarzen Haaren und Tätowierungen an den bloßen Armen kam hereingestürzt.

»Ariac?«, rief sie mit überschlagender Stimme. »Bist du's wirklich?«

Er war bereits aufgesprungen, sodass sich seine Schwester ihm nun an den Hals warf. Sie lachte und weinte gleichzeitig.

Ariac hielt sie ein Stück von sich weg und betrachtete sie genau. »Lynn?«, fragte er unsicher.

Sie nickte unter Tränen. »Du bist wirklich zurückgekommen!«

Lynn war nun eine erwachsene Frau, drei Jahre älter als er selbst. Er konnte es kaum fassen.

»Du meine Güte«, sagte sie und wischte sich die Tränen aus dem Gesicht. »Jetzt ist doch tatsächlich aus diesem dürren und ungelenken Jungen ein gutaussehender, erwachsener Mann geworden«, sagte sie mit in die Hüften gestützten Händen. Das war wieder die Lynn, die er gekannt hatte.

Zum ersten Mal, seitdem Ariac bei König Scurr gelandet war, konnte er wieder aus tiefstem Herzen lachen. Seine freche Schwester hatte sich nicht geändert.

Dann blieb Lynns Blick an seinen Haaren hängen. »Was ist denn mit deinen Haaren passiert?«

Ariacs Gesicht verfinsterte sich wieder. »Das ist eine lange Geschichte.«

Lynn bemerkte erst jetzt Rijana, die etwas verlegen auf den Fellen saß.

»Und wen hast du da mitgebracht?«, fragte Lynn und sah Rijana neugierig an. »Sie ist ziemlich hübsch, auch wenn sie nicht vom Steppenvolk ist.«

Rijana lief knallrot an und biss sich auf die Lippen.

»Sie heißt Rijana«, sagte Ariac mit einem angedeuteten Lächeln, »und kommt aus Camasann.«

Rijana stand unsicher auf und wurde von Lynn sofort stürmisch umarmt.

»Ariacs Freunde sind auch meine Freunde«, sagte sie herzlich. »Kommt, ich stelle euch meinen Mann vor.« Sie grinste. »Und eine Nichte und einen Neffen hast du auch schon, Ariac.«

Überrascht schaute er sie an und gratulierte ihr dann. Vor sich hin schwatzend führte Lynn die beiden zu einem etwas kleineren Zelt, vor dem ein kleiner Junge von vielleicht drei Jahren und ein noch etwas jüngeres Mädchen im Sand spielten.

Als Ariac sich zu den beiden herunterbeugte, traten ihm Tränen in die Augen. Auch Lynn beugte sich hinab. »Seht mal, das ist euer Onkel. Ich hätte es nie gedacht, aber aus ihm ist tatsächlich ein Krieger geworden.«

Ariac lächelte halbherzig, und das kleine Mädchen kletterte sogleich auf seinen Schoß und begann, an seinen Haaren herumzuziehen.

»Wie ist es dir auf der Insel ergangen?«, fragte Lynn.

»Ich war nicht ...«, begann Ariac, doch da sprang Lynn schon wieder auf. Ein Mann mit einem dunkelbraunen Pferd kam ins Lager galoppiert und stieg geschmeidig aus dem Sattel. Offensichtlich hatte er eine gute Jagd hinter sich, denn an seinem Sattel hingen mehrere Hühner und ein Reh. Lynn warf sich ihm um den Hals und zog ihn vor das Zelt.

»Das ist Narinn«, sagte Lynn und lächelte zu ihrem Mann auf.

Er war etwas größer als sie, gutaussehend mit den typischen Tätowierungen.

»Und das ist mein Bruder Ariac.«

Narinn war kurz überrascht und fasste Ariac dann nach der Art der Steppenleute zum Gruß an der Schulter.

»Willkommen, ich habe schon einiges über dich gehört«, sagte er mit einer angenehmen Stimme. Er blickte stolz auf seine beiden Kinder, die sich an sein Bein hängten. »Und unseren Nachwuchs hast du ja bereits kennen gelernt.«

Ariac nickte, dann ging Narinn schwingenden Schrittes zu Rijana und begrüßte auch sie freundlich. Langsam entspannte diese sich ein wenig. Diese tätowierten, hochgewachsenen Männer wirkten zwar auf den ersten Blick furchteinflößend, aber sie waren bisher alle sehr nett zu ihr gewesen.

»Unsere Eltern«, sagte Ariac plötzlich, »wo sind sie? Man hat mir gesagt, die Arrowann wären alle getötet worden.«

Lynn und Narinn blickten sich verwirrt an. »Nein, sie lagern vielleicht zwei Tagesritte von hier.«

Lynns Augen begannen zu glänzen. »Wenn du willst, können wir hinreiten. Ich war schon lange nicht mehr fort.«

Narinn seufzte genervt. »Lange nicht mehr fort? Erst im letzten Mond warst du beinahe zehn Tage auf der Jagd.«

Lynn lachte hell auf. »Na und, ich brauch eben meine Freiheit.«

»Deine Schwester ist nicht gerade das, was man eine gefügige Ehefrau nennt«, sagte Narinn zu Ariac und verdrehte dabei die Augen.

Der grinste verständnisvoll. »Wem sagst du das?«

Narinn lachte herzlich und umarmte seine Frau. »Also von mir aus, dann reitet ruhig zu euren Eltern.«

»Wann wollen wir?«, fragte Lynn mit blitzenden Augen.

Ariac warf Rijana einen unsicheren Blick zu. »Wenn du nicht zu müde bist, dann würde ich gerne sofort reiten.«

Sie lächelte beruhigend. »Natürlich, das macht mir nichts aus.«

Lynn war begeistert. »Gut, ich hole mir ein Pferd, und dann kann es losgehen.« Sie rannte davon, und Narinn blickte ihr grinsend hinterher.

»Vielleicht hätte ich doch lieber Leá heiraten sollen.«

Als er Rijanas fragenden Blick sah, erklärte er: »Ihre Zwillingsschwester.«

Die nickte und beobachtete Ariac besorgt, in dessen Gesicht sich widerstrebende Gefühle abzeichneten. Er konnte wohl noch immer nicht glauben, dass seine Familie lebte.

»Wollen wir unsere Pferde holen?«, fragte Rijana vorsichtig.

Ariac stimmte zu, und die beiden gingen zu dem Pferch, wo die Stute und der Hengst standen. Sie sattelten gerade auf, als Lynn auch schon mit einer zotteligen Schimmelstute und den beiden Kindern vor sich auf einem weichen Sattelkissen angaloppiert kam.

»Du meine Güte«, rief sie aus, »ich dachte schon, die anderen würden übertreiben. Diese Pferde sind ja wirklich wunderschön!«

Ariac nickte und streichelte seinem Hengst stolz über den Hals.

»Du willst die Kleinen wirklich auf den langen Ritt mitnehmen?«, fragte Rijana überrascht.

Lynn grinste sie an und nickte. »Natürlich, wir Steppenleute können meist reiten, bevor wir laufen können.«

Rijana hob überrascht die Augenbrauen und staunte, die beiden Kleinen vor Freude jauchzen zu sehen, als Lynn ihr Pferd angaloppieren ließ.

Sie ritten auf die Steppe hinaus. Lynn führte sie zielsicher durch die vielen Hügel und über die Ebenen, die teilweise von hohen Büschen gesäumt waren.

»Wie kommst du eigentlich darauf, dass die Arrowann umgebracht worden wären?«, fragte Lynn am Abend, als sie ein Feuer entzündeten. Es war eine milde, sternenklare Nacht. Die beiden Kleinen schliefen bereits in dicke Felle gewickelt.

Ariac seufzte und blickte mit seinen dunklen Augen ins Feuer.

»Das ist eine lange Geschichte. Ich werde dir alles erzählen, wenn wir bei unseren Eltern sind.«

Lynn nickte zögernd. Normalerweise hätte sie nicht so leicht lockergelassen, aber ihr Bruder wirkte zu fremd, so hart und verschlossen. So kannte sie Ariac gar nicht.

»Wie geht es denn unseren Eltern und Leá?«, fragte er nach einer Weile.

Lynn seufzte. »Leá geht es nicht so gut. Sie war einem Krieger von den nördlichen Steppen versprochen, aber er wurde bei einem Jagdunfall getötet.«

»Das tut mir leid«, sagte Ariac aufrichtig.

»Es ist schon vier Jahre her, aber sie wollte seitdem keinen anderen Mann mehr. Aber unsere Eltern … na ja,« Lynn lächelte bereits wieder, »die haben wohl eine Überraschung für dich.«

Ariac sah sie fragend an, aber Lynn wollte nichts mehr sagen.

Irgendwie kam sich Rijana plötzlich ein wenig ausgeschlossen vor. Sicher, Lynn war nett, aber sie befand sich in einer ganz anderen Welt, in der sie sich nicht auskannte. *Aber es ist sicherlich nicht die schlechteste Welt*, dachte sie, bevor sie einschlief.

Der nächste Tag brachte wieder stürmisches Wetter. Den ganzen Tag zogen die drei Reiter über die menschenleeren

Ebenen. Auch Lynns Kinder zogen inzwischen den Kopf ein und versteckten sich unter ihren Kapuzen.

»Es ist merkwürdig mit dem Wetter in den letzten Jahren«, rief Lynn gegen den heftigen Wind an.

Ariac und Rijana blickten sich an, sie dachten wohl beide an die Elfen. Es war bereits kurz vor der Abenddämmerung, als sie in einer schmalen, grasbewachsenen Senke Zelte stehen sahen.

Ariac war mulmig zumute. Jetzt, nach zehn Jahren, würde er seine Eltern wiedersehen. Rijana lächelte ihm aufmunternd zu, als Lynn mit ihren Kindern bereits auf das Lager zugaloppierte. Sie rief den Wachen etwas entgegen, und nur wenig später standen Ariacs Eltern sprachlos vor den Zelten.

Ariac hielt seinen Hengst vor ihnen an und brachte selbst keinen Ton heraus. Schließlich stieg er ab und wurde sogleich von seiner Mutter umarmt. Auch sein Vater nahm ihn in den Arm.

»Du meine Güte, ich hätte nicht gedacht, dass wir dich noch einmal wiedersehen«, sagte Rudgarr mit zitternder Stimme.

Ariac betrachtete seine Eltern genau. Sie waren ein wenig älter geworden, aber so sehr hatten sie sich nicht verändert. Hinter ihnen tauchte plötzlich ein kleiner Junge mit dunklen Augen auf, der ihn neugierig musterte. Lynn nahm ihn grinsend an der Hand und sagte: »Sieh mal, Ruric, das ist dein älterer Bruder.«

»Du bist Ariac?«, fragte der Kleine mit großen Augen.

Ariac nickte und blickte seine Eltern verwirrt an.

»Im Sommer, nachdem du nach Camasann gegangen bist, haben wir noch ein Kind bekommen«, erklärte seine Mutter. Thyra »Ich wusste damals noch gar nicht, dass ich schwanger war.«

Ariac lächelte halbherzig. *Camasann,* dachte er, *das wäre schön gewesen.*

Zu seinen Eltern sagte er: »Das freut mich, dann kann er der neue Anführer der Arrowann werden.«

»Du kannst also nicht bleiben?«, fragte seine Mutter traurig.

Ariac schüttelte den Kopf und umarmte seinen kleinen Bruder zärtlich.

»Du wirst ein wunderbarer Anführer werden.«

Ruric nickte begeistert. »Willst du mal mein Pferd sehen, Ariac?«

Ariac nickte lächelnd, und sein kleiner Bruder zog ihn mit zu der Pferdeherde, die nicht weit entfernt graste.

Der Blick von Thyra und Rudgarr fiel nun auf Rijana, die verlegen neben ihrer Stute stand.

Lynn kam zu ihr. »Und das ist Rijana, sie war mit Ariac zusammen auf Camasann«, erklärte sie ihren Eltern und lächelte dabei freundlich.

Rijana, die den Irrtum nicht aufklären wollte, begrüßte Ariacs Eltern ein wenig unsicher. Aber Rudgarr nahm sie gleich in den Arm.

»Wenn es auf Camasann noch mehr solch hübsche Mädchen gibt, dann wundert es mich nicht, dass er so lange nicht nach Hause gekommen ist«, sagte er mit einem Lächeln, das seine wilden Tätowierungen viel weniger bedrohlich wirken ließ.

Thyra verpasste ihrem Mann einen Seitenhieb. »Willkommen Rijana, komm, setz dich mit ans Feuer. Du bist sicher hungrig.«

»Kann ich Lenya irgendwo unterbringen?«, fragte sie mit einem Blick auf die Stute.

Lynn nahm die Zügel. »Ich bringe sie zu den anderen Pferden.«

Nun folgte Rijana Ariacs Eltern zu dem großen Kochfeuer, wo schon eine Menge Arrowann saßen. Alle musterten Rijana neugierig, aber sehr freundlich. Beim Steppenvolk gab es kaum Frauen mit so hellbraunem Haar, wie Rijana es hatte. Aber zu ihrer eigenen Verwunderung waren die Blicke ihr nicht einmal sonderlich unangenehm.

Als sie eine Zeit lang beisammengesessen hatten, Lynn war inzwischen auch wieder zu ihnen gestoßen, näherte sich eine schlanke Gestalt dem Feuer. Sofort sprang Lynn auf und umarmte sie. Die Zwillinge kamen nun näher. Sie sahen sich wirklich unheimlich ähnlich, nur dass Leá etwas schmaler im Gesicht war und ernster wirkte als ihre Schwester.

»Wo ist Ariac?«, fragte Leá aufgeregt.

»Ruric zeigt ihm gerade sein Pferd. Ich befürchte, er muss es reiten«, erklärte Thyra mit einem Seufzen.

Auf Leás Gesicht zeichnete sich ein Grinsen ab. »Seit er im letzten Herbst ein Pferd bekommen hat, muss er ständig jedem zeigen, was er ihm beigebracht hat«, erzählte Leá ihrer Schwester.

Dann ging Leá zu Rijana und begrüßte auch sie. Sie musterte das hübsche Mädchen eingehend und setzte sich neben sie.

»Wart ihr schon auf Camasann Freunde?«, fragte sie nach dem Essen.

»Wir haben uns auf der Reise dorthin kennen gelernt«, antwortete Rijana ausweichend.

Leá blickte sie durchdringend an, und Rijana wurde den Eindruck nicht los, dass Leá genau wusste, dass irgendetwas nicht stimmte. Doch in dem Augenblick kam Ariac zum Glück zurück. Rijana hatte ihn noch nie so gelöst und fröhlich gesehen. Sein kleiner Bruder erzählte ihm scheinbar gerade etwas, und Ariac lachte herzlich. Langsam konnte Rijana sich vorstellen, wie er gewesen war, als er noch bei seinen Leuten gelebt hatte. Er begrüßte nun auch seine zweite Schwester und setzte sich neben sie und Rijana. Auch Ariac bekam von dem frisch gebratenen Fleisch und dem Fladenbrot zu essen. Zur Nachspeise gab es Früchte. Alle bestürmten ihn mit Fragen, doch Ariac blieb sehr einsilbig und antwortete nur ausweichend.

»Nun erzähl uns doch von Camasann«, verlangte Halran, einer der älteren Jäger, und auch die anderen nickten auffordernd. Das Steppenvolk liebte Geschichten am Lagerfeuer.

Ariac verschlug es die Sprache, und sein Gesicht war blass geworden.

Rijana packte Ariac beruhigend am Arm. »Ariac hat schon so viel erzählt, wenn es euch nichts ausmacht, dann werde ich etwas von der Insel berichten.«

Nun blickten alle zu ihr und nickten begeistert. Kaum einer vom Steppenvolk kam jemals in die anderen Länder.

Rijana erzählte von der sturmumtosten Insel, von den langen Sandstränden, dem riesigen Schloss und den grünen Weiden. Sie berichtete von ihrer Ausbildung im Reiten, Schwertkampf und den teilweise sehr ermüdenden Lehrstunden von Zauberer Tomis. Alle lachten, als Rijana die schnarrende Stimme des kleinen Zauberers nachmachte.

»Rudrinn, du verdammter Pirat, du wirst es nie fertigbringen, einen anständigen Brief zu schreiben!«, schnarrte sie.

Lynn wischte sich die Lachtränen aus dem Gesicht. »Ariac, dann kannst du ja sogar meinen Kindern das Lesen und Schreiben beibringen.«

Ariac stand ruckartig auf. »Ich bin müde. Habt ihr ein Zelt für uns?«

»Natürlich, entschuldigt«, sagte Thyra lächelnd. »Ihr habt einen langen Ritt hinter euch. Rijana kann in Leás Zelt schlafen, zusammen mit Lynn«, sie lächelte ihrer Tochter zu, »das kann ich wohl ohnehin nicht verhindern.«

Diese legte ihrer Zwillingsschwester lachend einen Arm um die Schulter. »Nein, sie hat mir furchtbar gefehlt.«

»Ariac soll mit bei mir schlafen«, verlangte Ruric entschieden.

»Nun gut, dann wäre das geklärt«, sagte Rudgarr und erhob sich. »Rijana, falls du Wasser brauchst, hinter den Zelten ist eine Wasserstelle.«

Sie nickte und machte sich auf den Weg dorthin. Kurz hinter den Zelten holte Ariac sie atemlos ein und hielt sie am Arm fest.

»Danke«, sagte er.

»Wofür?«

»Dass du nichts verraten hast«, fügte Ariac hinzu, und seine dunklen Augen glänzten. Er rang nach Worten. »Ich kann meinen Eltern nicht sagen, dass ich bei König Scurr war, das würde ihnen das Herz brechen.«

Rijana nickte verständnisvoll. Sie nahm seine Hand und drückte sie.

»Keine Sorge, von mir erfährt niemand etwas.«

»Danke«, sagte er noch einmal und verschwand wie ein Schatten in der Dunkelheit.

Rijana wusch sich das Gesicht und kehrte anschließend zu dem Zelt zurück, in dem Lynn und Leá sich gerade aufgeregt unterhielten. Rijana wurde ein wenig traurig. Sie dachte an Saliah. Ihr hatte sie auch immer alles anvertrauen können. Nachdenklich legte sie sich auf ein paar weiche Felle und war bald darauf eingeschlafen.

Am nächsten Morgen kam Rudgarr zu seinem Sohn, der sich gerade an der Wasserstelle wusch.

»Möchtest du mit mir ausreiten?«, fragte er. »Dein Hengst ist wunderschön.«

»Du kannst Nawárr gerne reiten, wenn du möchtest.«

Rudgarr nickte und sattelte den edlen Hengst ehrfurchtsvoll. Die beiden ritten aus dem Lager heraus und stürmten eine Weile über die Ebenen. Dann ließen sie ihre Pferde im Schritt gehen.

»Warum hast du dir die Haare abgeschnitten?«, fragte Rudgarr plötzlich ernst. »Hat man das von euch verlangt?«

Ariac musste schlucken und nickte anschließend. In die Augen konnte er seinem Vater allerdings nicht sehen.

Rudgarr musterte seinen Sohn nachdenklich. Ariac hatte sich sehr verändert, und das nicht nur äußerlich.

»Ist es dir gut ergangen auf Camasann?«, fragte er weiter.

Erneut nickte Ariac. Er wusste nicht, was er sagen sollte.

»Warum bist du nicht früher zurückgekehrt?«

Ariac blickte seinen Vater nun mit einem Anflug von Verzweiflung an.

»Ich bin einer der Sieben und Rijana ebenfalls.«

Rudgarr riss die Augen auf und wusste zunächst nicht, was er sagen sollte.

»Ja … ja aber, warum bist du denn dann nicht bei den anderen?«, fragte er.

Ariac fuhr sich durch die halblangen Haare, die im leichten Steppenwind wehten.

»Ich wurde fälschlicherweise eines Mordes beschuldigt«, sagte er, zumindest jetzt musste er nicht lügen. »Außerdem ging das Gerücht um, dass die Arrowann ausgerottet worden wären, und ich musste mir Gewissheit verschaffen, dass das nicht stimmt.«

Rudgarr blickte seinen Sohn entsetzt an. »Nein, viele Stämme haben Ärger mit Soldaten, aber wir konnten immer entkommen. Aber im Namen von Nawárronn, wie kam denn das Gerücht mit dem Mord zustande?«

Ariac erzählte zögerlich und in Kurzfassung von der Sache mit Rijana und Berater Flanworn.

Rudgarr nickte nachdenklich. »Ich glaube dir. Es wäre in Ordnung gewesen, wenn du den Kerl im Kampf getötet hättest. Aber haben dir deine Freunde nicht geglaubt?«

Ariac senkte den Blick. »Keiner außer Rijana und Brogan, dem Zauberer.«

Rudgarr betrachtete Ariac nachdenklich. »Das Mädchen bedeutet dir viel, nicht wahr?«

Ariac nickte mit gesenktem Kopf.

Sein Vater legte seine Hand auf Ariacs Arm. »Aber du weißt, dass du sie nicht heiraten kannst. Sie ist keine vom Steppenvolk.«

Ariac nickte erneut, dann warf er seinem Vater einen Blick zu, der diesem durch Mark und Bein ging. »Bin ich es denn noch?«

Rijana verbrachte den Morgen gemeinsam mit Lynn und Leá. Die beiden waren sehr nett und zeigten ihr die Zelte und ihre Pferde. Allerdings antwortete sie auf die Fragen der Zwillinge über die gemeinsame Zeit von ihr und Ariac auf Camasann erneut nur sehr ausweichend, und Leá bedachte sie wieder mit diesem misstrauischen Blick.

Später kamen Ariac und sein Vater von ihrem Ausritt zurück, und Rijana empfing ihn erleichtert. Sie hoffte, dass er seiner Familie vielleicht doch noch die Sache mit König Scurr gestehen würde, sonst hätten sie wohl bald ernsthafte Probleme damit, immer wieder Ausreden zu finden.

»Eure Pferde sind wirklich wunderschön«, sagte Rudgarr gerade.

Ariac nickte. »Nawárr kann einige eurer Stuten decken, dann habt ihr im nächsten Frühjahr gute Fohlen.«

»Das ist eine wunderbare Idee«, rief Rudgarr begeistert und schlug seinem Sohn auf die Schulter.

Beim gemeinsamen Essen ging es zum Glück hauptsächlich um die geplante Jagd, die in einigen Tagen stattfinden sollte, und die bevorstehende Hochzeit von zwei jungen Männern. Erneut fiel Rijana auf, wie viel gelöster und fröhlicher Ariac hier zwischen seinen eigenen Leuten war.

Die Tage vergingen. Rijana und Ariac nahmen an der Jagd auf die scheuen Steppenrehe teil, und für Rijana war es ein wunderbares Erlebnis, in der Gruppe über die Ebene zu stürmen. Sie machten gute Beute, nahmen sich aber nur so viele Tiere, wie benötigt wurden.

Am Abend gab es ein großes Fest zu Ehren von Nawárronn, dem Gott des Sturmes. Der schwere Wein aus den dunklen Trauben des Steppenbusches floss an diesem Tag in Strömen, und Rijana war schon bald total beschwipst. Nur Ariac rührte kaum etwas an und starrte am Abend nachdenklich ins Feuer.

Schließlich kam Leá zu ihm. »Kommst du mit mir?«, fragte sie lächelnd.

Er runzelte die Stirn und nickte. Die beiden gingen im Licht des Mondes ein Stück auf die Steppe hinaus. Ariac sog den klaren, kalten Duft der Steppe ein. Das hatte ihm immer gefehlt. Jetzt im Frühling duftete alles nach Gras und Blumen.

»Es tut mir leid, dass dein Verlobter gestorben ist«, sagte Ariac nach einer Weile.

Leá biss sich auf die Lippe und nickte. »Es tut noch immer weh«, erwiderte sie mit gesenktem Blick, doch dann lächelte sie ihren Bruder an. »Aber Warga hat bei mir ein Talent zum Lesen der Runen entdeckt, außerdem kann ich ganz gut mit Heilkräutern umgehen. Vielleicht werde ich nun eine Kräuterfrau. Obwohl sie immer zu mir sagt, das sei nicht mein Schicksal, denn ich sei zur Kriegerin geboren.«

Ariac blickte seine Schwester nachdenklich an. »Wargas Vorhersagen sind meist sehr treffend.«

»Hat sie dir prophezeit, dass du nach Camasann gehen wirst?«

»So ähnlich«, murmelte Ariac. »Sie sagte, mein Schicksal sei mit dem der Sieben verbunden.«

»Du bist einer von ihnen, nicht wahr?«, fragte Leá leise.

Ariac nickte. »Rijana ebenfalls.«

»Ich habe ihr Schwert gesehen«, sagte Leá lächelnd. »Es ist beeindruckend.«

»Meines ist verschwunden«, fügte Ariac nachdenklich hinzu.

Leá nickte. Plötzlich nahm sie ihren Bruder an der Schulter.

»Was ist los, Ariac? Was ist mit dir geschehen? Du bist so ganz anders als früher. Was bedrückt dich?«

Ariac war zusammengezuckt und kurz davor, die Flucht zu ergreifen. Dann überlegte er es sich jedoch anders.

»Nichts«, sagte er abweisend. »Ich war lange fort.«

Leá lächelte ihn im Mondlicht an. »Das ist es nicht, ich kenne dich.«

Ariac senkte den Kopf. Leá hatte ihn immer gut verstanden. Eine Weile sagte er gar nichts, sodass Leá schon die Hoffnung aufgegeben hatte, etwas aus ihm herauszubekommen. Doch dann begann er leise und kaum verständlich zu reden.

»Ich war niemals auf Camasann.«

Leá blickte überrascht auf, unterbrach ihren Bruder jedoch nicht.

»In dem Frühling, als Brogan, der Zauberer, mich mitgenommen hat, sind wir über die Handelsstraße nach Gronsdale, Errindale und Northfort gezogen.«

Leá hörte gespannt zu.

»In Northfort kam Rijana zu uns.« Ein leichtes Lächeln zeichnete sich auf seinem Gesicht ab. »Sie war die Einzige, die mich nicht für einen Wilden gehalten hat. Wir sind Freunde geworden.«

Ariac seufzte und legte sich in das weiche Steppengras. Mit offenen Augen blickte er in die Sterne und ließ noch einmal alles vor seinem geistigen Auge ablaufen. Er erzählte seiner Schwester von dem Überfall von Scurrs Soldaten und wie er nach Naravaack gebracht worden war. Und ansatzweise von den vielen furchtbaren Jahren der Ausbildung unter Worran.

Mit jedem Wort war Leá ein wenig bleicher geworden. Sie konnte gar nicht glauben, was Ariac ihr erzählte.

»… aber Leá, du musst mir versprechen, es niemandem zu erzählen. Ich möchte nicht, dass unsere Eltern oder die anderen davon erfahren«, sagte er zum Schluss und blickte sie eindringlich an.

Leá nahm ihn in den Arm und sagte mit erschütterter Stimme: »Du meine Güte, Ariac, wie hast du das denn nur überstanden? Wenn wir das gewusst hätten …«

Er schüttelte den Kopf und unterbrach sie. »Das hätte auch nichts geändert.«

»Wir hätten versucht, dich zu befreien«, sagte sie bestimmt.

Ariac schüttelte erneut den Kopf. »Das wäre euch nicht gelungen. Die Berge von Ursann sind unwirtlich und grausam. Es gibt Orks, Trolle und andere finstere Wesen. Außerdem wird alles von Scurrs Soldaten kontrolliert.«

»Es tut mir so leid für dich«, sagte Leá mit Tränen in den Augen, während sie ihm zärtlich über das Gesicht streichelte.

»Es ist jetzt vorbei!« Aber tief in sich drinnen wusste er, dass es wohl niemals vorbei sein würde.

»Und wie bist du auf Rijana und die anderen getroffen?«

Ariac erzählte seiner Schwester bis tief in die Nacht hinein auch noch den Rest der Geschichte und auch von der falschen Mordanklage. Sie konnte das alles kaum glauben.

»Aber wie soll es denn jetzt weitergehen?«, fragte sie am Schluss.

Ariac zuckte die Achseln. »Das weiß ich nicht, aber jetzt, wo ich gesehen habe, dass ihr noch lebt, weiß ich zumindest, dass ich den anderen trauen kann.« Er verzog den Mund. »Aber sie trauen mir nicht.«

Leá nahm seine Hand. »Du weißt, dass ihr unsere Welt nur zu einem besseren Ort machen könnt, wenn ihr gemeinsam kämpft.«

»Das ist mir klar, und ich weiß auch, dass Rijana ihre Freunde vermisst, selbst wenn sie es nicht sagt.«

»Sie ist sehr hübsch«, meinte Leá lächelnd, und zwei süße Grübchen zeichneten sich auf ihrem Gesicht ab.

»Ja, aber sie ist keine von uns«, fügte er traurig hinzu.

Leá hob nur die Augenbrauen. »Es gibt immer einen Weg.«

Ariac konnte dem nicht zustimmen, aber er hatte ohnehin keine Ahnung, wie sein Leben weitergehen sollte.

»Komm«, Leá zog ihn auf die Beine, »jetzt bist du erst mal hier bei uns. Ruh dich aus, und denk ausgiebig nach! Wir werden dir helfen, wo wir können.«

»Aber du …«

Leá packte ihn beruhigend an der Schulter. »Keine Angst, kleiner Bruder, ich werde nichts sagen.«

»KLEINER Bruder?«, fragte er belustigt.

Leá musste lachen. Er überragte sie um mehr als einen halben Kopf. »Du wirst immer mein kleiner Bruder bleiben«, sagte sie und verstrubbelte ihm die Haare.

Ariac verzog das Gesicht. »Das war auch Scurrs Werk.«

Leá nickte und sagte ernst: »Aber tief in dir drin, da bist du ein Arrowann geblieben, das hat er dir nicht nehmen können.«

Die Tage zogen dahin. Rijana und Ariac genossen die regelmäßige Jagd in der Gruppe. Eines Tages trafen sie auf den Wolfsclan, der gekommen war, um Lynn wieder abzuholen.

Ihr Mann schimpfte scherzhaft, dass man Lynn kaum von ihrer Familie fortbringen konnte. Aber wirklich ernst meinte Narinn das nicht, denn Lynn hatte sich gut im Wolfsclan eingelebt.

Der Frühling ging langsam in den Sommer über. Rijana und Ariac fügten sich in das Leben im Lager der Arrowann ein. Sie wussten beide nicht, wie alles weitergehen sollte, aber es schien ein stilles Einverständnis zwischen ihnen zu bestehen, dass sie eine Weile hierbleiben wollten. Rijana gefiel es immer besser zwischen den Steppenleuten, und häufig fragte sie sich, ob das vielleicht daran lag, dass sie in ihrem früheren Leben eine von ihnen gewesen war. Auf Camasann hatte sie sich wohlgefühlt, aber hier, in der Weite der Steppe, hatte sie das erste Mal das Gefühl, richtig zu Hause zu sein. Alle waren sehr nett zu ihr und behandelten sie überhaupt nicht wie eine Fremde. Die Jäger staunten über ihre Fähigkeit, mit dem Bogen umzugehen, und Ariacs Mutter schenkte ihr sogar den Jagdbogen, den sie selbst als junges Mädchen gehabt hatte. Heute ging Thyra nicht mehr auf die Jagd.

Immer wieder zog der kleine Clan weiter, wenn die Pferde das Gras abgeweidet hatten oder das Wild knapp wurde. Hin und wieder bebte die Erde, aber es schien weit entfernt zu sein. Auch die Stürme waren nicht mehr so bedrohlich.

Da alle gemerkt hatten, dass Ariac nicht gerne von Camasann oder den anderen der Sieben redete, ließen sie ihn in Ruhe. Mit der Zeit wurde er etwas entspannter, und Rijana stellte erleichtert fest, dass er jetzt auch immer häufiger lachte und sich wohlzufühlen schien. So musste er früher gewesen sein, als er ein Junge gewesen war.

Rijana musste sich eingestehen, dass sie sich noch viel mehr in ihn verliebt hatte, aber irgendwie war er noch immer auffällig zurückhaltend zu ihr.

Es wurde Hochsommer, und die Arrowann zogen weiter nach Norden, wo es mehrere kleine Bäche gab und der Wind aus den Bergen Kühlung brachte. Von Scurrs Soldaten sah man zum Glück weit und breit nichts. Es war eine Reise, die den ganzen zweiten Sommermond in Anspruch nahm, da viele Kinder und Alte mit unterwegs waren.

Rijana ritt mit Ariac zusammen an der Spitze. Er trug nun wieder die helle Lederkleidung der Arrowann, und seine Haare waren noch länger geworden. Sein Gesicht wirkte entspannt, so wie er es in den warmen Sommerwind hielt. Auch Rijana war so glücklich wie selten in ihrem Leben.

Lynn und ihre Kinder waren nun wieder zum Wolfsclan zurückgekehrt. Sie würden sich wohl erst wieder zum Herbstfest sehen. Mit Leá hatte Rijana sich angefreundet, und auch die anderen Arrowann mochte sie wirklich gerne. Ariacs kleiner Bruder war immer ganz begeistert, wenn sie ihn auf ihrer Stute reiten ließ.

Die Steppenleute hatten gerade ihre Zelte neben einem kleinen Bachlauf aufgebaut, als eine gebeugte Gestalt langsam näher kam.

Rijana lief ein kalter Schauer über den Rücken. Sie wusste nicht warum, aber ihr wurde unheimlich zumute.

Leá, die gerade mit ihr zusammen die letzten Zeltschnüre gespannt hatte, winkte freudig mit der Hand.

»Wer ist das?«, fragte Rijana.

»Das ist Warga.«

»Die Hexe?«, fragte Rijana gespannt.

Leá nickte. »Komm mit, du brauchst keine Angst vor ihr zu haben.«

Rijana folgte ihr zögerlich. »Ist sie nicht immer bei den Arrowann?«

Leá schüttelte den Kopf. »Nein, sie hat keinen eigenen Clan. Sie zieht umher und verbringt mal hier, mal dort ein paar Monde.«

Bald hatten sie die uralte, gebeugte Frau mit der runzligen Haut erreicht. Lange, dünne weiße Haare hingen ihr ins Gesicht. Rijana wich unwillkürlich zurück, als Wargas stechend blaue Augen sie trafen, aber Leá nahm sie beruhigend an der Hand.

»Das ist Rijana, sie ist mit Ariac hergekommen«, erklärte sie, zu der Alten gewandt.

Die nickte bedächtig und nahm Rijanas Gesicht in ihre knorrigen Hände.

»Sie war einmal eine von uns.«

Rijana stolperte nach hinten. Woher wusste die alte Hexe das?

Auch Leá sah überrascht aus, denn Rijana hatte ihr davon nichts erzählt.

»Du bist unhöflich geworden, Leá«, schimpfte Warga. »Du solltest einer alten Frau zunächst etwas zu trinken anbieten.«

Leá lachte leise und ging voran zu den Zelten. Ariac hatte gerade ein Steppenreh gehäutet und sprang auf, als er Warga heranhumpeln sah. Die blickte ihn mit ihren durchdringenden Augen an, sagte jedoch nichts und setzte sich ans Feuer. Sofort liefen einige der jüngeren Frauen los und holten Warga frischen Kräutertee.

Die alte Frau erzählte von ihrer Zeit bei den verschiedenen Stämmen und was es für Neuigkeiten aus der Steppe gab.

»… die Stämme, die in der Nähe der Handelsstraße unterwegs waren, hatten in diesem Frühling schwer zu kämpfen. Immer wieder wurden sie von Soldaten in blau-weißer Kleidung aufgespürt und angegriffen. Der Myren-Clan wurde beinahe vollständig ausgelöscht.«

»Es waren keine Krieger aus Camasann«, stellte Ariac richtig. »Das ist nur eine List von Scurr, seine Leute haben sich verkleidet. Eines Tages werden Scurr und Worran dafür bezahlen«, knurrte er, und Rijana blickte ihn nachdenklich an.

»Immer wieder fragen sie nach dem Clan der Arrowann«, fuhr Warga fort. »Ihr müsst gut Acht geben, haltet euch versteckt und kommt nicht in die Nähe der Straße!«

Nun brachen heftige Diskussionen aus, denn eigentlich wollten die Arrowann im Herbst Handel treiben, aber das war in der gegebenen Situation wohl zu gefährlich. Sie würden diesen Winter wohl ohne Reis, Mehl und andere Annehmlichkeiten auskommen müssen.

Später kam Leá zu Ariac und bedeutete ihm, mit ihr zu kommen. Er folgte ihr hinter eines der Zelte.

»Du solltest mit Warga reden, vielleicht kann sie dir helfen.«

Ariacs Gesicht verfinsterte sich. »Nein, sie hat mit ihrer Vorhersage schon genügend Unheil angerichtet.«

Leá nahm seine Hand. »Es ist nicht ihre Schuld gewesen. Warga sieht nur die Dinge, so wie sie sind.« Leá blickte ihn eindringlich an. »Ich könnte dir zwar auch die Runen legen, aber ich kann sie noch nicht so gut deuten.«

Ariac schüttelte entschieden den Kopf. Leá hatte es ihm schon einige Male angeboten, aber er hatte immer abgelehnt.

Leá seufzte. »Überleg es dir!«

In den folgenden Tagen ging Ariac der alten Frau jedoch so gut es ging aus dem Weg. Ihre stechend blauen Augen verfolgten ihn allerdings bis in seine Träume.

Rijana dagegen begleitete Leá häufig zu der alten Warga, die ihnen immer wieder etwas Neues zu zeigen wusste. Sie belehrte sie über Kräuter und deren Wirkung gegen verschiedenste Beschwerden, unterwies Leá weiterhin im Werfen der Runen und erzählte viele Geschichten über die Stämme der Steppe. Eines Tages saß Rijana mal wieder in der warmen Sommersonne vor ihrem Zelt. Sie half Warga, die gerade im Zelt war, die Wurzel einer Steppenblume zu zermahlen. Diese sollte gegen Zahnschmerzen helfen. Leá war gerade unterwegs und behandelte ein krankes Pferd.

Gerade kam Ariac mit einigen anderen Arrowann von der Jagd zurück. Sein Gesicht wirkte glücklich und entspannt. Er winkte Rijana freudig zu, als er sie sah. Doch dann kam Warga aus dem Zelt, und sein Gesicht verfinsterte sich. Er wendete Nawárr rasch und ritt davon.

Rijana seufzte und wandte sich wieder der Pflanze zu.

»Ariac liebt dich«, sagte Warga plötzlich mit ihrer krächzenden Stimme.

Rijana zuckte zusammen und lief knallrot an.

»Ich weiß nicht«, murmelte sie.

Doch die alte Frau nickte. »Das sieht doch jeder. Weißt du, warum er so zurückhaltend ist?«

Rijana zuckte erneut die Achseln.

Warga zeigte ein zahnloses Lächeln. »Den Steppenleuten ist es nur erlaubt, eine der ihren zu heiraten.«

Rijana blickte überrascht auf, das hatte sie nicht gewusst.

»Wie alt bist du, mein Kind?«

»Ich bin im dritten Frühlingsmond geboren, also achtzehn Jahre alt.«

Warga nickte. »Dann bist du ohnehin noch ein wenig zu jung. Erst mit neunzehn könnte er dich zur Frau nehmen.«

»Das kann er doch ohnehin nicht«, sagte sie traurig und schluckte mühsam die aufsteigenden Tränen hinunter.

Wargas knorrige Hand packte sie am Unterarm. »Du bist eine der Sieben, hat Leá gesagt, und in deinem früheren Leben warst du ein Mädchen aus der Steppe.«

»Aber in diesem Leben nicht«, erwiderte Rijana betrübt.

»Fühlst du dich hier wohl?«, fragte Warga ernst.

Rijana nickte und antwortete ehrlich: »Ich habe mich nie wohler gefühlt.«

Die alte Hexe war mit der Antwort zufrieden. »Dann könntest du eine von uns werden, wenn du das möchtest.«

Rijanas Kopf fuhr nach oben. »Wie denn das?«, fragte sie atemlos.

»Du müsstest dich mit unseren Bräuchen und Sitten einverstanden erklären. Aber ich denke, dass das für dich kein Problem wäre.« Warga grinste. »Du bist bereits eine Kriegerin. Ich habe dich Bogenschießen gesehen, das war beeindruckend.«

Rijana lief erneut rot an. Lob machte sie immer verlegen.

»Steppenleute leben im Einklang mit der Natur. Wir bemühen uns, nichts zum Schaden unserer Mitmenschen zu tun, und kämpfen nur dann, wenn jemand unsere Existenz oder unsere Familie bedroht.«

Rijana nickte. »Das ist auch meine Einstellung. Obwohl –«, sie dachte kurz nach, »ich habe für König Greedeon gekämpft, und ich weiß nicht, ob das richtig war.«

Warga lächelte. »Du bist noch sehr jung, und auch Ariac wird bereits gekämpft haben, auch wenn er von dessen Nutzen nicht überzeugt war. Aber nun könnt ihr euer Leben ändern.«

»Was müsste ich noch tun?«

»Du müsstest drei Tage fasten, allein auf die Ebene hinausreiten und anschließend deine Vision erhalten. Dann kommst du zurück und wirst tätowiert.«

Rijana zuckte zusammen. Sie hatte sich mittlerweile an den Anblick des ungewöhnlichen Körperschmucks gewöhnt, aber selbst fremde Schriftzeichen auf der Haut zu haben, das fand sie doch noch ein wenig erschreckend.

Warga nahm ihre Hand. »Du musst es nicht tun, es ist eine Entscheidung, die du in deinem Herzen treffen musst. Ariac war lange fort. Sicher, er wird immer ein Arrowann bleiben, aber nun gehört er auch zu einer anderen Welt.«

Rijana schluckte. »Ich werde darüber nachdenken.«

Warga klopfte ihr zufrieden auf die Schulter. »Tu das, mein Kind, tu das.«

Auch Ariac redete einige Tage später mit seinem Vater. Er fragte, ob er nun, wo er wieder zurück war, die restlichen Tätowierungen erhalten würde, die ihn zum Krieger machten.

»Ariac, du bist bereits ein Krieger«, meinte Rudgarr zögernd. »Wenn auch auf eine andere Art als wir übrigen.«

Daraufhin warf Ariac sein Schwert fort. »Ich bin wieder hier. Ich brauche das nicht mehr.«

Rudgarr nahm ihn beruhigend am Arm. »Es wird immer ein Teil von dir sein, und eines Tages wirst du dich deinem Schicksal stellen müssen.«

»Mein Schicksal«, Ariac schnaubte und blickte auf die weite Steppe hinaus, die in der Sommerhitze flirrte. »Willst du, dass ich gehe?«

»Nein, natürlich nicht«, antwortete Rudgarr entschieden. »Aber, Ariac, du bist einer der Sieben. Eines Tages werdet ihr gemeinsam kämpfen müssen.« Ariacs Gesicht wurde immer abweisender. »Und wegen der Tätowierungen, geh zu Warga, sie wird wissen, was das Richtige ist.«

Ariac schnaubte und lief wütend davon zu den Pferden. Ohne Sattel schwang er sich auf seinen Hengst und preschte auf die Steppe hinaus.

Rijana saß währenddessen nachdenklich am Bach und spielte mit einer Hand im Wasser. Die letzten Tage über hatte sie beinahe ununterbrochen über das nachgedacht, was Warga ihr vorgeschlagen hatte, aber sie konnte sich einfach nicht entscheiden.

Leá kam dazu und setzte sich lächelnd neben sie. Sie zog ihre halbhohen Wildlederstiefel aus. Mit einem erleichterten Seufzen ließ sie ihre Füße in das klare, kalte Wasser gleiten.

»Was ist denn los?«, fragte sie. »Du bist in den letzten Tagen so nachdenklich. Ariac hat mich auch schon gefragt, ob ich weiß, was mit dir ist.«

Rijana errötete ein wenig. Tatsächlich war sie ihm aus dem Weg gegangen.

»Ich weiß nicht …«, begann sie zögernd, dann fasste sie sich ein Herz. »Versprichst du mir, nichts zu verraten?«

»Natürlich, ich kann schweigen.«

Rijana zögerte noch immer und rang ganz offensichtlich nach Worten. »Warga hat mir einen Vorschlag gemacht.«

Leá nickte ihr aufmunternd zu.

»Sie ... sie meinte, ich könnte ... ich meine, ich weiß ja gar nicht, ob Ariac das überhaupt will ...«

Leá lachte leise auf. »Tut mir leid, aber ich verstehe nicht.«

Rijana senkte den Blick, und ihre langen hellbraunen Haare fielen ihr vors Gesicht. »Warga meinte, ich könnte eine von euch werden, falls ich das wollte, weil Steppenmänner doch keine anderen Frauen ...«

Leá runzelte die Stirn und dachte nach. Sie hatte an so etwas noch gar nicht gedacht, aber Warga hatte Recht. Vor vielen hundert Jahren war einmal eine junge Frau aus Errindale zu den Arrowann gekommen und war eine von ihnen geworden.

Leá nahm Rijanas Hand. »Das wäre ja wunderbar, dann könnte Ariac dich heiraten. Es würde mich sehr freuen.«

»Aber ich weiß doch gar nicht, ob er das will«, erwiderte sie weinerlich und schielte verlegen unter ihren Haaren hervor. »Und ich möchte ihn auch nicht unter Druck setzen.«

Leá nickte und dachte kurz nach. »Das kann ich verstehen. Aber ich bin mir sicher, dass er dich sehr gerne hat.«

Rijana zuckte die Achseln und machte ein unschlüssiges Gesicht.

»Natürlich«, sagte Leá nachdrücklich. Dann wurde sie ernst. »Aber es geht auch nicht allein darum, ob Ariac dich heiraten will oder nicht. Die Entscheidung, eine Arrowann zu werden, muss aus einem tiefen Wunsch heraus kommen.«

Rijana blickte auf und dachte kurz nach. »Ich habe mich niemals wohler gefühlt als hier bei euch. Ich habe mich immer danach gesehnt, endlich mein richtiges Zuhause zu finden, und ich denke, dass ich es nun gefunden habe. Ich fühle eine tiefe Verbindung zu den Menschen hier.«

»Das ist schön«, sagte Leá mit einem aufrechten Lächeln.

Rijana zögerte kurz, dann sagte sie stockend: »Ich, ich habe es nie erzählt, aber ich war in meinem letzten Leben wohl Nariwa, und die kam aus der Steppe.«

»Na, dann ist es umso verständlicher, dass du dich hier wohlfühlst«, sagte Leá, blickte sie ernst an und fuhr fort: »Wenn du eine Arrowann werden möchtest, dann kannst du das, auch ohne es Ariac sofort sagen zu müssen.« Sie krempelte ihre lange erdfarbene Bluse hoch. »Wir Frauen haben es einfacher, denn wir können unsere Tätowierungen verstecken.« Leá zwinkerte ihr zu. »Und wenn mein kleiner Bruder eines Tages den Mut aufbringen sollte, dich heiraten zu wollen, dann werdet ihr keine Probleme bekommen.«

Rijana lächelte nun erleichtert. Jetzt wusste sie, dass sie wirklich eine Arrowann werden wollte. Es hatte sie nur gestört, dass Ariac denken könnte, sie würde es nur für ihn tun. Sie umarmte Leá stürmisch. »Vielen Dank, du bist wirklich eine gute Freundin.«

»Gut, kann ich Warga dann Bescheid geben?«, fragte Leá leise lachend.

»Aber Ariac, er wird merken, wenn ich fort bin«, wandte Rijana ein.

Lea schüttelte den Kopf. »Ich werde ihm sagen, dass wir gemeinsam fortreiten und Kräuter sammeln, dann merkt er nichts. Ich werde an einer bestimmten Stelle auf dich warten. Wenn du deine Vision hattest, kommst du zu mir, und Warga wird dir die Tätowierungen machen.«

Rijana nickte dankbar. Jetzt war sie sich sicher, dass es die richtige Entscheidung war.

Am Abend, als alle gemeinsam aßen, erzählte Leá von dem gemeinsamen Ausflug zum Kräutersammeln.

Ariac, der neben Rijana saß, musterte sie ein wenig besorgt. »Aber seid vorsichtig, und pass auf sie auf, Leá!«

Die lachte leise auf. »Rijana hatte mit Sicherheit eine sehr viel bessere Ausbildung als ich. Wahrscheinlicher ist, dass Rijana auf mich aufpassen wird.«

Die grinste zustimmend, aber Ariac sah nicht sehr überzeugt aus. »Nehmt doch bitte zumindest einen der Jäger mit. Nicht, dass Scurrs Soldaten ...«

Rijana hielt erschrocken die Luft an, am Ende würde ihr ganzer schöner Plan zerstört werden.

Aber Leá beruhigte ihren Bruder. »Es sind weit und breit keine Soldaten in der Nähe, und wir gehen nicht sehr weit fort, keine Angst.«

Ariac runzelte die Stirn. »Gut«, sagte er schließlich. »Aber seid vorsichtig!«

Rijana und Leá versicherten es ihm. Als sie am Morgen fortreiten wollten, nahm Ariac Rijana beiseite.

»Pass gut auf dich auf, und komm bald zurück!«

»Und du sei vorsichtig bei der Jagd«, verlangte Rijana.

»Nimm du Nawárr«, sagte Ariac plötzlich zu seiner Schwester. »Falls ihr in Schwierigkeiten geraten solltet, dann seid ihr schneller.«

»Oh, sehr gut«, antwortete seine Schwester. »Den wollte ich schon immer mal reiten.«

Als die beiden das Lager verließen, winkten sie Ariac noch einmal zu, der nachdenklich zurückblieb.

»Siehst du«, sagte Leá augenzwinkernd. »Wenn ich mit Warga allein auf Kräutersuche bin, macht er sich nie solche Gedanken.«

Rijana lächelte zögernd, und die beiden ritten den ganzen Tag lang auf die Steppe hinaus. Schließlich hielten sie in einer Senke in der Nähe der Berge an.

»Gut«, sagte Leá. »Ich werde hier warten. Du kannst die Stelle leicht wiederfinden. Du musst nur auf den höchsten Gipfel des nördlichen Gebirges zuhalten, dann findest du mich.« Sie holte eine Flasche mit einer Flüssigkeit aus der Satteltasche. »Lass dich einfach treiben, und wähle die Richtung, zu der du dich hingezogen fühlst. Bleibe dort, wo du denkst, es ist richtig. Dann trinke an jedem Abend einige Schlucke aus der Flasche, ansonsten nur Wasser.«

Rijana nickte und hängte sich den Trinkbeutel um. Sie schwang sich auf Lenya und galoppierte auf die Ebene hinaus. Zunächst gelang es ihr nicht, ihre Gedanken ziehen zu lassen. Sie wusste nicht, wo sie hinreiten sollte, aber dann entspannte sie sich und galoppierte einfach mit dem Wind, immer in Richtung der Berge. Als es Abend wurde, hatte sie die ersten Ausläufer des nördlichen Gebirges erreicht. Rijana trabte noch eine Weile durch die Hügel und fand schließlich ein Tal, an dessen Ende ein Wasserfall in die Tiefe stürzte. Hier ließ sie sich auf den Boden sinken. Lenya fraß derweil das frische, saftige Gras, das hier wuchs. Rijana war auch hungrig, aber sie begnügte sich mit einem Schluck Wasser aus dem Bach, der von dem Wasserfall gespeist wurde. Sie setzte sich in die warme Sonne und genoss die Ruhe und den Frieden in dem Tal. Als die Schatten länger wurden, nahm sie einen Schluck von dem Gebräu. Es schmeckte ein wenig bitter, aber nicht unangenehm. Auch der Hunger ließ nun ein wenig nach.

In dieser Nacht hatte Rijana wirre Träume, konnte sich jedoch nicht an sie erinnern, als sie am nächsten Morgen aufwachte. Den ganzen Tag blieb sie in dem Tal, setzte sich auf einen Felsen, beobachtete die Vögel und Insekten, lauschte dem Wind und blickte auf die Wolken, die am Himmel vorbeizogen. Es fiel ihr sehr schwer, nichts zu essen. Gegen Mittag knurrte Rijanas Magen so heftig, dass sie glaubte, jeder müsste sie im Umkreis mehrerer Meilen hören. Aber sie beherrschte sich, trank erneut nur etwas Wasser und am Abend von dem Trank. Auch in dieser Nacht hatte sie merkwürdige Träume. Rijana glaubte, von längst vergangenen Schlachten geträumt zu haben, wahrscheinlich aus ihren früheren Leben. Am Morgen wusste sie nicht, ob das die Visionen sein sollten, von denen Leá geredet hatte, und überlegte zurückzureiten. Aber schließlich entschied sie sich dagegen.

Ariac blieb in dieser Zeit hauptsächlich im Lager. Er machte sich Sorgen um Rijana und Leá und wartete ungeduldig auf ihre Rückkehr. Noch immer wusste er nicht, was er wegen seiner Tätowierungen machen sollte. Wahrscheinlich würde ihm wirklich nichts anderes übrigbleiben, als mit Warga zu sprechen. Er zögerte noch drei Tage, dann ging er eines Abends zu der alten Hexe.

Warga saß in ihrem Zelt und bereitete einen eigenartigen Kräutertrank zu.

»Aha, nun hast du also doch deinen Weg zu mir gefunden«, krächzte sie.

Ariac war angespannt. »Ich wollte dich nur etwas fragen.«

Mit einem Nicken deutete Warga auf die Felle, die auf dem Boden ausgebreitet lagen.

Ariac setzte sich. »Ich habe noch immer nicht alle Tätowierungen, die anzeigen, dass ich ein Krieger bin.«

Warga nickte. »Und, bist du deswegen keiner?«

»Doch«, erwiderte Ariac verwirrt. »Aber alle Männer bekommen sie, wenn sie alt genug sind.«

Die alte Frau seufzte und begann in dem Kessel zu rühren. »Sicher, Ariac, sicher, aber du warst eine lange Zeit fort.« Er machte den Mund auf, doch Warga hob die Hand und sprach weiter. »Wir alle wissen, dass du ein guter Krieger bist, aber du hast in einer anderen Welt gelebt. Du kämpfst nun mit dem Schwert. Sicher, du bist ein Arrowann, aber du gehörst auch zu den anderen Menschen.«

»Und deswegen darf ich wohl nicht tätowiert werden, oder was?«, brauste er auf, seine dunklen Augen funkelten zornig.

Warga blickte ihn eine ganze Weile schweigend an, bis Ariac schließlich den Blick senkte. »Natürlich kann ich dir die restlichen Tätowierungen anbringen. Aber bist du sicher, dass du sie nicht nur deswegen willst, weil du dein Schicksal verleugnen möchtest?«

Ariac funkelte sie erneut wütend an. »Ich verfluche den Tag, an dem du mir mein Schicksal gedeutet hast.«

»Hätte es etwas geändert, wenn ich es nicht getan hätte?«, fragte sie ernst.

Ariac wollte schon wieder aufbrausen, aber dann zuckte er die Achseln.

»Wahrscheinlich nicht.«

Warga packte ihn mit ihrer knochigen Hand am Arm. »Ariac, du gehörst nun in beide Welten. In die der Steppenleute und die der übrigen. Soll ich dir erneut die Runen werfen? Vielleicht wird dir dein Weg dann klarer.«

Ariac zuckte zurück und schüttelte den Kopf. Aber dann besann er sich, vielleicht war es besser zu wissen, was ihn erwartete.

Warga warf einige Kräuter ins Feuer und begann, fremde Worte vor sich hinzumurmeln. Dann holte sie einen alten, abgegriffenen Lederbeutel heraus, sprach einige Worte und warf die Runen auf die Decke vor sich. Sie beugte sich vor und murmelte: »Erneut das Zeichen der Sieben, das wundert mich nicht.«

Ariacs Mund war trocken. Warga warf die Runen noch einmal, dann runzelte sie die Stirn.

»Ich sehe Verrat, ich sehe Kämpfe und Tod.«

»Ich bin kein …«, begann Ariac zornig, doch Warga hob die Hand.

»Das sagte ich nicht.« Sie schüttelte die Runen noch einmal und blickte auf die Konstellation vor sich. »Wie ich mir schon gedacht habe: Du bist der Mittler zwischen mehreren Welten. Du musst die Völker versöhnen, aber du bist nicht allein.«

»Rijana?«, fragte er unsicher.

Warga hob die Schultern. »Das weiß ich nicht, aber es ist wahrscheinlich.«

»Aber was soll ich tun?«, fragte er verzweifelt.

Warga seufzte und blickte ihn ernst an. »Du musst die anderen davon überzeugen, dass du auf ihrer Seite stehst, dass du zu ihnen gehörst und es ehrlich meinst.«

»Aber wie?«, fragte er verzweifelt. »Sie halten mich für einen Mörder und ...« Er stockte. »... Schlimmeres.«

»Was ist geschehen, Ariac?«, fragte Warga ernst.

Er versteifte sich, und Panik trat in seinen Blick, er wollte nicht über Ursann reden.

»Du musst es mir nicht sagen, aber ich sehe, dass es schlimm gewesen sein muss.«

Ariac nickte zögernd und senkte den Blick.

Warga fasste ihn erneut fest am Arm. »In dir ist so viel Hass und so viel Schmerz, den musst du loslassen und überwinden. Öffne dich den schönen Dingen im Leben! Freundschaft, Liebe, Vertrauen.«

»Ich kann niemandem mehr vertrauen«, murmelte er.

»Wirklich niemandem?«, fragte Warga ernst.

Ariac hob die Schultern. »Zumindest nicht sehr vielen.«

»Dann konzentriere dich auf die, bei denen du sicher bist, und halte sie fest.« Sie blickte ihn eindringlich an. »Und gib auch ihnen das Gefühl, dass sie dir trauen können.«

Ariac dachte an Rijana. Häufig war er viel zu abweisend gewesen. Er musste ihr zumindest sagen, dass er sie nicht heiraten konnte, aber dass er immer ihr Freund bleiben würde. Ariac seufzte. Nun war er ein wenig erleichtert und wollte sich erheben. Doch Warga hielt ihn zurück.

»Damals, als du deine ersten Tätowierungen erhalten hast, hast du mir da von deiner ganzen Vision erzählt?«

Ariac wurde bleich und zuckte zusammen. »Woher weißt du das?«

Sie grinste, und ihr beinahe zahnloser Mund zeigte sich. »Du hast ein bedeutendes Schicksal, und sicher hast du schon damals etwas gesehen.«

»Ich habe fremde Schlachten gesehen und mich selbst, wie

ich mit einem Schwert gekämpft habe«, gab er zu und setzte sich wieder. »Ich habe es verdrängt, weil ich es nicht glauben wollte.«

Warga nickte, dann grinste sie. »Wenn du möchtest, dann kann ich dir das Schwert auf den Arm tätowieren, denn du bist der Mittler zwischen den Völkern.«

Einen Augenblick zögerte Ariac, dann willigte er ein. Es war wohl, wie Warga sagte. Er konnte seinem Schicksal nicht entkommen. Also tätowierte die alte Hexe in dieser Nacht ein schmales Schwert auf Ariacs Arm. Genau in die Mitte der verschlungenen Linien mit den Pfeilspitzen am Ende.

KAPITEL 14

Die Vision

Seit vier Tagen war Rijana nun schon in dem Tal. Beinahe hatte sie die Hoffnung schon aufgegeben, noch eine Vision zu erhalten. An diesem Abend versuchte sie ganz bewusst, Gedanken und Befürchtungen aus ihrem Geist zu verbannen, trank ein paar Schlucke von dem Trank und blickte in den sich rötlich färbenden Himmel.

Sie wusste nicht genau, ob sie eingeschlafen war oder nicht, aber plötzlich sah sie ein Schlachtfeld mit Männern in roten Umhängen. Anschließend sich selbst, Ariac, Saliah, Rudrinn und die anderen. Dann folgten das Bild eines ausbrechenden Vulkans und das von einer riesigen Flutwelle, die mehrere Städte fortspülte. Rijana sah Menschen, Zwerge und Elfen und andere Wesen gemeinsam gegen Orks, Trolle und sonstige Ausgeburten der Finsternis kämpfen. Dann erschien plötzlich ein gigantischer Adler, der einen Schrei ausstieß und seine Flügel über alle Länder ausbreitete.

Rijana riss die Augen auf. Sie war schweißgebadet. Plötzlich beruhigte sich alles wieder vor ihrem inneren Auge, und es war stockdunkel in dem kleinen Tal. Lenya döste friedlich nicht weit von ihr entfernt. Rijana stand schwankend auf und stolperte zu dem kleinen Bach. Sie kühlte ihr Gesicht mit dem kalten Wasser, das sie wieder ein wenig in die richtige Welt zurückbrachte. Das musste wohl eine Vision gewesen sein, aber was sie bedeuten sollte, wusste Rijana nicht. Noch in der Nacht packte sie ihre wenigen Sachen zusammen, schwang sich auf ihr Pferd und ritt zurück zu Leá. Im Morgengrauen erreichte Rijana den Lagerplatz. Die hübsche schwarzhaarige Steppenfrau sprang auf, als Rijana mit Lenya angetrabt kam.

»Und hattest du eine Vision?«, fragte sie aufgeregt.

Rijana nickte müde und ließ sich vom Pferd sinken. Leá reichte ihr einen Wasserbeutel und einige Früchte.

»Aber iss langsam, sonst wird dir schlecht.« Leá grinste. »Ich weiß das aus eigener Erfahrung. Als ich aus der Steppe zurückgekommen bin – ich glaube, ich war damals etwa vierzehn –, habe ich einen ganzen Topf mit Haferbrei gegessen.« Sie verzog das Gesicht. »Natürlich kam alles wieder raus.«

Rijana grinste. Sie hatte tatsächlich furchtbaren Hunger, zwang sich jedoch, alles richtig zu kauen und langsam zu schlucken. Anschließend erzählte sie Leá, die aufmerksam zuhörte, von ihrer Vision.

»Warga wird mehr dazu wissen«, sagte sie am Ende. »Ruh dich ein wenig aus und iss noch etwas, dann reiten wir zurück.«

Rijana ließ sich zurück in das trockene Gras der Steppe sinken. Sie war wirklich sehr müde.

»Was bedeuten deine Zeichen?«, fragte Rijana, woraufhin Leá die Ärmel ihrer Bluse hochschob.

»Hier, auf dem rechten Arm, das sind die Zeichen der Arrowann.« Sie deutete auf die verschlungenen Linien, die in zwei Pfeilspitzen endeten. »Eigentlich nichts Besonderes. Es sind die Zeichen für den Fluss des Lebens und die ewige Wiederkehr. Aber das hier«, sie zeigte auf die Lanze auf ihrem linken Arm, um die sich eine Schlange wand, »das ist das Zeichen dafür, das ich sowohl eine Kriegerin als auch eine Heilerin sein kann.«

Rijana nickte, obwohl ihr das alles noch immer etwas fremd war. Sie überlegte sich, welche Zeichen sie wohl bekommen würde.

»Ich habe Kräuter gesammelt«, meinte Leá, als die beiden gegen Mittag aufbrachen. »Dann fällt unser kleiner Pakt nicht gleich auf.«

Rijana lächelte, sie war noch immer ein wenig schwach. »Danke, Leá«, sagte sie aufrichtig, »du bist wirklich eine gute Freundin.«

Es war schon dunkel, als sie die Kochfeuer vor den Zelten erblickten. Ariac kam ihnen entgegengerannt.

»Na endlich seid ihr da«, rief er aus. »Wie kann man denn so lange Kräuter sammeln?«

Leá zog ihren Bruder am Ohr, wobei sie sich strecken musste. »Davon verstehen Männer nichts.«

Er winkte ab und nahm Rijanas Hand. »Du siehst blass aus, bist du krank?«

Sie schüttelte den Kopf. »Nein, mir geht es gut, bin nur etwas müde.«

Ariac beobachtete sie kritisch, aber in dem Augenblick nahm Leá sie bereits an der Hand mit sich. »Wir gehen jetzt schlafen. Ihr könnt euch ja morgen unterhalten.«

Als sie ein wenig außer Hörweite waren, flüsterte sie: »Wir gehen gleich zu Warga. Du musst noch heute deine Tätowierungen bekommen.«

Rijana unterdrückte ein Gähnen, denn sie war zum Umfallen erschöpft.

Die alte Hexe saß in ihrem Zelt und lächelte, als die beiden Mädchen hereinkamen.

»Ich habe gespürt, dass ihr heute kommt. Setzt euch«, sagte sie und reichte den beiden einen Kräutertee, woraufhin auch Rijana nach kurzer Zeit wieder munter wurde. Sie musste Warga alles genau erzählen. Als Rijana von dem Adler berichtete, hob sie überrascht die Augenbrauen. »Valwahir, der mächtige Adler«, murmelte sie.

Leá zuckte neben Rijana zusammen. »Bist du sicher?«, fragte sie.

Warga warf einen missbilligenden Blick auf Leá. »Natürlich, ein riesiger Adler, der seine Schwingen über die gesamten Länder ausbreitet – was soll das sonst sein?«

»Und was bedeutet das?«, fragte Rijana mit großen Augen.

Warga beugte sich vor und sagte mit bedeutsamer Stimme: »Das Ende der Welt.«

Rijana schluckte und riss die Augen auf. Eine Weile knackte nur das Feuer, dann begann die Hexe zu reden.

»Es gibt eine uralte Legende beim Steppenvolk, dass, wenn die Menschen sich zu sehr gegen die Natur stellen und die Völker verfeindet sind, Valwahir erscheint und das Ende der Welt ankündigt. Die Berge werden Feuer speien, die Meere sich erheben, und dann, dann soll der Beginn eines neuen Zeitalters anbrechen.«

»So wie damals, als der lange Winter anbrach?«, fragte Rijana atemlos.

Warga schüttelte den Kopf. »Der lange Winter war dagegen ein Kinderspiel. Nein, es wird alles zerstört, damit es wieder neu entstehen kann.«

»Ist das wahr?«, fragte Rijana und blickte nacheinander Warga und Leá an, die beide ernste Gesichter machten.

»Das weiß auch ich nicht. Es ist, wie gesagt, eine Legende«, antwortete die Hexe. Dann lächelte sie. »Bist du bereit, deine Zeichen zu erhalten?«

Rijana nickte und zog ihr Hemd aus.

»Gut, dann kann Leá die Tätowierungen anbringen.«

»Ich?« Leá blickte die Hexe entsetzt an.

Warga nickte. »Natürlich, du bist so weit, ich habe dich unterwiesen.«

»Aber ... aber ich kann es nicht so gut wie du«, stammelte die junge Steppenfrau und blickte Rijana verzweifelt an. »Ich möchte nichts verderben.«

Die alte Frau kicherte. »Du bist die beste Künstlerin, die ich jemals gesehen habe. Deine Schnitzereien und Bemalungen sind wunderbar, und du hast doch bereits einigen Kindern die ersten Tätowierungen gemacht.« Warga grinste Rijana an, die ein wenig unsicher aussah. »Leás Hand ist ruhiger als die zittrige einer uralten Frau.«

Leá sah noch immer sehr erschrocken aus. »Ich weiß nicht«, murmelte sie.

Doch Rijana fasste sich ein Herz und nahm Leás Hand in ihre. »Ich vertraue dir.«

»Bist du sicher?«, fragte sie, und Rijana nickte, obwohl sie überzeugter wirkte, als sie wirklich war.

Warga wirkte zufrieden. »Du kannst die Zeichen zunächst aufmalen und später einbrennen. Wenn du nicht weiterweißt, werde ich dir helfen«, versprach Warga Leá, die sehr unglücklich wirkte.

Rijana schluckte, und Warga sagte beruhigend: »Ich werde dir einen Trank geben, dann tut es nicht so weh, aber ein wenig musst du es spüren, das gehört dazu.«

Rijana nahm den Trank entgegen, den Warga ihr reichte.

Leá atmete tief durch und nahm von Warga eine Nadel an, die sie ins Feuer legte. Sie lächelte Rijana noch einmal unsicher zu. »Die verschlungenen Pfade von Schwert und Pfeil, die ihre Zugehörigkeit zu beiden Völkern anzeigen ...«, sagte sie halb zu sich, halb zu der Hexe gewandt.

Warga nickte zufrieden, und Leá begann mit einem feinen Pinsel Linien auf Rijanas Oberarm zu zeichnen.

»... elfische Runen, die der Menschen und der Zwerge ...«, murmelte sie und malte feine Runen zwischen die verschlungenen Linien, die Schwert und Pfeilspitze verbanden.

»... in der Mitte Valwahir, der Überbringer von Zerstörung und Neubeginn.«

Sie zeichnete konzentriert einen Adler in die Mitte. Es nahm einige Zeit in Anspruch, und Rijana verrenkte sich den Hals, um etwas zu sehen.

»Du musst stillhalten«, schimpfte Leá, »besonders, wenn ich später mit der Nadel arbeite.«

Schließlich war Leá fertig, nahm unsicher die glühende Nadel in die Hand und warf Warga noch einen verzweifelten Blick zu, doch diese nickte nur beruhigend.
»Sag, wenn du nicht mehr kannst«, sagte Leá besorgt zu Rijana.
»Hmm«, murmelte diese vom Trank leicht betäubt und legte sich auf einen Haufen Felle. Die ersten Stiche taten ziemlich weh, und Rijana biss sich auf die Lippen, aber mit der Zeit wurde es ein wenig erträglicher. Alles verschwamm zu einem diffusen Licht, und Rijana verspürte nur hin und wieder ein schwaches Pieksen.
Leá arbeitete andächtig, und es war bereits spät in der Nacht, als sie den dunklen Saft der Halkawann-Wurzel in die Wunden laufen ließ, die später die Linien bilden würden. Rijana zuckte zusammen – es brannte wie Feuer.
Leá nahm sie in den Arm. »Es tut mir leid, dass ich dir wehgetan habe«, sagte sie schuldbewusst.
»Das macht nichts«, sagte Rijana ehrlich. »Es hat weniger wehgetan, als ich gedacht hätte.«
Von der Tätowierung war noch nicht viel zu sehen. Die Haut war noch blutig und mit dem schwarzen Saft verschmiert, außerdem begann Rijanas Schulter anzuschwellen. Warga nahm einen Verband und wickelte ihn ihr um den Arm.
»So, es wird noch ein paar Tage wehtun. Komm morgen zu mir, dann werde ich dir eine Kräutersalbe geben.«
Die Hexe blickte sie ernst an. »Soll ich dir noch die Runen werfen? Heute ist eine wichtige Nacht für dich.«
Rijana zögerte, denn sie war unglaublich müde, aber Leá lächelte ihr so aufmunternd zu, dass sie sich dafür entschied. Warga warf erneut Kräuter ins Feuer, und ein betörender

Duft lag in der Luft. Schwer und süß zugleich, aber auch erdig und ätherisch. Die alte Frau begann, die Steine im Beutel zu schütteln, dann blickte sie Rijana tief in die Augen und warf die Runen. Anschließend beugte sie sich vor und runzelte ihre Stirn.

»Ich sehe ähnliche Zeichen wie damals bei Ariac«, murmelte die Hexe. »Liebe und Krieg, Tod und Schmerz, aber auch Freundschaft und Hoffnung.«

Rijana schluckte, dann begann Warga noch einmal die Runen zu werfen.

»Und ich sehe zwei Männer in deinem Leben, die dir sehr wichtig sind.«

Rijana verstand nicht. Warga blickte sie ernst an.

»Du wirst dich entscheiden müssen und wahrscheinlich sogar zwei Mal den Bund der Ehe eingehen, aber es ist etwas undeutlich. Ich kann die Runen nicht immer eindeutig auslegen.«

Erschrocken riss Rijana die Augen auf. »Aber ... aber ich habe mich doch schon entschieden.« Tränen füllten ihre Augen. »Und heißt das, dass einer, ich meine, dass vielleicht einer stirbt?«

Die alte Frau blickte sie mitleidig an. »Wie gesagt, es ist etwas undeutlich, und vielleicht hat es auch nur eine Entscheidung in der Vergangenheit angezeigt.«

Rijana nickte unsicher, aber sie hatte Angst. Leá half ihr aufzustehen.

»Ich will nicht, dass Ariac etwas passiert«, sagte Rijana leise, und in ihren Augen spiegelte sich Panik wider.

»Das muss es ja nicht heißen«, sagte Leá beruhigend. »Hat es denn schon einen anderen Mann in deinem Leben gegeben?«

Rijana nickte. »Falkann – er war mit mir auf Camasann.«

»Na also«, sagte Leá lächelnd. »Dann ist ja alles gut.«

»Aber sie sagte doch ...«

Leá schüttelte den Kopf. »Sie wusste es nicht genau, also mach dir nicht so viele Gedanken.«

Mit Leás Hilfe schwankte Rijana aus dem Zelt. Als sie in ihrem eigenen angekommen war, ließ sie sich auf die Felle fallen und war beinahe augenblicklich eingeschlafen. *Jetzt bin ich eine Arrowann*, dachte sie noch kurz vorher. Sie lächelte, denn es war ein gutes Gefühl.

Am nächsten Morgen wachte Rijana erst sehr spät auf. Im Lager herrschte bereits reges Treiben. Rijana tastete nach ihrer Schulter und zuckte vor Schmerz zusammen. Ihr Arm war angeschwollen und feuerrot. Sie wusch sich kurz im Bach und ging anschließend gleich zu Warga. Die sah sich ihren Arm an und nickte zufrieden, obwohl Rijana nur geschwollene Wunden und getrocknetes Blut sah. Sie wirkte etwas skeptisch.

»Das sieht sehr gut aus«, versicherte Warga und begann Rijanas Arm vorsichtig abzuwaschen. Anschließend strich sie eine kühlende Salbe auf.

»Lass den Verband drei Tage dran, dann werden wir weitersehen.«

Rijana nickte und ging aus dem Zelt. Sie setzte sich zunächst ans Kochfeuer, denn sie hatte großen Hunger. Gerade verspeiste sie ihre zweite Schale mit einem Mus aus Früchten und etwas Getreidebrei, als Ariac zu ihr kam.

Er lächelte erleichtert, als er sie sah.

»Gut, dass du endlich wach bist.« Er musterte sie von oben bis unten. »Und zum Glück hast du Hunger.«

Rijana nickte grinsend.

»Was habt ihr denn die ganze Zeit getan?«

»Kräuter gesucht«, erwiderte Rijana mit vollem Mund. »Es war schön, ich mag deine Schwester.«

Ariac nickte und wollte gerade noch etwas sagen, doch da kam sein kleiner Bruder und zog ihn am Hemd.

»Jetzt kommst du aber mit mir auf die Jagd, du hast es schon seit vier Tagen versprochen.« Ruric schob beleidigt die Unterlippe vor.

Rijana lachte leise. »Bist du etwa nur wegen mir nicht fortgeritten?«

Ariac errötete zu seinem Ärger ein wenig. »Ich wollte wissen, ob ihr wohlbehalten zurückkehrt.«

Rijana zwinkerte Ruric zu. »Zum Ausgleich für das lange Warten darfst du Lenya reiten.«

Die Augen des Kleinen begannen zu strahlen, und er warf sich ihr an den Hals.

»Du bist toll, auch wenn du keine Arrowann bist.«

Ariac entfuhr ein empörter Aufschrei. »Ruric, das ist unhöflich!«

Aber Rijana winkte nur lachend ab.

»Aber jetzt reiten wir mindestens vier Tage fort«, verlangte Ruric.

Ariac verdrehte die Augen. »Drei, das ist mein letztes Wort.«

Ruric seufzte und nickte schließlich. Dann rannte er fort, um seine Sachen zusammenzupacken.

»Der Kleine ist anstrengend«, sagte Ariac mit zusammengezogenen Augenbrauen.

Rijana erhob sich und klopfte sich den Staub von ihrer Hose.

»Er ist niedlich. So warst du sicher auch als kleiner Junge.«

Ariac nickte nachdenklich, und seine Augen schienen in eine andere Zeit zu blicken, dann schüttelte er sich kurz und sagte: »Wenn ich zurück bin, muss ich mit dir reden.«

Sie blickte ihn überrascht an. »Warum nicht gleich?«

Er wand sich ein wenig verlegen. »Es ... es geht nicht so schnell, und ich möchte dann mit dir allein sein.«

Rijana hob die Schultern. »Na gut.«

Er lächelte ein wenig schüchtern und wollte sie umarmen. Als er ihre Schulter berührte, zuckte sie zusammen und stöhnte leise auf.

»Was ist?«, fragte er erschrocken.

»Nichts«, erwiderte sie und blinzelte die Tränen weg, die in ihre Augen getreten waren.

Er wollte ihren Hemdsärmel hochziehen, aber sie hielt seine Hand fest.

»Es ist nichts Schlimmes, ich bin nur …«, sie rang nach Worten und sagte schließlich, da ihr nichts Besseres einfiel: »… vom Pferd gefallen.«

Rijana wurde ein wenig rot. Sie log Ariac wirklich nicht gerne an.

Er runzelte misstrauisch die Stirn. »DU bist vom Pferd gefallen?«, fragte er ungläubig. »Du reitest besser als die meisten Männer hier im Clan.«

Rijana schüttelte den Kopf und wurde noch ein wenig röter. »Es war eine blöde Geschichte. Lenya ist in ein Loch von einem Steppenwolf getreten, und ich habe es zu spät gesehen, da bin ich über ihren Kopf geflogen.«

Ariac sah noch immer nicht überzeugt aus. »Dann lass es zumindest von Warga ansehen«, verlangte er.

Rijana nickte beruhigend. »Das hat sie bereits.«

Ariac zog die Augenbrauen zusammen. »Ihr seid sicher nicht in Schwierigkeiten gewesen mit Scurrs Männern oder sonst jemandem?«

Rijana schüttelte den Kopf. In diesem Fall musste sie zumindest nicht lügen. Sie streckte sich und gab dem überraschten Ariac einen Kuss auf die Wange.

»Ich schwöre dir, dass niemand uns Schwierigkeiten gemacht hat.« Damit lief sie mit federnden Schritten zu dem kleinen Bach, um ihre Schüssel auszuwaschen.

Ariac blickte ihr verwirrt hinterher und legte eine Hand auf die Stelle, wo sie ihm den Kuss hingedrückt hatte. Das hatte sie noch nie getan.

Ich muss wirklich mit ihr reden, dachte er und bereute es, seinem Bruder das Versprechen gegeben zu haben, mit ihm jagen zu gehen.

Nach drei Tagen ging Rijana erneut zu Warga. Sie war aufgeregt und gespannt, wie die Zeichen nun aussehen würden. Die alte Frau entfernte vorsichtig den Verband, dann nahm sie ein Tuch und wischte alles mit einer Flüssigkeit ab. Sie hob überrascht die Augenbrauen.

»Was ist?«, fragte Rijana.

»Sieh selbst«, sagte die alte Hexe und drehte Rijanas Arm ein wenig um, damit sie etwas sehen konnte.

Rijana staunte. Die Ränder leuchteten noch ein wenig rot, aber die Zeichen auf ihrem Arm waren ein kunstvolles Gemälde. Die verschlungenen Knoten, die Runen, Schwert und Pfeilspitze und in der Mitte ganz filigran der Adler.

»Ich habe niemals schönere Tätowierungen gesehen«, murmelte Warga. »Leá ist wahrlich eine Künstlerin.« Sie lächelte Rijana zu, die noch immer auf ihren Arm blickte. »Bist du zufrieden?«

Sie nickte ehrlich. »Es ist wunderschön geworden.«

Warga nickte ernst. »Nun bist du eine von uns, für den Rest deines Lebens.«

Glücklich eilte Rijana zu Leá, um ihr ihren Arm zu zeigen. Die beiden wanderten ein Stück auf die Steppe hinaus, und Leá betrachtete kritisch ihr Werk.

»Hier, diese Linie hätte etwas mehr gebogen sein müssen«, murmelte sie.

Rijana schüttelte lachend den Kopf. »Du meine Güte, Leá, du hast das wunderschön gemacht. Ich habe niemals eine bessere Arbeit gesehen.«

Leá sah nicht überzeugt aus. »Ich weiß nicht.«

Rijana nahm sie am Arm. »Das hat Warga auch gesagt, es ist wirklich wunderschön.«

Auf Leás Gesicht breitete sich nun ein vorsichtiges Lächeln aus. »Also gut, wenn es dir gefällt und du zufrieden bist ...«

Rijana umarmte sie stürmisch. »Ich danke dir, ich bin wirklich glücklich.«

Als die beiden lachend und miteinander redend zurück ins Lager kamen, wendete Thyra sich an ihren Mann, der gerade dabei war, ein Steppenreh auszunehmen. »Sie sind Freundinnen geworden.«

Rudgarr nickte ernst. »Ja, das sind sie. Es ist schade, dass Rijana keine von uns ist.«

Thyra nickte seufzend. Sie hatte Ariac häufig beobachtet und bemerkt, dass Rijana ihm viel zu bedeuten schien.

»Meinst du, sie werden hierbleiben?«, fragte Thyra hoffnungsvoll.

Rudgarr schüttelte traurig den Kopf. »Nein, nicht für immer, schließlich sind sie zwei der Sieben und haben noch eine Aufgabe zu erfüllen.«

Thyra lehnte sich an die starke Schulter ihres Mannes. »Aber vielleicht bleiben sie zumindest noch eine Weile.«

»Das hoffe ich auch«, sagte er und gab seiner Frau einen Kuss.

Nach drei Tagen kehrten Ariac und Ruric zurück. Der Kleine zeigte allen stolz, wie viele Steppenhühner er erlegt hatte.

»Und den Rehbock«, sagte er und richtete sich auf, »den konnte Ariac nur deswegen erwischen, weil ich ihn angeschossen habe.«

Ariac bemühte sich, das Grinsen zu unterdrücken, und nickte ernst. Ruric hatte den Bock nicht einmal gestreift, aber er sagte nichts, seine Eltern wussten wohl ohnehin Bescheid.

»Sehr gut«, sagte Rudgarr zu seinem jüngsten Sohn. »Dann wirst du in zwei Jahren wohl deine Tätowierungen erhalten.«

Ruric nickte begeistert und rannte davon, um seinen gleichaltrigen Freunden im Lager von seinem Jagdausflug zu berichten.

»Ruric ist tapfer«, sagte Ariac nachdenklich, »mutig und klug. Er wird ein guter Anführer werden.«

»Das wärst du auch geworden«, erwiderte Rudgarr ernst.

Ariac senkte den Blick. »Mein Schicksal ist wohl ein anderes.«

Sein Vater legte ihm seine Hand tröstend auf die Schulter. »Vielleicht solltest du deinem Bruder ein wenig Lesen und Schreiben beibringen. Es ist zwar nicht üblich bei den Arrowann, aber schaden kann es auch nicht.«

Ariac zuckte zusammen, und sein Gesicht verschloss sich. »Das sollte lieber Rijana tun, ich habe nicht sehr viel Talent dafür.«

Rudgarr zog die Augenbrauen zusammen und musterte seinen Sohn nachdenklich. Immer wenn sie auf Camasann zu sprechen kamen, wurde er so abweisend. Sicher, er hatte erzählt, dass ihn die anderen für einen Mörder hielten, aber irgendwie hatte Rudgarr das Gefühl, dass noch mehr dahintersteckte. Wie es aussah, wollte Ariac jedoch nicht darüber reden.

So lächelte Rudgarr beruhigend. »Gut, dann werde ich sie fragen.«

Ariac nickte und lief rasch davon.

Erst am Abend sah er Rijana wieder, obwohl er sie den ganzen Tag gesucht hatte. Sie kam vom Bach her und hatte klatschnasse Haare. Als sie ihn erblickte, zeichnete sich ein erfreutes Lächeln auf ihrem von der Sonne gebräunten Gesicht ab. Wären die hellen Haare nicht gewesen, hätte man sie für eine Arrowann halten können. Aber solche Gedanken schüttelte Ariac rasch ab. Das brachte ohnehin nichts.

»Hattet ihr eine gute Jagd?«, fragte sie fröhlich.

Ariac nickte. »Ruric platzt beinahe vor Stolz.« Dann wurde er ernst und fragte: »Möchtest du morgen mit mir ausreiten? Wir könnten etwas zu essen mitnehmen und bis zu den Bergen reiten.«

»Natürlich, gerne«, antwortete sie lächelnd. »Ist Lenya bei den anderen Pferden?«

Ariac nickte, dann verzog er das Gesicht. »Einmal ist sie Ruric durchgegangen, aber er wollte es natürlich nicht zugeben.«

Rijana lachte hell auf und ging zusammen mit Ariac zu den Pferden. Lenya kam sogleich zu ihr und rieb ihren Kopf an Rijanas Schulter.

»Na, meine Schöne, geht es dir gut?«

Die Stute schnaubte und schnupperte an Rijanas Hals, die daraufhin kicherte.

»Man kann über Greedeon sagen, was man will«, sagte sie plötzlich, »aber diese Pferde sind wunderbar.«

Ariacs Gesicht verfinsterte sich ein wenig. »Sicher, aber er wird verbreiten, dass ich sie gestohlen hätte. Na ja, es stimmt ja sogar irgendwie.«

Rijana schüttelte den Kopf, und ihre Haare flogen im Wind. »Nein, er hat dir Nawárr geschenkt. Du hast nichts Falsches getan.«

Ariac musterte sie nachdenklich. »Warum hast du mir eigentlich als Einzige geglaubt? Deine anderen Freunde kennst du doch schon viel länger.«

Rijana blickte ihm tief in die Augen, und Ariac spürte ein Kribbeln.

»Weil ich wusste, dass es richtig ist, dir zu vertrauen.«

Eine Weile musterte er sie stumm, dann wandte er sich ab. Es brach ihm das Herz, aber er musste ihr endlich sagen, dass sie niemals ein Paar werden würden.

Der nächste Morgen begann wunderbar sonnig, auch wenn bereits ein Hauch von Spätsommer in der Luft lag. Leichte

Nebelschwaden hingen über der Steppe, und das Gras, das sich bereits zu einem hellen Braun zu färben begann, war nass vom Morgentau. Rijana und Ariac frühstückten gemeinsam, dann liefen sie zu den Pferden, um sie zu satteln. Der letzte Nebel verzog sich, als sie auf die Steppe hinaustrabten. Rijana wunderte sich. Ariac wirkte heute so ernst und angespannt. So hatte sie ihn schon lange nicht mehr gesehen. Eine Weile galoppierten sie Seite an Seite durch das Steppengras, das im leichten Westwind wogte. Über ihnen kreiste ein Bussard, und in der Ferne zog eine Herde Rehe vorbei. Aber heute würden sie nicht jagen, sie hatten nicht einmal ihre Bogen dabei. Kurz vor den ersten Bergausläufern hielt Ariac an und führte Rijana in ein kleines Tal, in dem eine Menge ungewöhnlich geformte Steine umherlagen. Eine kleine Quelle plätscherte aus den Hügeln, und die Pferde tranken durstig daraus. Ariac sattelte seinen Hengst umständlich ab und breitete anschließend eine Decke auf dem Boden aus. Er winkte Rijana, sich zu ihm zu setzen. Sie brachte Brot, Früchte und etwas Käse, den sie in den Satteltaschen verstaut hatte, mit, aber Ariac hatte keinen Hunger. Sein Gesicht wirkte angespannt. Er nahm ihre Hand und blickte sie unglücklich an.

»Ich muss dir etwas sagen«, begann er.

Sie runzelte die Stirn und nickte.

»Es ... es tut mir leid, ich meine ...«, stammelte er und rang nach Worten. »Du weißt, dass ich dich sehr gern habe, oder?«

Rijana nickte, und ein leichtes Rot überzog ihre Wangen. »Ich dich auch«, antwortete sie leise.

Er blickte zur Seite und fluchte lautlos. »Es ... es gibt ein Gesetz bei den Arrowann«, sagte er, ohne sie anzusehen. Dann hob er den Blick und sah ihr betrübt in die Augen. »Wir dürfen niemanden heiraten, der nicht zum Steppenvolk gehört.«

Rijana nickte atemlos. Jetzt wusste sie, was er ihr sagen

wollte, und sie hatte Angst, wie er reagieren würde, wenn sie ihm die Tätowierungen zeigte.

»Rijana, ich werde nur ein Mädchen aus der Steppe heiraten können.«

»Ich weiß«, antwortete sie mit unsicherem Lächeln.

»Du weißt es?«, fragte er überrascht.

»Leá hat es mir erzählt.«

»Oh«, antwortete Ariac. Dann senkte er den Blick. »Es scheint dir ja nicht besonders viel auszumachen.«

Rijana lächelte und nahm seine Hand. »Hättest du mich denn geheiratet, wenn es dieses Gesetz nicht geben würde?«

Er nickte unsicher. »Ja, sicher, allerdings bin ich auch ein gesuchter Mörder, ich meine, es wäre gefährlich für dich ...«

Sie schüttelte den Kopf. »Das meine ich alles nicht. Vergiss doch mal die ganzen Schwierigkeiten.«

Er nickte ernst und blickte ihr tief in die Augen. »Auf der Stelle.«

Glücklich lächelnd schob Rijana ihre weite naturfarbene Bluse über die Schultern. »Dann tu es doch.«

Ariac schnappte nach Luft, blickte ungläubig von ihrem Gesicht auf ihren Arm und wieder zurück.

»Was hast du getan?«, fragte er verblüfft.

Rijana lief rot an und wurde ziemlich verlegen. »Es ist nicht so, dass ich dich zu etwas zwingen wollte, ich meine, wenn du nichts gesagt hättest, hätte ich das für mich behalten ...«

Er unterbrach sie und legte ihr einen Finger auf den Mund.

»Du hast das für mich getan?«, fragte er atemlos und strich vorsichtig über die kunstvollen Zeichen auf ihrem Arm.

Rijana nickte. »Für dich, für mich und für uns. Ich fühle mich so wohl hier in der Steppe wie noch nie in meinem Leben. Warga hat gesagt, wenn man wirklich überzeugt ist, eine Arrowann werden zu wollen, dann kann man das tun. Man muss die Gesetze der Steppe akzeptieren und auf die Suche nach seiner Vision gehen.« Sie grinste unsicher. »Und in meinem letzten Leben war ich ohnehin eine vom Steppenvolk, vielleicht kommt daher mein Wunsch.«

Ariac nahm sie vorsichtig in den Arm, und seine Stimme klang belegt, als er sagte: »Warum hast du mir denn nichts erzählt? Du meine Güte, ich überlege seit einer halben Ewigkeit, wie ich dir beibringen soll, dass es für uns keine gemeinsame Zukunft gibt.«

Sie streichelte ihm lächelnd über das Gesicht.

»Du wusstest nichts von der Möglichkeit?«

Er schüttelte den Kopf. »Nein, aber ich glaube, ich hätte mich auch nicht getraut, dir das vorzuschlagen.« Ariac streichelte über die Linien an ihrem Arm. »Du bist jetzt eine von uns«, sagte er, noch immer etwas fassungslos. »Was hattest du denn für eine Vision?«

Sie erzählte ihm alles bis auf die Sache mit den Runen, die Warga ihr geworfen hatte.

Ariac staunte und bewunderte das kunstvolle Gemälde. »Leá hat keinen Ton gesagt«, murmelte er missbilligend.

»Deine Schwester ist in Ordnung«, sagte Rijana bestimmt. »Sie weiß, wann sie schweigen muss.«

Ariac nickte vorsichtig und streichelte ihr sanft über das Gesicht, dann gab er ihr einen etwas unsicheren Kuss, der immer leidenschaftlicher wurde, als er merkte, dass sie ihn erwiderte.

Er hielt inne und sagte ernst: »Aber wir können noch nicht gleich heiraten, du bist noch zu jung. Erst mit neunzehn Jahren bist du erwachsen, und wir müssen ohnehin das eine ›Jahr der Bewährung‹ hinter uns bringen.«

»Was ist denn das?«, fragte sie überrascht.

Er lehnte sich an einen Stein und zog sie zu sich herüber.

»Wir leben einige Monde zusammen, dann müssen wir uns für einige Zeit trennen, und wenn wir dann noch immer heiraten wollen, dann können wir das tun.«

Rijana zog die Augenbrauen zusammen. »Das mit dem Trennen gefällt mir nicht.«

Er lächelte und drückte ihr einen Kuss auf die Stirn. »Es müssen mindestens zwei Monde sein, oder auch mehr, das kann jeder selbst entscheiden.«

Seufzend lehnte sie ihren Kopf an seine Schulter. »Na gut, von mir aus.« Dann grinste sie jedoch. »Aber die Gesetze der Arrowann sind trotzdem besser als die der anderen Völker. Dort hätte ich mindestens warten müssen, bis ich zwanzig bin.«

Ariac lächelte zufrieden und gab ihr einen Kuss. »Dann können wir aber froh sein, dass wir in der Steppe sind.«

»Ich bin glücklich«, sagte sie seufzend. »Ich wünschte, wir könnten immer hierbleiben.«

Ariac nickte, das wünschte er sich ebenfalls, aber er wollte jetzt nicht über traurige oder beunruhigende Dinge nachdenken.

»Jetzt habe ich einen Bärenhunger«, sagte er bestimmt und verzog anschließend das Gesicht. »Vorhin hatte ich einen dicken Kloß im Hals.«

Rijana lachte leise, und sie machten sich über ihren Proviant her, während die Pferde ganz in der Nähe grasten und leiser Wind durch das Steppengras strich.

Es war ein wunderschöner, friedlicher Tag in dem kleinen Tal. Ariac und Rijana lagen Arm in Arm in der Sonne und beobachteten die Wolken, die am Himmel vorbeizogen.

Als die Schatten länger wurden, sagte Ariac seufzend: »Wir müssen wohl langsam zurückreiten.«

»Schade«, sagte Rijana, »ich wäre gerne hiergeblieben.«

»Wirklich?«, fragte er überrascht.

Sie nickte und sah ihm tief in die Augen.

»Wir könnten schon …«, begann er unsicher, »ich meine, wenn du allein mit mir hierbleiben willst?«

Rijana grinste. »Ich war den ganzen Weg von Balmacann her mit dir allein.«

»Das war etwas anderes«, erwiderte er ernst.

Rijana hob nun frech die Augenbrauen. »Wirklich?«

Er schluckte. »Rijana, ich werde nichts tun, was du nicht willst. Und ich weiß nicht, was dir in Grintal oder auf Camasann beigebracht wurde ...«

Sie unterbrach ihn und legte ihm einen schlanken Finger auf die Lippen. »Ich bin jetzt eine Arrowann. Es ist gleichgültig, was mir früher beigebracht wurde. Erzähle mir, wie es bei euch Sitte ist.«

Zu seinem Ärger wurde Ariac ein wenig rot, was man in der einsetzenden Dämmerung aber zum Glück nicht sah.

»Na ja, wenn man sich entschieden hat, das Jahr der Bewährung zu beginnen, dann, ähm, na ja, also, es ist uns erlaubt, wie Mann und Frau zu leben.« Er blickte sie erschrocken an. »Aber wir können auch warten, bis wir verheiratet sind, wenn dir das lieber ist.«

Sie blickte ihn kurz an und schüttelte dann den Kopf. »Nein, das ist es mir nicht.«

Sie umarmte ihn fest. »Wir gehören doch zusammen.«

Ein leiser, milder Wind strich durch das Gras, und dies war eine der friedlichsten Nächte, welche die Länder in den letzten Jahren gesehen hatten.

Als der Morgen dämmerte, streichelte Ariac Rijana vorsichtig über das Gesicht. Sie drehte sich um und lächelte ihn glücklich an.

»Siehst du«, sagte er lächelnd. »Ich habe immer gesagt, dein Haar hat die Farbe vom Steppengras im Herbst.«

Rijana runzelte die Stirn und blickte von ihren Haaren auf das hellbraune Gras, das im leisen Wind wogte.

»Hmm, aber ich hätte lieber Haare wie deine Schwester.«

Ariac schüttelte missbilligend den Kopf und zwickte sie in die Nase. »Du bist wunderschön, und zwar genau so, wie du bist. Und lass dir nie wieder von irgendjemandem etwas anderes einreden.«

Sie seufzte und setzte sich vorsichtig auf. Das Morgenlicht tauchte die Steppe in ein magisches Licht. Ein einsamer Adler zog über den nördlichen Bergen majestätisch seine Kreise.

»Bist du durstig?«, fragte Ariac.

Rijana nickte. Ariac zog sich seine Hose an und lief zu der Quelle, wo er die Wasserbeutel auffüllte. Als er zurückkam, musterte Rijana Ariacs Wunden. Sie strich über die Narben, die seinen Rücken und zum Teil auch seine Brust überzogen. Sie blickte ihn erschrocken an.

Seine Augen wurden wieder hart und kalt, er zog rasch sein Hemd an.

Rijana nahm seine Hand. »Kommen die Narben von Kämpfen?«

Ariac blickte zu Boden und schüttelte den Kopf. »Ich möchte nicht darüber reden.«

Sie gab ihm einen Kuss. »Ich liebe dich, und zwar mit jeder einzelnen Narbe.«

Er lächelte unsicher und sagte schließlich: »Ich hole ein paar Beeren.«

Damit sprang er auf und lief auf die ersten Hügel zu. Rijana blickte ihm nachdenklich hinterher. Sie wusste noch immer nicht alles über Ariacs Vergangenheit, aber sie wusste, dass sie für immer zusammengehörten. Vielleicht konnte sie ihm ja helfen, die Zeit bei König Scurr allmählich zu vergessen.

Ariac kehrte mit einigen süßen roten Früchten zurück, und als die Sonne ihren höchsten Punkt überschritten hatte, ritten sie zurück zum Lager.

»Meine Eltern werden sich freuen«, sagte Ariac lächelnd.

»Bist du sicher?«, fragte Rijana, der nun ein wenig mulmig wurde.

Ariac nickte. »Natürlich, du bist jetzt eine von uns.« Er hob die Augenbrauen. »Und niemand würde es wagen, Wargas Wort anzuzweifeln.«

Rijana grinste. »Weißt du eigentlich, dass Leá mir die Tätowierungen gemacht hat?«

Ariac schüttelte überrascht den Kopf. »Nein, aber ich habe niemals feinere und schönere Zeichnungen gesehen.« Er lächelte sie an. »Sie passen zu dir.«

Rijana lächelte glücklich zurück, und als die beiden Hand in Hand durch das Lager liefen, waren beinahe keine Worte mehr nötig. Leá kam ihnen mit dem allerbreitesten Lächeln entgegen, das man jemals bei ihr gesehen hatte. Sie umarmte die beiden glücklich, und anschließend erzählten sie Ariacs überraschter Familie, dass Rijana eine Arrowann geworden war. Auch Warga gesellte sich zu ihnen und erzählte von dem uralten Gesetz, das kaum noch einer kannte. Nach einem Augenblick der Überraschung umarmten Thyra und Rudgarr Rijana und Ariac freudig.

»Du meine Güte, Ariac«, sagte Thyra, »und ich habe mir schon Gedanken um dich gemacht.«

Auch Rudgarr freute sich für seinen Sohn und verkündete lauthals: »Na, das sind doch gleich zwei gute Gründe, um ein Fest abzuhalten.«

»Aber wir müssen unbedingt Lynn und ihrer Familie Bescheid geben«, wandte Leá ein, »sonst ist sie beleidigt.«

»Ich hole sie«, schrie Ruric und wollte schon davonlaufen.

Sein Vater hielt ihn jedoch fest. »Aber nicht allein, junger Mann.«

Ruric schob seine Unterlippe vor. »Ich habe schon beinahe meine ersten Tätowierungen.«

»Aber eben nur beinahe«, erwiderte Rudgarr. »Fodrac wird dich begleiten.«

Ariacs zwei Jahre älterer Cousin, der bereits eine Frau aus einem anderen Clan geheiratet hatte, nickte zustimmend.

»Es wird mir eine Ehre sein.« Er klopfte Ariac auf die Schulter. »Ich freue mich für dich.«

Also blieben den Arrowann noch einige Tage, um das Fest vorzubereiten. Es wurde gejagt, frischer Wein hergestellt, und Fische aus dem kleinen Fluss wurden geräuchert. Einige Tage lang fegten wieder Stürme über die Steppe, und es regnete immer wieder heftig. Eines Nachts bebte dann auch wieder die Erde, und Rijana, die nun ein Zelt mit Ariac teilte, drückte sich erschrocken an ihn. Er versuchte sie zu beruhigen, aber auch er machte sich Gedanken. Er wurde den Eindruck nicht los, dass dieser unbeschwerte Sommer nur ein kurzes Luftholen gewesen war.

Aber dann beruhigte sich das Wetter wieder. An einem kühlen, aber sonnigen Spätsommertag trafen Lynn, ihre beiden Kinder und ihr Mann Narinn ein.

Lynn sprang sofort von ihrem Pferd und umarmte zuerst ihren Bruder und dann Rijana auf ihre typische stürmische Art.

»Ich habe es gar nicht glauben können«, rief sie und strahlte die beiden an. »Ich freue mich für euch.«

Anschließend musste Rijana ihr sofort ihre Tätowierungen zeigen, und Lynn war begeistert. Das war eine wirklich gute Arbeit.

Am Abend strahlten viele Lagerfeuer in den Nachthimmel. Es wurde gegessen, getrunken, und Geschichten wurden erzählt. Das junge Paar bekam von allen Geschenke, meist Decken oder Felle. Rijana erhielt dazu noch eine Lederhose und ein leinenes Hemd nach der Art der Arrowann, außerdem ein Kleid aus hellem Rehleder.

»Falls du dich irgendwann einmal entschließen solltest, keine Kriegerin mehr zu sein«, sagte Lynn mit einem Augenzwinkern.

Rijanas Blick fiel auf ihren leicht gewölbten Bauch, der ihr vorher noch gar nicht aufgefallen war. Lynn grinste.

»Ja, ich bekomme wohl bald mein drittes Kind.«

»Was hat Ariac damals gesagt?«, fragte Leá fröhlich. »Die Steppe verträgt keine weiteren Lynns.«

Lynn streckte ihrer Schwester die Zunge heraus, und Narinn nahm seine Frau seufzend in den Arm. »Ja, ich hoffe, das nächste Kind wird etwas ruhiger. Celdea und der kleine Krommos sind ziemliche Rabauken.«

Sein Blick fiel auf die beiden Kleinen, die gerade versuchten, einem älteren Jungen seinen Hühnerschenkel wegzunehmen.

Lynn grinste nur zufrieden. »Sie wissen es eben, sich durchzusetzen.«

»Beim Wolfsclan ist es üblich, dass der älteste Sohn nach dem Großvater benannt wird«, erklärte Ariac zu Rijana gewandt.

Sie nickte lächelnd und beobachtete die beiden Kleinen. Vielleicht würden sie und Ariac eines Tages auch Kinder haben, aber jetzt war noch nicht die Zeit dazu, denn ihre Zukunft war einfach zu ungewiss. Warga hatte ihr deshalb einige Kräuter gegeben, die eine Schwangerschaft momentan verhinderten. Doch dann musste sie an Rudrinn und ihre anderen Freunde denken, die sie gern dabeigehabt hätte. Das machte sie traurig. Allerdings hätten sie dann nicht so friedlich beisammensitzen können, denn Falkann wäre wahrscheinlich vor Eifersucht geplatzt. Dann seufzte sie. Es war wohl gut so, wie es war.

Ariacs Vater kam später zu ihr und legte ihr einen Arm um die Schultern. »Ich freue mich, dass du nun zu uns gehörst.«

Sie lächelte glücklich. »Ich mich auch.«

Rudgarr zog plötzlich die Augenbrauen zusammen. »Was sagen denn deine Eltern dazu, wenn sie es erfahren? Ariac sagte, du stammst aus Northfort.«

Rijanas Miene erstarrte. »Ich habe sie seit über zehn Jahren nicht mehr gesehen. Sie haben mich nie sonderlich gemocht.«

Rudgarr schüttelte fassungslos den Kopf. »Das kann ich mir gar nicht vorstellen. Man muss dich doch einfach mögen.«

Rijana senkte den Blick. »Vielleicht werde ich sie eines Tages besuchen.«

Rudgarr nickte zufrieden und schenkte ihr ein Glas Wein ein. »Aber heute wird gefeiert. Das ist nicht die Zeit, um traurig zu sein.«

Und sie feierten bis in den frühen Morgen.

»Was haltet ihr davon, beim nächsten Herbstfest, dem Treffen aller Stämme, zu heiraten?«, schlug Rudgarr vor.

Rijana und Ariac blickten sich an und waren einverstanden. Auch wenn sie nicht wussten, was das nächste Jahr bringen würde, jetzt hatten sie etwas, auf das sie sich freuen konnten.

Als sie in ihrem Zelt waren und sich erschöpft auf die weichen Felle sinken ließen, holte Ariac etwas aus seiner Tasche heraus und gab es Rijana. Sie hielt einen kleinen, aus Knochen geschnitzten Anhänger in der Hand, der die gleichen verschlungenen Symbole darstellte, die neben Ariacs Schläfen abgebildet waren.

»Es ist wunderschön«, sagte sie.

»Damit du mich nicht vergisst, wenn wir uns die zwei Monde trennen müssen«, sagte er lächelnd.

Sie blickte ihn empört an. »Wie könnte ich dich jemals vergessen?«

Er grinste nur, dann holte Rijana etwas unter ihren Fellen hervor. Leá hatte ihr erzählt, dass es bei den Steppenleuten Tradition war, dass die Frau dem Mann ein Armband aus Lederstreifen herstellte, das mit Runen und Verzierungen versehen war. Also hatte Rijana ein Armband aus unterschiedlichen hellen und dunklen Lederstreifen angefertigt, das eingebeizte Muster als Verzierungen hatte.

»Ich liebe dich.« Ariac küsste sie zärtlich.

Der letzte Mond des Sommers brach an, und es wurde langsam kühler. Die Arrowann machten sich bereit, zum großen

Clantreffen zu reisen, das dieses Mal am östlichen Ufer des Myrensees stattfinden sollte.

Die Zelte wurden an diesem Tag eingepackt, das Hab und Gut auf die Pferde verstaut, als eine Gruppe von fünf Männern angaloppiert kam. Rudgarr rief sofort einige Krieger zusammen, die sich den anderen entgegenstellten. Es waren Männer vom Elch-Clan, ganz aus dem Norden, die meist in der Nähe der Berge blieben. Sie waren etwas hellhaariger als die anderen, und ihre Tätowierungen stellten größtenteils Tiere dar. Sie wirkten sehr aufgeregt und gestikulierten wild herum. Ariac, der gerade Nawárr und Lenya bepackt hatte, kam langsam näher. Die anderen Steppenmänner eilten allerdings bereits wieder davon.

Rudgarrs Gesicht war ernst, als er Ariac am Arm packte und ihn etwas abseits der anderen zog.

»Wir werden nicht zum Clantreffen gehen können. Wir müssen uns verstecken.«

»Wieso?«, fragte Ariac.

»Der Elch-Clan wurde beinahe vollständig ausgelöscht. König Scurrs Männer durchstreifen die Steppe. Ich weiß nicht warum, aber sie suchen dich.«

Ariac zuckte zusammen. Er hatte es schon lange befürchtet, aber jetzt wurde es traurige Gewissheit.

»Ich werde gehen«, sagte er und blickte zu Boden. »Ich bringe euch nur in Gefahr.«

Rudgarr schüttelte entschieden den Kopf. »Nein, Ariac, es macht keinen Unterschied, ob du bei uns bist oder nicht. Sie hatten es schon immer auf uns abgesehen.«

»Aber sie waren nie so gnadenlos. Ich muss gehen.« Ariac blickte seinen Vater traurig an. »Ich weiß es schon lange, ich habe es nur hinausgeschoben, weil ich zum ersten Mal seit langer Zeit wieder glücklich war.«

»Aber ...«, begann Rudgarr, doch er sprach nicht weiter. Er wusste, dass sein Sohn Recht hatte.

Ariac dachte kurz nach. »Ich muss den anderen beweisen, dass ich kein Verräter bin.«

»Aber wie willst du das schaffen?«

Ariacs Gesicht verschloss sich. Er wusste genau, was er zu tun hatte. In vielen schlaflosen Nächten war ein Plan in ihm gereift. Eigentlich hatte er bis zum Frühling warten wollen, aber jetzt wurde er gezwungen, ihn schon früher umzusetzen.

»Mach dir keine Sorgen, ich werde einen Weg finden«, antwortete er. Er konnte seinem Vater nicht die Wahrheit sagen.

Rudgarr sah nicht sehr überzeugt aus. Ariac packte seinen Vater an der Schulter. »Ich habe nur eine Bitte, kannst du Rijana hierbehalten und auf sie aufpassen? Ich möchte sie nicht in Gefahr bringen.« Er lächelte traurig. »Wir müssen uns ohnehin einige Zeit trennen, dann können wir das genauso gut jetzt tun. Ich hole sie wieder ab, sobald es mir möglich ist.«

»Natürlich«, versicherte Rudgarr. »Aber, Ariac, bitte sei vorsichtig, und tu nichts Unüberlegtes. Ihr könnt auch bei uns bleiben. Wir könnten uns weit in den Osten zurückziehen, in die zerklüfteten Täler, wo uns niemand findet.«

Ariac schüttelte den Kopf. »Es macht keinen Sinn, sich ein Leben lang zu verstecken. Ich werde mich auf der Handelsstraße sehen lassen, dann werden Scurrs Leute euch hoffentlich in Ruhe lassen.«

Rudgarr war entsetzt. »Das ist doch viel zu gefährlich! Du musst heimlich und unentdeckt reisen.«

Ariac schüttelte den Kopf. »Nein, sie müssen sehen, dass ich nicht mehr in der Steppe bin, später kann ich mich ja dann wieder verstecken. Vertraue mir, ich weiß genau, was ich tue. Und bitte«, er blickte seinen Vater ernst an, »sag Rijana nichts, sie soll sich keine Sorgen machen.«

Rudgarr seufzte und umarmte Ariac fest. »Sei vorsichtig, und komm bald zurück!«

Ariac nickte und machte sich daran, Nawárr wieder abzusatteln. Er wollte nur wenige Sachen mitnehmen, damit er rasch vorankam.

Rijana kam mit einem Lächeln auf den Lippen näher. Sie hatte von alledem nichts mitbekommen.

»Was tust du?«, fragte sie überrascht, als sie sah, dass Ariac die meisten Sachen wieder abgeladen hatte.

Ariac nahm sie in den Arm und blickte ihr dann ernst in die Augen.

»Ich habe einen Entschluss gefasst. Da wir uns ohnehin einige Zeit trennen müssen, sollten wir das am besten gleich tun.«

Rijana hielt erschrocken die Luft an. »Aber warum gerade jetzt?«

Er lächelte etwas gezwungen und sagte: »Jetzt ist so gut wie jeder andere Zeitpunkt.«

»Aber wir wollten doch gemeinsam zum Clantreffen«, sagte sie verwirrt. »Außerdem beginnt bald der Winter. Wo willst du denn hin?«

»Ich gehe in die Berge, vielleicht überwintere ich beim Elch-Clan.«

Rijanas Augen füllten sich mit Tränen. »Aber warum so lange? Du sagtest doch, dass zwei Monde genügen. Ariac, ich verstehe das nicht.«

Er nahm sie in den Arm und drückte sie an sich. »Bitte vertrau mir. Wenn wir es jetzt tun, dann haben wir es hinter uns.«

Sie blickte ihn verwirrt an, denn sie konnte einfach nicht verstehen, warum Ariac sie so überstürzt verlassen wollte.

Ariac nahm sie fest in den Arm und gab ihr anschließend einen Kuss.

»Ich liebe dich, alles wird gut. Ich komme bald wieder«, versprach er und schwang sich anschließend schnell auf sein Pferd.

Ohne sich noch von den anderen zu verabschieden, galoppierte er davon.

Rijana stand allein, verlassen und fassungslos im kalten Herbstwind und blickte ihm hinterher. Sie zuckte zusammen, als sich eine Hand auf ihre Schulter legte. Ariac war schon lange am Horizont verschwunden.

»Was ist mit dir?«, fragte Leá lachend. Ihr Lächeln verschwand, als sie sah, dass Rijana geweint hatte. »Was hast du denn?«

Rijana biss sich auf die Lippe und sagte anschließend mit zittriger Stimme: »Ariac ist einfach fortgeritten, und ich weiß gar nicht warum.«

Leá blickte sie verwirrt an und nahm sie anschließend in den Arm. Rijana weinte leise an ihrer Schulter. Auch Leá verstand das Ganze nicht. Sie hatte ebenfalls nichts vom Besuch des Elch-Clans mitbekommen.

»Was hat er gesagt?«, fragte sie ernst und zwang Rijana, sie anzusehen.

Die wischte sich über die Augen und erzählte von Ariacs Abschied. Leá hörte kopfschüttelnd zu.

»Das ist merkwürdig. Warte hier, ich werde meine Eltern fragen«, sagte sie am Schluss.

Rijana sank traurig zu Boden. Leá rannte zu ihren Eltern, die noch ihre Sachen zusammenpackten.

»Warum ist Ariac so plötzlich fortgegangen?«, fragte sie atemlos.

Thyra schaute überrascht auf. »Er ist fortgegangen?«

Rudgarr senkte den Blick, dann nahm er seine Frau schuldbewusst an der Hand. »Ich wollte es dir erst später sagen.«

»Was ist los?«, fragte Thyra mit vor Zorn bebender Stimme.

Rudgarr seufzte und erzählte nun von der Warnung des Elch-Clans. »Aber ich musste Ariac versprechen, dass ich Rijana nichts sage. Er will sie nicht in Gefahr bringen.«

»Du meine Güte, Vater«, rief Leá empört. »Die beiden gehören zusammen. Und nicht nur das, sie sind zwei der Sieben. Sie muss es erfahren.«

»Ich kann ihn verstehen«, sagte Rudgarr ernst, »ich hätte es auch so gemacht.«

»Männer!«, schimpfte Thyra und bedachte Rudgarr mit einem vernichtenden Blick.

»Du musst es ihr ja nicht sagen«, rief Leá und rannte davon.

»Warte«, rief Rudgarr ihr hinterher, aber Leá war schon fort.

»Ich weiß, was los ist!«, rief Leá schon von weitem, und Rijana sprang auf. »Los, nimm Lenya alles ab, was du nicht unbedingt brauchst. Ich sattle mir rasch ein Pferd und erzähle dir alles unterwegs.«

Rijana tat, wie Leá gesagt hatte. Die beiden brauchten nicht lange, und schon galoppierten sie vom Lager fort in Richtung Westen. Unterwegs berichtete Leá von dem Gespräch mit ihren Eltern. Rijana wurde immer blasser.

»Warum hat er mir nur nichts gesagt?«, fragte sie verstört.

Leá zuckte die Achseln. »Er wollte dich beschützen, aber ich bin mir sicher, dass ihr lieber zusammenbleiben solltet.«

Rijana nickte nachdrücklich, das fand sie ebenfalls.

»Ich helfe dir, ihn zu finden, dann gehe ich zurück«, sagte Leá ernst.

»Danke«, sagte Rijana erleichtert. Allein hätte sie sich kaum in der Steppe zurechtgefunden.

Auch Leá wusste nicht genau, wo Ariac hingeritten war. Rijana hatte ihr zwar die ungefähre Richtung beschrieben, aber es dauerte lange, bis sie seine Spur fanden. Ariac legte scheinbar ein rasches Tempo vor. Die beiden galoppierten die ganze Nacht durch, sahen aber noch immer nichts von ihm, als der Morgen graute. Leá war sich ziemlich sicher, dass er in

Richtung Northfort oder Gronsdale ritt, um Scurrs Soldaten von der Steppe wegzulocken. Daher hielten die beiden Mädchen auf die Handelsstraße zu.

»Northfort oder Gronsdale?«, fragte Leá an diesem Abend, als die beiden ein kleines Feuer entzündet hatten. »Wo ist es wahrscheinlicher, dass er auf Soldaten trifft?«

Rijana überlegte. Sie war unsicher. »Wahrscheinlich Northfort«, antwortete sie schließlich. »Dort ist die Handelsstraße stärker bereist.«

Leá lächelte aufmunternd. »Wir finden ihn schon.«

Beinahe zehn Tage ritten die beiden in scharfem Tempo nach Süden, dann nach Westen. Immer wieder fanden sie eilig verwischte Spuren, die auf Ariac hindeuteten. Je näher sie der Handelsstraße und dem Buschland kamen, umso öfter mussten sie Soldaten ausweichen. Zum Glück war Leá in der Steppe aufgewachsen. Sie sah schon von weitem, wenn etwas ungewöhnlich aussah.

Schließlich lag die braune, staubige Straße vor ihnen. Viele Kutschen waren unterwegs, aber auch viele von König Scurrs berittenen Soldaten in roten Umhängen.

Rijana holte ihren Elfenumhang heraus und gab ihn Leá. »Nimm du ihn, du fällst mehr auf.«

Leá zögerte. »Wir fallen ohnehin beide auf. Normalerweise reisen Frauen doch nicht ohne männliche Begleitung.«

Rijana war sich nicht sicher, was sie tun sollten.

Schließlich entschlossen sie sich, ihre Pferde im nahegelegenen Buschland zurückzulassen und zu Fuß auf die Handelsstraße zuzulaufen. Rijana hielt einen der fahrenden Händler an, der Felle geladen hatte.

»Was tut ihr beiden Mädchen denn hier so allein?«, fragte er besorgt. »Das ist doch gefährlich.«

»Wir wohnen in der Nähe auf einem der Höfe«, log Rijana, und der Händler schien ihr das zu glauben.

»Dann beeilt euch, nach Hause zu kommen. Die Soldaten von König Scurr und die Krieger aus Camasann sind überall. Viele von ihnen hatten seit langem keine Frau mehr«, sagte er mit missbilligendem Blick.

»Was tun sie denn hier?«, fragte Rijana vorsichtig, einen unschuldigen Blick aufgesetzt.

Der ältere Mann beugte sich nach vorn. »Das wisst ihr nicht?«, flüsterte er. »Die nördlichen Länder sind von König Scurr besetzt worden, und die Krieger von König Greedeon suchen nach einem entflohenen Mörder, einem Steppenkrieger.« Der Mann senkte die Stimme noch ein wenig mehr, sodass man ihn kaum noch verstehen konnte. »Es wird gemunkelt, dass auch König Scurr hinter ihm her ist. Der Steppenkrieger soll hier auf der Handelsstraße zehn von Scurrs Männern getötet haben, vor nicht einmal zwei Tagen.«

Rijana und Leá hielten die Luft an.

»Also, passt auf.« Er zog die Augenbrauen zusammen. »Wollt ihr mit mir mitfahren?«

Rijana, die ihn noch immer erschrocken anstarrte, schüttelte rasch den Kopf. »Nein, ich wollte mir nur Eure Felle ansehen. Unsere Eltern brauchen welche.« Ihr fiel nichts Besseres ein.

Der Händler blickte sie mitleidig an. »Aber, Mädchen, so viel Silber hast du doch sowieso nicht, wenn du hier an der Grenze wohnst.«

Rijana nickte gespielt traurig. Wenn der Mann wüsste, dass sie sehr viel mehr Schmuck, Gold und Edelsteine von König Greedeon bei sich trug, als er jemals gesehen hatte.

»Na los jetzt. Geht nach Hause«, sagte er ungeduldig und schlug seinem Kutschpferd die Leinen auf den Rücken.

»Ariac war also hier«, sagte Rijana mit ängstlicher Stimme, »aber wo ist er jetzt?«

Sie gingen langsam zu ihren Pferden zurück und waren so

in Gedanken, dass sie die drei Soldaten zu spät bemerkten, die sich von hinten genähert hatten.

»Stehen bleiben!«, schrie ein Mann mit kurzgeschorenen Haaren und rotem Umhang ungeduldig. Er war einer von Scurrs Blutroten Schatten.

Rijana und Leá fuhren herum. Sie hatten ihre Waffen bei den Pferden gelassen, da sie nicht auffallen wollten. Beide trugen nur einen kleinen Dolch bei sich.

Die drei Soldaten trabten mit arrogantem Blick näher und umkreisten die Mädchen. »Was tut ihr hier?«

»Wir sind auf dem Weg nach Hause«, sagte Rijana so fest wie möglich, während Leá den Blick gesenkt hielt.

»Aha«, sagte der Soldat und sprang von seinem Pferd. Er kam näher. Rijana legte ihre Hand an den Dolch.

»Du trägst komische Kleidung, so wie die Steppenhuren.«

Leá entfuhr ein empörtes Geräusch, sodass ein zweiter Soldat auf sie zukam und ihr die Kapuze vom Kopf riss. Sofort hatte er ein Messer an der Kehle, doch der andere Soldat hatte sich Rijana gepackt.

»Aha, die andere *ist* eine Steppenhure, auch wenn sie ihr Gesicht unter einem Umhang versteckt«, rief der Soldat, der Rijana festhielt, abfällig.

»Nimm diesen lächerlichen Dolch weg, sonst schneide ich deiner kleinen Freundin die Kehle durch.«

Leá blitzte ihn wütend an, aber senkte schließlich den Dolch, woraufhin ihr der Soldat, den sie bedroht hatte, eine schallende Ohrfeige verpasste, sodass ihre Lippe aufplatzte.

»Los, wir nehmen sie jeder einmal und bringen sie dann um«, schlug der dritte Soldat mit gierigem Blick vor. Die anderen grunzten zustimmend. In Rijanas und Leás Blicken flammte schon Panik auf, als der Soldat, der Rijana festgehalten hatte, plötzlich stöhnend nach vorn kippte. Derjenige, der Leá gegriffen hatte, wurde von hinten angesprungen. Sie hörten Ariac schreien: »Lauft weg!«

Aber die beiden Mädchen, die zunächst wie erstarrt stehen geblieben waren, gingen nun gemeinsam auf den dritten Soldaten los. Rijana packte sich ein Schwert, und während Leá versuchte, dem Mann ihren Dolch in den Rücken zu rammen, griff Rijana ihn von vorn an. Ariac kämpfte nur kurz mit seinem Gegner. Aber als dieser tot am Boden lag, hatten auch die beiden Mädchen den letzten Soldaten erledigt. Ariac packte die beiden mit wütendem Blick an den Armen und zerrte sie mit sich ins nahegelegene Buschland. Als sie ein Stück gegangen waren, schrie er sie an.

»Verdammt, was tut ihr beiden hier? Hätte ich mich nicht hier in den Büschen versteckt, wärt ihr jetzt tot!« Seine Stimme überschlug sich beinahe, und seine dunklen Augen funkelten so zornig, wie Rijana es noch nie gesehen hatte.

»Wir hätten das schon geschafft«, sagte Leá leichthin.

Ariac packte sie hart an den Schultern und schüttelte sie. »Das hättet ihr nicht! Das waren Scurrs Soldaten, verdammt. Ihr hattet nicht einmal ein Schwert oder einen Bogen dabei.« So zornig wie er auch war, man sah genau, dass er furchtbare Angst um die beiden gehabt hatte.

Leá schnaubte nur und rieb sich die Arme. »Du hättest dich ja nicht einfach aus dem Staub machen müssen.«

»Jetzt soll ich noch schuld sein?«, fragte er mit vor Zorn bebender Stimme.

»Ja«, erwiderte Leá gelassen.

Ariac schnaubte wütend und hieb mit seinem Schwert auf den nächstbesten Busch ein. »Ihr reitet auf der Stelle zurück!«

Rijana wehrte sich. »Nein, ich komme mit dir, wir gehören zusammen.«

Er stieß einen mühsam unterdrückten Schrei aus und atmete tief durch, um sich zu beruhigen.

»Ich muss allein gehen«, sagte er bestimmt. »Ich hole dich, wenn ich so weit bin.«

Aber sie schüttelte den Kopf. »Ich weiß nicht, was du bezweckst, aber wir gehören doch zusammen, und nicht nur, weil wir heiraten wollen.« Sie blickte ihn ernst an. »Wir sind zwei der Sieben, wir müssen zusammenbleiben!«

Ariac schloss kurz die Augen. »Bitte, für das, was ich vorhabe, muss ich allein sein.«

»Was hast du denn vor?«, fragte Leá.

Ariac zögerte, dann ließ er sich auf den Boden fallen, und die Mädchen taten es ihm gleich.

»Ich werde das Schwert von König Scurr holen und es deinen Freunden bringen, Rijana.«

Leá und Rijana blickten ihn ungläubig an.

»Du willst das letzte Schwert aus Ursann holen?«, fragte Rijana entsetzt. »Das kann doch nicht dein Ernst sein.«

Ariac nickte. »Es ist die einzige Möglichkeit, dass sie erkennen, dass ich kein Verräter bin.«

»Das kannst du nicht machen«, flüsterte Rijana. »Du kannst nicht dorthin zurück ...« Sie stockte, aber Leá hob beruhigend die Hand.

»Ich weiß davon.«

Rijana nickte erleichtert, dann nahm sie Ariacs Hand.

»Wenn es schon sein muss, dann helfe ich dir. Die anderen werden dir eher glauben, wenn ich bei dir bin.«

Ariac schüttelte den Kopf. »Nein, ich kenne mich in Ursann aus. Ich weiß, wie Scurr und Worran denken. Ich weiß, wo sie Wachen aufstellen und wie man sie umgeht. Allein bin ich besser dran.«

Rijana rang nach Worten. »Bis Catharga«, sagte sie ernst. »Ich begleite dich bis Catharga, dann warte ich auf dich, bis du mit dem Schwert zurück bist.«

Sie schloss kurz die Augen und hoffte, dass er darauf eingehen würde. Wenn sie erst in Catharga wären, würde sie eine Möglichkeit finden, ihn entweder zu begleiten oder von dieser verrückten Idee abzubringen.

Ariac zögerte. Er wusste, was sie im Sinn hatte.

Rijana kam ein weiterer Gedanke.

»Außerdem sind wir hier beinahe in Northfort. Ich habe dich zu deinen Eltern begleitet, und du musst jetzt mit zu meinen kommen.«

Ariac zögerte. »Aber dann bleibst du bei deinen Eltern, in Ordnung?«

Rijana nickte langsam. Zumindest hatte er sie jetzt nicht fortgeschickt. Leá erhob sich seufzend. »Gut, dann wäre das geklärt, und ich kann zurückreiten.«

Ariac umarmte seine Schwester. »Aber sei vorsichtig und sieh zu, dass du die Handelsstraße so schnell wie möglich wieder verlässt.«

Leá nickte und drückte auch Rijana noch ein letztes Mal.

»Passt gut aufeinander auf, und kommt zu uns, wenn ihr erfolgreich wart«, sagte sie ernst.

Die beiden folgten Leá zu dem Versteck, wo die beiden Pferde standen. Leá gab Rijana den Umhang zurück.

»Du wirst ihn besser gebrauchen können.«

Rijana kämpfte mit den Tränen. »Pass auf dich auf!«

Leá lächelte beruhigend und führte ihr Pferd durch die Büsche. Sie warf einen Blick auf die Ebene, aber alles schien ruhig zu sein. Anschließend galoppierte sie rasch nach Nordosten und war schon bald außer Sichtweite.

»Rijana, warum bist du nur nicht bei meiner Familie geblieben?«, fragte Ariac unglücklich, umarmte sie jedoch fest.

Die beiden zogen sich mit ihren Pferden noch weiter ins Buschland zurück. Momentan schien sie niemand zu verfolgen, aber sie trauten sich nicht, ein Feuer zu entzünden.

»Du hättest mir sagen müssen, was du vorhast«, sagte Rijana ernst, als es langsam dunkel wurde.

Ariac seufzte und wollte einen Arm um sie legen, doch Rijana wich aus und blickte ihn ein wenig beleidigt an.

»Ich wollte dich nicht in Gefahr bringen.«

Sie schnaubte und schlang die Arme um ihre Beine. »Du wärst einfach fortgeritten, und am Ende hätte Scurr dich umgebracht, und ich hätte nicht einmal gewusst, warum du nicht zurückkommst.«

Sie biss sich auf die Lippe, die zu zittern begann, denn sie musste an Warga und die Runen denken. ...*es wird zwei Männer in deinem Leben geben.*

Ariac nickte nachdenklich, dann nahm er vorsichtig ihre Hand.

»Du hast Recht, das war nicht richtig von mir. Verzeihst du mir?«

Rijana nickte vorsichtig und umarmte ihn anschließend fest. »Ich will nicht mehr ohne dich sein.«

Ariac lächelte und drückte sie an sich. Er hätte niemals gedacht, dass er jemandem noch einmal so vertrauen könnte wie Rijana. Er wollte auch nicht mehr ohne sie leben.

»Aber wir müssen vorsichtig sein«, sagte er ernst.

Rijana nickte. »Ich kenne mich aus in Northfort.« Sie war ein wenig aufgeregt. Was würden ihre Eltern sagen?

Ariac schien sich gerade die gleichen Gedanken zu machen. Er hatte die Stirn gerunzelt und sagte: »Deine Eltern werden nicht sehr erfreut sein, dass du einem vom Steppenvolk versprochen bist. Vielleicht sollte ich etwas außerhalb warten.«

»Nein, ich möchte, dass sie dich kennen lernen«, erwiderte Rijana entschieden.

Ariac blickte sie unsicher an, ihm war nicht ganz wohl bei der Sache.

Die Nacht war ereignislos vergangen, und am Morgen ritten die beiden in Richtung Westen. Irgendwo würden sie die Handelsstraße überqueren müssen, wenn sie nicht einen weiten Umweg nach Norden in Kauf nehmen wollten. Die

Büsche waren dicht und dornig. Man konnte hier nicht reiten, sonst zerkratzte man sich das Gesicht. Also führten Rijana und Ariac ihre Pferde den ganzen Tag lang, machten kurz Pause und aßen ein wenig von ihrem Proviant. Am Abend hatten sie den Rand des Buschlands erreicht, aber auf der Ebene, die sie überqueren mussten, lagerte eine ganze Gruppe von Soldaten in roten Umhängen.

Ariac fluchte leise.

»Du bringst sie aber nicht alle um«, flüsterte Rijana ängstlich und hielt ihn an seinem Umhang fest. Ariac deutete ein Grinsen an und schüttelte den Kopf. So verrückt war selbst er nicht. Sie führten die Pferde noch ein klein wenig nach Süden, aber es war hoffnungslos, Scurrs Soldaten würden sie sicher sehen.

»Wir müssen die Nacht hier verbringen«, seufzte Ariac, und Rijana nickte. Auf einer kleinen Lichtung legten sie ihre Decken auf den Boden. Die Pferde knabberten ohne große Begeisterung an einigen Büschen herum. Als es dunkel wurde, hörte man immer wieder unheilvolles Knacken. Lenya und Nawárr schnaubten ängstlich, aber man sah nichts. Ariac stand auf und packte sein Schwert fester. Auch Rijana, die eigentlich ziemlich müde gewesen war, stellte sich neben ihn.

»Was ist das? Sind das Soldaten?«, flüsterte sie.

Ariac starrte angestrengt ins Halbdunkel und schüttelte den Kopf. »Ich glaube kaum, dass sie ins Buschland eindringen, ohne dass sie einen Grund haben.«

Einige Zeit blieb es ruhig, aber plötzlich war die ganze Lichtung von unzähligen pelzigen, knurrenden Wesen umzingelt. Sie hatten Keulen in der Hand, die teilweise mit Stacheln besetzt waren, und kamen langsam näher. Die Pferde schnaubten nervös, und Nawárr stieg.

»Was ist das?«, flüsterte Rijana.

»Finstergnome«, knurrte Ariac. »Das glaube ich zumindest, ich habe noch nie welche gesehen.«

Die merkwürdigen Wesen kamen langsam näher. Sie gingen Ariac gerade einmal bis zur Hüfte, aber man sah in ihren Gesichtern kleine Reißzähne blitzen, und ihre Augen funkelten zornig. Den Finstergnomen stand das struppige, graubraune Fell wirr vom Körper und vom Kopf ab. Ein besonders großer Finstergnom stellte sich vor sie und drohte mit seiner Keule. Er knurrte etwas und gestikulierte wild herum. Die anderen taten es ihm gleich.

Zu Ariacs Entsetzen legte Rijana plötzlich ihr Schwert nieder und ging auf den größeren Finstergnom zu. Ariac konnte sie nicht mehr rechtzeitig zurückhalten. Sie kniete sich hin und sagte mit ihrer hellen Stimme: »Wir tun euch nichts, wir sind nur vor den Soldaten in den roten Umhängen geflüchtet. Spätestens morgen früh verschwinden wir wieder.«

Sie drehte sich um und sagte: »Ariac, leg dein Schwert nieder.«

»Nichts dergleichen werde ich tun«, knurrte er.

Der Finstergnom, der scheinbar der Anführer war, legte den Kopf schief und blickte Rijana eindringlich an. Es wirkte, als würde er überlegen.

Rijana hob ihre Arme, um erneut anzuzeigen, dass sie unbewaffnet war, und wiederholte noch einmal langsam, was sie gesagt hatte.

Der Finstergnom knurrte etwas nach hinten, und drei weitere Gnome kamen zu ihm. Sie schienen etwas zu besprechen, aber für menschliche Ohren war ihre Sprache nicht verständlich. Schließlich kam der Anführer auf Rijana zu. Ariac trat einen Schritt vor und drohte mit dem Schwert, woraufhin der Anführer wütend zischte.

»Nicht, lass ihn«, schimpfte Rijana.

Ariac trat vorsichtig einen Schritt zurück, behielt sein Schwert jedoch in der Hand. Der Finstergnom stellte sich in seiner ganzen Größe vor Rijana, knurrte etwas und begann dann, mit einem Stock etwas in die Erde zu zeichnen, bevor er zu den anderen Gnomen etwas grummelte und sie wie Schatten in die Büsche verschwanden.

Ariac stieß einen Stoßseufzer aus und kniete sich neben Rijana, die auf den Boden blickte. Dort waren ein Mond und etwas, das wie eine aufgehende Sonne aussah, eingeritzt.

Rijana lächelte zufrieden. »Sie geben uns bis morgen nach Sonnenaufgang Zeit zu verschwinden.«

Ariac blickte sie verwirrt an. »Seit wann sprichst du Finstergnomisch?«

Sie lachte leise auf und gab ihm einen Kuss. »Zauberer Tomis, einer der Lehrer auf Camasann, hat die Finstergnome studiert. Jeder fand seine Ausführungen furchtbar langweilig. Aber ich habe mir zumindest gemerkt, dass er gesagt hat, dass Finstergnome nur ihr Land verteidigen wollen. Wenn man nur hindurchreist, lassen sie einen in Ruhe. Und – sie können zwar die menschliche Sprache nicht aussprechen, aber die meisten Worte angeblich verstehen.«

Ariac blickte Rijana bewundernd an. »Ihr habt nützliche Dinge beigebracht bekommen.«

»Manchmal schon.«

Ariac blickte in die Büsche. »Ich weiß nicht sehr viel von den Finstergnomen, nur, dass man das Buschland meiden sollte.«

»Gut, bis morgen wird uns nichts geschehen, aber wir sollten bald aufbrechen«, sagte Rijana und setzte sich auf ihre Decke.

Ariac nickte und blickte weiter in die Dunkelheit. »Schlaf du zuerst, ich halte Wache.«

Kurz vor der Morgendämmerung schlugen sich die beiden weiter in Richtung Süden durch das Buschland. Man sah zwar nichts, aber sowohl Rijana als auch Ariac hatten das Gefühl, dass sie von vielen kleinen Augen beobachtet wurden.

Auch die beiden Pferde wirkten angespannt. Aber die Finstergnome schienen Wort zu halten, denn niemand griff an.

Im Wald überquerten Rijana und Ariac die Handelsstraße, die um diese frühe Zeit noch menschenleer war. Endlich hatten sie das Buschreich verlassen und trabten durch einen lichten Wald. Es war ziemlich gefährlich hier, denn die Handelsstraßen, die von Gronsdale und Errindale nach Northfort führten, kreuzten sich immer wieder. Aber Rijana und Ariac hatten Glück. Sie konnten den vielen Soldaten in roten Umhängen und auch einigen deutlich weniger häufig auftretenden Soldaten von König Greedeon aus dem Weg gehen.

Endlich hatten sie die unbewohnten und verwachsenen Wälder von Northfort erreicht, doch Rijana kam es nicht sehr bekannt vor. Alles hatte sich in den letzten zehn Jahren verändert, und sie war früher nie sehr weit aus Grintal fortgekommen. Das Einzige, was sie wusste, war, dass Grintal ziemlich weit im Süden abseits der Straßen an einem Fluss lag. Also ritten die beiden viele Tage lang weiter nach Süden. Glücklicherweise trafen sie auf keine weiteren Soldaten, die sich wohl auf den Norden beschränkt hatten, um Ariac zu suchen. Die Wälder waren jetzt meist licht, mit alten, knorrigen Bäumen. Es gab viele kleine Bäche, genügend Wild zu jagen, Beeren und jede Menge Pilze.

»Es ist schön hier«, sagte Ariac lächelnd, als sie durch den herbstlichen Wald trabten. Unter den Hufen der Pferde raschelte das Laub. »Ich mag zwar die Weite der Steppe, aber hier gibt es im Überfluss zu essen, und«, er grinste, »man braucht sich nicht ständig Gedanken um Holz für ein Lagerfeuer zu machen.«

Rijana nickte. Auch sie fühlte sich hier wohl, aber sie war in den letzten Tagen sehr nachdenklich geworden. Wie würden ihre Eltern nach der langen Zeit reagieren?

Ariac schien ihr anzusehen, dass sie sich Gedanken machte. Er lächelte ihr aufmunternd zu. »Sie werden sich sicherlich freuen, dich zu sehen. Und wie gesagt, ich muss ja nicht mit ins Dorf kommen.«

Rijana schluckte, sie war sich nicht so sicher bei ihren Eltern.

»Und ich habe dir schon gesagt, dass ich möchte, dass du mitkommst.« Rijana blieb stur. »Entweder sie nehmen mich mit dir zusammen, oder sie lassen es eben bleiben.«

Ariac ritt dichter zu ihr heran und nahm ihren Arm. »Du denkst aber daran, dass du bei ihnen bleiben wirst.«

Daraufhin murmelte Rijana nur leise: »Wenn sie mich überhaupt noch bei sich haben wollen.«

»Natürlich wollen sie das«, sagte Ariac mit einem aufmunternden Lächeln. »Wer würde denn eine so hübsche Tochter gehen lassen.«

Rijana war sich da nicht so sicher und blickte stumm auf den Waldboden.

An diesem Abend erreichten die beiden im letzten Licht das Ende des Waldes. Sie blickten auf eine grasbewachsene Ebene. Nicht weit in der Ferne konnte man den langen Meeresarm sehen – sie waren zu weit nach Süden geritten.

Rijana runzelte die Stirn und fluchte. »Mist, wir müssen weiter nach Westen und dann wieder etwas nach Norden.«

Ariac nickte beruhigend. »Das macht nichts. Auf ein oder zwei Tage kommt es nicht an.« Allerdings machte er sich insgeheim Gedanken, denn er würde Ursann wohl kaum vor dem Winter erreichen. Vielleicht sollte er den Winter doch noch irgendwo mit Rijana verbringen und erst im Frühjahr aufbrechen. Die beiden zogen sich wieder weiter in den Wald zurück, ritten bis zum Einbruch der Dunkelheit nach Westen und ließen sich auf einer mit Moos bewachsenen Lichtung für die Nacht nieder. Rijana und Ariac sammelten Holz und entzündeten ein Feuer, auf dem sie in einem kleinen Topf Pilze kochten, die Rijana während des Tages gesammelt hatte.

»Ich hoffe, du kennst dich damit aus«, sagte Ariac zweifelnd, als sie mehrere Pilze und Kräuter ins Wasser warf.

»Ich habe mir gedacht, dass du sie zuerst versuchst, und wenn du bis zum Aufgang des Mondes noch lebst, dann kann ich sie beruhigt auch selbst essen«, erwiderte Rijana mit einem frechen Grinsen.

Ariac schnaubte empört, stürzte sich plötzlich auf sie und drückte sie auf den weichen Waldboden.

»Geht man so mit seinem zukünftigen Ehemann um?«

Rijana lachte leise und versuchte wieder aufzustehen, aber Ariac hielt ihre Arme fest.

»Ich fordere sofortige Wiedergutmachung.«

»Und, was hast du dir da vorgestellt?«, fragte sie herausfordernd.

Ariac tat so, als würde er nachdenken. Dann gab er ihr einen langen und sehr leidenschaftlichen Kuss. Rijana erwiderte diesen und sagte, als sie wieder Luft hatte: »Keine schlechte Idee. Ich sollte es wohl noch ein wenig ausnutzen, bis du die Pilze gegessen hast.«

Leise lachend schüttelte Ariac den Kopf und küsste sie. Da es schon ziemlich kühl wurde, legte er die Decke über sie beide. Als sie schließlich Arm in Arm in der Stille des Waldes lagen, waren die Pilze schon lange zerkocht.

»Ich habe Hunger«, sagte Ariac und streichelte Rijana über ihr Gesicht. Sie drehte sich zu ihm und erwiderte grinsend: »Jetzt brauchst du die Pilze nicht mehr essen.«

Ariac nickte und sagte mit gerunzelter Stirn: »Das hat mir vielleicht das Leben gerettet.«

Rijana kuschelte sich näher an ihn. »Dann könntest du dir öfters das Leben retten. Aber ich kann dich beruhigen, ich kenne mich wirklich mit Pilzen aus.«

»So?«, fragte er amüsiert.

»Ja, ich habe es schon als kleines Mädchen von meiner Großmutter gelernt.« Ihr Blick wurde traurig. »Sie war die

Einzige in meiner Familie, die mich gemocht hat. Aber sie ist gestorben, als ich sieben war.«

Ariac zog sie dichter an sich heran. »Was auch immer deine Eltern damals gegen dich hatten«, sagte er ernst, »jetzt werden sie dich mögen.« Er gab ihr einen Kuss auf die Wange und sagte: »Dich kann man schließlich nur lieben.«

Sie lächelte zögernd und biss sich auf die Lippe.

Ariac, der das sah, fügte noch hinzu: »Und für den Fall, dass sie dich wirklich nicht bei sich behalten wollen, was ich nicht glaube, dann verbringen wir den Winter gemeinsam irgendwo anders.«

Rijana hob den Kopf und sah ihn erleichtert an. »Danke, ich dachte schon, du lässt mich einfach irgendwo zurück.«

Ariac schnaubte empört. »Was hältst du denn von mir?«

Sie grinste, jetzt schon etwas fröhlicher. »Schließlich bist du ein unberechenbarer Wilder!«

Er schüttelte lachend den Kopf und biss ihr vorsichtig in den Hals, woraufhin sie leise aufschrie. »So wie du«, knurrte er.

Rijana fuhr sich über die Linien auf ihrem Arm. Jetzt war alles vollkommen verheilt, und man sah die kunstvollen Linien und Zeichnungen genau.

Schließlich erhob sich Ariac, schüttete mit einem gespielt vorwurfsvollen Blick auf Rijana die Pilze fort und holte Brot und Käse aus dem Proviantsack. Die beiden aßen eine Weile schweigend und lauschten den nächtlichen Geräuschen von Tieren auf der Jagd. Die Pferde grasten friedlich in der Nähe. Sollte sich Gefahr nähern, würden die sie warnen. Eine Eule flog dicht über ihre Köpfe hinweg, und ein Käuzchen schrie unheimlich in der Nähe.

»Hoffentlich ist Leá gut zurückgekommen«, sagte Rijana unvermittelt.

»Sie kennt sich gut aus, ihr ist sicher nichts geschehen«, erwiderte Ariac beruhigend.

»Ich mag sie sehr«, meinte Rijana seufzend und lehnte ihren Kopf an Ariacs Schulter. »Hoffentlich können wir bald in die Steppe zurückkehren.«

»Das hoffe ich auch«, antwortete Ariac, obwohl er nicht glaubte, dass das so schnell geschehen würde.

Drei Tage lang ritten die beiden weiter nach Westen und anschließend nach Norden. Rijana wurde zunehmend nervös, doch dann glaubte sie, den Fluss zu erkennen, an dem sie als Kind immer gespielt hatte. Sie folgten dem gewundenen kleinen Strom wieder ein wenig nach Süden, und dann, an einem diesigen, kühlen Tag, erblickten sie eine kleine Ansammlung von Hütten. In einem Pferch waren einige Schafe eingesperrt. Ein paar Bauern ernteten auf steinigen Äckern Kartoffeln, und Frauen wuschen ihre Wäsche im Fluss. Rijana parierte Lenya hart durch, sodass die Stute schnaubend stehen blieb.

»Ist das Grintal?«, fragte Ariac leise.

Rijana nickte und fuhr sich nervös mit der Zunge über die Lippen.

»Sollen wir hinreiten?«, fragte Ariac und blickte sich um. Soldaten schienen nicht in der Nähe zu sein, das Dorf war ohnehin sehr einsam und weitab von der Handelsstraße gelegen.

»Ja«, sagte Rijana heiser.

Ariac zog sich die Kapuze über den Kopf. »Aber ich warte besser ein wenig abseits, denn ich will deine Eltern nicht erschrecken.«

Rijana nickte. Sie war viel zu nervös, um jetzt noch zu widersprechen. Sie fuhr sich durch die Haare, warf sie nach hinten über die Schultern und zog sich ebenfalls die Kapuze über den Kopf. Dann ritt sie langsam auf das Dorf mit den ärmlichen Hütten zu. Als eine magere Frau am Fluss sie erblickte, rannte sie schreiend zu den Hütten. Sofort bildete sich eine kleine Gruppe, die den Ankömmlingen mit einer Mischung aus Angst und Misstrauen entgegenblickte. Ariac hielt seinen Hengst bereits bei dem Schafspferch an. Rijana hingegen ritt weiter. Sie erkannte ihre Eltern erst auf den zweiten Blick. Cadah und Hamaron waren alt geworden. Ihre Haare waren komplett weiß, und ihre faltigen Gesichter wirkten noch verhärmter und verbitterter, als Rijana sie in Erinnerung hatte.

»Was wollt Ihr?«, fragte Hamaron und blickte auf Ariac und Rijana. »Wir haben pünktlich unsere Abgaben gezahlt.«

»Sie tragen keine roten Umhänge«, flüsterte ein anderer greiser Bauer. Rijana konnte sich nicht mehr an seinen Namen erinnern.

Vorsichtig zog sich Rijana die Kapuze vom Kopf. Die Männer und Frauen stießen einen überraschten Laut aus.

»Eine junge Frau?«, fragte eine Bäuerin überrascht.

Rijana war nervös. Sie blickte Hamaron und Cadah nacheinander an, und diese musterten sie ebenfalls genau.

»Ich bin's, Rijana«, sagte sie kaum hörbar.

Durch ihre Eltern ging ein Zucken. Sie starrten sie mit offenen Mündern an.

»Rijana?«, fragte Hamaron, so als würde er ihren Namen zum ersten Mal hören. »Was tust du hier?«

»Ich wollte … ich wollte … euch besuchen«, antwortete sie unsicher.

»Du warst eine Ewigkeit nicht hier«, sagte Cadah, und ihre Stirn verzog sich in viele kleine Falten.

Die Dorfbewohner zerstreuten sich langsam. Die meisten eilten davon, um ihrer Familie zu sagen, dass die Tochter von Cadah und Hamaron zurückgekehrt war, sogar in guten Kleidern und mit einem edlen Pferd.

»Du scheinst in Wohlstand gelebt zu haben«, stellte Hamaron fest, und seine Stimme und sein Gesichtsausdruck wirkten dabei ein wenig missbilligend. »Du trägst teure Kleider und hast ein gutes Pferd.« Er blickte zu ihr auf. »Hast du wenigstens etwas Gold mitgebracht?«

Rijana schossen Tränen in die Augen, die sie nur mühsam wieder hinunterschlucken konnte. Sie war so fassungslos, dass sie nicht einmal einen Ton herausbrachte. Ariac kam langsam näher geritten. Er sah Rijanas unglückliches Gesicht.

»Was erwartest du?«, fragte ihr Vater weiter. »Wir hatten die letzten Jahre schlechte Ernten. Deine älteste Schwester ist an einem Fieber gestorben, jetzt haben wir ihre Bälger am Hals.« Er deutete auf einige kleine rotznasige Kinder, die im Dreck spielten. »Ihr Mann treibt sich lieber in den Tavernen rum, als bei uns zu arbeiten.« Hamaron spuckte angewidert auf den Boden. »Sie haben dich zurückgeschickt, weil sie dich nicht mehr auf der Insel haben wollten, nicht wahr?«

Rijana schüttelte mechanisch den Kopf und konnte noch immer nichts sagen.

Hamaron seufzte. »Was willst du dann? Und wer ist der Kerl da hinten?« Er deutete auf Ariac. »Ist er etwa einer dieser Krieger von der Insel?«

Rijana schluckte den dicken Kloß in ihrem Hals herunter und richtete sich stolz auf. »Nein, er ist mein Verlobter.«

Cadah entfuhr ein leiser Schrei, und Hamaron fluchte: »Verdammt, dann ist er hier, weil er eine Mitgift will. Es ist ein Kreuz, fünf Töchter zu haben.«

Ariac ritt näher an Rijanas Vater heran und sagte ruhig und gelassen unter seiner Kapuze hervor: »Nein, ich will keine Mitgift. Rijana ist der größte Schatz, den ein Mensch überhaupt bekommen kann.«

Hamaron schnaubte abfällig und versuchte, Ariacs Gesicht zu erkennen.

»Bei meinem Volk ist es ein Segen, wenn man viele Töchter hat. Sie sind der Stolz eines jeden Vaters«, fügte Ariac mit kalter Stimme hinzu.

»Was im Namen der Götter soll das für ein Volk sein?«,

fragte Hamaron abfällig. »Und warum zeigst du dein Gesicht nicht? Hast du etwas zu verbergen?«

Ariac warf Rijana einen Blick zu, die kaum merklich nickte. Als Ariac seine Kapuze zurückschlug, wichen alle, die noch in der Nähe gestanden hatten, ein paar Schritte zurück. Zwei von Rijanas Schwestern, die jetzt aus den anderen Hütten kamen, blieben wie gelähmt stehen.

»Einer vom Steppenvolk?«, fragte Cadah entsetzt, und Hamaron polterte los.

»Verdammt noch mal, ausgerechnet ein Wilder. Du bist eine verfluchte kleine Hure geworden!«

In Rijana kochte die Wut hoch. »Ich bin keine Hure!«

»Was denn sonst?«, kreischte Cadah. »Seht nur, eure Schwester ist eine Steppenhure.« Rijanas Schwestern schüttelten fassungslos die Köpfe.

Rijana betrachtete die beiden älteren Schwestern. Früher waren sie ihr so unglaublich schön vorgekommen, aber jetzt sah sie die beiden etwas anders. Legene hatte eine ziemlich krumme und breite Nase, Feligrah einen verbissenen, schmalen Mund und kleine Schweinsaugen. Außerdem wirkten die strohblonden Haare der beiden dünn und fettig.

»Ich verbiete dir, diesen Kerl zu heiraten«, schrie Hamaron plötzlich. »Du bist doch gerade erst – äh, na ja, siebzehn oder so. Du darfst ihn nicht heiraten.«

Cadah nickte nachdrücklich, und Hamaron kam mit drohenden Gebärden auf Ariac zu. Der ließ seinen Hengst nur ein paar Schritte vortreten. Nawárr spürte den Zorn seines Herrn und legte die Ohren an. Er bleckte die Zähne und stampfte drohend, als Hamaron näher kam.

»Er ist ein Barbar. Du wirst hierbleiben, und ich suche dir einen anständigen Mann«, befahl Hamaron, wich jedoch wieder zurück. Er hatte Angst vor dem großen Pferd. »Du bist ja zumindest recht ansehnlich geworden, das muss man dir lassen.«

Rijana blickte ihre Familie noch ein einziges Mal an, dann sagte sie mit leiser Stimme: »Ihr habt mir gar nichts zu befehlen. Ich gehöre nicht mehr zu euch, denn jetzt bin ich eine Arrowann.« Sie warf den beiden einen kalten Blick zu und sagte: »Und nur damit ihr es wisst, seit dem letzten Frühjahr bin ich achtzehn Jahre alt.« Rijana wendete ihr Pferd und fasste in den Beutel, den sie aus Balmacann mitgebracht hatte. Ohne sich noch einmal umzudrehen, warf sie ihren Eltern einen Großteil des Schmucks und des Goldes vor die Füße, dann ließ sie Lenya aus dem Stand angaloppieren und schoss davon. Rijana hörte ihren Vater noch etwas schreien, aber sie achtete nicht darauf. Sie hatte ihr altes Leben hinter sich gelassen und wusste, dass sie niemals nach Grintal zurückkehren würde. Ariac folgte ihr, konnte sie jedoch kaum noch einholen. Rijana galoppierte halsbrecherisch über die schmalen Waldpfade.

Eine lange Zeit ritt sie durch die Wälder, immer nach Norden, ohne eigentlich zu wissen, wohin sie wollte. Ariac folgte ihr. Er war selbst fassungslos über das Verhalten von Rijanas Eltern. Irgendwann überquerten sie die Handelsstraße und erschreckten ein altes Weib mit Reisig auf dem Rücken beinahe zu Tode, als sie hinter ihr ins Gebüsch sprengten. Als es langsam dunkel wurde, parierte Rijana endlich ihr schwitzendes und schnaubendes Pferd durch. Sie ritt noch eine Weile mit starrer Miene durch den Wald und hielt endlich an einem kleinen See an. Ariac konnte in der Dämmerung ihr Gesicht kaum sehen. Sie sattelte Lenya stumm ab. Die Stute trank gierig aus dem See. Anschließend begann sie zu grasen. Rijana lehnte sich an den Stamm einer dicken Eiche und schlang sich die Arme um die Knie. Noch immer war ihr Gesicht unbewegt. Ariac setzte sich neben sie und reichte ihr einen Apfel aus dem Proviantsack. Sie schüttelte stumm den Kopf.

Ariac legte einen Arm um sie, und plötzlich begannen ihre

Schultern zu zucken. Sie versteckte das Gesicht in den Armen. Leise weinte sie eine Zeit lang vor sich hin.

»Sie haben nicht einmal gefragt, wie es mir in den letzten Jahren ergangen ist«, schluchzte sie irgendwann.

Ariac nickte und nahm sie fest in den Arm. Er streichelte ihr über den Kopf. »Ich konnte es mir nicht vorstellen, aber jetzt habe ich mit eigenen Augen gesehen, wie kalt und herzlos sie sind.«

Rijana nickte traurig und legte ihren Kopf an seine Schulter. »Warum tun sie das? Warum haben sie sich nicht einmal ein kleines bisschen gefreut, mich zu sehen?«

Er wischte ihr die Tränen aus dem Gesicht. »Ich sage es nicht gern, aber ich glaube, deine Eltern sind einfach dumme und gemeine Menschen.«

Rijana schniefte laut. Dann blickte sie ihn nachdenklich an. »Warum sagen die Leute, dass die Steppenleute Wilde sind? Warum halten sie dich für einen Barbaren, nur weil du diese Zeichen trägst?« Sie strich ihm über die feinen Tätowierungen neben seinen Schläfen. »Deine Eltern und die anderen aus deinem Clan sind herzliche, freundliche und gute Menschen.« Rijana streckte sich und wischte sich die letzten Tränen fort. »Leute wie meine Eltern sollte man als Wilde bezeichnen, denn sie hätten das verdient.«

Ariac nickte und gab ihr einen Kuss. »Sei nicht traurig, Rijana, sie sind es nicht wert. Du hast jetzt eine andere Familie – meine Familie.«

Nun lächelte Rijana zaghaft, dann umarmte sie Ariac fest. »Ich bin so froh, dass ich dich habe und dass ich eine Arrowann geworden bin.« Sie blickte ihn ernst an. »Hätte ich jemals daran gezweifelt, dass es richtig war, dann wären spätestens jetzt alle Zweifel verflogen.«

Ariac lächelte zurück und nickte. »Und ich bin ebenfalls froh.« Dann blickte er sie nachdenklich an. »Die beiden blonden Frauen, waren das deine Schwestern?«

Rijana nickte.

»Wie bist du im Namen Nawárronns darauf gekommen, dass sie hübsch sind?« Ariac machte ein so verwirrtes Gesicht, dass Rijana lachen musste.

»Das weiß ich heute auch nicht mehr.«

Ariac grinste. »Man sollte wirklich eine Menge Gold bekommen, wenn man sie heiratet.«

Rijana kicherte, aber Ariac sah noch immer den verletzten Ausdruck in ihren Augen.

»Ist es wirklich üblich bei euch?«, fragte er.

Rijana nickte. »Ja, schon. Bei den Arrowann nicht?«

Ariac schüttelte den Kopf. »Nein, das kennen wir nicht, und es macht für mich auch keinen Sinn.«

Er hielt ihr erneut den Apfel hin. Diesmal nahm sie ihn an und biss lautstark hinein.

»Es war trotzdem gut, dass ich noch einmal dort war«, sagte sie nach einer Weile nachdenklich. »Jetzt kann ich mit meiner Vergangenheit abschließen.«

»Gut, dann werden wir uns gemeinsam einen schönen, gemütlichen Platz für den Winter suchen«, bestimmte Ariac.

Rijana lehnte sich an ihn und schlang ihre Arme um seinen Oberkörper.

»Bitte lass mich mit dir gehen, egal wohin. Ich will nie mehr ohne dich sein.«

»Nicht nach Ursann, überallhin, aber nicht nach Ursann.«

Rijana biss sich auf die Lippe. Jetzt war wohl nicht die Zeit für eine Diskussion. Daher nickte sie nur, schloss ihre Augen und schlief mit dem Kopf auf Ariacs Schoß ein. Er starrte eine lange Zeit in die Nacht hinaus. Er wusste nicht, was mit Rijana geschehen sollte, wenn er nach Ursann ging. Aber dass sie nicht bei ihren Eltern bleiben konnte, das war ihm auch klar.

Vorsichtig streichelte er über ihre langen, seidigen Haare. Er konnte ihre Eltern beim besten Willen nicht verstehen.

KAPITEL 15

Der Weg nach Ursann

Am nächsten Morgen ritten Rijana und Ariac weiter in Richtung Norden. Sie dachten darüber nach, in Catharga zu überwintern. Allerdings wurde es langsam ziemlich gefährlich in den Wäldern. Nach einigen Tagen kreuzten immer mehr Soldaten ihren Weg. Rijana glaubte zu wissen, dass sie das ihren Eltern zu verdanken hatte. Sie war zwar noch immer nachdenklicher gestimmt als sonst, aber Ariac sah erleichtert, dass sie wohl wirklich mit ihren Eltern abgeschlossen hatte und nicht mehr ganz so traurig war. Einige Tage lang regnete es ununterbrochen. Die beiden waren sehr froh um ihre Elfenmäntel, die auch den stärksten Regen nicht durchließen. Einmal kämpften Rijana und Ariac gegen eine Gruppe von drei Soldaten, die sich hinterrücks angeschlichen hatten. Die Männer in den roten Umhängen konnten von Rijana und Ariac aber schnell erledigt werden, ohne dass den beiden selbst etwas passiert war. Dann hörte der Regen auf, und Rijana und Ariac mussten wachsam sein, denn ihre Spuren waren auf dem weichen Boden gut zu sehen. Eigentlich wollten sie in Richtung Westen abbiegen, um nach Catharga zu gelangen, aber ihre Pläne wurden durchkreuzt.

Es war ein schöner, sonniger Herbsttag. Die Vögel zwitscherten in den Bäumen, und der Boden dampfte nach einem Regenschauer. Rijana und Ariac trabten nebeneinander durch die weit auseinander stehenden Bäume des nördlichen Gebietes von Northfort. Plötzlich tauchten westlich von ihnen

Soldaten in roten Umhängen auf. Ariac parierte Nawárr erschrocken durch und blickte sich um. Auch von Süden her kamen mehrere Soldaten.

»Wir müssen fliehen«, rief er, »es sind zu viele.«

Rijana nickte und wendete Lenya in Richtung Norden. Ariac löste seinen Bogen vom Sattel. »Schnell, reite los, ich halte noch ein paar auf«, rief er.

Rijana galoppierte an. Hinter sich hörte sie Schreie, und als sie sich umdrehte, kam zu ihrer Erleichterung Ariac hinterhergeprescht. Sie galoppierten eine ganze Zeit lang im Zickzack durch die Bäume, aber die Soldaten ließen sich nicht abschütteln. Ariac hielt kurz an und hob den Bogen. Rijana, die Nawárrs Sprünge nicht mehr hinter sich hörte, drehte sich kurz um und sah erschrocken, wie Ariac plötzlich getroffen wurde und sich überschlagend vom Pferd fiel.

»Ariac!«, schrie sie panisch und wendete ihr Pferd.

Schon kamen die Soldaten näher. Erleichtert sah sie, dass Ariac sich gerade mühsam wieder aufrappelte. Mit ihrem Bogen schoss sie einen Soldaten vom Pferd.

»Kannst du reiten, Ariac?«, fragte sie mit ängstlich aufgerissenen Augen.

Er nickte, presste sich eine Hand auf die Schulter und zog sich wieder in den Sattel. Die beiden galoppierten in rasendem Tempo durch den Wald. Rijana warf immer wieder ängstliche Blick nach hinten, aber Ariac hob beruhigend die Hand. Als die Soldaten ein wenig zurückgefallen waren, hielt Rijana abrupt an.

»Was ist mit dir?«, fragte sie ängstlich.

»Nichts«, erwiderte Ariac mit zusammengebissenen Zähnen.

»Aber du blutest ziemlich heftig«, sagte sie und blickte auf sein durchgeweichtes Hemd. »Wir sollten das zumindest verbinden.«

Ariac schüttelte den Kopf. »Wir müssen weiter, sie sind hinter uns.«

Tatsächlich hörte man bereits wieder Schreie und galoppierende Hufe. Rijana wollte noch etwas sagen, aber Ariac galoppierte bereits an ihr vorbei, immer weiter in Richtung Norden durch die Bäume hindurch. Er sprang über Bäche und umgekippte Bäume. Er galoppierte am Ufer eines Sees entlang in der Hoffnung, die Soldaten würden so ihre Spur verlieren. Auch als es bereits dämmerte, hielt er nicht an. Wahrscheinlich hatten sie jetzt die Grenze nach Errindale passiert, denn es wurde steiniger, die Wälder noch lichter, und der Boden war mit blühendem Heidekraut bewachsen. Man hörte schon seit einiger Zeit keine Rufe oder Pferde mehr. Endlich hielt Ariac hinter einer Gruppe Felsen an. Er ließ sich vom Pferd rutschen und sagte keuchend: »Ich glaube, wir haben sie abgehängt, wir können kurz ausruhen.«

Rijana sprang von ihrer Stute und nahm Ariacs Gesicht in ihre Hände. Er atmete heftig und hatte die linke Hand gegen die rechte Schulter gepresst.

»Was ist los? Hat dich ein Pfeil erwischt?«

Er schüttelte den Kopf und ließ sich langsam auf den Boden sinken.

»Ein Armbrustbolzen, aber er ist zum Glück durchgegangen.«

Rijana betrachtete seine Schulter im schwindenden Licht.

»Aber es blutet so heftig«, sagte sie unglücklich und begann, in den Satteltaschen nach den Kräutern zu kramen, die Leá ihnen mitgegeben hatte.

»Es ist nicht schlimm«, murmelte er und lehnte den Kopf gegen einen der Felsen.

Rijana hatte endlich saubere Stoffstreifen und etwas von dem Kraut, das Blutungen stoppte, gefunden. Sie zerstampfte die Kräuter zu einem Brei und begann, Ariacs Hemd aufzuschnüren. Er grinste sie müde an.

»Was hast du vor?«

Sie schnaubte und sagte: »Deine Schulter verbinden, was sonst?«

»Schade, wenn du sonst mein Hemd aufschnürst, dann ...«

»Ariac!«, rief sie empört und begann, die Kräuter in beide Seiten der Wunde zu drücken.

Er stöhnte unterdrückt auf und murmelte: »Sonst ist es angenehmer.«

Rijana schüttelte den Kopf, wickelte einige Streifen Stoff um seine Schulter und zog fest an.

»Ich sollte dir einen Tee kochen«, murmelte sie und streichelte ihm über das Gesicht.

Ariac schüttelte den Kopf. »Zu gefährlich, sie könnten das Feuer sehen.« Er nahm ihre Hand und sagte: »Danke, mir geht es gut. Ein Durchschuss ist besser, als wenn der Bolzen noch drinsteckt. Er hat nicht einmal den Knochen erwischt.«

Rijana machte ein zweifelndes Gesicht und blickte ihn ängstlich an. »Aber du hast ziemlich viel Blut verloren.«

Er schüttelte den Kopf. »Nein, es ist nicht schlimm.«

»Bist du durstig?«

Er nickte und wollte sich erheben. Rijana drückte ihn sanft zurück und ging zu den Pferden, um den Wasserschlauch zu holen. Ariac trank durstig und ließ sich zurück an den Felsen sinken.

»Danke«, flüsterte er und schloss die Augen.

Rijana beobachtete ihn besorgt. Als ganz in der Nähe ein Geräusch zu hören war, schreckten beide alarmiert hoch. Aber es war nur ein Reh, das durch das Unterholz brach. Rijana packte Ariac am Arm und sagte: »Leg dich hin und schlaf, ich passe auf.«

Ariac lächelte sie an. »Mach dir keine Gedanken, ich bin wirklich in Ordnung. Also gut«, gab er schließlich nach und wickelte sich in die Decke.

Rijana stand auf, stellte sich vor die Felsen und blickte in die Nacht hinaus. Mehrmals ging sie zu ihm, weckte ihn aber nicht auf. Zum Glück blieb alles ruhig.

Als der Morgen dämmerte und die Pferde unruhig wurden, erwachte Ariac von selbst. Er setzte sich auf. Ihm war ein wenig schwindlig, und seine Schulter tat ihm weh, aber zumindest verlor er kein Blut mehr.

Kurz darauf kam Rijana zurück. Er blinzelte sie an: »Warum hast du mich nicht geweckt?«

Statt einer Antwort legte sie ihm eine Hand auf die Stirn und sagte erschrocken: »Du hast Fieber.«

»Ach was«, erwiderte er und erhob sich schwankend. Vor seinen Augen verschwamm alles, wahrscheinlich hatte Rijana Recht.

»Leg dich wieder hin«, verlangte sie.

Aber Ariac schüttelte den Kopf und schwankte zu Nawárr.

»Vielleicht habe ich ein wenig Fieber, aber das ist nicht weiter schlimm. Wir müssen weg, die Soldaten können nicht weit hinter uns sein.«

Rijana nahm seine Hand, die um einiges wärmer war. »Du kannst doch jetzt nicht reiten«, sagte sie entsetzt.

»Es geht«, erwiderte er und hob mit zusammengebissenen Zähnen den Sattel hoch.

»Warte«, erwiderte Rijana, »ich mach das für dich.«

Seufzend ließ er sich auf einen niedrigen Felsbrocken sinken.

Rijana sattelte die Pferde auf und beobachtete Ariac besorgt, als der sich mühsam in den Sattel zog.

»Aber sag, wenn du nicht mehr weiterkannst«, verlangte sie.

Ariac nickte und folgte Rijana, die im Schritt durch die Bäume ritt.

»Wir müssen galoppieren«, verlangte Ariac nach einer Weile.

»Aber ...«, rief sie nach hinten, doch er nickte nachdrücklich. Wenn sie den Soldaten endgültig entkommen wollten, mussten sie sich beeilen.

Sie ritten eine ganze Zeit lang durch den Wald. Ariac drängte Rijana immer wieder weiterzureiten. Gegen Mittag glaubten sie, erneut Pferdehufe zu hören, und galoppierten noch, bis die Sonne zu sinken begann. Dann hielt Rijana energisch hinter einem Hügel an. Ariac sah reichlich blass aus, seine Augen glänzten fiebrig, und er saß zusammengesunken auf dem Pferd.

»Steig ab«, verlangte sie und hielt ihm eine Hand hin.

»Wir sollten noch ein wenig weiter«, murmelte er, ließ sich jedoch langsam nach unten gleiten.

Er konnte sich kaum auf den Beinen halten, wollte das aber nicht zeigen und atmete einmal tief durch. Dann schwankte er zum nächstbesten Baum und lächelte Rijana aufmunternd zu, die ihm den Wasserschlauch hinhielt.

Sie wickelte den Verband ab und sagte: »Die Wunde hat sich etwas entzündet.«

»Nicht so schlimm«, murmelte Ariac und lehnte den Kopf gegen den Baumstamm.

Rijana holte wieder einige Kräuter hervor, von denen sie glaubte, dass sie Wunden schlossen und gegen Entzündungen halfen, aber ganz sicher war sie sich nicht.

»Ich hoffe, das hilft«, murmelte sie.

»Natürlich«, antwortete Ariac mit einem aufmunternden Lächeln. In der Nähe hörte Rijana einen kleinen Bach.

»Ich bin gleich zurück«, sagte sie.

Als Rijana zurückkam, war Ariac scheinbar eingedöst. Sie entzündete ein kleines Feuer und begann, einen Tee aus Weidenrinde zu kochen. Anschließend ging sie zu Ariac und legte ihm ein kaltes Tuch auf die heiße Stirn.

Er öffnete etwas mühsam die Augen, und sie flüsterte: »Trink das bitte.«

Er runzelte die Stirn. »Was ist das?«

»Tee aus Weidenrinde«, antwortete sie und hielt ihm eine Schale hin.

Ariac erhob sich ein wenig und sagte missbilligend: »Du solltest doch kein Feuer entzünden.«

»Ich mache es gleich wieder aus«, erwiderte sie, »trink das, dann sinkt dein Fieber.«

Er seufzte und trank die Schale mit dem Tee aus. Rijana schüttelte den Rest des Tees in die beiden Schüsseln und deckte sie zu. Anschließend löschte sie das Feuer und setzte sich neben Ariac.

»Wie geht es dir?«, fragte sie ängstlich.

Er lächelte und nahm ihre Hand in seine. »Ganz gut, bitte mach dir keine Sorgen.«

Sie nahm das bereits wieder heiße Tuch von seiner Stirn. »Aber du hast Fieber«, sagte sie unglücklich.

»Das geht vorbei«, antwortete er und legte seinen Kopf an ihre Schulter. »Es ist schön, dass du hier bist«, murmelte er und war kurz darauf eingeschlafen.

Rijana ließ ihn vorsichtig auf den Boden sinken, holte die beiden Decken und legte sie über ihn. Sie lief noch einmal auf den Hügel, aber alles war ruhig. Anschließend tauchte sie noch einmal die Tücher ins kalte Wasser und legte sie Ariac auf die Stirn, woraufhin er leise stöhnte, kurz aufwachte, aber gleich wieder einschlief.

Später in der Nacht erwachte er, als Rijana ihre Hand auf seine Stirn legte.

»Trink noch etwas, dann kannst du wieder schlafen«, flüsterte sie.

Er schüttelte den Kopf, setzte sich auf und trank dann von dem Tee.

»Nein, jetzt schläfst du«, sagte er kurz darauf.

»Ariac, du bist verletzt, du brauchst den Schlaf«, erwiderte sie.

Er lächelte sie liebevoll an. »Ich habe solche Sachen schon ganz allein durchgestanden. In Ursann hatte ich niemanden, der mir Wasser gebracht oder Tee gekocht hat.«

Sie setzte sich neben ihn und blickte ihn überrascht an. Er hatte noch nie von Ursann gesprochen.

»Aber sie müssen euch doch geholfen haben, wenn ihr verletzt wart«, sagte sie entsetzt.

Er schüttelte den Kopf. »Nein, jeder war auf sich gestellt. Nur die Starken haben überlebt. In Ursann hast du dich entweder allein zur Ruine von Naravaack zurückgeschleppt, oder du bist von den Krähen gefressen worden.«

Rijana schüttelte fassungslos den Kopf und nahm seine Hand. Ariac fuhr fort und schien in eine andere Zeit zu blicken. »Ich war vielleicht fünfzehn, als einer der älteren Jungen mir einfach mitten in den Bergen das Schwert in den Rücken gerammt hat.« Er lächelte bitter. »Da musste ich auch allein zurechtkommen.«

»Das kann doch nicht sein«, flüsterte Rijana. »Aber ihr wart doch Gefährten. Jemand hätte dir helfen müssen.«

»In Ursann herrschen andere Gesetzte, wobei es mir ja noch gut erging.«

»Wieso?«, fragte sie.

»Solange du nicht siebzehn bist, achten sie sogar noch ein wenig auf dich, denn du könntest ja einer der Sieben sein. Wenn sich herausstellt, dass du es nicht bist, lassen sie dich gnadenlos verrecken.«

Rijana drückte Ariacs Hand. »Das ist ja furchtbar. Ich habe früher oft an dich denken müssen, aber ich hatte keine Ahnung, wie schrecklich es dir ergangen ist.«

Ariac lächelte müde. »Du hast mich, ohne es zu wissen, vor dem Verrücktwerden gerettet.«

Sie runzelte die Stirn. Ariac erzählte nun von den grausamen Bestrafungen, den Peitschenhieben, den vielen Tagen und Nächten in dem engen Verlies oder auf dem eiskalten

Turm. Er holte den Stein aus der Tasche, den er immer bei sich getragen hatte.

»Das war meine letzte Verbindung zu meinem alten Leben, die mich immer daran erinnert hat, wer ich wirklich bin«, sagte er zum Schluss. »So konnten Scurr und Worran mich nicht vollständig brechen und zu ihrem Werkzeug machen.« Er runzelte die Stirn. »Zumindest bis zu dem Zeitpunkt, an dem sie behaupteten, ihr hättet meinen Clan umgebracht.«

Rijana standen Tränen in den Augen. Sie drückte seinen Kopf an ihre Schulter und streichelte ihm über das Gesicht.

»Es tut mir so leid. Das muss furchtbar gewesen sein.«

Er nickte schläfrig. »Aber jetzt ist es vorbei, jetzt weiß ich, wo ich hingehöre.«

»Ich werde dir helfen, das alles zu vergessen«, flüsterte sie und streichelte ihn, bis er wieder eingeschlafen war.

Am Morgen war das Fieber fast weg, und auch Ariacs Schulter sah besser aus.

Er zwinkerte Rijana zu. »Siehst du, habe ich doch gleich gesagt.«

Sie lächelte erleichtert und umarmte ihn fest. Rijana musste an die Dinge denken, die Ariac ihr in der Nacht zuvor erzählt hatte. Er selbst konnte sich kaum noch erinnern. Das Ganze war zu einer diffusen Mischung aus Worten und Fieberträumen verschwommen. Die beiden brachen rasch auf und ritten den ganzen Tag. Rijana verband noch einmal Ariacs Schulter, und er versicherte ihr, dass es ihm gut ging. Diesmal glaubte sie ihm sogar, denn seine Gesichtsfarbe sah schon etwas gesünder aus. Trotzdem war er am Abend erschöpft, und Rijana bestand darauf, dass er als Erstes schlief. Sie hoffte, dass er bis zum Morgen nicht aufwachte, aber Ariac erhob sich, als der Mond hoch am Himmel stand. Rijana stand hinter eine Gruppe Felsen und blickte auf die kleine Lichtung hinaus. Ariac trat hinter sie und legte ihr eine Hand auf die Schulter.

»Warum schläfst du denn nicht?«, fragte sie missbilligend.

»Jetzt bist du dran. Du warst beinahe drei Tage lang auf.«

»Das macht nichts«, sagte sie und streichelte ihm über das Gesicht. Allerdings musste sie zugeben, dass sie kaum noch die Augen offen halten konnte.

»Du bist so gut zu mir«, sagte er und lächelte sie an.

»Das ist doch selbstverständlich!«, erwiderte sie empört.

»Nein, das ist es nicht, aber jetzt geh schlafen.«

Rijana nickte zögernd, gab ihm noch einen Kuss und schwankte zu den Decken. Seufzend ließ sie sich nieder und war beinahe augenblicklich eingeschlafen.

Im Morgengrauen weckte Ariac sie sanft. Rijana blinzelte und streckte sich. Sie hatte gut geschlafen.

»Wie geht es deiner Schulter?«, fragte sie.

»Gut«, antwortete er und versuchte, sie vorsichtig zu bewegen, was ihm allerdings kaum gelang. »In ein paar Tagen ist alles in Ordnung.«

»Das hoffe ich«, antwortete sie und begann ihre Sachen zusammenzupacken. Sie bestand auch darauf, Ariacs Pferd zu satteln. Er lehnte sich grinsend an einen Felsen und sagte: »Also wenn du so weitermachst, werde ich faul und verweichlicht …«

Sie schüttelte lachend den Kopf. »Das kann ich mir nicht vorstellen.«

Regen lag in der Luft. Zum Glück waren keine Soldaten zu sehen.

»Wir sollten weiter in den Norden reiten«, sagte Ariac, während sie durch den einsetzenden Regen ritten. »Hoffentlich finden wir eine Höhle oder so etwas, wo wir den Winter über bleiben können.«

Rijana nickte und sagte nachdenklich: »Unser Proviant

geht auch langsam zu Ende. Wir sollten uns etwas in einem kleinen Dorf kaufen.«

Ariac nickte zögernd. »Aber es ist nicht ganz ungefährlich, falls uns jemand sieht …«

Rijana schüttelte den Kopf. »Mich sucht niemand. Ich gehe ins Dorf und kaufe die Sachen.«

Das begeisterte Ariac zwar nicht sonderlich, aber Rijana hatte wohl Recht. Ohne Brot, Mehl und Sonstiges würde der Winter karg werden. Sie reisten weiter durch das menschenleere Land. Hier gab es nur kleine Haine, aber dafür viele Hügel und riesige Felsbrocken. Einmal trafen die beiden auf einen winzigen Hof mitten im Wald. Die Bauern waren sehr nett, hatten jedoch nichts abzugeben. Sie beschrieben ihnen den Weg zu einigen Höfen, die weiter im Osten lagen, dort hätten die Bauern vielleicht mehr zu verkaufen.

Das Wetter wurde immer schlechter. Eisiger Wind wehte über das Land, und häufig war auch schon etwas Schnee zwischen die Regentropfen gemischt. Rijana und Ariac waren durchgefroren, mies gelaunt und erschöpft. Es war immer schwieriger, einen geeigneten Unterschlupf für die Nacht zu finden. Auch die Pferde wirkten unruhig.

Endlich erblickten die beiden in der Ferne ein kleines Gebäude. Ganz tief im Wald lag es versteckt, wo keine Straße mehr zu sehen war. Es war aus Lehm gebaut mit uralten Holzbalken und einem Strohdach. Aus einem Kamin drangen Rauchschwaden heraus.

Ariac wischte sich den Regen aus dem Gesicht. »Geh hinein, ich warte hier«, schlug Ariac vor.

Rijana nickte und rannte durch den Regen auf das Haus zu. Kurz darauf kam sie zurück. »Ariac, das ist eine Schenke. Komm, wir können uns reinsetzen und uns aufwärmen.«

»Und wenn mich jemand erkennt?«, fragte Ariac unsicher.

»Ich habe durch die Fenster gesehen. Es sind keine Soldaten dort. Komm schon!«

Ariac zögerte kurz, aber dann sah er Rijanas hoffnungsvolles Gesicht und wollte ihr die Gelegenheit, eine kurze Zeit im Warmen zu verbringen, nicht nehmen.

»Gut«, seufzte er. »Ich werde die Kapuze auflassen.«

Rijana nickte mit einem erleichterten Lächeln, und die beiden führten ihre Pferde auf das Gasthaus zu.

»Ich glaube, hier ist Broderick aufgewachsen«, erzählte sie. »Die Schenke zum Finstergnom – das hat er immer erzählt.«

Ariac nickte und blickte das alte Haus misstrauisch an. Aber scheinbar führte wirklich keine Straße hierher. Ein gebeugter Mann trat aus der Tür und blickte die beiden überrascht an.

»Du liebe Zeit, wo kommt denn ihr her bei diesem Wetter?«

»Wir wollen uns nur ein wenig ausruhen«, antwortete Rijana.

Der Alte nickte und winkte ihnen mitzukommen. »Eure Pferde sind auch klatschnass, stellt sie in die Scheune«, schlug er vor.

Rijana und Ariac folgten ihm zögernd. In einer alten Scheune, etwas rechts von der Schenke, standen zwei Ackergäule und ein Reitpferd angebunden, die träge die Köpfe hoben.

»Danke«, sagte Rijana freundlich, und die beiden begannen, ihre Pferde abzusatteln. Nawárr und Lenya machten sich sogleich gierig über das Heu her, welches der alte Mann ihnen brachte.

»Ihr habt schöne Pferde«, sagte er bewundernd und versuchte, einen Blick unter die Kapuzen der beiden Fremden zu erhaschen. »Wo kommt ihr her?«

»Aus Northfort«, antwortete Rijana, da ihr gerade nichts Besseres einfiel. Der alte Mann nickte und fragte nicht weiter nach. Er führte sie in eine kleine, uralte Gaststube. Einige Männer saßen an einem Tisch und spielten Karten. Hinter der Theke stand eine rothaarige Frau, die einige Krüge abtrocknete. Sie war klein, ziemlich rundlich und hatte ein hübsches Gesicht. In einem Eck spielte ein kleines Kind mit ein paar Holzklötzen.

»Kalina, bring den Leuten hier heiße Suppe und einen Tee.« Er zwinkerte ihnen zu. »Unser dunkles Bier könnt ihr später versuchen.«

Rijana lachte leise. Broderick hatte immer vom Bier aus Errindale geschwärmt. Sie setzten sich an den Tisch, nah ans flackernde Feuer. Rijana zog schließlich ihren Umhang aus und hängte ihn zum Trocknen auf. Ariac behielt seinen lieber an. Kalina, die rothaarige Frau, kam näher und stellte ihnen freundlich lächelnd Suppe, Brot und dampfenden Tee hin.

Rijana und Ariac langten mit Appetit zu. Das warme Essen tat ihnen gut. In den letzten Tagen hatten sie kaum einmal ein Feuer entzünden können.

»Ich glaube, das ist das Mädchen, in das Broderick verliebt ist«, sagte Rijana irgendwann.

»Willst du ihr sagen, wer du bist?«, fragte Ariac und streckte die Beine aus. Allerdings behielt er immer die Tür im Auge.

»Ich weiß nicht«, antwortete Rijana unsicher. »Sie würde sicher gerne etwas von ihm hören.«

Ariac nickte, aber Rijana zögerte noch immer. Immer wieder ging die Tür auf, und jedes Mal zuckte Ariac zusammen und war bereit, sein Schwert zu ziehen. Doch es waren nur Bauern, die ihren Abend in der Taverne beschließen wollten. Draußen regnete es noch immer in Strömen, und Rijana fragte hoffnungsvoll: »Soll ich fragen, ob sie Zimmer vermieten?«

Ariac zögerte, aber eine Nacht im Trockenen konnte nicht schaden. Rijana stand auf und stellte sich an die Theke. Der alte Mann, der ihnen den Stall gezeigt hatte, hob überrascht die Augenbrauen.

»Du liebe Zeit, ein so hübsches Mädchen habe ich lange nicht mehr gesehen.«

Kalina schnaubte empört, aber er nahm sie in den Arm und sagte: »Du bist auch hübsch, aber dich sehe ich jeden Tag.«

»Das sieht dein Ziehsohn wohl etwas anders«, murmelte Kalina wütend und verzog das Gesicht.

»Ich werde Broderick die Ohren lang ziehen, wenn er mal wieder hier auftaucht«, knurrte der alte Mann.

»Der taucht nicht mehr auf, Finn, das kannst du mir glauben«, schimpfte Kalina und warf wütend ein Handtuch in die Ecke.

Rijana zog überrascht die Augenbrauen zusammen.

»Warum soll er nicht mehr zurückkommen?«, fragte sie, ohne weiter nachzudenken. Broderick hatte immer mit so viel Liebe und Begeisterung von dem Mädchen aus der Schenke gesprochen.

»Weil dieser Mistkerl keinen einzigen meiner Briefe beantwortet hat«, schimpfte Kalina, und ihre grünen Augen funkelten. »Nur wegen ihm habe ich Schreiben gelernt. Wenn er jemals hier auftaucht, dann hänge ich ihn an seinen eigenen Ohren auf.« Kalina hatte sich richtig in Rage geredet. Sie begann wie wild die Theke zu polieren. »Lässt mich einfach mit dem Kind sitzen und taucht jahrelang nicht auf, so ein verfluchter Hurensohn.«

Rijana riss die Augen auf. »Broderick hat ein Kind?«

Kalina nickte, dann fragte sie überrascht. »Kennst du ihn?« Sie blickte Rijana von oben bis unten an. »Hat er dich etwa auch geschwängert?«

Rijana schüttelte rasch den Kopf und beugte sich über die Theke. »Ich war mit ihm auf Camasann, aber bitte erzähle es nicht herum.«

Kalina blieb der Mund offen stehen. »Du kennst Broderick wirklich?«

Bevor Kalina, die knallrot anlief und wohl wieder zu einer neuen Schimpftirade Luft holte, etwas sagen konnte, erzählte Rijana: »Er hat dir sehr oft geschrieben und immer geschimpft, weil du nicht geantwortet hast. Am Ende war er furchtbar traurig, weil er schon befürchtet hatte, du hättest einen anderen.«

Kalina schnaubte, aber dann blickte sie Rijana eindringlich an.

»Ich habe ihm immer wieder geschrieben. Gut, die Postreiter sind nicht sehr zuverlässig, aber ich hätte doch zumindest einen einzigen Brief erhalten müssen.« Kalina wirkte nun sehr nachdenklich und ging zu dem kleinen Jungen. Sie nahm ihn auf den Arm.

Rijana musste grinsen. »Also, dass er Brodericks Sohn ist, kann man wohl kaum verkennen.«

Der Kleine hatte ein breites, fröhliches Gesicht und das gleiche Lachen, das sich übers ganze Gesicht zog. In Kalinas Augen sammelten sich plötzlich Tränen. »Dann habe ich ihm vielleicht Unrecht getan, aber warum kommt er denn nicht mehr her?«

Rijana seufzte. »Es ist nicht einfach, wenn man im Dienst von König Greedeon steht. Er bestimmt, wo man kämpfen muss.«

Kalina nickte und wischte sich über die Augen. »Geht es ihm denn gut?«

»Ich habe ihn im Frühling das letzte Mal gesehen, und da ging es ihm gut«, antwortete Rijana nachdenklich.

»Wenn du ihn einmal wiedersiehst«, sagte Kalina unsicher, »würdest du ihm dann sagen, dass er einen Sohn hat und dass ich auf ihn warte? Der Kleine heißt Norick.«

Rijana nickte lächelnd. »Natürlich, und ich glaube, es gibt nichts, das ihn mehr freuen wird.«

Auch auf Kalinas Gesicht zeichnete sich nun ein Lächeln ab. Sie schniefte noch einmal und ließ den Kleinen herunter. »So, und jetzt versuchst du unser berühmtes Bier.«

»In Ordnung«, antwortete Rijana. »Habt ihr auch Zimmer?«

Kalina bestätigte dies, und Finn, Brodericks Ziehvater, der gerade die anderen Gäste bedient hatte, kam zurück.

»Ihr könnt zwei Zimmer haben, wenn ihr wollt.«

»Eines reicht«, antwortete Rijana und errötete ein wenig. Kalina lachte ihr strahlendes, freundliches Lachen. »War dein Freund auch mit auf Camasann?«

Rijana schüttelte den Kopf. »Bitte sprich ihn nicht darauf an.«

Gerade kamen weitere Männer und Frauen herein. Ariac sprang hektisch auf, da ihm der Blick auf Rijana versperrt war, aber sie bahnte sich bereits ihren Weg durch die Menschen zu ihm.

»Alles in Ordnung, sie haben Zimmer, und Kalina bringt uns Bier.«

Ariac setzte sich erleichtert wieder hin.

»Was ist denn?«, fragte er, als Rijana vor sich hin lächelte.

Leise lachend schüttelte sie den Kopf. »Broderick hat einen Sohn.«

»Oh«, rief Ariac aus.

»Aber er wusste gar nichts davon«, sagte Rijana nachdenklich. »Es ist komisch, er hat ihr immer geschrieben, aber sie hat keine Briefe bekommen. Es ist genau wie bei Tovion und Nelja.«

Ariac runzelte die Stirn und dachte einige Zeit nach. »Kann es sein, dass König Greedeon verhindern wollte, dass ihr Kontakt nach draußen habt? Keiner wusste, dass König Scurrs Soldaten die nördlichen Länder besetzt haben. Das ist doch merkwürdig, oder?«

Zunächst wollte Rijana widersprechen, aber dann nickte sie. »Ich glaube, du hast Recht. Das sind zu viele Zufälle auf einmal. König Greedeon spielt ein merkwürdiges Spiel.«

In der Schenke wurde es immer lauter und voller. Finn brachte zwei Krüge mit Bier. Eine Gruppe von Männern und Frauen setzte sich zu Ariac und Rijana an den Tisch.

Bald packten einige Männer eine Geige, eine Harfe und eine Trommel aus. Irgendjemand fing an zu singen, und bald klatschten und tanzten alle mit, zumindest, soweit es der enge Raum zuließ. Die Musik ging direkt ins Blut, und Rijana begann schon bald mitzuklatschen. Ein alter Mann mit langen weißen Haaren führte einen wilden Tanz auf, und alle klatschten im Takt der Musik mit. Immer wieder zog er eine der wenigen Frauen in die Mitte, sodass die Stimmung noch ausgelassener wurde. Schließlich kam er zu Rijana und wollte sie an der Hand nehmen. Doch Ariac sprang auf und stellte sich zwischen die beiden. Unter seiner Kapuze hervor funkelte er den Alten wild an.

Der hob die Hände und krächzte: »Ich wollte deinem Mädchen nichts tun, ich dachte nur, sie möchte ein wenig tanzen.«

Rijana legte Ariac eine Hand auf den Arm und nickte ihm beruhigend zu.

»Er tut mir nichts.«

Ariac setzte sich zögernd und beobachtete mit zusammengezogenen Augenbrauen, wie der Alte Rijana mit in den Raum zog und die beiden im Takt der Musik zu tanzen begannen. Die Tänze wurden immer wilder, sodass Rijana irgendwann atemlos zurückkam und sich neben Ariac auf die Bank fallen ließ.

»Es ist schön hier«, keuchte sie, und ihr Gesicht strahlte.

Ariac nickte. So entspannt und glücklich hatte er Rijana lange nicht mehr gesehen. Er selbst war noch immer misstrauisch und auf der Hut. So schnell konnte er sich nicht entspannen.

»Komm mit«, rief sie und zog ihn auf die Füße.

»Nein, warte«, widersprach er, aber Rijana zog ihn einfach mit in den Kreis und klatschte in die Hände, während einige Männer einen wilden Tanz aufführten. So ging es eine ganze Zeit lang, bis plötzlich die Tür aufgerissen wurde und ein atemloser, klatschnasser Junge in den Raum schrie: »Soldaten, Soldaten!«

Auf der Stelle erstarb die Musik, und alle blickten sich hektisch um. Ariac packte Rijana an der Hand und wollte schon verschwinden, aber ein Bauer hielt sie auf.

»Nicht«, warnte er, »sie sind schon ganz nah. Wenn ihr flieht, bringen sie euch um. Setzt euch und verhaltet euch unauffällig.«

Ariac zögerte, aber schließlich zog er Rijana in ein dunkles Eck. Auch sie zog sich ihre Kapuze über den Kopf. Die übrigen Leute legten ihre Instrumente zur Seite und setzten sich mit gesenkten Köpfen an die Tische. Es dauerte nur wenige Augenblicke, bis eine Gruppe von Soldaten in roten Umhängen hereinkam. Der Anführer blickte ungehalten in die Runde und setzte sich an einen der freien Tische. »Essen und Bier!«, schrie er, und seine dreiundzwanzig Untergebenen setzten sich zu ihm. Sie schubsten einige Bauern von einem der anderen Tische weg und stellten ihn mit an den ihren.

Ariac spannte sich an – er kannte den Anführer. Es war Morac. Groß, mit kantigen, verbissenen Gesichtszügen und den kleinen gemeinen Augen blickte er selbstgefällig um sich.

»Ich glaube, ich kenne den Mann«, sagte Rijana leise.

Ariac nickte kaum merklich. »Das ist Morac«, flüsterte er zurück. »Er war damals mit auf dem Wagen, als Brogan uns nach Camasann bringen wollte.«

Erschrocken riss Rijana die Augen auf. Sie erinnerte sich. Morac war ein grober, ungehobelter Junge und sehr fies zu Ariac gewesen. Jetzt wirkte er noch brutaler und glich eher einem Ork als einem Menschen. Morac war wirklich einer von Scurrs Soldaten geworden. Gerade schlug er einem seiner Männer ins Gesicht, der sich erdreistet hatte, zuerst von der Platte mit dem geräucherten Fleisch zu nehmen.

Rijana schauderte, als sie daran dachte, dass Ariac vielleicht auch so hätte werden können.

Morac und die anderen führten sich auf wie Tiere. Sie warfen absichtlich Geschirr herunter, schmissen Knochen auf den Boden und schimpften über das schlechte Bier. Schließlich stand Morac selbst auf und kam auf einen der Bauern zu, der mit gesenktem Kopf am Tisch saß.

»Ihr habt Instrumente hier, spielt etwas für uns.«

Der Mann zögerte und blickte seine Freunde hilfesuchend an. Morac verpasste ihm eine schallende Ohrfeige, trank aus seinem Krug und warf diesen anschließend auf den Boden.

»Na los, macht Musik für uns.«

Er zog wahllos weitere Männer auf die Füße.

Ariac versteifte sich, als Morac in seine Richtung kam, und auch Rijana hielt die Luft an.

»Wenn ich ›Jetzt‹ rufe, rennst du in die Küche, dort ist sicher ein Hinterausgang«, flüsterte Ariac und packte unter dem Tisch sein Schwert so fest, dass seine Knöchel weiß hervortraten.

Rijana nickte nervös. Gegen zwanzig Mann hier auf dem engen Raum hatten sie kaum eine Chance.

Aber im letzten Moment schwankte Morac, der augenscheinlich schon ziemlich betrunken war, zu seinen Männern zurück, und die Bauern begannen zögernd und ziemlich langsam zu spielen.

Morac leerte einen weiteren Bierkrug.

»Hört mit dem Katzengejammer auf«, schrie er in den Raum und spuckte dabei eine Fontäne aus Bier durch die Gegend. »Das hält ja kein Mensch aus!«

Augenblicklich verstummten die Spieler. Morac stand auf, wischte mit einer Handbewegung die Essensreste vom Tisch und bedeutete seinen Männern zu gehen.

»Wir suchen uns eine andere Taverne, hier ist es ja fürchterlich«, schimpfte er und stapfte, gefolgt von seinen Männern, hinaus in den Nebel.

Kurze Zeit war alles ganz still, dann ging ein allgemeines Aufatmen durch die Anwesenden. Scurrs Männer hatten ein fürchterliches Chaos hinterlassen, aber alle waren froh, dass sie fort waren. Finn kam zu Rijana und Ariac an den Tisch.

»Diesmal hatten wir Glück. Die Letzten haben gleich drei Männer getötet und die halbe Einrichtung zerstört.«

»Warum unternimmt niemand etwas gegen die Blutroten Schatten?«, fragte Ariac.

Finn schnaubte. »Gegen Scurrs Männer kann man gar nichts unternehmen. Seitdem sie die nördlichen Länder unter Kontrolle haben, werden die Zustände immer schlimmer. Im Norden von Gronsdale hat es Aufstände gegeben, aber sie wurden alle von Orks überrannt.«

Ariac und Rijana blickten sich fassungslos an. Von diesen Dingen hatten sie nichts gewusst. Plötzlich wurde Finns Miene jedoch etwas freundlicher.

»Und ihr kennt wirklich unseren Broderick?«

Beide nickten einstimmig, Finn lächelte daraufhin.

»Dann sagt ihm doch bitte Grüße von uns allen, wenn ihr ihn wiederseht. Und er soll uns doch mal wieder besuchen.«

»Das kann noch dauern«, murmelte Ariac.

Aber Rijana nickte dem alten Mann beruhigend zu. »Natürlich werden wir ihm Grüße ausrichten.«

Finn rückte näher heran und fragte neugierig: »Wenn ihr aus Camasann kommt, habt ihr dann auch die Sieben kennen gelernt?«

Rijana blickte Ariac verblüfft an. Scheinbar hatte Broderick gar nichts davon erzählt, dass er eines der Kinder Thondras war.

Rijana nickte zaghaft, woraufhin Finn sie ehrfürchtig betrachtete.

»Und, wie sind sie? Sind sie mächtig und stark? Können sie uns allen helfen?«

Auf einmal bekam Rijana ein furchtbar schlechtes Gewissen. Die Menschen hier setzten alle Hoffnung in sie.

Rijana legte dem alten Mann ihre schlanke Hand auf den Arm. »Sie sind sich im Moment noch ein wenig uneinig, aber eines Tages werden sie euch sicher helfen.«

Finn nickte und lächelte Rijana an. »Darauf hoffen wir alle.«

Er schlurfte weiter zu einem der anderen Tische, wo sich die Bauern aufgeregt unterhielten. Es war schon spät, als die meisten aufbrachen.

Kalina kam zu Rijana und Ariac. »Soll ich euch euer Zimmer zeigen?«, fragte sie.

Die beiden nickten, denn sie waren ziemlich müde. Kalina ging auf die Tür zu. Draußen herrschte dichter Nebel, der einem jegliche Sicht nahm. Sie führte die beiden zu einem Anbau und schloss eine knarrende Holztür auf.

»Hier ist es. Das Zimmer ist klein, aber sauber.« Sie blickte die beiden unsicher an und entzündete eine Kerze.

»Es kostet ein Kupferstück pro Nacht, aber wenn ihr nichts habt, könnt ihr auch umsonst hier schlafen, schließlich seid ihr ja Brodericks Freunde.«

Rijana schüttelte entschieden den Kopf und fasste in ihren Beutel. Sie holte ein Goldstück und eine schmale Goldkette heraus.

»Hier, Broderick würde es so wollen, wenn er wüsste, dass er einen Sohn hat.« Kalina stieß einen leisen Schrei aus. »So etwas Wertvolles habe ich noch nie gesehen!« Sie blickte Rijana fassungslos an. »Das kann ich nicht annehmen.«

Aber die schüttelte den Kopf. »Nimm es, ihr könnt es sicher brauchen.«

Kalina starrte immer wieder von dem Gold auf Rijana und ging rückwärts zur Tür, dann schüttelte sie sich und ging nach draußen.

Ariac grinste und schlug seine Kapuze endlich zurück.

»Ich glaube, du hast sie …«

Er wurde unterbrochen, als die Tür ruckartig aufging. »Ich wollte euch noch sagen …«, rief Kalina, dann erstarrte sie. »Du liebe Zeit, ein Steppenkrieger!«

Ariac wich erschrocken zurück und hatte bereits seine Hand am Schwert. Rijana ging jedoch zu ihm und legte ihm eine Hand um die Hüfte.

»Wir gehören zusammen. Er wird niemandem etwas tun.«

Kalina nickte unsicher und kam ganz herein. Vorsichtshalber schloss sie die Tür. Dann musterte sie Ariac mit einer Mischung aus Neugierde und Angst.

»Nun gut«, sagte Kalina. »Meine Großmutter sagte immer, man solle einen Menschen nie nach seinem Aussehen, sondern nach seinen Taten beurteilen.«

Rijana blickte Kalina ernst an. »Ich habe einige Zeit in der Steppe gelebt. Die Steppenleute sind freundlich und friedfertig. Ich habe niemals ehrlichere und herzlichere Menschen kennen gelernt.«

Kalina wirkte unsicher und starrte auf Ariacs Tätowierungen.

»Gut, ich werde nichts sagen, aber passt auf, nicht alle Leute sind verschwiegen. Ach ja«, sie grinste, »falls ihr morgen noch etwas essen wollt, dann kommt zu der kleinen Hütte neben den Ställen, dort lebe ich. Schlaft gut.« Sie warf noch einen verwirrten Blick auf Rijana, dann verschwand sie.

Ariac entspannte sich ein wenig.

»Glaubst du, sie hält ihr Wort?«

Rijana nickte und gab ihm einen Kuss. Dann sperrte sie die Tür von innen ab. »Sie ist nett, und wie es aussieht, halten Finn und sie von Scurrs Soldaten nicht allzu viel.«

Rijana nahm ihn an der Hand und zog ihn zu dem Bett.

»Jetzt komm schon, ich habe noch nie mit dir in einem Bett gelegen.«

Schließlich gab er seufzend nach, aber in dieser Nacht blieb er immer mit einem Ohr wach. Der Morgen begann so neblig, wie der Abend aufgehört hatte. Rijana und Ariac aßen in Kalinas Hütte und brachen anschließend auf. Kalina nannte ihnen noch einen Bauern, wo sie Proviant kaufen konnten. Der kleine Norick winkte den beiden zum Abschied unbeholfen mit seinen kleinen dicken Händen hinterher.

Die Reise führte weiter durch den nebligen Wald von Errindale. Zum Glück hatte Kalina ihnen den Weg beschrieben, denn bei dieser schlechten Sicht hätte niemand eine Himmelsrichtung bestimmen können. Stumm trabten Rijana und Ariac durch die Bäume. Der Nebel schien alles zu schlucken, eine gespenstische Stille lag über dem Land. An einem kleinen Bauernhof erstand Rijana eine Menge Proviant, der hoffentlich eine Weile reichen würde.

Die alte Bäuerin war sehr nett. Sie riet Rijana und Ariac, auf dem schmalen Weg hinter ihrem Haus zu bleiben, der in Richtung Norden führte. Die beiden hatten ein ungutes Gefühl dabei, denn auch auf den schmalen Wegen ritten häufig Soldaten, aber sie hatten wohl keine andere Wahl, wenn sie sich nicht verirren wollten. So lauschten alle beide in die unheimliche Stille nach den Geräuschen von Hufen. Selbst am Abend hatte sich der Nebel noch nicht gelichtet. Rijana und Ariac ritten von dem immer schmaler werdenden Weg herunter in den Schutz einiger Felsen. Hier sattelten sie die Pferde ab und schafften es mit einiger Mühe, ein Feuer zu entzünden. Alles war feucht und klamm. Rijana kochte aus Kräutern einen Tee, und die beiden setzten sich dicht aneinandergeschmiegt auf den Boden. Es war ziemlich kalt. Nachdem die beiden gegessen hatten, wickelten sie sich in ihre Decken. Es machte nicht sehr viel Sinn, Wache zu halten, denn man sah ohnehin nichts. So mussten sie sich auf ihre Pferde verlassen, die sie hoffentlich warnen würden. Ariac legte Rijana einen Arm um ihre Schultern.

»Hast du Angst?«

Sie schüttelte den Kopf und lehnte sich an seine Schulter. »Solange du bei mir bist, nicht.«

Er lächelte und streichelte ihr mit klammen Fingern über die Wange. »Ich hoffe, wir finden bald eine Höhle oder etwas Ähnliches. Notfalls muss ich uns eine Hütte bauen.«

Rijana nickte und lächelte zu ihm auf. »Das wird sich finden. Es schneit ja noch nicht.«

Ariac nickte, aber er machte sich trotzdem Gedanken.

Rijana war bereits eingeschlafen, als Ariac sie an der Schulter rüttelte.

»Wach auf«, flüsterte er. »Irgendetwas ist in der Nähe.«

Er stand leise und mit fließenden Bewegungen auf und zog sein Schwert. Rijana schüttelte den Schlaf ab und lauschte in die Finsternis. Man glaubte, ein leises Flüstern in den Bäumen und Büschen zu hören. Die Pferde standen mit hocherhobenen Köpfen in der Nähe und bewegten die Ohren unruhig.

»Was ist das?«, flüsterte Rijana. Ihr stellte sich Gänsehaut auf.

Ariac zuckte die Achseln und lief vorsichtig um den Felsen herum. Rijana folgte ihm dichtauf. Immer wieder glaubte man, ein Flüstern oder ein Heulen zu hören, aber es kam immer aus einer anderen Richtung. Ariac packte sein Schwert fester und ging zögernd weiter in den Nebel hinein. Langsam wurde das Heulen und Flüstern etwas deutlicher. Ariac drehte sich so abrupt um, dass Rijana vor Schreck einen leisen Schrei ausstieß.

»Bleib hinter mir und lauf notfalls weg.«

Rijana schluckte. In diesem unheimlichen Nebel würde sie mit Sicherheit nicht von Ariacs Seite weichen. Er schlich weiter und blieb plötzlich hinter einem dicken Baum stehen. Auf einer Lichtung, die in ein seltsames Licht getaucht war, sah man eine durchscheinende Gestalt vor einem Köper knien, der am Boden lag. Immer wieder jammerte und heulte sie leise.

»… warum nur, warum tun die Menschen so etwas?«, jammerte das Wesen gerade.

»Was ist das?«, flüsterte Ariac zu Rijana gewandt. Man hörte es kaum, aber das Wesen fuhr herum und verzerrte das Gesicht zu einer Fratze. Ariac hob sein Schwert, aber Rijana drückte seinen Arm herunter.

»Nicht, das ist ein Waldgeist.«

Das Wesen kam langsam schwebend näher. Man sah es kaum. Es war sehr schlank und durchsichtig, hatte ein kleines, blasses Gesicht und ganz helle, grünliche Haare, die mit Blättern durchsetzt waren. Der Waldgeist schwebte langsam näher und begann dann zu verblassen. Rijana trat vor, aber Ariac hielt sie am Arm fest. Er kannte solche Wesen nicht.

»Warte«, rief Rijana jedoch. »Geh nicht fort, wir tun dir nichts, und wir lieben den Wald.«

Der Waldgeist nahm wieder etwas festere Formen an und kam weiter auf Rijana zugeschwebt. Seine Augen schienen Rijana tief in die Seele zu blicken. Dann breitete sich ein Lächeln auf dem schmalen, spitzen Gesicht des Waldgeistes aus.

»Du hast Recht, du bist in den Wäldern geboren.« Der Waldgeist schwebte auf Ariac zu, der sich versteifte. »Du bist ein Kind der Steppe.« Das Wesen seufzte. »Dort gibt es kaum Bäume, das ist traurig, aber die Windgeister sagten mir, es sei auch dort sehr schön.«

»Rijana, was soll das?«, flüsterte Ariac, ihm war unwohl zumute.

Aber Rijana nickte ihm beruhigend zu. Dann wandte sie sich an den Waldgeist und deutete nach vorn auf den Boden. »Was ist geschehen?«

Der Waldgeist, der, wie man meinen konnte, weibliche Züge hatte, begann zu zischen und zu jammern. »Sie haben das Mädchen getötet. Geschändet und getötet.« Eine Träne lief die Wange des Waldgeistes hinab. »Menschen sind grausam. Warum tun sie das? Sie zerstören, sie vergiften, sie überrennen alles. Sie sind nicht besser als Orks.«

Rijana nahm Ariac an der Hand. Zögernd folgte er ihr. Im Moos auf der Lichtung lag eine junge Frau, deren gebrochene Augen noch immer in Entsetzen aufgerissen waren. Ganz offensichtlich war sie vergewaltigt und anschließend mit einem Dolch erstochen worden.

Rijana würgte und versteckte ihr Gesicht an Ariacs Schulter. Er streichelte sie und fragte: »Wer war das?«

Der Waldgeist kam auf ihn zugeschwebt, das Gesicht noch immer vor Wut verzerrt. »Männer, Männer in roten Umhängen. Sie können nur zerstören, sie sind böse.«

Rijana hob den Kopf. »Das wissen wir. Und wir wollen gegen sie kämpfen.«

Der Waldgeist blieb nun auf der Stelle stehen, oder eher schweben.

»Ihr seid anders«, murmelte er, oder sie, wie Rijana vermutete. »Ich heiße Shin«, sagte der Waldgeist und wirbelte um Rijana herum. »Ich kenne dich, du hast einmal einen kleinen Vogel gerettet.«

Rijana runzelte die Stirn, dann lächelte sie. Sie war vielleicht fünf Jahre alt gewesen, als sie einen kleinen Vogel, der aus dem Nest gefallen war, wieder hineingesetzt hatte. »Das stimmt, mein Name ist Rijana, und er heißt Ariac.«

Shin wirbelte um die beiden herum, dann beugte sie sich wieder über das tote Mädchen und begann zu jammern.

»Was ist das für ein Wesen?«, flüsterte Ariac ungeduldig, ihm war das alles nicht geheuer.

»Shin ist ein Waldgeist«, erklärte Rijana. »Sie zeigen sich eigentlich nie, außer manchmal bei Nebel oder wenn sie sehr erzürnt sind. Sie beschützen die Bäume und den Wald. Sie gelten als die Hüter des Lebens. Wenn ein Leben unrechtmäßig genommen wird, dann werden sie sehr wütend.«

Mit gerunzelter Stirn blickte Ariac auf den Waldgeist, der nun wieder zu ihnen kam und sehr traurig wirkte.

»Meine Welt wird bald verschwinden. Keine Elfen mehr, die Bäume werden gefällt, Orks in den Bergen.« Shin heulte leise auf. »Keine Waldlinge mehr. Ich mochte sie, die kleinen Kerle waren immer so lustig.«

Rijana schluckte, der Waldgeist sah furchtbar traurig aus.

»Dann geh doch ins Land der tausend Flüsse, dort gibt es noch Elfen und Waldlinge.«

Shin begann um sie herumzutanzen und zu lachen, aber dann hielt sie inne und schüttelte den Kopf. »Nein, ich muss bleiben und auf mein Land achten. Zumindest so lange, bis sich die Welt wandelt.«

Rijana und Ariac blickten sich ahnungslos an. Sie wussten nicht, was der Waldgeist meinte. Shin seufzte und setzte sich auf einen umgefallenen, mit Moos überzogenen Baumstamm.

»Das Land ist erzürnt, es wird sich erheben. Ihr müsst vorsichtig sein.«

Rijana nickte vorsichtig. »Wann wird es geschehen?«

Shin seufzte und fuhr zärtlich über das Moos. »Es geschieht schon die ganze Zeit über, aber wann sich die Welt endgültig wandelt, das weiß ich nicht.«

»Das haben die Elfen doch auch schon gesagt«, murmelte Ariac, und Rijana nickte.

Plötzlich fuhr Shin auf und zischte wie der Blitz in den Nebel. Rijana und Ariac blickten sich verwirrt an. Was sollte das jetzt? Aber kurz darauf kehrte Shin zurück.

»Schnell, ihr müsst fort, es kommen Menschen in roten Umhängen. Ihr müsst fliehen, sonst seid auch ihr tot.«

Ariac packte Rijana am Arm und zog sie mit sich. Shin

folgte ihnen und leuchtete ihnen mit ihrem besonderen Licht den Weg zu ihren Pferden. Die beiden sattelten hastig und verwischten ihre Spuren. Dann trabten sie, geführt von Shins Licht, durch den Nebel. Hier und da glaubten sie, das Klappern von Hufen und das Klirren von Waffen zu hören, aber alles war gedämpft und schien weit weg zu sein. Langsam musste es Morgen werden. Der Nebel begann sich zu lichten, und Shin löste sich langsam auf.

»Seid auf der Hut«, flüsterte sie in den Wind, der sich erhob, »die Welt wird sich wandeln.«

Schon war der Waldgeist verschwunden.

»Danke«, flüsterte Rijana ihr hinterher, dann galoppierte sie mit Ariac über eine mit Felsen übersäte Grasebene auf einen weiteren kleinen Hain zu. Sie ritten schnell und warfen immer wieder nervöse Blicke über die Schulter, aber es war nichts zu sehen. Als gegen Mittag die Sonne blass am Himmel stand, hielten sie erschöpft an einem kleinen See an. Das Wasser kräuselte sich im leichten Wind, und ein paar Enten schwammen friedlich umher. Sie suchten sich einen geschützten Platz hinter einer Hecke und aßen etwas Brot und Käse. Ariac stellte sich noch einmal auf einen Felsen und blickte nach Süden, aber es waren keine Soldaten zu sehen.

Rijana lehnte sich müde zurück und schloss ihre Augen.

»Schlaf ein wenig«, sagte Ariac leise. »Ich wecke dich später.«

Da sie die ganze Nacht nicht geschlafen hatte, war sie schon bald eingeschlafen. Ariac musterte sie liebevoll und dachte über die Sache mit dem Waldgeist nach. Er hatte keine Ahnung gehabt, dass es solche Wesen überhaupt gab.

»Dafür weiß ich, wo ein Troll am verletzlichsten ist, dass man Feuerechsen besser aus dem Weg geht und wie man einen Ork am besten tötet«, murmelte er bitter. Auf Camasann hatte man anscheinend sehr viel nützlichere Dinge gelernt.

Irgendwann wurde er selbst schläfrig, ihm fielen die Augen immer wieder zu. Schweren Herzens weckte er Rijana, die in der Mittagssonne so friedlich schlief. Sie blinzelte und lächelte ihn an.

»Tut mir leid, aber ich muss auch kurz schlafen.«

»Natürlich«, sagte sie bestimmt und stand auf. Sie gab ihm einen Kuss und stellte sich neben die Pferde, die das saftige Gras zupften.

Lenya kam zu ihr und stupste sie an.

»Na, meine Schöne, das schmeckt gut, oder?«, sagte Rijana und lehnte sich gegen ihr Pferd.

Die Reise war anstrengend und gefahrvoll, aber trotzdem war sie irgendwie glücklich. Sie hatte ein wunderbares Pferd, und Ariac war bei ihr. Mehr wollte Rijana eigentlich nicht. Aber sie wusste auch, dass sie noch eine Aufgabe zu erfüllen hatten, und sie vermisste ihre Freunde. Wie mochte es Saliah und den anderen gehen?

Falkann, Rudrinn, Saliah, Tovion und Broderick waren zu dieser Zeit noch immer auf der Insel Silversgaard und überwachten die Überfahrten zum Festland. Immer wieder wurden sie von König Scurrs Kriegsschiffen angegriffen, und hin und wieder gelang es auch einem Piratenschiff, etwas Silber zu stehlen. Alles in allem waren die fünf jungen Leute sehr unzufrieden, weil ihnen die Zustände auf der Insel nicht gefielen. Die Sklaven wurden mehr als schlecht behandelt, und man hörte immer wieder Gerüchte, dass nicht alle Minenarbeiter Mörder oder sonstige Verbrecher waren, die ihre Strafe abarbeiten mussten. Aber die Wahrheit bekamen sie nicht heraus. Falkann hatte noch immer ein schlechtes Gewissen, aber gleichzeitig auch einen furchtbaren Hass auf Ariac. Er vermisste Rijana mehr, als er jemals vor irgendjemandem zugegeben hätte. Besonders Broderick machte sich Sorgen um ihn, denn er kannte Falkann einfach zu gut und wusste, dass etwas mit ihm nicht stimmte. Saliah schien langsam über den Tod des jungen Soldaten hinwegzukommen, und Rudrinn tat alles, um sie aufzuheitern. Tovion vermisste Nelja, und auch Broderick war wütend, dass er keinerlei Nachricht von Kalina erhalten hatte. Aber hier auf der Insel bekam ohnehin niemand einen Brief. Also hielten die fünf Freunde Wache, beluden Schiffe und schossen mit Bögen auf Scurrs Kriegsflotte. Alle waren besorgt, weil sie nichts von Rijana hörten. Die Krieger von König Greedeon suchten unaufhörlich, konnten sie aber nicht aufspüren.

König Scurr galoppierte an diesem Tag über eine der wenigen geheimen Straßen, die es in Ursann gab. Er war ungehalten. König Greedeon hatte ihm den Steppenjungen ausliefern wollen, aber der war verschwunden. Scurr hatte natürlich selbst seine Soldaten in die Steppe geschickt und ließ Ariac auch sonst überall suchen. Aber bis auf die Spur, die sie an der Grenze zu Northfort entdeckte hatten, war nichts mehr von Ariac zu hören. Auch Worran hatte getobt und selbst eine Gruppe von Soldaten in die Steppe geführt. Seine Blutroten Schatten hatten am schlimmsten unter den Clans gewütet, aber er hatte Ariac nicht finden können. Seitdem war der grausame Ausbilder in Gronsdale unterwegs und suchte den Norden ab. Gleichzeitig sollte er die Armee der Orks inspizieren, die sich in den nördlichen Bergen sammelte.

Scurr war bis an die Grenzen von Ursann geritten, um sich mit einem sehr wichtigen Mann zu treffen. Dieser wartete bereits mit einer Eskorte von fünf Mann, allesamt in unauffällige graue Umhänge gehüllt, an der vereinbarten Stelle in einem der steinigen Talkessel.

»Ich habe eine Aufgabe für Euch«, begann Scurr mit seiner leisen, aber durchdringenden Stimme.

»Natürlich«, kam die nervöse Antwort des anderen.

»Findet heraus, was Greedeon als Nächstes mit den Sieben vorhat.« Scurr verzog sein knochiges Gesicht. »Nun ja, eigentlich sind es momentan nur fünf.«

»Angeblich sollen sie derzeit auf Silversgaard sein«, erwiderte Scurrs heimlicher Verbündeter eifrig.

»Das weiß ich«, erwiderte Scurr ungehalten, sodass der kleinere Mann zusammenzuckte. »Aber er wird wohl kaum deren Talente auf Dauer auf dieser verdammten Insel vergeuden. Findet es heraus, wenn Ihr der neue König meines erweiterten Reichs werden wollt.«

Sofort nickte der andere eifrig, und seine Augen begannen gierig zu glänzen.

»Und«, fuhr König Scurr eindringlich fort, »berichtet mir sofort, falls ein Steppenkrieger und eine hübsche junge Frau in Eurem Land auftauchen. Haltet sie fest und liefert sie mir aus.«

»Natürlich, hoher König, natürlich«, beeilte sich der andere zu sagen und wollte sein Pferd schon wenden.

»Wartet«, rief Scurr ihm hinterher und warf ihm einen Beutel mit Gold und Silber zu.

»Danke, mein Herr, vielen Dank!«

Noch am Nachmittag ritten Rijana und Ariac weiter, denn die Pferde waren unruhig geworden, und sie befürchteten, dass die Soldaten noch immer auf ihrer Spur waren. Das Wetter wurde wieder schlechter. Es regnete mehrere Tage hintereinander, und in den Nächten schneite es häufig. Immer weiter ritten die beiden nach Norden, wo das Land karger wurde und man den hohen Vulkan ausmachen konnte, der vor einiger Zeit ausgebrochen war. Die Erde bebte in letzter Zeit immer öfter.

Sosehr sich Rijana und Ariac bemühten, sie konnten die Blutroten Schatten, die sie verfolgten, einfach nicht abhängen. Immer wieder erhaschten sie von weitem einen Blick auf die

Verfolger. Was sie nicht wussten, war, dass die Männer gar nicht auf ihrer Spur waren, denn die sollten nur eine Gruppe Orks aus den nördlichen Gebirgen holen und vor dem Winter nach Ursann bringen.

Also flüchteten Rijana und Ariac weiter nach Norden in der Hoffnung, irgendwann einen Unterschlupf für den Winter zu finden. Es war bereits der zweite Herbstmond, und eiskalte Stürme fegten über das Land.

Nach einigen Tagen hatte es endlich aufgehört zu regnen, aber Rijana, Ariac und ihre Pferde waren erschöpft. Zudem begann es leicht zu schneien. Als Rijana sich kaum noch im Sattel halten konnte, wollte Ariac gerade vorschlagen, Rast zu machen, doch plötzlich nahm er das Aufblitzen eines roten Umhangs in der Ferne wahr. Er fluchte und trieb Nawárr in Galopp. Rijana folgte seufzend. Durch ein zerklüftetes Tal flüchteten die beiden. Rechts und links ragten hohe Berge auf, und einzelne verkrüppelte Bäume säumten den Weg zwischen den Felsen hindurch. Plötzlich war ein dumpfes Grollen zu hören, und die Erde begann zu beben. Ariac hielt erschrocken an, und auch Rijana zügelte ihr Pferd.

»Wir sollten absteigen«, sagte Ariac und wollte schon herunterspringen, als die Erde derart heftig erbebte, dass er hinfiel. Rijana hatte zu lange gezögert. Lenya stieg erschrocken und rannte panisch davon. Nawárr riss sich los und folgte der Stute, die kopflos nach Süden stürmte.

»Spring ab!«, schrie Ariac Rijana hinterher, aber er kam bei den heftigen Beben nicht einmal mehr auf die Füße. Um ihn herum krachten Bäume, und Steine fielen von den Bergen herunter. Ariac hielt sich krampfhaft an einem Felsen fest und hoffte, nicht unter einem herabfallenden Brocken zermalmt zu werden. Von Rijana oder den Pferden sah er nichts mehr. Dann wurden die Erdstöße etwas schwächer. Ariac stand auf und rannte panisch zwischen den herabgefallenen Bäumen und Felsen umher.

»Rijana!«, schrie er dabei immer wieder hektisch.

Und dann bebte es erneut so heftig, dass sich Risse im Boden auftaten. Ariac sprang im letzten Augenblick über einen Felsspalt, der ihm beinah den Weg abgeschnitten hätte. Dann stolperte er weiter, bis er endlich Rijanas Umhang unter einem Baum hervorragen sah. Rijana hing über einem Felsspalt und konnte sich, offensichtlich mit letzter Kraft, an einem dicken Ast festhalten. Ariac rannte zu ihr.

»Warte, ich helfe dir!«, rief er.

Rijana war erleichtert, Ariacs Stimme zu hören. Nach einem weiteren Beben rutschte der dicke Baumstamm weiter nach unten. Rijana schrie auf, und Ariac sprang zur Seite. Erschrocken sah er, dass der Baum kurz davor war, weiter in die Tiefe zu stürzen. Als es einen Moment ruhig war, kletterte er dennoch vorsichtig den Abhang hinunter und blickte in Rijanas ängstlich aufgerissene Augen.

»Kannst du dich hochziehen?«, fragte er. Er stand auf einem schmalen Vorsprung, wagte aber nicht, auf den Baum zu steigen, da dieser sonst vielleicht unter seinem Gewicht abstürzen würde.

Rijana schüttelte den Kopf. Sie hatte Tränen in den Augen. Schon jetzt hatte sie das Gefühl, als würden ihr die Arme aus den Gelenken gerissen. Ariac fuhr sich nervös über die Augen. Es ging mindestens dreißig Fuß in die Tiefe. Vorsichtig setzte er einen Fuß auf den Baumstamm. Er schien zu halten.

»Nicht, Ariac«, sagte Rijana und biss sich auf die zitternde Lippe. »Du stürzt sonst mit ab.«

Er ließ sich nicht abhalten und balancierte Schritt für Schritt über den Stamm. Dann streckte er ihr die Hand hin. »Na los, ich ziehe dich hoch.«

Zögernd ließ Rijana eine Hand los, aber in diesem Moment gab es einen weiteren Stoß, und sie musste mit ansehen, wie Ariac mit den Armen ruderte und in die Tiefe stürzte.

Rijana stiess einen verzweifelten Schrei aus, aber da krachte sie auch schon mitsamt dem Baum hinunter.

Ariac konnte nur mühsam die Augen öffnen. Er schnappte nach Luft und bekam Panik, als er merkte, dass er nicht atmen konnte. Er versuchte sich aufzurichten, aber sein Rücken schmerzte zu sehr. Keuchend liess er sich wieder nach hinten sinken und zwang sich, ruhig einzuatmen. Endlich strömte etwas von der kostbaren Luft in seine Lungen. Vorsichtig setzte er sich auf und bemerkte, dass er in einem kleinen Busch lag. Dann sprang er auf, ohne auf seine Schürfwunden und Prellungen zu achten. Wo war Rijana?

Er erkannte den dicken Baum, der herabgefallen war, und stiess einen verzweifelten Laut aus, als er einen Arm aus den Ästen herausragen sah. Der Baum musste sie zerquetscht haben. Aber dann sah er, dass der Stamm nicht ganz den Boden erreicht hatte, sondern zwischen Felsen eingekeilt war. Rijana lag darunter. Er rannte zu ihr und nahm ihre Hand. Sie hatte eine heftig blutende Wunde am Kopf, ihr ganzer linker Arm war aufgeschürft und bog sich in einem unnatürlichen Winkel weg. Er beugte sich ängstlich über sie und merkte erst nach einer kleinen Ewigkeit, dass sich ihre Brust ganz schwach hob und senkte.

Erleichtert atmete er aus, streichelte ihr vorsichtig über das Gesicht und fragte: »Rijana, hörst du mich?« Aber sie gab keinen Laut von sich.

Ariac schloss kurz die Augen, dann schnitt er mit seinem Dolch Streifen aus dem Umhang und machte ihr einen Verband um Kopf und Arm. Er bemühte sich, vorsichtig zu sein und auf ihren gebrochenen Arm zu achten. Rijana gab ein Stöhnen von sich, jedoch ohne die Augen zu öffnen.

»Es tut mir leid«, flüsterte er. »Es tut mir so leid!« Ariac blickte sich um. Noch immer erschütterten leichte Beben den Boden. Der Baum würde sich nicht ewig in dieser Position halten. Vorsichtig zog er Rijana darunter hervor und legte sie etwas abseits ab. Aber auch hier war es gefährlich, Felsen konnten in den Felsspalt stürzen und Bäume herunterfallen. Ariac kämpfte mit der Panik. Er wusste nicht, was Rijana fehlte. Er hatte keine Kräuter, die Pferde waren fort und damit auch die Decken. Außerdem war es ziemlich kalt. Ariac zog seinen Umhang aus und legte ihn über Rijana, deren Verband bereits durchgeweicht war.

»Bitte wach doch auf«, sagte er leise und streichelte ihre Wange. Aber sie rührte sich nicht, sodass Ariac sie schließlich so vorsichtig wie möglich auf die Arme nahm und durch den neu entstandenen Felsspalt trug, in der Hoffnung, einen Ausgang zu finden. Ariac schnaufte heftig. Rijana war nicht sehr schwer, aber auf Dauer strengte ihr Gewicht ihn doch an. Außerdem hatte er selbst Schmerzen. Er musste einen besseren Ort finden. Endlich, als es schon dämmerte, konnte er das Ende des Felsspalts sehen. Das einzige Hindernis, das er noch überwinden musste, war ein steiler Abhang. Allerdings würde er das mit Rijana auf dem Arm wohl kaum schaffen. Erschöpft ließ Ariac sich und Rijana zu Boden sinken. Dann wickelte er sie in seinen Umhang und lehnte sich an den Fels. Er wusste nicht weiter, sie hatten nicht einmal etwas zu trinken.

Am Morgen begann es leicht zu regnen. Ariac wurde von den Tropfen auf seinem Gesicht geweckt. Rijana lag bewegungslos in seinen Armen. Er beugte sich ängstlich über sie. Zu seiner Erleichterung atmete sie. Mit schmerzverzerrtem Gesicht richtete er sich auf und blickte sich um. Es gab keinen anderen Weg als den Abhang hinauf. Erneut versuchte er Rijana zu wecken, aber sie reagierte nicht. Anschließend schnallte er ihr den Schwertgurt ab und legte ihn sich selbst an. Dann nahm er sie erneut auf die Arme und bemühte sich, den Abhang hinaufzustolpern. Auf der Hälfte konnte er nicht mehr, sodass er Rijana heftig atmend hinuntergleiten ließ. Erschöpft setzte er sich auf das Geröll. Doch dann begann sie leise zu stöhnen und ihre Augen zu öffnen. Ariac richtete sich wieder auf und nahm ihre Hand.

»Rijana, endlich«, rief er erleichtert.

Sie blinzelte und verzog das Gesicht, dann drohten ihr die Augen wieder zuzufallen.

Ariac klatschte ihr leicht gegen die Wange. »Nicht einschlafen, bitte wach auf.«

»Was ist denn«, murmelte sie.

»Rijana, wie geht es dir? Was tut dir weh?«, fragte er besorgt.

Sie hob mühsam die Augenlider. »Weiß nicht«, murmelte sie. »Wo sind wir? Wo sind denn Saliah und die anderen?«

»Was?«, fragte er erschrocken und richtete sie vorsichtig auf, woraufhin Rijana stöhnte.

»Entschuldige«, sagte er und nahm sie vorsichtig in den Arm. »Kannst du aufstehen? Wir müssen den Berg hinauf.«

Rijana blinzelte erneut verwirrt und nickte dann. Langsam und unsicher kam sie auf die Füße. Sie konnte kaum stehen, und um sie herum drehte sich alles, aber sie biss die Zähne zusammen. Ariac stützte sie und schob sie den steinigen Abhang hinauf. Endlich hatten sie eine mit Gras überzogene Ebene erreicht. Rijana lächelte ihn noch einmal an, aber dann knickten ihr die Beine weg, und sie verlor das Bewusstsein. Ariac fing sie erschrocken auf und drückte sie an sich. Er hatte keine Ahnung, wo sie sich jetzt befanden oder was aus ihren Pferden geworden war. Schließlich hob er Rijana auf und trug sie in die Richtung des nächsten Waldes, um Schutz zu finden. Es regnete immer stärker, und bald mischten sich Schneeflocken unter die Tropfen. Als er endlich den Waldrand erreicht hatte, war er zu Tode erschöpft und vollkommen durchgeweicht. Er legte Rijana unter einen Baum und deckte sie mit seinem Umhang zu. In der Nähe plätscherte ein kleiner Bach. Ariac brach ein Stück Rinde von einem dicken Baum ab und rannte zum Bach. Dann schöpfte er Wasser und hielt es Rijana an die Lippen.

»Bitte trink das«, sagte er verzweifelt, aber sie schluckte nur reflexartig und wachte nicht auf. Ariac ging selbst zum Bach, um zu trinken, dann ließ er sich zitternd neben sie sinken. Nach einiger Zeit begann es heftiger zu schneien. Ariac erhob sich steifgefroren, legte sich seinen Umhang über und hob Rijana auf. Er musste einen besseren Unterschlupf finden, sonst würden sie beide erfrieren. Außerdem brauchte er Kräuter. Allerdings wusste er selbst, dass er keine Ahnung davon hatte, welche Heilkräuter in Errindale wuchsen. Er kannte nur die wenigen, die in Ursann und in der Steppe zu finden waren, aber darum kümmerte er sich später. Zunächst würde er einen trockenen Platz suchen.

Ariac war den Tränen nahe, als er in der einbrechenden Dunkelheit noch immer nichts gefunden hatte. Rijana war nicht wieder aufgewacht, und er selbst konnte kaum noch weiter.

Als er dann eine kleine Holzhütte erblickte, aus deren Kamin Rauch aufstieg, glaubte er schon zu halluzinieren, rannte aber dann mit letzter Kraft darauf zu und klopfte mit einer Hand heftig an die Tür.

Eine verängstigte Frau mittleren Alters öffnete. Sie hatte grau durchzogene Haare, die zu einem Knoten aufgesteckt waren, und blickte die beiden überrascht an.

»Bitte helft ihr«, stieß Ariac hervor. »Ich komme aus der Steppe, aber ich tue Euch nichts. Bitte, helft ihr, ich … ich tue Euch nichts.«

»Was hat denn das Mädchen?«, fragte die Frau, ohne auf Ariacs Gestammel einzugehen, und schob die beiden in die Hütte. »Leg sie dort hin!« Sie deutete auf ein schmales Bett in einem kleinen Raum, in dem das Feuer im offenen Kamin prasselte. »Ich heiße übrigens Elsa.«

Ariac ließ Rijana vorsichtig auf das Bett sinken und blickte sie besorgt an. Sie sah blass aus, und die Verbände waren durchgeweicht.

Elsa beugte sich über sie und sagte zu Ariac, dessen Gesicht man unter der Kapuze nicht sah: »Ich hole die Kräuterfrau. Zieh ihr die nassen Kleider aus und wasch die Wunden aus. Ich bin bald zurück.«

Ariac nickte, ohne weiter auf Elsa zu achten, die rasch verschwand. Er zog Rijana den Umhang aus, unter dem alles trocken geblieben war. Dann schnitt er den Ärmel ihres Hemdes auf und wusch mit ängstlichem Gesicht die Wunde an ihrem Arm und am Kopf aus. Er war gerade fertig, als die Tür wieder aufging und eine alte, runzlige Frau mit grauen Haaren hereinkam. Ohne ein Wort setzte sie sich zu Rijana auf das Bett und sah sich ihre Verletzungen an. Dann fasste sie in einen Beutel und holte einige Kräuter heraus.

»Koch sie, Elsa«, befahl die Alte.

Elsa nickte und warf die Kräuter ins Wasser, dann packte sie den verstörten Ariac am Arm und drückte ihn auf einen Holzstuhl am Feuer.

»Du musst dich auch umziehen, sonst wirst du krank. Bist du auch verletzt?«

Er schüttelte mechanisch den Kopf und blickte auf Rijana, die bewegungslos im Bett lag.

»Gib mir deinen Umhang«, verlangte Elsa und zog ihm seine Kapuze vom Kopf. Als sie die Tätowierungen sah, wich sie instinktiv zurück.

Ariac hob seine Hände beschwichtigend. »Ich tue Euch nichts, wirklich, ich kann auch gehen, aber bitte helft Rijana.«

Elsa nickte beruhigend und entspannte sich ein wenig. »Entschuldige bitte, ich bin nur erschrocken. Ich habe keine Vorurteile gegen andere Völker. Ich war nur etwas verwirrt.«

»Solange er kein verfluchter Rotmantel ist, ist mir alles

lieb«, murmelte die alte Frau und begann Rijanas Arm zu richten.

Ariac verzog das Gesicht und blickte sie ängstlich an. Elsa lächelte und reichte ihm eine Tasse mit Kräutertee.

»Muria ist eine der besten Kräuterfrauen, die es gibt.«

Ariac nickte unsicher und verbrannte sich die Zunge an dem heißen Tee. Er hustete und merkte plötzlich, wie er zitterte. Elsa begann in einer Holztruhe zu kramen.

»Du bist zwar größer, als mein Mann es war«, sagte sie mit einem traurigen Lächeln, »aber die Sachen sind trocken.« Sie deutete auf den Nebenraum. »Du kannst dich dort umziehen.«

Ariac zögerte. Er wollte Rijana nicht allein lassen, aber im Moment war die Kräuterfrau wohl ohnehin noch mit ihr beschäftigt. Er ging nach drüben und zog sich mit einiger Anstrengung die Kleider aus. Jetzt, wo Rijana in Sicherheit war, merkte er erst, was ihm selbst alles wehtat. Er konnte die Arme kaum hochheben, um sein schmutziges Hemd auszuziehen, und stöhnte unterdrückt, als er das frische Hemd wieder anziehen wollte.

Elsa kam herüber und schlug eine Hand vor den Mund.

»Du meine Güte, du bist ja am ganzen Körper grün und blau.« Ariac, der es nicht schaffte, sein Hemd über den Kopf zu bekommen, fluchte leise.

»Muria wird sich das nachher ansehen«, versprach Elsa.

»Nicht nötig«, murmelte er und ließ kraftlos die Hände sinken.

Elsa kam mit gerunzelter Stirn näher und deutete auf seine Schulter mit der kaum vernarbten Wunde. »Wurdest du angeschossen?«

»Das ist schon einige Zeit her«, antwortete er müde.

Elsa kam lächelnd näher und half ihm das Hemd anzuziehen, dann stolperte er wieder in den anderen Raum, wo Muria Rijana gerade eine Flüssigkeit verabreichte.

Leise stöhnend setzte er sich neben Rijana auf den Boden.

»Was fehlt ihr?«

Muria seufzte. »Sie hat ziemlich viel Blut verloren, und ihr Arm ist gebrochen. Ob ihr sonst noch etwas fehlt, kann ich nicht sagen. Ist sie schon mal aufgewacht?«

Ariac nickte und nahm Rijanas Hand in seine. »Gestern war sie kurz wach, aber ziemlich verwirrt.«

Die alte Frau nickte. »Das wird die Kopfverletzung sein. Wir werden sehen.«

»Wird sie wieder gesund werden?«, fragte Ariac mit angsterfüllten Augen.

»Ich möchte nichts versprechen«, antwortete die Alte. Dann lächelte sie. »Und jetzt sehe ich mir an, was ich für dich tun kann.«

Ariac schüttelte den Kopf. »Nein, mir fehlt nichts. Bitte hilf ihr.«

Muria seufzte. »Im Moment kann ich nicht mehr für sie tun. Später bekommt sie noch einen Kräutertrunk, dann werden wir abwarten müssen.«

Ariac schloss kurz die Augen und wehrte sich nicht einmal mehr, als Muria entschieden sein Hemd hinaufzog. Dann schüttelte sie missbilligend den Kopf.

»Von wegen, du hast am ganzen Körper Prellungen.«

Sie rührte eine Kräutercreme an, die sie Ariac auf den Rücken schmierte. Er stöhnte auf, als sie über die Abschürfungen und blauen Flecken fuhr.

»Ich hole etwas Stroh, dann kannst du neben ihr schlafen«, sagte Elsa freundlich.

»Danke«, sagte Ariac erleichtert, ließ Rijana aber nicht aus den Augen. Er machte sich Sorgen um sie.

Kurz darauf kehrte Elsa mit einem Bündel Stroh und einigen Decken zurück. Muria gab Rijana noch etwas von dem Kräutertrunk, bevor sie sich verabschiedete, aber nicht ohne zu versprechen, am nächsten Morgen mit noch einigen anderen Kräutern zurückzukommen.

Ariac nickte ängstlich. Im Moment machte er sich nicht einmal Gedanken darüber, ob Muria ihn vielleicht an Scurrs Soldaten verraten könnte. Er wollte nur, dass Rijana gesund wurde.

Elsa brachte ihm eine Schale mit Eintopf, die Ariac kaum beachtete.

»Komm, jetzt iss etwas, ihr nützt es nichts, wenn du hungerst.«

Ariac seufzte und begann mechanisch den Eintopf zu löffeln, der ihn endlich von innen aufwärmte. Elsa nickte zufrieden.

»Was ist euch denn passiert?«

Ohne den Blick von Rijana abzuwenden, erzählte Ariac von dem Erdbeben und wie sie abgestürzt waren. Die Soldaten erwähnte er nicht.

»Ja, diese viele Erdbeben in letzter Zeit sind schlimm«, sagte Elsa bedächtig. »Ganze Dörfer wurden schon fortgerissen. Ihr hattet Glück.«

Ariac biss sich auf die Lippe und nickte. Dann streichelte er Rijana über die Wange. »Warum hat es gerade ihr passieren müssen?«

Elsa legte ihm eine Hand auf den Arm. »Solche Dinge passieren. Und jetzt schlaf, ich werde auf sie achten.«

Ariac schüttelte den Kopf. Aber irgendwann, als er auf dem Stroh und den Decken neben Rijanas Bett saß, fielen ihm doch vor Erschöpfung die Augen zu.

Elsa wusste nicht, was sie von der ganzen Sache halten sollte. Ein Steppenkrieger, noch dazu mit zwei Schwertern, und dieses verletzte Mädchen – was taten die beiden hier so weit im Norden von Errindale?

In der Nacht gab Elsa Rijana noch zweimal von dem Kräutertrunk. Rijana bekam Fieber, wie Elsa besorgt bemerkte, aber gegen Morgen war es schon wieder ein wenig gesunken. Auch der junge Mann wachte im Morgengrauen ruckartig auf und schien für einen Augenblick nicht zu wissen, wo er war.

Elsa lächelte beruhigend. »Du kannst noch schlafen.«

Ariac schüttelte den Kopf und setzte sich neben Rijanas Bett. Er streichelte über Rijanas heiße Stirn und sagte erschrocken: »Es geht ihr schlechter.«

Elsa nickte traurig. »Muria wird bald hier sein.«

Ariac nahm Rijanas Hand und streichelte sie vorsichtig. Elsa beobachtete ihn verwundert. Nach allem, was man hörte, sollten die Steppenkrieger grausame Wilde sein, aber dieser junge Mann hier hatte scheinbar fürchterliche Angst um seine Freundin. Elsa seufzte.

Man soll nicht immer das glauben, was erzählt wird, dachte sie und bereitete einen Haferbrei zu.

Nachdem es heller geworden war, kam auch Muria bald zurück. Sie bereitete neue Kräutertränke zu, wechselte Rijanas Verbände und sagte, dass man jetzt nur noch abwarten könne. Ariac war verzweifelt und konnte nichts essen. Die ganze Zeit über lief er unruhig im Zimmer umher, hielt Rijanas Hand oder versuchte, ihr etwas zu trinken einzuflößen.

»Bitte hilf ihr, ich kann dich bezahlen«, sagte er am dritten Tag, als Muria kam und Rijana noch immer nicht erwacht war.

Die alte Frau lächelte traurig. »Manche Dinge kann man nicht kaufen, junger Steppenkrieger. Ich tue alles, was ich kann, aber jetzt muss sie selbst kämpfen, und nur du kannst ihr dabei helfen.« Sie blickte ihm eindringlich in die Augen. »Ich sehe, dass ihr eine besondere Bindung habt. Ihr gehört zusammen.«

Ariac nickte und nahm Rijana vorsichtig in den Arm. In den letzten Tagen hatte er kaum geschlafen. Dunkle Schatten lagen unter seinen Augen.

Muria schlurfte zu Elsa in die kleine Nebenkammer, wo diese gerade Gemüse für einen Eintopf zerkleinerte.

»Wie geht es dem Mädchen?«, fragte Elsa leise, sodass Ariac es nicht hören konnte.

»Ich weiß es nicht«, erwiderte die Kräuterfrau ehrlich. »Die Verletzungen sind nicht allzu schlimm, aber sie wacht einfach nicht auf.«

Elsa nickte besorgt. »Sie ist noch so jung, wohl kaum erwachsen. Und der junge Mann, der scheint sie wirklich zu lieben.«

Muria nickte. »Ja, aber die beiden haben ein Geheimnis.«

»Das glaube ich auch. Aber obwohl er ein Steppenkrieger ist, scheint er ein guter Mensch zu sein.«

»Das eine schließt das andere nicht aus«, erwiderte Muria mit einem angedeuteten Grinsen. Sie ging wieder hinüber und sah, wie sich der junge Mann rasch über die Augen wischte und sich auf die Lippe biss.

Die alte Frau legte ihm eine Hand auf die Schulter. »Bleib bei ihr, das spürt sie.«

Ariac nickte und unterdrückte ein Schluchzen. In seinem Leben hatte er sich noch nie so hilflos gefühlt, nicht einmal, als er in Ursann in dem Kerkerloch gesessen hatte.

Nach zwei weiteren Tagen war das Fieber endlich gesunken, und eines Nachts, als Ariac schlaflos auf Rijanas Bett saß und ihr über die Haare streichelte, öffnete sie ganz plötzlich die Augen.

Ariac stieß einen heiseren Laut aus und nahm ihre Hand. »Wie geht es dir?«

Sie blinzelte und brachte ein undeutliches »Durst« heraus.

Er nickte und hielt ihr einen Becher mit Tee an die Lippen. Sie versuchte, sich ein wenig aufzurichten, ließ sich dann jedoch kraftlos wieder zurücksinken.

»Rijana, was ist?«, fragte er erschrocken.

Sie presste die Augen fest zusammen und fragte dann: »Wo sind wir?«

»In einer Hütte in Errindale. Tut dir etwas weh?«

Sie schluckte ein paar Mal krampfhaft und nickte dann. »Mein Kopf.«

Ariac streichelte ihr vorsichtig über die Wange. »Du bist mit dem Baumstamm abgestürzt. Aber ruh dich aus, und sprich nicht so viel.«

Rijana nahm seine Hand. »Bleibst du bei mir?«, murmelte sie.

»Natürlich«, flüsterte er ihr ins Ohr, und ein paar Tränen der Erleichterung tropften auf ihre Haare.

Etwas später kam Elsa dazu, und Ariac erzählte ihr, dass Rijana aufgewacht war.

»Das freut mich«, sagte sie ehrlich. »Jetzt geht es ihr bald wieder gut.«

»Das hoffe ich.« Ariac seufzte und lehnte sich gegen die alten Holzbretter.

»So, und nun isst du endlich mal anständig«, verlangte Elsa streng.

Zögernd stand Ariac auf, streichelte Rijana noch einmal über die Haare und ging dann in den kleinen Anbau, wo er sich an den Tisch setzte. Elsa gab ihm eine Schüssel mit Haferbrei und Früchten, die er diesmal mit mehr Appetit leerte.

»Warum hast du eigentlich keine Angst vor mir?«, fragte er plötzlich.

Elsa lächelte. »Sollte ich das?«

Ariac hob die Augenbrauen. »Die meisten Menschen bekommen Panik, wenn sie mich sehen.«

Elsa hob die Schultern. »Ich weiß nicht. Ich habe das Gefühl, dass die Welt sich ändert. Früher dachte ich, die Soldaten aus Camasann sind ehrenvoll und beschützen uns, aber das tun sie nicht. Scurrs Soldaten haben alles unter Kontrolle, Orks treiben sich in unserem Land herum, und Gronsdale, mit dem wir eigentlich befreundet waren, führt Krieg gegen uns.«

Ariac zog die Augenbrauen zusammen. »Die Krieger aus Camasann helfen euch nicht?«

Elsa schüttelte den Kopf. »Nein, seit einigen Jahren nicht mehr. Wie du siehst, ändert sich alles, und warum soll ich mich da über einen jungen Steppenkrieger wundern, der sich so rührend um sein Mädchen kümmert?« Sie zog die Augenbrauen zusammen. »Na ja, sie ist ja keine vom Steppenvolk …«

Ariac seufzte. »Rijana ist eine Arrowann geworden, wir sind verlobt.«

Elsa wirkte überrascht, dann grinste sie. »Wie gesagt, die Welt ändert sich.«

»Entschuldige, ich habe meinen Namen noch gar nicht genannt«, fiel ihm plötzlich ein. »Ich heiße Ariac.«

»Das dachte ich mir«, erwiderte Elsa lächelnd. »Rijana hat im Schlaf deinen Namen gerufen.«

Ariac stützte den Kopf in die Hände, und seine mehr als schulterlangen Haare fielen ihm vors Gesicht. »Ich hoffe, sie wird wirklich wieder gesund.«

»Bestimmt«, sagte Elsa beruhigend und erhob sich. »Ich muss etwas Holz hacken, sonst wird es zu kalt.«

»Das kann ich doch machen«, bot Ariac an.

Elsa nahm sein Angebot gerne an. Als allein lebende Witwe hatte man es nicht einfach, und die tägliche Arbeit war schwer.

Er kniete sich noch einmal neben Rijana, aber die schien fest zu schlafen. Dann ging er hinaus. Überrascht bemerkte er, dass eine dichte Schneedecke den Boden bedeckte. In der kleinen Scheune hinter dem Haus hackte er einen großen Berg Holz, der einige Zeit halten würde. Gerade wollte er zurück zur Hütte gehen, als er Soldaten sah, die sich langsam näherten. Erschrocken rannte er hinter den Schuppen und überlegte hektisch, was er tun sollte. Sein Schwert war in der Hütte. Was wollten die Soldaten? Hatte Elsa sie etwa doch verraten? Aber da kam die alte Heilerin herbeigeeilt.

»Los, versteck dich in der Scheune in dem geheimen Raum.« Sie öffnete eine Klappe im Boden, und Ariac stieg hinunter. Dort waren Kartoffeln, geräucherter Schinken und Gemüse gelagert.

»Elsa wird behaupten, Rijana wäre ihre Tochter. Sie hat eure Schwerter, den Bogen und deine Sachen versteckt. Bleib hier, bis ich dich hole.«

Ariac nickte nervös. Er musste Muria wohl oder übel trauen.

Die Soldaten trabten langsam näher. Sie suchten eine Unterkunft. Auch sie waren von dem Erdbeben überrascht worden. Einige Zeit hatten sie in den Wäldern nach den Reitern der beiden Pferde gesucht, die so kopflos an ihnen vorbei nach Süden gestürmt waren. Dann hatte es zu schneien begonnen, und sie wollten sich irgendwo aufwärmen, bevor sie zum nördlichen Gebirge ritten. Der Hauptmann, ein älterer Krieger, der schon seit langem unter König Scurr diente, ritt zielstrebig auf Elsas Hütte zu und klopfte heftig an die Tür.

Sie öffnete und verbeugte sich pflichtbewusst vor ihm. Er schubste sie zur Seite und betrat die kleine, ärmliche Hütte. Hier hatten seine Männer keinen Platz. Er runzelte missbilligend die Stirn.

»Wer ist das?«, fragte er und deutete auf Rijana.

»Meine Tochter, sie wurde bei dem Erdbeben von einem Baum getroffen, als sie auf der Suche nach Pilzen war.«

Der Soldat hob misstrauisch die Augenbrauen und begann, die Hütte zu untersuchen. Wie selbstverständlich steckte er ein paar verschrumpelte Äpfel und Kartoffeln in seine Taschen.

»Hast du einen Steppenkrieger und ein Mädchen gesehen?«, fragte er streng.

Elsa schüttelte den Kopf und dachte mit einem Blick zu Rijana: *Aha, ihr werdet also gesucht.*

Der Soldat musterte sie bereits eine Weile, als die Tür aufging und Muria eintrat. Sie verbeugte sich.

»Hoher Besuch aus Ursann.«

Der Soldat blickte sie böse an. »Wer bist du?«

»Die Heilerin.«

»Ist das Mädchen die Tochter dieser Frau?«, fragte er und beobachtete Muria genau.

Sie nickte. »Selbstverständlich, was denkt Ihr denn?«

»Wir suchen einen Steppenkrieger und eine junge Frau aus Camasann.«

Muria lachte laut auf. »Ein Steppenkrieger, hier? Du meine Güte, glaubt Ihr wirklich, in diesen Zeiten würden wir Fremden helfen?« Sie blickte demonstrativ auf seine ausgebeulten Taschen. »Uns bleibt doch selbst kaum etwas zum Leben.«

Der Soldat zog wütend die Augenbrauen zusammen. Er wollte gerade gehen, als Rijana sich unruhig bewegte und leise »Ariac« murmelte.

Der Soldat fuhr herum und beugte sich über sie. »Was hat sie gesagt?«, fragte er streng.

Elsa hielt die Luft an, aber Muria behielt die Nerven. »Sie hat nach ihrer Mutter gerufen, Ariann.« Sie winkte Elsa zu sich. »Na los, geh zu ihr.«

Diese lächelte und beugte sich über Rijana. »Hier bin ich, mein Kind, keine Angst.« Sie hoffte inständig, dass Rijana nichts mehr sagen würde, und goss ihr mit zitternden Händen etwas Kräutertee in den Mund.

»Durchsucht die Scheune hinter dem Haus«, befahl der Soldat und setzte sich auf einen Stuhl. Rijana war zum Glück wieder eingeschlafen. Drei Soldaten stapften durch den Schnee hinter das Haus.

Muria und Elsa warfen sich einen heimlichen Blick zu.

»Wie heißt das Mädchen?«, fragte der Hauptmann.

»Elsa«, antwortete Muria. Es war immer besser, so nah wie möglich an der Wahrheit zu bleiben.

Ariac saß mit zum Zerreißen gespannten Nerven in seinem Versteck. *Sie kennen Rijana nicht, sie haben sie niemals gesehen,* sagte er sich immer wieder.

Plötzlich hörte er Stimmen und Tritte schwerer Stiefel auf den alten Holzbrettern.

Ariac schloss die Augen und befürchtete, dass jetzt alles vorbei war. Die Männer schoben verschiedene Geräte und Holz zur Seite.

»Geht hinauf, auf den Dachboden«, befahl eine Stimme.

Staub rieselte zu Ariacs Versteck hinab, als ein Soldat auf die versteckte Klappe trat. Ariac verspürte den unwiderstehlichen Drang zu niesen. Er hielt sich die Nase zu und hielt die Luft an – er musste sich jetzt zusammenreißen. Eine ganze Weile durchsuchten die Soldaten noch alles. Ariac war mittlerweile der festen Überzeugung, dass sie ihn finden mussten. Doch dann schienen die Soldaten genug zu haben. Ariac hörte Waffen klappern und sich entfernende Schritte. Er atmete aus und nieste unterdrückt.

Die Soldaten kehrten zu der Hütte zurück und berichteten, dass sie nichts gefunden hatten. Der Hauptmann zog unbefriedigt die Augenbrauen zusammen. Dann stand er auf und nickte den beiden Frauen zu.

Er verließ die Hütte, sagte jedoch zu einem seiner Männer: »Beobachtet die Gegend.« Er selbst ritt die knappe Meile zu der nächsten kleinen, ähnlich ärmlichen Ansiedlung, klopfte wahllos an eine der Türen und herrschte einen älteren Mann an: »Kennst du eine Ariann und eine Elsa?«

Der alte Mann hob eine Hand ans Ohr. »Hä?!«

»Kennst du eine Elsa?«, schrie der Soldat ungeduldig.

Der Alte nickte. »Ja, ja, Elsa, sie wohnt etwas außerhalb des Dorfes.«

»Aha.« Der Hauptmann nickte. Anscheinend hatte die Kräuterfrau die Wahrheit gesprochen. Er ließ seine Männer zurückrufen, und sie ritten weiter nach Norden.

Elsa und Muria warteten noch einige Zeit angstvoll.

»Geh hinaus und tu so, als ob du Holz holen würdest«, schlug Muria schließlich vor. »Sie beobachten uns sicher noch.«

Elsa nickte nervös und ging mit zitternden Beinen hinaus. Sie öffnete die Klappe, und Ariac sprang heraus.

»Du kannst noch nicht zurück ins Haus gehen, sie beobachten uns sicher.«

»Ist mit Rijana alles in Ordnung?«, fragte Ariac besorgt.

»Keine Sorge«, versicherte Elsa. »Warte, bis es dunkel ist, und komm dann zum hinteren Fenster. Ich werde dich hineinlassen.«

Ariac hielt Elsas Hand fest. »Danke! Danke, dass du das für uns tust.«

Elsa lächelte traurig. »Scurrs Männer haben meinen Mann und meinen Sohn getötet. Wenn ich jemandem helfen kann, den sie suchen, dann tue ich das.«

»Danke«, sagte Ariac noch einmal und stieg zurück in den kleinen Raum.

Er wartete, bis es dunkel geworden war, und schlich dann wie besprochen zum hinteren Fenster der kleinen Hütte. Elsa öffnete, und er kletterte hinein.

Er setzte sich zu Rijana auf das schmale Bett und streichelte ihr vorsichtig über die Haare.

»Deine kleine Freundin hätte uns beinahe auffliegen lassen«, erzählte Muria mit einem faltigen Grinsen.

»Wieso?«, fragte Ariac.

»Sie hat im Schlaf deinen Namen gesagt«, seufzte Elsa und sagte schnell beruhigend, als sie Ariacs erschrockenes Gesicht sah: »Muria hat gut reagiert und sehr überzeugend gelogen.«

Die alte Frau grinste weiterhin breit. »Es gibt Zeiten, da muss man die Wahrheit sagen, und es gibt Zeiten, zu denen man sie etwas abändern sollte. Und diesen rotgewandeten Mördern lüge ich gern ins Gesicht.«

»Danke«, sagte Ariac und gab Rijana einen Kuss auf die Wange. Dann lächelte er zögernd. »Ich hätte es nicht gedacht, aber es scheint wirklich noch Menschen zu geben, denen man trauen kann.«

Die beiden Frauen lächelten ein wenig verlegen. »Aber wir müssen trotzdem vorsichtig sein. Am Ende treiben sie sich noch in der Gegend herum.«

»Ich werde mich nicht sehen lassen«, versicherte Ariac.

In diesem Moment schlug Rijana zögernd die Augen auf und lächelte, als sie Ariac sah. Er gab ihr etwas von dem Kräutertrank. »Ich bin hier, keine Angst.«

»Geht es dir gut?«, murmelte sie undeutlich.

»Ja, alles in Ordnung.«

Sie wollte scheinbar noch etwas sagen, aber die Augen fielen ihr zu.

In den folgenden Tagen war Rijana immer wieder für kurze Zeit wach. Allerdings war sie noch ziemlich schwach, hatte Kopfschmerzen und wollte nichts essen. Ariac machte sich noch immer Sorgen um sie, aber Muria versprach, dass Rijana auf dem Weg der Besserung war.

Mittlerweile bedeckte dichter Schnee den Boden. Von den Soldaten sah man nichts mehr, sie waren tatsächlich abgezogen.

»Ihr könnt natürlich den Winter hier verbringen. Ich habe genügend Vorräte«, bot Elsa eines Tages an, als Rijana endlich mal wieder aufrecht im Bett saß. »Danke«, sagte Ariac erleichtert und streichelte Rijana über die Stirn, die schläfrig an seiner Schulter lehnte.

»Aber lasst euch nicht zu viel draußen blicken. Im Winter geht zwar kaum jemand weit vor die Tür, und die Leute sind alle sehr nett hier, aber es könnte Gerede geben.«

»Natürlich, wir werden aufpassen«, versprach Ariac.

»Möchtest du noch etwas Suppe, Rijana?«, fragte Elsa mit einem freundlichen Lächeln.

Rijana schüttelte den Kopf. Sie hatte noch immer keinen Appetit und war ständig müde.

»Tut dein Kopf weh?«, fragte Ariac besorgt.

Rijana schüttelte den Kopf, obwohl das nicht so ganz stimmte, und legte sich wieder hin. »Nein, es geht schon.«

Ariac seufzte und deckte sie zu.

Wie an jedem Tag, kam auch an diesem Abend Muria vorbei.

»Wird Rijana wirklich wieder ganz gesund?«, fragte Ariac sofort.

Muria nickte bedächtig. »Ich denke schon, aber sie hat einen harten Schlag auf den Kopf bekommen, das dauert seine Zeit. Aber ihr bleibt ja den Winter über sowieso hier, dann kann sie sich erholen.«

Ariac runzelte die Stirn und hoffte, dass das wirklich stimmte.

Mitten in der Nacht, Ariac schlief wie immer auf dem Strohbett neben Rijana, begann die Erde zu beben.

Rijana fuhr erschrocken auf. »Ariac«, rief sie ängstlich.

Er stand auf und setzte sich neben sie, dann nahm er sie in den Arm und streichelte sie beruhigend. Er konnte spüren, wie sie am ganzen Körper zitterte. Es bebte eine lange Zeit, dann war es endlich vorbei, und Ruhe kehrte wieder ein.

»Es ist vorbei, keine Angst«, sagte er und zog Rijanas Decke höher.

Sie nickte und drückte sich an ihn.

»Was ist eigentlich aus Lenya und Nawárr geworden?«, fragte sie plötzlich.

»Das weiß ich leider nicht«, antwortete Ariac bedauernd. »Sie haben wohl einen ziemlichen Schrecken bekommen und sind davongelaufen. Aber sie sind klug und werden zurechtkommen.«

»Das hoffe ich«, antwortete sie und schlang ihre Arme um Ariacs Oberkörper.

»Danke, dass du bei mir geblieben bist.«

Er zwickte sie empört in die Nase. »Hast du gedacht, ich hätte dich einfach in die Schlucht stürzen lassen?«

»Nein, natürlich nicht. Aber ich kann mich kaum noch an etwas erinnern.«

Ariac erzählte ihr, wie sie beide abgestürzt waren und er sie schließlich zu Elsas Hütte gebracht hatte.

Ariac wollte sich wieder nach unten legen. Aber Rijana hielt ihn fest. »Kannst du hierbleiben?«

»Natürlich«, antwortete er, »aber bist du nicht müde?«

»Doch, schon«, erwiderte sie, »aber es ist schön, wenn du bei mir bist.«

Ariac lächelte und nahm sie wieder in den Arm.

In den nächsten Tagen ging es Rijana deutlich besser. Sie unternahm ihre ersten wackligen Schritte in der kleinen Hütte und aß ganz langsam wieder normale Portionen. Auch ihre Wunde am Kopf schloss sich endlich. Ihr gebrochener Arm machte noch einige Zeit Schwierigkeiten, aber als der zweite Mond nach dem Unfall vergangen war, konnte sie ihn wieder einigermaßen bewegen. Elsa kümmerte sich rührend um die beiden und fragte nicht weiter, wenn sie merkte, dass Rijana und Ariac über bestimmte Dinge nicht reden wollten. Auch Muria kam hin und wieder vorbei und freute sich, dass es Rijana so gut ging.

Es war ein bitterkalter, harter Winter. Ariac musste zweimal in den Wald gehen und Bäume fällen, damit sie nicht erfroren. Rijana brachte Ariac das Lesen und Schreiben bei, als es ihr wieder gut ging. Auch Elsa wollte es erlernen, und so verging die Zeit wie im Fluge. Sie verbrachten gemütliche Tage am Feuer, während draußen leise der Schnee vom Himmel rieselte. Hin und wieder bebte jedoch die Erde. Und jedes Mal war in Rijanas Augen Panik zu sehen. Zum Glück waren es nur leichtere Beben, sodass keine größeren Schäden entstanden.

Als der Frühling seine ersten Boten schickte, waren Rijana und Ariac sogar ein wenig traurig, dass sie Elsa nun verlassen mussten. Die liebenswürdige Frau war ihnen ans Herz gewachsen. Ihr schien es ähnlich zu gehen. Als die jungen Leute ankündigten, dass sie in den nächsten Tagen aufbrechen würden, standen Elsa Tränen in den Augen.

»Aber seid vorsichtig, wo auch immer ihr hingeht«, sagte sie und begann, Proviant für die Reise einzupacken.

Rijana trat vor die Tür. Die Sonne des ersten Frühlingsmondes hatte bereits ein wenig Kraft. Sie war wieder vollständig genesen. Von ihrer Verletzung sah man nichts mehr, auch ihren Arm konnte sie wieder normal bewegen. Ariac nahm sie stürmisch in den Arm.

»Ich bin so froh, dass es dir wieder gut geht.«

Sie lachte und gab ihm einen Kuss auf die Wange. »Das hast du mir in den letzten Monden schon hundertmal gesagt.«

»Das kann ich nicht oft genug sagen«, erwiderte er ernst. »Ich hatte wirklich Angst um dich, und ich hätte nicht gewusst ...«

Sie legte ihm einen Finger auf die Lippen. »Ich lebe noch und hoffe, dass du mich jetzt mit dir kommen lässt, denn ich wüsste auch nicht, was ich tun soll, wenn dir in Ursann etwas passiert und ich dir nicht helfen kann.«

Ariac zögerte. Den ganzen Winter lang hatte er darüber nachgedacht und mit dem Gedanken gespielt, Rijana vorzuschlagen, dass sie hier bei Elsa bleiben sollte. Andererseits wusste er genau, dass sie darauf nicht eingehen würde.

»Wir werden sehen. Wenn es so weit ist, dann werden wir gemeinsam entscheiden.«

Rijana streckte sich und gab ihm einen Kuss. Das war zumindest vielversprechender als das, was er im Herbst von sich gegeben hatte. Die beiden holten ihre Schwerter und begannen, tief im Wald versteckt, zu trainieren. Ariac beobachtete Rijana genau. Aber zu seiner Erleichterung hatte sie ihre frühere Kraft wieder vollständig zurück und kämpfte sehr geschickt.

»Wenn ich das Schwert von Thondra hätte, das mir gehört, wäre ich noch besser«, sagte er am Schluss nachdenklich.

Rijana lachte auf. »Ich kenne niemanden, der besser ist als du. Selbst Falkann und ...«

Sie stockte und biss sich auf die Lippe, sie wollte jetzt nicht an ihre Freunde denken. Ariac nahm sie in den Arm.

»Du wirst sie wiedersehen.«

Rijana nickte und nahm seine Hand. »Und dann werden sie dich endlich auch als den anerkennen, der du bist.«

Seine Augen wurden traurig. »Wer bin ich denn?«

Rijana lächelte ihn an. »Das Beste, was mir jemals passiert ist. Und jedem, der etwas anderes behauptet, dem breche ich die Nase.«

Ariac hob sie hoch, und Rijana lachte leise.

»Dann werden wohl in Zukunft sehr viele Menschen mit gebrochener Nase durch die Länder reisen«, erwiderte er kritisch.

Rijana boxte ihn in die Seite. »Sei nicht so pessimistisch. Die Arrowann sind ein wunderbares Volk, und das werden die Menschen irgendwann erkennen.«

Ariac seufzte. Er konnte sich das nicht vorstellen.

Nachdem sie sich herzlich bei Elsa und Muria bedankt hatten, zogen sie mit reichlich Proviant bepackt am nächsten

Morgen los. Die Frauen winkten ihnen lange hinterher und hofften inständig, dass es den beiden jungen Leuten gut ergehen würde.

Rijana und Ariac wanderten in Richtung Westen auf Catharga zu. Eines Tages lagerten die beiden erschöpft unter einem überhängenden Felsen, von dem das Wasser tropfte.

»Wie ärgerlich, dass wir keine Pferde haben«, stellte Ariac fest.

Rijana nickte und zog sich die Decke bis über die Nase. »Ich hoffe, es geht ihnen gut.«

»Sicher«, sagte Ariac lächelnd. »Die beiden sind sehr klug und werden bestimmt irgendwo frei und wild über die Wiesen galoppieren.« Er legte noch einen Ast auf das kleine Feuer. »In Ursann hätten wir sie ohnehin zurücklassen müssen.«

»Wieso?«, fragte Rijana und knabberte an einem Apfel herum.

Ariac zog die Augenbrauen zusammen. »Es gibt nur ganz wenige Wege, auf denen man reiten kann, und die sind streng bewacht«, erklärte er. »Wir müssen über zackige Felsen und durch tiefe Schluchten klettern. Es wird nicht einfach werden.« Ariac wirkte jetzt sehr besorgt.

Rijana lächelte aufmunternd. »Wir schaffen das schon. Vielleicht können wir ja irgendwo Pferde kaufen oder welche von Scurrs Männern stehlen?«

»Hmm«, Ariac überlegte, »wir werden sehen.«

Die beiden waren weiter im Norden, als sie zunächst gedacht hatten. Eines Tages hörten sie ein lautes Donnern und sahen Möwen und sonstige Seevögel am Himmel kreisen. Rijana und Ariac liefen auf eine Klippe hinauf und blickten auf das schäumende Meer. Der Wind nahm einem hier die Luft zum Atmen, die Böen rissen an ihren Kleidern, aber der Ausblick entschädigte sie für alles. Hohe Wellen peitschten an den weißen Sandstrand, und Robben lagen träge in der Sonne.

»Das ist wunderschön!«, rief Rijana begeistert.

»Ich habe das offene Meer noch nie gesehen«, bemerkte Ariac nachdenklich, »nur die Meerenge.«

Rijana setzte sich auf einen Felsen. »Auf Camasann hat es häufig so hohe Wellen gegeben, dann sind wir oft meilenweit am Strand entlanggaloppiert.«

»Das muss schön gewesen sein«, erwiderte Ariac.

Rijana nickte und wirkte ein wenig wehmütig, sprang jedoch gleich wieder auf. »Komm jetzt«, sagte sie, »wir sind wohl zu weit nach Norden gelaufen.«

Nun hielten die beiden auf das Gebirge zu, das sich im Westen gegen den Himmel erhob. Es bildete die Grenze zwischen Catharga und Errindale. Der Aufstieg war schwierig, und jeden Abend rollten sich Rijana und Ariac zu Tode erschöpft in die Decken, die Elsa ihnen mitgegeben hatte. An vielen Stellen lag noch Schnee, und die Bäche waren meist reißend vom vielen Schmelzwasser.

Als der zweite Vollmond des Frühlings am Himmel stand, hatten die beiden endlich die Seite der Bergkette erreicht, die zu Catharga gehörte. Man sah in der Ferne bereits die weiten Grasebenen, die vielen Seen und ganz im Westen, unheilkündend, die schroffen Berge von Ursann. Aber bis dorthin war es noch ein langer Weg. Rijana und Ariac liefen einen steilen Berghang hinab. Hier war wieder viel Wald zu sehen, und sie hatten Glück, denn es gab reichlich Wild. Plötzlich hob Ariac eine Hand und hielt Rijana zurück. Er legte einen Finger auf die Lippen und schlich vorsichtig an den Rand einer Klippe. Rijana folgte ihm, und sie legten sich an die schroffe Felskante. Unter ihnen, in einem Felskessel, am Rande der beginnenden Ebenen, war eine große Menge Orks zu sehen. Rijana und Ariac schätzten die Anzahl der Wesen auf mehr als zweihundert. Dazu waren dort noch etwa zwanzig Soldaten in roten Umhängen versammelt, die scheinbar das Training der Orks überwachten.

Rijana blickte Ariac fragend an, aber der wusste auch nicht, was das sollte. Plötzlich erstarrte er. In der Mitte des Felskessels stand eine wohlbekannte Gestalt, die Befehle brüllte. Unglaublicher Hass wallte in Ariac auf.

»Was ist denn?«, flüsterte Rijana.

Sie erschrak, als er sich zu ihr drehte, seine Augen waren hasserfüllt.

»Worran«, knurrte er.

»Oh!« Rijana schluckte. Dieser Worran musste ein grausamer Kerl sein.

»Ich bringe ihn um«, stieß Ariac mühsam beherrscht hervor.

Rijana packte ihn erschrocken am Arm. »Aber doch nicht jetzt, da sind viel zu viele Soldaten, und sieh dir die ganzen Orks an.«

Ariac schnaubte, aber dann schien er sich zu besinnen.

»Was tun sie mit den Orks, verdammt?«, murmelte er. »Scurr benutzt Orks zum Training der jungen Soldaten, aber das hier? Das sieht aus wie eine kleine Armee.«

Rijana beugte sich weiter über den Abhang. Die Orks waren in Rüstungen gekleidet und prügelten wild aufeinander ein. Immer wieder musste Worran sie trennen und schrie dabei herrisch herum. Sie selbst war noch nie einem Ork begegnet, aber die anderen hatten erzählt, dass diese Wesen sehr stark, wenn auch dumm waren.

Die beiden blieben über Nacht auf der Klippe, aber Ariac konnte nicht schlafen. Er machte sich unablässig Gedanken darüber, was das alles zu bedeuten hatte. Scurr hatte die nördlichen Länder unter seiner Kontrolle. Aber was sollten die Orks?

Auch am Morgen waren Soldaten und Orks noch in dem behelfsmäßigen Lager, und als Rijana und Ariac schließlich aufbrachen, um sie zu umgehen, sahen sie im letzten Moment noch eine weitere Gruppe, die sich von Norden her näherte – noch einmal um die hundert Orks.

»Ich verstehe das nicht«, murmelte Ariac und wirkte ziemlich besorgt.

Rijana versuchte vergeblich, ihn aufzumuntern, aber er blieb während des gesamten mühsamen Abstiegs schweigsam.

Als sie die Ebenen von Catharga erreicht hatten, hielten sie sich möglichst im Wald auf, da sie immer Angst hatten, entdeckt zu werden. Eines Tages hatten sie Glück und konnten einer Gruppe von Soldaten zwei Pferde stehlen, während die Männer betrunken in einem kleinen Hain lagerten. Daher gelangten sie nun schneller zu den Ausläufern des Gebirges von Ursann. Ariac hatte es von dieser Seite noch nie gesehen und musste zu seinem Ärger feststellen, dass die Berge hier beinahe senkrecht in die Höhe ragten, sodass man sie nicht erklimmen konnte. Die beiden bewegten sich immer weiter nach Süden auf den steilsten und am markantesten aufragenden Berg Ursanns zu – den Teufelszahn. Hier hatte vor über tausend Jahren die letzte Schlacht der Sieben stattgefunden. Ariac war immer schweigsamer und verschlossener geworden, je mehr sie sich Ursann genähert hatten. Und als sie auf den riesigen Catharsee zuritten, wurde auch Rijana unwohl zumute. Was würde sie in Ursann erwarten?

Es war mittlerweile Frühsommer, die Tage waren lang und meist warm. Hier in Catharga wehte immer eine frische Brise. In Ursann würde es bereits wieder stickig und schwül sein.

An diesem Abend lagerten die beiden am nördlichen Ende des riesigen Sees, der hier von Bäumen und Büschen umgeben war.

Ariac blickte auf die klare Oberfläche.

»Vor tausend Jahren haben wir schon hier gekämpft. Ich hätte die Elfen fragen sollen, wer ich war.«

Rijana musste schlucken, auch sie fühlte sich merkwürdig. Sie konnte sich nicht an ihr früheres Leben erinnern, nur hin und wieder kamen ihr Bruchstücke in den Sinn. So wie damals, als sie erfahren hatte, dass sie eine der Sieben war. Rijana umarmte Ariac und blickte zu ihm auf.

»Werden wir wieder in einer Schlacht sterben?«

»Ich weiß es nicht«, antwortete Ariac seufzend und streichelte ihr über die Haare. »Aber es ist wahrscheinlich.«

Rijana schluckte. »Aber diesmal werden wir zusammenhalten, dann wird sicher alles gut.«

Ariac sah ein wenig unsicher aus. Selbst wenn es ihm gelingen würde, die beiden Schwerter von König Scurr zu stehlen, würden die anderen ihn dann akzeptieren? Oder würden sie ihn noch immer für einen Verräter und Mörder halten?

»Sie sind alle gute Menschen«, sagte Rijana, die wohl Ariacs Gedanken gelesen hatte. Sie drückte seine Hand und sah ihm tief in die Augen. »Sie werden erkennen, dass sie dir trauen können. Du hast mich gerettet und diesen ekelhaften Flanworn nicht umgebracht, das weiß ich.«

Ariac nahm sie in den Arm und seufzte. »Du glaubst mir, aber die anderen sind gegen mich.«

Rijana schüttelte energisch den Kopf. »Sie mögen dich, das habe ich gespürt. Gut, Falkann hat sie ein wenig aufgewiegelt, aber der war eben eifersüchtig.«

»Du hast mich einem Königssohn vorgezogen, eigentlich ist das unglaublich«, sagte Ariac und sah sie liebevoll an.

Rijana grinste halbherzig und ein wenig nachdenklich. »Ich mag Falkann, und vielleicht war ich am Anfang sogar ein wenig verliebt in ihn. Aber ich habe eben erkannt, dass er nur ein guter Freund für mich ist.« Sie seufzte. »Ich hoffe, dass er das eines Tages wieder sein wird und mich nicht hasst.«

»Das wird er sicher nicht«, erwiderte Ariac und streichelte Rijana über das Gesicht. »Wir müssen in Ursann sehr vorsichtig sein, und du musst auf mich hören. Wenn ich sage, dass du irgendwo warten sollst, dann musst du das tun«, verlangte er eindringlich. »Ich kenne mich hier aus, und ich möchte nicht, dass dir etwas passiert. Außerdem habe ich beschlossen, allein in das Schloss von König Scurr zu gehen.«

Rijana schluckte, jetzt wurde es wohl wirklich ernst. Sie nickte zögernd.

»Aber du darfst kein unnötiges Risiko eingehen. Wenn du das Schwert nicht bekommst, dann lässt du es bitte sein!«, verlangte sie nachdrücklich.

Ariac zögerte. Er glaubte nicht, dass die anderen ihm vertrauen würden, wenn er ihnen keinen Beweis seiner Loyalität brachte.

»Wir werden sehen«, sagte Ariac.

Sie brauchten zwei weitere Tage, bis sie den See umrundet hatten. Beide überkam ein merkwürdiges Gefühl, als sie an diesem Abend unweit des sandigen Ufers Rast machten. Sie sattelten die Pferde ab und ließen sie frei. Ab hier mussten sie allein weiterziehen. Ariac kannte einen schmalen Pfad unterhalb des Teufelszahns, der in die Berge hineinführte. Jetzt trauten sie sich nicht mehr, ein Feuer zu machen, denn den Schein hätte man bis weit ins Land hinein sehen können, und Ariac wusste, dass Scurrs Späher die Grenzen von Ursann bewachten. Von nun an wären sie ständig in Gefahr.

Ariac fuhr in dieser Nacht aus dem Schlaf hoch. Er glaubte zu ersticken, konnte sich aber an nichts mehr erinnern. Rijana stand in der Nähe und hielt Wache. Über dem See war Nebel aufgezogen, und es herrschte gespenstische Stille. Ariac stand auf und ging zu Rijana.

»Du hättest noch schlafen können«, sagte sie leise und drehte sich zu ihm.

»Ich kann nicht mehr schlafen«, erwiderte er.

»Es ist merkwürdig hier, oder?«, fragte Rijana beinahe unhörbar.

Ariac nickte. Ein komisches Gefühl hatte sich auch bei ihm

breitgemacht. Plötzlich platschte es leise im Wasser, und beide fuhren mit erhobenen Schwertern herum. Aber nichts rührte sich mehr, wahrscheinlich war es nur ein Fisch gewesen.

»Leg dich hin«, sagte Ariac leise. »Du solltest dich etwas ausruhen.«

Rijana gab ihm einen Kuss und legte sich auf ihre Decke. Ariac lehnte eine ganze Weile an einem der Felsen. Der Nebel wurde dichter, und plötzlich sah er eine Gestalt. Sie erschien in einem merkwürdigen Licht und kam auf ihn zu. Er kniff die Augen zusammen und dachte zunächst, es wäre Rijana, aber dann bemerkte er, dass es eine sehr viel größere Frau war, die in fließende Gewänder gekleidet war. Aus ihren Haaren floss Wasser.

»Rijana«, rief er warnend und ging mit erhobenem Schwert auf die Gestalt zu.

Eine merkwürdige Stimme hallte in seinem Inneren wider.

»Leg dein Schwert nieder, ich werde euch nichts tun.«

Ariac spannte sich an und behielt das Schwert in der Hand. Die Frau mit den Haaren, die wie fließendes Wasser wirkten, stellte sich direkt vor ihn.

»Komm mit mir, dann bekommst du das, was du suchst.«

Er schluckte verkrampft und versuchte Rijana zu sehen, aber der Nebel war zu dicht.

»Willst du dein Schwert nicht, Dagnar?«, fragte die Frau mit sanfter Stimme, die wie Wassertropfen perlte.

»Wie nennst du mich?«, fragte er kaum hörbar.

»In deinem früheren Leben war dein Name Dagnar.« Bevor er es verhindern konnte, legte sich ihre Hand auf seinen Arm, und er wurde von Erinnerungen durchflutet. Noch einmal sah er die Schlacht am Teufelszahn in den Ebenen von Catharga. Er sah, wie Orks, Trolle und andere Wesen der Finsternis alles überfluteten. Er sah seine Freunde und auch Nariwa. Dann sah er sich selbst in anderer Gestalt, wie er sein

Schwert in die dunklen Tiefen des Catharsees warf und anschließend getötet wurde.

Ariac war auf die Knie gesunken und hatte, ohne es zu merken, sein Schwert aus der Hand gelegt. Er bedeckte die Augen mit den Händen und schluchzte.

»Warum tust du das?«, fragte er.

»Ich bin eine Sehlja, eine Seenymphe«, erwiderte das Wesen mit sanfter Stimme. »Ich habe das Schwert für dich bewahrt. Ich wusste, dass du eines Tages wiederkommen würdest.«

Ariac stand schwankend auf und blickte die Sehlja verwirrt an.

»Komm mit mir«, sagte sie und winkte ihm zu.

Zögernd und unsicher folgte Ariac ihr. Er blieb bei Rijana stehen, die auf ihrer Decke schlief, und kniete sich neben sie.

»Sie schläft, ihr geschieht nichts, die Nebelgeister werden sie beschützen«, versicherte die Seenymphe.

»Sie war Nariwa, ich konnte sie damals nicht retten«, murmelte Ariac verzweifelt und streichelte ihr über das Gesicht.

»Vielleicht wird es diesmal anders sein«, sagte die Sehlja, »aber du wirst dein Schwert brauchen.«

Ariac stand widerwillig auf, denn er ließ Rijana ungern allein. Dann folgte er der Seenymphe, die ins Wasser stieg und ihm winkte.

»Was soll das?«, fragte er ungehalten.

»Komm mit mir in mein Reich«, verlangte sie.

Ariac warf einen Blick zurück in den Nebel, wo Rijana lag.

»Du musst wieder lernen zu vertrauen«, sagte die Seenymphe sanft. »Du bist auf dem richtigen Weg. Höre auf dein Herz, dann weißt du, was richtig und was falsch ist.«

Ariac schluckte. Er hatte ein gutes Gefühl bei der Nymphe, aber er konnte einfach nicht über seinen Schatten springen. Die Sehlja kam wieder auf ihn zu.

»Hätte ich das Mädchen töten wollen, hätte ich es bereits

getan. Komm mit, Sohn Thondras, du brauchst dein Schwert.« Sie blickte ihn durchdringend an. »Wie heißt du in diesem Leben?«

»Ariac«, antwortete er kaum hörbar.

Die Sehlja nickte und lächelte, wobei ihre bläulichen Lippen schneeweiße Zähne entblößten. »Du warst in vielen Leben ein Steppenkrieger, du bist stark.«

Die Seenymphe packte Ariac an der Hand und zog ihn mit sich ins Wasser.

Sie tauchte unter, und er schrie noch: »Warte, ich kann doch nicht …« Aber dann tauchten sie einfach hinab in die schwarze Tiefe des Catharsees.

Ariac glaubte zu ersticken, aber die Sehlja zog ihn mit sich hinab in das dunkle, kalte Reich des Sees. Sie drehte sich zu ihm um und lächelte ihm zu. Er stieß die letzte Luft aus seinen Lungen, als er merkte, dass er gar nicht zu atmen brauchte. Seepflanzen wogten um ihn herum, die ein merkwürdiges, fahles Licht verströmten. Bunte Fische schwammen vorbei, und die Sehlja zog Ariac bis ganz auf den Grund des Sees. Er konnte es nicht fassen, aber dort unten, ganz in der Tiefe, war ein uraltes Schloss zu sehen. Unzählige symmetrisch geformte Türme wie aus weißem Marmor gefertigt standen dort, so als würde das Schloss noch immer auf seine Bewohner warten. Ariac staunte, aber die Nymphe zog ihn weiter mit sich, hinein in einen mächtigen Thronsaal. Auch hier drinnen wankten Wasserpflanzen in der leichten Strömung. Die Nymphe hielt auf eine kunstvoll verzierte Truhe zu. Sie bedeutete Ariac mit einigen Zeichen, näher zu kommen. Nun hatte er Boden unter den Füßen und lief schwebend und ein wenig schwerfällig auf die Truhe zu und öffnete sie. Dort lag ein Schwert, das silbern leuchtete und wie das von Rijana mit kunstvollen Runen verziert war. Als er es packte, zogen seine vielen früheren Leben wie im Zeitraffer an ihm vorbei. Dann wurde alles schwarz um ihn.

Ariac erwachte, als er wie von weitem Rijanas erschrockene Stimme hörte. Sie rüttelte ihn panisch an der Schulter und schrie unablässig. Er wollte sagen, dass sie aufhören sollte, aber dann schlug sie ihm hart auf den Rücken, und er spuckte einen Schwall Wasser aus. Anschließend musste er husten. Dann richtete er sich mühsam auf.

Rijana war erleichtert. »Ariac, was ist denn nur los?« Dann stockte sie und deutete mit verwirrtem Blick auf das Schwert, das er umklammert hielt.

Ariac versuchte, seine Gedanken zu ordnen. Er lag am Ufer des Sees, die Sonne ging gerade im Osten auf, und er war klatschnass.

»Unglaublich«, sagte er und fuhr sich durch die nassen Haare. »Wenn ich dieses Schwert nicht hätte, würde ich sagen, dass ich einen vollkommen verrückten Traum gehabt habe.« Er blickte Rijana an, die ihn verwirrt musterte. »Ist mit dir alles in Ordnung?«

Sie nickte. »Ich habe ganz fest geschlafen, und als ich aufgewacht bin, da warst du weg. Dann fand ich dich am See und dachte schon, du wärst ertrunken.«

Ariac schüttelte den Kopf und blickte nachdenklich auf den dunklen, stillen See hinaus. Anschließend erzählte er ihr von der Sehlja und was ihm passiert war. Zunächst wirkte Rijana skeptisch, aber dann berührte sie ehrfürchtig sein Schwert.

»Wahrscheinlich hast du Recht«, sagte sie.

Ariac nickte, dann nahm er ihre Hand. »Mein Name war damals Dagnar, ich … ich konnte dich nicht retten, sie haben dich getötet.« In seinen Augen stand Panik.

Rijana nahm ihn in den Arm. »Dann weiß ich endlich, warum ich mich gleich zu dir hingezogen gefühlt habe. Du hast sicher alles getan, was du konntest.«

»Aber was ist, wenn es wieder passiert?«, fragte Ariac und blickte sie verzweifelt an.

»Dann ist es unser Schicksal«, erwiderte sie traurig, aber kurz darauf lächelte sie wieder. »Ich bin froh, dass wir uns wiedergefunden haben.«

Ariac nahm sie noch einmal fest in den Arm. Er nahm sich vor, sehr gut auf sie zu achten.

Anschließend schwang er das Schwert, das wirklich zu ihm zu gehören schien. Er warf sein altes Schwert in den See, damit es niemand finden konnte. Dann machten sie sich auf den Weg in die dunklen, kargen Berge von Ursann. Südlich des Teufelszahns kletterten sie einen kaum erkennbaren Pfad bergauf. Ariac sah im letzten Augenblick eine Wache und zog Rijana in einen Felsspalt. Sie hielten die Luft an und warteten. Der Mann mit dem roten Umhang lief vorbei, ohne die beiden zu entdecken.

Sie liefen weiterhin bergauf und bemühten sich, keine Geräusche zu machen. Jedes Mal zuckten sie zusammen, wenn sich irgendwo ein Stein löste. Über ihren Köpfen kreisten Aasgeier. Irgendwann wurde der Pfad undeutlicher, und Ariac richtete sich nach der Sonne. König Scurrs Schloss lag im Süden, sie mussten also einen Weg durch die Berge finden.

Mehr als einmal retteten ihnen die Umhänge der Elfen das Leben, denn in dieser kargen und unwirtlichen Gegend fand man nur wenig Schutz. Mit den Umhängen konnten sich Rijana und Ariac beinahe perfekt der Umgebung anpassen. Viele Tage stiegen sie bergauf und bergab, über karge Felsen und durch stachelige Büsche. Sie hatten zwar genügend Proviant, mussten ihn jedoch einteilen, denn es gab nur wenig Wild zu jagen, und auch das Wasser wurde langsam knapp.

An einem Tag trafen die beiden auf zwei umherstreifende Orks. Die Kreaturen hatten steinerne Keulen dabei und gingen sofort auf Rijana und Ariac los.

»Pass auf«, rief er, »sie sind dumm, aber kräftig. Du musst den geeigneten Moment abwarten.«

Rijana nickte, packte ihr Schwert fest und umtänzelte den

Ork geschmeidig, während dieser versuchte, auf sie einzuschlagen. Immer wieder brachte sie ihn mit Finten aus dem Gleichgewicht, und als er schließlich grunzend über einen Stein stolperte, trieb sie ihm ihr Schwert in den Nacken. Keuchend richtete sie sich auf und blickte in Ariacs grinsendes Gesicht, der an einem Felsen lehnte, einen toten Ork zu seinen Füßen.

»Du kämpfst wirklich gut«, sagte er bewundernd.

Rijana strich sich einige Haarsträhnen aus dem Gesicht, die sich aus ihrem Zopf gelöst hatten.

»Hast du die ganze Zeit zugesehen?«, fragte sie empört.

Ariac nickte und duckte sich, als ein Stein geflogen kam.

»Du hättest mir helfen können«, schimpfte sie und zog die Augenbrauen wütend zusammen.

Ariacs Grinsen wurde noch breiter. »Es ist ein Genuss, dir zuzusehen.«

Rijana schnaubte und verschränkte die Arme vor der Brust. Ariac kam zu ihr und nahm sie in den Arm.

»Wenn du wirklich in Gefahr gewesen wärst, hätte ich dir selbstverständlich geholfen, aber du hattest doch alles unter Kontrolle.«

Sie schüttelte den Kopf, grinste jedoch kurz darauf schon wieder.

»Das war mein erster Ork.«

»Kompliment«, sagte Ariac und verbeugte sich leicht. Er betrachtete sein Schwert, das in der Sonne glitzerte. »Es ist anders, mit diesem magischen Schwert zu kämpfen.«

»Da hast du Recht«, antwortete Rijana und steckte ihres wieder zurück in die einfache Lederscheide, die sie um ihren Gürtel trug. »Ohne dieses Schwert hätte ich mit einem Ork wohl mehr Schwierigkeiten gehabt.«

Es folgten einige heiße und drückend schwüle Tage, und das, obwohl die heißeste Zeit des Sommers eigentlich noch bevorstand. Ariac hatte beinahe vergessen, wie unangenehm es hier in Ursann war. Rijana keuchte heftig, wenn sie bergauf liefen. Sie hatte das Gefühl zu ersticken.

An einem dieser stickigen Tage erreichten sie einen Hügelkamm, und Ariacs Gesicht, das in den letzten Tagen immer ernster geworden war, je weiter sie nach Ursann eindrangen, verfinsterte sich noch mehr.

»Naravaack«, erklärte er, und Rijana blickte schaudernd auf die Überreste einer Burg in dem mit Geröll übersäten Tal. Die Ruine stand auf einer Anhöhe, auf der überall Soldaten und auch Orks umherliefen. Vor der Ruine waren jede Menge halb verwüsteter Gräber zu sehen. Rijana packte Ariac am Arm.

»Komm weiter, das ist vorbei.«

Er blieb noch kurz stehen und dachte an die vielen furchtbaren Jahre, die er dort verbracht hatte, dann folgte er Rijana.

Die folgenden Tage wurden immer gefährlicher. Ständig mussten sich die beiden vor Scurrs Blutroten Schatten verstecken, die in den Bergen umherzogen. Auch eine ungewöhnlich große Anzahl Orks war unterwegs, viele in Rüstungen und mit Schwertern.

»Verdammt, jetzt nimmt er sogar schon Orks in seinen Dienst«, schimpfte Ariac, als sie sich gerade hinter einem Felsen versteckt hatten und einen Trupp von etwa fünfzig stinkenden Kreaturen beobachteten, die nach Süden zogen.

»Hat er das früher nicht getan?«, fragte Rijana vorsichtig. In den letzten Tagen war Ariac noch schweigsamer und nachdenklicher geworden.

»Nein«, erwiderte er knapp. »Nur zum Training.«

Die beiden warteten, bis der Trupp vorbei war. Sie traten hinter dem Felsen hervor und wollten schon weitergehen, als plötzlich ein Nachzügler vor ihnen stand und grunzte.

Rijana und Ariac stellten sich nebeneinander und zogen ihre Waffen. Der Ork schwang sein hässliches, schartiges Schwert und stürmte auf die beiden los. Er schlug hart zu und kämpfte ungewöhnlich gut für einen Ork, aber für Rijana und Ariac mit ihren magischen Schwertern stellte er keine ernsthafte Bedrohung dar. Bald lag er in seinem eigenen Blut am Boden. Sie zerrten ihn hinter einen Dornenbusch und erstarrten, als plötzlich zwei Zwerge über ihnen standen. Einer hatte eine Axt, der andere einen kunstvoll geschmiedeten Kriegshammer, den er drohend erhoben hatte.

»Lasst eure Waffen stecken«, sagte der eine Zwerg, der graublonde Haare hatte und einen Helm trug.

Ariac schob sein Schwert seufzend zurück, behielt jedoch die Hand am Knauf.

»Was tut ihr hier?«, fragte der Zwerg.

»Das Gleiche könnten wir euch fragen«, erwiderte Ariac mit finsterem Gesichtsausdruck.

Der Zwerg schnaubte und redete in der Zwergensprache auf den zweiten Zwerg ein, der pechschwarze, lockige Haare hatte. »Warum habt ihr den Ork getötet?«, fragte der blonde Zwerg mit gerunzelter Stirn.

»Orks gehören nicht zu unseren besten Freunden«, gab Ariac sarkastisch zurück.

Rijana zog ihre Kapuze herunter. »Wir sind Feinde der Orks, und ich denke, das seid ihr auch.«

Die Zwerge blickten sich überrascht an. »Ein Mädchen? Ein Mädchen und ein Steppenkrieger mitten in Ursann. Was hat das zu bedeuten?«

»Zwerge gehören auch nicht gerade zu den gewöhnlichen Bewohnern Ursanns, oder?«, fragte Ariac schneidend.

Rijana stieß ihn in die Seite, dann überzog sich ihr Gesicht mit einem Lächeln. »Wir kennen einen eurer Verwandten, Bocan. Er hat gesagt, wenn wir in Schwierigkeiten sind, dann sollen wir seinen Namen nennen. Jeder Zwerg würde uns helfen.«

»Bocan?«, fragte der Schwarzhaarige ungläubig.

Ariac schnaubte. »Ich wusste gleich, dass man einem Zwerg nicht trauen kann, wahrscheinlich ist er gar nicht der Sohn des Zwergenkönigs.«

Beide Zwerge stießen einen empörten Schrei aus und kamen mit wütenden Gesichtern auf Ariac zu.

»Natürlich ist Bocan der Sohn des Zwergenkönigs!«, knurrte der eine und schwang drohend seinen Hammer.

Ariac zog sein Schwert, und sein Gesicht spannte sich an. Aber Rijana trat zwischen die beiden.

»Jetzt hört doch auf. Wie es aussieht, stehen wir auf der gleichen Seite.«

Der blonde Zwerg spuckte auf den Boden, senkte jedoch seine Waffe.

»Ich heiße Rijana, und das ist mein Gefährte Ariac«, lenkte Rijana ein.

»Breor«, knurrte der grau-blonde Zwerg, »mein Freund heißt Roock.«

Der Zwerg mit den schwarzen Haaren und dem schwarzen Bart deutete eine Verbeugung an und zwinkerte Rijana zu. Anscheinend war er der Umgänglichere.

»Was tut ihr hier?«, fragte sie freundlich und bot den beiden ein Stück geräucherten Schinken an, was ihre Gesichter noch etwas freundlicher machte.

»Wir haben ein paar dieser grässlichen Orks verfolgt, die einige unseres Volkes in den nördlichen Bergen getötet haben«, knurrte Breor, und Roock nickte wütend.

»Ihr kämpft gut, für Menschen zumindest. Wo wollt ihr hin?«, fragte Roock.

»Das geht euch nichts an«, knurrte Ariac düster.

»Zum Schloss von König Scurr«, antwortete Rijana, die glaubte, dass sie den Zwergen trauen konnte.

»Zu König Scurr?«, fragte Roock entsetzt und legte eine Hand zurück auf seine Axt.

Rijana nickte und sagte beruhigend: »Wir sind gegen ihn, wir haben nur eine Aufgabe zu erfüllen, aber darüber können wir nicht sprechen.«

Ariac war nicht sehr begeistert darüber, dass Rijana alles verriet, aber sie lächelte ihm beruhigend zu.

Breor fuhr sich durch den dichten Bart, der sein ganzes Gesicht bedeckte.

»Das schafft ihr niemals. Wir sind schon einige Zeit in diesen Bergen, und rund um das Schloss wimmelt es von Orks, Trollen und Soldaten.«

»Wir schaffen das schon«, sagte Ariac unbeirrt.

Die Zwerge blickten sich kurz an und nickten sich anschließend einstimmig zu.

»Also, wenn Bocan gesagt hat, dass ihr die Zwerge um Hilfe bitten dürft, dann werden wir euch helfen.«

»Wie wollt …«, begann Ariac misstrauisch, aber Rijana unterbrach ihn.

»Lass sie ausreden!«

»Vielen Dank, junge Lady«, sagte Roock und verbeugte sich leicht. »Also, durch die Berge kommt ihr nicht, da erwischen sie euch auf jeden Fall. Aber wir können euch unter der Erde hindurch bis kurz vor König Scurrs Schloss führen.«

»Unter der Erde?«, fragte Ariac überrascht.

Roock nickte. »Vor vielen tausend Jahren war Ursann Zwergenland. Viele der alten Stollen existieren noch, nicht einmal Scurr kennt sie.«

Rijana und Ariac blickten sich überrascht an, das hatten sie nicht gewusst.

»Es ist schon sehr lange her, viel länger, als wir beide leben«, sagte Roock freundlich.

»Aber passen wir da hindurch?«, fragte Rijana unsicher. »Ich meine, weil wir größer sind als ihr.«

Roock grinste und nickte anschließend. »Die meisten der

Gänge sind hoch genug, dass du hindurchpasst.« Er blickte ein wenig zweifelnd auf Ariac. »Nun gut, dein Freund muss vielleicht ein wenig den Kopf einziehen.«

Ariac beobachtete die ganze Szene ein wenig skeptisch. Sein altes Misstrauen gegen alles und jeden flammte wieder auf, ganz besonders, da er hier in Ursann war.

»Ich weiß nicht, Rijana«, bemerkte er mit gerunzelter Stirn.

»Wir müssen kurz allein reden«, sagte sie zu den Zwergen, die sich grummelnd abwendeten.

Rijana zog Ariac ein wenig abseits.

»Das ist eine gute Gelegenheit«, sagte sie. »Du hast selbst gesagt, dass es schwierig werden wird, bis zum Schloss zu kommen.«

»Ja, schon«, begann er und fuhr sich durch die Haare, die er hinten zusammengebunden hatte. »Aber wir sind hier in Ursann, da kann man niemandem trauen.«

Rijana packte ihn am Arm. »Aber die Zwerge haben doch nur Orks verfolgt.«

»Und wenn das nicht stimmt?«, fragte er misstrauisch.

»Meinst du, sie sind mit Scurr verbündet?«

Ariac zuckte die Achseln und machte ein verschlossenes Gesicht.

»Warum haben sie uns dann nicht gleich umgebracht?«, versuchte es Rijana.

»Was weiß ich«, erwiderte Ariac ungehalten. »Vielleicht lässt er uns suchen, vielleicht hatten sie Anweisungen.«

Rijana nahm sein Gesicht in ihre Hände und blickte ihm direkt in die Augen.

»Scurr kann nicht wissen, dass wir zu ihm wollen. Er würde uns niemals für so verrückt halten, und wir haben mit niemandem darüber geredet.«

Ariac wollte widersprechen, aber dann entspannte er sich ein wenig und nickte. »Du hast Recht.«

»Gehen wir mit den Zwergen?«, fragte Rijana weiter.

Ariac zögerte noch kurz, willigte dann aber ein, es war wohl wirklich das Beste. Dann meinte er eindringlich: »Aber du bleibst immer in meiner Nähe. Wir müssen wachsam sein.«

Rijana lächelte und drückte ihm einen Kuss auf die Wange. »Natürlich.«

Dann ging sie auf die Zwerge zu und berichtete, dass sie beschlossen hatten, ihr Angebot anzunehmen. Ariac folgte etwas langsamer und wirkte nicht ganz glücklich mit dieser Entscheidung.

Die Zwerge führten ihre neuen menschlichen Gefährten ein gutes Stück in ein Tal hinab. Sie versteckten sich vor einem Trupp berittener Soldaten, dann hielten Roock und Breor auf eine Felswand zu. Mit einiger Anstrengung rollten sie einen dicken Felsblock fort, hinter dem sich ein dunkles Loch auftat.

»Na los, kommt«, drängte Breor, »bevor noch mehr dieser Rotmäntel auftauchen.«

Rijana warf einen unsicheren Blick auf Ariac. Plötzlich war ihr doch nicht ganz so wohl bei der Sache, unter der Erde zu reisen. Er hielt sie zurück und folgte den beiden Zwergen als Erster in die Finsternis. Schon nach wenigen Schritten sah man überhaupt nichts mehr. Ariac bekam Beklemmungen. Die Gänge waren so eng und niedrig, dass er kaum aufrecht stehen konnte. Er erinnerte sich an die Zeit, als Worran ihn immer in das dunkle Loch gesteckt hatte.

»Ariac, was ist?«, fragte Rijana von hinten.

Er schloss kurz die Augen und atmete tief durch. Ariac hatte das Gefühl, keine Luft mehr zu bekommen.

»Kommt schon«, rief Roock von weiter vorn. »Hier wird es heller.«

Ariac riss sich zusammen und stolperte weiter voran, wobei er sich mit beiden Händen an den Wänden abstützte.

»Wir wissen, dass ihr Menschen euch hier unten nicht wohlfühlt, aber einige dieser Gänge sind etwas breiter.«

»Das hoffe ich«, knurrte Ariac und stieß sich den Kopf an, als er sich ein wenig strecken wollte.

Es ging eine ganze Zeit lang geradeaus. Irgendwann hielten die Zwerge in einer kleinen Höhle an. Von den Wänden tropfte Wasser herunter.

Sie holten ihre Proviantbeutel hervor und begannen zu essen. Rijana und Ariac setzten sich dicht nebeneinander und aßen ebenfalls ein wenig Brot und Käse. Anschließend mussten sie erklären, wie sie Bocan kennen gelernt hatten.

»Ariac hat ihn besiegt«, erzählte Rijana stolz. Ihm schien das allerdings ein wenig peinlich zu sein.

Die Zwerge blieben mit offenem Mund sitzen. »Du? Du hast Bocan besiegt?«

Selbst im fahlen Lichtschein wirkten ihre Gesichter ehrfürchtig.

»Ja, aber was ist denn daran so ungewöhnlich?«, fragte er ungeduldig.

»Niemand hat Bocan bisher besiegen können. Weder Orks noch Trolle, noch irgendwelche verfluchten Rotröcke«, erzählte Breor.

Ariac wickelte sich in seine Decke und schloss die Augen. »Dann hatte ich wohl Glück.«

Die Zwerge unterhielten sich noch eine Weile leise miteinander, während sich Rijana an Ariacs Schulter lehnte. Sie wusste, dass er nicht wirklich schlief.

»Ich hoffe, wir sind hier bald raus«, flüsterte sie, »ich fühle mich unter der Erde nicht wohl.«

»Das geht mir auch so«, antwortete er seufzend und legte einen Arm um sie. Die beiden schliefen abwechselnd, obwohl Rijana nicht glaubte, dass die Zwerge ihnen etwas taten. Aber wenn sie nicht Wache hielt, würde Ariac es allein tun, und das wollte sie auch nicht.

Nach einer Zeit erhoben sich die Zwerge ächzend und drängten weiterzugehen. Ihr Weg führte bergab, bergauf, teilweise durch hohe, breite Gänge, dann wieder durch so niedrige, dass Ariac nur mit eingezogenem Kopf laufen konnte. Überall waren schwach leuchtende Steine zu sehen. Die Zwerge nannten sie »Lichtdiamanten« und erzählten, dass sie viele Jahrtausende lang Licht abgaben.

Dann, nach etwa sieben Tagen, stemmten die Zwerge einen Fels zur Seite und traten in der Dunkelheit einer mondlosen Nacht vorsichtig ins Freie. Die beiden Menschen atmeten erleichtert auf und sogen die frische, wenn auch etwas stickige Luft ein. Sie waren mehr als froh, den engen Gängen entkommen zu sein. Ariac blickte staunend nach oben. Sie standen direkt unterhalb des Felsens, auf dem König Scurrs Schloss thronte.

»So, mehr können wir nicht für euch tun«, sagte Roock ernst.

Rijana lächelte ihn in der Dunkelheit an. »Vielen Dank, das war sehr nett von euch.«

Die Zwerge verbeugten sich, und Roock sagte eindringlich: »Aber seid vorsichtig mit diesem König Scurr, was auch immer ihr vorhabt. Er ist ein Hexer und sehr gefährlich.«

»Ach was«, winkte Breor ab. »Wenn unser Steppenfreund hier Bocan besiegt hat, dann ist doch dieses hagere Gerippe kein Problem, oder?«

Rijana grinste, aber Roock schüttelte den Kopf.

»Nein, König Scurr ist unheimlich. Er ist von dem Geist des Hexers Kâàr besessen.«

»Das weiß ich«, sagte Ariac ernst, und die Zwerge blickten ihn überrascht an. Er ging jedoch nicht weiter darauf ein und sagte: »Vielen Dank, ihr habt uns wirklich sehr geholfen.«

»Sollen wir auf euch warten?«, fragte Roock besorgt und zuckte zusammen, als ein Nachtvogel seinen unheimlichen Schrei ausstieß.

Ariac schüttelte den Kopf. »Nein, wenn wir erfolgreich waren, werden wir nach Osten über die Berge zurück nach Catharga reisen.«

Die Zwerge nickten ernst. »Wir wünschen euch viel Glück.«

Rijana lächelte den beiden beruhigend zu, obwohl ihr immer unbehaglicher zumute wurde. Jetzt waren sie direkt in König Scurrs Reichweite.

»Vielleicht solltet ihr ins Donnergebirge ziehen, dort sammeln sich die Zwerge«, schlug sie vor.

Roock nickte bedächtig und verschwand gemeinsam mit Breor in dem Felsengang. Rijana und Ariac standen nun allein in der finsteren Nacht.

»Und was jetzt?«, fragte Rijana schaudernd. Die Berge strahlten etwas Unheimliches aus.

Ariac blickte in den Nachthimmel. Es war noch Zeit bis zum Morgengrauen.

»Ich werde ins Schloss gehen.«

Rijana schluckte und packte ihn ängstlich am Arm. »Ich komme mit, bitte Ariac, ich will nicht allein hier draußen bleiben.«

Er hatte bereits zu einem Widerspruch angesetzt, besann sich dann aber eines Besseren, denn hier war es wirklich gefährlich. Orks, Soldaten und Trolle strichen umher.

»Gut«, gab er seufzend nach. »Wir müssen an der Mauer hinaufklettern und in eines der Zimmer eindringen, und zwar, solange es noch dunkel ist.«

Rijana blickte den hohen Felsen hinauf. Schon allein das Hinaufklettern würde schwierig werden. Aber sie nickte tapfer und folgte Ariac, der bereits begonnen hatte, den schroffen und scharfkantigen Fels zu erklimmen.

Es war mühsam, und beide schnitten sich die Hände auf. Irgendwann standen sie schließlich auf einem winzigen Felssims, etwa auf halber Höhe zu dem Fenster, in das sie einsteigen wollten. Oberhalb von ihnen hörten sie Schritte, sodass sie sich an den kalten Stein pressten. Es waren die Wachsoldaten, die oben auf den Zinnen patrouillierten. Ariac deutete nach oben und suchte immer wieder eine der kleinen Felsspalten. Rijana folgte ihm und vermied jeden Blick in die Tiefe. Nur ein einziger Fehltritt, und sie wären tot. Nach einer Weile war Ariac an einem sehr schmalen Fenster angekommen. Er spähte vorsichtig hinein, aber es war nur eine alte Rüstkammer. Dann zwängte er sich durch den Spalt und hielt Rijana die Hand hin, woraufhin sie erleichtert hineinsprang.

»Du blutest ja«, flüsterte er erschrocken und deutete auf ihre Hand.

Sie winkte ab und blickte sich in der Kammer um. Jede Menge uralter und teilweise unbrauchbarer Waffen und Rüstungen lagen hier herum.

»Ich weiß nicht genau, wo wir sind«, flüsterte Ariac. »Das Schwert ist in dem großen Thronsaal in einer Vitrine.«

Rijana hielt die Luft an, als Ariac die Tür einen Spaltbreit öffnete. Ein wenig Licht fiel herein, bevor sie durch den Spalt in einen menschenleeren Gang schlüpften. Ariac lief mit gezogenem Schwert voran, und Rijana folgte ihm. Immer wieder warf sie Blicke über die Schulter, aber um diese späte Nachtzeit war kaum jemand unterwegs.

Die Gänge waren zum größten Teil schmal und nur spärlich beleuchtet. Sie gelangten auf eine Galerie, und Ariac blickte vorsichtig hinunter, dann nickte er. Ihr Ziel lag zwei Stockwerke weiter unten. Vorsichtig schlichen sie hinab, anschließend liefen sie einen beinahe unbeleuchteten Gang entlang. Plötzlich hörten sie Stimmen, sodass sie sich schnell in eine der Nischen quetschten.

»Ich werde sie erledigen«, flüsterte Ariac kaum hörbar. »Wir brauchen unbedingt ihre Umhänge, dann fallen wir nicht so sehr auf.«

Rijana schluckte schwer, sie hatte Angst. »Pass auf«, flüsterte sie.

Ariac nickte, und als die beiden Soldaten, die wohl von der Nachtwache kamen, vorbeigegangen waren, sprang er sie von hinten an. Der Erste hatte sofort Ariacs Dolch im Hals stecken, aber auch der andere kam nicht mehr dazu zu schreien, denn Ariac schlug ihm fast gleichzeitig seinen Schwertknauf über den Schädel.

»Los, wir ziehen sie in die Nische«, flüsterte er.

Beide zogen sich mit einigem Widerwillen die blutroten Mäntel an und die Kapuzen weit ins Gesicht. Dann liefen sie weiter, achteten jedoch immer wieder auf Schritte und mussten sich einmal in einem verlassenen Zimmer verstecken, um eine größere Gruppe vorbeizulassen.

Der Morgen war nicht mehr fern, als sie endlich eine weitere schmale Wendeltreppe hinunterschlichen und Ariac die schwere Tür des Thronsaals öffnete. Es war stockdunkel, aber Ariac fand den Weg zu der Vitrine, in der das letzte der sieben Schwerter Thondras stand. Gerade wollte er die gläserne Tür öffnen, als er hörte, wie die Tür zum Thronsaal geöffnet wurde.

»Hinter den Thron, schnell«, rief er Rijana zu. Sie reagierte instinktiv und ließ sich hinter dem goldenen Thron auf den Boden sinken. Auch Ariac wollte sich verstecken, aber es war zu spät. Die große, unheimliche Gestalt von König Scurr stand im fahlen Licht.

»Was tust du hier?«, fragte er mit seiner durchdringenden Stimme.

Rijana kniff die Augen zusammen und hielt die Luft an. Jetzt waren sie verloren.

Ariac blieb mit gesenktem Kopf stehen und legte eine Hand an den Schwertgriff. Vielleicht konnte er König Scurr erledigen. Dieser kam langsam und misstrauisch näher. Er entzündete mit einer Handbewegung sämtliche Fackeln, und bevor Ariac sein Schwert ziehen konnte, belegte Scurr ihn mit einem Bann, sodass er sich nicht mehr bewegen konnte. Der König kam näher und zog Ariac die Kapuze vom Kopf. Für einen Augenblick zeichnete sich Überraschung auf dem Gesicht des Königs ab.

»Aha, der verlorene Sohn ist zurückgekehrt«, sagte er spöttisch.

»Ich bin nicht Euer Sohn«, zischte Ariac, konnte sich aber nicht bewegen.

Rijana, bleib, wo du bist, flehte er stumm.

»Warum bist du zurückgekehrt?«, fragte Scurr gelassen und schlich um Ariac herum wie ein Wolf um seine Beute.

Ariac spannte den Kiefer an und sagte keinen Ton.

»Man sagte mir, du seiest zu den anderen übergelaufen und dann, dann seiest du mit einem Mädchen geflüchtet.« Scurr packte Ariac plötzlich am Unterkiefer. »Wo ist sie?«

»Ich habe sie in der Steppe zurückgelassen«, stieß Ariac hervor.

Scurr schien ihn mit Blicken zu durchbohren und in sein Innerstes zu blicken, aber Ariac hielt ihm stand.

»Nun gut, du hast schon immer einen merkwürdigen Sinn für Ehre gehabt«, sagte Scurr und setzte sich in seinen Thronsessel.

Rijana hielt die Luft an. Sie hatte keine Ahnung, was sie tun sollte. Sie wollte Ariac helfen, aber sie sah gegen diesen unheimlichen König keine Chance.

»Ich werde schon noch herausbekommen, was du hier willst«, sagte König Scurr gelassen und ging nun wieder auf Ariac zu, fesselte ihn und nahm ihm sein Schwert ab. Er stellte es zu dem anderen in die Vitrine.

»Sehr schön, jetzt habe ich wieder zwei Schwerter«, sagte er sarkastisch. Anschließend stopfte er Ariac einen Knebel in den Mund und löste den Bann. Ariac zappelte, um freizukommen, aber Scurr versetzte ihm einen magischen Stoß, sodass er kraftlos zusammensackte. Dann schleppte der König ihn mit sich aus dem Zimmer.

Rijana lugte vorsichtig hinter dem Thron hervor, sie war verzweifelt. Was sollte sie jetzt tun? Sie rannte zur Tür und blickte hinaus. Gerade noch sah sie den Umhang des Königs hinter der nächsten Biegung verschwinden. Sie schlich, von Nische zu Nische huschend, hinterher. Der unheimliche Scurr eilte eine Treppe hinab in einen düsteren Gang. Rijana hatte Panik, die beiden aus dem Blick zu verlieren, aber sie traute sich auch nicht, zu nahe heranzugehen.

Endlos lief sie bergab. Schließlich hielt Scurr an einer uralten Holztür an, vor der eine Wache stand.

»Das ist unser alter Freund aus der Steppe. Wirf ihn in den Kerker«, befahl Scurr.

Der Wächter lachte gehässig und packte Ariac an den Haaren. »Es wird mir eine Freude sein.«

Scurr baute sich groß und unheimlich vor dem Wächter auf. »Lass ihn am Leben, ich muss ihn befragen, und Worran wird auch noch seinen Spaß mit ihm haben wollen.«

»Das kann ich mir denken«, lachte der Wächter.

Mit einem Mal drehte sich König Scurr um und wollte offensichtlich gehen. Rijana rannte panisch den Gang zurück. Im letzten Augenblick fand sie eine beschädigte Tür, durch die sie sich in einen alten Verschlag hineinquetschte. Dann hielt sie die Luft an. Sie hörte, wie sich Scurr näherte und plötzlich innehielt. Sie glaubte, ihr Herz würde stehen bleiben, und war sich sicher, dass Scurrs unheimliche Augen genau zu ihr in den Spalt blickten. Schweißperlen rannen ihren Rücken herunter. Sie wagte nicht zu atmen. Dann entfernten sich die Schritte, und sie ließ den Kopf erleichtert auf die Knie sinken – das war gerade noch einmal gutgegangen.

Rijana dachte nach, was sollte sie jetzt tun? Es war nur ein Wächter, und vielleicht konnte sie ihn überwältigen. Aber auf der anderen Seite musste es bald Tag sein, da konnten sie kaum fliehen. Rijana fasste einen Entschluss. Zuerst wollte sie sich sicher sein, dass Scurr wirklich fort war. Sie zwängte sich durch den schmalen Spalt und schlich vorsichtig den Gang zurück. Ganz am Ende sah sie, wie König Scurr nicht zum Thronsaal, sondern eine Wendeltreppe hinauflief. Rijana zögerte und wollte in ihr Versteck zurückkehren, hörte dann aber plötzlich Geräusche. Zwei Soldaten näherten sich. Rijana quetschte sich hinter einen Torbogen und hielt die Luft an. Sie hatte Glück, die Männer bemerkten sie nicht. Rijana wartete einige Herzschläge lang ab, dann trat sie auf den Gang und lief so schnell sie sich traute den Weg zu dem Kerker zurück. In dem kleinen Verschlag versteckte sie sich und hoffte, dass der Tag bald vergehen würde. In der Nacht wollte sie Ariac befreien.

Rijana hatte keine Möglichkeit, die Zeit zu messen. Hier unten war es stockdunkel. Irgendwann hörte sie Schritte und Männer, die miteinander redeten. Sie vermutete, dass gerade ein Wachwechsel stattfand. Rijana hatte panische Angst. Was hatte der Wächter mit Ariac gemacht? Würde sie seine Zelle finden? Und konnte sie den Wächter allein wirklich überwältigen?

Scurr hat gesagt, er soll am Leben gelassen werden, dachte sie und versuchte, sich zu beruhigen.

Rijana wurde immer unruhiger. War es noch immer nicht Nacht? Erneut hörte sie Schritte. Sie drückte ihr Ohr an die morsche Tür.

»Ich soll dich ablösen«, erklang eine kräftige Stimme.

Der Wächter sagte etwas, was Rijana nicht verstand, dann sprach wieder der erste Mann.

»So eine verfluchte Scheiße, erst letzte Nacht Wache auf dem Turm und jetzt hier unten. Es sind doch sowieso kaum Gefangene da.«

Der Wächter sagte etwas von einem wichtigen Gefangenen und schlurfte schließlich an Rijanas Verschlag vorbei.

War es jetzt endlich Nacht? So wie es sich angehört hatte, war es wahrscheinlich. Sie wartete noch eine Weile und hörte den neuen Wächter vor sich hin murmeln. Schließlich hielt Rijana es nicht mehr länger aus. Sie zog ihr Schwert und hielt es griffbereit unter dem Umhang versteckt in der Hand. Sie quetschte sich durch den Spalt und spähte vorsichtig um die nächste Biegung. Der Wächter saß am Boden und trank aus einer Korbflasche, dann rülpste er laut. Sie schloss kurz die Augen und atmete tief durch. Dann streckte sie sich und ging festen Schrittes um die Ecke.

Der Wächter erhob sich und fragte misstrauisch. »Hey, Kleiner, was willst du hier? Ich habe heute Nacht Wache.«

Rijana schluckte und lief ohne zu antworten weiter. Der Wächter fluchte leise.

»Hörst du mich nicht?«

Nun schob Rijana alle Bedenken zur Seite. Sie war nur noch wenige Schritte entfernt, rannte plötzlich los und rammte dem überraschten Wächter blitzschnell ihr Schwert in den Bauch. Der Wachposten starrte sie entsetzt an, stieß einen gurgelnden Laut aus und kippte nach vorn auf den Boden.

Rijana fühlte sich schlecht, denn sie hatte gelernt, niemanden ohne einen fairen Kampf zu töten. Aber dann besann sie sich. Es war nötig gewesen. Sie lehnte den Mann wieder an die Mauer, wischte das Blut mit seinem Umhang weg und verdeckte die Wunde. So sah es zumindest auf den ersten Blick so aus, als würde der Wächter schlafen. Sie nahm ihm den Schlüsselbund aus der Hand und öffnete mit aller Kraft die schwere Tür. Dann schlüpfte sie hinein. Es war dunkel. Fluchend ging sie noch einmal hinaus und holte sich eine Fackel. Ein grobbehauener Gang führte weiter in die Tiefe. Es stank hier ekelerregend. Hinter einigen vergitterten Zellen sah man noch die Überreste von Skeletten. Rijana hielt sich nicht auf und blickte immer wieder rechts und links in die Zellen. Wo war Ariac?

Weiter unten zweigte der Gang nach rechts und links ab. Rijana erfasste die Panik, sie musste sich beeilen. Schließlich entschied sie sich für den rechten Gang. Hier waren die Türen verschlossen. Hektisch steckte sie einen Schlüssel ins Schloss und öffnete. An der Wand, in eiserne Ketten gehängt, erblickte sie die Reste eines halb verwesten Mannes. Sie würgte und schloss die Tür rasch wieder. Weitere Türen kamen, die jedoch alle nicht verschlossen waren. Rijana spürte, wie sich Panik in ihr breitmachte. Wie sollte sie Ariac hier unten jemals finden? Schließlich lief sie in den anderen Gang, steckte wahllos einen Schlüssel ins Schloss und sah eine gefesselte Gestalt am Boden liegen.

»Ariac?«, fragte sie vorsichtig.

Sie hörte ein leises Stöhnen, und tatsächlich – es war Ariac. Erleichtert rannte sie zu ihm und schnitt die Fesseln durch. Im Licht der Fackeln sah sie, dass er grün und blau im Gesicht war und sein eines Auge kaum aufbekam. Aber er lächelte erleichtert, als er sich aufrichtete.

»Wo kommst du denn her?«, fragte er undeutlich.

»Kannst du laufen?«, fragte sie. »Wir müssen uns beeilen.«

Ariac nickte und schwankte zur Tür. Der Wächter hatte ihn zusammengeschlagen und getreten, aber es waren wohl nur Prellungen. Rijana betrachtete ihn ängstlich, aber er nahm sie beruhigend in den Arm.

»Komm, es ist nicht schlimm.«

Sie rannten den Gang hinauf, und Ariac öffnete die Tür. Als er den Wächter sah, zuckte er zurück.

»Er ist tot«, sagte Rijana einfach.

Ariac nickte, dann liefen sie den Gang hinauf.

»Du bist unglaublich«, sagte Ariac grinsend, was etwas verzerrt wirkte mit dem geschwollenen Gesicht und der aufgeplatzten Lippe.

»Kennst du den Weg nach draußen?«, fragte Rijana ängstlich.

Ariac nickte. »Wir schlagen im Thronsaal ein Fenster ein. Dann können wir auch die Schwerter mitnehmen und nach unten klettern. Es ist nicht ganz so weit wie der Weg, den wir gestern genommen haben.«

»Aber wenn wir wieder erwischt werden«, flüsterte Rijana ängstlich, und Ariac sah die Angst in ihren Augen.

Er drückte ihre Hand. »Deswegen sind wir hergekommen. Ich muss die Schwerter mitnehmen. Du wartest kurz, während ich einen Blick in den Saal werfe.«

Rijana nickte nervös. Sie schlichen zum Thronsaal, der leer war, und stellten von innen eine Truhe gegen die Tür. Dann holte Ariac rasch die Schwerter heraus, wickelte sie in ein Stück Vorhang, das er von der Wand riss, und band sie sich auf den Rücken. Anschließend schlug er ein Fenster ein. Bei dem Geräusch zuckten beide zusammen und hielten gespannt die Luft an, aber es geschah nichts. Dann befestigte Ariac den Vorhang an einer Säule und kletterte als Erster hinaus.

»Sei vorsichtig«, flüsterte er.

Rijana nickte und sah ihn in der Finsternis verschwinden. Heute war Neumond, was von Vorteil war, denn sie würden nicht gleich gesehen werden. Rijana kletterte nun ebenfalls hinaus und ließ sich an den Mauern des Schlosses hinab. Irgendwann war der Vorhang zu Ende.

»Hier ist ein kleiner Felsgrat«, flüsterte Ariac von unten. »Wir müssen jetzt klettern. Pass auf, wo du hinsteigst, und wickle dir Stoff um die Hände.«

»In Ordnung«, rief Rijana leise hinunter und tastete sich Schritt für Schritt voran.

Irgendwann hörte sie, wie Ariac auf den Boden sprang. Rijana wollte ihm gerade folgen, als sie plötzlich Kampflärm, einen unterdrückten Schrei und das Geräusch eines Körpers hörte, der auf den Boden fiel. Sie hielt die Luft an, aber dann hörte sie Ariacs Stimme.

»Alles in Ordnung, spring herunter.«

Sie atmete erleichtert aus und sprang auf den felsigen Boden.

»Ein Wächter«, erklärte Ariac und deutete auf den toten Mann. Anschließend deutete er in Richtung Osten, wo sich ganz zögernd das Morgenrot ankündigte.

»Wir müssen so weit wie möglich vom Schloss weg, solange es noch nicht hell ist.«

Rijana nickte nervös, und Ariac nahm sie an der Hand. Gemeinsam liefen sie auf den nächsten Berg zu. Ariac blickte sich immer wieder hektisch um, blieb stehen und lauschte. Als er die Tritte von schweren Stiefeln hörte, drückte er Rijana in eine Felsspalte und quetschte sich neben sie. Schemenhaft sahen sie eine Gruppe Orks, gefolgt von Soldaten, vorbeilaufen.

»Scurr hat mir den Bogen und meinen Dolch abgenommen«, flüsterte Ariac.

Rijana nickte und blickte ängstlich nach draußen, aber jetzt schien es still zu sein. Ariac nahm sie in den Arm und gab ihr einen Kuss.

»Du warst sehr mutig.«

Sie biss sich auf die Lippe. »Ich hatte Angst, dass er dich umbringt.«

»Das hätte er nicht«, erwiderte Ariac mit gerunzelter Stirn. »Zumindest so lange nicht, bis er das aus mir herausbekommen hätte, was er wissen wollte.«

Rijana fuhr ihm vorsichtig über die Schwellung an seiner Schläfe.

»Wir haben nicht mal Kräuter.«

Ariac nahm beruhigend ihre Hand. »Das ist nicht so schlimm. Hast du deinen Proviant noch?«

Rijana nickte und wollte ihn herausholen, aber er schüttelte den Kopf. »Nein, nicht jetzt, wir müssen weiter.«

Vorsichtig spähte er aus der Felsspalte hervor und winkte

Rijana ihm zu folgen. Den Rest der Nacht eilten sie bergauf, auf den nächsten Hügelkamm. Immer wieder hörten sie Geräusche von Soldaten oder Orks in der Nähe, aber sie waren meist weit entfernt. Doch dann, als die Sonne bereits aufgegangen war, erschallte ein dröhnendes Horn. Ariac zuckte zusammen, und Rijana blickte ihn ängstlich an.

»Jetzt wissen sie, dass ich geflohen bin«, sagte Ariac und rannte los, immer in Richtung Süden.

Die beiden machten kaum eine Rast, versuchten so gut wie möglich in Deckung zu gehen und hielten nur kurz an, um etwas zu trinken. Als Ariac auf einen hohen Felsen stieg und nach Westen blickte, sah er, dass die Täler und Hügel unter ihnen mit Orks und Soldaten überschwemmt waren.

Er packte Rijana an der Hand, die heftig atmend an einem Felsen lehnte.

»Los, weiter«, verlangte er.

Die beiden hasteten weiter, bis ihnen die Lungen brannten. Als es dunkel wurde, hielten sie ganz kurz an, holten Proviant hervor und aßen im Gehen. Auch in der Nacht marschierten sie weiter. Immer wieder hörte man Hörner und hin und wieder auch Rufe.

»Kannst du noch?«, keuchte Ariac besorgt.

Rijana nickte, obwohl sie das Gefühl hatte, dass ihre Beine gleich unter ihr zusammenbrechen würden. Aber sie hatte keine andere Wahl, als weiterzulaufen. Am Morgen hatten sie eine weitere Hügelkuppe erklommen und eilten durch ein felsiges Tal auf den nächsten Hügel zu. Ariac kannte sich hier aus. Die Berge, die die Grenze zu Catharga bildeten, waren höchstens noch vier Tage entfernt. Sie hatten also bereits einen guten Vorsprung. Die beiden hielten gerade auf einen Hügel zu, als plötzlich links von ihnen eine Gruppe Orks aus dem Gebüsch heraussprang.

»Los, lauf dort hinauf«, stieß Ariac hervor und deutete auf

den Hügel.«Wir treffen uns dort, wo ein einzelner gezackter Felsen heraussticht. Ich lenke die Orks ab.«

Rijana zögerte.

Ariac nickte ihr eindringlich zu. »Na los, ich komme nach.«

Schließlich rannte sie in die Richtung, die Ariac ihr beschrieben hatte. Er selbst lief nach Norden. Die Orks grunzten und folgten ihm. Ariac schlug den ersten Ork kampfunfähig, entriss ihm seinen hässlichen, knarrenden Bogen und schoss auf die anderen. Diese hielten kurz inne, als einige ihrer Kumpane mit Pfeilen gespickt wurden. Dann stürmte Ariac einen Hügel hinauf und schlängelte sich im Zickzack durch die Felsen. Die Orks konnten ihm nicht folgen.

Rijana eilte den Berg hinauf und erblickte erleichtert den Felsen, den Ariac ihr beschrieben hatte, als sich plötzlich etwas von hinten auf sie warf. Rijana schrie, stieß dem Soldaten den Ellbogen in den Magen und stand blitzschnell wieder auf. Sie packte ihr Schwert fester und wandte sich den nächsten Angreifern zu. Die Männer waren gut ausgebildet und grausam im Kampf, aber Rijana war eine der Sieben. Geschickt und elegant schlug sie zu und hielt die Männer eine Weile in Schach. Beinahe glaubte sie schon, sich den Weg freikämpfen zu können, denn es lagen bereits fünf tote Männer am Boden, doch dann stürzten weitere zehn auf sie zu und konnten sie schließlich überwältigen.

»Ja, was haben wir denn da?«, fragte einer der Soldaten grinsend. Er riss ihr den roten Umhang herunter und deutete kopfschüttelnd auf den Elfenumhang. »Eine Kriegerin aus Camasann, die sich als eine von uns ausgibt.«

Rijana schlug um sich, um freizukommen, aber der Soldat schlug ihr brutal ins Gesicht.

»König Scurr wird sich freuen«, sagte er hämisch grinsend und stieß zweimal in sein Horn.

Ariac rannte zu dem aufragenden Felsen und hielt sich keuchend fest.

»Rijana!«, rief er leise. Aber er bekam keine Antwort. Er suchte die ganze Umgebung ab, aber sie war nirgends zu finden.

Sie müsste doch schon hier sein, dachte er verzweifelt.

Kurz darauf hörte er eine mächtige Stimme durch die Berge hallen – König Scurr.

»Ich habe dein Mädchen. Komm her und ergib dich, sonst bringe ich sie um.«

Ariac schloss verzweifelt die Augen. Scurr hatte Rijana, jetzt war alles aus.

Ariac dachte nach. Vielleicht konnte er zumindest ihr die Flucht ermöglichen. Er schnallte sein Schwert ab und versteckte es zusammen mit dem anderen in einer Felsspalte. Dann folgte er dem Klang der Hörner, die immer wieder aus einer bestimmten Richtung ertönten. Er stieg auf einen Hügel und sah in einem engen Tal König Scurr neben Rijana stehen, die an einen Felsen gebunden war.

In Ariac kochte Wut und Verzweiflung auf. Wie sollte er sie nur befreien?

»Komm schon, Ariac«, rief König Scurr, und seine Stimme hallte drohend laut von den Bergen wider. »Du bist doch einer von uns. Komm her, dann lass ich die Kleine frei.«

»Nein!«, rief Rijana. »Er lügt!«

Ariac sah, wie König Scurr den Kopf schüttelte und Rijana einen Dolch an die Kehle hielt.

»Man sagt nicht so etwas über den mächtigsten König aller Zeiten.«

Rijana spuckte ihm ins Gesicht, und Scurr verpasste ihr eine Ohrfeige. Ariac zog den Orkbogen auf und schickte einen Pfeil in den Talkessel. Mit Genugtuung sah er, wie König Scurr zusammenzuckte, als der Pfeil seinen linken Arm streifte.

»Ich komme«, rief Ariac.

Er kam mit hocherhobenen Händen den Berg herunter. Außer König Scurr sah er nur zwei Soldaten, aber er wusste, dass weitere in den Bergen versteckt waren.

Als er näher kam, sah er, wie Rijana den Kopf schüttelte und ihr Tränen übers Gesicht liefen.

»Nicht, Ariac, jetzt bringt er uns beide um.«

König Scurr achtete nicht weiter auf sie, drehte nur ihr Schwert in seiner Hand herum.

»Du hast mir etwas gestohlen«, sagte Scurr zu Ariac, der sich vor ihm aufbaute und nur mit größter Anstrengung Scurrs Blick standhielt. »Was willst du mit den Schwertern?«

Als Ariac nicht antwortete, hielt Scurr Rijana ihr eigenes Schwert an die Kehle. »Wolltest du dich mit den anderen verbünden?«, fragte Scurr gelassen.

Ariac schluckte und blickte verzweifelt auf Rijana.

»Sie werden dich niemals akzeptieren«, sagte Scurr weiter. »Sie halten dich für einen Verräter und würden dir niemals vertrauen.«

»Ariac ist kein Verräter«, rief Rijana mutig.

Scurr hob die Augenbrauen und kam nun auf Ariac zu.

»So, bist du das nicht?« Der König sah Ariac direkt in die Augen, sodass Ariac ganz seltsam zumute wurde. Schon bald kamen ihm Gedanken in den Sinn, die er lange verdrängt hatte: *Dieser König war gut, er sagte das Richtige, es war alles ganz anders.*

»Willst du nicht dem mächtigsten aller Könige dienen?«, fragte Scurr mit seiner charismatischen Stimme und beugte sich zu Ariac. »Du kannst mein Hauptmann und mein engster Berater werden.«

Ariac hätte sich am liebsten nur noch in diese wohltuende Stimme fallen lassen. Alles, was Scurr sagte, klang so plausibel. Aber dann blickte Ariac auf Rijana, und ihm gelang es, sich dieser Stimme zu entreißen. Er sprang zurück. Plötzlich wusste er wieder, was das Richtige war.

»Nein, ich gehöre nicht hierher, ich habe es niemals getan«, sagte er hasserfüllt.

Scurr wirkte einen Augenblick lang ein wenig verwundert, weil seine Beschwörung nicht mehr zu wirken schien. Dann zuckte er jedoch die Achseln. »Nun gut, dann wirst du eben mit deiner kleinen Freundin gemeinsam sterben.« Scurrs Augen bohrten sich in die von Ariac. »Es ist gleichgültig, ob du mir dienst oder nicht. Es ist nur wichtig, dass ihr nicht vereint seid. Irgendwann werde ich euch alle haben, ob nun im nächsten oder im übernächsten Leben. Dann werdet ihr alle mir dienen.«

Rijana und Ariac machte diese Vorstellung Angst. Scurr sprach jetzt mit einer ganz anderen Stimme. Er wirkte noch furchteinflößender und größer, sodass man beinahe meinen konnte, er sei von undurchdringlicher Finsternis umgeben – oder vielmehr er selbst sei die Finsternis. Es sah so aus, als hätte der Geist von Kââr, dem uralten Zauberer, von ihm Besitz ergriffen.

König Scurr nickte seinen Soldaten zu, die sich langsam entfernten, dann lief er selbst den Abhang hinauf, was Ariac wunderte. Scurr hatte ihn nicht einmal fesseln lassen. Ariac eilte zu Rijana und versuche, ihre Fesseln aufzuknoten.

Scurr stand nun groß und geisterhaft auf dem Hügel zum Tal und rief: »Ich möchte noch eine gute Vorstellung von dir sehen, bevor du stirbst.«

Damit warf er Ariac Rijanas Schwert zu, und fast gleichzeitig strömten Orks die Hänge hinab auf sie zu. Ariac nahm das Schwert und durchtrennte Rijanas Fesseln. Er schob sie hinter sich und drehte sich im Kreis. Von fast überall her kamen Orks auf sie zu, nur ein sehr schmaler Pfad war frei.

»Dort hinauf«, rief Ariac und deutete nach links. Rijana lief los und Ariac hinter ihr her. Aber schnell änderten die ersten Orks ihre Richtung und kamen auf die beiden zu. Ariac kämpfte wie besessen, und Rijana begann Steine auf die Orks zu werfen. Dann griff sie sich einen dicken Ast und schlug damit wild um sich. Ariac versuchte so gut wie möglich, die Orks von Rijana fernzuhalten. Das gelang ihm allerdings kaum, doch selbst mit nur einem dicken Ast in der Hand schlug sie sich sehr gut und streckte die Feinde reihenweise nieder.

»Na los, du musst hochklettern!«, schrie er.

Rijana zögerte kurz, rannte dann jedoch los, und Ariac folgte ihr. Es kamen immer mehr grunzende und schreiende Orks in den Talkessel. König Scurr lachte höhnisch und geisterhaft.

Rijana und Ariac wollten gerade den steilen Abhang hochklettern, als Rijana abrupt stehen blieb. Ariac folgte ihrem Blick, und was er dort oben sah, ließ ihm das Blut in den Adern gefrieren. Feuerechsen – mehr als ein Dutzend, und sie kamen direkt auf sie zu. Erschrocken hielt Ariac Rijana am Arm fest.

»Lass sie nicht in deine Nähe.«

Er deutete in eine Richtung, in der er die wenigsten Orks vermutete, und die beiden eilten dorthin. Ariac schlug weitere Orks nieder, Rijana drosch einem großen Ork mit ihrem Knüppel über den Kopf. Das Wesen stand allerdings immer wieder auf, und Rijana kämpfte verbissen. Mit dem Mut der Verzweiflung gelang es ihr schließlich, dem Ork ihren Knüppel ins Auge zu rammen, sodass er endlich von ihr abließ.

Sie rannte den Berg hinauf. Eine Feuerechse war hinter ihr her, und Ariac gelang es im letzten Moment, dieser den Kopf abzuschlagen.

»Los, hoch!«, schrie er, und Rijana lief und krabbelte den felsigen Abhang hinauf. Ariac drehte sich um, um gegen einen weiteren Ork zu kämpfen. Rijana hielt inne, aber Ariac schrie ihr zu: »Los, hinauf, dreh dich nicht um!«

Sie hastete weiter, während Ariac dem Ork den Kopf von

den Schultern trennte. Eine kleine Feuerechse kam zischend auf ihn zu. Geschlitzte Augen fixierten ihn, bevor die Echse den Schwanz drehte, um zuzuschlagen. Ariac sprang im letzten Moment zur Seite und teilte die Echse in zwei Hälften. Zufrieden sah er, wie die Orks von den Feuerechsen aufgehalten wurden, die alles auslöschten, was ihnen in die Quere kam, ob Mensch oder Ork. Ariac stürmte Rijana hinterher, die schon beinahe oben angekommen war. Etwas hielt Ariac jedoch plötzlich am Fuß fest. Er trat nach hinten und traf einen Ork am Kopf. Dieser grunzte nur und stürzte sich erneut auf ihn. Ariac kämpfte kurze Zeit mit dem Ork, der schließlich in die Tiefe polterte. Aber auf einmal sah er eine kleine Feuerechse links von sich, die zum Schlag ansetzte. Ariac warf sich nach rechts und sah, dass Rijana von oben einen Stein warf, der die Echse traf. So streifte diese ihn nur am Stiefel. Ariac rappelte sich auf, aber da traf ihn auch schon der Schwanz einer ausgewachsenen Echse, und er spürte einen sengenden Schmerz im Oberschenkel. Instinktiv hieb er mit seinem Schwert nach der Kreatur und stolperte weiter den Berg hinauf. Oben stand Rijana und rollte immer wieder Felsbrocken nach unten. Im Talkessel herrschte heilloses Chaos. Orks kämpften gegen Feuerechsen, und Soldaten versuchten, sich ihren Weg durch das Getümmel zu bahnen, um Rijana und Ariac hinterherzueilen. Rijana streckte Ariac erleichtert die Hand entgegen, sodass er heftig atmend den Rand des Talkessels erreichte.

»Schnell«, keuchte er und ignorierte den feurigen Schmerz in seinem Oberschenkel.

Sie rannten auf dem Felsgrat entlang, zu der Stelle, wo der aufragende Felsen zu sehen war. Ariac holte die Schwerter hervor und zog sich mit zusammengebissenen Zähnen den Stachel aus dem Oberschenkel. Der zweite, der von der kleinen Echse, hatte seinen Stiefel nicht durchdrungen. Er schloss kurz die Augen und lehnte sich an den Fels.

»Hat dich die Echse erwischt?«, fragte Rijana erschrocken. Sie hatte solche Wesen noch niemals gesehen.

Ariac nickte und lächelte aufmunternd. »Ja, aber das macht nichts.«

Es ist nur ein Stachel, redete er sich selbst ein, *vielleicht kann ich zumindest Rijana noch aus den Bergen herausbringen.*

»Schnell, nach Süden«, sagte er und deutete nach links. Unterwegs riss Ariac immer wieder Blätter des Curuz-Busches ab und steckte sie in seine Tasche. Als sie kurz anhielten, brach er einige Dornen ab und presste den Saft auf seine Zunge. Das Zeug schmeckte ekelhaft, aber es war seine einzige Chance, zumindest noch einige Tage zu überleben.

Immer wieder hörten die beiden Schreie, Hörner, und einmal rannte sogar eine Gruppe von Orks direkt oberhalb von ihnen vorbei. Magische Donnerschläge erfüllten die Berge. Wahrscheinlich ließ König Scurr nun seine Wut darüber aus, dass ihm Thondras Kinder entkommen waren.

Ariac ließ sich schwer atmend hinter einen Felsen sinken.

»Sie wissen, dass wir nach Süden wollen. Wir müssen nördlich des Passes durch eine Schlucht«, sagte er.

Rijana war erschöpft. Sie gab Ariac etwas von dem Wasser aus ihrem Trinkschlauch. Er nahm ein paar Blätter, schnitt seine Hose auf und legte sie auf die Einstichstelle. Dann legte er einen Verband an.

»Ariac, was ist? Ist es doch gefährlich? Du hast gesagt, ich soll auf die Echsen aufpassen.«

Er schüttelte den Kopf, obwohl sein Bein wie Feuer brannte und ihm schwindlig war. »Nur ein Biss wäre gefährlich«, log er.

Rijana streichelte ihm über das verschwitzte Gesicht. »Sicher?«

Ariac nickte und erhob sich wieder. Als Rijana nicht hinsah, drückte er noch einen Dorn aus und presste eine Hand vor den Mund, um nicht alles gleich wieder auszuspucken.

Bis es Abend wurde, hasteten sie weiter, dann waren beide so erschöpft, dass sie sich in einer Felsspalte niederlassen mussten. Ariac keuchte heftig. Sein Kopf dröhnte, und ihm war schwindlig. Rijana presste die letzten Reste aus dem Wasserschlauch »Dort unten war ein Rinnsaal«, sagte sie. »Ich hole noch etwas.«

Ariac war zu kraftlos, um zu widersprechen. Er holte einen Dorn heraus, schluckte den bitteren Saft und kaute noch einige Blätter. Er spürte, wie Fieber durch seinen Körper tobte. Er rollte sich zusammen und presste die Hände auf die Augen.

Als Rijana zurückkam, zeigten die Dornen und Blätter ihre Wirkung. Das Fieber ließ etwas nach, und sein Kopf dröhnte nicht mehr ganz so stark.

Dankbar nahm er den Wasserschlauch an.

»Ist alles in Ordnung mit dir?«, fragte Rijana, als sie ihn betrachtete. »Du siehst furchtbar aus.«

Ariac trank und hustete. Dann sagte er mit einem angedeuteten Lächeln: »Du hast auch schon besser ausgesehen.«

Rijana seufzte und band sich die wirren Haare zusammen. »Du solltest dich bei dem Rinnsal waschen, das Wasser ist schön kühl«, schlug sie vor.

Mit einiger Anstrengung erhob sich Ariac und unterdrückte ein Stöhnen. »Du hast Recht, ich werde draußen Wache halten. Schlaf ein wenig.«

Rijana wickelte sich in ihren Umhang. Ariac stolperte nach draußen und hielt sein Gesicht unter das angenehm kühle Wasser. Die Nacht wirkte so ruhig. Er setzte sich auf den Boden und machte einen neuen Verband. Die Einstichstelle war ein wenig geschwollen. Dann begann er wieder zu zittern, und heftige Kopfschmerzen plagten ihn. Ariac hatte nicht mehr genügend Blätter, er musste neue sammeln. Irgendwann schleppte er sich zu Rijana.

»Kannst du jetzt Wache halten?«

Sie nickte schläfrig und stolperte nach draussen. Ariac rollte sich zusammen und schaffte es mit letzter Kraft, ein paar Blätter in den Mund zu nehmen. Als es langsam hell wurde, waren die Fieberkrämpfe vorüber. Er erhob sich schwankend und drückte seinen letzten Dorn aus. Wenig später kam Rijana zurück. Er brauchte dringend neue Dornen.

»Sollen wir weiter?«, fragte sie und betrachtete ihn besorgt.

Ariac nickte und lächelte ihr aufmunternd zu. Sie liefen wieder den ganzen Tag durch die kargen Berge. Im Laufe des Tages bekam Ariac solche Kopfschmerzen, dass er kaum noch die Augen offen halten konnte. Dann fand er endlich einen Curuz-Busch, von dem er schnell einige Blätter abriss und mit dem Schwert Dornen herunterschnitt. Er nahm gleich den Saft von drei Dornen zu sich, sodass er sich nach einiger Zeit etwas besser fühlte.

In der Dämmerung hielten sie auf einem kleinen Hügel an. Rijana verteilte das wenige Brot, das sie noch übrig hatte. Aber Ariac konnte nichts essen, sein Magen verkrampfte sich in unregelmässigen Abständen.

»Du musst etwas essen!«, meinte Rijana besorgt. Sie merkte schon die ganze Zeit, dass etwas mit ihm nicht stimmte.

»Später«, presste Ariac hervor. »Im Moment bin ich zu müde.«

Sie setzte sich neben ihn und streichelte ihm über das schmutzige Gesicht.

»Was hast du? Dir geht's doch nicht gut.«

»Nichts«, sagte er beruhigend. »Kannst du heute zuerst Wache halten?«

Sie nickte besorgt und stellte sich zögernd an den Rand des Abhangs. Ariac hatte sie noch nie gebeten, als Erste Wache zu halten, irgendetwas stimmte nicht mit ihm.

Als Rijana fort war, holte Ariac einige Dornen hervor und presste sie aus, dann legte er sich zusammengekrümmt auf den Boden. Nach einer kleinen Ewigkeit schlief er schließlich ein.

Mitten in der Nacht kam Rijana zurück und kniete sich neben Ariac, der fest schlief. Sie legte ihm eine Hand auf die Stirn, aber Fieber hatte er nicht. Dann löste sie vorsichtig den Verband von seinem Bein, konnte in der Dunkelheit aber nicht viel sehen. Ariac wachte nicht einmal auf, als sie ihm ihren Umhang überlegte. In dieser Nacht hielt Rijana allein Wache.

Am Morgen fühlte er sich ein wenig besser.

»Warum hast du mich nicht geweckt?«, fragte er anklagend, als Rijana zurückkam. Sie sah müde aus.

»Weil es dir gestern nicht gut ging. Ist es jetzt besser?«, fragte sie und umarmte ihn.

Ariac versicherte ihr dies und stand auf. Im Laufe der nächsten Tage merkte er, dass er nur dann durchhielt, wenn er in regelmäßigen Abständen mindestens drei Dornen auspresste und zwischendurch die Blätter kaute. Aber er brauchte immer mehr davon, und trotzdem wurden die Schmerzen immer schlimmer. Er schaffte es jedoch, seinen Zustand einigermaßen vor Rijana geheim zu halten. Sie war selbst so erschöpft, dass sie gar nicht merkte, dass Ariac häufig kaum die Augen richtig öffnen konnte oder in der Nacht zusammengekrümmt und mit schmerzverzerrtem Gesicht am Boden lag.

Am vierten Tag nach dem Angriff der Orks erreichten sie endlich den Rand einer tiefen Schlucht, durch die ein Fluss rauschte. Schon einige Zeit hatten sie keine Verfolger mehr gesehen, blieben aber vorsichtig und bemühten sich, keine Spuren zu hinterlassen.

»Wir müssen dort hinunter«, sagte Ariac und hielt sich an einem Felsen fest, um nicht umzukippen.

Rijana seufzte müde und begann, den Berg hinunterzuklettern. Ariac sah alles nur noch verschwommen, und als er beinahe unten angekommen war, stolperte er plötzlich und polterte den Abhang hinunter. Stöhnend blieb er unten liegen und umklammerte seinen Kopf. Er konnte nicht mehr. Rijana kniete sich erschrocken neben ihn und nahm ihn in den Arm.

»Hast du dir den Kopf angestoßen?«

Ariac nickte und presste die Augen fest zusammen. Rijana ließ ihn vorsichtig auf den Boden sinken, schnitt ein Stück Stoff aus dem Umhang, tauchte es in das kalte Wasser des Gebirgsflusses und legte es Ariac auf die Stirn.

»Bist du gestolpert?«, fragte Rijana besorgt und betrachtete ihn genau.

Ariac hustete, dann stand er auf. »Ist schon wieder gut. Komm, wir müssen durch das Tal.«

Er schlug ein rasches Tempo an, denn er wusste, dass ihm nicht mehr viel Zeit blieb, und bis Catharga wollte er Rijana auf jeden Fall begleiten. Zum Glück fand er unterwegs noch einen Curuz-Busch mit dicken Dornen, die er auspressen konnte. Ein Fluss strömte durch das felsige Tal, und nach drei weiteren Tagen ermüdenden Laufens sahen sie, wie er sich an einer schmalen Stelle durch die Berge wand.

Ariac stand der Schweiß auf der Stirn. Er hatte schon wieder Fieber bekommen und versuchte, nicht allzu sehr zu zittern. Rijana lehnte erschöpft und mit halb geschlossenen Augen an der Felswand.

»Hinter der Öffnung im Fels beginnt Catharga«, sagte Ariac.

Gewaltsam öffnete Rijana die Augen. Sie blickte auf den Fluss, der sich seinen Weg durch den Felsen vor ihnen bahnte, dann die steile Felswand hinauf.

»Müssen wir hinaufklettern?«

»Ich hoffe nicht«, erwiderte Ariac und stolperte langsam und qualvoll weiter. Er kaute einige Blätter. Nach einer Weile sahen sie, dass ein sehr schmaler Grat am Rande des Flusses entlangführte.

»Sollen wir es versuchen?«, fragte Rijana.

Ariac nickte. Er wusste, dass er keinen Aufstieg in die Berge mehr überstehen würde.

»Ich gehe voran«, sagte er. »Wenn ich drüben bin, rufe ich.«

Rijana nickte und umarmte ihn. »Sei vorsichtig.«

So tastete er sich vorsichtig voran, immer am glitschigen Rand des Felsens entlang. Gischt spritzte empor.

»Ariac, was ist los?«, rief Rijana irgendwann ängstlich gegen das Toben des Wassers an. Sie sah ihn nicht mehr, und er war schon seit einer Weile hinter einer Biegung verschwunden.

Mühsam hangelte Ariac sich an dem Felsgrat entlang und musste irgendwann kurz Pause machen. *Bitte, Thondra, lass mich Rijana noch bis nach Catharga bringen,* flehte er stumm.

Irgendwann schleppte er sich weiter, und als er über einen letzten Spalt gesprungen war, fand er sich auf einer grünen Ebene an der Grenze zu Catharga wieder. Ariac ließ sich auf den Boden sinken.

»Du kannst kommen, Rijana«, rief er nach einer Weile. Dann legte er sich erschöpft auf den Boden und kaute halbherzig auf ein paar Blättern herum.

Als Rijana erschien, setzte Ariac sich wieder hin.

»Komm, wir müssen weiter.«

»Sollen wir uns nicht kurz ausruhen?«, fragte sie müde. »Wir sind doch jetzt in Catharga.«

Ariac schüttelte den Kopf. »Noch zu nah an Ursann.«

Rijana seufzte und lief neben Ariac her. Sie erzählte, dass sie hoffentlich bald die Brücke erreichen würden, die sie nach Balmacann brachte.

»Ich habe kein Gold mehr«, sagte sie besorgt. »Scurr hat es mir abgenommen. Aber ich denke, dass sie uns auch so über die Brücke lassen werden. Schließlich sind wir zwei der Sieben.« Plötzlich wirkte Rijana wieder wesentlich fröhlicher und optimistischer. Sie nahm Ariacs Hand. »Wir haben das letzte Schwert der Sieben. Jetzt wird alles gut.«

Ariac nickte müde. Er hörte ihr gar nicht richtig zu, sein Kopf dröhnte schon wieder, und sein Bein tat weh. Bei jedem Schritt brannte es wie Feuer.

Rijana plapperte munter weiter. Sie sprach von ihren Freunden und davon, was sie als Nächstes tun wollten. Als sie am Abend auf einer kleinen Waldlichtung Rast machten, sagte Rijana, die Ariacs angespannte Miene falsch verstand: »Keine Angst, die anderen werden dich jetzt akzeptieren. Ihr werdet noch gute Freunde werden.«

Ariac nickte. Sein Kopf drohte zu zerspringen, und ihm war furchtbar übel. Er brauchte dringend neuen Dornensaft. Rijana nahm ihn in den Arm, und er schloss kurz gequält die Augen. Ihm tat alles weh.

»Ich halte Wache, ich kann jetzt sowieso nicht schlafen. Außerdem habe ich dort hinten Beeren gesehen.«

Zum Zeichen seines Einverständnisses hob Ariac eine Hand. Selbst das Sprechen war zu anstrengend. Als Rijana davongelaufen war, presste er einige Dornen aus, viele waren nicht mehr übrig, dann legte er sich zusammengekrümmt auf den Boden. Er hatte heftige Fieberschübe und Schüttelfrost und hoffte verzweifelt, dass es abklingen würde, bis Rijana zurückkehrte. Aber irgendwann konnte er sich nicht einmal mehr darüber Gedanken machen. Das Gift tobte immer heftiger durch seinen Körper, bald wäre wohl alles vorbei.

Er war noch nicht lange eingeschlafen, als Rijana zurückkehrte und ihn weckte. Sie hielt ihm eine Hand voll Beeren hin. »Die schmecken gut.«

Ariac erhob sich schwankend. Dann stolperte er zu einem Baum und lehnte sich dagegen. Von den Beeren bekam er kaum etwas herunter. Er zitterte noch immer am ganzen Körper und konnte nicht stehen. Erst, als er zwei weitere Dornen ausgepresst hatte, ging es etwas besser.

Am nächsten Tag brachten die beiden ein gutes Stück Weg hinter sich. Als sie am Abend über einen Hügel liefen, sahen sie in der Ferne Häuser.

»Dort vorn ist die Brücke, wir haben es geschafft!«, rief Rijana glücklich.

Ariac hielt sich schwankend an einem Baum fest. Als Rijana ihn freudig umarmte, fiel er beinahe um.

»Das ist schön«, sagte er lächelnd und ließ sich auf den Boden sinken.

Rijana setzte sich neben ihn und betrachtete ihn kritisch.

»Sollen wir erst morgen über die Brücke gehen?«

Ariac nickte und schloss die Augen. Er hatte sein Ziel erreicht, sie hatten es geschafft. Weiter würde er nicht mitgehen, er konnte einfach nicht mehr.

Rijana verteilte das letzte Stück vom harten Brot und etwas Käse.

»Und morgen gibt es wieder etwas Richtiges zu essen«, sagte sie bestimmt.

Ariac kaute müde auf dem harten Brot herum.

»Ariac, jetzt wird alles gut«, sagte Rijana und nahm seine Hand in ihre.

Er blickte sie traurig an und nickte. In der Nacht fasste er einen Entschluss. Er wollte nicht, dass Rijana sah, wie er qualvoll zugrunde ging.

Als Rijana am nächsten Morgen fröhlich aufstand, winkte er sie zu sich und sah ihr eindringlich in die Augen.

»Ich möchte, dass du allein über die Brücke gehst.«

Rijana zog misstrauisch die Augenbrauen zusammen. »Warum?«

Ariac seufzte. »Sie werden mir zunächst nicht glauben. Nimm das Schwert«, er deutete auf das Bündel neben sich, »bring es deinen Freunden, und wenn du sie überzeugt hast, dann kommt ihr zurück. Ich warte hier.«

Rijana schüttelte stur den Kopf. »Nein, sie werden mir glauben. Wir gehen zusammen.«

Ariac drückte ihre Hand. »Willst du, dass sie mich verhaften?«

»Nein, natürlich nicht«, antwortete sie erschrocken.

»Siehst du«, sagte Ariac ernst. »Sie würden nicht lange fragen und mich sofort in den Kerker werfen. Ich bin in ihren Augen ein Mörder.«

Eine Weile kämpfte Rijana mit sich. Sie wollte Ariac mitnehmen, aber er hatte Recht. Sie umarmte ihn und gab schließlich nach.

»Also gut«, sagte sie traurig.

Erleichtert schloss Ariac die Augen und umarmte sie fest. Jetzt würde er sie wohl zum letzten Mal sehen. Er ließ sie nicht los, bis er den Kloß in seinem Hals heruntergeschluckt und die Tränen weggeblinzelt hatte.

Er wischte Rijana eine Träne von der Wange. »Du wirst es schaffen, da bin ich mir sicher«, sagte er.

»Kommst du noch mit bis zum nächsten Hügel?«, fragte Rijana und erhob sich.

Ariac nickte. Das Aufstehen kostete ihn unglaublich viel Kraft, und als er ihr folgte, brauchte er all seine Beherrschung, um nicht zu schwanken. Rijana nahm seine Hand. Als sie im Morgenlicht auf dem Hügel standen, umarmte sie ihn noch einmal. Ariac presste die Augen fest zusammen und sagte heiser: »Ich liebe dich. Wir werden uns wiedersehen.«

»Natürlich«, antwortete sie mit gerunzelter Stirn und blickte zu ihm auf. »Ich beeile mich und bin bald zurück.«

Ariac schluckte und gab ihr einen letzten Kuss. Dann winkte er ihr noch einmal mit letzter Kraft zu, als sie sich umdrehte, bevor sie auf die fernen Häuser zulief.

»Rijana, ich wünsche dir alles Glück. Im nächsten Leben sehen wir uns wieder«, flüsterte er ihr hinterher, dann stolperte er ein Stück den Hügel hinunter und brach kurz dahinter zusammen. Er holte den Stein hervor, den Rijana ihm vor langer Zeit gegeben hatte, und umklammerte ihn. Jetzt konnte er nur noch auf sein Ende warten.

Rijana eilte den Weg hinunter. Das Schwert hatte sie sich auf den Rücken gebunden. Tränen strömten ihre Wangen hinab. Sie ließ Ariac nicht gerne allein zurück. Außerdem war er heute schon wieder so komisch gewesen. Aber sie wusste, dass er sich häufig zu viele Gedanken machte.

Immer weiter näherte sie sich der Ansammlung von kleinen und größeren Häusern. Das war die Stadt, die vor der Brücke lag. Aber ihre Schritte wurden zögernder. Ariac hatte sie allein gehen lassen. Sicher, er könnte verhaftet werden, aber auch für sie war es nicht ungefährlich. Normalerweise brachte er sie nie absichtlich in gefährliche Situationen. Rijana hielt an und blickte zurück. Sie hatte ein ungutes Gefühl. In den letzten Tagen hatte sie häufig gespürt, dass es Ariac nicht gut ging. Aber trotzdem war er immer zielstrebig vorangegangen. Aber was er vorhin gesagt hatte, hatte sich nach einem endgültigen Abschied angehört. Was hatte er vor? Wollte er sie verlassen, damit er sie nicht in Gefahr brachte? Rijana bekam Angst. Sie drehte sich um und rannte den ganzen Weg zurück. Sie musste Gewissheit haben, dass Ariac noch dort war.

Es war beinahe dunkel, als sie den Hügel fand, auf dem er gestanden hatte. Atemlos rannte sie hinauf und blickte sich um. Zunächst konnte sie Ariac nicht finden, aber dann sah sie etwas nicht weit entfernt im Gras liegen. Durch den tarnenden Umhang, den Ariac um sich gewickelt hatte, erkannte man ihn kaum. Vorsichtig trat Rijana näher und kniete sich neben ihn. Sie wunderte sich zunächst, dass er einfach hier mitten auf der Wiese schlief. Als sie ihn umdrehte, erschrak sie zu Tode. Er zitterte am ganzen Körper, sein Gesicht war schweißbedeckt, und er stöhnte ständig leise vor sich hin.

Rijana nahm ihn in den Arm und hielt ihm den Wasserschlauch an den Mund. Er zitterte so heftig, dass er nicht schlucken konnte.

»Ariac? Was hast du denn?«, flüsterte sie verzweifelt und streichelte ihm über die Haare. »Ich hätte es wissen müssen. Du hättest mich nicht einfach allein gelassen.«

Ariac zitterte die ganze Zeit über und krümmte sich immer wieder gequält zusammen. Aber sosehr Rijana sich bemühte, sie bekam nichts aus ihm heraus. Sie legte ihren Umhang über ihn und untersuchte sein Bein. Es war geschwollen, und rund um die Wunde hatten sich lange rote Linien gebildet. Rijana versuchte immer wieder, ihm Wasser zu geben. Als es dann langsam wieder hell wurde, öffnete Ariac zögernd die Augen.

»Du musst mir jetzt sagen, was mit dir los ist«, sagte sie bestimmt.

Er drohte wieder das Bewusstsein zu verlieren und stöhnte gequält auf, aber Rijana schüttelte ihn an der Schulter.

»Warum bist du hier?«, murmelte er und krümmte sich mit einem leisen Aufschrei zusammen.

»Ariac, was hast du?«, fragte sie verzweifelt.

Er hustete und richtete sich zitternd auf, dann blickte er sie verzweifelt an. Seine Lippen waren aufgesprungen, und die dunklen Ringe, die er die ganze Zeit schon unter den Augen hatte, wirkten noch tiefer.

»Die Feuerechse ... die Stacheln ... giftig«, stammelte er zitternd. »Wollte nicht ... dass du ... das siehst.«

Sie nahm ihn fest in den Arm. »Wie kann ich dir denn helfen?«

Er schüttelte den Kopf. »Es gibt kein Gegengift. Die Dornen, die ich in der Tasche habe, helfen ein wenig, und die Blätter. Aber es ist bald vorbei.« Er stöhnte auf und keuchte: »Nicht mehr ... länger herauszögern ... bitte ... es tut so weh.«

Erschöpft ließ er sich gegen sie sinken. Rijana war den Tränen nahe. Rasch holte sie einige Dornen aus seiner Tasche.

»Ariac, du nimmst sie jetzt. Ich bringe dich nach Balmacann, dort gibt es gute Heiler.«

Er schüttelte zitternd den Kopf. »Nein, es gibt keine Heilung ... nichts nützt etwas.«

»Ariac, du kannst jetzt nicht aufgeben!«, schrie sie hysterisch und drückte ihm die Dornen in die kalten, zitternden Hände.

Schließlich presste er den Saft mit zitternden Händen heraus und lehnte sich gegen Rijanas Schulter. Es schien ewig zu dauern, aber dann hörte er auf zu zittern, und das Fieber sank. Rijana drückte ihn weinend an sich.

»Warum hast du mir denn nichts gesagt?«, schluchzte sie.

Ariac nahm kraftlos ihre Hand. »Es hätte nichts genützt. Ich wollte dich bis hierher bringen. Bitte glaube mir, niemand kann mir mehr helfen. Sie haben es uns in Ursann gesagt. Die Stacheln einer ausgewachsenen Feuerechse sind tödlich.« Er blickte traurig zu ihr auf. »Bitte lass mich allein! Ich möchte nicht, dass du mich sterben siehst.«

Rijana schüttelte den Kopf, sodass Tränen in seine Haare tropften. »Nein, ich lasse dich nicht allein. Bestimmt kann dir jemand helfen.« Sie schluchzte und hob den Kopf. »Scurr hat schon öfters gelogen, es gibt sicher ein Gegengift.«

Erschöpft schloss Ariac die Augen. »Wir sehen uns doch im nächsten Leben wieder«, sagte Ariac müde. »Ich werde dich finden.«

»Nein!«, rief Rijana und packte ihn am Arm. »Ich will dieses Leben mit dir verbringen, und jetzt steh auf, es ist nicht weit bis zur Brücke.«

Ariac stöhnte gequält und schaffte es sogar, auf die Beine zu kommen. Rijana legte ihm einen Arm um die Hüfte, und er stolperte auf sie gestützt den Hügel hinauf. Aber in den letzten Tagen hatte er all seine Kraft verbraucht. Er konnte einfach nicht mehr und musste alle paar Schritte stehen bleiben.

Immer wieder gab ihm Rijana einige der letzten Blätter in die Hand, aber selbst die schienen nicht mehr zu helfen. Schließlich führte Rijana Ariac an einen Baum, wo er sich erschöpft zu Boden sinken ließ. Mit zitternden Fingern holte Rijana einen Dorn aus seiner Tasche und drückte ihm den Saft in den Mund.

»Ruh dich aus, ich werde uns ein Pferd besorgen«, sagte sie.

Ariac hustete qualvoll und legte sich auf den Boden. Rijana legte ihm ihren Umhang über und rannte los.

Bald hatte sie die ersten Bauernhöfe erreicht, die vor der kleinen Stadt lagen. Zunächst sah sie nur Kühe und Schafe und einige Bauern, die auf den Feldern arbeiteten. Sie rannte weiter und fand endlich ein Kriegspferd, das vor einem der etwas größeren Häuser angebunden stand. Ohne weiter zu überlegen, band sie es los, schwang sich in den Sattel und galoppierte zu Ariac zurück.

Der hatte inzwischen etwas Kraft geschöpft und richtete sich auf, als er galoppierende Hufe hörte.

»Komm, steig auf, dann brauchst du nicht laufen, ich führe das Pferd«, schlug Rijana vor.

Er biss die Zähne zusammen und stand schwankend auf. Rijana half ihm, so gut es ging, aber er konnte sich nicht in den Sattel ziehen. Schließlich fand Rijana einen umgestürzten Baum. »Wenn du dort hinaufsteigst, geht es bestimmt.«

Ariac holte tief Luft und stolperte auf Rijana gestützt zu dem Baumstumpf. Als er endlich auf dem Pferd saß, hielt er sich mit letzter Kraft am Sattel fest. Rijana führte das Pferd den Berg hinunter auf die Stadt zu.

»Wir sind gleich da«, sagte Rijana immer wieder beruhigend. »Wenn wir die Stadt umreiten, sind wir bald bei der Brücke.«

Ariac nickte halbherzig. Er wusste kaum, wie er das schaffen sollte. Endlich kam die große Brücke in Sicht. Wie immer hatte sich eine lange Schlange am Kontrollpunkt gebildet. Jede Menge Wagen, Reiter und Fußgänger warteten darauf, nach Balmacann reisen zu dürfen.

Rijana und Ariac stellten sich ganz hinten an. Rijana streichelte Ariac über das heiße Gesicht, während dieser halb bewusstlos über dem Hals des Pferdes hing.

»Ich bin gleich wieder zurück. Hältst du dich so lange oben, oder willst du lieber absteigen?«

Er hob stöhnend den Kopf, hustete ein paar Mal und brachte dann ein undeutliches »Absteigen« heraus.

Rijana nickte besorgt, dann rutschte Ariac langsam aus dem Sattel. Er fiel beinahe hin, als seine Beine den Boden berührten. Rijana half ihm zu einem Felsen und gab ihm ihren Wasserschlauch. Dann drückte sie ihm die letzten Blätter der Curuz-Sträucher in die Hand.

Ariac versuchte zu lächeln, was ihm allerdings nicht gelang, dann lehnte er den Kopf an den Felsen. Rijana lief los. Sie drängelte sich durch die wartenden Menschen und Kutschen. Schließlich stand sie vor einem Soldaten in den blauen Farben Cathargas. Der Mann kassierte gerade Zoll.

»Ich muss über die Brücke. Ich bin Rijana, eine der Sieben. Mein Gefährte ist krank. Ihr müsst mich vorlassen«, keuchte sie schwer atmend.

Der Soldat betrachtete das schmutzige Mädchen mit den zerzausten langen Haaren und den abgerissenen Kleidern von oben bis unten.

»Stell dich hinten an. Wahrscheinlich kannst du ohnehin nicht zahlen«, sagte er abfällig.

Rijana blitzte ihn wütend an. »Ich bin Rijana. Ich wurde in Camasann ausgebildet.«

»Natürlich, und ich bin König Scurr«, sagte der Soldat spöttisch, dann machte er eine ungeduldige Handbewegung und winkte die nächste Kutsche zu sich.

Rijana blieb empört stehen. Sie wollte noch etwas sagen, überlegte es sich dann aber anders. Sie hatte keine Zeit, mit dem Soldaten zu diskutieren. Rijana lief zu Ariac zurück, der heftig zitternd an dem Felsen lehnte.

»Du musst die Blätter kauen, bitte«, sagte sie ängstlich, als sie sah, dass er diese noch immer in der Hand hatte.

»Nützt nichts«, keuchte er.

Rijana nahm sein Gesicht in ihre Hände. Er bekam kaum noch die Augen auf. »Ariac, bitte, du musst nur noch ein einziges Mal aufstehen und mit mir kommen, dann bringe ich dich zu Leuten, die dir helfen.«

»Ich kann nicht mehr«, murmelte er und kippte halb zur Seite.

Rijana legte entschieden seinen Arm um ihre Schultern und hielt ihm eines der Blätter hin. »Ariac, bitte, tu es für mich. Du musst nur noch ganz kurz durchhalten«, flehte sie.

Endlich begann er, langsam auf dem Blatt herumzukauen. Immer wieder musste er husten und krümmte sich gequält zusammen. Rijana nahm ihn in den Arm und beachtete die merkwürdigen Blicke der Leute nicht, die an ihnen vorbeigingen, um zur Brücke zu kommen.

»Bringst … bringst du meine Asche zurück in die Steppe?«, fragte er nach einer Weile mühsam.

Rijana schossen die Tränen in die Augen. »Das brauche ich nicht. Wir kehren eines Tages gemeinsam in die Steppe zurück.«

»Bitte, versprich es mir!«

Rijana drückte ihm einen Kuss auf die heiße Stirn und nickte schließlich. »Wenn es sein muss, werde ich es tun, aber jetzt musst du noch ein wenig durchhalten.«

Nach einer kleinen Ewigkeit schaffte es Ariac, auf die

Füße zu kommen und auf Rijana gestützt langsam vorwärts zu schwanken. Sie drängte sich an Kutschen und wartenden Leuten vorbei, die ihr empört hinterherschimpften.

»Er hat eine ansteckende Krankheit«, rief sie immer wieder, und keiner traute sich, die beiden aufzuhalten.

Endlich hatten sie einen Wagen erreicht, der Stoffe und Obst geladen hatte. Der Kutscher blickte angestrengt nach vorn und wartete darauf, seinen Zoll zu zahlen.

»Komm, du musst dort hinauf«, flüsterte Rijana Ariac ins Ohr.

Der schien sie zunächst nicht zu hören, aber schließlich kletterte er mit einem unterdrückten Stöhnen auf die Ladefläche des Wagens und ließ sich in die weichen Stoffe sinken. Rijana drückte noch einmal seine Hand und wartete den richtigen Moment ab. Gerade fuhr die Kutsche vor ihnen los. Dann sprang sie ohne Vorwarnung auf den Kutschbock, und bevor der Kutscher ein empörtes »Was soll das?« zu Ende gerufen hatte, hatte sie ihn schon mit dem Knauf ihres Schwertes bewusstlos geschlagen und vom Kutschbock geschubst. Ihr blieb einfach keine andere Wahl, wenn sie Ariac retten wollte. Sie zog sich ihre Kapuze über den Kopf und fuhr vor, als der Soldat sie heranwinkte.

»Ein Goldstück«, knurrte er, dann fiel sein Blick auf ihr Gesicht, und er rief empört: »Du bist doch ...«

Weiter kam er nicht mehr, denn Rijana trieb die beiden Kutschpferde mit einem Schrei an und schlug ihnen die Leinen auf den Rücken. Die sprengten erschrocken vorwärts und brachen durch den hölzernen Schlagbaum hindurch. Holz splitterte zu allen Seiten. Zwei weitere Soldaten sprangen entsetzt aus dem Weg. Rijana raste über die Brücke. Bald hatte sie die vorderste Kutsche eingeholt. Hinter sich hörte sie Schreie, und ein Pfeil zischte an ihr vorbei. Rijana lenkte ihre Pferde nach links, galoppierte an der Kutsche vorbei und erhaschte den überraschten Blick des Kutschers. Weiter vorn liefen oder ritten Menschen, die erschrocken zur Seite sprangen, als Rijana an ihnen vorbeistürmte. Empörte Schreie und Drohungen folgten ihr. Sie sah eine weitere Kutsche vor sich, trieb die Pferde zu einem rasenden Galopp an und quetschte sich haarscharf zwischen dieser und einer entgegenkommenden Kutsche durch. Plötzlich war ein Soldat neben ihr, der wilde Zeichen machte und scheinbar versuchte, auf die Kutsche zu springen. Rijana schlug ihm kurzerhand die Peitsche übers Gesicht, sodass er vom Pferd fiel. Rijana warf einen ängstlichen Blick nach hinten. Ariac wurde ziemlich durchgeschüttelt, aber das ließ sich jetzt nicht ändern. Nach einigen waghalsigen Überholmanövern kam endlich das Ende der Brücke in Sicht. Offensichtlich hatten die Soldaten etwas von dem Aufruhr mitbekommen und standen mit erhobenen Lanzen in einer Reihe am Ende der Brücke. Rijana überlegte. Zunächst wollte sie einfach hindurchsprengen, aber dann parierte sie die Pferde hart durch, hob die Hände und rief: »Ich bin Rijana, ich bin eine der Kinder Thondras. Ich brauche eure Hilfe!«

Die Soldaten blickten sich verwundert an. War dieses Mädchen verrückt? Ein Soldat kam mit gespanntem Bogen näher.

»Steig ab!«

»Ihr müsst mir helfen!«, flehte Rijana verzweifelt und deutete hinter sich auf die Ladefläche. »Ariac ist verletzt, er ist ebenfalls einer der Sieben.«

Die Soldaten waren unsicher. Dieses schmutzige, abgerissene und wütende Mädchen konnte doch keine der Sieben sein. Andererseits wurden Rijana und Ariac schon so lange Zeit gesucht. Wäre sie es wirklich, würde König Greedeon die Soldaten hart bestrafen, wenn sie sich jetzt falsch verhielten. Rijana verließ die Geduld. Blitzschnell zog sie ihr Schwert, sprang vom Wagen und hielt es dem verdutzten Soldaten an die Kehle.

»Verdammt noch mal, wie viele Frauen mit so einem Schwert gibt es denn hier?«, rief sie wütend. In ihren Augen schwammen jedoch bereits Tränen. Wenn sie jetzt verhaftet wurde, würde niemand Ariac helfen können.

Die Soldaten hielten die Luft an, einer flüsterte einem anderen etwas zu, der daraufhin verschwand.

KAPITEL 16

Wieder vereint

Rijana hatte Glück, denn Rudrinn befand sich in der Nähe der Brücke. Er und seine Freunde waren zurzeit zur Wache auf den Türmen von Balmacann eingeteilt, denn die Küste wurde immer wieder von Scurrs Leuten angegriffen.

Rudrinn kam gerade aus dem Turm, als ein Soldat angaloppiert kam. Dieser sprang vom Pferd und rief atemlos: »Schnell, Ihr müsst mitkommen! An der Brücke ist eine junge Frau, die behauptet, sie wäre Rijana.«

Rudrinn hob überrascht den Kopf, dann nahm er dem nächstbesten Soldaten sein Pferd weg, denn sein eigenes war nicht aufgesattelt, und stürmte in rasendem Galopp zur Brücke. Er sah, dass sich eine Reihe von Soldaten mit gezogenen Waffen aufgebaut hatte. Rudrinn drängelte sich hindurch und erblickte Rijana, die mit vor Wut funkelnden Augen zitternd einem Soldaten ihr Schwert an die Kehle hielt.

»Senkt die Waffen!«, befahl Rudrinn und bahnte sich seinen Weg durch die Männer. Das war eindeutig Rijana. Schmutzig, abgerissen und offensichtlich völlig erschöpft, aber sie war es.

»Rijana, ich bin's, lass den Mann frei«, sagte er ruhig und kam auf sie zu.

Dankbar schloss Rijana die Augen, senkte ihr Schwert und ließ sich von Rudrinn in den Arm nehmen. Sie war so erschöpft, dass sie ihn am liebsten einfach nicht mehr losgelassen hätte. Aber dann riss sie sich zusammen.

»Du musst mir helfen, Ariac wurde von einer Feuerechse verletzt. Er ist ziemlich krank.«

Rudrinn warf einen überraschten Blick nach hinten auf die Ladefläche und runzelte die Stirn. Rijana packte ihn am Arm. »Bitte, du musst mir glauben, er ist kein Verräter, er ...«

Rudrinn winkte ab und sprang auf den Kutschbock. »Erklär das später, wir fahren zum Anwesen von Lord Regold, das liegt am nächsten.«

Rijana nickte erleichtert, stieg nach hinten auf den Wagen und nahm Ariac in den Arm, der sie gar nicht wahrzunehmen schien.

»Jetzt wird alles gut«, flüsterte sie ihm ins Ohr.

Rudrinn trieb die Pferde hart an und ließ sie über die Straße zu dem Anwesen von Lord Regold galoppieren. Es war ein mittelgroßer Landsitz mit einigen Feldern, die von armen Bauern bewirtschaftet wurden. Ohne das Tempo zu verringern, schoss er durch den Torbogen und parierte die Pferde hart durch. Sofort eilten Wachen herbei.

»Los, helft mir, ich habe hier einen Verletzten«, rief Rudrinn.

Zwei Wachen halfen Rudrinn, Ariac ins Haus zu schleppen.

»Was soll das? Wer ist der Mann?«, fragte Lord Regold.

»Er ist einer von uns«, keuchte Rudrinn. »Holt Eure Heiler.«

»Also wirklich«, plusterte Lord Regold sich auf, und sein wieselartiges Gesicht verzog sich wütend.

»Jetzt macht schon«, knurrte Rudrinn den Wachen zu, die zuerst zögerten. »In welches Zimmer können wir ihn bringen?«

Lord Regold schnaubte vor Wut, deutete aber schließlich auf einen Raum. Sie legten Ariac vorsichtig auf das Bett, Rijana stets an seiner Seite. Rudrinn betrachtete Ariac besorgt, denn dieser sah wirklich nicht sehr gut aus.

»Eine Feuerechse, sagtest du?«

Rijana nickte mit Tränen in den Augen. »Bitte lass die Heiler aus Camasann kommen, es sind doch die besten.«

Rudrinn drückte beruhigend ihren Arm. »Ich schicke gleich einen Botenvogel, und dann musst du mir alles erzählen, ja?«

Rijana versprach es und versteckte ihr Gesicht in Ariacs dichten Haaren.

Ein Heiler kam herein und erschrak, als er Ariac sah.

»Du liebe Zeit, er hat aber ziemlich hohes Fieber«, sagte der alte Mann.

Rijana erzählte von der Feuerechse, während der Heiler sich kopfschüttelnd Ariacs Bein ansah.

»Mädchen, ich kann versuchen, das Fieber zu senken, aber eine Feuerechse …«, er hob hilflos die Arme, »das übersteigt meine Fähigkeiten.«

Rijana biss sich auf die Lippe, und Tränen rannen über ihre Wangen.

»Ich habe den Vogel geschickt«, erzählte Rudrinn, als er zurückkam. »Die meisten Heiler sind ohnehin hier in Balmacann, keine Angst. Und jetzt komm erst mal mit mir.«

Rijana schüttelte den Kopf und hielt Ariacs Hand fest. »Ich will ihn nicht allein lassen.«

»Keine Angst, mein Kind«, sagte der alte Mann freundlich. »Wir werden ihn säubern und seine Wunde verbinden. Später kannst du wieder zu ihm.«

Trotz Rijanas Protest führte Rudrinn sie am Arm hinaus. »Komm, Rijana, du bist selbst ganz schmutzig und erschöpft.«

Schließlich gab sie nach und ließ sich von Rudrinn zu den Badehäusern führen.

»So, wasch dich erst mal. Dann musst du etwas essen. Ich warte auf dich.«

Rijana beeilte sich, die schmutzigen und zerrissenen

Kleider auszuziehen, und ließ sich in einen der warmen Badezuber sinken. Rasch wusch sie sich und zog sich das frische Kleid an, das eine Magd ihr brachte. Sie war zum Umfallen müde. Mit nassen Haaren trat sie aus der Tür und hörte, wie Rudrinn sich mit Lord Regold stritt.

»... er ist dieser Steppenkrieger, der wird doch schon seit über einem Jahr gesucht«, schimpfte der Lord gerade. »Ich werde auf der Stelle König Greedeon informieren. Ich will keinen Mörder in meinem Haus haben.«

»Und ich sage Euch, Ihr lasst Eure Heiler für ihn tun, was sie können, sonst werdet Ihr es bereuen«, schimpfte Rudrinn, und seine dunklen Augen funkelten gefährlich.

Sie stellte sich neben Rudrinn. »Ariac hat diesen Flanworn nicht umgebracht.«

Lord Regold schnaubte, machte dann eine ungeduldige Handbewegung und stürmte davon.

Rudrinn lächelte. »Komm jetzt, ich habe dir etwas zu essen bringen lassen.« Er betrachtete sie besorgt, denn sie schwankte vor Müdigkeit. »Oder möchtest du dich zuerst hinlegen?«

»Nein, das hat noch Zeit«, sagte sie und folgte Rudrinn durch die Gänge des großen Anwesens.

In einem kleinen Lesezimmer stand eine Schüssel mit dampfender Suppe, Brot, Käse und Wurst. Rijana ließ sich in den Sessel sinken.

»Auf dem Wagen liegt ein Schwert ...«, begann sie.

Rudrinn unterbrach sie und deutete auf den Tisch. »Iss!«

»Nein, es ist wichtig. Ariac hat es von König Scurr gestohlen, es muss deines sein.«

Rudrinn hob überrascht die Augenbrauen.

»Ariac ist kein Verräter. Er hat das alles nur getan, damit ihr ihm endlich vertraut.« Rijana schluchzte. »Und er hat mich vor König Scurr gerettet und dann, dann kamen die Orks und die Feuerechsen ...«

Rudrinn legte ihr einen Finger auf die Lippen. »Ist gut, das kannst du mir alles später erzählen.« Er streichelte sie beruhigend, und Rijana lehnte sich erschöpft an seine Schulter.

»So, und jetzt isst du etwas«, sagte Rudrinn nach einer Weile. »Ich werde das Schwert holen. Den anderen habe ich ohnehin schon Boten geschickt. Sie kommen sicher bald.«

Rijana wischte sich die Tränen aus dem Gesicht und begann langsam zu essen. Rudrinn nickte zufrieden und ging nachdenklich aus dem Raum. Er wusste nicht, was er von der ganzen Geschichte halten sollte.

Als er zurückkam, war Rijana nicht mehr da. Wie Rudrinn sich gedacht hatte, saß sie an Ariacs Bett, der zitternd und zusammengekrümmt im Fieberwahn sprach.

Rijana warf Rudrinn einen verzweifelten Blick zu, der sich einen Stuhl heranzog und sich neben sie setzte. »Die Heiler kommen sicherlich bald.«

Sie nickte und legte Ariac ein kaltes Tuch auf die Stirn.

»Was ist passiert?«, fragte Rudrinn.

Rijana erzählte ihm von ihrer Befreiungsaktion in König Greedeons Schloss, von den Elfen und den Zwergen. Anschließend von der Zeit bei den Arrowann. Nur Brogan ließ sie aus dem Spiel. Sie wollte den Zauberer nicht in Schwierigkeiten bringen.

»Rudrinn, ich bin jetzt eine von ihnen«, sagte Rijana und schob ihren Ärmel hoch. »Ariac und ich haben uns verlobt.«

»Oh!«, rief Rudrinn überrascht und warf Ariac einen besorgten Blick zu.

Rijana erzählte noch eine Weile von ihrer Flucht, aber dann fielen ihr beinahe beim Sprechen die Augen zu.

»Komm, ich zeige dir dein Zimmer«, sagte Rudrinn leise, »du kannst mir den Rest morgen erzählen.«

Rijana riss die Augen noch einmal auf und streichelte Ariac über das Gesicht. »Nein, ich bleibe hier.«

»Rijana, du musst doch …«, setzte Rudrinn an, aber sie

schüttelte den Kopf, legte sich dann neben Ariac ins Bett und hielt seine Hand fest. Fast augenblicklich war sie eingeschlafen.

Rudrinn seufzte, holte aus einem der Schränke eine Decke und legte sie ihr über. Dann betrachtete er Ariac kopfschüttelnd, der mehr tot als lebendig im Bett lag.

»Bitte gib nicht auf, Rijana glaubt an dich«, sagte er leise.

König Greedeon schritt unruhig in seinem Schloss auf und ab. Er hatte unglaubliche Nachrichten erhalten und wusste nicht, was er damit anfangen sollte. Rijana und Ariac waren wieder da, aber er war wütend, denn es erinnerte ihn daran, dass das Geschäft mit König Scurr geplatzt war. Vielleicht war das jetzt aber auch eine neue Chance. Rasch schickte er einen Botenvogel nach Ursann und einen weiteren nach Camasann zu Zauberer Hawionn. Anschließend machte er sich selbst auf den Weg in den Norden zum Anwesen von Lord Regold. Er musste sehen, was vor sich ging. Seine Heiler und Saliah, die sich im Schloss aufgehalten hatte, waren bereits aufgebrochen.

Nach und nach trafen alle von Rijanas Freunden ein. Sie waren sehr erleichtert, sie endlich wiederzusehen. Nur Falkanns Gefühle schwankten zwischen Wiedersehensfreude und schlechtem Gewissen.

Die Heiler von König Greedeon halfen Ariac, so gut sie konnten, aber ob er überleben würde, konnten auch sie nicht sagen. Auch König Greedeon traf ein und äußerte seine Wiedersehensfreude. Nachdenklich lauschte er Rijanas Beteuerungen, dass Ariac nicht der Mörder von Flanworn war. Allerdings wirkte er nicht so, als würde er ihr wirklich glauben.

Am dritten Tag, nachdem König Greedeon den Botenvogel zu König Scurr geschickt hatte, erhielt er eine Antwort.

Lasst den Steppenkrieger sterben, dann wird Balmacann verschont, lautete die Nachricht. Außerdem schrieb König Scurr, dass er erwarte, dass König Greedeon zum Zeichen seiner Allianz helfen würde, die anderen Länder vollständig zu unterwerfen und König Scurr die Hälfte der Einnahmen aus den Silberminen überlassen sollte.

König Greedeon überlegte eine Weile, schließlich entschloss er sich, König Scurrs Wunsch zu erfüllen. Er wusste, dass Scurr eine große, schlagkräftige und vor allem gnadenlose Armee besaß. Ariac würde wahrscheinlich ohnehin nicht überleben. Schon lange bestand eine Art Bündnis zwischen Balmacann und Ursann. König Scurr verschonte König Greedeons Reich und führte nur hin und wieder Scheinangriffe durch, um Greedeon nicht auffliegen zu lassen. Dafür unternahm König Greedeon nichts, um die anderen Länder gegen die Soldaten aus Ursann zu schützen. So wurde es schon einige Zeit gehandhabt, denn König Greedeon wusste, dass Scurr ohne Problem seine ganzen Ländereien und auch die Insel Silversgaard einnehmen könnte, wenn er dies wollte. Zunächst hatte Greedeon gehofft, dass alle Sieben in Camasann aufwachsen würden, dann hätte er Scurr ein für alle Mal schlagen können, aber so war es ihm zu unsicher. Daher entschloss er sich für das für ihn kleinere Übel. Sollte Ariac seinetwegen sterben. Greedeon hielt diesen Steppenkrieger ohnehin für ein unkalkulierbares Risiko. Also ging König Greedeon an diesem Tag in das Zimmer, in dem Ariac lag. Rijana saß wie immer an seinem Bett und machte ein besorgtes Gesicht. Das Fieber war nicht mehr ganz so hoch, aber es ging ihm noch immer schlecht. Er wachte kaum auf, hatte häufig Schüttelfrost und konnte nichts essen.

»Rijana, du musst jetzt etwas essen«, befahl König Greedeon und blickte sie eindringlich an. »Außerdem muss ich mit den Heilern sprechen.«

Rijana nickte, dann streichelte sie Ariac noch einmal über die Wange und ging schließlich nach draußen.

König Greedeon stellte sich vor seine Heiler.

»Ihr tut nichts mehr, um dem Jungen zu helfen, ist das klar?«

Die Heiler machten überraschte Gesichter. Sie wussten zwar ohnehin kaum, was sie tun sollten, denn das Gift einer Feuerechse war schwer zu bekämpfen. Aber zumindest hatten sie es geschafft, Ariacs Schmerzen ein wenig zu lindern und das Fieber zu senken.

»Aber mein König ...«, begann der älteste Heiler, der bei Lord Regold arbeitete.

»Das ist ein Befehl«, erwiderte der König knapp. »Sagt den anderen aber nichts davon und lasst auch das Mädchen nicht mehr zu ihm.«

Die Männer verneigten sich und senkten die Köpfe.

Rijana ging in die große Küche, wo sie ein wenig von dem Eintopf aß, den die Köchin ihr lächelnd hinstellte. Anschließend ging sie hinaus in die warme Sonne. Falkann kam ihr entgegen und stellte sich verlegen vor sie. In den letzten Tagen hatten sie kaum miteinander gesprochen.

»Und, wie geht es ihm?«, fragte Falkann.

Rijana zuckte die Schultern. »Ich weiß nicht.« Dann räusperte sie sich und blickte Falkann verlegen an. »Es tut mir leid, dass ich damals einfach so verschwunden bin. Ich hätte dir zumindest alles erklären müssen. Aber ich musste Ariac helfen. Ich weiß nicht, was sie mit ihm gemacht hätten. Weißt du, ich ...« Sie wusste nicht mehr, was sie sagen sollte, aber Falkann nahm sie in den Arm und seufzte. Er hatte noch immer ein furchtbar schlechtes Gewissen, weil er den Irrtum nicht aufgeklärt hatte, dass nicht Ariac, sondern er Flanworn getötet hatte.

»Es ist schon in Ordnung. Du hast dich für ihn entschieden.« Falkann blickte sie an, und seine blauen Augen wurden unendlich traurig. »Es tut zwar weh, aber ich muss es wohl akzeptieren.«

Rijana nickte und blickte lächelnd zu ihm auf. Dann umarmte sie ihn, und Falkann wünschte sich für einen winzigen Augenblick, dass Ariac nicht überleben würde, schob diesen Gedanken aber gleich wieder beiseite.

»Danke, Falkann, ich hoffe, wir können trotzdem Freunde sein.«

Falkann schluckte und hielt Rijana ein Stück von sich weg. Er betrachtete sie eingehend, dann nickte er. »Das hoffe ich auch.« Insgeheim dachte er aber: *Wenn du wüsstest, was ich getan habe, würdest du mich hassen.*

Rijana nahm seine Hand. »Erzähl mir, was ihr erlebt habt.«

Falkann begann zu berichten, was im letzten Jahr vorgefallen war. Von den Wachen auf Silversgaard, der Niederschlagung der Bauernaufstände und den Wachgängen auf den Türmen. Er wirkte sehr nachdenklich. »Weißt du, manchmal frage ich mich, ob wir das Richtige tun. Die Bauern kämpfen nur für bessere Zustände, aber König Greedeon lässt alles niedermetzeln. Und auf Silversgaard leben die Sklaven unter verheerenden Umständen.«

Müde lehnte sich Rijana an einen Baum. In den letzten Nächten hatte sie kaum geschlafen.

»Das weiß ich auch nicht. Aber jetzt sind wir alle beisammen, und jeder hat sein Schwert.«

»Rudrinn war übrigens ganz begeistert von seinem Schwert«, erzählte er lächelnd.

Rijana nickte, dann traten Tränen in ihre Augen. »Ariac hat das nur getan, damit …«

Falkann nahm sie in den Arm. »Ich weiß, er wird es schon schaffen«, flüsterte er. Dann lächelte er ihr zu. »Tovion hat übrigens Nelja Bescheid gesagt. Die beiden haben sich heimlich Falken beschafft, damit sie in Kontakt bleiben können. Die Botenbriefe sind sonst nie angekommen.«

Rijana nickte erleichtert. Nelja war eine gute Heilerin. Ihr konnte sie vertrauen. Dann runzelte sie die Stirn. »Ich muss Broderick unbedingt etwas erzählen, aber jetzt muss ich erst mal zu Ariac zurück.«

Falkann blickte zu Boden.

»Hast du übrigens schon dein Pferd gesehen?«, fragte Falkann.

»Lenya?«, fragte sie überrascht.

Falkann nickte. »Sie kam eines Tages zum Schloss von König Greedeon galoppiert.« Er blickte sie traurig an. »Wir dachten damals, du wärst tot.«

»Das muss gewesen sein, als das Erdbeben war«, erinnerte sich Rijana. »Ich bin in eine Schlucht gestürzt. Ist Ariacs Hengst auch mitgekommen?«

Falkann schüttelte den Kopf, dann ging er zusammen mit Rijana zurück zum Herrenhaus.

Zwei Wachen standen plötzlich vor Ariacs Zimmer und kreuzten die Lanzen, als Rijana hineinwollte.

»Was soll das?«, fragte sie wütend.

»Anordnung der Heiler«, erwiderte die Wache steif.

»Lasst mich durch«, rief sie und wollte weitergehen, aber die Männer hielten sie auf. Schließlich kam einer der Heiler heraus und nahm Rijana am Arm.

»Er braucht Ruhe, wir probieren neue Heiltränke aus.«

»Aber bisher habe ich doch auch nicht gestört«, sagte sie verwirrt.

Der Heiler schüttelte den Kopf. »Nein, aber jetzt muss er allein sein.«

Ohne ein weiteres Wort verschwand er wieder im Zimmer, und die Wachen verstellten Rijana erneut den Weg. Sie verstand das Ganze nicht, ging aber schließlich in den Gemeinschaftsraum, wo Saliah und Broderick saßen.

Die beiden sprangen auf, als Rijana eintrat.

»Schön, dich zu sehen.«

Rijana nickte nachdenklich und setzte sich hin. Saliah nahm sie an der Hand.

»Ist etwas passiert?«

»Sie lassen mich nicht mehr zu ihm«, antwortete sie mit gerunzelter Stirn.

»Warum?«, fragte Broderick überrascht.

»Angeblich, weil er Ruhe braucht.«

Saliah lächelte beruhigend. »Die Heiler sind sehr gut. Sie werden schon wissen, was richtig ist.«

Rijana zuckte die Achseln und ließ die Beine baumeln, dann riss sie sich zusammen und sagte zu Broderick: »Ich muss dir etwas erzählen.«

Der runzelte die Stirn und nickte. »Also, dann erzähl mal.«

Rijana warf Saliah einen unsicheren Blick zu. »Es ist, na ja, ich weiß nicht …«

Saliah schien zu verstehen und erhob sich elegant wie immer. »Ich wollte ohnehin nach draußen gehen.«

Rijana setzte sich Broderick lächelnd gegenüber. »Wir waren in Errindale. Ich muss sagen, ich mag dein Land.«

»Natürlich, es ist das schönste aller Länder.«

»Ich war auch in der Schenke zum Finstergnom.«

»Was?« Broderick wirkte plötzlich sehr aufgeregt. »Hast du meinen Vater gesehen? Und Kalina? Ich habe so lange nichts mehr von ihr gehört.«

Rijana nickte lächelnd und nahm Brodericks Hand. »Nicht nur die beiden. Broderick, du hast einen Sohn.«

Für einen Augenblick wich jede Farbe aus seinem Gesicht. Er wurde abwechselnd rot, weiß, dann keuchte er und ließ sich nach hinten in den Sessel plumpsen. »Ich habe einen Sohn?«, fragte er fassungslos. »Warum hat Kalina das nie geschrieben?«

Rijana erzählte ihm, wie wütend Kalina zunächst gewesen war. Wie sie ihn beschimpft hatte und dass sie ihm sehr wohl immer Briefe geschrieben, jedoch nie eine Antwort erhalten hatte.

»Das gibt es doch nicht«, flüsterte er.

Rijana lächelte ihn an. »Der kleine Norick sieht dir sehr ähnlich. Er ist ein fröhliches Kind. Kalina und dein Vater sind sehr stolz auf ihn.«

»Ich muss ihr sofort schreiben«, sagte er und sprang auf, dann setzte er sich wieder hin. »Das ist doch komisch, oder? Auch die Briefe von Tovion und Nelja sind nie angekommen. Erst seitdem sie sich heimlich mit Hilfe der Falken schreiben, haben sie regelmäßig Kontakt.«

»Ja, das finde ich ebenfalls seltsam«, stimmte Rijana zu. »Außerdem wussten wir viele Dinge nicht, zum Beispiel, dass König Scurr Errindale, Gronsdale und Northfort zum größten Teil kontrolliert.«

Broderick blickte sie verwirrt an. »Wir werden mit König Greedeon sprechen müssen. Irgendetwas ist da faul.« Er schüttelte fassungslos den Kopf. »Du meine Güte, ich habe einen Sohn. Ich muss Kalina so schnell wie möglich besuchen!«

Rijana nickte und lehnte sich zurück. Später kamen auch die anderen herein, und Broderick erzählte ihnen stolz von seinem Sohn. Sie gratulierten ihm, wunderten sich jedoch auch darüber, dass keiner von Kalinas Briefen angekommen war.

»Ich wollte vorhin mit König Greedeon reden, aber der ist schon wieder abgereist«, erzählte Broderick.

»Ich hoffe, dass Nelja bald eintrifft«, sagte Tovion nachdenklich und fuhr sich durch seine halblangen braunen Haare.

»Das hoffe ich auch«, seufzte Rijana.

Saliah zwinkerte ihr aufmunternd zu. »Ich möchte nur eins wissen«, wandte sie sich dann ihren Freunden zu. »Wenn Ariac diesen Flanworn nicht umgebracht hat, wer war es dann?«

Falkann begann unruhig auf seinem Stuhl herumzurutschen und überlegte schon, den anderen alles zu beichten, aber dann traute er sich doch nicht.

Sie überlegten eine Weile, dann stand Rijana auf.

»Ich gehe noch mal zu Ariac, vielleicht lassen sie mich ja jetzt vor.«

Rijana ging durch das Herrenhaus, wo sie auf den grimmigen Lord Regold stieß.

»Wie lange bleibt ihr denn noch hier?«, fragte er.

»So lange, bis Ariac gesund ist«, erwiderte Rijana mit gerunzelter Stirn.

Lord Regold fluchte leise. Es gefiel ihm gar nicht, die vielen Leute kostenlos bewirten zu müssen, denn er war sehr geizig. Schließlich stapfte er leise vor sich hin schimpfend davon. Rijana beachtete ihn nicht weiter und verlangte an der Tür zu Ariacs Zimmer energisch, vorgelassen zu werden. Aber auch diesmal wollte sie niemand hereinlassen. Sie tobte, schrie und bettelte, aber nichts nützte etwas. Schließlich zog sie in ihrer Wut und Verzweiflung ihr Schwert und begann auf eine der Wachen loszugehen. Der Mann war sehr erschrocken, denn er wollte nicht gegen eines von Thondras Kindern kämpfen. Sein Gefährte eilte davon. Schließlich stürmte Saliah herbei.

»Rijana, hör auf«, rief sie entschieden. »Wir sind hier zu Gast, und die Heiler werden sich gut um ihn kümmern!«

Widerstrebend ließ Rijana ihre Waffe sinken und sich von Saliah tröstend in den Arm nehmen.

»Mach dir nicht zu viele Sorgen«, sagte Saliah und wandte sich dann mit ihrem bezaubernden Lächeln an die Wachen. »Rijana wird ihn sicherlich bald besuchen können, wenn er sich ausgeruht hat, nicht wahr?«

Der erschrockene Wachmann nickte eilig. »Ja, ich denke schon.« Selten hatte er jemanden so kämpfen gesehen, schon gar nicht eine Frau.

Aber Rijana machte sich natürlich doch Sorgen. In dieser

Nacht konnte sie kaum schlafen, denn sie spürte, dass Ariac sie brauchte.

Am nächsten Nachmittag tauchte Nelja auf. Zunächst fiel sie Tovion um den Hals, dann strich sie sich die lockigen schwarzen Haare aus dem Gesicht und sagte: »Ich bin den ganzen Weg von Camasann hierher galoppiert. Brogan will auch kommen, aber er hatte noch etwas zu erledigen.«

Rijana lächelte. Sie freute sich, den Zauberer wiederzusehen.

»Wie geht es Ariac?«, fragte Nelja.

Rijanas Gesicht verfinsterte sich. »Ich weiß es nicht, sie lassen mich nicht mehr zu ihm.«

Nelja zog die Augenbrauen zusammen. »Wieso das denn nicht?«

»Sie behaupten, dass er Ruhe braucht.«

Nelja seufzte, nahm einen Schluck Wasser und aß etwas. In dieser Zeit erzählten die anderen ihr kurz von der Feuerechse und was sonst noch geschehen war.

»Ich werde zu ihnen gehen«, sagte sie entschieden. »Schließlich bin ich inzwischen auch eine ausgebildete Zauberin und Heilerin.«

Rijana war sehr erleichtert und folgte Nelja zu dem Zimmer, aber die Wachen wollten auch sie nicht vorlassen.

»Ich bin extra aus Camasann hergekommen«, sagte Nelja bestimmt. »Zauberer Hawionn wäre sehr erzürnt, wenn ihr mich fortschicken würdet.«

Die Wachen blickten sich unsicher an. Sie wussten, dass König Greedeon und der Leiter der Schule von Camasann sehr eng zusammenarbeiteten. Es würde Ärger geben, wenn sie gegen seinen Willen handelten. Schließlich nickten sie und sagten: »Aber nur Ihr.«

Nelja zwinkerte Rijana aufmunternd zu und betrat den Raum. Zwei Heiler standen am Fenster und unterhielten sich leise. Als Nelja eintrat, zuckten sie zusammen. Sie beachtete die beiden nicht, sondern kniete sich neben Ariac, der sich mit hohem Fieber im Bett hin und her warf und offensichtlich kaum Luft bekam.

»Was tut Ihr hier?«, fragte der Heiler von König Greedeon.

Nelja richtete sich verwirrt auf. »Die Frage ist wohl eher, was tut Ihr nicht? Seht Ihr nicht, wie schlecht es ihm geht?«

Der ältere Mann mit dem verbissenen Gesicht musterte sie wütend. »Wir tun, was wir können. Wer seid Ihr?«

»Mein Name ist Nelja. Ich bin auf Camasann in Zauberei und Heilkunde ausgebildet worden.«

Der Heiler zog die Augenbrauen zusammen und blickte zu dem zweiten Heiler, der nur die Achseln zuckte.

»Geht jetzt, wir haben unsere eigenen Methoden. Gegen das Gift einer Feuerechse kann man ohnehin nichts tun.«

Nelja setzte sich neben Ariac und legte ihm eine Hand auf die glühende Stirn. Er murmelte etwas, keuchte qualvoll und brachte schließlich ein undeutliches »Rijana« heraus.

»Warum lasst Ihr sie denn nicht zumindest zu ihm?«, fragte Nelja wütend.

»Er braucht Ruhe, und sie muss ihn nicht unbedingt leiden sehen«, erwiderte der Heiler und zog Nelja mit sich. »Und jetzt geht.«

Nelja ließ sich verwirrt nach draußen schieben. Rijana wartete schon auf sie.

»Und, wie geht es ihm?«

Nelja warf noch einen Blick auf die sich schließende Tür und sagte seufzend: »Nicht sehr gut, aber ich …«

Rijana biss sich auf die Lippe, aber Nelja grinste plötzlich und klopfte noch einmal an die Tür. Der Heiler öffnete ungehalten.

Sie drängte sich einfach hinein. »Ich weiß, was gegen das Gift einer Feuerechse hilft!«, sagte sie voller Begeisterung zu den älteren Männern.

Die beiden blickten sie verwirrt an.

»Das Wasser aus einer der heiligen Quellen der Elfen!«, rief sie zufrieden. Sie hatte es schon beinahe vergessen, aber Brogan hatte ihr einmal ein Buch über Elfenheilkunde und Elfenmagie gegeben. Dort hatte sie es gelesen.

»Das ist doch Blödsinn, Mädchen«, sagte der ältere Heiler und schob sie wieder zur Tür.

»Ist es nicht!«, rief Nelja empört und befreite sich aus dem Griff des Heilers. »Die Elfen galten als die besten Heilkundigen in früherer Zeit. Wir müssen nur eine der heiligen Quellen finden und dann ...«

Der Heiler schüttelte den Kopf und schob sie energisch hinaus. Nelja blieb fassungslos vor der Tür stehen und überlegte schon, ihre Freunde zu holen und die Tür zu stürmen. Dann überlegte sie es sich anders und packte Rijana, die ein ängstliches Gesicht machte, am Arm und zog sie mit sich zu den anderen in die kleine Bibliothek.

»Da stimmt etwas nicht«, sagte sie. »Die Heiler verhalten sich komisch. Ich habe den Eindruck, dass sie Ariac gar nicht helfen wollen.«

»Glaubst du das wirklich?«, fragte Saliah fassungslos.

Nelja nickte. »Zunächst habe ich überlegt, ob wir einfach mit Gewalt in Ariacs Zimmer stürmen sollten.« Sie grinste. »Schließlich seid ihr die besten Krieger aller Länder. Aber andererseits nützt es nichts, wenn wir ganz Balmacann gegen uns aufbringen und eine Revolte anzetteln.«

Rijanas Augen füllten sich mit Tränen, aber Nelja drückte beruhigend ihre Hand. »Keine Angst, ich glaube, ich weiß, wie wir ihm helfen können, aber dafür müssen wir ihn von hier fortbringen.« Dann blickte sie Tovion an. »Weißt du, wer ein Buch über die heiligen Stätten der Elfen besitzen könnte? Wir müssen eine der heiligen Quellen finden, deren Wasser das Gift der Feuerechse neutralisieren kann.«

In Rijanas Augen keimte wieder Hoffnung auf, und Tovion nickte nachdenklich.

»Ich war einige Zeit im Haus von Lord Geodorn.« Er verzog das Gesicht. »Ich glaube, der Mann kann nicht einmal lesen, aber er hat eine beeindruckende Bibliothek und auch Bücher, die von der Zeit der Elfen handeln.« Augenblicklich sprang Tovion auf. »Ich reite sofort los. Wenn ich mich beeile, bin ich morgen früh hier.«

Nelja nickte und beugte sich vor. »Wir müssen die Wachen überrumpeln und Ariac wegbringen. Nur so können wir ihn vielleicht retten.«

»Aber warum tun sie so etwas?«, flüsterte Rijana bestürzt.

Nelja nahm ihre Hand. »Ich weiß es nicht, aber ich habe schon lange den Eindruck, dass hier merkwürdige Dinge vorgehen. Brogan hat gelegentlich auch schon so etwas angedeutet. Jemand muss die Wachen überwältigen, das ist nicht ganz ungefährlich.«

»Ich tue es«, sagte Falkann überraschend. *Ich habe noch etwas wiedergutzumachen*, fügte er in Gedanken hinzu.

Broderick musterte seinen Freund kritisch. Dass gerade Falkann so ein Risiko für Ariac auf sich nahm, kam ihm eigenartig vor.

»Ich helfe dir«, versprach Broderick, und Falkann nickte.

»Gut«, meinte Rudrinn. »Dann werde ich mit Saliah und Rijana eine Kutsche stehlen. Ihr kommt am besten zum hinteren Tor, von dort aus können wir leicht fliehen.«

»Ich weiß nicht, ob eine Kutsche so gut ist«, wandte Broderick ein. »Mit Pferden könnten wir leichter verschwinden und wären schneller.«

Die anderen nickten. Für Ariac wäre es sicherlich unkomfortabler, aber so wären sie wirklich schneller. Schließlich einigten sie sich auf Pferde. Sie wollten warten, bis Tovion eintraf, und dann rasch handeln. In dieser Nacht konnte Rijana kein Auge schließen. Sie machte sich Sorgen.

Als Tovion schließlich abgehetzt ankam, war sie mehr als erleichtert.

»Ich habe ein Buch gefunden. Eine der heiligen Quellen liegt gar nicht so weit von hier entfernt, beim zweiten der sieben Türme von Balmacann«, berichtete er atemlos.

»Gut, dann geht es los«, sagte Rudrinn, der Rijana auf die Füße zog. »Wir treffen uns am Tor.«

Falkann und Broderick nickten. Sie nahmen ihre Schwerter und schlenderten, scheinbar absichtslos, durch den Gang. Zum Schein begannen sie einen Streit.

»Du bist der größte Idiot aller Zeiten«, rief Broderick und schubste Falkann an die Wand. »Die kleine rothaarige Magd gehört mir, das kannst du dir gleich merken.«

Falkann setzte ein wütendes Gesicht auf und stieß Broderick von sich. »Das ist überhaupt nicht wahr, ich hatte sie zuerst.«

Die beiden begannen einen Ringkampf, und die Wachen schauten sich verunsichert an. Sollten sie eingreifen? Schließlich kämpften Falkann und Broderick direkt vor ihren Füßen. Die Wachen wollten die beiden trennen. »Jetzt hört aber auf, ein Mädchen ist das nicht wert ...«

Doch da sprangen Falkann und Broderick auf und schlugen die Wachen mit schnellen und gezielten Schlägen gegen die Schläfe bewusstlos. Falkann und Broderick grinsten sich an, dann schleiften sie die beiden Wachen in eines der angrenzenden Zimmer und stießen die Tür auf. Der alte Heiler hatte in einem Sessel geschlafen und fuhr überrascht auf.

Broderick packte ihn am Kragen und hielt ihm den Mund zu. »Wir werden Ariac jetzt helfen, und du ...«, er blickte sich um und schleifte den Mann zu einer der großen Wandschränke, »wartest hier«, sagte er, knebelte und fesselte ihn und legte ihn in den Schrank.

Falkann beugte sich derweil zu Ariac hinunter, der zusammengekrümmt und stöhnend in seinem Bett lag.

»Du liebe Güte«, sagte Broderick kopfschüttelnd. »Ich dachte, es ginge ihm ein wenig besser.«

Auch Falkann schüttelte den Kopf. »Nelja hatte wohl Recht.«

Broderick schnappte sich noch zwei Decken, dann schleppten sie Ariac durch das nächtliche Schloss. Vor dem Tor warteten die anderen mit den Pferden. Erschrocken streichelte Rijana Ariacs Hand, aber er nahm sie offensichtlich gar nicht wahr. Broderick nahm Ariac vor sich auf den Sattel, und sie galoppierten in der einbrechenden Morgendämmerung nach Westen, in der Hoffnung, die heilige Quelle der Elfen wirklich zu finden. Sie suchten eine ganze Zeit lang. Das Buch war sehr alt und beschrieb Wälder und Bäche, die schon lange nicht mehr existierten. Schließlich fanden sie, nicht weit vom Meeresufer entfernt, die ungewöhnliche Felsformation, die wie ein liegender Drache aussah. Aus einer Felsspalte plätscherte eine kleine Quelle, bunte Blumen blühten in dem weichen Gras. Sie hoben Ariac so vorsichtig wie möglich herunter und legten ihn auf die Decke. Rijana nahm ihn gleich in den Arm und drückte ihn an sich. »Ich bin hier, keine Angst, jetzt helfen wir dir«, flüsterte sie, aber er stöhnte nur und keuchte qualvoll.

»Ich hoffe, dass es die richtige Quelle ist«, murmelte Nelja. Sie beeilte sich, einen Wasserschlauch zu füllen, dann ließ sie Ariac etwas Wasser in den Mund laufen. Er konnte aber kaum schlucken und hustete.

»Du musst das trinken«, flüsterte Rijana ihm ins Ohr und streichelte ihm über die Stirn, aber er fing wieder heftig an zu zittern.

Nelja lächelte Rijana aufmunternd zu. »Wir versuchen es später. Ich werde jetzt sein Bein mit dem Quellwasser auswaschen und verbinden.«

Rijana nickte ängstlich und streichelte Ariac immer wieder beruhigend. Als Nelja sein Bein untersuchte, das entzündet und geschwollen war, bäumte er sich vor Schmerzen auf. Rijana nahm seine Hand, und er hielt sich an ihr fest, bis Nelja endlich fertig war. Dann ließ Ariac sich schwer atmend nach hinten sinken. Er schnappte nach Luft, seine aufgesprungenen Lippen waren schon ganz blau.

»Er bekommt kaum Luft«, sagte Rijana ängstlich.

Nelja nickte besorgt und sagte: »Richte ihn ein wenig auf. Wir müssen ihn dazu bringen, dass er das Quellwasser trinkt, das ist wichtig.«

Saliah und die anderen konnten nur zusehen, obwohl sie gern geholfen hätten.

Schließlich stand Falkann auf. »Ich halte Wache, nicht dass uns jemand sucht.«

Broderick nickte und folgte seinem Freund.

Falkann setzte sich etwas entfernt auf einen Stein und stützte den Kopf in die Hände. Broderick legte ihm eine Hand auf den Arm.

»Es tut mir leid für dich, aber sie liebt ihn wirklich.«

Eine Weile sagte Falkann nichts, dann nickte er stumm und starrte in die Nacht hinaus. Broderick hatte Recht. Falkann platzte beinahe vor Eifersucht, dazu kamen sein schlechtes Gewissen und seine Schuldgefühle. Wäre er nicht gewesen, hätte man Ariac nicht verhaftet, und dann würde es ihm jetzt nicht so schlecht gehen.

Irgendwann, als die Sonne schon wieder sank, setzte sich Saliah zu den beiden.

»Und, hilft das Quellwasser?«, fragte Broderick.

Saliah seufzte. »Ich bin nicht sicher.« Dann blickte sie ihre Freunde traurig an. »Nelja hat Rijana nichts gesagt, aber normalerweise muss man innerhalb von sieben Tagen die heilige Quelle erreichen. Ariacs Stich ist aber schon länger her. Wir wissen nicht, ob das Quellwasser das Gift bekämpfen kann.«

»Er hat so lange durchgehalten«, sagte Broderick aufmunternd, »dann wird er es jetzt auch schaffen.«

Saliah nickte und fuhr sich durch die langen blonden Haare. »Rijana ist ziemlich verzweifelt, ich kann sie verstehen.«

Broderick nahm Saliah in den Arm. »Das weiß ich. Aber wir müssen jetzt einfach das Beste hoffen.«

Rijana war irgendwann doch eingeschlafen. Ariac lag auf ihrem Oberschenkel und atmete unregelmäßig und schwerfällig. Nelja versuchte immer wieder, ihm etwas von dem Quellwasser zu geben, und hatte auch den Eindruck, dass das Fieber ein wenig sank, aber sie wollte sich keine falschen Hoffnungen machen. Schließlich führte Tovion sie ein wenig fort.

»Du musst dich jetzt ausruhen, im Moment schläft er.«

Nelja lehnte sich an ihn und seufzte. »Aber weck mich, wenn es nötig ist.«

Tovion nickte und legte ihr seinen Umhang über, dann setzte er sich neben Rijana und Rudrinn, der gerade ein Feuer für die Nacht entzündete.

Die beiden unterhielten sich eine Weile leise über die seltsamen Dinge, die in Balmacann und der übrigen Welt vor sich gingen. Dann lösten sie Broderick, Falkann und Saliah mit der Wache ab.

Rijana wachte auf, als Ariac sich unruhig bewegte und offensichtlich nach Luft schnappte. Sie half ihm, sich aufzurichten, und er öffnete sogar halb die Augen. Rijana lächelte und strich ihm die feuchten Haare aus dem Gesicht.

»Du musst das jetzt trinken«, sagte sie und hielt ihm den Wasserschlauch an die Lippen.

Schließlich trank er noch ein paar Schlucke und ließ sich zitternd gegen Rijanas Schulter sinken. Sie legte ihm wieder ein Tuch mit kaltem Quellwasser auf die Stirn und nahm seine Hand in ihre.

»Das heilige Wasser der Elfen hilft dir, du musst gegen das Gift ankämpfen«, flüsterte sie ihm ins Ohr.

Als Nelja am Morgen wieder zu den beiden kam, schien Ariac ein wenig leichter zu atmen, aber er hatte noch immer hohes Fieber und ganz offensichtlich Schmerzen.

»Ariac, hörst du mich?«, fragte sie und rüttelte ihn vorsichtig an der Schulter. Aber er gab nur ein Stöhnen von sich und krümmte sich zusammen.

Irgendwann kam Tovion, der die ganze Nacht über in dem Buch der Elfen gelesen hatte, herbeigeeilt. »Hier steht, dass es seltene, weiß-gelbe Blumen gibt, die nur an den heiligen Elfenquellen wachsen. Sie sollen gegen Vergiftungen helfen, wenn man sie auf die Wunde legt. Außerdem soll ein Tee aus den Wurzeln stärkend wirken«, sagte er.

Nelja nickte. »Gut, wir versuchen alles, was helfen kann.« Sofort begann sie nach den Blumen zu suchen.

Rijana ging zur Quelle und wusch sich das Gesicht, dann setzte sie sich auf einen Stein und beobachtete Nelja besorgt, die kleine Blumen pflückte und auf Ariacs Beinwunde legte. Er schrie im Schlaf auf und schlug um sich. Rijana sprang auf und nahm ihn in den Arm. Er öffnete die Augen ein wenig und blickte sie hilfesuchend an. Rijana lief eine Träne die Wange hinunter. »Gleich wird es besser. Hier, trink noch etwas.«

Er stöhnte leise und trank von dem Quellwasser, bevor er sich wieder an sie klammerte. Nach einer Weile entspannte er sich und fiel in einen unruhigen Schlaf.

»Ich glaube, es wirkt«, sagte Nelja aufmunternd. »Jetzt bekommt er zumindest besser Luft.«

»Bist du sicher?«, fragte Rijana ängstlich und blickte auf Ariacs angespanntes Gesicht.

»Ich denke schon«, sagte Nelja mit einem vorsichtigen Lächeln.

Immer wieder versuchte sie Ariac etwas von dem Quellwasser einzuflößen und verband sein Bein mit einem Brei aus den kleinen Blumen.

Gegen Abend wachte er zitternd auf, und Rijana lächelte ihn vorsichtig an.

»Wie geht es dir?«, fragte sie und drückte seine Hand.

»Es ist ... so kalt«, murmelte er zitternd und schloss die Augen wieder.

»Kannst du mir bitte meinen Umhang geben?«, fragte Rijana an Rudrinn gewandt, der neben ihr saß.

Der sprang sofort auf. Rijana legte Ariac ihren Elfenumhang unter die Decken und nahm ihn fest in den Arm.

»Es wird sicher gleich besser«, sagte sie leise und wischte ihm die heiße Stirn ab.

Ariac nickte und hob noch einmal qualvoll die Augen. »Wo sind wir denn?«, murmelte er.

»Bei den anderen in Balmacann, alles wird gut.«

»Ich ... bin ... kein Verräter«, murmelte er.

»Das wissen wir, und die anderen glauben dir«, sagte Rijana beruhigend und streichelte ihn. »Mach dir jetzt darüber keine Gedanken.«

Ariac keuchte ein paar Mal und fragte dann mühsam: »Das Schwert ... haben sie ... das Schwert?«

Rudrinn kniete sich vor ihn und packte ihn am Arm. »Wir haben es, und ich bin dir sehr dankbar, aber jetzt musst du dich ausruhen.«

Ariac hustete ein paar Mal und lehnte sich wieder zitternd an Rijanas Schulter. Rijana lehnte sich gegen den Felsen und schloss die Augen.

Nachdem Rudrinn etwas gegessen hatte, kam er wieder zu ihr und streichelte ihr über die Wange.

»Ariac ist sehr tapfer. Ich bin sicher, dass er es schaffen wird.«

»Ich habe Angst«, flüsterte sie und streichelte über Ariacs heißes Gesicht. »Er hat schon so viele Tage so hohes Fieber und so schlimme Schmerzen. Er kann das nicht mehr lange aushalten. Und ich kann ihm nicht helfen.«

Rudrinn lächelte aufmunternd, obwohl auch er sich Sorgen machte. »Und ob du ihm hilfst, du bist schließlich die ganze Zeit bei ihm. Jetzt ist er zumindest schon ein paar Mal aufgewacht. Ich glaube schon, dass das Wasser der heiligen Quelle hilft.«

Als Rijana am nächsten Morgen aufwachte, schlug auch Ariac ein wenig mühsam die Augen auf. Rasch kniete sie sich neben ihn und gab ihm von dem Wasser zu trinken. Er wollte sich auf die Unterarme stützen, fiel aber mit einem Stöhnen zurück. Rijana stopfte ihm einen Umhang unter den Rücken und betrachtete sein blasses Gesicht und die dunklen Schatten unter den Augen.

»Ist dir noch kalt?«, fragte sie besorgt.

Ariac schüttelte vorsichtig den Kopf und stöhnte dann unterdrückt. Er drückte die Hände gegen die Augen.

»Hast du Kopfschmerzen?«

»Es geht schon«, keuchte er und öffnete die Augen wieder ein Stück weit. »Sind wir wirklich in Balmacann?«

Rijana nickte und drückte seine Hand. Das Fieber schien ein wenig gesunken zu sein. »Fühlst du dich besser?«, fragte sie hoffnungsvoll.

»Ich glaube schon«, murmelte er und ließ den Kopf wieder auf den Boden sinken.

Rijana drückte ihm einen Kuss auf die Stirn und lief zu Nelja, die mit Tovion und Saliah etwas abseits stand. »Ich glaube, jetzt geht es ihm wirklich ein wenig besser.«

Nelja nickte zufrieden. »Gut, dann sollte er so schnell wie möglich wieder etwas essen. Er ist sehr schwach.«

Rijana nickte und sammelte mit Nelja zusammen Kräuter, während Tovion anbot, auf die Jagd zu gehen. Anschließend kochten sie eine Suppe, und Rijana weckte Ariac vorsichtig auf.

»Komm, du musst etwas essen.«

Er verzog das Gesicht und konnte sich kaum im Sitzen halten. Rijana gab ihm die Schüssel mit Suppe, aber nach einigen Bissen schüttelte er den Kopf und legte sich stöhnend auf die Seite. Ariac war zwar entkräftet, aber das Schlimmste schien er überstanden zu haben. Er war immer wieder für kurze Zeit wach, hatte kaum noch Fieber und konnte nach und nach auch ein wenig Suppe zu sich nehmen.

Als zwei weitere Tage vergangen waren, waren alle sehr erleichtert – Ariac würde überleben.

Es war ein schwülwarmer Sommertag. Etwa fünf Tage waren vergangen, seitdem sie aus Lord Regolds Haus geflohen waren, als sich Soldaten in König Greedeons Farben näherten. Rasch waren die sieben Freunde eingekreist. Alle stellten sich in eine Reihe vor Ariac und Rijana, die an einen Felsen gelehnt dasaßen.

König Greedeon kam auf einem weißen Hengst herangetrabt und machte ein mehr als ungehaltenes Gesicht.

»Endlich finden wir euch«, rief er und musterte Ariac missbilligend. Er hatte also doch überlebt. »Was habt ihr euch dabei gedacht, einfach zu verschwinden und einen meiner Heiler in einen Schrank zu sperren?«

Saliah entfuhr ein leises Lachen. Sie hatte gar nicht gefragt, was mit den Heilern geschehen war. König Greedeon zog wütend die Augenbrauen zusammen.

Nelja trat selbstbewusst vor. »Eure Heiler haben nichts für Ariac getan. Also haben wir ihm geholfen.«

»Er ist einer von uns«, sagte Falkann ruhig, und seine Freunde nickten zustimmend.

Rijana lächelte Ariac zu und drückte seine Hand. Endlich bekam Ariac mit, dass die anderen ihn nun wirklich akzeptierten.

König Greedeon trat einen Schritt vor, aber Falkann und seine Freunde stellten sich ihm in den Weg, woraufhin der König vor Wut rot anlief. Im Geiste verfluchte er sie. Schließlich war erneut sein Geschäft mit König Scurr geplatzt. Die anderen schienen diesen Ariac nun als einen der ihren anzusehen. Doch dann zeichnete sich ein Lächeln auf seinem Gesicht ab. Vielleicht war das gar nicht so schlecht. Nun waren alle Sieben vereint, sollte Scurr doch tun, was er wollte. Er, König Greedeon, hatte nun die Sieben Kinder Thondras hier in Balmacann – und sie hielten zusammen. Wenn sie für ihn kämpften, könnte er alles für sich erobern, und Scurr, den würden sie auch erledigen können.

König Greedeon räusperte sich und hob die Hände.

»Gut, wie es aussieht, haben meine Heiler einen Fehler gemacht. Sie sind manchmal etwas«, er kicherte verlegen, »von sich eingenommen und lassen sich nicht gern von jüngeren Leuten etwas sagen.«

Nelja schnaubte entrüstet. »Ich hatte Recht, das Wasser der heiligen Quelle war die einzige Möglichkeit, um Ariac zu retten.«

»Sicher, sicher, junge Zauberin«, sagte der König und zwang sich zu einem Lächeln. »Ich werde sie allesamt entlassen.« Er blickte in die Runde und nickte zu Ariac hinüber, der blass am Felsen lehnte. »Aber kommt doch bitte auf mein Schloss. Eurem Freund geht es doch noch immer nicht gut.«

»Das letzte Mal hat die Gastfreundschaft in Eurem Schloss etwas zu wünschen übriggelassen«, erwiderte Rijana schneidend.

In König Greedeon brodelte es, aber er zwang sich, ein freundliches Gesicht zu machen.

»Das war dann wohl ein Missverständnis.« Er blickte zum Himmel auf. »Wenn mich nicht alles täuscht, dann wird es bald regnen. Also bitte, macht mir die Freude und seid meine Gäste.«

Sie blickten sich unsicher an.

»Es wäre für Ariac wohl nicht so gut, wenn er mehrere Tage in einer Kutsche transportiert werden würde«, gab Nelja zu bedenken, und die anderen stimmten ihr zu. Auch sie wollten nicht in König Greedeons Schloss zurück.

»Gut, gut«, sagte Greedeon dann verdrossen, und die anderen senkten ihre Schwerter.

Er schritt selbstbewusst durch sie durch und beugte sich zu Ariac hinab, der nur mühsam die Augen offen halten konnte.

»Das Anwesen von Lord Geodorn liegt nicht weit entfernt. Er wird euch allen Unterkunft gewähren und …«

»Aber nur Nelja behandelt ihn«, sagte Rijana fest und legte ihren Arm um Ariac, der müde die Augen schloss und sich an ihre Schulter lehnte.

König Greedeon hob die Hände. »Wie ihr wollt, wie ihr wollt.«

»Ich habe Euren Berater nicht ermordet«, murmelte Ariac kaum verständlich.

»Das ist wohl so«, sagte König Greedeon verbindlich und beugte sich noch ein wenig tiefer. »Das war wohl ein Missverständnis, da musst du mich verstehen, Ariac, ich konnte nicht anders handeln. Aber sag mir doch bitte, wer hat dich aus dem Kerker geholt?«

Erschrocken drückte Rijana seine Hand. Sie hoffte, dass er Brogan nicht verriet. Ariac verzog gequält das Gesicht. König Greedeon hatte eine durchdringende, laute Stimme, und sein Kopf tat noch immer weh. Er schloss die Augen und lehnte den Kopf an den Felsen.

»Jetzt lasst ihn doch in Ruhe«, sagte Rijana. »Er ist müde und erschöpft.«

Der König zog missbilligend die Augenbrauen zusammen.

»Ich war es«, gab sie schließlich zu.

»Aber wie kannst du denn allein …«, brauste König Greedeon auf, und Ariac stöhnte unterdrückt. Broderick packte den König kurzerhand an seinem pelzbesetzten Umhang und zog ihn fort, woraufhin dessen Wachen zusammenzuckten.

»Das könnt Ihr immer noch klären«, sagte Broderick bestimmt und blickte auf den Himmel. »Können wir jetzt auf den Landsitz? Sonst werden wir noch nass.«

Greedeon zog eine säuerliche Miene. »Natürlich. Ich lasse eine Kutsche kommen.« Er stolzierte zu seinem Hengst und stieg mit königlicher Würde auf. »Ich werde auf euch warten«, verkündete er.

»Das habe ich befürchtet«, knurrte Rudrinn, als der König verschwunden war.

Rijana streichelte über Ariacs Stirn. »Er ist fort, und bald bekommst du ein richtiges Bett.«

»Wir müssen die Wasserschläuche füllen«, sagte Nelja bestimmt. »Ich hoffe, der König hält sein Wort und lässt mich Ariac wirklich behandeln.«

»Wenn nicht, dann wird er was zu hören bekommen!«, sagte Rudrinn und ließ die Finger knacken.

Bald kam eine Kutsche, und Ariac stand mühsam auf. Nur auf Rudrinn und Tovion gestützt konnte er überhaupt die wenigen Schritte gehen. Als er endlich in einem komfortablen Zimmer auf dem Landsitz von Lord Geodorn lag, zitterte er am ganzen Körper und war am Ende seiner Kräfte. Nelja gab ihm von dem Quellwasser, und Rijana nahm seine Hand in ihre. »Wir bleiben hier und passen auf dich auf.«

Ariac hustete und schloss müde die Augen.

»Danke«, murmelte er, bevor er einschlief.

Einer von ihnen blieb immer in Ariacs Zimmer, und Nelja war die Einzige, die ihn behandelte. König Greedeon ließ immer wieder ausrichten, wie leid ihm alles täte. Lord Geodorn war sehr wütend gewesen, als er erfahren hatte, dass Tovion sein Buch gestohlen hatte. Als König Greedeon aber verkündet hatte, wie froh er war, dass es Ariac langsam besser ging und die Sieben nun vereint waren, drehte er sich wie die Fahne im Wind und war freundlicher denn je.

Auch auf Lord Geodorns Landsitz wich Rijana kaum von Ariacs Seite, und tatsächlich erholte er sich langsam, aber sicher. Eines Abends, als Rijana an seinem Bett saß und ihm liebevoll über die dunklen Haare strich, blickte er zu ihr auf.

»Ich hätte niemals gedacht, dass ich das überlebe. Ich danke dir, Rijana, dass du nicht aufgegeben hast. Deinen Freunden werde ich auch noch danken.«

Sie lächelte und gab ihm einen Kuss auf die Wange. »Ich hoffe, dass es eines Tages auch deine Freunde werden.«

Er nickte und richtete sich ein wenig auf, was jetzt nicht mehr ganz so anstrengend war wie in den letzten Tagen.

»Glauben sie mir wirklich, dass ich kein Spitzel aus Ursann bin?«

»Erstens war ich die ganze Zeit bei dir, und zweitens«, sie hob die Augenbrauen, »niemand wäre so verrückt, sich von einer Feuerechse stechen zu lassen, nur um sich hier einschleichen zu können.«

Ariac seufzte und ließ sich wieder auf das dicke weiche Kissen sinken. »Wohl kaum. Ich hoffe, dass ich nie wieder eines dieser Viecher sehen werde.«

»Und ich hoffe, dass keiner von uns je wieder nach Ursann muss«, seufzte Rijana, und Ariac stimmte ihr von ganzem Herzen zu.

Kurze Zeit später kam Rudrinn mit einem Tablett herein.

»Also, ich habe Lord Geodorns Speisekammer geplündert. Habt ihr Hunger?«

»Natürlich«, antwortete Rijana, und Ariac nickte zögernd. Er verspürte noch immer keinen richtigen Appetit.

Rudrinn lud das Essen auf den kleinen Tisch neben Ariacs Bett und erzählte lustige Geschichten von Lord Geodorn, der mit seinem dämlichen Jagdhund auf Hasenjagd gewesen war.

»... und dann, dann kommt das Karnickel aus dem Gebüsch, und was macht Geodorns Hund?« Rudrinn hob mit breitem Grinsen die Augenbrauen. »Er jault und versteckt sich hinter Geodorns Beinen.«

Rijana fing schallend an zu lachen, und auch Ariac grinste. Den jungen Piraten hatte er schon damals, als er das erste Mal in Balmacann gewesen war, gerne gemocht. »Ich glaube, ich werde jetzt mal ins Badehaus gehen. Bleibst du hier, Rudrinn?«, sagte Rijana irgendwann gähnend.

Der nickte beruhigend und ließ sich in dem weichen Sessel nach hinten sinken.

»Ihr braucht nicht die ganze Zeit hierzubleiben«, sagte Ariac verlegen. »Mir geht es doch jetzt besser.«

Rijana schüttelte den Kopf. »Nein, ich traue den Leuten hier nicht. Solange du noch nicht ganz gesund bist, gehen wir kein Risiko ein.«

Ariac seufzte, er war zu müde, um noch zu widersprechen. Rijana verließ den Raum, und Rudrinn gab Ariac noch einen Becher mit Quellwasser.

»Befehl von Nelja, du musst das trinken.«

»Danke, Rudrinn, es ist nicht selbstverständlich, dass ihr mir geholfen habt.«

Rudrinn runzelte die Stirn. »Ich weiß nicht warum, aber eigentlich habe ich dir schon damals vertraut. Es war nur …« Er zuckte die Achseln. »Ich weiß auch nicht. Wahrscheinlich habe ich mich nur von Falkann beeinflussen lassen, der einfach eifersüchtig auf dich war.«

Ariac stützte sich noch einmal auf die Unterarme und zog sich etwas hoch. »Ich hatte nie die Absicht, ihm Rijana wegzunehmen.«

»Das weiß ich«, versicherte Rudrinn. »Am Ende war es ihre Entscheidung.« Rudrinn lächelte. »Ich finde, ihr passt gut zusammen.« Dann wurde er ernst. »König Greedeon will dich ständig sprechen. Bisher konnten wir ihn erfolgreich abwimmeln, weil wir immer gesagt haben, dass es dir noch nicht gut genug geht.«

Seufzend ließ Ariac sich wieder in die Kissen sinken. »Irgendwann werde ich wohl nicht mehr drum herumkommen.«

Rudrinn konnte dem leider nur zustimmen. Dann nahm er sich ein Buch aus dem Regal und setzte sich in den Sessel.

»Schlaf jetzt, du siehst erschöpft aus.«

Ariac nickte. Tatsächlich dröhnte sein Kopf schon wieder, und er konnte kaum die Augen offen halten. Er hörte gerade noch, wie Rudrinn sagte: »Mein Vater würde mich schlagen, wenn er wüsste, dass ich etwas anderes als Seekarten lese«, dann schlief er mit einem Lächeln auf den Lippen ein.

Zwei Tage später kam Brogan abgehetzt auf dem Anwesen des Lords an. Er stürmte hinein und traf auf Broderick, der ihn überrascht anstarrte.

»Wie geht es ihm?«, fragte der Zauberer schwer atmend.

»Besser«, sagte Broderick beruhigend und führte Brogan zu einem der bequemen Sessel, die in der großen Eingangshalle standen. »Aber es war verdammt knapp. Wäre Nelja nicht gewesen …« Er hob die Arme.

Brogan seufzte erleichtert und zog seinen von der langen Reise schmutzigen Mantel aus. »Ich bin gekommen, so schnell ich konnte, aber es herrschte ein so heftiger Seegang, dass ich einige Tage nicht von der Insel herunter konnte. Ich bin mehr als froh, dass Nelja bereits auf dem Festland war«, sagte er ernst.

»Das sind wir alle«, stimmte Broderick zu und ließ Essen und Getränke bringen. Nachdem Brogan sich ein wenig gestärkt hatte, kam plötzlich König Greedeon um die Ecke und hob überrascht die Augenbrauen.

»Zauberer Brogan! Was tut Ihr hier? Ist Zauberer Hawionn bei Euch?«

Brogan schüttelte den Kopf. »Hawionn wollte auch kommen, aber ich bin ihm vorausgeritten.«

»Nun gut, dann kommt doch bitte mit mir, ich möchte mit Euch sprechen.«

Broderick verdrehte heimlich die Augen, und Brogan zwinkerte ihm unbemerkt zu.

»Zuerst möchte ich Ariac sehen«, sagte Brogan bestimmt.

Der König verzog wütend das Gesicht. »Man sagt mir immer, dass es ihm noch nicht gut gehen würde und Befragungen zu anstrengend für ihn seien.« Greedeon warf dabei besonders Broderick einen anklagenden Blick zu.

»Ich hatte auch nicht vor, ihn zu befragen, sondern wollte nur sehen, wie es ihm geht«, erwiderte Brogan gelassen und ging, gefolgt von dem grinsenden Broderick, zu dem Raum, vor dem Falkann und Tovion Wache standen.

Sie lächelten erfreut, als sie den Zauberer sahen.

»Brogan, schön, dich mal wiederzusehen«, sagte Tovion, und ein Lächeln überzog sein glattrasiertes Gesicht.

»Ich freue mich auch, euch zu sehen«, antwortete der Zauberer. Dann hob er fragend die Augenbrauen. »Lasst ihr mich hinein?«

Tovion grinste und machte eine einladende Handbewegung. »Dich schon.«

Als Brogan eintrat, sprang Rijana mit einem Freudenschrei von ihrem Stuhl, sodass Ariac, der gerade eben eingeschlafen war, erschrocken auffuhr.

Rijana warf sich dem Zauberer an den Hals, der sie lachend auffing.

»Du meine Güte, bin ich froh, dass es dir gut geht«, sagte er bewegt. Dann hielt er sie ein Stück von sich weg. »Aber warum in aller Welt bist du damals einfach ohne ein Wort auf und davon?«, fragte er streng. »Ich habe mir Sorgen gemacht.«

Sie grinste verlegen und setzte sich neben Ariac aufs Bett, der sich die Augen rieb und Brogan verschlafen anblinzelte.

»Weil wir zusammengehören«, sagte sie überzeugt.

Der Zauberer nickte und kam näher. Dann blickte er Ariac genauer an. Er sah noch immer blass und schmal im Gesicht aus, außerdem hatte er dunkle Ringe unter den Augen. Aber dafür, dass er von einer Feuerechse gestochen worden war, wirkte er erstaunlich lebendig.

Brogan nahm sich einen Stuhl und packte Ariac am Arm. »Wie geht es dir, mein Junge?«

Ariac setzte sich ein wenig auf. »Schon viel besser.«

»Als ich gehört habe, dass ihr zurückgekehrt seid, bin ich sofort aufgebrochen«, sagte Brogan nachdenklich. »Die Sache mit der Feuerechse habe ich erst später erfahren.« Er musterte Ariac eindringlich. »Ich habe noch nie von jemandem gehört, der das überlebt hat.«

Ariac seufzte und lächelte Rijana liebevoll an. »Wenn sie mich nicht hergeschleift hätte, hätte ich es auch nicht überlebt. Außerdem hat Nelja die Sache mit dieser heiligen Quelle herausgefunden.«

Brogan lächelte Rijana zu, die ein wenig errötete. »Nelja, ja, sie hat große Fähigkeiten«, murmelte Brogan. Dann fragte er zu Ariac gewandt: »Kann ich mal die Einstichstelle sehen?«

Ariac nickte, schlug die Decke zurück und löste dann mit einiger Anstrengung den Verband. Brogan nickte anerkennend. »Nelja hat das sehr gut gemacht«, sagte er lächelnd. »Hast du schon versucht aufzustehen?«

Ariac schüttelte den Kopf. »Bisher nicht.«

Brogan runzelte die Stirn. »Dann versuch es.«

Vorsichtig setzte sich Ariac ganz auf und schwang die Beine über den Bettrand. Dann hielt er sich am Rand des Bettes fest und stand langsam auf. Selbst zu stehen kostete ihn unglaublich viel Kraft, sodass sich bald Schweißperlen auf seiner Stirn bildeten. Als er versuchte zu gehen, zitterten seine Beine derart, dass Brogan ihn rasch am Arm nehmen musste. Als er wieder im Bett lag, keuchte er heftig und begann wieder zu zittern.

»Ganz ruhig, Ariac, das macht nichts«, sagte Brogan beruhigend und murmelte: »Dann werden wir wohl doch noch eine Weile warten müssen.«

Rijana nahm Ariac in den Arm. »Womit müssen wir warten?«, fragte sie.

»Ich muss mit euch allen reden«, erwiderte Brogan ausweichend.

Er sah Ariac ernst an, der sich langsam wieder ein wenig zu erholen schien. »Hast du noch Schmerzen?«

Ariac öffnete mühsam die Augen. »Manchmal.« Als er Rijanas trauriges Gesicht sah, fügte er rasch hinzu: »Aber es wird besser.«

Brogan nickte und erhob sich, dann begann er in seinem Beutel zu kramen. »Ich werde dir einen Stärkungstrank zubereiten. Versuch jetzt zu schlafen. Morgen sollten wir uns alle hier bei dir treffen.«

Ariac nickte und schloss müde die Augen.

»Er hat dir viel zu verdanken«, sagte Brogan nachdenklich.

Rijana streichelte Ariac über die Haare. Er schlief jetzt fest und ruhig.

»Und ich ihm«, sagte sie leise.

Dann begann sie von ihrer gemeinsamen Reise zu erzählen und auch davon, dass sie mit Ariac verlobt und eine Arrowann geworden war. Brogan hob überrascht die Augenbrauen, ließ sie aber bis zum Ende erzählen.

In ihren Augen hatten sich Tränen gesammelt, und sie schluchzte leise. »Ich hatte solche Angst, dass er das nicht überlebt. Die ganzen Tage hat er mir nichts über die Folgen dieses Stiches gesagt, und ich habe es auch nicht gemerkt, weil ich selbst zu erschöpft war.«

Brogan kam zu ihr und nahm sie in seine Arme. »Du bist sehr tapfer, genauso wie Ariac. Ihr passt sehr gut zusammen.«

Rijana wischte sich die Tränen ab und nickte. »Zum

Herbstfest wollen wir in der Steppe heiraten.« Sie blickte Ariac besorgt an. »Oder meinst du, er ist bis dahin noch nicht wieder ganz gesund?«

Brogan schüttelte den Kopf. »Doch, doch, das glaube ich schon.« Er blickte Rijana nachdenklich an. »Was sagt Falkann denn dazu?«

Sie schlug die Augen nieder. »Ich habe es ihm noch nicht gesagt«, murmelte sie leise.

Der Zauberer seufzte. »Das solltest du aber, das bist du ihm schuldig.«

Rijana biss sich auf die Lippe und nickte. Sie wusste es ja selbst, aber sie hatte es die ganze Zeit vor sich hergeschoben. Sie erhob sich.

»Gut, dann werde ich es gleich tun. Kannst du bei Ariac bleiben?«

Brogan nickte. »Ich muss nur diese Kräuter zu einem Trank verarbeiten, dann komme ich zurück.«

Rijana machte ein skeptisches Gesicht. »Dann warte ich lieber, bis du zurück bist.«

Brogan runzelte die Stirn, und Rijana erklärte: »Es bleibt immer einer von uns bei ihm. Außerdem hält zusätzlich jemand vor der Tür Wache. Wir glauben, dass König Greedeons Heiler Ariac gar nicht helfen wollten.«

Der Zauberer nickte bedächtig. »Dann ist das wohl besser.« Er dachte an das Gespräch, das er damals zwischen Greedeon und Hawionn belauscht hatte. Schon damals hatten sie Ariac an Scurr ausliefern wollen. Es würde ihn nicht wundern, wenn sie ihn jetzt lieber tot gesehen hätten. Nachdenklich ging er in die Küche, bereitete die Kräutertränke zu und kehrte zu Rijana und Ariac zurück. Sie gab Ariac noch einen Kuss und trat dann zur Tür hinaus.

»Falkann, möchtest du mit mir ausreiten?«, fragte sie unsicher.

Er blickte sie überrascht an, schließlich war sie in den letzten Tagen kaum aus Ariacs Zimmer herausgekommen. Dann lächelte er: »Natürlich, gerne.«

Falkann folgte Rijana hinaus zu den Stallungen. Sie freute sich, ihr Pferd Lenya wieder einmal reiten zu können. Dann trabten Rijana und Falkann durch das frische grüne Gras in Richtung Küste. Rijana genoss die klare salzige Luft, aber sie vermied es, mit Falkann über etwas anderes als belanglose Dinge zu reden. Sie wusste nicht, wie sie beginnen sollte. Die einsetzende Dämmerung tauchte alles in ein weiches Licht, und der Westwind brachte Meeresgeruch mit sich. Von den hohen Klippen aus konnte man nicht weit entfernt einen der sieben Türme Balmacanns sehen.

Rijana hielt an. »Ich muss dir etwas sagen«, begann sie vorsichtig.

Falkann lächelte halbherzig. »Das habe ich mir beinahe gedacht, sonst wärst du sicher nicht mit mir ausgeritten.«

Sie seufzte und streichelte Lenya am Hals. »Ariac und ich haben uns verlobt.«

Falkann zuckte kaum merklich zusammen, dann senkte er den Blick. »Aha.« Er schluckte und rang nach Worten, dann hob er plötzlich den Kopf. »Versteh mich jetzt bitte nicht falsch, ich respektiere deine Entscheidung, aber ich glaube, in irgendeinem Buch gelesen zu haben, dass sich Steppenkrieger nur mit Mädchen ihres Volkes verbinden können.«

Rijana nickte und schob ihren Ärmel hinauf. »Und ich bin jetzt eine von ihnen.«

Für einen Moment blieb Falkann der Mund offen stehen. »Und du hast das nur für ihn getan?«, fragte er fassungslos.

Rijana schüttelte den Kopf. »Nein, nicht nur für ihn. Ich habe es getan, ohne dass er es wusste.« Sie blickte Falkann eindringlich an. »Ich hatte von Anfang an das Gefühl, dass ich zu den Steppenleuten gehöre. Auch weil Thalien, der Elfenkönig, mir gesagt hat, dass ich in meinem letzten Leben Nariwa war. Sie war eine vom Steppenvolk. Da wusste ich, dass mein Wunsch, eine vom Steppenvolk zu werden, nicht nur daher kommt, weil ich mit Ariac zusammen sein will.«

Falkann wusste nicht, was er sagen sollte. Er hielt sein Gesicht in den Wind und blickte aufs Meer. Nach einer Weile presste er dann heiser hervor: »Dann wünsche ich euch viel Glück.«

Behutsam legte Rijana ihre Hand auf seinen Arm und sah ihm in die Augen. »Aber du weißt, dass ich dich trotzdem sehr gern habe und dass du mir viel bedeutest?«

Falkann nickte, wendete wortlos sein Pferd und galoppierte zurück zum Anwesen von Lord Geodorn. Rijana folgte etwas langsamer. Sie war erleichtert, endlich alles gesagt zu haben, aber auch gleichzeitig bedrückt, weil sie wusste, dass Falkann jetzt sehr traurig war.

Als sie später den Speisesaal betrat, waren bereits alle außer Falkann und Nelja anwesend. Falkann hielt wieder Wache vor Ariacs Zimmer, und Nelja hatte Ariac etwas zu essen gebracht. Auch König Greedeon saß am Kopf des Tisches und blickte Rijana streng an.

»Wir haben bereits begonnen.«

Wenig schuldbewusst setzte sich Rijana an den Tisch. Rudrinn, der neben ihr saß, äffte den König lautlos nach, als dieser sich gerade einer Platte mit frischem Fisch zuwandte. Rijana verbiss sich ein lautes Lachen und starrte grinsend auf ihren Teller.

»Ich hoffe, Zauberer Hawionn wird bald eintreffen«, sagte König Greedeon streng zu Brogan gewandt.

Lord Geodorn nickte bestätigend. »Das hoffe ich auch.«

König Greedeon fuhr zu dem Lord herum. »Warum, was wollt Ihr denn von ihm?«

Lord Geodorn, der trotz seiner edlen Kleider noch immer wie ein Bauer aussah und sich auch so verhielt, wurde ein wenig rot.

»Nur so«, murmelte er und begann in seinem Fisch herumzustochern, als würde er etwas suchen.

Greedeon schüttelte missbilligend den Kopf und blickte auffordernd zu Brogan hinüber, dem ein Lachen in den Augenwinkeln blitzte.

»Ich denke, dass er bald eintreffen wird«, verkündete der Zauberer.

König Greedeon wirkte nur wenig befriedigt, trank etwas von dem Wein und verzog angeekelt den Mund. Er schmeckte furchtbar sauer.

»Was gibt es für Neuigkeiten aus Camasann?«

»Nicht sehr viele«, erwiderte Brogan unverbindlich. »Das Schloss wird noch immer neu aufgebaut, die Ernten sind auch dieses Jahr sehr schlecht. Ihr müsst wissen, die vielen Stürme …«

König Greedeon unterbrach ihn mit einer Handbewegung. »Was interessieren mich die Stürme und die Ernte«, schimpfte er, und seine Stirn legte sich in Zornesfalten. »Habt Ihr die restlichen Krieger aufs Festland bringen lassen? Habt Ihr genügend Nachwuchs, auch wenn die Suche nach den Sieben hinfällig ist?«

Rijana, Broderick, Tovion, Rudrinn und Saliah blickten sich überrascht an.

»Warum sollen denn alle Krieger nach Balmacann?«, wagte Saliah zu fragen.

Der König fuhr zu ihr herum. »Habe ich mit dir geredet?«

Saliah sog empört die Luft ein. Brogan machte ihr heimlich ein Zeichen zu schweigen.

»Es wird alles seinen Gang gehen«, antwortete er dem König. Dann wandte er sich demonstrativ seinem Essen zu und meinte lächelnd zu Lord Geodorn, der sich sichtlich unwohl fühlte: »Richtet Eurer Köchin aus, dass das Essen vorzüglich schmeckt.«

Der Lord verschluckte sich vor Schreck an einer Gräte. Mit hochrotem Kopf keuchte er: »Natürlich, das werde ich, werter Zauberer.«

Nach dem Essen ging Brogan noch einmal in Ariacs Zimmer und traf endlich auf Nelja, die ihn erfreut begrüßte.

»Du hast eine wirklich hervorragende Leistung vollbracht«, sagte er anerkennend.

Sie errötete ein wenig und deutete auf den Krug mit dem Kräutertrank, der neben Ariacs Bett stand. »Aber solch gute Kräutertränke wie du kann ich noch immer nicht brauen. Ariac wollte vorhin gleich noch einmal aufstehen.«

Brogan lachte leise und drückte Neljas Hand. »Das mag sein, aber ohne dich hätte er nicht überlebt.« Brogan blickte dabei nachdenklich auf Ariac, der friedlich schlief. »Kaum einer kennt heute noch die Heilkünste der Elfen oder wendet sie an.«

Nelja seufzte und setzte sich auf einen der Stühle. »Erzähl mir von Camasann.«

Brogan schüttelte den Kopf. »Heute nicht mehr. Ich werde euch allen morgen etwas mitteilen. Wir treffen uns nach dem Frühstück hier.«

Nelja nickte nachdenklich, als Brogan den Raum verließ.

Beim Frühstück am nächsten Morgen fragte König Greedeon wie jeden Tag mit wachsender Ungeduld, wann er Ariac endlich befragen könnte.

»Es geht ihm besser«, sagte Brogan mit fester und keinen Widerspruch duldender Stimme, »aber lange Gespräche ermüden ihn zu sehr. Wartet noch ein wenig.«

Der König lief rot an und knallte seine Serviette auf den Tisch. Dann stand er auf und stolperte über Lord Geodorns Jagdhund, der jaulend unter dem Tisch verschwand. Der König fluchte wie ein Stallbursche und verließ den Raum.

Broderick lachte lauthals. »Brogan, so überzeugend wie du waren wir nicht.«

Der Zauberer lächelte. »Na ja, werde du erst mal über zweihundert Jahre alt, dann kannst du das vielleicht auch.«

Broderick runzelte die Stirn und murmelte: »Ich glaube kaum, dass ich so lange durchhalten werde.«

»Jetzt kommt«, drängte Brogan. »Wir müssen uns unterhalten.«

Sie standen auf und gingen zu Ariacs Zimmer, vor dem Rudrinn Wache hielt. Anschließend gingen sie hinein, wo sich Brogan gleich entschuldigend an Nelja wendete: »Also, wenn es dir nichts ausmacht, würdest du dann ...«

Sie lächelte verständnisvoll. »Natürlich werde ich draußen Wache halten.«

»Die anderen werden dir später alles berichten«, versicherte Brogan.

Bevor Nelja die Tür von außen schloss, gab Tovion ihr noch einen Kuss. Wenige Augenblicke später lugte sie allerdings noch einmal kurz herein. »Wenn jemand kommt, dann klopfe ich zwei Mal an die Tür.«

Brogan nickte lächelnd. Dann setzten sich alle rund um Ariacs Bett. Sie blickten gespannt auf Brogan, der ein ernstes Gesicht machte. Während er einen nach dem anderen bedeutungsvoll ansah, begann er: »So, nun seid ihr seit vielen Jahrtausenden endlich wieder in Freundschaft vereint. Das hat es lange nicht mehr gegeben.«

Falkann blickte betreten zu Boden. Ihn plagte noch immer das schlechte Gewissen.

»In den letzten Kriegen waren immer ein bis zwei von euch dabei, die entweder in Ursann ausgebildet worden waren oder später in der Schlacht zu Verrätern wurden.«

»Ich werde niemanden verraten«, wendete Ariac mit aller Überzeugung ein, und Rijana nickte unterstützend.

Brogan hob beruhigend die Hand. »Das weiß ich, mein Junge, das weiß ich. Du hast große Gefahren auf dich genommen, nur um Rudrinns Schwert zu holen.«

»Wir glauben dir wirklich«, fügte auch Tovion mit seiner ruhigen und bedächtigen Stimme hinzu, woraufhin die anderen zustimmten brummten. Ariac ließ sich erleichtert nach hinten sinken.

»Was ich damit sagen wollte, ist, dass dies eine einmalige Gelegenheit sein kann, die Welt zum Besseren zu ändern«, fuhr Brogan fort. »Es gehen merkwürdige Dinge vor, und das nicht nur in Camasann, sondern auch in Balmacann und den übrigen Ländern.« Er betrachtete noch einmal alle der Reihe nach. »Damals, als ihr in König Greedeons Schloss wart und Ariac verhaftet wurde, habe ich ein Gespräch zwischen König Greedeon und Hawionn mit angehört. Ich hörte nur einen Teil, aber gerade so viel, um mitzubekommen, dass sie Ariac an König Scurr verkaufen wollten. Der Preis dafür sollte sein, dass Scurr Balmacann in Ruhe lässt.«

Ariac fuhr erschrocken auf. Die anderen blickten Brogan entsetzt und ungläubig an.

»Was?«, stammelte Saliah entsetzt. »Das kann doch nicht sein. Und warum hast du uns nichts gesagt? Dann hätten wir ihm doch geholfen.«

»Hättet ihr das wirklich?«, hakte Brogan eindringlich nach, und die meisten senkten den Blick. »Ich nehme es euch nicht übel. Hawionn und auch Greedeon haben ein einnehmendes Wesen. Sie verstehen es, junge Leute von ihren Absichten zu überzeugen. Vor allem du, Falkann«, der Zauberer betrachtete ihn eingehend, »besonders du hast doch nur zu gern geglaubt, dass Ariac ein Verräter ist und Flanworn umgebracht hat.«

Falkann wäre am liebsten ins nächstbeste Mauseloch gekrochen. Als die anderen etwas einwenden wollten, hob Brogan seine Hand. »Ich nehme es euch ja nicht übel. Außerdem habe ich auch deswegen nichts gesagt, weil ich zuerst weitere Erkundigungen einziehen wollte. Aber so, wie es jetzt aussieht, gibt es tatsächlich Absprachen zwischen Camasann, Balmacann und König Scurr. Ich konnte nur wenig herausbekommen, aber ich habe Beweise, dass König Greedeon den anderen Ländern keine Krieger mehr zum Schutz gegen Scurrs Blutrote Schatten schickt.«

»Das ist doch unglaublich«, grummelte Rudrinn. »Wir haben die ganze Zeit für eine Ratte gekämpft.« Er schlug mit der Faust auf den Tisch.

Brogan hob die Schultern. »Ich wollte es selbst lange nicht wahrhaben und habe wahrscheinlich viel zu oft die Augen verschlossen. Aber der Angriff damals auf Camasann und auch der Krieg gegen Balmacann, als Ariac zu euch gestoßen ist, wurden nur angezettelt, um die anderen Länder nicht misstrauisch zu machen. Hätte Scurr Balmacann einnehmen wollen, hätte er es getan. Zudem sollen regelmäßig Schiffe von Silversgaard nach Ursann segeln, um Scurr Silber zu liefern.«

»Aber wenn Scurr so mächtig ist, weshalb hat er dann Balmacann nicht einfach eingenommen?«, gab Tovion zu bedenken.

Brogan seufzte. »Er hat Angst. Angst vor euch. Wenn ihr diesmal zusammenhaltet, dann kann seine Macht für immer gebrochen werden. Dieses Mal hat er nur Ariac gehabt, und der hat sich als nicht zuverlässig für ihn erwiesen.«

Ariac grinste halbherzig. Brogan nickte ihm zu. »Du warst damals einfach schon zu alt, als dass er dich vollständig hätte unterwerfen können, und auf seine Lügen bist du eben auch nicht vollständig hereingefallen.«

»Zum Glück«, murmelte er, und Rijana drückte seine Hand.

»Ich werde nie wieder für dieses Schwein kämpfen«, knurrte Broderick angewidert, und die anderen nickten zustimmend.

»Aber wir müssen vorsichtig sein und abwarten, was Greedeon und Hawionn vorhaben.« Nachdenklich fuhr Brogan fort: »Nach dem, was ihr mir erzählt habt, gehe ich davon aus, dass Ariac sterben sollte, damit ihr nicht mit aller Kraft gegen

Scurr vorgehen könnt. Als Gegenleistung hat Scurr wahrscheinlich erneut angeboten, Balmacann zu verschonen.«

»Scurr hält sich nicht an Abmachungen«, knurrte Ariac.

»Das kann ich mir auch nicht vorstellen«, sagte Brogan. »Aber Hawionn und Greedeon, der eigentlich wohl nur seine Marionette ist, sehen das in ihrer Gier wohl nicht. Sie wollen weiterhin das mächtige und fruchtbare Balmacann für sich haben, und vor allem die Silber- und Edelsteinvorkommen auf Silversgaard.«

Rijana und Ariac blickten sich stumm an. Sie dachten wohl beide an die Elfen, sagten jedoch nichts.

»Die Sklaven leben dort unter fürchterlichen Bedingungen«, sagte Saliah nachdenklich.

»Das ist eine weitere Sache«, stimmte Brogan zu. »Es gibt Gerüchte, dass es Leute seien, die sich einmal gegen Greedeon gewehrt haben sollen.«

Die jungen Leute waren fassungslos. Sollten sie wirklich so belogen worden sein?

»Und was sollen wir jetzt machen?«, warf Rijana ein.

Brogan stöhnte. »Ihr solltet euch bereithalten und sehr vorsichtig sein. Möglicherweise müsst ihr alle sehr schnell verschwinden. Aber solange Ariac noch nicht ganz gesund ist, sollten wir den Schein wahren.«

»Nehmt auf mich keine Rücksicht«, sagte er bestimmt.

Aber alle protestierten einstimmig, selbst Falkann, was Rijana sehr glücklich machte.

»Wir gehören zusammen, und wir müssen gemeinsam einen Weg finden«, sagte Saliah bestimmt und nahm Ariacs Hand. »Einen Weg ohne König Greedeon, Hawionn oder wen auch immer.«

Brogan nickte zufrieden. Er war sehr stolz auf die sieben jungen Leute, die es in sich hatten, die Welt zu verändern.

»Saliah hat Recht. Ihr müsst Menschen finden, denen ihr vertraut, und eine Armee aufstellen, die tapfer genug ist, sich sowohl gegen Scurr als auch gegen König Greedeon zu behaupten.«

Die Freunde blickten sich unsicher an. Wie sollten sie das nur schaffen?

»Wir haben Zwerge kennen gelernt«, sagte Rijana plötzlich, und Ariac nickte aufgeregt.

»Und ich muss mein Schwert zu den Elfen bringen, damit ich König Scurr töten kann«, rief er.

»Elfen?«, fragten Rudrinn und Broderick wie aus einem Munde. Dann mussten sie grinsen.

Also erzählten Rijana und Ariac ihren Freunden von den Elfen, aber erst nachdem diese geschworen hatten, niemandem etwas darüber zu verraten. »Ich weiß, dass es noch Elfen gibt.« Brogan blickte mit hochgezogenen Augenbrauen auf Rijana und Rudrinn. »Diese beiden hier sind mir auf dem Weg nach Camasann abhandengekommen. Ich hatte wirklich Angst um sie, weil Tirman'oc durch die Magie der Elfen geschützt ist. Ich kann das ehemalige Elfenreich betreten, weiß aber auch nicht weshalb. Ihr beiden hattet Glück. Viele Menschen sind dort im Wald verschwunden und niemals zurückgekehrt.«

»Tirman'oc ist nur der klägliche Rest eines einst riesigen Elfenreichs, das sich über ganz Balmacann gezogen hat«, erzählte Rijana. »Der Elfenkönig hat uns erzählt, dass das ganze Land bewaldet war, bis die Menschen die Bäume nach und nach abgeholzt haben. Nur Tirman'oc ist übrig geblieben. Dafür ist das Land der tausend Flüsse, wie es genannt wird, ab einer bestimmten Stelle durch Elfenmagie geschützt. Normalerweise tötet der Fluss, der die Grenze zum Elfenreich bildet, jeden Eindringling, wenn man seine Warnungen nicht versteht. Wir konnten nur überleben, weil uns ein junger Elf gerettet hat.« Rijana lächelte, als sie an Bali'an dachte.

Alle waren sehr erstaunt über diese Geschichte, und Brogan zog die Augenbrauen hoch. Dann sah er Rudrinn an. »Siehst du, deshalb habe ich mich damals auch so aufgeregt, als du dummer kleiner Piratenrotzlöffel einfach dort hineingeritten bist.«

Verlegen grinsend kratzte sich Rudrinn am Kopf.

»Wir hatten keine bösen Absichten«, sagte Rijana, »deswegen haben die Elfen uns nichts getan. Aber der Wolf damals, der war schon unheimlich.«

Rudrinn schauderte ebenfalls, als er daran dachte.

»Man erzählt sich Geschichten«, murmelte Brogan nachdenklich, »dass ein uralter Elf, der König vom Mondfluss, seine Gestalt ändern kann.«

Rijana und Ariac fuhren auf. »Ja, ja, das war er«, rief Rijana aufgeregt. »Daran haben mich Thaliens ungewöhnliche Augen erinnert!«

Brogan musste lachen. »Es ist gut, dass ihr beide das Vertrauen der Elfen gewonnen habt, das kann ein Vorteil sein.« Brogan runzelte die Stirn. »Wen könnten wir noch auf unsere Seite bringen?«

»Die Piraten. Ich kann sie sicher überzeugen«, sagte Rudrinn euphorisch.

Saliah warf Falkann einen aufmunternden Blick zu. »Und wir, wir werden Catharga überzeugen.«

»Mein Vater ist Schmied, er könnte sicher Waffen besorgen«, meinte Tovion. »Und vielleicht glauben mir einige Männer aus Gronsdale.«

»Die Steppenleute werden sich auch anschließen«, sagte Ariac überzeugt, und Rijana lächelte zustimmend.

»Und ich gehe nach Errindale, auch wenn mein Sohn noch kein Schwert halten kann«, sagte Broderick grinsend. »Ich werde Männer finden, die mir glauben.«

Brogan hob zufrieden die Augenbrauen. »Sehr gut. Das ist schon mal ein Anfang. Und, Ariac, du musst sehen, dass du möglichst schnell zu Kräften kommst. Ich hätte dir gern mehr Zeit gelassen. Schließlich ist es ohnehin ein Wunder, dass du überlebt hast. Aber mein Trank wird dir helfen. Außerdem solltest du jeden Tag versuchen aufzustehen und ein paar Schritte zu gehen, auch wenn es dir schwerfällt und es schmerzhaft ist.«

»Natürlich«, versprach Ariac. »Ich werde es gleich wieder versuchen.«

Brogan schüttelte den Kopf. »Nelja erzählte mir, dass du heute schon aufgestanden bist. Du darfst es auch nicht übertreiben, sonst machst du alles nur noch schlimmer.«

Er runzelte unzufrieden die Stirn, obwohl er schon jetzt merkte, dass das lange Reden und die Aufregung ihn müde machte. Aber er hielt tapfer die Augen offen.

»Brogan, warum sind meine Briefe an Kalina nie angekommen?«, fragte Broderick plötzlich. »Erst von Rijana weiß ich, dass ich einen Sohn habe.«

Der Zauberer wirkte plötzlich sehr verlegen. Er fuhr sich durch den Bart.

»Ich hoffe, ihr könnt mir das eines Tages verzeihen, aber wir haben auf Camasann immer eure Briefe abgefangen. Ihr solltet keinen Kontakt mehr zu eurem früheren Leben haben und euch voll und ganz der Ausbildung zum Krieger verschreiben.« Er konnte nicht verbergen, wie betrübt er darüber war. »Es hat mir sehr wehgetan. Saliah, deine Eltern haben so oft geschrieben. Und Rudrinn, wir mussten die Piraten in den ersten Jahren immer davon abhalten, auf Camasann anzulegen. Es kamen so viele Briefe aus Errindale für Broderick. Die anderen konnten wohl nicht schreiben, aber ich bin mir sicher, sie haben an euch gedacht.« Gramvoll fuhr sich Brogan über das Gesicht. »Nur einigen wenigen Adligen wie deinem Vater, Falkann, war es erlaubt, ihre Kinder zu besuchen.«

Alle blickten den Zauberer entsetzt an, der plötzlich um Jahre gealtert zu sein schien, als er von den vielen vergeblichen Versuchen berichtete, die die Verwandten der jungen Leute unternommen hatten, um etwas von ihren Kindern zu erfahren.

Rijana war die Erste, die aufstand und sich vor Brogan hinkniete. Sie nahm seine Hand und blickte ihm in die Augen. »Vielleicht kann ich dir leichter verzeihen, weil meine Eltern ohnehin nie nach mir gefragt haben.« Er nickte traurig. Rijana hatte Recht, von ihren Eltern war niemals Nachricht gekommen. »Aber du hast uns jetzt gewarnt. Du hast Ariac gerettet, sonst wäre er heute bei König Scurr. Und wenn du uns hilfst, aus Greedeons Einfluss fortzukommen, dann hast du alles mehr als wiedergutgemacht.«

Der Zauberer blickte unsicher in die Gesichter der anderen.

Tovion grinste zögernd. »Nelja und ich haben ohnehin einen Weg gefunden, miteinander in Kontakt zu bleiben.«

Brogan hob überrascht die Augenbrauen.

»Wir haben uns Falken gekauft und uns gegenseitig Botschaften geschickt.«

Mit betretenem Gesicht nickte Brogan und blickte zu Boden. »Ich habe Hawionn bekniet, eure Liebe nicht zu zerstören, denn ihr wart ja beide in Camasann, aber er wollte nichts davon hören.«

Saliah wurde plötzlich blass. »Hat er … hat er dann am Ende etwas mit Endors Tod zu tun?« Ihre großen blauen Augen starrten ihn entsetzt an.

Brogan seufzte. »Ich bin mir nicht sicher, aber nach dem, was ich heute weiß, möchte ich es nicht vollkommen ausschließen.«

Saliah stieß einen erstickten Laut aus und vergrub ihr Gesicht in den Händen. Rudrinn fasste sie unsicher an der Schulter und streichelte ihr sanft über die Haare.

Falkann seufzte und blickte die anderen der Reihe nach an. »Brogan war aufrichtig, wir sollten ihm verzeihen.«

Alle nickten, auch Ariac, dem mittlerweile beinahe die Augen zufielen und der kaum noch aufrecht sitzen konnte.

Mit großer Erleichterung bemerkte Brogan, dass es die jungen Leute ehrlich meinten. Ihm war eine große Last von der Seele genommen worden. Dann runzelte er die Stirn. »Ariac, wenn du müde bist, dann schlaf ruhig. Rijana kann dir später alles erzählen.«

Er riss ruckartig die Augen auf und murmelte: »Nein, ich kann wach bleiben.«

Rijana setzte sich wieder zu ihm und nahm ihn in den Arm. »Das musst du nicht. Es strengt dich viel zu sehr an.«

Doch Ariac schüttelte stur den Kopf, während er versuchte, das Dröhnen in seinem Kopf zu ignorieren.

»Ich habe auf Camasann …«, fuhr Brogan fort, doch da klopfte es zweimal an der Tür. Alle hielten erschrocken die Luft an. Man hörte schwere Schritte. Brogan legte einen Finger an die Lippen.

»Nein, Ariac schläft, und nur Broderick ist bei ihm«, hörten sie Neljas helle Stimme durch die Tür.

»Und wo ist der Zauberer?«, fragte König Greedeon ungehalten. »Die anderen habe ich auch noch nicht gesehen.«

»Sie wollten zum Meer gehen, soweit ich weiß«, log Nelja selbstbewusst. »Wo Brogan ist, weiß ich nicht.«

Man hörte den König empört schimpfen, dann entfernten sich die Schritte, und Nelja linste herein.

»Er ist weg.«

»Danke«, flüsterte Brogan erleichtert.

Dann schloss sie die Tür wieder.

»Ihr solltet nachher durch eine Hintertür verschwinden und dann vom Meer aus zurückkommen«, sagte der Zauberer besorgt.

Ariac rieb sich die Schläfen. Sein Kopf dröhnte, als wollte er zerspringen. Brogan runzelte die Stirn und reichte ihm den Kräutertrank.

»Was ist das?«, fragte Ariac müde.

»Trink es, das wird dir helfen«, erwiderte der Zauberer bestimmt.

Ariac schluckte widerwillig den bitteren Trank. Als sich die anderen gerade wieder über eventuelle Verbündete unterhalten wollten, sackte sein Kopf auch schon gegen Rijanas Schulter. Er war eingeschlafen.

»Das war ein Schlaftrank«, erklärte Brogan mit gedämpfter Stimme. »Er soll es ja nicht übertreiben.«

Noch eine ganze Weile sprach Brogan von merkwürdigen Vorkommnissen, Gerüchten und Verschwörungen. Dann, als der Nachmittag bereits weit fortgeschritten war, sagte er: »Ich konnte Rittmeister Londov und einige wenige der Krieger von Camasann überzeugen, sich im geeigneten Moment gegen Hawionn zu erheben. Wenn es so weit ist, müssen wir handeln.«

»Und wenn sie dich verraten?«, wandte Falkann besorgt ein.

Brogan seufzte. »Ich denke, man kann ihnen vertrauen, aber sicher kann ich nicht sein. Ich werde Camasann verlassen müssen, so leid es mir tut.«

»Und was ist, wenn etwas passiert, solange Ariac noch nicht gesund ist?«, fragte Rijana ängstlich und streichelte ihm über die Haare.

»Wir werden ihn nicht zurücklassen, egal was passiert«, sagte Rudrinn entschieden.

Brogan war zufrieden. »Hawionn lässt sich hoffentlich noch ein wenig Zeit. Aber deswegen mache ich mir keine Sorgen, denn ich habe da so einige Vorkehrungen getroffen.«

»Welche denn?«, fragte Tovion

»Nun ja, der Kutscher auf dem Festland war gegen etwas Gold gerne bereit, das Wagenrad brechen zu lassen und die Reise ein wenig herauszuzögern.«

»Brogan«, rief Saliah gespielt empört. »Dass du so etwas machst!«

Der Zauberer machte ein verschmitztes Gesicht, doch dann wurde er ernst.

»Wie auch immer, lasst euch auf keinen Fall provozieren. Egal was König Greedeon von euch verlangt, sprecht erst mit mir und tut nichts, was sein Misstrauen erregen könnte. Er muss glauben, dass ihr für ihn kämpft, sonst seid ihr alle in ernsthafter Gefahr.«

Die Freunde waren sich einig, so würde es geschehen müssen. Anschließend verließen alle bis auf Broderick den Raum, schlichen sich durch eine Hintertür und taten so, als würden sie von einem Ausflug vom Meer zurückkommen. Brogan ließ sich bis zum Abend Zeit und behauptete, er hätte Kräuter gesammelt. Das stellte König Greedeon halbwegs zufrieden. Als Rijana Ariacs Zimmer betrat, stand er gerade mit angestrengtem Gesicht auf Broderick gestützt im Raum und versuchte mühsam, zurück ins Bett zu wanken.

»Schlag mich nicht, Rijana«, bat Broderick mit einem flehenden Gesichtsausdruck. »Er hat den halben Nachmittag auf mich eingeredet.«

Sie runzelte anklagend die Stirn. »Brogan hat doch gesagt, du sollst es nicht übertreiben.«

Ariac keuchte heftig und schleppte sich die letzten Schritte bis zum Bett, wo er sich stöhnend niedersinken ließ. Er schnappte ein paar Mal nach Luft, dann gab ihm Rijana kopfschüttelnd etwas von Brogans Trank.

Ariac schloss kurz die Augen. »Ich muss versuchen, wieder auf die Beine zu kommen, sonst halte ich euch am Ende noch auf.«

»Hast du ihm den Rest erzählt?«, fragte Rijana.

Broderick nickte bestätigend. Von draußen hörte man laute Stimmen, und plötzlich kam ein wütender Brogan gefolgt von König Greedeon hereingestürzt, der lautstark verkündete: »Jetzt muss ich ihn aber endlich befragen. Schließlich hat auch Brogan mit ihm geredet.«

Ariac öffnete mühsam die Augen und sah König Greedeon nur ganz verschwommen. »Gut, ich rede mit ihm.«

Brogan kam zu ihm und beugte sich über ihn. Er tat so, als würde er Ariac einen Trank geben. »Wenn die Fragen zu unangenehm werden, tu so, als würdest du einschlafen«, flüsterte er kaum verständlich.

Ariac schloss zum Zeichen der Zustimmung kurz die Augenlider. Das musste er nicht spielen, schließlich war er schon jetzt völlig erschöpft.

König Greedeon nahm sich einen Stuhl und setzte sich neben ihn.

»Ich muss ihn allein sprechen.«

Rijana wollte schon protestieren, aber Ariac, der sich an Brogans Worte erinnerte, nicht das Misstrauen des Königs zu erregen, sagte müde: »Das ist in Ordnung, lasst mich allein.«

Auch Brogan sah keine andere Möglichkeit und zog die widerstrebende Rijana mit sich aus dem Raum. »Greedeon wird es nicht wagen, ihm etwas zu tun«, flüsterte er vor der Tür.

Rijana sah nicht sehr überzeugt aus und presste das Ohr an die dicken Bretter, aber sie konnte nichts hören.

Der König betrachtete Ariac kritisch. *Er sieht tatsächlich ziemlich erschöpft und schwach aus*, dachte er, *es wäre ein Leichtes, ihn einfach umzubringen.*

Aber diesen Gedanken verwarf der König rasch. Es wäre zu auffällig. Vielleicht war es ohnehin besser, König Scurr endgültig und vernichtend zu schlagen, anstatt sich weiterhin auf Geschäfte mit ihm einzulassen.

»Wie geht es dir?«, fragte der König mit geheucheltem Interesse.

Ariac stützte sich zittrig auf die Unterarme. »Etwas besser.«

Der König wirkte zufrieden. Dann blickte er Ariac ernst an. »Wer hat dich damals aus dem Kerker befreit?«

Ariac tat so, als hätte er keine Kraft mehr, und ließ sich stöhnend ins Bett zurückfallen. »Rijana«, murmelte er.

Der König fluchte lautlos. »Sie kann es nicht allein gewesen sein, das gibt es nicht.«

»Ich habe nur sie gesehen«, erwiderte Ariac müde und schloss die Augen.

Der König rüttelte ihn ungeduldig an der Schulter. »König Scurr, du hast ihn gesehen. Hat er irgendetwas über seine Pläne verraten? Kannst du uns sagen, wie man ihn am besten vernichtet? Kannst du uns Pläne geben, wie man seine Festung einnehmen kann?«

Ariac hob die Augenlider halb und schüttelte schwerfällig den Kopf. »Man kann Naravaack nicht einnehmen. Und König Scurrs Schloss ebenfalls nicht«, murmelte er und tat so, als würde er einschlafen.

König Greedeon rüttelte ihn noch ein paar Mal an der Schulter, doch nachdem Ariac nur noch ein leises Stöhnen von sich gab, stand er auf.

»Verflucht noch mal«, murmelte er wütend und lief zur Tür.

Er stürmte hinaus, ohne auf die anderen zu achten, und als Rijana erschrocken ins Zimmer trat, setzte sich Ariac grinsend im Bett auf.

»Ich habe ihn abgewimmelt«, sagte er zufrieden.

Rijana nahm ihn erleichtert in den Arm, und Ariac meinte gähnend: »Obwohl ich jetzt wirklich verdammt müde bin.«

Rijana gab ihm lächelnd von dem Kräutertrank und drückte ihm einen Kuss auf die Wange. »Dann solltest du jetzt schlafen, ich bleibe bei dir.«

»Ich denke, eine Wache vor der Tür sollte jetzt reichen«, meinte Ariac, aber Rijana schüttelte den Kopf.

»Nein, ich traue niemandem, ich bleibe hier.«

Ariac zuckte die Achseln, er war viel zu müde, um zu widersprechen.

In den folgenden Tagen versuchte er immer wieder aufzustehen, was ihm am Anfang kaum gelang und ihn furchtbar erschöpfte. Aber langsam konnte er Schritt für Schritt kurze Strecken gehen, war nicht mehr ständig müde und erholte sich langsam. Nicht zuletzt dank Brogans Zaubertränken. Vor König Greedeon hielten sie das geheim. Ariac verließ das Zimmer nicht, und die anderen hielten noch immer Wache.

Dann traf eines Tages Zauberer Hawionn ein. Brogan fluchte leise, er hatte gehofft, dass ihnen mehr Zeit bliebe. Hawionn wirkte ungehalten. Er begrüßte Brogan nur kurz und verschwand sogleich mit König Greedeon in der Bibliothek von Lord Geodorn. Brogan hätte gerne gelauscht, aber Hawionn hatte Wachen vor die Tür stellen lassen.

»Warum lebt dieser Steppenkrieger immer noch?«, fragte Zauberer Hawionn unwirsch und bedachte König Greedeon mit einem strengen Blick.

Der plusterte sich zunächst auf. »Ich habe getan, was ich konnte. Ich habe den Heilern befohlen, nichts mehr für ihn zu tun. Und dann, dann haben die anderen der Sieben ihn einfach fortgebracht.«

Hawionns Blick wurde noch stechender und König Greedeon immer kleiner. Er begann nervös an seinem mit Pelz besetzten Umhang herumzuspielen.

»Scurr wird sehr aufgebracht sein. Das bedeutet Krieg. Ich hoffe, Euch ist das klar.«

Greedeon nickte eifrig. »Aber wir, wir haben nun alle Sieben. Sie werden für uns kämpfen, und dann werden wir über alle Länder herrschen«, sagte der König mit gierigem Blick.

Hawionn begann unruhig im Zimmer auf und ab zu laufen. »Wenn dem so ist, wäre es möglich, ja. Aber kann man diesem Ariac trauen? Wird er uns nicht am Ende doch an Scurr verraten?«

»Die anderen trauen ihm, und die kleine Rijana ist angeblich sogar mit ihm verlobt. Ich konnte ein Gespräch belauschen.«

»Aber sie werden für Euch kämpfen, nicht wahr?«, hakte Hawionn nach, und Greedeon beeilte sich zu nicken. »Natürlich, schließlich ist es mein Land, auf dem sie sich aufhalten. Ich habe ihre Ausbildung finanziert. Ich war es, der sie mit Gold versorgt hat ...«

Hawionn ließ sich davon nicht beeindrucken und winkte ab. »Ihr braucht Euch nicht so aufzuspielen. Ohne Camasann wärt Ihr ein Nichts.«

König Greedeon hörte das gar nicht gern.

Aber Hawionn fuhr sich unbeirrt durch den Bart, während er eine Weile nachdenklich auf und ab lief. »Wir werden sie auf die Probe stellen«, gab er schließlich von sich und redete dann noch eine ganze Zeit lang auf Greedeon ein, der immer wieder unterwürfig nickte. Anschließend verließ das Oberhaupt der Schule von Camasann den Raum und verlangte, Ariac zu sehen. Der hatte gerade erst ein wenig mit dem Schwert geübt und war dementsprechend mit seinen Kräften am Ende. Er schlief fest, aber seine Stirn war schweißbedeckt, und seine Muskeln zitterten selbst jetzt noch. Brogan sendete einen stummen Dank dafür an sämtliche Götter, denn Hawionn ging nun wohl davon aus, dass Ariac noch immer sehr krank war.

Der Zauberer zog missbilligend die Augenbrauen zusammen und roch an den Kräutertränken.

»Nützen die nichts?«, fragte er und warf Brogan und Nelja einen wütenden Blick zu.

»Doch«, sagte Brogan. »Aber das Gift einer Feuerechse ist sehr gefährlich.«

Der Zauberer schnaubte und legte Ariac kopfschüttelnd eine Hand auf die Stirn, der im Schlaf nur leise stöhnte.

»Macht ihn so bald wie möglich kampffähig«, bestimmte er.

»Heute Abend sollen alle außer ihm in den großen Saal kommen. Ich habe etwas zu verkünden.« Damit rauschte Hawionn hinaus, und alle anderen atmeten erleichtert aus.

»Jetzt wird es ernst«, murmelte Brogan und weckte Ariac sanft, um ihm etwas von seinem Kräutertrank zu geben.

Am Abend traten alle außer Nelja, die vor Ariacs Zimmer Wache hielt, in den großen Thronsaal. König Greedeon, Hawionn und Lord Geodorn, der reichlich fehl am Platz wirkte, warteten bereits. Auch Brogan war anwesend.

»Wir haben etwas beschlossen«, verkündete König Greedeon großspurig und blickte die sechs Gefährten mit einem aufgesetzt wirkenden Lächeln an.

»Dass ihr nun alle vereint seid, erfüllt mein Herz mit Freude. Das ist ein historisches Ereignis.«

Ausnahmslos alle versuchten verzweifelt, ein nicht allzu angewidertes Gesicht zu machen, denn jetzt, da sie so vieles wussten, verachteten sie Greedeon ebenso wie Hawionn.

»Wir werden gegen die Finsternis kämpfen. Nun, da die Sieben vereint sind, wird der Sieg gewiss sein«, verkündete der König.

»Kämpf du erst mal gegen die Finsternis in deiner Seele«, knurrte Rudrinn und fing sich einen Seitenhieb von Broderick ein. Aber Rudrinns Bemerkung war ohnehin nicht zu hören gewesen, denn Lord Geodorn hatte übertrieben in die Hände geklatscht.

»Gut«, fuhr der König fort, nachdem ihn Hawionn mit einem ungeduldigen Blick bedacht hatte. »Ariac soll sich erholen. Lord Geodorns Gastfreundschaft wird ihm gewiss sein.«

Der Lord verzog gequält das Gesicht.

»Aber ihr«, der König blickte alle der Reihe nach an, »ihr werdet in einer weiteren Schlacht eure Qualitäten unter Beweis stellen. Sobald Ariac sich erholt hat, kann er sich euch anschließen.«

»Was für eine Schlacht?«, fragte Tovion misstrauisch.

König Greedeon begann selbstgefällig umherzustolzieren. »Wie ihr sicher mittlerweile wisst, wurde der gesamte Norden von Scurrs Soldaten überrannt. Nun ist mir zu Ohren gekommen, dass Catharga sich mit Scurr verbündet hat.« Der König schüttelte anklagend den Kopf. »Sie waren wohl zu schwach, um sich gegen Ursann zu stellen. Also müssen wir sie bekämpfen, denn sonst ist die Brücke in den Süden für uns geschlossen.«

Falkann hatte vor Wut zitternd zugehört. »Ich werde doch nicht gegen meine eigenen Leute kämpfen!«, rief er zornig und unüberlegt.

Sofort traf ihn Hawionns stechender Blick, und auch König Greedeon musterte ihn wütend.

Broderick hielt ihn rasch fest. »Nicht, Falkann, beruhige dich.«

Aber Falkann schien in diesem Moment nicht nachzudenken. »Catharga soll feige gewesen sein?«, schrie er vor Wut zitternd. »Warum habt ihr denn nicht ...«

Saliah trat ihm rasch von hinten in die Kniekehle und nahm ihn am Arm.

»Falkann, nun beruhige dich doch. Du weißt doch, dass wir in erster Linie Balmacann dienen.«

Sie zwang ihn, ihr in die Augen zu sehen, und ihr Blick sagte: *Denk an Brogans Worte, wir dürfen kein Misstrauen erwecken.*

»Auch mir fällt es schwer, gegen meine Landsleute zu kämpfen«, fuhr sie fort und schlug gespielt betreten die Augenlider nieder, was bei ihren langen Wimpern und dem unschuldigen Blick sehr überzeugend wirkte. »Aber wenn es sein muss, werde ich es tun.«

Langsam legte sich Falkanns Zorn ein wenig. »Du hast Recht, Saliah, das war dumm von mir.« Mit einiger Überwindung verbeugte er sich vor Hawionn und Greedeon, die sich erleichtert anblickten. »Entschuldigt bitte, ich habe mich von falschen Gefühlen leiten lassen.«

König Greedeon kam vom Thron zu Falkann hinab und schlug ihm auf die Schulter. »Solange du mit ebensolcher Leidenschaft kämpfst, sei dir verziehen.«

Falkann verzog das Gesicht zu einer Art Lächeln und wandte sich rasch ab. Am liebsten hätte er dem König ins Gesicht geschlagen für all die Lügen, die er verbreitete.

»Nun gut, das wäre geklärt«, sagte Brogan ruhig, der sichtlich erleichtert war, dass Saliah das Ruder noch einmal herumgerissen hatte. »Wann soll die Schlacht denn stattfinden?«

»Sie müssen bald aufbrechen«, verkündete Hawionn streng. »Wir müssen über Land reisen, da die Brücke auf Cathargas Seite dicht ist. Deswegen müssen sie sich in drei Tagen auf den Weg machen.« Er warf Brogan einen strengen Blick zu. »Du wirst mit Nelja nach Camasann zurückkehren.«

Brogan verbeugte sich, und Rijana rief gespielt empört: »Aber Nelja muss doch Ariac behandeln.«

Hawionn zog die Augenbrauen zusammen. »Er ist auf dem Weg der Besserung, aber gut, wenn es dich beruhigt, kann Nelja noch einige Tage bei ihm bleiben.«

»Danke, Zauberer Hawionn, vielen Dank«, sagte Rijana mit einem so überzeugenden Augenaufschlag, dass Brogan schmunzeln musste.

»Gut, dann bereitet euch vor«, sagte König Greedeon und entließ sie mit einer Handbewegung.

Die Freunde verschwanden in ihren Zimmern, jedoch nicht ohne sich über ein Treffen in der Nacht zu verständigen. Als sie sich bei Ariac versammelt hatten, sprach der Zauberer zuerst: »Wir müssen noch heute Nacht verschwinden, jetzt wird es ernst!«

Alle waren einverstanden, nur Rijana warf Ariac einen besorgten Blick zu. Auch Brogan fragte: »Meinst du, du schaffst es, einige Zeit zu reiten?«

»Ich schaffe es, da bin ich mir sicher«, sagte er beruhigend.

Brogan seufzte. »Ich werde dir einen starken Trank brauen, damit hältst du ein wenig länger durch, aber anschließend musst du dich unbedingt ausruhen.« Brogan blickte alle eindringlich an. »Am besten, ihr reitet gemeinsam in Richtung Osten. Dann sollten Rijana und Ariac zu den Elfen und anschließend in die Steppe weiterziehen. Broderick geht nach Errindale, Tovion und Nelja nach Gronsdale und Falkann und Saliah nach Catharga. Aber seid vorsichtig. Falls stimmt, was Greedeon gesagt hat, kann es gefährlich werden. Rudrinn, wirst du die Piraten finden?«

Er nickte grinsend. »Gebt mir ein Boot, und ich finde sie bestimmt.«

»Gut«, sagte Brogan. »Dann solltest du gleich zur Westküste aufbrechen. Im Frühling, ab dem zweiten Mond, treffen wir uns in Northfort, an der Grenze zu Errindale. Ich werde Nachricht in der Schenke zum Finstergnom hinterlassen, wo ihr mich finden werdet.«

Broderick grinste. »Mein Ziehvater wird es weiterleiten.«

»Seid vorsichtig, alle miteinander«, betonte Brogan noch einmal nachdrücklich. »Und haltet zusammen, nur dann seid ihr stark.«

Sie nickten und fassten sich an den Händen.

»Wo wirst du hingehen?«, fragte Rijana, die sich Sorgen um den Zauberer machte.

Brogan seufzte. »Auch ich werde versuchen, weitere Verbündete zu finden. Zunächst muss ich wohl tatsächlich nach Camasann zurück, um Londov und die anderen zu warnen.«

»Aber wenn Hawionn etwas merkt?«, wandte Tovion ein.

Auch Nelja wirkte besorgt. Dann gab sie Tovion einen Kuss. »Ich werde mit Brogan gehen, dann fällt es vielleicht weniger auf, dass wir alle gemeinsame Sache machen. Ich werde mich entsprechend entrüstet darüber geben, dass du mich im Stich gelassen hast.«

»Nelja«, rief Tovion entsetzt und packte sie an der Hand, aber sie schüttelte den Kopf und umarmte ihn.

»Es muss sein. Wir sehen uns wieder.«

»Nelja, du musst das nicht tun«, sagte Brogan ernst.

Doch Nelja setzte ein stures Gesicht auf. »Die Sieben tun, was die Sieben tun müssen, aber wir sind Zauberer, wir werden auf andere Weise helfen.«

Brogan seufzte und legte einen Arm um sie. »Du meine Güte, du wärst es auch wert gewesen, eine der Sieben zu sein.«

Tovion machte ein unglückliches Gesicht, doch Saliah sagte lächelnd: »Sie ist eine von uns, egal, ob eines der Schwerter geleuchtet hat oder nicht.«

Nelja lächelte stolz, auch wenn es ihr furchtbar schwerfiel, Tovion zu verlassen.

»Denkt daran«, ermahnte sie Brogan noch einmal ernst. »Im Frühjahr treffen wir uns wieder.«

Sie nickten sich zu, und Broderick stupste Rudrinn an. »Komm, wir besorgen die Pferde, und dann treffen wir uns alle draußen, hinter dem kleinen Wäldchen westlich von hier.«

Nacheinander verließen sie leise den Raum, um ihre Sachen zu packen. Nelja besorgte noch unauffällig etwas zu essen. Als dann der Abschied kam, wusste sie nicht, was sie sagen sollte. Wahrscheinlich würden sie sich eine lange Zeit nicht sehen, vielleicht auch nie wieder.

»Pass auf dich auf«, flüsterte Nelja, und Tränen standen in ihren dunklen Augen. »Und schick mir Nachricht durch den Falken.«

Tovion nickte, biss sich auf die Lippe und nahm sie noch einmal fest in den Arm. »Und du auf dich.«

Sie blickte ihm nach, als er wie ein Schatten in seinen

magischen Umhang gekleidet aus der kleinen Seitentür herausschlich. Dann ging sie langsam in ihr Zimmer zurück. Nelja hoffte inständig, dass alles gut ging. Brogan, der sich nun ebenfalls von Camasann losgesagt hatte, stand in seinem Turmzimmer und blickte in die Nacht hinaus. Schwach vom Mondlicht beleuchtet, sah er sieben schemenhafte Gestalten in nördliche Richtung das Anwesen des Lords verlassen.

»Passt auf euch auf«, murmelte er besorgt, und ihm war, als legte sich eine eisige Hand um sein Herz. Die sieben jungen Leute waren wie Kinder für ihn, auch Ariac, der nicht bei ihm ausgebildet worden war. Nun ritten sie einer ungewissen und gefahrvollen Zukunft entgegen, und er selbst hatte nur sehr begrenzte Möglichkeiten, ihnen zu helfen.

»Thondra, bitte beschütze sie und lass sie diesmal siegreich sein«, flüsterte er in die Finsternis, die sich wie der Hauch des Todes um die Sieben schloss und sie verschluckte. Dann wandte sich auch Brogan ab, um seine Sachen zu packen.

ZEITSKALA

ca. 800 vor dem langen Winter
Die erste Schlacht der Sieben (Sieg der Sieben)

0 Ende des langen Winters

305 Der Krieg im Nordreich (Sieg der Sieben)
925 Krieg gegen Ursann (Sieg der Sieben)
1183 Die Schlacht im Donnergebirge (Sieg der Sieben)
1250 Die Schattenkriege (Sieg der Sieben)
2013 Die Schlacht auf der Steppe (Niederlage durch Verrat)
2530 Schlacht in Ursann (Niederlage durch Verrat)
2988 Die Schlacht von Balmacann (Niederlage durch Verrat)
3300 Die letzte Schlacht der Sieben am Teufelszahn (Niederlage durch Verrat)
3350 Orkkriege
4317 Heute

**Sieben Schwerter, sieben Auserwählte, sieben Freunde –
All-Age-Fantasy voller Abenteuer und Magie**

608 Seiten
ISBN 978-3-442-47057-0

ca. 450 Seiten
ISBN 978-3-442-47143-0

»Fantasy, die einen hinwegfegt, so kolossal gut ist sie geschrieben –
episch, heroisch, bildgewaltig«.
Alex Dengler, www.denglers-buchkritik.de

Überall, wo es Bücher gibt und   unter www.goldmann-verlag.de

Eine Liebe, mächtiger als die Dunkelheit – und ein Gegner, kälter als die Nacht

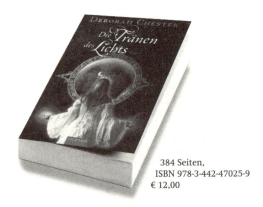

384 Seiten,
ISBN 978-3-442-47025-9
€ 12,00

384 Seiten,
ISBN 978-3-442-47024-2
€ 12,00

»Epische Fantasy, wie sie romantischer nicht sein kann!«
Midwest Book Review

Überall, wo es Bücher gibt und unter www.goldmann-verlag.de

Wenn Vampire zu sehr lieben –
Romantische Mystery mit Biss

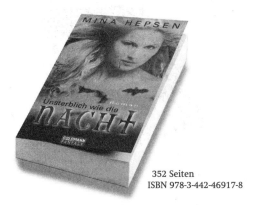

352 Seiten
ISBN 978-3-442-46917-8

448 Seiten
ISBN 978-3-442-47103-4

Überall, wo es Bücher gibt und unter www.goldmann-verlag.de

**Die ganze Welt des Taschenbuchs
unter
www.goldmann-verlag.de**

Literatur deutschsprachiger und
internationaler Autoren,
**Unterhaltung, Kriminalromane, Thriller,
Historische Romane** und **Fantasy-Literatur**

Aktuelle **Sachbücher** und **Ratgeber**

Bücher zu **Politik, Gesellschaft,
Naturwissenschaft** und **Umwelt**

Alles aus den Bereichen **Body, Mind + Spirit**
und **Psychologie**

Überall, wo es Bücher gibt und unter www.goldmann-verlag.de

Goldmann Verlag • Neumarkter Straße 28 • 81673 München